←重要な気候変動対策法案が下院を通過したことを知らせるラーム・エマニュエル。この首席補佐官は、私たちが大勝利を収めたときは何日もご機嫌だった。

↑長時間に及んだ経済チームとの日曜日のマラソンセッション。左から、ラリー・サマーズ、ティモシー・ガイトナー、クリスティ・ローマー。

→上院多数党院内総務のハリー・リードとは最初からうまが合った。年齢や経験には差があったが、2人とも分が悪い状況に打ち勝ったと考えていた。

ホワイトハウスに入って最初の数か月間はプレッシャーとの戦いが続いた。そんなときでもミシェルと私は、いつでも笑い合うことができた。私たちの友人でもある上級顧問のヴァレリー・ジャレットがそばにいてくれたおかげで、すべてのことがやりやすくなった。

探検する気満々でホワイトハウスにやって来たボー。テッド＆ヴィッキー・ケネディ夫妻からの贈り物である。ボーが来るとまたたく間に、この場所に我が家のような雰囲気が備わった。

←ギザのピラミッドを見学する。この世界は私たちが死んだあとも末長く続くことを思い、謙虚な気持ちになった。

→ 2009 年 6 月 4 日、カイロでの私の演説を見守るガザ地区のパレスチナ人。私は選挙活動の際に、世界中のイスラム教徒に向けて演説を行うと約束していた。西洋とイスラム世界との対立の源を認識することが、平和的共存に向けた最初のステップだと思っていたからだ。

←最高裁判所判事に指名したソニア・ソトマイヨールに、正式に就任する直前に祝辞を述べる。その人生経験から、現実世界の状況を十分に考慮して判断を下してくれると期待しての人選だった。

→デニス・マクドノーは、最側近の外交政策顧問であり、親友でもあった。ごくささいな点にもこだわり、報われない難しい仕事も進んでこなし、これ以上ないほどよく働いてくれた。

←フランス大統領ニコラ・サルコジとドイツ首相アンゲラ・メルケル。この2人ほど対照的な気質をもつ指導者もいない。2009年7月、イタリアのG8サミットにて。

→ベン・ローズは、国家安全保障会議（NSC）のスピーチライターとしてホワイトハウス入りし、やがてなくてはならない存在となった。スピーチの草稿を頼むと、私の考えだけでなく私の世界観まで伝える内容に仕上げてくれた。

ウラジーミル・プーチンの別荘を訪れる。プーチンは、自分もロシア国民も傲慢なアメリカのせいで不正、裏切り、侮辱に苦しんでいると長広舌を振るった。

娘たちが同行すると、どんな旅行でも楽しくなる。8歳のサーシャがトレンチコートに身を包み、小さな秘密工作員のようにクレムリン内を闊歩している。

←“ボディーマン”(秘書)のレジー・ラヴとともに、サーシャの4年生バスケットボールチームのコーチを買って出た。接戦の末18対16で〈ヴァイパーズ〉が優勝すると、大学バスケットボール大会の決勝戦で勝利したかのように喜び合った。

→大統領報道官のロバート・ギブズ(中央)とレジー・ラヴ。ギブズの生意気なユーモアや鋭い直感には何度も助けられた。レジーは、バスケットボールのコートに立つとまったく手加減しなかった。

←時間を見つけて読書をする。だが落ち着いた時間は長くは続かない。

大統領選に立候補する前に、ミシェルとこんな話をした。私が大統領になれば、世界中の子どもたちが自分の可能性を信じられるようになる。それだけでも十分な意味がある、と。

今でも、感動的な編曲を施した『時代は変る』を歌うボブ・ディランの声が聞こえるような気がする。彼は握手をすると、言葉もなく姿を消した。

ドーバー空軍基地でエリック・ホルダー司法長官（右端）とともに、アフガニスタンで死亡した18人の遺体の尊厳ある移送に立ち会う。大統領がこうした場面に立ち会うのは異例だが、最高司令官が戦争の真の犠牲について考えるのは重要だと判断した。

2009年12月1日、ウエストポイントの陸軍士官学校でアフガニスタンへの派兵を伝える。さらに多くの若者を戦地に送り出すのは、大統領として苦渋の決断だった。

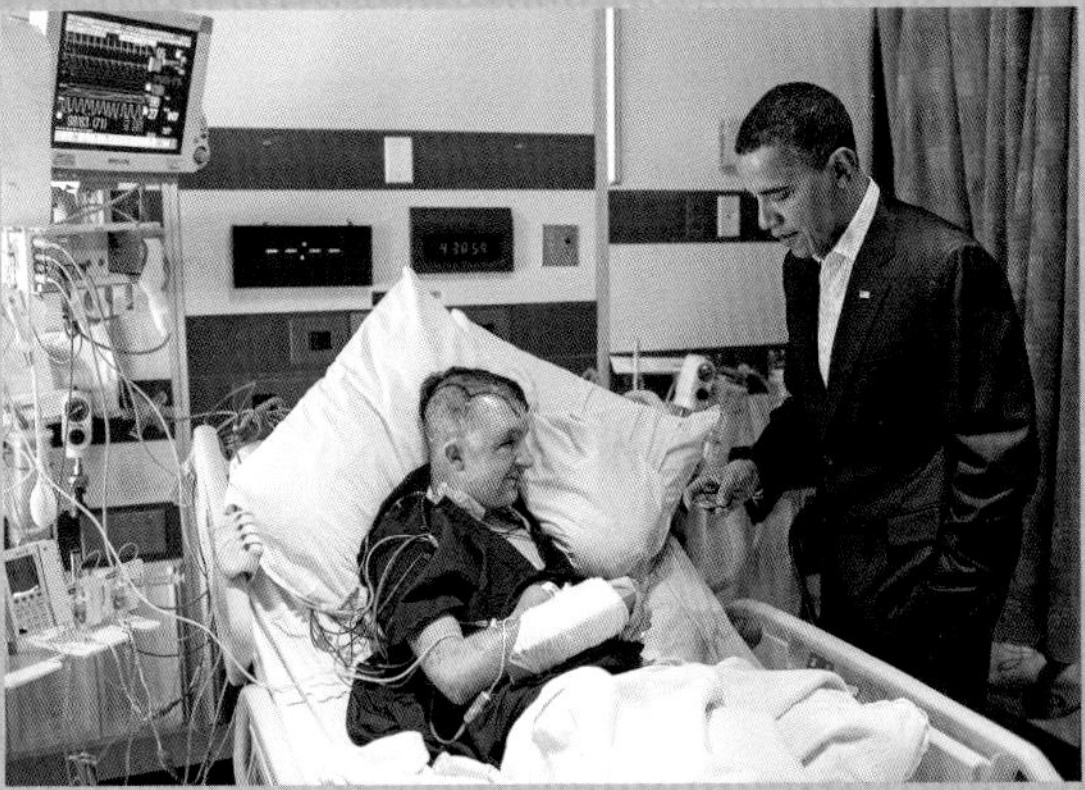

←コーリー・レムズバーグ一等軍曹とは10度目のアフガニスタン派遣となる数週間前にノルマンディーで会っていたが、のちにベセスダ海軍病院で偶然再会したときには、即席爆発装置により重傷を負っていた。それから何年にもわたって彼を見舞い、連絡を取り合った。

→2010年3月、アフガニスタンに駐留する勇敢な若い兵士たちと面会し、大きな刺激を受ける。

←ウエストポイントの陸軍士官学校に集う国家安全保障チームの面々。配備計画について数時間にわたり議論を行い、泥沼化を避けられるようアフガニスタンでの戦略的目標を精緻化する必要があるとの結論に至った。

イギリス女王エリザベス２世は、イギリスとの特別な関係を体現する存在である。ミシェルと私はいつも、女王と過ごせる時間を楽しみにしていた。

中国の国家主席、胡錦濤と。北京の人民大会堂にて。

←スピーチライターのジョン・ファヴローと、医療改革に関する両院合同会議での演説内容を確認する。私は草稿に手を入れすぎると思われていたかもしれない。

→ 2010 年 3 月 21 日、ルーズベルトルームでジョー・バイデン副大統領やスタッフとともに、患者保護ならびに医療費負担適正化法が可決に必要な票数を確保できたことを見届ける。がんで死んだ母や、以前からこのような法制を必要としていた国民に思いを馳せた。

←保健福祉省長官キャスリーン・セベリウスや下院議長ナンシー・ペロシとともに、患者保護ならびに医療費負担適正化法の通過を祝う。ナンシーほど有能かつ屈強な立法戦略家には会ったことがない。

←メキシコ湾原油流出事故について、現地へ向かうあいだに説明を受ける。事故対応チームのなかで重要な役割を担ったのが、沿岸警備隊司令官タッド・アレン（前列左）と環境保護庁長官リサ・ジャクソン（右端）である。

↑ 11歳のマリアとのブランコ・サミット。マリアはいつも何か聞きたいことがあるらしく、このときも原油流出事故について尋ねてきた。

← NSCの一員として残虐行為の防止と人権擁護を担当していたサマンサ・パワーは、親友でもあり、私の判断をチェックしてくれる存在でもあった。

自分が、かつてノーベル平和賞を受賞した革新的な人物たちと並び称されるほどの資格があるとは思わない。むしろこの受賞は、行動を起こせといわれているのだと思った。

ジョーとともに、ウォール街改革法であるドッド＝フランク法の署名に向かう。私は約束どおり、最後に必ずジョーの意見を聞くようにしていた。そのおかげで賢明な助言を受けられ、彼をもう一人の兄のように思っていた。

2010年8月31日、ブッシュ大統領がイラク戦争の開始を発表した同じ執務机につき、イラクでの戦闘活動の終了を発表しようとしている。かなり時間がかかったが、約束は果たせた。

2011年5月1日、国家安全保障チームの面々とともに、オサマ・ビン・ラディンの屋敷を奇襲する海軍特殊部隊を見守る。大統領として軍事作戦をリアルタイムで目撃したのは、これが最初で最後だった。

→ニューデリーの大統領官邸で、インド首相マンモハン・シンと会食する。思慮深いうえに、並外れて礼儀正しい人物だった。

←パレスチナ自治政府大統領マフムード・アッバース、エジプト大統領ホスニ・ムバラク、イスラエル首相ベンヤミン・ネタニヤフが、日没の時間が過ぎたかどうかを確認している。イスラム社会ではラマダン（断食月）の時期であり、晩餐会を始める前に断食の時間が明けたかどうかを確かめる必要があった。

→ 2010 年の中間選挙で民主党が大敗した翌日、記者団の前に立つ心の準備をしている。

家族といっしょに過ごす時間は私の宝物だ。リオデジャネイロで見たコルコバードのキリスト像は神秘的だった。

大統領を務めた8年間、ウエストコロネードを歩くのが日課になっていた。自宅から職場へ、職場から自宅への、わずか1分ほどの屋外通勤路である。

約束の地 下

大統領回顧録 I

バラク・オバマ

目次

上巻目次

第４部

グッド・ファイト

THE GOOD FIGHT

第14章

どうやら国際的な首脳会議には、いつでも同じ基本の形があるらしい。まず、各国首脳が一人また一人と巨大な会議場の入り口にリムジンで乗りつけ、カメラマンの一団の前を歩いていく。さながら、華やかなドレスや美男美女を抜きにしたハリウッドのレッドカーペットだ。扉のところで儀典官に迎えられ、ホスト国の首脳が待つホールへ。カメラの前で笑顔と握手。小声で軽く会話を交わす。それから首脳陣用のラウンジに向かい、そこでもまた握手と軽い会話。ひとしきりそうしたあとに大統領や首相や国王がそろって向かう先は、壮大な円卓を備えた目を見張るような大会議室だ。それぞれの席には小さなネームプレートと自国の国旗、操作ガイド付きのマイク、記念につくられたさまざまな品質のメモ帳とペン、同時通訳用のヘッドセット、水またはジュース入りのボトルとグラス、それに、ときには軽いおつまみの載った皿やミントキャンディ入りの小鉢が用意されている。各首脳の後ろには、ノートをとったり伝言メモを差し出したりする随行員が座る。

ホスト国の首脳が開会を宣言して冒頭の挨拶をしたら、そこから先は丸一日半、ほぼずっと座りっぱなしだ。合間に他の首脳との一対一の会談（これは〝二国間会談《バイラテラル》〟とか〝二者会談《バイラット》〟と呼ばれる）や、〝集合写真〟の撮影（首脳全員がずらりと整列してぎこちない笑顔を浮かべる、小学校3年生のクラス写真によく似たあれだ）、夕方近くには、夕食会や夜の部の会合のためにホテルの自室に急いで戻って着替えるだけの時間があらかじめ設けられている。だが、それ以外はひたすら自席で時差ぼけと戦いながら、自分を含めた円卓の面々が議題を問わず入念に用意された原稿に沿って代わる代わる味気ない発言をしているあいだ、いかにも熱心そうな顔つきを必死で保つことになる。しかも、誰の発言もきまって割り当て時間を大幅にオーバーする。

のちにサミットの経験を何度か積んでからは、私もベテラン参加者たちの生き残り戦術を取り入れるようになった。会議に書類仕事や何か読むものを持ち込んだり、誰かがマイクに向かっているあいだに他の首脳にそっと声をかけてちょっとした職務上の話をしたり、といった具合だ。だが、初参加となったロンドンのG20サミットでは、じっと席に座って全員の発言に熱心に耳を傾けていた。気分はさながら転校生だ。会議室内のすべての人がこちらを値踏みしているのを感じる。それに少しばかり新人らしく謙虚な姿勢を見せておくことは、今回提案する経済政策への支持を得るうえで大いに役立つだろうという算段もあった。

その場にいる首脳陣のなかには、ありがたいことに何人か見知った顔もあった。まずは議長を務めるイギリスのゴードン・ブラウン首相。彼とはつい数週間前にワシントンで会談をしたばかりだ。トニー・ブレア前首相の率いる労働党政権下で財務大臣を務めたブラウンは、前任者のようなきらりと輝く政治的才能の持ち主では決してない（ブラウンに対するメディアの言説には、ほぼ必ず〝地味な〟という表現がついているように思えるぐらいだ）。加えて、イギリス経済が崩壊に向かいはじめ、国民が10年に及ぶ労働党の政治に飽き飽きしはじめたまさにそのタイミングで首相の座につく順番が巡ってきたのは、不運でもあった。それでも、ブラウンは思慮深く責任感があり、国際金融について熟知していた。首相としては短命に終わったものの、あの金融危機の最初の数か月にパートナーとして彼と協力し合えたことは、私にとっては幸運だった。

ブラウンと並んで重要なヨーロッパ首脳が（これはロンドンG20サミットのあいだだけでなく、私の任期中ずっとそうでありつづけるのだが）、ドイツのアンゲラ・メルケル首相とフランスのニコラ・サルコジ大統領だった。この二大強国の対立は、過去2世紀近くにわたり、たびたび血なまぐさい争いを引き起こしてきた。その二国が第二次世界大戦後に和解したことは、ヨーロッパ連合（EU）のかつてないほど長期にわたる平和と繁栄の礎となった。加えて、ヨーロッパが一体となって動くことができるのも（ひいては、世界の舞台でアメリカの僚友として機能しているのも）、メルケル首相とサルコジ大統領の協調志向によるところが大きい。

両首脳は、実際に多くの場面で協調してきた。だが、性格的にはこれ以上ないほどに正反対だ。ルター派の牧師の娘として生まれたメルケルは、社会主義時代の東ドイツで育った。熱心に勉学に励み、量子化学の博士号を取得。政界に足を踏み入れたのは鉄のカーテンの消滅以降のことだ。中道右派政党のキリスト教民主同盟（CDU）に入党した彼女は、その組織化能力と戦略センス、そして揺るぎない忍耐力を武器に、一歩ずつ着実に出世していった。メルケルの明るいブルーの大きな瞳は、ときにはいらだちや楽しさ、かすかな悲しみをたたえて、さまざまに色を変える。だがそれを除けば、感情を表に出さないその外見はきまじめさや分析的な感性を物語っていた。広く知られているとおり、メルケルは激しい感情や大げさな弁舌には懐疑的だった。のちに彼女のスタッフたちが打ち明けたところによれば、メルケルは当初まさに演説スキルが高いという理由で、私に不信感を抱いていたらしい。だが、私は特に気分を害しはしなかった。扇動的なものに嫌悪感を抱くというのは、ドイツの指導者としてはおそらく健全なことだからだ。

一方のサルコジ大統領は、まさに激しい感情と大げさな弁舌そのものという人物だった。どこか地中海風の浅黒く表情豊かな顔立ち（ハンガリー系移民二世でギリシャ系ユダヤ人の血も引いている）と小柄な体格（身長は１６５センチほどで、背を高く見せるために上げ底の靴を履いていた）で、トゥールーズ＝ロートレックの絵画から抜け出てきたような印象だった。裕福な家庭出身ではあるが、人生を通じて自分はアウトサイダーだという感覚を抱いていて、それが自らの野心の原動力になっていることを公言してはばからない。メルケルと同様、サルコジもまた中道右派政党の指導者として名を上げ、自由放任主義経済、労働規制の緩和、減税、社会保障制度の縮小などを公約に掲げて大統領選挙に勝利した。一方でメルケルとは違って、こと政策に関してはまったく一貫性がなく、メディアの大見出しや政治的な都合に左右されることもしばしばだった。このときのG20でも、各国首脳がロンドンに集結するより早く、すでにグローバル資本主義の行き過ぎを声高に主張している。そうしたイデオロギー面での一貫性のなさは、彼の大胆さと、人間的な魅力、それにあふれるような活力によって相殺されていた。実際、サルコジとの会話はときに楽しく、ときに腹立たしい。彼は両手をひっきりなしに動かし、胸を雄鶏のように突き出しながら話した。常に隣にいる個人通訳が（サルコジはメルケルと違って英語があまり堪能ではなかった）その身振りとイントネーションを一心不乱に逐一再現するなか、会話はお世辞からはったりへ、そして真の洞察へと目まぐるしく展開していく。ただし、彼の関心はあからさまなほど一つのことに向けられていて、その軸がぶれることは決してなかった。その関心事とは、常に自分が物事の中心にいること。そして、そうするだけの価値のあるものならなんであろうと自分の手柄にすることだ。

サルコジが私の選挙活動を早い時期から受け入れてくれたことには大いに感謝していたものの（予備選挙中にパリを訪問した際の盛大な記者会見は、私への支援にほぼ等しいといえた）、この２人のヨーロッパ首脳のうち、どちらがより信頼できるパートナーとなりえるかは明白だった。とはいえ、私は次第に、メルケルとサルコジは互いにうまく補完し合っているのだと考えるようになった。サルコジはメルケルの生まれもった慎重さを尊重しながらも、しばしば強く行動を促す。一方のメルケルはサルコジの風変わりな気質にあえて目をつぶりつつ、彼の衝動的な提案をうまく抑えて手綱を取っていた。さらに、２人は親米的な方向性を互いに高め合ってもいた。その方向性は２００９年当時、両国の有権者のあいだでは必ずしも受け入れられていなかったにもかかわらずだ。

とはいえ、この両者や他のヨーロッパ首脳陣が御しやすい相手だったかといえば、そんなことは決してない。メルケルもサルコジも自国の利益を守るうえで、こちらの提案した反保護主義宣言に強く賛同し（ドイツ経済は特に輸出に大きく依存している）、国際的な緊急基金の有用性を認めていた。ただし、ティモシー（ティム）・ガイトナー財務長官の予測どおり、どちらも景気刺激策については消極的だった。メルケルは赤字支出を不安視していたし、サルコジはむしろ株式取引への全般的な課税や租税回避地《タックス・ヘイブン》の取り締まり強化を望んでいたからだ。私とティムはこのサミットの大半の時間を、両首脳の説得に費やした。より即効性のある金融危機対策をアメリカとともに推し進め、Ｇ20の各国に総需要を増加させる政策をとるよう呼びかけてもらうためだ。２人は協力しようと言ってくれた。ただし、もし私が他のＧ20の首脳たち――特に当時まとめてＢＲＩＣＳ〔経済成長の著しい五か国の頭文字をとった造語〕と呼ばれるようになっていた影響力のある非西側の国々を説得して、独仏の重視する提案を妨害しないよう取り計らってくれれば、という条件付きである。

ＢＲＩＣＳを構成する五つの国、ブラジル、ロシア、インド、中国、南アフリカは、経済的にほとんど共通点がなく、実際にグループを形成したのも少しあとになってのことだ（南アフリカは２０１０年になってようやく正式参加している）。それでも、この一団が醸し出す活気あふれる気迫は、ロンドンＧ20の時点ですでにはっきりと見てとれた。さまざまな道のりを経て長いまどろみから目覚めた誇り高き大国たち。彼らはもはや歴史の片隅に追いやられることをよしとせず、自国の力が局所的なものに留まっている現状に満足していない。世界経済の運営において西側諸国の果たす役割が大きすぎることにいらだっている。そして、今回のこの金融危機を前にして、形勢逆転に打って出るチャンスを見出したのだ。

少なくとも理論上は、私は彼らの考えに共感できた。ＢＲＩＣＳの合計人口は世界人口の40パーセント強を占める。にもかかわらず、世界ＧＤＰ［全世界のＧＤＰ＝国内総生産を平均した経済的指標］に占める割合は25パーセント程度で、世界の富のほんの一部しか享受していない。ニューヨークやロンドンやパリの企業の役員会議室で決定されたことが、自国政府の政策よりも大きな影響力をもつのだ。中国、インド、ブラジルでは目覚ましい経済改革が行われたにもかかわらず、世界銀行や国際通貨基金（ＩＭＦ）におけるこれらの国の役割は依然として限定的だ。アメリカが長年にわたって自国に有利に働いてきたグローバルシステムを今後も維持したいのなら、その運営について新興諸国に対して、より大きな発言権を与えるのは当然のことだろう。もっとも、その場合は維持費の負担増についても同時に求めていくことになるが。

それでもなお、サミット二日目の円卓を見渡せば、グローバルガバナンスにおけるＢＲＩＣＳの存在感が高まっていく可能性に感嘆せずにはいられなかった。たとえば、ブラジルのルイス・イナシオ・ルラ・ダ・シルヴァ大統領。3月にホワイトハウスの大統領執務室《オーバルオフィス》でも一度会っているが、彼は実に印象的な人物だった。白髪交じりで愛想のよいルラ大統領は、かつては労働組合のリーダーを務め、当時の軍事政権に抗議した罪で投獄もされている。その後2002年に大統領に選出されてからは、現実的な改革を次々と打ち出すことでブラジル経済を急成長させ、中間層を拡大させ、何百万人もの最貧層の人々に住まいや教育をもたらした。そのボス政治的な腐敗には良心の呵責《かしゃく》を覚えていると報じられる一方で、政府によるコネ人事や、談合、数十億にのぼる巨額の賄賂といった噂《うわさ》も渦巻いていた。

ロシアのドミトリー・メドヴェージェフ大統領は、一見すると新生ロシアのまさに象徴のような存在となっていた。若くて身だしなみがよく、ヨーロッパ製のオーダーメイドのスーツを着こなしている。ただし、彼はロシアの真の権力者ではない。その座を占めているのは、彼のパトロンであるウラジーミル・プーチンだ。元ＫＧＢ職員であるプーチンは二期にわたってロシア大統領を務めたのち、当時は首相として、従来の政府のようにも犯罪シンジケートのようにも見える組織のトップに君臨していた。このシンジケートは、ロシア経済のあらゆる側面にその触手をからみつけていた。

南アフリカは当時ちょうど移行のさなかにあった。カレマ・モトランテ暫定大統領の後任として、ジェイコブ・ズマが近く大統領に就任する予定だった。ズマはネルソン・マンデラの党で、南アフリカ議会で与党となっているアフリカ民族会議（ＡＮＣ）の議長だった。このあとも何度か会談したが、私は彼にまずまずの好印象を抱いた。ズマはアフリカ大陸におけるフェアトレードや、人材育成、インフラ整備、そして富と機会のより公平な分配の必要性について雄弁に語った。しかし一方で、マンデラの英雄的な苦闘によって築き上げられた信用はＡＮＣ政権の汚職や能力欠如のせいで食いつぶされ、南アフリカの黒人の大半はいまだ貧困と絶望から抜け出せていないというのが一般的な見方だった。

一方、自国経済の近代化を成し遂げたのがインドのマンモハン・シン首相だ。当時70代の温厚なシン首相は、穏やかな話し方をする経済学者だった。白いひげをたくわえ、頭にはターバンを巻いている。シーク教徒としての信仰を示すその装いは、西洋人の目にはさながら聖職者のように映った。シンは１９９０年代には財務大臣を務め、大勢の人を貧困から救い上げることに成功している。首相としての在任期間を通じて、私は彼がとても聡明で思慮深く、徹底して誠実な人であることを知った。しかし、本格的な経済発展を遂げたにもかかわらず、インドは依然、混沌《こんとん》とした貧しい国のままだ。宗教とカーストによる分断は大きく、地方政治家や影の権力者の好き勝手な意向がまかりとおり、変化を嫌う偏狭な官僚主義が国を麻痺《まひ》させていた。

そして、中国である。１９７０年代に鄧小平《とうしょうへい》が毛沢東のマルクス・レーニン主義を事実上放棄し、輸出志向・国家管理型の資本主義を取り入れて以降、これほどまでに急速に発展を遂げ、これほどまでに多くの人民を悲惨な貧困から脱却させた国家は歴史上存在しない。かつては海外企業の低品質の商品の製造・組立拠点にすぎなかった中国だが、低賃金の労働者を無限に供給できるという強みを武器に、もはや一流のエンジニアと世界的な最先端テクノロジー企業を擁する国となった。その膨大な貿易黒字ゆえに世界のあらゆる大陸で主要な投資国となり、上海や広州といったきらびやかな都市は、急増する消費者階級を抱える洗練された金融センターへと変貌を遂げた。その成長速度と国としての単純な規模を考えれば、中国のＧＤＰがいずれアメリカを抜くことは確実といえる。さらに、この国の強大な軍事力と、技術力を増しつつある労働力、抜け目なく実利的な政府、そして連綿と続いてきた５０００年に及ぶ文化を考え合わせれば、導き出される答えは明白に思えた。すなわち、アメリカの優位性に挑戦すべく名乗りを挙げる国があるとすれば、それは中国である。

とはいえ、G20での中国代表団の動きを見て、それはまだ数十年先の話だと私は確信した。実際に起こったとしても、アメリカ側に戦略ミスがあった場合に限られるだろう。中国の国家主席である胡錦濤《こきんとう》は60代半ばで、黒々とした豊かな髪をした目立たない人物だった（私の知る限り、中国の指導者で年とともに白髪になっていく人はほとんどいない）。さほど強力なリーダーではないというのが一般的な見方で、中国共産党中央委員会の委員たちと権限を分け合っていたことからもわかるように、その権力は分散されていた。実際、サミットの合間に行われた会談でも、彼は用意された発言要旨に沿って話すだけで満足しているようすで、継続的な協議と彼いわく〝ウィン－ウィンの〟協力を推し進めること以外に目立った意図は伝わってこなかった。それよりも印象的だったのは、中国の経済政策立案を統括する首相の温家宝《おんかほう》だ。小柄で眼鏡をかけた温家宝は、メモなしで発言し、金融危機の現状について高度な見識を示した。アメリカの復興・再投資法に匹敵する規模の景気刺激策を確約した彼の発言は、G20中に私が耳にした唯一にして最大の朗報だったかもしれない。とはいえ、中国は決して国際秩序の支配に性急に乗り出すつもりはなく、むしろそれを頭痛の種ととらえていたようだ。金融危機への今後の対応について、温家宝は多くを語らなかった。彼の国の視点からすれば、それを講じる責任は私たちの側にあるからだ。

これはロンドン・サミットのあいだだけでなく、その後に私が大統領として出席したあらゆる国際会議で感じたことだ。つまり、世界におけるアメリカの役割を批判する国々も、そのシステムの維持についてはアメリカ頼りなのである。各国は、たとえば国連の平和維持活動のために部隊を派遣したり、飢餓救済プロジェクトを資金や物流面で支えたりと、多かれ少なかれアメリカに協力的な姿勢を示してはくれる。なかには北欧諸国のように国の規模以上に大きな貢献を果たしてくれる国もあった。だが、それらを除けば、自国の利益という狭い範疇《はんちゅう》を超えて行動する義務があると考えている国はごく少数だ。そして、アメリカが掲げる基本理念――すなわち個人の自由や法の支配、知的所有権の厳格な行使や紛争の中立的仲裁といった、市場ベースの自由主義体制を支える原理に共鳴してくれる国々は経済的・政治的な影響力に欠けている。そうした理念を世界規模で広めていくうえで不可欠な外交・政策専門家の不足については言うに及ばずだ。

中国、ロシア、それに真の民主主義国家であるはずのブラジル、インド、南アフリカといった国々は、依然としてそれぞれ異なる原理のもとで動いていた。彼らBRICSにとって、責任ある外交政策とは自国の関心事を優先することだ。こうした国々は自国の利益にとってプラスになる場合にだけ、信念というよりは必要に迫られて既存のルールに従う。もし違反しても罰せられなければ、進んでルールを破るだろう。他国を支援することがあっても、それはあくまで二国間ベースで、なんらかの見返りを期待してのことだ。こうした国々は総じて、自分たちに現行システムを支える義務があるとは考えていない。彼らにいわせれば、そんな贅沢ができるのは、でっぷり太った幸福な西欧諸国だけなのだ。

G20に出席していたBRICS首脳のなかでも、私が最も関心をもっていたのがメドヴェージェフ大統領との対話だった。米露関係は当時かなり悪化していた。その前年、2008年の夏、メドヴェージェフが大統領に就任してわずか数か月後、ロシアは旧ソ連諸国の一つである隣国ジョージアに侵攻し、同国の二地域を占領下に置いている。これによりロシアとジョージアのあいだで紛争が起き、近隣諸国でも緊張が高まっていた。

私たちはこの動きを、プーチンの図太さの表れであるとともに、何につけても好戦的な姿勢がエスカレートしつつある兆候と受け取った。他国の主権を尊重しようとせず国際法を軽視する、問題ある態度だ。しかもプーチンは多くの点で、そのことによる罰を免れてきたように思われた。当時のブッシュ政権はロシアとの外交活動を一時中断した以外、ジョージア侵攻に対してほとんどまったく制裁を科していない。世界のほかの国々もただ肩をすくめるだけだ。そのため、遅ればせながらロシアを孤立させようという動きが出てきたとしても、失敗することがほぼ確実な状況だった。

私の政権が目指すところは、アメリカの利益を守り、該当地域における民主主義のパートナー諸国を支え、核不拡散と軍縮という最終的なゴールに向けて協調を呼びかけるべく、ロシアとの関係をいわば〝リセット〟して対話を行うことだった。サミット前日には、私とメドヴェージェフの私的な会合がセッティングされていた。

会合に向けた準備では、2人のロシア専門家に力を貸してもらった。国務省で政治担当国務次官を務めていたウィリアム・バーンズと、国家安全保障会議（NSC）ロシア・ユーラシア上級部長のマイケル・マクフォールだ。生え抜きの外交官でブッシュ政権時は駐ロシア大使も務めたバーンズは、背が高く口ひげを生やし、少し猫背で穏やかな声で話す。まるでオックスフォード大学の教授のように学者然としていた。一方のマクフォールは情熱とエネルギーの塊のようなタイプで、モップのようなもじゃもじゃの金髪頭でにっこり笑う。モンタナ州生まれの彼はスタンフォード大学で教鞭《きょうべん》をとるかたわら、大統領選挙の期間中からずっと私に助言を与えてくれた。その話しぶりは、文の最後に必ず「！」がついているかのようだ。

2人のうち、ロシアに対するアメリカの影響力をより強気に評価していたのがマクフォールだった。一つには、彼が1990年代初頭に実際にモスクワで暮らしていた経験があるからだ。あの目まぐるしい政治変革の時代、マクフォールは当初は学者として、のちにはアメリカ政府が一部資金を提供する民主化運動グループのロシア国内リーダーとして活動していた。ただし、メドヴェージェフ個人に関しては、彼もバーンズと同様、あまり多くを期待すべきではないという意見だった。「メドヴェージェフはあなたと良好な関係を築くことに関心を示すでしょう。自分が世界の舞台にふさわしいと証明するためにね」と彼は指摘した。「しかし、真の決定権はプーチンにあることを忘れてはいけません」

たしかにドミトリー・メドヴェージェフの経歴を見れば、誰もが彼に大きな裁量権はないとみなすのもうなずけた。当時40代前半のメドヴェージェフは、大学教授である両親のあいだに生まれた一人っ子という恵まれた環境で育ち、１９８０年代後半に法学を学んだのち、レニングラード国立大学で講師を務めるようになった。そして、ソビエト連邦崩壊後の１９９０年代前半、サンクトペテルブルク市長のもとで働いていたときに、当時同僚だったウラジーミル・プーチンと知り合う。プーチンがその後も政界に留まり、ボリス・エリツィン大統領のもとで首相にまで上りつめる一方で、メドヴェージェフは政治的なコネをうまく利用してロシア最大手の木材企業の役員の座に収まり、持ち株を確保していた。国有資産の民営化をめぐる混沌のなか、コネのある株主には確実な富が約束されていた時代である。こうしてメドヴェージェフはひっそりと財を成し、スポットライトを浴びるという重荷を背負うことなく、要請を受けてさまざまな市政プロジェクトに携わった。その彼が政治の世界に引き戻されたのは、１９９９年後半のことだ。プーチンにモスクワに呼ばれ、政府の要職に登用されたのである。そのわずか一か月後、エリツィン大統領の突然の辞任により、首相だったプーチンは大統領代行に就任する。その陰に隠れるように、メドヴェージェフもまた昇進を果たした。

要するに、メドヴェージェフは技術官僚《テクノクラート》であり、舞台裏で動くタイプの人間ということだ。世間的な注目度や彼個人の政治基盤は決して大きくない。そして、会合の場であるロンドンの優美な駐イギリス大使公邸〈ウィンフィールド・ハウス〉に姿を見せた彼は、まさにそういう印象を醸し出していた。小柄で黒っぽい髪色の持ち主で、とても人当たりがよかった。少しばかり堅苦しく、控えめすぎるぐらいに控えめなその態度は、政治家や共産党幹部というよりは、むしろ国際経営コンサルタントといった雰囲気だ。彼は通訳を介して話すことを好んだが、英語を理解しているようだった。

対話の冒頭、私はまずロシアによるジョージア侵攻について取り上げた。予想どおり、メドヴェージェフはロシア政府の公式見解をかたくなに繰り返した。この危機を引き起こしたのはジョージア政府の側であって、ロシアは現地のロシア市民を守るために動いただけだという主張である。私は、この侵略と占領状態はジョージアの主権と国際法を侵害していると指摘した。すると彼はそれをはねつけ、イラクにおける米軍とは違って、ロシア軍は解放者として真に歓迎されていると当てこすりのように言った。こうした発言を聞いていると、ソ連時代の反体制派作家アレクサンドル・ソルジェニーツィンがソ連の政治について語った言葉を思い出してしまう。「嘘《うそ》は道徳の一分類となったばかりか、いまや国家の柱となっている」

たしかに、ジョージアに関するメドヴェージェフの反論は、彼がただまじめなだけのボーイスカウトではないと思い知らされるものだった。だが私は、彼の口調にある種の皮肉めいた無関心さを感じとっていた。まるで、今話していることすべてを本心から信じているわけではないとこちらに伝えたがっているかのように。会話のテーマが変わると、メドヴェージェフの姿勢も変化した。金融危機への対応策に関しては情報をよく把握していて、とても前向きだ。こちらが提案した米露関係の〝リセット〟についても乗り気で、特に教育、科学、技術、貿易といった非軍事分野での協力については熱意を示した。さらに驚いたことに、米軍がアフガニスタンに部隊と装備を輸送する際、ロシアの領空通過を許可するという（異例の）提案を向こうから示してきたのだ。これはアメリカにとって、割高で必ずしも信頼性が高いとはいえないパキスタン経由の補給ルートに代わる選択肢となりえるものだった。

さらに、私が最も重視するテーマ、すなわちイランの核兵器開発をはじめとする核拡散の防止に向けた米露協調についても、メドヴェージェフは率直かつ柔軟に取り組んでいく姿勢を示した。2009年末に失効を迎える現行の戦略兵器削減条約（START）後を見据えて、両国の核保有量の削減交渉をすぐさま始めるよう専門家に指示すべきだという私の提案も、彼は受け入れた。国際社会によるイラン抑制の取り組みには参加の意思を示さなかったものの、頭ごなしに否定するわけではない。むしろ、イランの核およびミサイル開発計画の進行スピードはロシア政府の想定をはるかに超えているとすら言及したのだ。ロシアの高官がこのような譲歩的な発言をした例は、プライベートな場を含めても記憶にない、とマクフォールもバーンズものちに口をそろえて言っていた。

とはいえ、メドヴェージェフは決して従順なだけの相手ではなかった。核不拡散に関する討議では、ロシアにはロシア独自の優先事項があることをはっきりと示し、アメリカがブッシュ政権時に取り決めたポーランドとチェコへのミサイル防衛システム配備について考え直すよう要求してきた。おそらくプーチンの意向を代弁しているのだろう。ポーランドとチェコがアメリカの防衛システムを積極的に受け入れたのは、それが自国におけるアメリカの軍事力強化につながり、ひいてはロシアの脅威に対する防壁となるからだ。プーチンはその点を正しく理解している。

ただ実をいうと、私たちはロシアのあずかり知らないところで、すでにヨーロッパにおける地上配備型ミサイル防衛システム計画を再検討するつもりでいた。ロンドンに向けて発《た》つ前にロバート・ゲイツ国防長官から聞いた報告によれば、ブッシュ政権時に策定されたこの計画は、差し迫った脅威（主にイラン）に対して当時想定していたほどの効果が見込めない恐れがあった。ゲイツは私に、なんらかの決定を下す前に、考えられるほかの可能性について再検討を指示してはどうかと提案していた。

メドヴェージェフはミサイル防衛に関する協議を来るSTART交渉に組み込むよう求めてきた

が、私は応じるつもりはなかった。だが、ロシアの懸念を和らげることは私たちの利益にもかなう。そして思いがけないことにタイミングよく、こちらはメドヴェージェフが手ぶらでロンドンを去らないよう計らうことが可能な状況だった。この問題について誠実に協議するという意思を示すため、私はヨーロッパにおけるミサイル防衛計画を再考する意向を伝えた。さらに、イランの核開発計画をどの程度抑止できるかが、我が国の下す決定にほぼ確実に影響を与えるだろうとつけ加えた。かなり明確なメッセージだ。メドヴェージェフは通訳が入るよりも先に、これに反応した。

「わかりました」。かすかにほほえみながら、彼は英語でそう言った。

さらに帰り際、メドヴェージェフは私を夏のモスクワに招待したいと伝えてきた。受け入れたい提案だった。彼の車列が走り去っていくのを見送ったあと、私はバーンズとマクフォールを振り返って感触を尋ねた。

「正直に言いますが、大統領」とマクフォールが言う。「これ以上の展開は考えられません。彼は私が想定していたよりずっと、こちらとの取引に前向きに見えます」

「たしかに」とバーンズ。「ただし、メドヴェージェフの発言がどの程度、プーチンの事前の許可を得てのものかは疑問ですが」

私はうなずいた。「いずれわかるさ」

ロンドン・サミットの終盤、G20は世界金融危機への対応に関してどうにか合意にこぎつけた。参加各国が共同で発表する最終的な首脳声明には、さらなる経済刺激策や保護主義の否定などアメリカが重視する項目に加えて、タックス・ヘイブンの排除や金融監視といったヨーロッパ諸国にとって重要な対策も含まれている。さらにＢＲＩＣＳの国々も、世界銀行とＩＭＦにおける同諸国の位置づけについて変更を検討するというアメリカとEUからの公約を明示することができた。サルコジ大統領は感激もあらわに、会場をあとにしようとしていた私とティモシー・ガイトナーの肩をつかんだ。

「歴史的な合意だ、バラク！」。彼は言った。「こいつが実現したのは君のおかげだ……いやいや、本当にそうさ！　それに、ここにいるミスター・ガイトナーのな……彼はすばらしい！」。それから、サルコジは私の財務長官のラストネームを、アメリカンフットボールの試合を観戦しにきたファンよろしく連呼しはじめた。室内の何人かが振り向くほどの大声だった。思わず笑ってしまった。ティムの明らかに当惑したようすもさることながら、アンゲラ・メルケルのうんざりした表情が目に入ったからだ。彼女はちょうど首脳声明の文言をチェックし終えたところで、聞き分けのない子どもを見つめる母親のような目でサルコジを見ていた。

主要メディアは、今回のサミットが成功だったと評価した。予想よりも実質的な合意を打ち出せたことに加え、交渉において我が国アメリカが中心的な役割を果たしたことで、今回の金融危機がアメリカのリーダーシップを決定的に損ねたのではないかという見方を多少なりとも覆せたからだ。閉会時の記者会見で、私は貢献したすべての人の功績に触れるよう心がけ、特にゴードン・ブラウンのリーダーシップを称賛した。そして、この相互につながり合った世界において、独力でやっていける国など一つもないと主張した。さまざまな難題を解決するためには、ここロンドンで示されたような国際的な協調が必ず必要である、そう訴えた。

２日後、ある記者がこの件について触れ、アメリカ例外主義についての私の見解を尋ねてきた。「私はアメリカ例外主義を信じています」。私はそう答えた。「おそらくイギリス人はイギリス例外主義を、ギリシャ人はギリシャ例外主義を信じているでしょう。それと同じです」

このなんの変哲もないひと言に共和党員や保守系メディアが飛びついたことを、私はのちに知ることになる。礼儀正しく謙虚な姿勢を示そうとしての発言が、弱腰で愛国心が薄いことの表れとみなされたのだ。私が他国の首脳やその国の人々と交流する姿を、評論家たちは「オバマの謝罪ツアー」と評した。もっとも、実際にどこが謝罪なのかは一つも指摘できなかったようだが。どうやら、アメリカの優越性を他国に刷り込めなかったばかりか、自分たちが完全でないことを認めて他国の視点にも配慮しようという私の姿勢は国家の威信にダメージを与える行為だ、ということらしい。この一件で、アメリカのメディア環境がいかに分断されているかがあらためて浮き彫りになった。日々高まりゆく敵対党派への悪意がもはや国内だけに留まらない時代となったことも。この新たな世界では、従来のあらゆる基準で勝利とみなされてきた外交政策が、敗北であるとねじ曲げて結論づけられる恐れがある。少なくとも、この国の半分の人々の頭の中ではそうなってしまう。アメリカの利益を推し進めて国外との友好関係を築くはずのメッセージが、国内では政治的な頭痛の種になってしまうのだ。

少し明るい話もすると、ミシェルの国際舞台デビューは大成功だった。特に、ロンドン中心部にある女子中等学校への訪問はメディアでも大絶賛された。これは私たちがホワイトハウスにいた期間を通じて常にいえたことだが、ミシェルはこういった交流を大いに楽しみ、どんな年齢や境遇の子どもとも心を通じ合わせることができた。その魔法は、どうやら国外でも健在のようだった。訪問先の女子校で、ミシェルは自身の子ども時代のことや、乗り越えねばならなかった障壁のこと、そして教育が常に前へと進む道を切り開いてくれたことを語った。女子生徒たち（彼女たちは労働者階級の家庭の子で、多くは西インド諸島や南アジア系の出身だった）は、この魅力に満ちた女性が「自分もかつてはあなたたちと同じだった」と語る言葉にじっと聞き入った。ミシェルはその後も数年にわたり、この女子校の生徒たちのもとを何度も訪れた。何人かの生徒をホワイトハウスに招待したこともある。のちに、ある経済学者が調査したところ、ミシェルがこの学校に関わったことで生徒たちの標準テストの成績が見る見る上がったことがわかった。大きな志と人と人とのつながりを大切にしようというミシェルのメッセージが実際に目に見える変化を生み出したのだ。この〝ミシェル効果〟は私自身もよく知っていた。なぜなら、まさにこれと同じ効果を、ミシェルは私にも及ぼしていたからだ。ファーストファミリーとしての私たちの仕事は、決して単なる政治や政策ではない。こうした出来事は、そのことを思い出させてくれた。

とはいえ、ミシェルも実は議論を巻き起こしていた。G20首脳陣とその配偶者がバッキンガム宮殿でエリザベス女王陛下とのレセプションに招かれたときのことだ。ミシェルが女王陛下の背中に手を回しているところを写真に撮られてしまったのだ。これは明らかに、王族に対する儀礼違反だ。もっとも女王は気にしたようすはなく、ミシェルに腕を回し返してくださったのだが。さらに、私たち夫婦が女王に私的に謁見した際、ミシェルはドレスの上にカーディガンを羽織るという装いでイギリスのメディアを騒然とさせた。

「僕のアドバイスどおり、例の小さな帽子をかぶればよかったのに」。翌朝、私はミシェルに言った。「それと、帽子に合った小さなハンドバッグもね」

ミシェルはにっこり笑って私の頬にキスした。「それならあなたは、家に帰ったらベッドじゃなくソファで寝てね」と彼女は明るく言った。「ホワイトハウスなら、いくらでも好きなのを選べるわよ」

それからの5日間はとにかく慌ただしかった。ドイツのバーデン＝バーデンとフランスのストラスブールでNATO首脳会議に出席し、チェコとトルコで演説と会談に臨む。そして、イラクへの電撃訪問。イラクでは、私の来訪で騒然となっている米兵たちの前でその勇気と犠牲に感謝の意を示すとともに、ヌーリ・カマル・アル＝マリキ首相とも会談し、米軍の撤退計画やイラクで進んでいる議会制政治への移行について話し合った。

歴訪の旅が終わるころには、それなりに満足できる手応えを得ていた。全体的に見て、アメリカの掲げる課題を推し進めることには成功した。私個人も特に大きな失敗をせずにすんだし、外交政策チームの面々はガイトナーやゲイツといった閣僚から最も若手の先遣スタッフに至るまで、誰もがすばらしい仕事をしてくれた。訪問先の国々もアメリカとの連携を避けるどころか、むしろこちらのリーダーシップを強く求めているようだった。

それでもなお、今回の旅はある冷徹な事実を私に突きつけた。大統領一期目の多くの時間を、新たな取り組みにではなく、自分の就任前に端を発する問題の火消しに費やさねばならないという事実である。たとえばNATO首脳会議では、アフガニスタン・パキスタン地域（Af-Pak）戦略に対する同盟各国からの支持を取りつけることには成功したものの、それに先立ってヨーロッパ首脳からさまざまな苦言を聞かされた。イラク侵攻以来、アメリカとの軍事協力に対する自国民の反発がいかに高まっているか。追加の派兵について政治的支持を得ることがいかに難しそうか。さらに中東欧のNATO加盟諸国も、ロシアのジョージア侵攻に対するブッシュ政権の手ぬるい対応に動揺していた。ロシアによる同様の侵略から自国を守るうえで、この同盟は本当に頼りになるのか、彼らはそう問いかけてきた。もっともな疑問だ。NATOには加盟各国を守るための計画も緊急対応機能も存在しない。私はそのことをサミット前に知って驚いた。だがそれも、私が大統領としてアフガニスタンに発見することになる数多くのあまり公にはできない真実の一つにすぎなかった。

関する再検討で判明したことも、イラク侵攻ののちに世界が知ったことも、やはり同じだった。すなわち、ブッシュ政権のディック・チェイニー副大統領やドナルド・ラムズフェルド国防長官といったタカ派は、その強硬な物言いにもかかわらず、自身の発言を一貫した効果的な戦略で裏打ちするという能力には驚くほど欠けていたのだ。言い換えれば、私の首席補佐官であるデニス・マクドノーがより鮮やかに表現したとおり、「ホワイトハウスの引き出しを開ければ、また一つ腐ったサンドイッチが見つかる」ということだ。

私は中欧の抱える問題を緩和すべく、自分にできることをした。NATOとして加盟国ごとの個別防衛計画を策定することを提案し、相互防衛義務については加盟歴によって区別することはないと宣言した。区別をしないということは、すでに負担過剰となっている軍と人員にさらなる負担をかけることを意味する。しかし、私はこの件であまりかっかしないようにした。大統領というのは誰もが前政権の選択やミスのつけを背負わされていると感じるものだ、自分にそう言い聞かせた。職務の90パーセントは前政権から引き継いだ問題や予期せぬ危機への対処で占められている。それを満足に（そして規律と目的意識をもって）こなすことができて初めて、未来をつくるという仕事に取りかかれるのだ。

むしろこの旅の終わりに私を真に不安にさせたのは、特定の問題よりも全体的な印象のほうだった。冷戦終結後に世界を席巻した、民主化と自由化と統合への希望に満ちた潮流。それがさまざまな理由で（一部は私たちの責任で、また一部はこちらの力の及ばない領域で）後退しつつあるという印象を受けたのだ。旧態依然とした悪しき力が勢いを増しているという感覚もあった。長引く景気低迷による不満がそれに拍車をかけていた。

たとえば金融危機以前のトルコは、グローバル化による恩恵を受けた新興経済国の見本のような急成長を見せていた。イスラム教徒が人口のほとんどを占めるトルコは、政情不安や何度かの軍事クーデターを経てきたという歴史にもかかわらず、1950年以降、多くの面で西側と歩調を合わせてきた。NATOに加盟し、普通選挙を行い、市場を基盤とする経済システムを擁し、女性の平等な権利といった近代的な内容を盛り込んだ宗教色のない憲法を有してもいる。首相のレジェップ・タイイップ・エルドアンと彼が率いる公正発展党が2002年から2003年にかけて大躍進し、大衆主義的で、しばしば公然とイスラム寄りの姿勢をアピールして政権に就いたときは、軍部が大半を占める世俗的な政治エリート層のあいだに動揺が走った。また、エルドアンはパレスチナ国家独立を目指すムスリム同胞団とイスラム原理主義組織〈ハマス〉にあからさまに共感を示しており、その発言にはアメリカ政府とイスラエル政府も特に神経をとがらせてきた。とはいえ、エルドアン政権はトルコの憲法に従っていて、NATO加盟国としての義務も果たしていた。経済を効果的に管理し、EU加盟の資格を得ようと穏やかな改革を進めてもいた。一部の専門家は、エルドアンはこの地域を特徴づけてきた独裁政治や神権政治や過激派運動に代わる、穏健で近代化された多元的な政治的イスラム教という新たなモデルを提示できるのではないかと指摘していた。

トルコ議会での演説とイスタンブールの大学生たちとのタウンホール・ミーティングにおいて、私はこの楽観的な見方に同調しようとした。だが、これまでエルドアンと交わしてきた対話を思うと、心中ではどこか疑っていた。エルドアンはNATO首脳会議の期間中、次期事務総長候補として高く評価されていたデンマークのアナス・ラスムセン首相が選任されるのを阻止するよう、自分の部下たちに指示していた。理由は、ラスムセン首相がNATO事務総長に不適格だからではない。2005年にデンマークの新聞が預言者ムハンマドを描いた風刺画を掲載した件について、検閲を行うことを求めたトルコの要求にラスムセン政権が応じなかったという経緯があるからだ。ヨーロッパ諸国は報道の自由について訴えたが、エルドアンの姿勢は変わらなかった。結局、私がエルドアンと話をして、事務次長にはトルコ人を選任すると約束し、さらにラスムセンの選任が否決されれば来る私のトルコ訪問に（そして、トルコに対するアメリカ国民の世論にも）悪影響が出るだろうと説得したことで、彼はようやく態度を軟化させた。

この形は、その後の8年間を通じて一つのパターンとなった。私とエルドアンは互いの自己利益のために職務上の付き合いを続けることになる。トルコはEU加盟をめぐってアメリカからの支持をあてにしていた。加えて、サダム・フセイン政権の崩壊によって勢いづいたクルド分離主義者との戦いにおいても軍事・諜報《ちょうほう》面でアメリカの支援を求めていた。一方でアメリカは、テロとの戦いとイラク安定化のためにトルコの協力を必要としている。個人的な印象としては、エルドアン首相は友好的で、こちらの求めにも多くの場合すみやかに応じてくれた。それでも、彼がその長身をわずかにかがめて、強めのスタッカートで、自分が感じているさまざまな不満や自分に向けられた数々の非礼について1オクターブほど声を高くして話すのを聞くたびに、彼が民主主義と法の支配を遵守するのは、それが自身の権力を保ってくれるあいだだけではないかと強く感じた。

民主主義という価値の存続について私が疑念を覚えたのは、トルコに関してだけではない。この旅の途中でプラハを訪問中、EUの高官たちから警戒するよう指摘された。ヨーロッパでは極右政党が台頭しつつあり、今回の経済危機によってナショナリズムや反移民感情、統合懐疑論が高まりを見せているというのだ。私はチェコのヴァーツラフ・クラウス大統領への短時間の表敬訪問に臨んだが、彼はこうした風潮の一部を体現する人物だった。2003年に大統領に就任したクラウスは“欧州懐疑論”［ヨーロッパ統合やEUの諸機関に対して批判的な政治意識］を公然と唱え、自由主義経済を熱心に支持する一方で、ウラジーミル・プーチンの崇拝者でもある。会談ではあまり深入りした話はしないよう心がけたが、彼について公式に知られている情報の数々は（クラウス大統領はチェコ国内のテレビ番組への検閲を支持し、同性愛者の権利に否定的で、地球温暖化否定論者としても悪名高かった）、中欧の政治的動向について希望を抱かせるものでは決してなかった。

こうした風潮がいつまで続くのか、見通すのは難しかった。少しずつ進歩する時期と、保守的な後退の時期。この両者のあいだを揺れ動くのが民主主義の本質なのだと私は自分に言い聞かせた（アメリカも例外ではない）。実際、クラウス大統領がアメリカの共和党上院にいたとしても、きっと自然になじんだであろう。そう考えるとはっとした。同じように、シカゴ市議会で地域の有力者として振る舞うエルドアンの姿もたやすく想像できた。そのことに安堵《あんど》と不安のどちらを覚えればいいのか、私にはわからなかった。

とはいえ、プラハを訪れたのは民主主義の現状について見極めるためではない。私たちはこの地で、その歴訪のなかでも重要な演説を予定していた。外交政策において何より重要なイニシアティブ、すなわち核兵器の削減と究極的廃絶を訴える演説である。私は4年前の上院議員選挙のときからこの問題に取り組んできた。夢を追うような非現実的な話だと多くの人に思われそうな目標だ。そうした取り組みを推し進めることにはリスクもある。だがある意味、その点こそが重要なのだと私はチームの面々に語った。なぜなら、この問題をたとえわずかでも前進させるには、すべてを超越する思い切ったビジョンが必要なのだ。もし私がマリアとサーシャに何かを残したいとすれば、それは人類が自分たち自身の手で終末を引き起こしてしまうという恐れのない世界だ。

一方で、ヨーロッパ中で大ニュースになると思われる形で核問題を取り上げることには、実質的な理由もあった。アメリカには、核開発を進めるイランと北朝鮮を阻止するための手段が必要だった（実際、北朝鮮は、私のその演説の前日、こちらの注意を引くためだけに太平洋に向けて長距離ミサイルを発射した）。今こそ、イランと北朝鮮に対して、拘束力のある経済制裁も含めた国際社会の圧力を強めるべきだ。もしここでアメリカが軍縮への世界的機運を再び訴えるだけではなく、自国の核保有量を積極的に削減するという意思を示したなら、その実現はずっと現実的になると私は考えていた。

演説当日の朝までに、私たちは核の問題を具体的かつ実現可能な提案に落とし込むことができた。これで救いようのない夢想家という印象を与えることは避けられるだろう。私は満足していた。その日は快晴で、演説の場もすばらしく、壮観だった。舞台となる広場の向こうには、遠くプラハ城（かつてはボヘミア国王や神聖ローマ皇帝の居城でもあった古城だ）がそびえている。大統領専用車〈ビースト〉はプラハの街の狭くてでこぼこした道を進み、演説を聴こうと集まってきた大勢の人々を追い越していった。年齢はさまざまだが、最も目についたのはチェコの若者たちだった。ジーンズにセーター姿で、春先のひんやりとした風を防ぐためマフラーを巻き、期待と興奮に生き生きと顔を輝かせた若者たち。私は思いを馳せた。１９６８年に起こった〈プラハの春〉の末期にソ連の戦車によって蹴散らされたのも、彼らとよく似た群衆だった。それからわずか21年後の１９８９年、その同じ路上で、さらに大きな群衆が平和的抗議のために集い、あらゆる困難を覆して共産党による支配に終止符を打ったのだ。

１９８９年当時、私はロースクールにいた。ハーバードスクエアから数キロ離れた半地下アパートの自室で一人、中古のテレビに釘《くぎ》付けになっていたのを覚えている。そうやって、のちに〈ビロード革命〉と呼ばれる出来事の行方を見守っていた。彼らの抗議運動に目を奪われ、大きく心が震えたことを今も思い出す。同じ年の数か月前に、天安門広場で戦車の前に立ちふさがった１人の男性の映像を見たときと同じ感覚だった。〈フリーダム・ライダーズ〉［1961年、アメリカ南部の公共交通機関で人種差別撤廃を目指す〈フリーダム・ライド〉と呼ばれる自由のための乗車運動に加わった人々］の画質の粗いフィルム映像を見るたびに、あるいはジョン・ルイスと彼の同志である公民権運動の闘士たちがアラバマ州セルマのエドマンド・ペタス橋を渡る姿を見るたびに感じる心の震えだった。ごく普通の人々が恐怖心やそれまでの慣習を打ち破り、心の底からの信念に従って行動する姿。若者が自分の人生について自由に発言することを可能にするために——人間の精神を縛りつける古き残虐さや、階級、区分、偽り、不公正を世界からなくすために、すべてを投げうつ姿。それこそが私自身が信じるものであり、自分もその一員に加わりたいと望む姿なのだと、そのときに気づいたのだ。

あの夜、私はなかなか眠れなかった。翌日の授業のために判例集を読む代わりに、深夜まで日記を書きつづった。まとまりきらない考えが急《せ》くように頭の中を駆けめぐる。この大いなる世界的な戦いにおいて、自分はどんな役割を果たすことになるのだろう。ただ、このとき私はすでにわかっていた。弁護士としての仕事は自分にとって通過点にすぎない、いずれ心の導くままに、どこか別の場所にたどりつくだろう、と。

それは、遠い昔のことに思える。だが、全世界に中継されるであろう演説を前にして大統領専用車の後部座席から外を眺めながら、私は気づいた。一見まったくそう見えなくても、あのときと今この瞬間は一直線につながっている。あのときの1人の若者の夢が、今の私を生み出したのだ。やがて、広いステージ後方に設けられた仮設待機所に車が停まった。私は心のどこかで、自分のことを、これまで歩んできた政治家としての自分ではなく群衆のなかにいる1人の若者のように感じていた。権力に屈さず、エルドアンやクラウスのような人々と折り合いをつけるという義務に縛られることもない、よりよい世界を追い求める同志とだけともに歩いていく、そんな1人の若者のように。

演説を終えたあと、ヴァーツラフ・ハヴェルと面会することができた。劇作家にして元反体制活動家だったハヴェルは、チェコ共和国の大統領を二期にわたって務めたのち、２００３年に退任している。プラハの春にも身を投じ、ソ連による占拠後は要注意人物としてマークされ、自らが書き下ろした作品の上演も禁止された。その政治活動を理由に何度も投獄された経験もある。ハヴェルは誰よりも、草の根の民主化運動に高潔な声を与えた人物だ。その運動がやがては共産主義時代に終わりをもたらすことになった。私にとってハヴェルは、ネルソン・マンデラやその他数人の存命する政治家と並んで、はるか高いところに存在するロールモデル的な存在だった。ロースクール時代には彼の著書をよく読んだものだ。自身の属する側が権力を手に入れ、自らが大統領に就任してもなお、彼は自分のなかの倫理的な指針を失わなかった。その姿は、汚れなき魂をもって政治の世界に入り、それを保ったまま退くことも可能なのだと私に確信させてくれた。

こちらのスケジュールの都合で、面会時間はとても短かった。ハヴェルは当時70代前半。控えめな物腰で、ごつごつとした顔には温かみがあり、くすみかけた金髪に整った口ひげ。私たちは写真撮影のためにポーズをとり、集まったメディアに対応してから、会議用の一室に腰を落ち着けた。それからハヴェルの個人通訳を介して、金融危機やロシアのこと、さらにヨーロッパの未来について45分ほど話をした。ハヴェルは、アメリカがヨーロッパの問題は解決済みだと考えてしまうことを懸念していた。実際、かつてソ連の衛星国だった国々では民主主義に対する積極的な姿勢はあまり見られない。旧体制の記憶が薄れ、ハヴェルのようにアメリカと緊密な関係を築いてきた政治家たちが表舞台を去っていくなかで、反自由主義が復活する危険性は現実のものとなっている。

「ある意味で、ソ連のときは誰が敵かわかりやすかったのです」。ハヴェルは語った。「ところが今日、独裁者たちは以前より複雑な手法を用いるようになりました。彼らは選挙に立候補し、その裏で民主主義を支えるさまざまな機関を次第に弱体化させています。自由市場を推進しながら、かつてと同じような汚職や縁故主義や搾取に関わっているのです」。ハヴェルもまた、今回の金融危機によってナショナリズムや大衆主義的な過激思想が力を増してきていると考えていた。ロシアとの関係を再構築するという私の戦略には賛意を示したものの、ジョージアの一部併合は地域全体を威嚇して介入しようとするプーチンの意図がかつてないほど公然と示された例だと警告した。「アメリカが注意を払わなくなれば、この地域の、そしてヨーロッパ全体の自由が後退してしまうでしょう」と彼は言った。

そろそろ時間だ。私はハヴェルの助言に対して感謝の意を伝え、アメリカはこれからも揺らぐことなく民主主義的な価値観を推し進めていきますと請け合った。彼はほほえんで、あなたの重荷を増やしていなければいいのだが、と言った。

「人々があなたに寄せてきた大きな期待は、あなたを苦しめるものでもあります」。彼は私と握手を交わしながら続けた。「なぜなら、彼らはまた失望もしやすいからです。私にも覚えがある。それが落とし穴となるのではないかと心配です」

ワシントンを発ってから7日後、私たち一行は帰路につくために再びエアフォースワンに乗り込んだ。くたくたに疲れ切っていた。機体前方のキャビンで少し眠って睡眠不足を解消しようかと思ったところに、国家安全保障担当補佐官のジェームズ（ジム）・ジョーンズとトーマス・ドニロンが入ってきた。そして、選挙活動中には一度も尋ねられたことのない問題について情勢を報告してきた。

「海賊？」

「そうです海賊です、大統領」。ジョーンズが答える。「ソマリア沖の。海賊たちはアメリカ人が船長を務める貨物船に接舷《せつげん》し、乗組員を人質に取っている模様です」

この問題は今に始まったことではなかった。ここ数十年、ソマリアは国家として機能不全に陥っていた。〝アフリカの角《つの》〟と呼ばれる地域に位置するこの国は、さまざまな軍閥や氏族、そして最近では危険なテロ組織〈アルシャバーブ〉によって分断され、不安定な情勢が続いている。経済は機能しておらず、そのため職のない若者たちは小型モーターボートと自動小銃ＡＫ47と簡易はしごを手に入れ、商船を襲撃するという暴挙に出ている。スエズ運河を経由してアジアと西側とをつなぐ渡航量の多い航路上で商船を襲い、人質を取って身代金を要求するという手法である。アメリカ船籍の船が巻き込まれたのは初めてだった。４人の海賊が総員20名の乗組員に危害を加えたという情報は今のところ入っていなかったが、ゲイツ国防長官はすでに米海軍ミサイル駆逐艦〈ベインブリッジ〉とフリゲート艦〈ハリバートン〉を現場海域に派遣するよう指示していた。私たちがワシントンに到着するころまでには、乗っ取られた商船をこの二隻が視認しているはずだ。

「何か進展があれば、起こしにきます」とジョーンズが言う。

「わかった」。私はそう答えながら、ここ2日間なんとか抑え込んできた疲労がじわじわと骨に染み入っていくのを感じていた。「それと、イナゴが襲ってきた場合も起こしてくれ。あと、疫病も」

「大統領？」ジョーンズが戸惑い顔になった。

「ただのジョークだよ、ジム。おやすみ」

第15章

それからの4日間、国家安全保障チームは総出でソマリア沖の公海で繰り広げられる劇的な展開にかかりきりになった。貨物船マースク・アラバマ号の乗組員たちは、海賊に船を乗っ取られる前にとっさの判断で船のエンジン機能を停止し、ほぼ全員が船内の安全な場所に身を隠していた。一方、冷静で勇気あるバーモント州出身のアメリカ人船長リチャード・フィリップスは1人、ブリッジに残った。全長155メートルの船が操舵《そうだ》不能となり、自分たちの乗ってきた小型モーターボートも航行に耐えない状態となったことで、ソマリアの海賊たちはフィリップス船長を人質にとり、閉囲型の救命ボートで逃亡することを決意する。そして、身代金200万ドルを要求してきたのだ。さらに海賊側の1人が投降したものの、アメリカ人船長の解放をめぐる交渉は膠着《こうちやく》状態に陥った。船長が脱出しようと海に飛び込み、再び捕らえられたことで、事態は緊迫の一途をたどる。

刻一刻と緊張が高まるなか、私は、船長に危機が迫っていると判断される場合はただちに海賊に向けて発砲するよう命じる継続指令を出した。そして5日目、ついにその知らせはもたらされた。真夜中、海賊のうち2人が船外に姿を現し、残る1人が船内でフィリップス船長に銃を突きつけているのが小窓越しに確認された。その瞬間、海軍特殊部隊《ネイビー・シールズ》のスナイパーが三発の銃弾を発射したのだ。海賊たちは殺害され、船長は無事だった。

この知らせを受け、ホワイトハウスの至るところでハイタッチが交わされた。ワシントン・ポスト紙は〝オバマ、早々の軍事的勝利〟という見出しでこれを報じた。しかし私は、家族と再会したフィリップス船長の姿に安堵し、優れた状況処理能力を見せた海軍特殊部隊員を誇りに思う一方で、この一件に関して誇らしく胸を叩く気分にはなれなかった。一つには単に、成功と悲劇を分けるラインがわずか数センチ差であったことを知っていたからだ。突然の波があれば、三発の銃弾は暗闇のなかでターゲットに命中する代わりにわずかに狙いを外れていたかもしれないのだ。だが、理由はそれだけではなかった。イエメンやアフガニスタン、パキスタン、それにイラク――そういった世界のさまざまな場所には、今回死んだ３人のソマリア人たちと同じような若者が大勢いる（実際のところ、彼らのなかには少年もいた。何しろ一味の最年長ですら19歳といわれている）。彼らの人生は、自暴自棄や無知、宗教的な栄誉という夢、周囲を取り巻く暴力、あるいは大人たちの策略によってねじ曲げられ、妨げられてきた。こういった若者はたしかに危険で、意図的に残虐なことを行い、あるいは意図せずして残虐なこともある。それでも私は、できれば彼らをなんとかして救いたかった。彼らを学校に行かせ、手に職をつけさせ、頭のなかを満たしている憎しみを取り除いてあげたかった。それなのに、彼らの属する世界と私が統率する組織はしばしばそれを許さず、彼らを殺すしかなくなるのだ。

こういうとらえ方をされることはめずらしいが、私の仕事の一部は人を殺すよう命じることであり、それは決して驚くべきことではない。テロとの戦いは（ロバート・ゲイツ国防長官はよくアメリカンフットボールになぞらえて、「自陣ではなく、敵陣10ヤードラインの戦い」と表現していたが）、アフガニスタンとイラクにおける戦争のあらゆる根拠となってきた。しかし、アルカイダが散り散りになって地下に潜り、インターネットや携帯電話を使って下部組織や諜報員や潜伏工作員や支持者による複雑な網の奥深くに拡散していくなかで、アメリカの国家安全保障機関はよりターゲットを絞った、従来とは異なる新たな戦い方を確立する必要に迫られていた。たとえば、パキスタン領内のアルカイダ工作員を排除するためにドローン兵器を使用するといった手法などだ。すでに世界トップクラスの高度な電子諜報機関であった国家安全保障局（ＮＳＡ）は、さらに数十億ドル規模の予算を投じて新たなスーパーコンピュータや暗号解読技術を導入し、テロリストどうしの通信や潜在的脅威を探るべくサイバー空間にくまなく目を光らせた。海軍特殊部隊と陸軍特殊部隊を柱とする国防総省《ペンタゴン》の統合特殊作戦コマンド（ＪＳＯＣ）は、アフガニスタンやイラクの交戦地帯のなかだけでなく、ときにはその外側に潜むテロ容疑者に夜襲をかけ、中央情報局（ＣＩＡ）は分析・情報収集の新たな手法を開発した。

ホワイトハウスもまた、テロの脅威に対応するための組織再編を行った。危機管理室《シチュエーションルーム》では毎月、私を議長とする会議が開かれる。すべての諜報機関が集まって最新の情勢を確認し、連携を確かなものとするためだ。ブッシュ政権下では、ターゲットとなるテロリストのランキング表が作成されていた。これは〝トップ20〟リストのようなもので、写真や別名情報、それに野球カードのように各種の主要データが記載されている。リストのなかの1人が殺害されると、必ず新たなターゲットが1人追加される。そのためラーム・エマニュエル首席補佐官などは「アルカイダの人事部はきっと、ナンバー21の欠員を埋めるのに苦労してるでしょうね」と言っていたほどだ。実際、過活動気味のこの首席補佐官は、このリストに強いこだわりを見せていた。ワシントンでの経験が長い彼は、新たに就任したリベラルな大統領にとってはテロに寛容だという印象が致命的になることをよく理解していたのだ。ラームは対ターゲット作戦の担当者をつかまえては、ナンバー10やナンバー14の居場所を特定するのになぜここまで時間がかかるのか、と問いつめていた。

私はこうしたことになんの喜びも見出さなかったし、自分に力があるとも感じなかった。私が政治の世界に入ったのは、子どもたちによりよい教育を受けさせ、家庭に医療を届け、貧しい国々がより多くの食糧を生産できるよう支援するためだ。そういう力を発揮できるかどうかで、私は自身を評価する。

それでも、テロとの戦いは必要な仕事であり、できるだけ効果的に作戦が遂行されるよう取り計らうことが私の責務だ。さらに一部の左派とは違い、私はブッシュ政権のテロ対策アプローチを大々的に非難する動きには与《くみ》していなかった。アルカイダとその下部組織は無実の人々に対して恐ろしい犯罪行為を恒常的に企てている。それを知るに十分な機密情報に私は触れてきた。アルカイダのメンバーは、素直に交渉に応じたり通常の交戦規定を守ったりするような者たちではない。そんな彼らの企みを阻止し、その存在を一掃することは、きわめて困難な任務だ。９・11直後にブッシュ大統領が取った対応のいくつかは正しいものだった。たとえば、アメリカ国内の反イスラム感情を迅速かつ一貫して抑えたこと。これは、我が国における赤狩りや日系人の強制収容といった歴史を考えれば、決して小さくない功績だ。さらに、アフガニスタンに対する初期の軍事行動について国際社会の支持を取りつけたことも適切な対応として挙げられるだろう。ブッシュ政権の方針として物議を醸した愛国者法などについても（これは私自身も過去に批判してきたのだが）、濫用される危険はあるが、アメリカ市民の自由を大々的に侵すものではないと考えていた。

より非難されるべきは、ブッシュ政権がイラク侵攻に向けて世論の支持を得るために、機密情報をねじ曲げたことだろう（２００４年大統領選挙でテロ問題を政治の武器として利用したことも）。もちろん、私はこの侵攻そのものが大きな戦略的過失だったと考えている。数十年前にこの国がべトナム戦争になだれ込んだときと同じではないか。とはいえ、アフガニスタンとイラクにおける実際の戦闘では、無差別爆撃や意図的に民間人を標的とする攻撃は行われてこなかった。〝善なる〟戦争とされる第二次世界大戦ですら、こうした攻撃は日常茶飯事だったにもかかわらずだ。さらに、アブグレイブ刑務所における捕虜虐待など一部の明白な例外を除けば、現場で任務にあたる米軍部隊は並外れて高い規律とプロ意識を示してきた。

そうであるなら、私の仕事はこれまでのテロ対策の正すべき点を正していくことであって、今あるものを根本から破壊してゼロから再スタートすることではない。私はそう考えていた。正すべき点を正す一例が、グアンタナモ収容所の閉鎖だった。グアンタナモ湾の米軍基地内にあるこの軍事刑務所を閉鎖することは、続々とこの地に移送されて無期限勾留されつづけていた収容者の流れを止めることを意味した。もう一つの例が、拷問を禁止する大統領令だ。私は政権移行時のブリーフィングで、〝特例拘置引き渡し〟やいわゆる〝強化尋問〟はブッシュ政権の二期目にはすでに行われていないと説明を受けていた。しかし、この件については、前政権からの留任組である一部高官が無神経で誠実さに欠け、ときにばかげた説明（「容疑者に後遺症が残ったり死亡したりしないよう、常に医師が同席していました」）をするのを聞くにつけ、明確なルールが必要だと確信していたのだ。

さらに、私が最も重視していたのが、透明性が高く説明責任と監視体制を備えた強固なシステムの構築だった。そのシステムは米議会や司法をも包括し、（残念ながらおそらくは）長期にわたって続くであろう苦闘に対し、信頼性の高い法的枠組みを与えるためのものだ。その構築のためには、私のもとで働いてくれる法律家たちの新鮮かつ批判的な視点が不可欠だった。彼らはホワイトハウスや国防総省、CIA、国務省の法律顧問として仕えており、大半がリベラルだった。一方で、アメリカのテロ対策のまさに中枢で活動してきた人物の力も必要だった。さまざまな政策を整理して妥協点を探るという、今後必ず訪れるであろう状況において力を貸してくれる人物。必要な変革を現実のものとするために、システムの中核に深く切り込んでくれる人物。

それが、ジョン・ブレナンだった。当時、彼は50代前半で薄くなりつつある白髪と股関節の痛み（バスケットボールの選手だった高校時代にダンクシュートで酷使したのだ）を抱え、アイルランド人ボクサーのような顔立ちをしていた。大学時代にアラビア語に興味をもったブレナンは、カイロ・アメリカン大学で学んだのち、1980年にニューヨーク・タイムズ紙の広告を見てCIAに入局。以来25年にわたってCIAに勤務し、大統領日報担当や中東支局長などを経て、ブッシュ政権下ではCIA長官補佐官として9・11後のCIAの対テロ統合部門を統括していた。

私が最も心を打たれたのは、その経歴といかにも強面《こわもて》の外見とは正反対ともいえる彼の思慮深さと偉ぶることのない態度（そして、意外にも穏やかな声）だった。ブレナンはアルカイダとその一味の掃討に揺るぎない決意で臨んでいたが、一方でイスラム文化と中東の複雑性についても造詣が深く、銃と爆弾だけでは目的を達成することはできないとよくわかっていた。当時の上官に容認されていた水責めやその他の〝強化尋問〟について、個人的には反対だったと彼は言った。私はその言葉を信じた。そして次第に、彼と諜報機関との信頼関係は私にとって計り知れない価値があると確信するようになっていった。

とはいえ、水責めが行われていた当時にブレナンがCIAに在籍していたのは事実だ。その点を考えると、私の就任後すぐに彼を長官に指名することは難しかった。私は彼に、国家安全保障担当副補佐官（国土安全保障・テロ対策担当）のポストを打診した。「あなたの仕事は私たちの価値観に沿った形でこの国を守ること、そして誰もがその価値観を共有するように確実にとりしきることだ。できますか？」。彼はできると答えた。

それからの5年間、ジョン・ブレナンはその約束を守りつづけた。私たちの改革への取り組みを統率し、ときに疑り深く反抗的なCIA官僚との橋渡し役を務めた。さらに、何か一つでもミスをすれば多くの人命が失われるという重荷を、私とともに背負ってくれた。だからこそ、彼は西棟《ウエストウイング》の大統領執務室《オーバルオフィス》の階下にある窓のない執務室にこもり、週末も休日もなく粛々と仕事に励んだのだ。他の人たちが寝ているあいだも休むことなく。そして、あらゆる情報の一片一片を断固とした厳しさと粘り強さでじっくりと検証する。その姿勢から、ホワイトハウスの面々からは〝監視者《センチネル》〟と呼ばれていた。

過去のテロ対策がもたらす後遺症を払拭し、必要なところには新たな政策を導入する、それが遅々として進まない苦行であることは、ほどなくして明らかになった。グアンタナモ収容所を閉鎖すれば、今いる勾留者と今後拘束されるテロリストたちを収容して合法的な手続きを取るための代替手段を講じなければならない。さらに、裁判を通じて情報自由法（FOIA）に基づく一連の請求がなされたことで、私はブッシュ政権時代にCIAが行っていた水責めや特例的な身柄引き渡しのプログラムに関する文書について、機密指定を解除するかどうかを決断しなければならなかった（こうした慣行を正当化する法的記録については、機密指定を解除した。なぜなら、そうした記録やプログラムの存在自体はすでに広く知られていたからだ。ただし、水責めを実際に写した写真については解除を見送った。国防総省と国務省が、これらの写真が国際社会の怒りを引き起こし、結果的にアメリカの兵士や外交官がより危険な状況に陥ることを懸念したのだ）。法律チームと国家安全保障担当スタッフは、司法と議会によるテロ対策への監視体制をいかに強化するか、そして、ニューヨーク・タイムズ紙を読んでいるテロリストに情報が筒抜けになることなく透明性を確保するにはどうしたらいいかについて、日々苦闘しながらも取り組みを進めた。

さらに、これまでのように国際社会の目には場当たり的に映りかねない外交政策を重ねる代わりに、私は我が国の対テロ政策について二つの演説を行うことに決めた。一つめの演説は主に国内向けだ。アメリカの長期的な国家安全保障は憲法の遵守と法の支配にかかっていると訴え、９・11直後の私たちはそうした基準をときに失っていたと認めたうえで、現政権が今後どのようにテロ対策にアプローチしていくかを説明する。二つめの演説はカイロで行われる予定で、世界の人々――特に世界中のイスラム教徒に向けた演説となる。こういった演説を行うことは選挙活動中から掲げていた公約だった。さまざまな情勢を考慮して演説の取りやめを勧めるスタッフもいたが、私はラームに対し、それは選択肢にないと告げた。「こうした国々の世論はたしかにひと晩では変わらないだろう。だが、西側とイスラム世界とのあいだに緊張をもたらしている根本原因に正面から向き合って平和的な共存の形を示さなければ、私たちは30年後もこの地域で戦争を続けることになる」

二つの演説を作成するにあたっては、31歳のスピーチライター、ベン・ローズの多大な才能に力を借りた。ベンは国家安全保障会議（ＮＳＣ）のスピーチライターで、のちに戦略的コミュニケーション担当の国家安全保障担当副補佐官に就任する。旧政権から引き継がれた国家安全保障機構と私とをつなぐパイプ役がブレナンだとすれば、ベンは今よりも理想主義的だった若き日の私と、今の私とをつないでくれる存在だった。マンハッタン育ちの彼は、リベラルなユダヤ系の母親とテキサス州出身で弁護士の父親のあいだに生まれた。両親はどちらもリンドン・ジョンソン政権の政府職員だった。９・11発生当時、ベンはニューヨーク大学大学院で創作（フィクション・ライティング）の修士号取得を目指していた。愛国的な怒りに燃えた彼は、自分に貢献できる道はないかとワシントンに赴く。そして、インディアナ州選出のリー・ハミルトン元下院議員のもとで職を得て、

２００６年に公表されて各方面に多大な影響を及ぼした文書『イラク研究グループ報告書』の作成に携わった。

ベンは小柄で年齢にしては髪が薄く、濃い色の眉を常にひそめているという印象だった。彼はまだ経験の浅いうちから、いわばプールの最も深いところに放り込まれた。人員不足だった私の選挙陣営にすぐさま引き入れられ、政策説明書やプレスリリース、それに主要なスピーチの原稿を次々と作成しなければならなかったのだ。その過程で、ときには〝成長痛〟に苦しむこともあった。たとえば、私が予備選挙中にベルリンで演説を行ったときのこと。その演説は、当時私が海外で行った重要な演説の一つだった。ベンと同僚のスピーチライター、ジョン・ファヴローは、その演説の趣旨をまとめる言葉として〝運命共同体〟というドイツ風の美しい表現を使うことにした。ところが、私がステージに上がる数時間前になって、この言葉は実はヒトラーがドイツ帝国議会で初めて演説した際に用いた表現だと判明したのだ（「おそらく、君の求めているのとは違う効果があるな」。私の秘書《ボディーマン》のレジー・ラヴがまじめくさった顔でコメントし、私が爆笑している傍らで、ベンは顔を真っ赤にしていた）。まだ若くはあったが、ベンは政策について臆せず意見を言い、自分より経験のある顧問に対しても堂々と反論した。その鋭い知性と頑固といえるぐらいの真剣さは、自嘲的なユーモアと健全な皮肉のセンスによって彩られている。ベンにはライターとしての感性があり、その感性は私のそれに近かった。そのことが、私とベンのあいだにファヴローとの関係にもよく似た関係性を築き上げる礎となった。つまり、ベンと1時間ほど話をしてこちらの意見を書き取ってもらうと、数日後には確実に、私の声をしっかりと反映した草稿が仕上がってくるのだ。しかも、そこには私が言ったことより本質的なものまで宿っていた。私の根本にある世界観や、ときには私の精神といったものだ。

私たちは力を合わせ、国内向けの対テロ演説についてはかなり早めに仕上げることができた。ベンの報告によれば、国防総省やＣＩＡにチェックのため草稿を提出するたびに、大量の修正を入れて戻されたそうだ。たとえば拷問のような行為に対して間接的にでも異議や批判を示すような単語、提案、描写には、いちいち編集や削除の赤線が入っていたという。職業官僚による、決してささやかとはいいがたい抵抗の表れだった。彼らの多くはブッシュ政権時にワシントン入りしている。私はベンに、ほとんどの指摘は無視していいと告げた。そして5月21日、私は国立公文書館で演説に臨んだ。アメリカ独立宣言書と合衆国憲法、そして権利章典の原本の傍らに立って。政府内外の誰もがこの演説の趣旨を万が一にも誤解することがないようにと思ってのことだ。

一方、〝イスラム演説〟（二つめの大事な演説のことを私たちはこう呼ぶようになっていた）のほうは、もう少し厄介だった。アメリカ人の大半は、イスラムについて、テロリストや石油王といったニュース番組や映画で仕入れたネガティブなイメージ以外の知識をほとんど持ち合わせていない。一方で世界中のイスラム教徒が、アメリカは自分たちの宗教を敵視していると思っている。そして、アメリカの中東政策は人々の暮らしを向上させることではなく、自国への石油供給を維持し、テロリストを殺害することでイスラエルを守ることに主眼が置かれると考えているのだ。この食い違いを考慮するなら、演説では新たな政策について説明するよりも双方が互いを理解し合えるよう促すことに力を注ぐべきだ、と私はベンに告げた。それはすなわち、数学、科学、芸術の進歩に対してイスラム文化が果たしてきた多大な貢献を称え、かつての植民地主義が今の中東の苦しみの要因の一つであると認めることだ。アメリカがかつてはこの地域における腐敗と抑圧に無関心であり、冷戦中は民主的に選ばれたイランの政権の転覆に関わっていたと認めることだ。そして、占領地区に生きるパレスチナ人たちが耐え忍んできた痛烈な屈辱感を認めることでもあった。そうした根本的な歴史がアメリカ大統領の口から語られれば、人々は不意を突かれるだろう。その結果、心を開いて、それ以外の苦い真実についても聞く耳をもってくれるかもしれない。苦い真実とは、たとえば、いまやイスラム世界の多くの地で権勢を振るうようになったイスラム原理主義が、現代的な進歩の糧となる開放や寛容の精神とは相容《あいい》れないものであり、イスラム教指導者が人々の目を自身の過ちから逸らすため西側への不満をしばしば煽《あお》っていること、そしてパレスチナ国家の樹立は暴力と反ユダヤ主義の扇動によってではなく交渉と歩み寄りによってのみ実現しうるということである。さらには、いかなる社会も、その一員である女性たちを組織的に抑圧していては真の成功は望めないということだ。

サウジアラビア王国の首都リヤドに到着した時点で、演説はまだ完成していなかった。リヤドではアブドラ・ビン・アブドゥルアジーズ・アル・サウード国王と面会する予定だった。アブドラ国王は〈メッカとメディナの〉〝二聖モスクの守護者〟の称号を有し、アラブ世界において最も権力あるリーダーである。サウジアラビアを訪れたのはこれが初めてだった。空港での盛大な歓迎式典で真っ先に気づいたのは、駐機場やターミナルに女性と子どもの姿がまったくないことだった。目に入ってくるのは、軍服か民族衣装のサウブやクーフィーヤを身につけた黒ひげの男性たちが列をなす姿だけ。もちろん、予想はしていた。湾岸諸国ではそれが普通だからだ。だが大統領専用車〈ビースト〉に乗り込むあいだも、私は、そういった住み分けを前提とした場が醸し出す圧迫感や悲しげな雰囲気にショックを受けていた。すべての色が失われた世界に突然足を踏み入れたかのようだった。

アブドラ国王は、私と随行チームの滞在先として自身が所有するリヤド郊外の馬牧場を用意してくれていた。白みがかった太陽の下、私たちを乗せた車列は警察に護衛されつつ、汚れ一つない広いハイウェイを疾走していく。巨大で飾り気のないオフィスビルや、モスク、小売店、高級車のショールームといった景色があっという間にざらつく砂漠へと変わっていくなか、私は考えていた。サウジアラビアのイスラム教は、私が子どものころに住んでいたインドネシアの信仰の形とはかなり違うようだ。１９６０年代から１９７０年代ごろのジャカルタでは、イスラム教が人々の文化に占める位置は、アメリカの普通の都市や村でキリスト教が占める位置とほぼ同じだった。つまり大切ではあるが絶対的ではなかった。礼拝の時間を告げる告知係《ムアッジン》の呼びかけが日々の時を刻み、結婚式や葬式は教義に定められた儀式に則《のっと》って執り行われる。断食月のあいだはさまざまな活動が活発でなくなり、レストランのメニューで豚肉を見つけるのは難しい。だが、それ以外の部分では、人々はそれぞれが自分らしく生きていた。女性たちはミニスカートにハイヒール姿でスクーターに乗って職場に向かい、少年少女は凧《たこ》を追いかけ、長髪の若者たちは地元のディスコでビートルズやジャクソン５《ファイブ》の曲にのって踊る。たいていのイスラム教徒は、キリスト教徒やヒンドゥー教徒、それに私の義父のように大学教育を受けた無信仰者と区別がつかない。ジャカルタの混み合ったバスに無理やり乗り込むときも、映画館で最新のカンフー映画を観るときも、道端の居酒屋の外でタバコを吸っているときも、騒音に満ちた通りを歩いているときもだ。信仰心をあからさまに示す人は当時はほとんどおらず、そういう人は冷笑の的とまではいかないまでも、少なくとも浮いている存在だった。シカゴの街中でパンフレットを配る〈エホバの証人〉の信者のようなものだ。

　だが、サウジアラビアの状況は違った。現在のアブドラ国王の父でもある、初代国王のアブドルアジーズ・イブン・サウードは、１９３２年にその治世を開始する。彼は18世紀の聖職者ムハンマド・イブン・アブドゥル・ワッハーブの教えに深く傾倒していた。アブドゥル・ワッハーブの信奉者たちは、堕落していないイスラム教を実践していると主張する。彼らはシーア派とイスラムの神秘主義《スーフィズム》を異端とみなし、伝統的なアラブ文化に照らしても保守的とされる宗教的教義に従っていた。たとえば、公の場での男女隔離や、イスラム教徒でない者との接触を避けること、それに、信仰から心を逸らす俗世の芸術や音楽、その他の娯楽を禁じるなどだ。第一次世界大戦後にオスマン帝国が崩壊するなか、アブドゥルアジーズは敵対する他のアラブ氏族への支配を強めていった。そして、ワッハーブ派の教義に沿って現在のサウジアラビアを建国したのだ。預言者ムハンマド生誕の地であり全イスラム教徒がイスラム五行《ごぎょう》［イスラム教徒が実行すべき五つの義務］に従って巡礼を目指す聖地メッカと、聖なる都市メディナ。この二つの聖地を制圧したことで、アブドゥルアジーズは全世界のイスラム教義に強大な影響を及ぼすこととなった。

サウジアラビアにおける油田の発見と、それがもたらす莫大《ばくだい》な富は、彼の影響力をさらに強めた。しかし、それは同時に、急速に近代化していく世界のなかで超保守的な教義を維持することの矛盾を浮き彫りにした。アブドゥルアジーズは王国が手にした新たな宝を存分に活用するため、欧米の技術とそのノウハウと流通チャネルを必要とした。近代的な兵器を入手して敵対国から国内の油田を守るために、アメリカとも同盟を結ぶことになる。広範囲にわたる王家の一族はその膨大な資産を投資するために西側企業を買収し、子息をケンブリッジやハーバードに留学させて近代的なビジネスの手法を学ばせるようになった。若き王子たちは、フランスの別荘やロンドンのナイトクラブ、ラスベガスのカジノといった娯楽を知る。

私はときどき考える。サウジアラビア王国が自身のもつ宗教的責務を見直し、ワッハーブ派の教義が（他のあらゆる宗教的絶対主義と同じように）現代とは相容れないことを認識し、イスラムをより穏健で寛容な方向に導くためにその富と権威を利用する道に転換するタイミングは、これまでなかったのだろうか？　おそらく、なかったのだろう。この国には古き慣習があまりにも深く根付いている。それに原理主義者との緊張が高まった１９７０年代後半、サウジアラビア王家は、宗教改革を行えば、政治と経済の面でも望ましくない改革につながると結論づけたのだろう。それは正しい。

近隣国のイランでは、革命によってイスラム共和国が樹立されていた。そうした革命を防ぐため、サウジアラビア王家は国内の最も強硬派の聖職者たちと取引をする。聖職者は、王家が国内の政治経済を絶対的に支配することを正当化する見返りとして（そして、王家の一員がときに無分別な行為にふけっても見て見ぬふりをすることで）、日々の社会交流を規制し、学校の授業内容を定め、宗教令に違反した者に懲罰を科す権限を与えられた（この懲罰には、公開鞭《むち》打ち刑や手足の切断、さらには本物のはりつけ刑も含まれていた）。さらに、おそらくもっと重要なのは、王家の計らいで何十億ドルもの巨額の金がこれらの聖職者たちに流れたことだ。その資金はスンニ派地域におけるモスクやイスラム神学校の建設にあてられた。その結果、パキスタンからエジプト、マリ、インドネシアといった広い地域で、原理主義が力を増し、他のイスラム宗派に対する寛容さが失われ、イスラム統治の押しつけが強まり、イスラム地域から西側の影響を（必要とあらば武力を用いてでも）排除せよという主張が頻繁に叫ばれるようになったのだ。サウジアラビア王家としては、国内と湾岸パートナー諸国の双方においてイラン型の革命を防ぐことができて満足だったかもしれない（もっとも、その秩序を保つためには、弾圧的な国内保安活動や大規模なメディア検閲が必要となるわけだが）。しかしその代償として、西側の影響を嫌悪し、アメリカと親密なサウジアラビアに疑念を抱く原理主義者たちの活動が国境を越えて活発化した。その活動はいわば培養シャーレとして、多くの若いイスラム教徒たちを急進化させた。

その一例が、サウジアラビアの著名な商人一家の息子で、王家とも近しい関係にあったオサマ・ビン・ラディンであり、9・11のテロ攻撃を（他の4人の共謀者とともに）計画し実行に移した15人のサウジアラビア国籍をもつ者たちだった。

じきにわかったのだが、私が滞在した場所の〝牧場〟という名称には少しばかり語弊があった。広大な土地にいくつもの別荘を備え、金めっきが施された配管やクリスタルのシャンデリアや豪奢《ごうしゃ》な家具類をしつらえたアブドラ国王所有のその施設は、むしろ砂漠の真ん中に突如現れた高級ホテルといった様相だった。国王本人は当時80代ながら、黒々とした口ひげと顎ひげをたくわえていた（男性としてのこの種の身だしなみは世界のリーダーに共通の特徴らしい）。彼は本邸への入り口らしきエントランスで温かく私を迎えてくれた。その傍らには、サウジアラビアのアーデル・アル・ジュベイル駐米大使が控えている。ひげをきれいに剃《そ》り上げたアル・ジュベイルは、アメリカで教育を受けた外交官だ。非の打ちどころのない英語と過剰なほどの愛想のよさに加え、広報分野に精通し、ワシントンにも深い人脈を有していることから、9・11発生時には、ダメージコントロールを狙うサウジアラビアにとって理想的な交渉窓口となった。

この日の国王はおおらかだった。アル・ジュベイルの通訳を介して、1945年に国王の父がフランクリン・ルーズベルト大統領と重巡洋艦〈クインシー〉の船上で会談したときのことを懐かしそうに思い起こす。サウジアラビアがアメリカとの同盟関係にいかに大きな価値を置いているかを強調し、私が大統領に選出されるのを知ったときの喜びも語ってくれた。私がカイロで演説することについても賛意を示したうえで、イスラムは平和的な宗教だと訴え、異教徒間の対話を促すために国王自身が行ってきた取り組みについても触れた。さらに、サウジアラビアとしては私の経済顧問と協力し、石油価格が金融危機後の回復を妨げることがないよう取り計らうとも約束してくれた。

しかし、こちらの具体的な二つの要請——すなわち、サウジアラビアと他のアラブ連盟諸国からイスラエルに対して、パレスチナとの和平交渉にはずみをつけるようななんらかの意思表示を検討してほしいという要請と、グアンタナモ収容所の一部収容者をサウジアラビアのリハビリテーション施設に移送する可能性について両国チーム間で検討したいという要請については、国王ははっきりとした答えを避けた。明らかに、論争が起こるのを懸念してのことだろう。

国王が私たち代表団のために主催してくれた昼の祝宴会では、会話のトーンも明るいものになった。それはまるでおとぎ話から抜け出てきたような豪華絢爛《けんらん》な催しで、15メートルはあるテーブルの上には、羊の丸焼きや山盛りのサフラン・ライスをはじめ、ありとあらゆる伝統料理と西洋料理が並んでいた。60人ほどいた出席者のうち女性は3人だけで、そのうちの2人は私のスケジュール管理担当のアリッサ・マストロモナコと上級顧問のヴァレリー・ジャレットだった。アリッサは見たところ、テーブルの向かいに座るサウジアラビアの高官たちとそこそこ楽しそうにおしゃべりをしている。頭に巻いたスカーフがスープ皿に落ちないように多少苦労しているようすではあったが。

国王に家族について尋ねられた私は、ミシェルと娘たちがホワイトハウスの暮らしに慣れるまでのことを語った。国王は、自分には妻が12人いるという（ニュース記事では30人近いと推測されていた）。子どもは40人いて、孫もひ孫もさらに何十人もいるのだそうだ。

「こんなことをお尋ねしてお気を悪くなさらないといいのですが、陛下」。私は言った。「12人も奥様がいて、どうやってうまく折り合いを？」

「それが、とても大変でね」。国王はげんなりしたようすで頭を振りながら答えた。「誰かが必ずほかの誰かに嫉妬する。中東政策よりも複雑だよ」

その後、私の宿泊する別荘にスピーチライターのベンと顧問のデニス・マクドノーがやってきた。カイロでの演説の最終調整について話し合うためだ。仕事にかかろうというとき、私は暖炉の飾り棚の上に大きな旅行用スーツケースが置かれているのに気づいた。留め金を外して、上側を持ち上げてみる。ケースの片側には、大理石の土台に広大な砂漠の風景と黄金の小像をあしらった置物と、温度差を動力とするガラス製の時計が入っていた。もう片方の側には、ビロードケースに収められた自転車チェーンの半分ぐらいありそうなネックレス。数十万ドルはするのではと思うようなルビーやダイヤモンドがちりばめられている。しかも、そろいの指輪とイヤリング付きだ。私は顔を上げてベンとデニスを見やった。

「奥様へのささやかな贈り物というわけです」とデニス。代表団の他の者たちの部屋にも、高級時計の入ったケースが待ち受けていたという。「どうやら、我々が金品の授受を禁止されていることを、誰もサウジアラビア側に伝えてなかったようですね」

ずっしりと重い装飾品を手に取りながら、私は考えていた。こういった贈り物がこれまで何度、サウジアラビアを公式訪問した他国の首脳たちにひっそりと用意されたのだろう？　金品の授受を禁止するルールのない（あるいは、少なくとも実効力があるルールの存在しない）国の首脳たちに。私は自分自身が殺害を命じた、あのソマリアの海賊たちのことを再び思った。彼らは全員がイスラム教徒だった。それに、ここから国境を越えた先にある近隣のイエメンやイラクに、エジプトに、ヨルダンに、アフガニスタンに、パキスタンにいる、彼らと同じような若者たち。彼らが一生働いたとしても、その生涯収入はきっと私が今手にしているネックレスの価格にとうてい及ばない。そういう若者たちのわずか1パーセントを急進化させるだけで、50万人もの軍勢を生み出すことができるのだ。永遠の栄光を手にするために、あるいはただ単に今より少しでもましな何かを味わうためだけに、喜んで命さえ投げ出す軍勢を。

私はネックレスを元の位置に戻して、ケースを閉じた。「よし、仕事にかかろうか」


グレーター・カイロは１６００万人を超える人口を擁する大都市圏だ。しかし、翌日空港から車で移動するあいだ、私たちは１人の住人も目にすることがなかった。普段はその混沌ぶりで知られる道路も数キロにわたって空っぽだ。ただし、至るところに警察官が配置されている。その光景は、エジプト大統領ホスニ・ムバラクがこの国に及ぼす強大な支配力を――そして、現地の過激派グループにとってアメリカ大統領がいかに魅力的な標的であるかを物語っていた。

伝統に縛られたサウジアラビアの君主制が近代アラブ統治の一つの道だとすれば、もう一つ別の道を示しているのがエジプトの独裁政権だろう。１９５０年代前半、カリスマ性をもち、あか抜けたガマル・アブドゥル・ナセルという名の陸軍大佐が、軍を率いてエジプト王政を転覆させ、世俗的な一党独裁国家を樹立する。彼はその直後、イギリスとフランスによる軍事介入の試みを退け、スエズ運河を国有化した。これにより、ナセルは植民地主義との戦いにおける世界的な象徴となり、アラブ世界では指導者として抜群に高い人気を誇ることとなった。

ナセルはさらに主要な産業を次々と国有化し、国内の農地改革に着手、大規模な公共事業をスタートさせる。すべては、イギリスによる統治とエジプトの過去の封建制が残した傷跡を消し去ることを目的としていた。対外的には、世俗的でやや社会主義的なアラブ民族主義を積極的に推し進め、イスラエルとの勝ち目のない戦いに挑み、パレスチナ解放機構（ＰＬＯ）とアラブ連盟の設立を支援し、非同盟運動（ＮＡＭ）の創立メンバーとなった。表向きには東西冷戦のどちらの側にも属さないことを主張するこの運動は、アメリカ政府の疑念と憤りを招くこととなる。その理由の一つは、ナセルが経済・軍事面でソ連からの支援を受けていたことだ。さらに、ナセルはエジプト国内の反対派を容赦なく弾圧し、敵対政党の設立を取り締まった。特に標的となったのがムスリム同胞団である。ムスリム同胞団は草の根の政治動員と慈善活動を通じてイスラム政府の樹立を目指す組織だが、メンバーのなかにはときに暴力に走る者も含まれていた。

ナセルの権威主義的な統治スタイルはあまりにも強力だったため、彼が1970年に死去したあとも、中東の指導者たちはこのスタイルを模倣しようとした。ただし、彼らにはナセルのような高度な知識や大衆に訴えかける能力が欠けていた。そのため、シリアのハーフィズ・アル・アサドや、イラクのサダム・フセイン、リビアのムアンマル・アル・カダフィといった指導者たちは、主に汚職や利益供与、激しい弾圧、そしてイスラエルに対する継続的ながら効果の薄い軍事行動によって自らの権力を維持していくこととなる。

ナセルの後継者だったアンワル・サダト大統領が1981年に暗殺されると、ホスニ・ムバラクもまた、ほぼ同じスタイルを用いて権力を握った。ただし、そこには一つ大きな違いがあった。サダト大統領がイスラエルとのあいだに和平合意を結んだことで、エジプトはアメリカの同盟国となったのだ。以降、アメリカ政権はエジプト政権の汚職の増加や、人権問題への乏しい対応、そしてときおり噴出する反ユダヤ主義に監視の目を光らせることになる。一方、アメリカからではなくサウジアラビアをはじめとする湾岸の石油産出国からたっぷりと支援を受けていたムバラク政権は、低迷する国内経済の改革にあえて踏み切ろうとは考えなかった。このことが今現在、仕事もなく不満を抱える若者世代を生み出しているのだ。

私たちを乗せた車列はクッバ宮殿に到着した。19世紀中期に建設された精緻《せいち》なつくりのこの建物は、カイロに建てられた三つの大統領宮殿のうちの一つである。歓迎式典のあと、私はムバラク大統領の執務室に招かれて1時間ほどの会談を行った。ムバラクは当時81歳だったが、肩幅の広いがっしりとした体つきをしていた。ローマ人のような鼻に、額から後ろに撫《な》でつけられた黒髪。半ば閉じられたまぶたは、自身の権力に慣れきっていると同時に、どこかそれに飽き飽きしているかのような印象を醸し出していた。そんな彼とエジプト経済について話し合い、アラブとイスラエルの和平交渉を再加速させる方策について意見を求めたのち、私は話題を人権問題に移した。政治犯の釈放とメディアへの締めつけ緩和に向けて、取るべき措置を提案したのだ。

ムバラクは訛《なま》りはあるが十分に通じる英語で、私の懸念を礼儀正しくかわした。保安機関が標的とするのはイスラム過激派だけであり、国民は大統領の毅然《きぜん》とした対応を強く支持しているという。しかし、私の心には依然として、ある印象が残った。その印象は、高齢の独裁者と対面するたびにすっかり見知った感覚となっていった。彼らは宮殿に閉じこもり、他者とのやりとりはすべて取り巻きの厚かましいご機嫌取りを介してすませる。そうしているうちに、自身の利益と国家の利益とを区別できなくなってしまうのだ。自分の権力を守ってくれる、複雑にからみ合う利権とビジネス利益。彼らの行動の目的は、いつの間にかそれを維持することだけになっていく。

それに比べて、なんと対照的だろう。カイロ大学の大講堂に歩み入った私の目に映ったのは、今にもはじけんばかりのエネルギーをたたえた満員の聴衆だった。私たちはあらかじめ、今回の演説をエジプト社会の幅広い層に公開するようエジプト政府に強く求めていた。会場に集まった３０００人の聴衆のなかに、大学生、ジャーナリスト、学者、女性団体のリーダー、地域社会活動家、さらには著名な聖職者やムスリム同胞団の一員までもが同席しているという事実は、それだけでもこの演説を唯一無二のものにし、テレビ中継を通じて世界中の人々の心を動かすだろう。私がステージに上がり、イスラム式に「アッサラーム・アライクム［あなたに平安あれ］」と挨拶するやいなや、とどろくような好意的歓声がわき起こった。私は慎重に、たった一度の演説が根深い問題を解決することはないと明確に伝えるよう心がけた。それでも、民主主義について、人権と女性の権利について、宗教的な寛容について、そして安全なイスラエルと独立したパレスチナ国家との真の恒久平和について語りかけ、繰り返し鳴り響く拍手と歓声を聞きながら、新たな中東の始まりをありありと想像することができた。今この講堂にいる若者たちが、新しい企業や学校をつくり、しっかりと機能する対応力ある政府を率い、自分たちのなかの信仰のイメージを、伝統に忠実でありながら他の英知の源にも寛容な形へと少しずつ変えていく――そんなもう一つの現実を想像することは、その瞬間、決して難しくはなかった。聴衆席の三列目でしかめ面をしていた政府高官たちにも、きっと想像できただろう。

総立ちの聴衆からの鳴りやまない拍手を浴びながらステージを降りた私は、いつもどおりベンを探した。彼はいつも、自分が草稿に手を貸した演説については、緊張のあまり直接聴くことができない。どこか奥の小部屋に引っ込んでブラックベリーをいじっているのが常だった。その日のベンは満面の笑顔だった。

「どうやら、うまくいったみたいだな」。私は言った。

「ええ、歴史的ですよ」。そう答える彼の声に、皮肉の響きはみじんもなかった。

後年、私を批判する人々だけでなく私を支持する層の一部までもが、このときのカイロ演説での志高く希望に満ちたトーンと、二期にわたる大統領任期中に中東で起こった残酷な現実とのギャップをあげつらった。あの演説は純朴さが罪であることを如実に示すものだ、という者もいる。ムバラク大統領のようにアメリカに協力的な人物の基盤を弱らせることで混沌を深める結果を招いたというのだ。一方で、問題は演説のなかで語られたビジョンではなくそのビジョンを効果的かつ意義ある行動によって実現できなかったことだ、ともいわれた。もちろん、そうした批判に反論したいという思いはあった。この地域の長きにわたる課題はたった一度の演説では解決しない、と私ははっきり言ったはずだし、あの日に述べた構想は大きなもの（イスラエルとパレスチナの協定）から小さなもの（起業家を志す人々のための研修プログラムの創設）まで、どれも強力に推し進めている。あの日カイロで主張したことを、私はこれからも主張しつづけるだろう。

とはいえ結局のところ、事実とは実際に起こったことだけを指すものだ。若き日にコミュニティ・オーガナイザーとして直面した数々の疑問を、私は今も心から拭い去れずにいる。力及ばないと知りながら、あるべき世界を語ることにはたして意味はあるのか？ チェコのヴァーツラフ・ハヴェル元大統領に言われたとおり、私は人々の期待を高めることで、結局は彼らを失望させてしまうのではないか？ 抽象的な主義主張や高尚な理想はこれまでも、そしてこれから先も、絶望を振り払う一時しのぎの見せかけに過ぎず、人間を真に駆りたてる原始的な欲求の前では無力なのではないか？ だとすれば私たちが何を言おうが何をしようが、歴史は定められた道をひたすら進んでいくのではないか？ 永遠に循環する、恐怖と飢えと争いと支配と弱さのサイクルという道を。

このときも、そうした疑念が自然と湧き上がってきた。演説がもたらした興奮はすぐさま、帰国後に待ち受けている数々の課題や、私の目指すものを阻むたくさんの圧力についての思索に代わってしまう。演説のすぐあとに予定されていた見学ツアーが私の悩みをさらに深くした。私たちはヘリコプターに乗って、無秩序に広がる都市のはるか上空を15分ほど飛行した。キュビズムの作品を思わせるクリーム色の雑多な建物の群れが唐突に消え去ると、目に映るのは砂漠と太陽、そして地平線を切り裂くようにそびえ立つピラミッドの驚くべき幾何学的ラインのみとなる。ヘリコプターが着陸すると、カイロ随一のエジプト学者が私たちを迎えてくれた。まるで『インディ・ジョーンズ』の映画から飛び出てきたような陽気で一風変わった紳士で、つば広のくったりした帽子をかぶっている。それから数時間ほど、この場所は私たち一行の貸し切りとなった。私たちはピラミッドの四面を覆う古代のボルダリング岩のような巨石をよじ登り、スフィンクスの影の下にたたずんで、その静謐《せいひつ》で無感情なまなざしを見上げた。狭い竪穴《たてあな》を登って、薄暗いファラオの部屋にも立ち入らせてもらった。もっとも、その謎めいた空気は、デイヴィッド・アクセルロッドの時代を超えた発言で断ち切られてしまったのだが。一同が竪穴を出るため慎重にはしごを降りている最中、彼はこう言ったのだ。

「くそっ、ラーム、もうちょっとゆっくり頼む——君の尻が顔の真ん前にきてるんだ」

その後、ロバート・ギブズと数名のスタッフがラクダに乗ってお決まりの観光写真を撮ろうとするのを眺めていると、レジーとマーヴィン・ニコルソンがこっちに来てくれと手招きしているのが見えた。そこはピラミッドの小さな神殿の一つにある通路だった。

「ほら、見てください、ボス」。レジーがそう言って、壁を指さした。多孔質のなめらかな石の壁面に、黒っぽい男性の顔の絵が刻まれている。ヒエログリフによくある横顔ではなく、正面から描かれた顔だ。長めの楕円形の輪郭に、取っ手のように突き出した目立つ耳。漫画化された私の顔ではないか。ただし、古《いにしえ》の時代に刻まれた漫画だが。

「きっとご先祖ですよ」とマーヴィン。

みんないっせいに笑った。それから、2人はラクダ組に合流しようと外に出ていった。ここに描かれている人物が何者なのかは、ガイドもわからないという。ピラミッドの時代に描かれたものかどうかすらも不明だそうだ。それでも、私はもう一瞬壁の前で足を止め、この壁画の向こうにあった人生を想像しようとした。この人物は宮廷の一員だったのだろうか？　それとも奴隷？　親方？　あるいは、ただの退屈したヴァンダル族の男かもしれない。この神殿の壁がつくられた何世紀もあとに、ここで野宿をしたのだ。そして夜空の星々に誘われ孤独に駆られて、ふと自分の似顔絵を描いてみたのかもしれない。私は想像する。彼をさいなんでいたであろう不安や苦闘を。彼が生きたであろう世界の在りようを。そこにはきっと、苦しみや、宮廷内の策謀、征服、災厄があふれていたのだろう。それらは当時にしてみれば、ワシントンで私の帰りを待ち受けている数々の課題に負けず劣らず差し迫った問題だったかもしれない。しかし、今ではすべて忘れ去られてしまった。すべてが、もはや重要ではなくなった。ファラオも、奴隷も、ヴァンダル族も、はるか昔に塵《ちり》と化して滅びたのだ。

私の行ったあらゆる演説が、成立させた法律が、一つ一つの決断が、やがてはすべて忘れ去られるように。

私も愛する人たちもみな、いつかは塵と化して消え去るように。

帰国の途につく前に、もう少し現代に近い歴史をたどる機会もあった。フランスのニコラ・サルコジ大統領が連合国によるノルマンディー上陸作戦の65周年記念式典を企画していて、私も演説を頼まれていたのだ。私たちは直接フランスに向かうのではなく、まずドイツのドレスデンに立ち寄った。第二次世界大戦の末期にかけて、ドレスデンは連合国側の爆撃を受けて火の海となり、それによって推定2万5０００人もの市民が命を落としている。今回の私の訪問は、いまや強固な同盟相手となったドイツに明確な意思をもって敬意を示すものだった。私はアンゲラ・メルケル首相とともに18世紀の有名な教会を見学した。空襲によって破壊され、その50年後に再建された教会だ。

そこに飾られている黄金の十字架と宝珠《オーブ》はイギリスの銀細工職人の手によるものだが、その職人の父親はドレスデン爆撃に参加したパイロットの一人だったそうだ。彼の作品は、たとえ戦争で正しい側にいたとしても、敵の苦しみから目を背けたり、和解の可能性を閉ざしてはならないと思い出させてくれる。

その後、私とメルケル首相はノーベル平和賞受賞者で作家のエリ・ヴィーゼルと合流し、ブーヘンヴァルト強制収容所跡を訪れた。これもまた、実質的な政治的意義のある訪問だった。というのも、私たちは当初カイロでの演説後にイスラエルのテルアビブを訪れることを検討していた。しかし、パレスチナ問題を演説のメインテーマとするのは避けてほしい、アラブとイスラエルの対立が中東の混迷の原因であるという見方を助長しないでほしいというイスラエル政府側の要望に配慮する形で、訪問先を変更したのだ。ホロコーストの現場となった土地の一つを訪ねることは、イスラエルとユダヤ人の安全に対する私の努力を示すことにつながる。

さらに、この訪問を望んだのにはもっと個人的な理由もあった。大学時代、私はエリ・ヴィーゼルの話を聞く機会があり、彼が語ったブーヘンヴァルト生存者としての体験に深く心を動かされた。そして彼の著作を読むうちに、そこに揺るぎない道徳的核心を見いだしたのだ。それは私を力づけると同時に、よりよい自分になれと鼓舞してくるのだった。エリと友人になれたことは、上院議員時代に私が得た大きな喜びの一つだ。実は、私の大叔父（祖母の弟《トゥート》）のチャールズ・ペインは、1945年4月にブーヘンヴァルトの外部収容所《サブキャンプ》に進軍し、これを解放した米軍歩兵師団の一員だった。そのことをエリに話したら、彼はいつか必ずいっしょに現地を訪れようと言ってくれたのだ。今こうして彼とともに来たことで、あのときの約束が果たされたことになる。

「この木々が言葉をしゃべれたらな」。エリは柔らかな声でそう言いながら、堂々と立ち並ぶブナの木々に向かって手を振ってみせた。私たちとメルケル首相は、旧ブーヘンヴァルト強制収容所の正面入り口へと続く砂利道をゆっくりと歩いていた。灰色の雲が低く垂れこめるなか、報道陣は礼儀正しくこちらと距離をとっている。私たちは、この収容所で命を落とした人々を慰霊する二つの記念碑の前で足を止めた。並んだ石板には犠牲者の名前が刻まれている。そこにはエリの父親の名も含まれていた。もう一つの記念碑は、犠牲者の出身国を記した鋼鉄製のプレートだった。このプレートは常に摂氏37度の温かさに保たれている。人間の体温と同じ温度だ。それは、この憎しみと不寛容の地において、誰もがもつ人間らしさに思いを馳せることを促すメッセージだった。

それから1時間ほど、私たちは収容所の跡地を歩いた。監視塔や有刺鉄線の張られた壁を通り過ぎ、火葬場の暗い焼却炉を覗《のぞ》き込み、土台だけが残された収容宿舎跡を一周する。かつての収容所のようすを写した写真もあった。ほとんどは、解放時に米軍部隊が撮影したものだ。そのうちの一枚に、16歳のエリが写っていた。並んだ寝棚の一つから顔を出す彼は、ハンサムな顔立ちと悲しげな目こそ今と変わらないものの、飢えと、病と、彼自身が目撃したあらゆる非道によってずたずたになっていた。エリは私とメルケルに、当時の囚人たちが生き残るために用いていた日々の戦略について教えてくれた。体が丈夫だったり幸運だったりする囚人が、弱い者や死にかけた者のために食料を盗んでいたこと。あまりにも不潔なために守衛も入ってこないような仮設便所に集まって、抵抗のための会議を開いていたこと。大人たちが秘密の教室を開き、子どもたちに数学や詩や歴史を教えていたこと——知識を授けるためだけではない。いつか必ずここから出て普通の人生を送れる日が来るのだと、子どもたちが信じつづけられるためでもあった。

その後の記者会見で、メルケル首相ははっきりと、そして謙虚に、ドイツ人は過去を忘れてはならないと述べた。なぜ自分たちの祖国がこのような残虐な行為に及ぶに至ったのかという苦痛に満ちた問いと向き合いつづけるために。そして、今の自分たちには、さまざまな形の偏狭さに立ち向かう特別な責務があるのだと認識するために。続いて、エリが語った。1945年に強制収容所から解放されたとき、彼は未来への希望に満ちていたという。なぜなら、憎しみの無益さや人種差別の愚かさ、そして「他人の心や領土や大志を征服しようという試みが（……）無意味である」ことを、世界はこれではっきりと学んだはずだと思ったからだ。しかし、カンボジアで、ルワンダで、ダルフールで、ボスニア＝ヘルツェゴビナで、大量虐殺が起きてしまった今となっては、彼は、その当時の楽観がはたして正しかったのか自信がないという。

それでも彼は私たちに、そして私に、決意をもってブーヘンヴァルトを去ってほしいと望んだ。それは、平和をもたらす努力をし、今こうして立っている場所で過去に起こった出来事の記憶を、怒りや分断を超えて結束の強さを見出す力とするためだ。

そんな彼の言葉を胸に、私は、この歴訪における最後から二番目の目的地、ノルマンディーに向かった。雲一つない晴天のもと、何千もの人が米軍戦没者墓地に集っていた。その墓地は英仏海峡の白波の立つ青い海を見下ろす高い崖の上にあった。ヘリコプターで現地に向かっているあいだ、眼下に広がる小石に覆われた海岸を見やった。そこは65年前、15万人を超える連合国軍兵士（そのおよそ半数がアメリカ人だった）が容赦ない敵の砲撃を受けながら高波を突っ切って上陸を目指した場所だ。兵士らはオック岬の切り立った崖を制圧し、上陸拠点を設置した。それが戦いの勝利を決める決定的な要因となった。濃い緑の草地に列をなす何千もの骨のように白い大理石の墓標は、そのために払われた代償の大きさを物語っていた。

私は陸軍の若きレンジャー隊員たちに迎えられた。彼らはこの日、上陸決行日（Dデー）に水陸両面からの上陸作戦の一環として行われたパラシュート降下を再現した。今は全員が礼服姿だ。誰もがハンサムで壮健そうで、抱いてしかるべき誇りに顔を輝かせている。私は彼ら一人一人と握手をして、出身地や現在の配属先を尋ねた。するとコーリー・レムズバーグという名の一等軍曹が、ここにいるほとんどはイラクから戻ったばかりですと説明してくれた。彼自身はこれから数週間以内に10回目の派遣となるアフガニスタンに向かうという。彼はすぐにこうつけ加えた。

「65年前にこの地で兵士たちが行ったことに比べたら、どうということはありません、サー。彼らのおかげで、今の私たちの生活があるのですから」

その日集まった参加者を見渡し、私はあらためて気づかされた。Dデーや第二次世界大戦を経験した退役軍人のうち、今も存命で、しかもこの地に赴けるほど健康な人はとても少ない。今回それができた人たちも、多くは車椅子や歩行器を必要としている。参加者のなかには、カンザス州出身の辛口の元上院議員、ボブ・ドールもいた。第二次世界大戦中に負った悲惨な負傷を乗り越え、ワシントンで最も尊敬されるベテラン上院議員の1人となった人物だ。祖母《トゥート》の弟、チャーリーも、妻のメラニーを伴って私のゲストとして出席していた。かつては図書館司書だったチャールズは、私が知るなかで最も穏やかで控えめな人物の1人だ。トゥートの話によれば、彼は兵士としての体験にあまりにもひどいショックを受けたため、戦場から帰ってきて半年間はほとんど口をきかなかったという。

どのような傷を負っていても、ここに集まった人たちは静かな誇りをにじませていた。退役兵のキャップをかぶり、こざっぱりとしたブレザーに美しく磨かれた勲章をピンで留めている。談笑し合い、私や知らない人々からの握手や感謝の言葉に応じ、子どもや孫たちに囲まれていた。その子どもや孫たちは、英雄としての彼らよりも、その後の人生を生きてきた彼らのほうをずっとよく知っている。教師としての、エンジニアとしての、工場労働者としての、店主としての彼ら。愛する恋人と結婚し、マイホームを買うために懸命に働き、憂鬱や失意と戦い、少年野球のコーチを務め、教会やシナゴーグでボランティア活動に励み、やがて自分の息子や娘が結婚して家庭をもつのを見守ってきた、そういう彼らの姿を見てきたのだ。

式典が始まり、壇上に立った私は気づいていた。ここに集まった80歳を超える退役軍人たちは、私の心に生じたあらゆる疑念に十分すぎるほどの答えをくれた。たしかに、カイロでの演説はなんの成果も生み出さないかもしれない。私が何をしようと、中東の機能不全は続くのかもしれない。ムバラクのような人物をなだめすかしつつ、こちらを殺そうとする者たちを殺害するのが望みうる最善の道なのかもしれない。あるいは、ピラミッドがささやきかけてきたとおり、長い目で見ればすべてが小事なのかもしれない。とはいえ、私たち人間が正しく時間を把握できる数百年というスパンに限ってみれば、65年前にアメリカ大統領が取った行動はたしかに世界をよりよい方向に導いたのだ。当時の人々が――今日出会ったレンジャー隊員たちと同じぐらいの年齢の若者たちが払った犠牲は、確実に大きな変化をもたらした。その犠牲の恩恵を受けたエリ・ヴィーゼルの証言が変化をもたらしたように。自国の悲劇的過去から学ぼうとするアンゲラ・メルケルの意志が、変化をもたらしたように。

私の演説の順番がまわってきた。私は今日ここに集って称《たた》えるべき人たちのうち、数人のエピソードを語った。「私たちの歴史は常に、個々の人間が行ってきた選択と行動の総体です」。私はそう結論づけた。「歴史は常に、私たち次第なのです」。ステージの私の後ろに座っている年配の退役軍人たちを振り返りながら、私はそれが真実だと確信していた。

第16章

ホワイトハウスに来て初めての春の訪れは早かった。3月半ばには、もう空気が柔らかくほころび、日が伸びる。暖かくなるにつれて、南側の庭《サウスローン》は探検を待つ秘密の公園のようになっていった。緑豊かな広大な芝生を囲むように、大きなナラやニレの木々が立ち並び、木陰をつくる。生け垣の後ろにひっそりとたたずむ小池。その小池に続く石畳の小道には、歴代大統領の子どもや孫たちの手形が埋め込まれている。あちこちに鬼ごっこやかくれんぼにぴったりの物陰や奥まった場所があり、ときにはちょっとした野生の生き物に出会えることもあった。リスやウサギだけではない。アカオノスリ（タカの仲間で、ホワイトハウスを訪れた小学4年生の子どもたちに〝リンカーン〟と名付けられた）や、すらっとした脚の長いキツネもいた。このキツネは午後遅めの時間になると、ときおり遠くに姿を見せる。ときには大胆にも柱廊《コロネード》近くまでふらふらとやってくることもあった。

冬のあいだこそ閉じこもっていた私たちだが、新しい裏庭をフル活用することにした。スイミングプールの近く、大統領執務室《オーバルオフィス》の真ん前には、サーシャとマリアのためにブランコを設置した。午後のミーティングであれこれと難題を話し合っている最中にふと外を見れば、ときには娘たちが遊んでいる姿を目にできる。2人は高々とブランコを漕ぎながら、至福の喜びに顔を輝かせていたものだ。テニスコートの両端には、持ち運び式のバスケットボール用ゴールも取り付けた。私と秘書《ボディーマン》のレジー・ラヴとでちょっと外に抜け出してシュート合戦に興じたり、スタッフたちが5対5《ファイブ・オン・ファイブ》の部署対抗戦を行ったりできるようにだ。

さらに、シェフのサム・カスやホワイトハウスの園芸担当者、それに地元の小学校の熱心な5年生グループに協力してもらって、ミシェルは菜園をつくった。食の健康を奨励するための、有意義ながらも控えめなプロジェクトになるはずだった。ところが、それが結局は一大ブームを巻き起こすことになる。全国のあちこちで学校や地域の菜園がつくられ、国際的にも注目され、そして最初の夏の終わりには、たくさんの農作物が収穫されたのだ。コラード、ニンジン、パプリカ、フェンネル、タマネギ、レタス、ブロッコリー、イチゴ、ブルーベリー……挙げればきりがない。そのためホワイトハウスの厨房《ちゆうぼう》では、余った野菜を何箱も地元のフードバンクに寄付するようになった。さらに、思いがけないおまけもあった。敷地管理スタッフの1人が趣味で養蜂をしていることがわかり、その彼にハチの巣箱を設置してもらったのだ。おかげで、1年で45キロ以上のハチミツが採れるようになったばかりか、海軍食堂《ネイビーメス》の先進的な地ビール醸造所がハチミツを使ったビールのレシピがあると教えてくれた。私はさっそく自家醸造キットを購入し、大統領としては史上初のビール醸造家になったのだ（聞いた話によると、初代大統領ジョージ・ワシントンも自家製ウイスキーをつくっていたらしい）。

だが、ホワイトハウス1年目にもたらされた数々の喜びのなかでも、4月半ばにボーがやって来たことに勝る喜びはなかった。ボーは思わず抱きしめたくなるような黒い毛むくじゃらの犬で、胸と前脚の先だけが雪のように白い。大統領選の前から子犬を飼いたいとロビー活動に励んできたマリアとサーシャは、ボーと初めて対面したときには喜びのあまりキャッキャッと声を上げてはしゃいだ。ボーに耳や顔をなめられるままに、居住棟《レジデンス》の床の上を2人と1匹で転げまわる。ボーにすっかり心奪われたのは、娘たちだけではない。ミシェルもたくさんの時間をボーとともに過ごし、芸を教え込んだり、膝にのせてあやしたり、こっそりベーコンをやったりしていた。そのようすを見た彼女の母のマリアンは、少女時代のミシェルが犬を飼いたがっていたのに許してやらずに親として悪いことをしたと思う、と打ち明けてくれた。

一方で私はというと、かつて誰かが言ったように、政治家にとってワシントンで唯一信頼できる友を得ることとなった。さらにボーのおかげで、夜の書類仕事をいったん脇に置いて、家族といっしょにサウスローンに夕食後の散歩に繰り出す言い訳がまた一つ増えた。だんだんと紫と金色の縞模様へと変わっていく夕暮れの空の下で、ミシェルがほほえみながら私の手を握る。茂みに飛び込んでは弾むように走りまわるボーと、それを追いかける娘たち。マリアはときどきこちらに追いついては、鳥の巣のことや雲がどうやってできるのかについて私を質問攻めにする。サーシャは私の片方の脚にぎゅっと抱きついて、その状態で私がどれくらい歩けるか試そうとする。そういったひとときにこそ、私は自分がとても普通で、満たされていて、１人の男として望みうる限りの幸せ者だと感じた。

ボーは、テッド・ケネディ上院議員と妻のヴィッキーからの贈り物という形で我が家にやってきた。テッドの愛する二匹のポーチュギーズ・ウォーター・ドッグと同じ血筋の兄弟犬のうち、一匹がボーだったのだ。ケネディ夫妻からの申し出はなかなか思慮深いものだった。なにしろ、この犬種はアレルギーを起こしにくい（マリアにアレルギーがあるため、これは必須条件だった）。そのうえ、２人はボーがしっかりとしつけを受けたうえで我が家にくるよう配慮してくれた。私は２人にお礼の電話をかけたが、そのときはヴィッキーの声しか聞くことができなかった。テッドはその１年ほど前に悪性の脳腫瘍と診断されていたのだ。ボストンで治療を続けてはいたものの、病状が思わしくないことは誰の目にも——テッド本人も含めて——明らかだった。

テッドとは3月に顔を合わせていた。ホワイトハウスで開かれた国民皆保険制度の法制化に向けたキックオフ会合に、彼がサプライズ登場したのだ。ヴィッキーは遠出を心配していたが、その気持ちは私にもよくわかった。その日のテッドの歩みはおぼつかなく、すっかり落ちてしまった体重のせいでスーツはぶかぶかだった。明るい振る舞いとは裏腹に、落ちくぼんで濁った瞳からは、まっすぐ立っているだけでも相当な苦痛であることが伝わってきた。それでも、彼は絶対にその場に立ち合いたいと言って譲らなかった。なぜなら35年前、すべての人に手が届く十分な医療をという理念が、彼にとって他人事ではなくなったことがあったからだ。当時12歳だった息子のテッド・ジュニアが骨肉腫を患い、片脚を切断したのである。テッドはそのとき、病院で多くの親たちと知り合うことになる。同じような病気に苦しむ子どもをもつ親たちだ。彼らは積み上がっていく高額な医療費をどう支払えばいいのかと途方に暮れていた。まさにそのとき、彼はこのような状況を変えるために活動していくことを心に誓った。

その後、7人の大統領の政権のもと、テッドは果敢に戦った。クリントン政権時には児童医療保険プログラムの可決成立を後押しし、自身の党からの一部反対も乗り越えて、高齢者の医薬費の保険適用を目指してブッシュ大統領に協力もしている。しかし、彼のそのエネルギーと立法能力をもってしても、国民皆保険制度——支払い能力にかかわらず、誰もが質の高い医療を受けられるシステム——を確立したいという彼の夢は、いまだ実現していなかった。

それが、テッド・ケネディが病を押して病床を抜け出し、この会合にやってきた理由だった。自分にはもはや戦いつづける力はないと知りながら、たとえわずかでもその場に姿を見せることでプラスの影響をもたらせるのではないかと考えたのだ。実際そのとおりだった。彼が会場の〈イーストルーム〉に足を踏み入れると、集まった150人の出席者からどっと歓声があがり、しばらく拍手が鳴りやまなかった。私は開会後、まず彼にスピーチを促した。テッドのもとで働いていたスタッフの何人かは、演説のために立ち上がるかつての上司の姿を見て目に涙を浮かべている。テッドの発言は短く、そのバリトンに上院の議場で高らかに鳴り響いた往時の声量はなかった。彼は、これから始まる取り組みにおいて自分が〝一兵卒〟となれることを心待ちにしていると語った。そして、3人目か4人目の演説者が語っているあいだに、ヴィッキーに付き添われてひっそりと会場をあとにした。

それ以来、私は彼と一度しか会っていない。会合の数週間後に行われた、ある法案の署名式典で顔を合わせたのが最後だ。この法案は社会奉仕活動プログラムを推進するもので、テッドの貢献を称えてその名を法案名に入れることに共和党も民主党も賛成していた。それからも、私はときおり彼のことを思い出した。ボーが頭を垂れて尻尾《しっぽ》を振りつつ〈トリーティールーム〉に入ってきて、足元に丸くなるのを眺めながら、私はあの日、〈イーストルーム〉に連れ立って入っていく直前に彼に言われた言葉を思い出す。

「ようやくその時がきたな、大統領」。彼はそう言った。「決して逃してはならんぞ」

アメリカ合衆国において、なんらかの形での国民皆保険制度を目指す歩みの始まりは、1912年までさかのぼる。この年、およそ8年にわたって大統領を務めた共和党のセオドア・ルーズベルトは、大統領選に再び立候補することを決意した。ただし、今度は進歩党の公認候補として出馬し、政府が一元管理する国民医療保険の確立を公約に掲げてだ。当時、民間医療保険に入る必要性を感じている人は少なく、ほとんどのアメリカ人は医者にかかったらそのつど診察料を支払っていた。

しかし、医療分野が急速に高度化し、より多くの診断・検査や手術が可能になるなか、それに伴う費用も増大しはじめる。その結果、健康はよりはっきりと財力に結びつくことになった。イギリスやドイツでは同様の問題に対処するため国民健康保険制度を導入し、他のヨーロッパ各国もやがてはこれに倣うことになる。ルーズベルトは結局、1912年の大統領選挙に敗北した。しかし彼の党の進歩的な構想は、誰にでも利用できる手頃な医療は特権ではなく権利である、という思考の種を撒《ま》いたのだ。だが、医師や南部の政治家たちがこれに反発するまでに長い時間はかからなかった。彼らは、どんな形であれ政府が医療に介入することは共産主義的だと決めつけて反対したのである。

第二次世界大戦中、フランクリン・ルーズベルト大統領はインフレを防ぐために賃金統制を行った。その結果、賃金を上げられなくなった各企業は、戦地に赴いていない数少ない労働力を確保するため、民間医療保険や年金制度を次々と導入していく。この雇用ベースの保険制度が終戦後も維持された。労働組合にとって都合がよかったというのがその大きな理由だ。組合は労働協約のもと、より充実した福利厚生を交渉によって確保し、それを売りに新規加入者を勧誘できるようになる。ただし、そこにはマイナス面もあった。この制度があったために、労働組合はすべての人をサポートする政府主導の医療保険プログラムを求めて積極的に動こうとはしなかったのである。ハリー・トルーマン大統領は国民皆保険制度を二度にわたって提案している。1945年に一度、そして二度目は1949年にフェアディール政策の一環として。しかし、世論の支持を訴える彼の声は、豊富な資金に支えられたアメリカ医師会やその他の業界ロビイストによる広報活動にはかなうべくもなかった。反対派はトルーマン大統領の取り組みをつぶしただけではない。彼らは国民の幅広い層に、〝医療社会主義〟は配給制につながるとか、かかりつけ医との関係やアメリカ人が大切にしてきた自由の精神が失われることになる、といった誤った考えを植えつけたのだ。

　やがて、進歩派の人々は現行の民間保険制度に真っ向から立ち向かうのではなく、市場から取り残された人々の救済に力を尽くすという方針にシフトしていった。この取り組みは、リンドン・ジョンソン大統領の〈偉大な社会〉政策のさなかに実を結ぶこととなる。全高齢者を対象とした、給与税収入を一部財源とする単一支払者［政府が保険料を徴収して医療費を負担］による公的医療保険制度（メディケア）、そして、そこまで包括的ではないものの連邦と州が共同で資金を提供する低所得者向けの医療保険制度（メディケイド）が創設されたのだ。１９７０年代から１９８０年代初めにかけては、このパッチワーク型の制度は十分に機能した。結果として、アメリカ国民のおよそ80パーセントが雇用先かこの二つのプログラムのいずれかを通じて保険に加入している状態となった。一方で現状維持派の人々は、ＭＲＩや人々の命を救う医薬品といった数多くの革新が市場にもたらされたのは、医療産業が利益を追求してきたからこそだと主張した。

　そうした革新的な医療技術はたしかに便利ではあるものの、それらによって医療費がさらに高騰した。加えて、保険提供者である国が医療費を支払ってくれるとなると、医薬品の価格が高すぎないか、医師や病院が不要な検査や治療を行って報酬を水増ししているのではないかといった点を追及する患者側のインセンティブは下がってしまう。一方で、いまだに国民の五分の一近くは、たった一度でも事故に遭ったり病気にかかれば一気に破産してしまうという人生を送っていた。保険未加入者は、経済的に余裕がないからと定期的な健康診断や予防治療を受けないまま病気が悪化して救急治療室に駆け込む、というケースも多かった。病状が進行していればいるほど治療費も高額になる。病院は回収できない未払い医療費を埋め合わせるために保険加入者向けの医療費を高く設定し、それが医療保険料をさらに押し上げる。

　こうしたさまざまな理由によって、アメリカの国民1人当たりの医療費負担は他のどの先進国よりも大きく（カナダより１１２パーセント、フランスより１０９パーセント、日本より１１７パーセント高額である）、しかも、その医療成果は他の国々と同等もしくはそれ以下となっていた。この差額は年間にして数千億ドルにも及ぶ。それだけの資金があれば、アメリカの家庭に質の高い育児サービスを提供したり、大学の授業料を引き下げたり、連邦予算の赤字の相当額を解消したりできたはずだ。さらに、高騰する医療費はアメリカのビジネスにとっても負担となっていた。日本やドイツの自動車メーカーは、被雇用者や退職者の医療費のために１５００ドルもの余分な資金を費やす心配などしなくていい。一方でデトロイトの工場では、組み立てラインから出てくる自動車一台一台の価格に、その費用を組み入れなくてはならないのだ。

事実、海外との競争力を保つため、アメリカ企業は１９８０年代から１９９０年代にかけて、増えつづける保険料を被雇用者に押しつけるようになっていく。企業は患者側の自己負担がほとんど（あるいはまったく）なかった従来のプランから、より保険料が低く、免責金額や自己負担額や生涯支払い限度額といった都合の悪い要素を約款の細かな記載のなかにこっそり忍ばせたプランに次々と移行していった。労働組合はしばしば、賃金アップの見送りに合意さえすれば、従来の福利厚生プランを維持できることに気づいた。社員に福利厚生を提供すること自体が難しいという中小企業もあった。さらに個人向け保険会社は保険数理データ〔数理的手法を活用して作成したリスク評価データ〕を用いて、医療システムを利用する可能性が高い顧客をあらかじめ拒否する技術を確立していく。こうした顧客はいわゆる〝既往歴がある〟人々で、その定義には過去にがんやぜんそくを患ったことがあるとか、慢性アレルギー疾患であるといった条件まで含まれていた。

そうしたことを考えれば、私が就任した時点で、既存の医療保険システムを擁護しようという人が非常に少ないのも当然のことだった。保険に加入していないアメリカ国民はいまや４３００万人を超え、家族全員をカバーするための保険料は2000年当時から97パーセント増加している。医療費も高額化の一途をたどっていた。それでもなお、この歴史的な景気後退のまさに底にいる今、大規模な医療制度改革法案を提出して議会の承認を目指すことについて、私のチームはかなり神経をとがらせていた。自身も重度のてんかんの娘に特別な医療を受けさせるのに苦労したという経験をもつ上級顧問のデイヴィッド・アクセルロッドですら、この件には懐疑的だった。アクセルロッドは娘の医療費の一部を支払うために、ジャーナリストを辞めて政治コンサルタントに転職している。

「データはかなり明確です」。この件について早い段階で話し合ったとき、アクセルロッドはそう言った。「人々は総じて今のシステムに不満かもしれませんが、それでも大半は保険に加入しています。そして、実際に自分の家族が病気にならない限り、制度の不備について真剣に考えようとはしません。今かかっている医者に不満はないし、政府が何かを改善してくれるなどと期待もしていない。それに、たとえ動機が誠実なものだとわかってはいても、政府がもたらす改革によって、他人を助けるために自分が余計なコストを支払わされるのではないかと不安に思ってもいます。一方、医療制度をどう改革してほしいかと尋ねられたら、彼らは基本的にこう望むでしょう。費用や効率にかかわらず、自分の選んだ医療提供者から、いつでも好きなときに、あらゆる治療を――しかも無料で受けられる制度がいいと。そして当然、そんなことは不可能です。そのうえさらに保険会社や製薬会社や医師会が広告を打ってきたら――」

「つまり、アクセルロッドが言いたいのは」。首席補佐官のラーム・エマニュエルがしかめ面で割って入った。「この法案は手痛い失敗に終わる可能性がある、ということです」

ラームは続いて、政府が国民皆保険を目指した直近の例について語った。当時ファーストレディだったヒラリー・クリントンが提案した法案が大炎上するのを、ラームは最前列の席で見守っていたのだ。このとき起こった反発の影響で、民主党は1994年の中間選挙で大敗し、議会へのコントロールを失うことになった。「共和党はリベラル派がまた派手な浪費をする気だと非難しますよ。それに、経済危機から世間の目を逸《そ》らすつもりだとも」

「何か見落としていなければ、経済については尽くせる手はすべて尽くしている」。私はそう答えた。

「わかってますよ、大統領、私はね。でも、国民の多くはそんなことまで理解してません」

「どういうことだ？」。私は問いつめた。「民主党はこの数十年で最大の議席差をつけて多数党になった、それに医療保険改革は選挙戦のときからの公約じゃないか。それなのに、改革実現に向けてトライすべきではないって言うのか？」

ラームは助けを求めるようにアクセルロッドに視線をやった。

「トライすべきだとは全員が思っています。ただし、もし失敗すれば、あなたの大統領としての地位が大きく損なわれることはご承知おきください。そして、ミッチ・マコーネルとジョン・ベイナーはそのことを誰よりもよく知っている」。アクセルロッドはそう言った。

ミーティングはこれで終わりだと示すように、私は立ち上がった。

「それなら、失敗しないようにしよう」

今になって当時の会話を思い返すと、自分が自信過剰だったことは否めない。医療保険改革の理屈はこんなにも明確なのだから、たとえ組織だった反対に直面したとしても国民の支持を得られるはずだ、そう信じていた。そのほかの大きな取り組み――たとえば移民制度改革や気候変動に関する法案は、議会をもっと通しにくいだろう。私としては、多くの国民の日常生活に関わる法案で勝利を収めることで、それ以外の法案の成立にも弾みをつけるのが最善の道だと考えていた。アクセルロッドとラームが懸念していた政治的な危機についていえば、景気低迷のせいで世論調査の数値はどのみち打撃を受けているのだ。この期に及んで慎重になったところで、その現実は変わらない。いや、たとえ変わったとしても、大統領に再選される可能性が低くなるという理由で、大勢の人を救うチャンスをみすみす逃すとなれば……それこそ、私は絶対にしないと誓ってきた、保身に走った短絡的な行為ではないか。

医療保険制度に対する私の関心は、政治や政策を超えたところにあった。テッド・ケネディにとってそうだったように、それは私にとって他人事ではなかった。病気の子どもの治療費を工面するのに苦しむ親たちと出会うたびに思い出す。生後三か月のサーシャが（あとでわかったのだが）ウイルス性髄膜炎にかかり、ミシェルといっしょに救急治療室に連れていった夜のことを。看護師が腰椎穿刺《せんし》のために慌ただしくサーシャを抱きかかえて去っていった、あのときの恐怖と絶望感を。娘たちが普段から小児科にかかっていて夜中でも遠慮せず電話をかけられたからよかったようなものの、そうでなければ手遅れだったかもしれないと痛感したときのことを思い出すのだ。選挙遊説では、医者に行く経済的余裕がないばかりに膝を壊したり腰痛に苦しんだりしている農場労働者やスーパーマーケットのレジ係の人々に出会った。それに、私の親友の1人であるボビー・ティットコム。ハワイで漁業を営んでいる彼は、命に関わるような怪我（たとえば、潜水時の事故で肺を銛《もり》で突いてしまったとき）以外で医療の専門家に頼ろうとは決してしなかった。彼が1週間かけて漁で稼いだ金額がひと月分の保険料で吹っ飛んでしまうからだ。

そして何より思い出すのは、母のことだった。6月半ば、私はウィスコンシン州のグリーンベイで医療に関する第一回タウンホール・ミーティングに出席していた。このミーティングは、市民の声を聞き、医療保険改革のもたらす可能性について知ってもらおうと開催したもので、この第一回を皮切りに全国各地で開かれる予定だ。その日、私を聴衆に紹介してくれたのはローラ・クリツカだった。35歳の彼女は悪性の乳がんと診断され、その後、骨への転移も判明する。夫の保険に入っていたものの、度重なる手術や放射線治療や化学療法によって保険の生涯支払い限度額に達してしまい、結局、1万2000ドルもの未払い医療費を抱えることとなった。夫のピーターは治療を中止することに反対しているが、彼女は今、これ以上の治療継続に価値はあるのかと考えている。ミーティング会場に向かう前、自宅のリビングに座った彼女は力なくほほえんだ。視線の先では、床で遊びまわる幼い子どもたちを夫のピーターが懸命に見守っている。

「できるだけ長い時間を家族といっしょに過ごしたいんです」。ローラは私に言った。「でも、そのために家族に山のような借金を背負わせたくはありません」。そんなの、私の身勝手だわ」。ローラの目に涙が浮かんだ。私は彼女の手を取りながら、最後の数か月ですっかり痩せ細ってしまった母のことを思い出していた。健康診断を受けていれば病気に気づけたかもしれないのに、企業とのコンサルタント契約がちょうど切れて仕事がなく無保険だったため、受診を先延ばしにしていた期間のことを。高度障害保険金を請求したにもかかわらず保険会社に却下され、不安とともに入院しなければならなかった心労を。しかも、却下理由は母が既往歴を申告していないからだという。契約開始時には病気の診断すら受けていなかったというのに。それは、声にならない後悔の念だった。

医療保険改革法案を議会で通過させても、母は戻ってこない。母が息を引き取るときにそばにいなかったという私の罪悪感を消し去ってくれるわけでもない。それにもしかしたら、ローラ・クリツカと彼女の家族を助けるのにも、間に合わないかもしれない。

それでも、この改革はきっと誰かの母親を救うだろう。いつか、どこかで。それなら、戦うだけの価値はある。

問題は、実現できるかどうかだった。アメリカ復興・再投資法（復興法）を通過させたときも大変だったが、あのときは景気刺激策法案の基盤となるコンセプトはかなりシンプルだった。そのコンセプトとは、景気が沈まないようキープして雇用を維持するために、政府が最大限に資金を送り出せるようにすることだった。誰のポケットから金を奪うわけでもなく、現在営んでいる事業を強引に変えさせることも、これまでのプログラムを中断して別の何かに資金を投じることもない。短期的には、誰も敗者とならない取引だった。

それとは対照的に、大がかりな医療保険改革法案はどんなものであれ、アメリカ経済の六分の一を再編することを意味する。これだけの規模の法案ともなると、何百ページにもわたる事細かな修正や規制を含むのは確実だった。新たに設けられた項目もあれば、既存の法律を改訂した項目もある。そのすべてに、それぞれ大きな利害がからんでくるのだ。法案にたった一つの条項をひっそりと加えるだけで、医療産業のいくつかの部門に何十億ドル規模の利益や損失をもたらすことになる。こちらのゼロやあちらの小数点など数字を一つ変えるだけで、何百万ものさらなる世帯が保険に入れるようになったり、逆に入れなくなったりする。それに〈エトナ〉や〈ユナイテッドヘルスケア〉といった保険会社は全国的に見ても大規模な雇用主であり、地元の病院は多くの小さな町や郡で経済の下支え役だ。そうしたことを考えれば、人々が少しの変化についても自分たちにどんな影響があるのかと気を揉《も》むのはもっともで、そこには十分な理由が（それこそ生死を分けるほどの理由が）あるのだ。

さらに、この法律の財源をどうするのかという問題もあった。より多くの人を保険に加入させるには、医療保険への国の支出を増やす必要はない、今ある資金をより賢く使えばいい、というのが私の当初の考えだった。理論としては正しい。しかし実際のところ、誰かの浪費や非効率はほかの誰かの利益や利便につながるもので、保険への支出額は改革による節約額よりもずっと早く国の会計帳簿に表れるものだ。それに、保険会社や大手製薬会社の株主たちは一銭でも自分たちにコストを強いる変革には警戒を叫ぶだろうが、この改革によって恩恵を受けるであろう人たちの多くは（たとえばレストランの給仕係や家族経営の農家やフリーランサーやがんを生き抜いた人たちは）そうした会社とは違って、自分に代わって議会のホールをうろついてくれる高給取りの熟練ロビイストなど雇えないのだ。

要するに、この法案は政治的にも内容的にも、頭がまったくついていけなくなるほど複雑だった。私はいずれアメリカ国民に対して（すでに質の高い医療保険に入っている層も含めて）、この改革がなぜ、どのように機能するのかを説明しなければならない。そのため、私としてはできるだけオープンで透明性の高いプロセスを通じて法案を策定しようと考えていた。「話し合いのテーブルにはみなさん全員の席があります」。選挙活動中、有権者によくそう訴えてきた。「閉じたドアの向こうで交渉したりせず、すべての当事者を呼び集めます。そして、交渉のようすをＣ－ＳＰＡＮで中継し、国民のみなさんにどのような選択肢があるのかをきちんとお知らせします」。のちに私がこの考えを提案したところ、ラームは目の前のこの人物が大統領でなければよかったのに、という顔をした。それもひとえに、私のプランがいかにばかげているかを私にわからせるためだ。彼はこう説明した。この法案を通過させようとするなら、そのプロセスはいくつもの駆け引きと妥協を伴うものになる――そして、それは決して〈公民〉の授業で教えられているような形で行われるわけではない。

「ソーセージの製造過程は見ていて楽しいものじゃありません、大統領」。ラームはそう言った。

「そのうえ、あなたが所望してるソーセージはかなり大きいんですから」

私とラームの意見が一致したのは、私たちの行く手には何か月にもおよぶ仕事が待ち受けているという点だった。法案の文言一つ一つにまつわるコストと成果を分析し、あらゆる取り組みについて政府関係機関や議会両院と連携を図りつつ、同時に、医療提供者や病院管理者や保険会社から製薬会社に至るまで、医療業界の主要プレーヤーへの影響についても予測する。そして、こうしたことすべてを実行してスムーズに事を進めるためには、一流の医療保険チームが必要だ。

幸いなことに、私たちはそうした仕事をとりしきってくれる3人の優秀な女性スタッフを迎えることができた。1人目は保健福祉省（HHS）長官に任命されたキャスリーン・セベリウス。共和党優勢のカンザス州で民主党員として二期にわたって知事を務めた女性で、州保険長官としての経験もあり、医療分野における政治と経済を熟知している。さらに、賢くユーモアがあって社交的、タフでメディア経験も豊富と、医療保険制度改革の広報面での顔になってもらうにふさわしい能力を備えた政治家でもあった。テレビや全国のタウンホール・ミーティングで政府の取り組みについて説明する役目を任せられる人材だ。2人目のジーン・ランブルーはテキサス大学の教授で、メディケアとメディケイドを専門としている。彼女には保健福祉省の医療改革局長に就任してもらった。つまり、私たちのチームの首席政策顧問である。背が高く、ひたむきで、しばしば政治的な制約など忘れてしまう彼女は、この医療保険改革法案のあらゆるデータや意味合いを完全に把握していた。会議の席で、私たちが政治的な都合を優先する方向に傾きすぎると、彼女は必ず場の空気を正してくれた。

この取り組みが形になっていく過程で、私が最も信頼を寄せるようになったのがナンシーアン・

デパールだった。テネシー州出身の弁護士で、州の健康プログラムの運営に携わったのち、クリントン政権下ではメディケア・メディケイドサービスセンターの担当責任者を務めた。ナンシーアンの振る舞いには、努力が成功へと変わるのを何度も体験してきた者に特有の、凛《りん》としたプロ意識が満ちていた。はたしてその原動力のどれほどが、テネシー州の小さな町で中国系アメリカ人として育ったという彼女の身の上に端を発しているのか、私にはわからない。ナンシーアンは自分のことをあまり話さない人だった——少なくとも、私に対してはそうだった。私が知っているのは、彼女が17歳のときに母親を肺がんで亡くしているということだ。もしかしたらそのことが、未公開株式投資会社での高給職を捨て、さらに夫と2人の息子と過ごす時間を犠牲にしてまで、新たな仕事に取り組もうと考えた彼女の決意に何かしらの影響を及ぼしたのかもしれない。

どうやら、この医療改革法案の成立に個人的な思いを抱いているのは、私だけではないようだった。

ラームと大統領補佐官のフィル・シリロ、そして選挙活動中はデイヴィッド・プラフの側近を務め、チーム随一の鋭い政治手腕を誇るジム・メッシーナ大統領副補佐官も交えて、医療保険チームは法案成立に向けた戦略を練りはじめた。復興法のときの経験からいって、ミッチ・マコーネル上院議員があらゆる手を尽くして法案通過を妨害してくるであろうことは間違いない。さらに、これだけ異論が巻き起こる大型法案の場合には、上院において共和党議員からの票を得られる可能性はかなり低いだろう。一方で心強いのは、復興法を通過させたときの民主党系議席数が58だったのに対して、医療改革法案が採決にかけられるころには、おそらく60の議席が見込めるという点だった。上院議員選挙の結果をめぐって係争中だったミネソタ州選出のアル・フランケン上院議員が、ついに議席を確定させたことが一つ。さらに、復興法を支持したことで（フロリダ州知事チャーリー・

クリストと同じく）事実上共和党を追われたアーレン・スペクター上院議員が、民主党への転向を決めたのだ。

それでも、議事妨害《フイリバスター》を阻止できるだけの議席数かというと心もとなかった。というのも、この議席数には末期の病を抱えるテッド・ケネディと、体調不良により療養中のウエストバージニア州選出の上院議員ロバート・バードも含まれていたからだ。さらにネブラスカ州選出のベン・ネルソン上院議員（彼はかつて保険会社の役員でもあった）のように、民主党のなかでも保守的でいつ造反してもおかしくない層のことも当然考慮しておく必要がある。それは、もしものために余裕を確保したいというだけの話ではない。医療制度改革のような重要法案を党の方針に沿った票のみに頼って通過させれば、結局、その法律は政治的に不安定なものになってしまう。したがって、少なくとも何人かの共和党議員を味方に引き入れられるような法案づくりをすることは、大いに意義があると私たちは考えた。

幸いなことに、参考にすべきモデルもあった。それは皮肉にも、先の共和党の大統領候補者指名争いでジョン・マケインと争った元マサチューセッツ州知事ミット・ロムニーと、テッド・ケネディとの協力関係から生まれたものだった。数年前のマサチューセッツ州知事時代、ロムニーは予算不足とメディケイドの財源消失の危機に直面していた。そこで彼は、より多くのマサチューセッツ州住民を適切に保険に加入させることで、州が負担する保険未加入者の救急医療費を減らすという道を追求したのだ。理想としては、それがひいては住民全体の健康増進にもつながるという計画である。

その実現のため、ロムニーとスタッフたちは多面的なアプローチに行き着いた。そのアプローチでは、すべての住民に健康保険への加入を求める（いわゆる「個人の保険加入義務」）。自動車所有者が自動車保険に入ることを義務付けられるのと同じだ。雇用先で保険に加入できず、メディケアとメディケイドの加入条件にも合致しない、しかも自分で保険に加入する金銭的余裕もないという中間層に対しては、州政府からの補助金が支給される。補助金の額は収入に応じたスライド制だ。さらに、一元化されたオンライン市場（「取引所」）を開設して消費者が最適な保険契約を選べるようにする。一方で、保険会社側は持病や既往歴を理由に補償を拒否できなくなる。

個人の保険加入義務と、持病をもつ人々の保護。この二つの構想は密接に関わり合っていた。保険会社は、政府からの補助を受けた膨大な新規顧客層を獲得することになる。その結果、もはや自社の利益を守るという言い訳のもとに若くて健康な顧客だけを選《え》り好みできなくなるわけだ。一方で、個人に保険加入を義務付けることで、制度を都合よく利用して実際に病気になってから保険に加入しようとするといった行為を防ぐことができる。ロムニーは報道陣にこのプランを売り込む際、個人の保険加入義務について「究極の保守的な考え」だと述べた。なぜなら、これは人々に個人としての責任を促すものだからだ。

当然ながら、民主党が多数を占めていたマサチューセッツ州議会は当初、ロムニーのプランに懐疑的だった。共和党員の提案だからというだけの話ではない。進歩派の多くは、現行の民間保険や利益追求型の医療を廃止し、カナダのような単一支払者制度に移行することこそが必要なのだと揺るぎなく信じていたからだ。もちろん、ゼロからスタートできるというのなら、私もそれに賛成だ。諸外国の例を見ても、国による一元化された医療保険制度（つまりは国民全員がメディケアに加入する形）は、質の高い医療をコスト効率よく届けられるシステムといえる。しかし、マサチューセッツ州もアメリカ合衆国も、ゼロからスタートはできないのだ。テッド・ケネディもそれを理解していた。夢見がちなリベラル派という世間一般からの評価とは裏腹に、彼は常に現実的だった。既存のシステムを取り壊して完全に新しいシステムに置き換えることは、政治的に成功の見込みがないだけでなく、経済にも破壊的な打撃を与えることになる。それを理解していたテッドは、ロムニーの案を熱烈に支持した。そして、州議会で法案を通過させるのに必要な民主党員票の確保に力を尽くし、ロムニーを支援したのだ。

やがて〈ロムニーケア〉と呼ばれるようになったこの制度は、今では施行から2年経ち、明らかな成功を収めていた。マサチューセッツ州の保険未加入率は4パーセント以下と、全国でも最も低い水準に下がった。テッドはすでに選挙の何か月も前から上院保健・教育・労働・年金委員長として、この制度を土台とした法案づくりに着手していた。一方、私はプラフとアクセルロッドに説得され、選挙戦中はマサチューセッツ州のアプローチに支持を表明することを控えていた。国民に保険加入を義務付けるという構想は、有権者にはすこぶる評判が悪いからだ。代わりに私は、医療にかかるコストを下げることに焦点を絞っていた。しかし大統領となった今は、他の多くの医療制度改革論者と同じように、国民皆保険という目標を目指すうえで最も成功の可能性が高いのはロムニー型のモデルだと確信していた。

ただし、マサチューセッツ州の制度をどう国家版に落とし込むかについては、依然として人によって考えに細かな差があった。私たちのチームが戦略の策定に入ると、一部の賛成派からは、この点を早めに解決するためにも、ホワイトハウスから議会に対して具体的な案を提示すべきだという声があがった。しかし、私たちはそうはしないことに決めた。ヒラリー・クリントンの失敗から学んだ教訓として、主要な民主党議員を策定プロセスに引き入れ、法案への当事者意識をもってもらうことの重要性を認識していたからだ。各方面との連携が十分に取れなければ、この法案は袋叩きに遭ってしまうだろう。

それは議会下院では、たとえばカリフォルニア州選出のしたたかで好戦的な下院議員ヘンリー・ワックスマンのような伝統的リベラル派と協力し合うことを意味していた。一方、上院では、少しようすが違っていた。テッドがいまだ病からの回復の途上にあるなか、中心的役割を担うこととなったのはマックス・ボーカス上院議員だった。モンタナ州出身の保守的な民主党員で、大きな影響力をもつ上院財政委員会の委員長でもある。委員会が最も多くの時間を割いている税金の問題では、しばしば企業側のロビイストに同調する姿勢を取っており、その点を私は憂慮していた。また、30年にわたる上院議員としての任期のなかで、重要法案を先頭に立って通過させた経験もない。とはいえ、彼は誠心誠意この件に尽力しているようだった。6月には議会で医療制度講習を開催し、テッド・ケネディや彼のスタッフと連携しつつ何か月にもわたって改革法案の初期草案づくりに取り組んできた。さらにボーカスは、財政委員会の有力メンバーであるアイオワ州選出の共和党議員チャック・グラスリーと親しいので、グラスリーの支持を取り付けられると思う、と前向きな考えを示してもいた。

ラームとフィル・シリロは、グラスリーが味方になる可能性については懐疑的だった。なにしろ、私たちは復興法の際にこれと同じ袋小路にはまり込んだことがあるのだ。しかし結局、私たちはボーカスに任せるのが最善だろうと考えた。彼はすでに一部の構想をメディアに公開していて、近くグラスリーと他の共和党議員2名も含めた医療保険制度改革ワーキンググループを発足させる予定だった。オーバルオフィスでのミーティングで、私はボーカスに対して、グラスリーに振り回されないようにと念を押した。

「任せてください、大統領」。ボーカスは言った。「チャックとはすでに話し合っています。7月までには話をつけますよ」

どんな仕事にも、予期せぬサプライズはつきものだ。機械設備のメイン部品が故障した、交通事故のせいで配達ルートの変更を余儀なくされた、クライアントから契約成立の電話があったが納期を三か月早めてほしいと言われた――。もし過去に前例のある事態なら、職場には対処法を定めたマニュアルやシステムが用意されているかもしれない。とはいえ、どれだけ優れた企業でもすべてを見通すことはできない。そうであるなら、自力で臨機応変に動いて目的を達する（あるいは、少なくとも最低限の損失で切り抜ける）方法を学ぶしかない。

大統領の仕事も例外ではない。ただし、この仕事においてはそういうサプライズが毎日のように、ときには波のように押し寄せる。就任初年度の春から夏にかけて、私たちは金融危機と二つの戦争、そして医療保険制度改革の推進に必死で取り組んできた。そのさなか、いくつかの予期せぬ出来事が、すでに山盛りの皿の上にさらに追加された。

その一つめはまさに大災害となりうる危険性を秘めていた。4月、メキシコで気がかりなインフルエンザが発生しているという報道が始まる。インフルエンザウイルスは通常、高齢者や乳幼児、基礎疾患保有者といった体の弱い人に特に大きな打撃をもたらすものだ。ところが、この新たな型のインフルエンザにかかると若くて健康な人でも症状が重くなり、致死率が高いという。数週間後には、アメリカでも感染者が出はじめた。オハイオ州で1名、カンザス州で2名、ニューヨーク市の高校1校で8名。月末にはアメリカ疾病予防管理センター（ＣＤＣ）と世界保健機関（ＷＨＯ）の双方が、このウイルスはＨ１Ｎ１亜型であると確認する。そして6月、ＷＨＯは過去40年で初となる世界的大流行《パンデミック》を宣言した。

上院議員時代にアメリカ国内のパンデミック対策について取り組んだ経験から、私はＨ１Ｎ１ウイルスについてはそれなりに知識をもっていた。その知識があったために、今の状況は私を震撼させた。1918年、のちに〈スペイン風邪〉と呼ばれるようになるH1N1型インフルエンザが流行し、推計で5億人が感染、5000万から1億もの人々が死亡したとされている。仮に7500万人だとすると、世界人口の4パーセントの死者が出たことになる。アメリカでは、フィラデルフィアだけで数週間のうちに1万2000人もの死者が出ている。だが、このパンデミックが引き起こした被害は、驚異的な数の犠牲者と経済活動の停滞だけではなかった。のちの調査で、パンデミック期に母体にいた胎児は、その後成長してからの学業成績や収入が平均より低く、身体的な障がいがある割合も高いことがわかったのである。

新型ウイルスがどの程度命の危険を伴うものか、この時点ではまだ判断がつかなかった。しかし、私はただ待つだけで運を天に任せるつもりはなかった。キャスリーン・セベリウスが保健福祉省長官に承認されたその日のうちに、飛行機を手配してカンザス州にいた彼女を連邦議会議事堂に送り届け、即席の式典で就任宣誓をしてもらう。その後すぐに、WHO当局者やメキシコとカナダの厚生大臣らとの2時間ほどの電話会談を仕切ってほしいと伝えた。さらに数日後には、最悪のシナリオに対処できる態勢がアメリカ国内で整っているかどうかを検証する省庁間チームを立ち上げた。

その結果、態勢はまったく整っていないことが判明した。例年のインフルエンザ予防接種では新型インフルエンザは防げない。そのうえ、ワクチン製造は製薬会社にとっては決してドル箱ではないため、既存のワクチン製造会社の生産能力は限られており、新ワクチンを急ピッチで増産できる態勢ではなかった。ほかにもさまざまな問題が浮き彫りになった。抗ウイルス薬をどう分配するか。病院での新型インフルエンザ患者への対応ガイドラインはどうなっているのか。そして、もし状況が大きく悪化した場合、休校や隔離といった措置をどう取り扱うのか。1976年の豚インフルエンザ流行時にフォード政権の対応チームにいた数人のベテランは、過剰反応に陥らずパニックを誘発することもなく感染拡大に立ち向かうことの難しさについて私に忠告した。当時、ジェラルド・フォード大統領は再選をかけた大統領選挙戦の真っ最中だった。彼は決断力ある行動を示そうと、パンデミックの深刻度が判明するよりも前に、全国民へのワクチン接種に向けた手続きを急ピッチで進めさせたらしい。しかし結果として、多くのアメリカ国民がワクチンに関連した神経障害を発症し、その被害数はインフルエンザによる死者数を上回ることになった。

「大統領、あなたはもちろん関与しなくてはなりません」。フォード政権時のスタッフの1人は、私にこう助言した。「ただし、プロセスそのものの統率は専門家に任せるべきです」

私はセベリウスの肩に腕を回した。「わかっただろう?」。私はそう言って、彼女に向かってうなずいてみせた。「これが……ウイルスってやつなんだ。就任おめでとう、キャスリーン」

「喜んで仕事に努めます、大統領」。彼女は明るく答えた。「ええ、喜んで」

キャスリーンと公衆衛生チームに対する私からの指示はシンプルだった。現時点での最新の科学に基づいて決定を下すこと。そして、政府の対応を一つ一つ国民に説明すること。政府が何を把握し、何を把握していないかを詳細に伝えることも含めてだ。それからの六か月間、私たちはその方針どおりに動いた。夏のあいだに感染者数が一時減少したため、チームはその期間を利用して製薬会社と協力し、より迅速に新ワクチンを製造できるプロセスの確立を推し進めた。さらに地域における医薬品の備蓄を進め、感染者の急増に対応できるよう病院がより柔軟に動ける態勢を整える。この年の末まで学校を休校にする案についても検討しつつ（これは最終的には却下された）、学区や企業、州や地方の当局者とも連携して、感染の急拡大に対応できるだけのリソースが確実に行き渡るようにした。

アメリカは決して無傷で切り抜けられたわけではない（1万2000人を超す国民が命を落としている）。しかし幸いにも、この新型インフルエンザの致死率は専門家が当初危惧していたよりも低いことがわかってきた。2010年の中ごろにパンデミックが終息したというニュースが大きく報じられることもなかった。それでも、私はこのときの対策チームの働きぶりに大きな誇りを抱いていた。彼らは目立つことなく粛々と働き、ウイルスの封じ込めに成功しただけではない。その働きのおかげで、今後なんらかの衛生上の危機が生じても対応できるだけの強固な備えが築かれたのだ。その備えは、数年後に西アフリカでエボラ出血熱が発生して本格的なパニックが生じた際に、大いに役立つことになる。

これこそが大統領という仕事の本質なのだということに、私は次第に気づきはじめた。誰にも気づかれないところでの働きがときとして一番重要なのである。

二つめの出来事は、危機というよりはチャンスだった。4月の終わりごろ、連邦最高裁判所のデイヴィッド・スーター判事から電話があり、退任の意向を伝えられたのだ。それによって、私にとってこの国で最高位の裁判所の判事を指名する最初の機会が訪れた。

最高裁判所の人事について承認を得ることは、そう簡単な仕事ではない。一つには、アメリカの政治において最高裁判所が果たす役割が常に議論の的になってきたからだ。結局のところ、選挙で選ばれたわけでもない終身制の黒い法服を身にまとった法律家9名に、国民の代表者が多数決で可決した法案を無効にする権限を与えるというのは、あまり民主的とはいいがたい。しかし、アメリカ合衆国憲法の解釈について最高裁判所が最終決定権を有することを認め、議会と大統領の行動に対する違憲審査権の原則を確立した1803年のマーベリー対マディソン裁判以来、それがこの国の抑制と均衡《チェック・アンド・バランス》のシステムなのだ。理屈のうえでは、最高裁判所判事は〝法をつくる〟ことで権力を行使するわけでは決してない。彼らは単に憲法を〝解釈〟して、個々の条文を起草者たちがどう意図していたかを読み解き、それを私たちが生きる現代に適用するための橋渡しをするだけだ。

最高裁判所で審議される憲法訴訟の大半については、その理屈は正しいといえるだろう。判事たちはほとんどの場合、自分は憲法の条文と過去の判例によって縛られていると考えている。たとえ、それらに従うことで個人的には賛成できない結果が生じるとしてもだ。しかし、アメリカの歴史を通じて重要な数々の訴訟では、常に〝適正手続〟や〝特権および免除〟〝平等な保護〟〝国教の樹立〟といった用語の解読が行われてきた。こうした用語はあまりにも曖昧で、それが実際に何を意味しているかについては、合衆国建国の父たちのあいだでも２人として同じ意見の者はいないのではないかと思うほどだ。この曖昧さは、判事が自らの道徳的判断や政治的志向、偏見、そして恐れなどに基づいてあらゆる〝解釈〟を行える余地を与えている。だからこそ、１９３０年代に保守派判事が大半を占める法廷でフランクリン・ルーズベルト大統領のニューディール政策が違憲と判断された一方で、その40年後にはリベラル派が多数となった法廷が、議会は経済を規制するほぼ無制限の権限を有しているという判決を下す、といったことも起こりえたわけだ。一組の判事たちが平等保護条項を〝分離すれど平等〟主義を許すものと解釈する一方で（プレッシー対ファーガソン裁判［１８９６年、公共施設での黒人分離は合憲の判決］）、別の組の判事たちはまったく同じ文言をよりどころに正反対の判決を全員一致で下した（ブラウン対教育委員会裁判［１９５２年、人種分離政策は違憲の判決］）のも、それが理由だ。

つまるところ、最高裁判所判事は常に法律をつくってきたのである。

時とともに、メディアや大衆は最高裁判所の判決に、より注目するようになっていった。その延長として、判事の承認プロセスへの関心も高まっていく。１９５５年には（先のブラウン判決に腹を立てた）南部州出身の民主党議員たちが、最高裁判所判事に任命された者を上院司法委員会に出席させてその法的見解を厳しく問いただすという慣行を制度化している。１９７３年のロー対ウェイド裁判は、判事の任命に対する世間の注目度をさらに高めた。それ以降、判事が任命されるたびに中絶容認派と反対派とのあいだで激論が交わされることになる。１９８０年代後半に大きな話題となったロバート・ボークの任命否決や、１９９０年代初頭のアニタ・ヒル事件をめぐるクラレンス・トーマスの議会公聴会（判事候補だったクラレンス・トーマスが過去のセクシャル・ハラスメントを告発された事件）は、まるで目の離せないＴＶドラマの様相を呈していった。こうした歴史からわかることは、私がスーター判事の後任を指名するときがきたら、ふさわしい資質をもった候補者を選ぶことはむしろさほど難しくはないだろうということだ。本当に難しいのは、私たちの他の取り組みを妨げかねない政治的騒乱を避けたうえで、その候補者への承認を得ることだ。

私たちのもとには、すでに多くの下級裁判所の欠員補充プロセスを統括してきた弁護士チームが存在し、そのチームはすぐさま最高裁判所の判事候補をまとめた膨大なリストの作成に取りかかった。数週間のうちに、私たちはそのなかから連邦捜査局（ＦＢＩ）による経歴調査とホワイトハウスでの面接に進む数名の最終候補者を絞り込んだ。その短いリストのなかには、ハーバード大学ロースクールの元学部長で現在は訟務長官を務めるエレナ・ケイガンや、第七巡回区控訴裁判所判事のダイアン・ウッドも含まれていた。私はシカゴ大学で憲法学を教えていたころから２人を知っているが、どちらも一流の法学者だ。しかし、候補者についてチームがまとめた分厚い報告書を読んでいくうちに、最も私の興味を惹《ひ》きつけたのは、まだ一度も会ったことのない人物だった。第二巡回区控訴裁判所判事、ソニア・ソトマイヨールである。ニューヨークのブロンクス出身でプエルトリコ系の彼女は、ほぼ母親一人の手で育てられた。母親は電話オペレーターで、のちに看護師免許を取得している。ソトマイヨールの父は小学校3年生までしか教育を受けていない商人で、彼女が9歳のときに亡くなった。家庭ではほとんどスペイン語で話していたという彼女だが、通っていた教区立学校で優れた成績を収め、プリンストン大学の奨学金を獲得。大学での体験は、その10年後にミシェルが直面することになる体験とよく似ていた。キャンパス内で数少ない有色人種の女性であることから、最初のうちは不安と場違いなところにいるという感覚を抱いていたこと。ときに、他の恵まれた子どもには当然身についている知識が欠けていて、その穴を埋めるために人より多く勉強しなければならなかったこと。黒人の学生仲間や支えてくれる教授陣との交流に安らぎを見出したこと。そして、時間が経つにつれて、自分もほかの学生たちと同じぐらい優秀なのだと気づいたこと。

その後イェール大学ロースクールを卒業したソトマイヨールは、マンハッタン地区検事局の検事として優れた業績をあげ、その仕事ぶりが後押しとなって連邦裁判所判事に就任する。ほぼ17年におよぶ判事人生を通じて、彼女はその綿密さと公正さと自制心によってよい評判を確立し、アメリカ法曹協会からも最高の評価を受けるにいたっている。それでも、私がソトマイヨールを最終候補の1人として考えていることがリークされると、神聖なる法曹界の一部からは、彼女にはケイガンやウッドほどの資質はないと指摘する声が上がった。アントニン・スカリア判事のような保守派のイデオロギー信奉者と正面切ってやり合えるほどの知的な重みがソトマイヨールにあるかどうかは疑問だ、とする左派系の利益団体も多かった。

おそらく、私自身も法律やアカデミーの世界にいた経験からだろう(そこでは、優れた資格と高いIQをもった愚か者に何度も出会ったし、女性や有色人種の昇進となると不公平にゴールポストを動かしがちな人々も実際に目にしてきた)。私はそういった懸念の声をすばやく退けた。ソトマイヨール判事は傑出した学歴の持ち主であるだけではない。彼女のようなバックグラウンドをもつ人が今いる場所にたどり着くためにはどんな知性や気概や、適応力を必要としてきたか、私はそれを理解していた。幅広い経験をもち、人生には予期せぬ出来事があることをよく知っていて、頭脳と心をバランスよく使える——そういった能力こそが、英知を生み出す源ではないか。選挙活動中、最高裁判所判事の任命に際して重視する資質は何かと問われたことがある。私は法的な資質だけでなく、共感力を挙げた。保守系のコメンテーターたちは私の答えをあざ笑い、この発言を引き合いに出して、オバマは社会を操る縮れ毛のリベラル派を最高裁判所に次々と送り込むつもりだ、彼らは法の〝客観的な〟適用をないがしろにするだろう、と主張した。だが私にいわせれば、その認識はむしろ事実とは正反対だ。自ら下す判決の文脈を理解し、あらゆる人の生き方を——妊娠した10代の女性とカトリック聖職者の生き方や、たたき上げの実業家と工場の組み立てライン工の生き方、マイノリティとマジョリティの生き方を同じように深く理解することこそ、まさに判事に求められる能力であり、客観性の源なのだから。

そのほかにもいくつかの点で、ソトマイヨールは魅力的な候補者だった。承認されれば、彼女は最高裁判所で初のラテン系の判事となる。女性判事としてもわずか3人目だ。さらに、ソトマイヨールは過去に二度にわたって上院で承認を得ており、そのうちの一度は満場一致だった。そのため共和党としても、候補として受け入れがたいと主張するのは難しいだろう。

それでも、ケイガンとウッドへの深い敬意もあって、私はまだ決心がつかないままオーバルオフィスでのソトマイヨール判事との顔合わせの日を迎えた。判事はふくよかで親切そうな顔立ちで、私を見るとすぐに笑顔になった。立ち居振る舞いは礼儀正しく、言葉遣いも丁寧だ。もっとも、アイビーリーグの名門校や連邦裁判所で過ごした長い年月にもかかわらず、そのブロンクス訛《なま》りは完全には消えていなかったが。私はチームのスタッフから、妊娠中絶のような法的論争となっているテーマについて具体的に尋ねることは避けるよう事前に忠告されていた（上院司法委員会の共和党議員は、私と候補者との会話について逐一質問し、人選にあたって〝リトマス試験〟を行っていないか必ず確認しようとするだろう）。その代わり、私は判事の家族のことや、検事時代の仕事について、さらに、広く彼女の司法上の理念について尋ねた。そして面談が終わるころには、ソトマイヨールこそが私の求める人材だと確信していた。ただし、その場で直接は伝えなかった。代わりに私は、あなたの経歴には一つだけ問題がある、と言った。

「なんでしょうか、大統領？」。彼女は尋ねた。

「ヤンキースのファンだってことさ」。私は答えた。「でも、あなたはブロンクス育ちで小さいころから洗脳されてきたわけだから、そこは見逃そう」

それから数日後、私はソニア・ソトマイヨールを最高裁判所判事に指名すると発表した。このニュースは好意的に受け止められた。さらに嬉しいことに、共和党議員たちは上院司法委員会の公聴会を前にして、承認の妨げになるような判事本人の意見文書や法廷での行為を探し出すのに、かなり苦戦しているようすだった。結局、彼らは人種に関する過去の二つの事例にしがみついた。一つ目は2008年にコネチカット州のニューヘイブンで起きた訴訟に関するもので、〝逆差別〟を訴えた白人主体の消防士グループに不利な判決を下した多数側の判事の1人がソトマイヨールだったというものだ。二つめは彼女がカリフォルニア大学バークレー校で2001年に行ったスピーチのなかで、女性とマイノリティの判事は連邦裁判所に大いに必要とされている視点をもたらすと述べた件だった。この発言は、ソトマイヨールには法廷で公平性を保つ能力がないという保守派からの批判を引き起こしている。

ちょっとした論争はあったものの、承認公聴会はあっけなく終わった。ソトマイヨール判事は上院投票により68対31で承認されたのだ。がん治療中のテッド・ケネディを除いた民主党議員全員に加えて、9人の共和党議員も賛成票を投じた。この国の二極化した政治環境を思えば、これは判事候補者が得られる支持数としてはほぼ最大といえた。

8月、ミシェルと私は就任宣誓を終えたソトマイヨール最高裁判事のためにレセプションを主催し、彼女とその家族をホワイトハウスに招待した。彼女の母親の姿もあった。この年配の女性の心にどのような思いが去来しているのか、考えずにはいられなかった。ソトマイヨールの母は遠い島で生まれ育ち、第二次世界大戦中に陸軍婦人部隊に参加したときには英語もほとんど話せなかった。そして、苦しい生活が続くなかでも、自分の子どもたちはいつかきっとひとかどの人物になると強く信じてきたのだ。私はその姿に、母《トゥート》や祖母や祖父《グランプス》のことを思い出していた。そして、彼らは誰一人このような日を迎えられなかったのだと思い至り、ふと悲しみに襲われた。みんな、私に対して抱いてくれた夢の行方をその目で見届けることなく、この世を去った。

ソトマイヨールが演説をしているあいだ、私は自分の感情を抑えつつ、少し離れたところにいる2人のかわいらしい韓国系アメリカ人の少年たちを見やった。ソトマイヨールの弟の養子で、彼女の義理の甥《おい》っ子だ。よそ行きの服を着て、居心地悪そうにもじもじしている。この子たちはいずれ、自分の伯母がアメリカ合衆国最高裁判所の判事として、この国の人々の暮らしを形づくっていくことを当然だと思うようになるだろう――そして国中のすべての子どもたちが、同じようにそれを当然だと思う日がくる。

すばらしいことだ。それこそが、進歩のあるべき姿だ。

医療保険制度改革に向けた遅々たる歩みは、その年の夏のかなりの時間を奪っていった。議会における立法作業の進みぶりは鈍く、私たちはプロセスを軌道に乗せるきっかけを探し求めていた。3月のホワイトハウスでの会合以来、医療保険チームと法制化チームの面々は議会議事堂で数えきれないほどのミーティングを重ねてきた。そして1日が終わるころには、前線から疲れきって帰還した野戦指揮官のごとく重い足取りでオーバルオフィスに集まってきて、私に戦況を報告する。よい知らせは、主要な民主党の委員長たち（特にボーカスとワックスマン）が、8月の恒例の休会期間に入る前に各委員会を通過させられるよう精力的に草案づくりを進めているという点だ。一方で悪い知らせは、この改革の細部について深く掘り下げれば掘り下げるほどに、内容面と戦略面における両極の差が明らかになってきたということだった。その差は民主党と共和党のあいだだけでなく、上院と下院の民主党議員のあいだや、私たち政府と議会の民主党員のあいだ、さらには私たちチーム内のメンバーのあいだにも存在した。

争点のほとんどは、何百万人という保険未加入者に対して増えつづける補償費用を賄うために、いかに支出を削減して新たな財源を確保するかだった。ボーカスは彼自身の傾向や党派を超えた法案を策定することへの意欲から、増税ととらえられる可能性がある措置は避けたい意向だった。代わりに彼とスタッフたちは、新規保険加入者の大幅な増加によって病院や製薬会社や保険会社に転がり込むであろう利益を計算し、その数字をもとに交渉を行った。そして、医療報酬やメディケア支払額の削減という形で、各業界に数十億ドル規模の先行拠出を求めたのだ。さらに取引を魅力的にするため、ボーカスには政策面である程度の譲歩をする用意もあった。たとえば、彼は製薬会社のロビイストたちに対し、この法案にはカナダからの医薬品の逆輸入を認める条項は含めないと約束している。これは民主党が好んで提案してきた条項で、カナダやヨーロッパの国営医療保険システムがその強大な交渉力によって、大手製薬会社の医薬品の価格をアメリカ国内よりずっと低く抑えているという事実を浮き彫りにするものだった。

私としては政治的にも心情的にも、製薬会社や保険会社を厳しく追及して政府の意向に従わせたいところだった。こうした企業は多くの有権者から嫌われている。実際、嫌われるだけの理由はあるのだ。だが実務的な面からいえば、ボーカスのより融和的なアプローチに異論を唱えるのは難しかった。業界大手企業からの少なくとも暗黙の賛同を得ることなしに、大規模な医療制度法案について議会上院で60票を獲得することは不可能だ。それに医薬品の逆輸入は大きな政治的課題ではあるが、結局のところ賛成票を得るのは難しいだろう。多くの民主党議員の出身州に大手製薬会社の支社や本社があることが、その理由の一つだった。

私はこうした現実を念頭に置いて、ボーカスと医療業界代表者との交渉にラームとナンシーアンとジム・メッシーナ（彼はかつてボーカスのスタッフでもあった）を同席させることを認めた。彼らは徹底した議論のすえ、6月末までには交渉をまとめ、数千億ドルに及ぶ払い戻しとメディケア利用高齢者の薬剤費の大幅な割引を勝ち取ることに成功した。さらに大きかったのは、策定中の法案について、病院、保険会社、製薬会社からの支持（あるいは、少なくとも反対はしないという言《げん》質《ち》）を取りつけたことだ。

私たちは大きなハードルを乗り越え、理想ではなく現実にできることをするという政治の本質を示したのだ。しかし、フィリバスターの心配がいらない、よりリベラルな下院の民主党議員たちや、いまだに単一支払者制度による医療保険を目指して土台づくりを求めていた急進的な推進団体にとって、私たちのこの妥協は悪魔との取引のように映った。業界団体との交渉がC－SPANで中継されることは（ラームが言ったとおり）いっさいなかったわけだが、だからといって何の助けにもならなかった。メディアは彼らの言うところの「密室での取引」について、次々と詳細を報じだす。大統領は悪の側に寝返ってしまったのかと問う有権者からの投書も相次いだ。ワックスマン委員長は、ボーカスやホワイトハウスが業界ロビイストに対して行ういかなる譲歩も、自分の仕事をなんら縛るものではないと考えている、と強調した。

高慢に批判することにかけてはフットワークが軽い下院の民主党議員たちだったが、自分たちの特権や政治的に有力な有権者の恩恵が脅かされるとなると、現状にしがみつこうとしかしない。一例を挙げると、保険会社や製薬会社の利益から金を引っぱり出して、それを財源にしてより多くの人を保険に加入させるという手法だけでは十分ではないという点は、多かれ少なかれすべての医療経済学者のあいだで意見が一致していた。改革を真に機能させるには、医師や病院が請求する医療費の急増に対してなんらかの手を打つ必要があるのだ。そうでないと、どれだけ新たな資金を投入しても、カバーできる医療や加入者の数は次第に少なくなっていく。そして「医療費の上昇曲線を抑える」うえで最も有効な方法の一つが、政治や特定利益団体のロビー活動から守られた、独立した委員会を設けることだった。この委員会でそれぞれの治療について、メディケアで還付される医療報酬額を相対的な有効性に基づき設定するのだ。

下院の民主党議員たちは、この構想に激しく反発した。なぜなら、メディケアのカバー範囲を決定できるという自分たちの権限（そして、その権限のおかげで得られていた資金集めの機会）が失われてしまうからだ。さらに彼らは、テレビCMで宣伝される最新の治療薬や診断・検査が保険適用されないことで、気難しい高齢者たちから非難されることを恐れてもいた。そうした最新医療のなかには、専門家なら金の無駄だと証明できるようなものも含まれているにもかかわらず、である。

彼らはまた、医療費抑制のためのもう一つの提案についても懐疑的だった。この提案は、いわゆる〈キャデラック保険プラン〉に対する税控除額に上限を設けるというものだった。キャデラック保険プランとは雇用主が提供する高額医療保険で、豊富な医療サービスをカバーしているものの健康増進には必ずしもつながらない。こういった保険に加入している主な層は、企業の経営者や高報酬の専門職の人々、さらに労働組合のメンバーだった。労働組合は、のちに〈キャデラック税〉と呼ばれるようになるこの税に断固反対した。組合員によっては、必ずしも必要になるわけではない二度目のＭＲＩや高級病室といった医療サービスよりも、手取り給与の充実のほうを望むかもしれないが、そういったことは労働組合のリーダーたちにしてみればたいした問題ではなかった。そもそも彼らは、この改革によって節約された資金が組合員に還元されるとは信じておらず、既存の医療保険プランを変更すれば確実に批判を浴びることになると理解していたのだ。そして残念ながら、労働組合がキャデラック税に反対している限り、下院の民主党議員の大半は同じく反対の立場をとることになる。

こうした小競り合いはあっという間にメディアの知るところとなり、プロセス全体が複雑で混沌としているという印象を世間に与えることとなった。７月末ごろには世論調査でも、医療保険改革に対する私のアプローチについて「反対」の回答が「賛成」を上回る。この結果を知った私は、アクセルロッドに広報戦略への不満を訴えた。「この件に関して、私たちは正しい側にいるんだ」。私はそう主張した。「そのことを、もっとうまく有権者に説明しなければ」

アクセルロッドは自分が当初から警告してきた問題について非難された格好になり、いらだつようすを見せた。「説明なら、精根尽きはてるまですればいいですがね。しかし、すでに医療保険に加入している人々は、この改革が自分にとって利益になるとは考えていません。そして、どれだけデータや図表を駆使しても、その考えを変えることは難しいでしょう」。彼はそう答えた。

納得がいかなかった私は、この改革の意図をアピールするために自分がさらに公の場に出ることを決意する。そうして、ある日のゴールデンタイムに医療保険改革に特化した記者会見を開き、イーストルームを埋めつくすホワイトハウス担当記者たちの前に立った。集まった記者のなかには、すでに私の最重要法案について死亡記事を書いていた者も大勢いた。

私は総じて、台本なしのライブの記者会見が好きだった。そして、選挙活動中にヒラリーとジョン・エドワーズ上院議員が輝きを放つ傍らで大失敗をしてしまった最初の医療保険フォーラムのときとは違って、今の私はこの件を客観的に理解できている。いや、実際、理解しすぎていたのかもしれない。というのも、このときの記者会見で、私は争点となっている問題のあらゆる側面を長々と解説するという典型的なパターンにはまってしまったからだ。まるで、法案に関する各種交渉をC-SPANで中継できなかった埋め合わせとして、アメリカの医療保険政策に関する詳細きわまりない集中講座でも開いているかのような勢いだった。

記者たちは、この徹底した詳細ぶりをあまり評価しなかった。ある記事では、大統領はときおり「教授然とした」口調で語ったと書かれた。おそらく、それが理由だったのかもしれない。これが最後の質問というタイミングで、私も長年よく知るシカゴ・サンタイムズ紙のベテラン記者リン・スウィートが、まったく関係のないテーマについて質問しようと思いたったのだ。

「つい先日の話ですが」。リンはそう切り出した。「ヘンリー・ルイス・ゲイツ・ジュニア教授がケンブリッジの自宅で逮捕されました。この件についてどう感じられたか、そして、この件がアメリカの人種問題においてどのような意味合いをもつか、お聞かせください」

さて、どこから説明したらいいだろう。ヘンリー・ルイス・ゲイツ・ジュニアはハーバード大学で英語とアメリカ黒人文化研究を教える教授で、黒人の研究者としてアメリカ随一の名声を誇る人物だ。私も彼とはときおり懇親会などで顔を合わせる程度の知り合いだった。その週の初め、中国出張からケンブリッジの自宅に戻ってきたゲイツは、玄関ドアの鍵がうまく開かないことに気づいた。無理やりドアをこじ開けようとしているところを近所の住人が目撃して、強盗かもしれないと警察に通報する。通報に応じて駆けつけたジェームズ・クローリー巡査部長は、ゲイツに身分証の提示を求めた。ゲイツは当初（クローリー巡査部長によれば）それを拒み、巡査部長のことを人種差別主義者呼ばわりしたという。最終的にゲイツは身分証の提示に応じたものの、立ち去ろうとした巡査部長に玄関先から罵声を浴びせたとされる。警告にも応じなかったため、クローリー巡査部長は応援に駆けつけた警官2名とともにゲイツに手錠をかけ、警察署に連行した。そして、公共秩序を乱したとして逮捕したのだ（この嫌疑はすぐに取り下げられている）。

　当然ながら、この一件は国中で大きな話題となった。多くの白人アメリカ人にとって、ゲイツの逮捕はまったく当然のことで、定められた法執行手続きに敬意を払わない者に適切に対応しただけのことだ。一方で黒人たちにとって、それは警察が――そしてひいては白人権力層が、自分たち黒人を多かれ少なかれ侮辱し不平等に扱った事例がまた一つ増えたことを意味していた。

　この件に対する私自身の考えは、単なる黒人対白人のモラルの問題という一般的な描かれ方よりも、もう少し具体的で人間的なものだった。私自身もケンブリッジで暮らした経験があるため、この都市の警察が決してブル・コナー［1960年代に公民権運動を強硬に弾圧したことで知られるアラバマ州の警察署長］的な人間ばかりでないことは知っている。それに、スキップ（ゲイツは友人たちのあいだでこう呼ばれていた）は才気あふれる声高な男で、W・E・B・デュボイスとマーズ・ブラックモン［映画『シーズ・ガッタ・ハヴ・イット』に登場するスパイク・リー演じる黒人キャラクター］を足して2で割ったようなタイプだ。その強気な態度を思えば、比較的節度ある警官でも闘争ホルモンが一気に放出されるであろうレベルの暴言を吐くゲイツの姿は容易に想像できた。

とはいえ、実際に怪我を負った人こそいなかったものの、私にとってこの一件は心がずしんと重くなるようなエピソードだった。最高峰の経歴を有する黒人と、最上級に寛容な白人という環境をもってしても、この国の人種問題の歴史がもたらす暗雲から逃れることはできないのだ。ゲイツの身に起こったことを知ったとき、私はほぼ無意識のうちに、自分のこれまでの経験を一瞬のうちに振り返っていた。コロンビア大学のキャンパスで、図書館に向かっていたら学生証の提示を求められたことが何度あったことか。見たところ、白人のクラスメイトたちは一度もそのような目には遭っていなかった。シカゴの〝上品な〟地区を車で訪れれば、不当なほどしょっちゅう車を停めるよう警官に声をかけられた。デパートでクリスマスの買い物をしていると、警備員に警戒されてあとをつけられた。道路を渡っていたら、こちらはスーツにネクタイ姿で、時間帯もまだ真昼間だというのに、路上の車内からドアロックをかける音が聞こえてきたこともある。

私の周囲の黒人の友人や知人たち、それにたとえば理髪店で偶然居合わせて話をするような黒人の人々にとって、そういった体験はまったくの日常だった。もし貧しい労働者階級だったり、荒れた地区に住んでいたり、社会的地位がある人間だとうまく示せなかったりすれば、事態はたいていさらに悪化する。この国のほぼすべての黒人や、黒人男性を愛する女性たち、黒人の子どもをもつ親たちにとって、これは妄想だとか「人種を逆に利用している」とか、法の執行を軽視しているといった問題では決してなかった。この日ケンブリッジで何が起こったにせよ、少なくともこれだけはほぼ確実に真実だろうと彼らは確信していた。すなわち、これがもし身長168センチ、体重63・5キロ、年齢58歳の、子ども時代に負った脚の怪我のために杖をついている裕福で著名な白人の大学教授であれば、ただ単に身分証の提示を求めてきた警官に失礼な態度をとったというだけで、しかも自宅の敷地内に立っていただけで、手錠をかけられて警察署に連行されたりはしなかったはずだ。

もちろん、私は、記者会見の場でこれらすべてを語ったわけではない。もしかしたら、そうすべきだったのかもしれないが。私はただ、自分としては実に平凡だと思う所見を表明しただけだ。まず、通報の際に警察が適切に動いてくれたことについて触れ、ゲイツは友人なので私の意見は多少偏っているかもしれないとも前置きした。「私はその場にいたわけでも、すべての事実を見ていたわけでもないため、この件において人種がどう影響したのか、確かなことはわかりません」。私はこう発言した。「しかし、次のように言ってもいいのではないかと思います。第一に、私たちの誰であっても、きっとかなり腹を立てただろうということ。第二に、ケンブリッジの警察はすでに自分の自宅にいると証明された人物を逮捕したという点で、愚かな行動をしたということ。そして第三に、この事件とはまったく切り離された別の話として、この国にはアフリカ系アメリカ人やラテン系の人々が法執行機関によって不相応に呼び止められてきた長い歴史があることを、私たちは認識していると考えます」

たったそれだけだ。ゲイツの事件に関する発言はわずか4分で、医療保険について語った1時間のほんの補足というぐらいの感覚で、私はその夕方の記者会見を終えた。

ところが、これがまったくの間違いだったのだ。翌朝、警察が「愚かな」行動をしたという私の指摘はあらゆるニュース番組のトップを飾っていた。警察組合の代表者たちは、私がクローリー巡査部長と法執行機関すべてを中傷したとして謝罪を求めてきた。さらに、ゲイツが法廷に出頭することなく起訴が取り下げられるよう裏から手が回ったのだと訴える匿名の情報筋まで現れる。保守系メディアは喜びをほとんど隠しもせずに、エリート主義的な（専門職の、高慢な）黒人大統領が自分と縁の深い（声高で、人種という武器を振りかざす）ハーバード大学教授の友人をかばい、ただ自分の任務を果たしただけの白人労働者階級の警察官を非難した例として私のコメントを取り上げた。ホワイトハウスで毎日行われる記者会見では、ホワイトハウス報道官のロバート・ギブズがこの件に関する質問への対応にほぼかかりきりになった。記者会見後、ギブズは私に公に釈明すべきではないかと尋ねてきた。

「何を釈明するというんだ?」。私は聞き返した。「最初から話はかなり明確だと思うが」

「発言の解釈のされ方についてです。人々は、あなたが警察を愚かだと言ったと思っています」

「愚かだなんて言っていないさ。私は、彼らは愚かな行動をしたと言ったんだ。この二つはまったく違う」

「わかりますが、しかし……」

「釈明はしない」。私は言った。「じきに騒ぎも収まるだろう」

ところが翌日になっても、騒ぎは収まらなかった。それどころか、この話題は私たちの医療保険に関するメッセージも含め、あらゆるものを完全に押し流してしまったのだ。不安になって電話をかけてくる民主党議員への対応に追われて、ラームは今にも橋から飛び降りそうな顔つきになっていた。まるで、私自身がダシキ［アフリカの民族衣装］を身につけて記者会見に現れ、警察を罵倒したかのような騒ぎだった。

結局、私はダメージコントロールを行うことに同意した。まず、クローリー巡査部長に電話をかけて、「愚かな」という言葉を使ってしまったことを心苦しく思っていると伝えた。クローリー巡査部長は丁寧に明るく対応してくれた。会話のなかで、私は彼とゲイツをホワイトハウスに招待したいと伝え、３人でビールでも飲んで、善良な人間どうしは誤解をも乗り越えられるのだと全米に示したいと説明した。クローリー巡査部長も、そのすぐあとに電話で話したゲイツも、この提案に乗り気になってくれた。その後に行われた記者会見で、私は記者に対して、自分は今でも警察がゲイツを逮捕したのは過剰反応だったと思っているし、同じようにゲイツが自宅に駆けつけた警察に対してとった行動も過剰反応だったと思っている、と述べた。さらに、私の元の発言について、もっと慎重に考慮すべきだったと認めた。ずっとあとになって、チーム内の世論調査エキスパートでアクセルロッドの補佐官を務めていたデイヴィッド・シマスから聞いた話によると、このゲイツの一件で私に対する白人有権者からの支持率は大幅に下落したという。その後の8年間の任期を通じても、一つの出来事によってこれだけ大きく支持率が低下した例はほかにない。そして、失ってしまったその支持を完全に取り戻すことは、結局二度とできなかったのだ。

6日後、ジョー・バイデン副大統領と私は、クローリー巡査部長とゲイツとともにホワイトハウスでテーブルを囲んだ。この会はのちに〈ビール・サミット〉として知られるようになる。それはごく控えめで友好的ながらも、ほんの少し堅苦しさのある会合だった。電話での会話から想像していたとおり、クローリー巡査部長は思慮深く礼儀正しい印象の人だった。一方、ゲイツも彼にしてはとても行儀よく振る舞っていた。私たちは1時間ほど、家庭でのしつけのことや、それぞれの仕事の話、それに警察官とアフリカ系アメリカ人コミュニティがより強い信頼関係とコミュニケーションを築くためにはどうすればいいかを語り合った。やがてお開きの時間がくると、クローリー巡査部長もゲイツも、私のスタッフが彼らの家族に用意した見学ツアーについてお礼を言ってくれた。私はといえば、次はもっと気楽なかたちでホワイトハウスにいらしてください、とジョークを飛ばしたのだが。

彼らが去ったあと、私はひとりオーバルオフィスに座って、すべてのことを思い返して物思いに沈んでいた。ミシェルに、ヴァレリー・ジャレットやマーティ・ネスビットをはじめとする友人たち、それにエリック・ホルダー司法長官やスーザン・ライス国連大使、ロナルド・カーク通商代表といった黒人の高官たちは、誰もが障害物コースを走るのに慣れている。それは、白人が圧倒的多数を占める組織内で抜きん出るうえで必要なことだった。私たちは、ちょっとした侮辱に反応せず気持ちを抑えるスキルを身につけて育つからだ。白人の同僚に対してはいつでも疑わしきは罰せずの精神で接し、人種に関する議論はよほど慎重なもの以外、彼らの心に多少の動揺を引き起こす恐れがあることを常に心得ている。それでもなお、ゲイツの件での発言が引き起こした反応は、私たちを驚かせた。これは私にとって、黒人と警察という問題がアメリカで生活していく際の他のどんなテーマよりも意見を二分する問題であることを初めて実感させられた事件となった。この問題はどうやら、アメリカという国の精神の最も深い部分に働きかけ、神経の最もむき出しの部分に触れてくる。それはきっと、この問題が黒人か白人かを問わず、すべての人にある事実を思い出させるからだ。それは、この国の社会秩序基盤が決して単純な合意によって築かれたわけではなく、白人からの、黒人や褐色の肌をもつ人々に対する何世紀にもわたる国家ぐるみの暴力によって成り立ってきたという事実である。法的に許可された暴力をコントロールしていたのは誰か、その暴力はいかに行使され、誰に対して振るわれたのか？　それらは今もなお私たちの同族意識の奥深くに、自分でも認めたくないほど強く影響をおよぼしているのだ。

私がそういった考えを巡らせていると、ドアの向こうからヴァレリーがひょいと顔を覗かせた。ヴァレリーの報告によれば、今回のビール・サミットに関する報道はおおむね好意的らしい。もっとも、黒人支持者からは不満を訴える電話が山ほどかかってきたという話だった。「彼らは、なぜこちらが譲歩してまでクローリー巡査部長を温かく迎え入れたのか理解できないようです」。ヴァレリーは説明した。

「それで、君はどう返答したんだ?」。私は尋ねた。

「いろいろあってなかなか集中して取り組めない状況が続いてはいるものの、大統領は今は政権運営と医療保険改革法案の通過に集中している、と」

私はうなずいた。「それで、チーム内の黒人スタッフは……彼らはどうしている?」

ヴァレリーは肩をすくめた。「若いスタッフたちは多少落胆していますが、納得はしたようです。彼らはとにかく、やるべき課題がこれだけ山積みの状態で、あなたがこんな立場に立たされるのを見たくないんです」

「どんな立場だい?」。私は言った。「黒人だってことか、それとも大統領だってことかな?」

私たち2人は大いに笑った。

第17章

２００９年の7月末までには、医療保険改革法案のいくつかのバージョンが、関連するすべての下院委員会を通過した。上院保健・教育・労働・年金委員会も同様にその仕事を終え、残るはマックス・ボーカス上院議員が委員長を務める上院財政委員会にかけるのみとなる。ここを通れば、あとはこれらを上院用と下院用のそれぞれ一つの法案にまとめ、できれば8月の議会休会前に両院を通過させる。そして最終的に年末までには、最終版の法案があとは署名を待つだけの状態で私のデスクに載っている、というのが目標だった。

しかし、どれだけ急かしてもボーカスの仕事は終わらなかった。その遅れの理由は私にも理解できる。共和党議員の意向など無視して党の方針に沿った投票を強行したほかの民主党の委員長たちとは違い、ボーカスは依然として民主・共和両党による法案づくりを目指していた。しかし夏がじわじわと過ぎていくにつれて、彼のその楽観主義は次第に根拠のない妄想にも思えてきた。共和党のミッチ・マコーネル上院少数党院内総務やジョン・ベイナー下院少数党院内総務は早くも、この法案を医療保険制度に対する「政府による乗っ取り」の企てだと主張し、激しい反対を表明していた。共和党の著名な戦略担当フランク・ルンツが、四〇通りもの改革反対メッセージを市場調査にかけたところ、「政府による乗っ取り」というイメージを煽るのが法案の信用を貶《おとし》める一番の方策だと判明した、というメモをすでに共和党内に回していたのだ。これ以降、保守派はその台本に従って、このフレーズを呪文のように唱えつづけることになる。

サウスカロライナ州選出の上院議員で過激な保守派であるジム・デミントは、自身の党の意図をよりあけすけに表現した。「この件でオバマを止められれば――」。彼は保守派の活動家との全米電話会議でこう発言している。「それは彼にとって決定的な敗北《ワーテルロー》となる。彼は打ち砕かれるだろう」

こうした空気のなかでは驚くべきことでもないが、ボーカスの超党派会合に出席する共和党上院議員の数は3名から2名に減っていた。その2名とは、チャック・グラスリー上院議員と、メイン州選出の穏健派であるオリンピア・スノウ上院議員である。私もチームも、ボーカスが彼ら2人の支持を得られるよう最大限にサポートした。私は何度も2人をホワイトハウスに招き、数週間ごとに電話をかけては感触を探った。さらに、私たちはボーカスの草案に対して2人が望む数多くの変更についても受け入れた。ホワイトハウスの医療改革責任者であるナンシー＝アン・デパールは彼らの上院議員室の常連と化し、彼女の夫が嫉妬するのではとジョークを言われるぐらい頻繁にスノウをディナーに連れ出した。

「オリンピアに、法案を丸ごと好きに書き換えていいからと伝えてくれ！」。その日もそうした会合の一つに出向こうとしていたナンシー＝アンに、私はそう声をかけた。「スノウ法案と名前を変えてもいい。それに、もし賛成票を投じてくれるなら、ホワイトハウスだって譲ろう――ミシェルと私はアパートに引っ越すから！」

それでもなお、進展はなかった。スノウは中道派と呼ばれることに誇りをもっており、医療保険にかける思いも強い（彼女は9歳のとき、がんと心臓病で相次いで両親を亡くしている）。しかし急激に右傾化する共和党内にあって会派のなかでも孤立を深めており、それゆえいつにも増して慎重になっていた。彼女は政策面の細かな点にこだわるそぶりを見せることで、決断しかねる心情を隠そうとしていた。

一方、グラスリーのほうはまた話が違った。彼は地元のアイオワ州で保険に頼れず困っている農家を助けたい、という話をまことしやかに語り、１９９０年代にヒラリー・クリントンが医療保険改革を推し進めた際には、実際に代替案を共同提案もしている。この案は私たちが提案しようとしているマサチューセッツ州式のプランと多くの点で似通っていて、個人の加入義務も備えたものだった。だがスノウとは違って、グラスリーは難しい問題に関して党指導部の方針に反抗したことはほとんどない。その気弱そうな面長の顔と中西部特有のゆっくりとしたしゃがれ声で、彼は法案についてあれこれと問題点を挙げては言葉を濁し、こちらがどう対応すれば賛成してくれるのかという点も決して明言しなかった。大統領補佐官のフィル・シリロは、グラスリーは単にマコーネルの指示のもと、気をもたせるようなそぶりでボーカスを欺いているだけだろうとみていた。このプロセスを行き詰まらせることで、私たちがほかの取り組みに着手できないよう妨害するつもりなのだ。ホワイトハウスきっての楽観主義者である私でさえ、ついにしびれを切らしてボーカスを呼び出した。

「時間切れだ、マックス」。７月後半、大統領執務室《オーバルオフィス》での会合で私は彼に告げた。「君はベストを尽くしてくれた。だがグラスリーは見込みなしだ。いまだに何も言ってこないじゃないか」

ボーカスは首を振った。「失礼ながら、それは違います、大統領」。彼は訴えた。「私はチャックのことをよく知っている。彼を説得できるまで、あともうほんのこれくらいですよ」。ボーカスは親指と人差し指で３センチほど隙間をつくってみせた。そして、がんの治療法を発見した人がそれを信じない愚か者にしぶしぶ対応しているような表情で、私にほほえみかけた。「あともう少しチャックに時間をやって、採決は休会明けにしましょう」

私の中の一部は、席を蹴ってボーカスの肩をつかみ、正気に戻れと揺さぶってやりたかった。だが、そんなことをしても効果はなかろうと判断した。別の一部は、次回の選挙で私からの政治的支援を取り下げるぞと脅すことを考えていたが、選出州であるモンタナ州での彼の人気は世論調査によれば私よりずっと高いため、これも効果はなかろうと考え直す。代わりに、私はさらに30分ほどかけて議論し、彼をなだめすかした。だが結局、党の方針に沿った投票を今すぐ強行するのでなく、9月に議会が再開してから2週間以内に採決をするという彼のプランに同意するしかなかったのだった。


議会の上院と下院が休会に入り、両院での採決を目前に控えた8月前半の2週間、私は遊説の長い旅に出ることになった。改革への支持が特に弱いモンタナ州、コロラド州、アリゾナ州といった土地を巡ってタウンホール・ミーティングを開催するのだ。そのご褒美として、チームは私に、ミシェルと娘たちを同行させて途中で国立公園などを訪れてはどうかと提案した。

私はその提案に胸を躍らせた。といっても、別にマリアとサーシャが普段から父親の愛情を受ける機会がないとか、特別な夏のイベントを必要としていたわけではない。2人はそのどちらにも不自由することなく、友達と遊ぶ約束をしたり、映画を観たり、なんということのない遊びに興じたりしていた。夕方に帰宅して三階に上がってみると、パジャマ姿の8歳や11歳の女の子たちがサンルームを占拠してお泊まり会をしているのに出くわしたものだ。子どもたちはエアーマットレスの上でぽんぽん飛び跳ね、おもちゃやポップコーンをそこらじゅうに散らかし、ニコロデオン［子ども向け番組専門のケーブルチャンネル］を観ながらひっきりなしにくすくす笑い合っていた。

とはいえ、私とミシェルが（限りなく忍耐強いシークレットサービスの警護官たちの助けを借りて）どれだけ娘たちに普通の子に近い体験をさせてやりたいと努力しても、世の父親たちが連れていくような場所に娘を連れていくことは限りなく不可能に近かった。私たち家族はいっしょに遊園地に行けないし、その途中でちょっと思い立ってハンバーガーを買うこともできない。以前のように、のんびりした日曜の午後に娘たちを連れてサイクリングに行くことも、今の私には無理だった。アイスクリームを買いに出かけたり書店に行ったりすることは、いまや道路の封鎖や戦術チームによる事前準備を伴う一大事になった。しかもどんな場所にも必ずメディアが集まってくる。

たとえ娘たちがそのことに喪失感を覚えていたとしても、2人はそれを表に出すことはなかった。だが、私は寂しさを痛感していた。特につらかったのは、自分が子どものころに体験したように、夏休みにマリアとサーシャを車で長旅に連れていくことはもう二度とできないだろうという事実だった。あれは私が11歳のとき。祖母《トゥート》と母は私とマヤにそろそろアメリカ本土を見せてもいいころだと考えて、1か月ほどの自動車旅行に連れていってくれた。あのときの旅は、私の心にいつまでも消えない強い印象を刻みつけている。そして、それは決してディズニーランドに行けたからだけではない（もちろん、それもすばらしかったけれど）。私たちはワシントン州のピュージェット湾で潮干狩りをしてハマグリを探し、アリゾナ州のキャニオン・デ・シェイの谷底を流れる小川を馬に乗って駆けた。車窓の向こうに広がるはてしないカンザスの大草原を眺め、イエローストーン国立公園のくすんだ平原を見渡してバイソンの群れを探した。そして1日の終わりには、モーテルの製氷機や、たまに併設されているプールや、ときには単にエアコンと清潔なシーツがあることに、シンプルな喜びを感じるのだった。あのたった一度の旅は、開けた道の目もくらむような自由を、アメリカの広大さを、そしてこの土地が擁するたくさんの絶景を、私に垣間見せてくれた。

そうした体験をそっくりそのまま娘たちにも味わわせることは、やはり難しい。なにしろ、エアフォースワンで空を飛び、長い車列に護衛されて移動するしかなく、チェーンのモーテルで寝泊まりするなど決してありえないのが今の私たちの旅なのだから。それは自動車旅行と呼ぶには移動があまりにも迅速かつ快適で、護衛付きのあらかじめ決められた活動があまりにもたくさん詰め込まれていた。感動と失敗と退屈がないまぜになったあの感覚は、そこにはない。それでも8月のこの1週間、私とミシェルと娘たちは大いに楽しんだ。イエローストーン国立公園で間欠泉《かんけつせん》〈オールド・フェイスフル・ガイザー〉が勢いよく熱湯を噴き上げるのを眺め、はるかに広がるグランドキャニオンの黄土色の岩肌を見渡す。娘たちはチュービングで川下りも体験した。夜にはボードゲームをしたり、空を見上げて星座に名前をつけたりして遊んだ。そうして娘たちを寝かしつけたあと、私は、周囲の騒ぎをよそに、この旅の思い出が2人の心に刻まれることを願った。かつての私がそうだったように、この旅で知った人生の可能性とアメリカの大地の美しさを、娘たちがいつまでも胸の内にしまっていてくれればいい。そしていつの日か2人でこのときの旅を振り返って、それがどんなにいとおしくて、魅力的で、生命に満ちあふれていたかを思い出し、その美しい景観の数々を我が子に見せずにはいられなかった両親の思いを知ってくれればいい。

もちろん、アメリカ西部を巡るこの旅のなかで、マリアとサーシャには一つ我慢してもらわなければならないことがあった。大観衆やテレビカメラの前に立って医療保険改革について語る父親と、1日おきに引き離されるという点だ。タウンホール・ミーティング自体は、春に開催したものとそう大きな違いはなかった。参加者たちは既存の医療保険制度では救えなかった自分の家族のことを語り、じきに提出される法案が今自分の加入している保険にどう影響するのかと質問する。改革に反対する人々でさえ、私の発言に注意深く耳を傾けてくれた。

ところが、会場の外の雰囲気はまるで違っていた。このとき私たちは、のちに〝ティーパーティーの夏〟と呼ばれることになる現象の真っただ中にいたのだ。それは、変わりゆくアメリカに対する人々の偽りのない恐怖心を、右翼的政策と結びつけようとする組織的な活動だった。会場に出入りするたびに、私たちは大勢の怒れる抗議者たちに迎えられた。メガホンを使って怒鳴る人もいれば、こちらに向かって中指を立ててみせる人もいる。多くの人が「くたばれオバマケア」とか「政府は私のメディケアに手を出すな」（これは意図せずして矛盾した訴えなのだが）といったメッセージの書かれたボードを掲げていた。なかには、映画『ダークナイト』でヒース・レジャーが演じた〈ジョーカー〉のごとく改変された私の写真を振り回している人もいる。黒く縁取られた目と分厚い白塗りのメーキャップを施された、ほとんど悪魔のような形相の私だ。ほかにも、植民地時代の愛国者を模した扮装《ふんそう》で「自治の自由を踏みにじるな」と書かれた旗を掲げる人もいた。その誰もが、私への全面的な侮蔑の念を表明することを一番の目的としているようだった。そうした感情が最もよく集約されていたのが、大統領選挙中に使われたシェパード・フェアリー作の有名な『HOPE』ポスターの改変だった。赤と白と青で描かれた私の顔は元のままだが、その下にあしらわれた「HOPE（希望）」の文字が「NOPE（ノー）」に替えられていたのだ。

アメリカ政治に突如現れたこの強力な勢力は、もとをたどれば数か月前には不良資産救済プログラム（TARP）やアメリカ復興・再投資法（復興法）に反対する、ごく小規模な寄せ集めの集団だった。初期の参加者の多くは、大統領選挙に出馬した共和党のロン・ポール下院議員の非現実的でリバタリアン的な選挙活動から流れてきた層のようだ。ロン・ポールは連邦所得税や連邦準備制度の廃止、金本位制への回帰、それに国連やNATOからの離脱を訴えていた。それが2月に入ると、ようすが変わってくる。政府の住宅ローン救済策に対して不満をぶちまけたリック・サンテリの悪名高いテレビ中継は、それまで緩やかなネットワークでつながっていた保守派の活動家にキャッチーなスローガンを与えることとなった。その声はじきにウェブサイトやチェーンメールによって徐々に拡大していき、全国各地に〈ティーパーティー運動〉の支部が生まれ出す。この初期の数か月間、彼らにはまだ復興法の議会通過を阻止できるほどの牽引《けんいん》力はなく、確定申告期限日の4月15日に全米で行われた抗議集会もそこまで影響力の大きなものではなかった。しかし、その後ラッシュ・リンボーやグレン・ベックといった著名な保守系メディア司会者の支援によって勢いを加速させ、ついには地方の、そしてやがては全国の共和党政治家までもがティーパーティーの名を掲げるようになったのだ。

　夏ごろまでには、ティーパーティー運動は彼らが忌み嫌うところの〝オバマケア〟阻止に向けて全力を挙げていた。この改革はアメリカに社会主義的で圧政的な新たな秩序をもたらすものだ、と彼らは訴えた。そして、私が西部の各地を巡って比較的穏やかなタウンホール・ミーティングをこなしているあいだに、ニュースでは全米各地の議会にまつわる数々の出来事が報じられるようになる。上院や下院の議員たちが地元の選挙区で怒れる群衆に野次を飛ばされたり、ティーパーティーの活動家たちが議会の進行を故意に妨げたりしたのだ。こうした状況に動揺して、公の場に出る予定をすべてキャンセルする政治家も出てきた。

　この事態をどうとらえるべきなのか、判断するのは難しかった。反税金、反規制、反政府というティーパーティーの路線は、決して目新しいものではない。彼らが訴える基本的な筋書き――すなわち、堕落したリベラル派のエリートたちが連邦政府を乗っ取り、懸命に働く合衆国市民たちのポケットから金を巻きあげて、福祉関連の利権や取り巻き企業へのばらまきに使っているというストーリーは、共和党の政治家や保守系メディアがすでに何年も前から盛んに広めてきたものだ。そのうえ、ティーパーティーは決して一般にいわれていたように自然発生的な草の根運動ではないこともわかっている。大富豪のコーク兄弟が出資する〈アメリカンズ・フォー・プロスペリティ〉などの関連団体や、私の大統領就任直後にコーク兄弟が主催したカリフォルニア州インディアンウェルズでの秘密会議に参加した保守派の富豪たちによって、この運動は当初から注意深く育まれてきたのだ。彼らはインターネットのドメイン名を登録し、集会の許可を取りつけ、オーガナイザーの育成や会合への出資を行い、そして最終的にはティーパーティーの資金繰りや組織や戦略的方向性に大きく関与していた。

とはいえ、ティーパーティーが共和党内におけるポピュリスト的うねりを真に体現するものであったことは否定できない。この運動はたしかに、草の根的な熱意と荒々しい怒りに駆られた真の信奉者たちによって構成されていた。それらは先の大統領選挙の最終盤で、共和党の副大統領候補だったサラ・ペイリンの支持者たちが見せた感情と同じだ。そうした怒りの一部は、向ける方向こそ誤っているとは思うが、私にも理解できる。ティーパーティー運動に惹かれる白人の労働者階級や中間層の人々は、なかなか上がらない賃金と上がりつづけるコスト、そして退職後も安心して暮らせる安定したブルーカラーの職が失われつつあることに、すでに何十年も苦しんできた。しかし、ブッシュ政権や既存の権力層はなんの対策も打ってくれず、そのうえ金融危機がさらに彼らのコミュニティを空洞化させる。そして少なくともこれまでのところ、景気刺激策や緊急援助に何兆ドルもの資金をつぎ込んでいるにもかかわらず、私の政権のもと、経済はじわじわと悪化しているのだ。こうした状況下で、オバマの政策はあなたがたに負担を強いることでほかの誰かを救うものだとささやかれたら――これは不正に仕組まれたゲームで、オバマは不正を行う側にいるのだと言われたら――、そうした考え方はおそらく、もとから保守寄りだった人々には実にもっともらしく聞こえるだろう。

それに認めたくはないが、これだけ短期間のうちに熱烈な支持者層を動員し、ソーシャルメディアと草の根組織戦略によってメディアを独占することに成功したティーパーティー指導者たちの手腕には、敬意を抱かざるをえない。彼らが用いた戦略の一部は、私たちも選挙活動中に実際に使っていたものだ。私はこれまで政治家としてのキャリアを通じて、この国の民主主義における弊害を解消する手段として、政治への市民参加を促すことに力を注いできた。したがって、これだけ熱心な市民参加が実現している今、その理由が私の政策への抗議だからといって文句は言えまい——私は自分にそう言い聞かせた。

しかし時が経《た》つにつれて、この運動のより厄介な原動力について見逃がすことは次第に難しくなっていった。ペイリンの選挙集会でもそうだったのだが、ティーパーティーのイベントでは参加者が私のことを動物やヒトラーになぞらえ、それをメディアがたびたび取り上げた。アフリカの呪術医のような格好をして鼻に骨を刺した私のイラストに、「あなたの近所のクリニックにも、もうすぐオバマケアがやって来る」というコピーを添えた看板も現れた。さらに、陰謀論も山ほど湧いてきた。いわく、この法案には患者が治療に値するかどうかを審査する〝死の審査会〟の設置が盛り込まれており、これは〝政府推奨の安楽死〟への道を開くものだ。いわく、この改革は不法移民を利するもので、ゆくゆくは生活保護頼りの忠実な民主党支持者をこの国に蔓延《まんえん》させることが、オバマのより大きな目的である——。さらに、ティーパーティーは大統領選挙中に流れた古い噂を再び蒸し返して、ことさらに煽り立てた。オバマはイスラム教徒で、しかも実はケニア生まれなので憲法の規定により大統領になる資格がない、というものだ。9月になるころには、ティーパーティーの台頭がいかに移民排斥主義や人種差別主義とからんでいるかという議題が、ケーブルテレビ番組のディベートで大きく取り上げられるようになっていた。生粋の南部人であるジミー・カーター元大統領が、私に対する過激な批判は少なくとも部分的には人種差別的な視点によるものだという見解を示したことで、この議論はさらに過熱していく。

ホワイトハウスでは、これらについてあえてコメントはしない方針だった。上級顧問のデイヴィッド・アクセルロッド（アックス）に示された大量のデータによれば、私の支持層も含めた白人の有権者は、人種に関する長々とした説教にはあまりよい反応を示さない。しかし、理由はそれだけではなかった。信条として、大統領というものは有権者からの批判について公の場で愚痴を言うべきではないと私は考えていた。それはこの職に就くにあたって、自ら引き受けたものなのだから。それに歴代の白人大統領だって、誰もがそれぞれに悪意に満ちた個人攻撃や妨害を耐え抜いてきたのだ。たとえ相手が友人でもレポーターでも、私は真っ先にその点を指摘した。

もう少し実際的な理由をいえば、人々の真の動機を見きわめることは難しい。特に、人種問題についての態度がこの国の歴史のあらゆる側面にからんでいることを考えれば、なおさらだ。たとえば、ティーパーティーの人々が〝州権〟を擁護するのは、それが自由を推進する最善の方法だと心から信じているからだろうか？　それとも、かつて連邦政府による介入がジム・クロウ法の廃止や人種隔離の撤廃、さらには南部での黒人政治家の台頭につながったことに、今もなお怒りを覚えているからだろうか？　保守派の活動家が福祉国家的な政策の拡大に反対するのは、それが個人の自発性を奪うものだからか？　それとも、国境を越えてやって来たばかりのラテン系の移民だけが得をする政策だと考えているからか？　たとえ私が直感的にどう感じようと、歴史書がどのような真実を指し示そうと、自分の敵対者を人種差別主義者とひと括りにすることでは有権者の支持は得られないということを、私は理解していた。

一つ確かだと思われたのは、私が助けたいと思っているまさにその層も含めて、アメリカ国民のかなり多くが、私の言葉をまったく信じていないということだ。ある夜、私はテレビのニュース番組で〈リモート・エリア・メディカル〉という慈善団体についての特集を目にした。この団体は期間限定の仮設クリニックを通じて全米各地で医療サービスを提供している。競技場やイベント会場の外にトレーラーを停め、そこを仮説のクリニックとして患者を診察するのだ。番組で取り上げられた患者たちは、ほぼ全員がテネシー州やジョージア州、ウエストバージニア州といった南部に暮らす人々で、無職か、仕事はあっても企業医療保険に入っていない人、あるいは保険には入っているが免責金額が大きく自己負担分を支払えない人たちだった。彼らの多くは何百キロも離れた遠い地域から車を走らせて、この仮設クリニックにやってくる。暖を取るためエンジンをかけっぱなしにして車中泊をしてくる人もいる。そうして集まった何百人もが、ボランティア医師による診察を待って夜明け前から列をつくるのだ。そして、虫歯を抜いてもらったり、ひどい腹痛を診察してもらったり、乳房のしこりを調べてもらったりする。あまりにも需要が大きいため、日の出後に到着すると受け入れを断られることさえあるという。

私はこの特集に心を痛めるだけでなく、強い憤りも感じていた。これは、豊かな国がその国民の多くを見捨てていることを指摘する告発だ。しかし同時に、無料で医師に会うために列をなしていた人たちの多くは、根強い共和党支持州の住人だった。ティーパーティーの支援のもと、医療保険改革への反対感情が特に強いと思われる地域だ。私も以前であれば、彼らのような有権者の心に訴えかけることができた。まだ上院議員だったころにイリノイ州の南部を車で巡ったり、大統領選挙の序盤にアイオワ州の田舎の町々に遊説に訪れたりしていたころならば、それもまだ可能だったのだ。私はまだ風刺画のネタにされるほど有名ではなく、したがってシカゴからやってきた外国風の名前の黒人に人々がどんな先入観を抱こうと、ただシンプルに会話を交わし、親しみを込めた身振りで接しさえすれば、そんなものは一掃できた。私は地元住民と食堂で語り合ったり、カウンティフェアの会場で人々の不満に耳を傾けたりした。それだけで彼らの票を獲得できるはずもないし、ほとんどの問題については賛同すら得られない。それでも、少なくとも心を通い合わせることはできた。相手も自分と同じような希望や苦しみや価値観をもっているのだという相互理解を胸に、対話を終えることができた。

それが今この状況でもまだ可能なのかどうか、私にはわからなかった。私はいまや鍵のかかったゲートの中で常に警護官に守られて生きている。それに、人々が目にする私のイメージは、FOXニュースをはじめとする、視聴者を怒らせ怯《おび》えさせることをビジネスモデルとするメディアを通じて歪《ゆが》められているのだ。人々の心に訴えかける力が自分にはまだあると、私は信じたかった。だが、ミシェルはそこまで確信はしていなかった。遊説の旅も終わりに近づいたある夜、娘たちを寝かしつけたあとでテレビを観ていると、ティーパーティーの集会のようすが映った。激しく振られる旗と、煽り立てるようなスローガンの数々。ミシェルはリモコンに手を伸ばし、テレビを消した。その顔には、怒りと諦めのはざまをうつろうような表情が浮かんでいる。

「おかしな話よね」。ミシェルは言った。

「何がだい?」

「彼らがあなたを――私たちを恐れてるだなんて」

ミシェルは頭を振って、ベッドに向かった。

エドワード（テッド）・ケネディは8月25日にこの世を去った。葬儀の日の朝、ボストンの空はどんよりと曇り、私たちが空路で到着するころには分厚い雨の幕が街を包んでいた。教会内の光景は、テッドの偉大な人生にふさわしいものだった。会衆席には歴代の大統領や州知事、上下院の議員たち、それに過去から現在までに仕えたスタッフたちの顔が並ぶ。儀仗兵《ぎじょう》と、星条旗に包まれた棺《ひつぎ》。だが、この日最も意義深かったのは、彼の家族、とりわけ子どもたちの語る逸話だった。次男のパトリック・ケネディ下院議員は、子どものころに激しいぜんそく発作を起こしたとき、父に介抱してもらった思い出を語った。テッドは息子が眠りにつくまで、冷たいタオルを額に当てていてくれたという。嵐にもかかわらず、父に連れられてヨットで海に出たときのエピソードも語られた。長男のテッド・ジュニアは、がんで片脚を失ったのちに、父に強引にそり滑りに連れ出されたときのことを振り返った。父は息子とともに雪の積もる丘を苦労して登り、息子が倒れ込めば引き起こし、もうやめたいと泣く息子の涙を拭った。そうしてついに丘の頂上にたどり着いた2人は、雪の積もった斜面を勢いよく滑り降りたのだった。自分の世界は止まってなどいないことを、その体験が証明してくれた、とテッド・ジュニアは語った。そうした数々の逸話から全体像として見えてくるのは、大きな欲求と大志にだけでなく、同じぐらい大きな喪失と疑念に突き動かされるテッド・ケネディの姿だ。それは、失われた何かを補おうとする男の姿だった。

「父は贖罪《しょくざい》というものを信じていました」。テッド・ジュニアはそう語った。「そして、決して諦めず、悪しきものを正そうと常に努力しつづけました。たとえ、それが自分と他人のどちらの過ちによって生じたものであっても」

私はその言葉を胸に、ワシントンへの帰路についた。敗戦ムードが濃厚になりつつある地へ。少なくとも、医療保険改革法案を通過させることに関しては、そうした空気がたしかに漂っていた。

ティーパーティーは狙いどおり、私たちの改革にネガティブなイメージを大量に植えつけることに成功した。この改革はコストがかかりすぎるのではないか、今の生活を破壊するのではないか、貧しい者たちだけが得をするのではないか。そういった国民の不安を、彼らはうまく煽り立てたのだ。あらゆる連邦法案のコストを推計する独立した専門機関である議会予算局（ＣＢＯ）は、この法案の下院向けの初期版にかかるコストについて、１兆ドルという目を見張るような試算を公表している。最終的には法案の改訂や明確化によって試算コストも下がるのだが、このときの大々的な数字は、反対派にとって私たちを袋叩きにする格好の武器となった。接戦が予想される選挙区を地元とする民主党議員たちは、いまやすっかり怖気《おじけ》づいていた。この法案を推し進めることは自殺行為に等しいと考えるようになったのだ。さらに、オバマは世の年寄りを安楽死させようとしている、というティーパーティーの主張を連邦議員がそのまま繰り返すという状況下にあって、これまで交渉に応じるそぶりを見せてきた共和党議員までもが、その姿勢を完全に打ち捨てた。

そうしたなかで唯一プラスだったのは、チャック・グラスリーの説得にこだわっていたマックス・ボーカスの目を覚ますことができたという点だ。最終的に決定打となったのは、９月初旬に２人を呼んで行ったオーバルオフィスでの会合だった。最新版の法案について、まだ問題があるとして新たに五つの点を列挙するグラスリーに、私は辛抱強く耳を傾けた。

「質問させてほしい、チャック」。話を聞き終えると、私は言った。「もし、マックスがあなたが今言った指摘すべてを取り入れたとしたら、あなたはこの法案を支持できると？」

「それは……」

「どんな変更を加えれば、あなたの票を獲得できる？　そんな変更が本当にあるのか？」

気まずい沈黙が流れたのち、グラスリーは顔を上げ、私の視線を受け止めた。

「ないと思います、大統領」

ないと思います……か。

ホワイトハウスには一気に暗いムードが広がった。チームのなかには、もはや降参すべきときではないかと口にする者も出てきた。とりわけ陰鬱なようすだったのが首席補佐官のラーム・エマニュエルだ。かつてビル・クリントン政権時代にも同様の騒ぎを見てきた彼は、私の支持率の低下が接戦地区における民主党議員の再選に及ぼす影響を十分すぎるほどよく理解していた。彼らの多くは、ラーム自身が個人的にスカウトし、選出を支援した議員たちだ。さらに、２０１２年大統領選挙に向けた私自身のダメージについてはいうまでもなかった。今後の選択肢について話し合う上級スタッフとのミーティングで、ラームは法案を大幅に縮小し一部だけを残すという条件で共和党との妥協を探るべきだと提案した。たとえば、60歳から65歳までの国民を新たにメディケア加入対象に加える、あるいは児童医療保険プログラムの範囲を拡大するといった形でだ。「これは、あなたの望む完璧な形ではないでしょう、大統領」。ラームは言った。「しかし、それでも多くの人を救うことができます。それに、あなたの掲げるその他の政策を推し進めるうえでも、成功のチャンスは広がります」

一部のスタッフはこれに賛成した。一方で、諦めるのはまだ早いと考える者もいた。補佐官のフィル・シリロは、議会議事堂で議員たちと対話を重ねた感触から、法案を縮小することなく民主党議員の票だけでこれを通過させる道はまだあると思う、と述べた。ただし、彼自身も決してそれが確実な道ではないだろうとは認めた。

「つまり問うべきは、大統領――〝今日のオレはツイてるか？〟ってことです」

私は彼に向かってほほえんでみせた。「フィル、私たちは今どこにいると思う？」

フィルはこの問いに何か裏があるのかと、少し戸惑ったようすを見せた。「オーバルオフィスですか？」

「では、私の名前は？」

「バラク・オバマ」

私はほほえんだ。「バラク・フセイン・オバマさ。その私が今、こうして君たちとともにオーバルオフィスにいるんだ。なあ、私はいつだってツイてるさ」

私はチームに、このままの方針で行こうと伝えた。けれど実をいえば、自分がツイているかどうかは、このときの決定にはあまり関係がなかった。リスクに関するラームの主張はたしかに正しい。それに、もし異なる政治環境のもと、異なる問題を扱っていたならば、おそらく私も共和党と妥協して半分の成果でよしとする案を受け入れただろう。だがこの件に関していえば、共和党の幹部がこちらに救いの手を差し伸べる気配はまったくなかった。私たちはぼろぼろの状態で、共和党支持層はこちら側の流血などおかまいなしだ。それに、どれだけ縮小した改革案を提示しても、彼らはまた別の部分であれこれと難癖をつけて協力を拒むに違いなかった。

それに何より、縮小された改革法案では、グリーンベイで出会ったローラ・クリツカのように絶望の中で生きている何百万人もを救うことはできない。政治の雑音を断ち切り、正しいとわかっていることを実現するだけの勇気や、能力や、説得力が大統領である私に欠けていたばかりに、そうした人たちを失望させ、自力でなんとかしてくれと放り出すことになる——そんなことは耐えられなかった。

この時点で、私はすでに八つの州でタウンホール・ミーティングを開催し、この医療保険改革がもたらす変化について、ときに広く、ときに細かく説明してきた。全米退職者協会（AARP）のメンバーと生放送で電話をつなぎ、メディケアにおいて補償対象外になる範囲から延命治療に関する事前の意思表示まで、さまざまな内容の質問にも答えた。夜遅くまで〈トリーティールーム〉にこもり、次々と差し出されるメモや試算表にじっくり目を通して、リスク回廊方式や再保険の上限について細かい点まで理解できるよう研究した。ときおり、あまりにも多くの誤情報が電波に乗って垂れ流されていることに気が滅入ったり、怒りさえ湧いてくることもある。そういうとき、私はチームのスタッフたちへの感謝の念を新たにするのだった。戦いが醜さを増し、依然として勝算の見えないこの状況下で、彼らは決して諦めず改革を推し進めようとしている。その不屈の精神こそが、ホワイトハウスの全スタッフの原動力だった。あるとき、顧問のデニス・マクドノーがみんなにステッカーを配った。そこには「冷笑主義と戦え（FIGHT CYNICISM）」という言葉が記されていた。それはじきに私たちのスローガンとなり、揺るぎない信条となった。

医療保険改革に関する議論を仕切り直すためには、何らかの大がかりな試みが必要だと私たちは認識していた。そこでアックスが提案したのが、上下両院合同会議に先立ってゴールデンタイムに演説を行うというものだった。これはいちかばちかの戦略です、と彼は説明した。過去60年間でこの戦略がとられたのはわずか二回だけだという。しかし、この手を使えば、大勢の視聴者に直接呼びかけることができる。ちなみに過去の二回はどのような演説だったのか、と私は尋ねた。

「一番最近の例は、9・11後にブッシュ前大統領がテロとの戦いを宣言した際のものです」

「それで、もう一つは？」

「ビル・クリントンが医療保険改革法案について訴えた演説ですね」

私は笑った。「なるほど、それはさぞかし効果が期待できそうだ」

不運な結果に終わった先例にもかかわらず、私たちはこの作戦に賭けてみる価値はあると判断した。レイバー・デー［9月第一月曜日の祝日］の2日後、ミシェルと私はビーストに乗り込み、議会議事堂の東側エントランス前に乗りつけた。そして、七か月前にこの場を訪れたときと同じ道のりをたどって下院本会議場の入り口に向かった。守衛官のアナウンスの声、照明、テレビカメラ、拍手、中央通路を歩きながらの握手――少なくとも表面上は、何もかも2月のときと同じだ。しかし、議場のムードはまったく違って感じられた。少しばかりこわばった笑顔の数々と、場内に漂う緊張と疑念のざわめき。それとも、違っていたのは単に私の気持ちのほうだったのかもしれない。大統領就任直後に感じていた眩暈《めまい》のような感覚や個人的な達成感は、今はもう消え失せていた。このとき私が抱いていたのは、もっと揺るぎない感覚だ。それは、自らの仕事を最後までやり抜くという固い決意だった。

その夕刻の演説で、私は1時間ほどかけてできるだけ率直に、この改革法案が中継を観ている全国の家庭にとってどのような意義があるのかを語った。この改革は、必要としている人に手の届く保険を提供する一方で、今現在すでに保険に加入している人もしっかりと守るものだと訴えた。保険会社が既往歴のある人たちを不公平に扱うことを防ぎ、ローラ・クリツカの例のように、家族に重い負担をかける生涯支払い限度額も撤廃されると説明した。さらに、高齢者にとって命に関わる薬の購入費を負担することや、定期的な健康診断と予防治療を追加負担なしで補償するよう保険会社に求めることについても、詳しく解説する。〝政府による乗っ取り〟であるとか、〝死の審査会〟といった噂はばかげた嘘であること、この法案によって赤字はいっさい増えないことも指摘した。そして、これらの変革を実現すべきは今だと訴えた。

演説の数日前、私はテッド・ケネディからの手紙を受け取っていた。テッドが5月のうちに書いたもので、彼の死後に私に渡すよう妻のヴィッキーに託されていたのだ。それは2ページほどの別れの手紙だった。そのなかで、テッドは医療制度改革のことを「我々の社会がまだ成し遂げていない偉大な仕事」であり自分にとって人生をかけた大義だと記していた。そして、そのために立ち上がった私に感謝の言葉を綴ってくれた。さらに、こうも書かれていた。自分はいくらか心安らかに最期を迎えられるだろう、なぜなら自分が長年目指してきたものが、君の指揮のもと、ついに実現すると信じているからだ――。

だから私は、演説の最後にテッドの手紙を引用することにした。私を勇気づけてくれた彼の言葉が、同じようにこの国を勇気づけてくれるように。「我々が直面しているのは――」。彼は手紙のなかでこう書いている。「何よりも倫理の問題だ。ここで問われているのは政策の細かな点ではない。社会の正義と我が国の品格という、根本的な原理だ」

世論調査によれば、この演説によって医療制度改革法案への世論の支持は、少なくとも一時的には大きく上昇した。さらに私たちの目的を遂げるうえで大きかったのは、揺らいでいた民主党議員たちの背筋をしゃんとさせ、奮起させたことだ。ただし、議場にいる共和党議員の心は1人たりとも動かせなかった。それは演説が始まって30分もしないうちに明らかになる。この法案は不法移民にも保険を提供するものだという誤った噂について私が否定しているときだった。サウスカロライナ州選出で五期目のジョー・ウィルソンという名の比較的無名の共和党議員が、座席から身を乗り出すようにして私のほうを指さし、怒りで顔を真っ赤にして叫んだのだ。「嘘つきめ！」

議場には一瞬、あぜんとした沈黙が流れた。私は野次を飛ばした人物のほうを振り向いた（ナンシー・ペロシ下院議長とジョー・バイデン副大統領もだ。ナンシーは驚いた表情で、ジョーは首を振りながら、そちらに目をやった）。心のなかでは、演説台を降りて通路をつかつかと歩み、ウィルソン議員の頭を一発叩いてやりたかった。だがそうする代わりに、私はただひと言「本当のことです」と告げ、民主党議員が同議員に向かってブーイングを浴びせるなかで演説を続けた。

こういったことが上下両院合同会議の演説の場で起こるなど、人々の記憶にある限りこれまでに一度もなかった――少なくとも、近代においては。議員たちは即座に党派を超えた非難の声をあげ、翌日の朝にはウィルソン議員本人が礼節を欠いていたとして公式に謝罪。彼はラームにも電話をかけ、私に謝罪の意を伝えるよう求めた。私は事を荒立てることはせず、記者たちに対しては、彼からの謝罪を受け入れた、それに過ちは誰にでもあると私は常に思っている、とコメントした。

しかし、この野次の翌週、ウィルソン議員の再選に向けた選挙活動へのオンライン寄付金が急増したというニュースが、嫌でも目に入ってきた。どうやら、世の中の多くの共和党支持者にとって、彼は権力者に真実を言えるヒーローらしい。この一件はティーパーティーとその協力者であるメディアが医療制度改革法案に悪のイメージを植えつけるのみならず、それ以上の成功を遂げたことを意味していた。彼らは私を悪者にし、それによって共和党を支持する全公職者に、あるメッセージを送ることに成功したのだ。それは、オバマ政権を批判するにあたっては従来のルールはもはや適用する必要がない、というメッセージだった。

ハワイで生まれ育った私だが、ボートの操縦は習ったことがない。そういった趣味にお金をかける余裕は我が家にはなかったからだ。それでも、それからの三か月半は、激しい嵐が過ぎ去ったあとに大海原を航行する船乗りはきっとこういう心持ちなのだろうな、と思ったものだ。相変わらず根気のいる、ときに単調な操舵作業。そこにさらに船底の漏れを塞いだり水をかき出したりといった仕事が加わって、苦労は増すばかりだ。常に変わる潮や風向きに応じて速度と航路を維持するには、忍耐とスキルと注意力が求められる。それでもひとときのあいだ嵐を生き延びられたことへの感謝を胸に刻み、必ず港にたどり着くのだという新たな信念に背中を押されて日々の任務に励むのだ。

まず、予定より数か月遅れたものの、ボーカスがついに上院財政委員会で医療保険改革法案に関する審議を開始した。彼の策定した草案は、ほかの法案と同じくマサチューセッツ州方式に沿ったものだ。ただし、保険未加入者への助成金額は私たちチームの望む水準より低く設定されている。さらに、すべての企業医療保険プランに課税することになっていたので、私たちはそれを富裕層への課税を強化する形に変更するよう求めた。とはいえ、すべての人の名誉のためにいえば、審議はおおむね実のあるもので露骨なスタンドプレーもなく進んだ。そして3週間に及ぶ徹底した討議ののち、法案は14対9で上院財政委員会を通過する。オリンピア・スノウは賛成にまわることを決断し、これが私たちの獲得した唯一の共和党票となった。

それに続いて、ナンシー・ペロシ下院議長が共和党による挙党一致の激しい反対を押し切って、統合法案を下院で可決に持ち込んだ。採決は２００９年11月7日に行われた（下院用の法案はもっと早くにできあがっていたのだが、ナンシーは上院で法案が立ち消えにならないと確信できるまで、難しい政治的判断を強いることになる下院本会議での審議を先延ばしにしていたのだ）。クリスマス休暇前までに上院本会議でも同じく統合法案を通過させることができたら、1月中に上院案と下院案の相違点について話し合い、一本化した法案を両院に送って承認を得る。そしてあわよくば、２月には最終法案が署名を待つだけの形で私のデスクに載っていればいい。

それはかなりの希望的観測だった。その実現を大きく左右することとなる人物が、私の旧知の友であるハリー・リード上院民主党院内総務だった。人間性というものについて普段から懐疑的だった彼は、最終法案がひとたび本会議に持ち込まれれば、オリンピア・スノウの票はもはやあてにできないとみていた（「マコーネルが本気で締め上げれば、彼女は安物のスーツさながらにすぐしわだらけになるだろう」。彼は淡々と私にそう語った）。議事妨害《フィリバスター》の可能性を排除するためには、ハリーとしては計60人の民主党系議員を1人たりとも失うわけにはいかない。そして復興法のときもそうだったように、この事実は彼ら全員に大きな優位性を与えることとなった。議員たちは、たとえどれだけ偏狭で考えの浅いアイデアであっても、自分の望む変更を法案に加えるよう要求する力を得たのだ。

とてもではないが高潔な政治的議論が促される状況とはいいがたい。もっともハリーにとっては、それもさして問題ではなかった。彼は誰よりも巧みに人や物事を操り、取引を行い、圧力をかけられる人物だ。それからの6週間、統合された法案が上院本会議場に提出され、手続きに則って長々とした議論が繰り広げられている裏で、本当に重要な動きはもっぱらハリーの執務室で起きていた。ハリーは協力的でない議員を一人一人呼び出しては、どうすれば彼らの票を得られるのかを聞き出した。なかには、長年温めていた善意の、しかしあまり有意義とはいえないプロジェクトへの支援を求める者もいた。特にリベラル色の強い何人かの上院議員は、莫大な利益をあげる大手製薬会社や保険会社を非難してきたにもかかわらず、地元選挙区に拠点をおく医療機器メーカーの巨額の利益に関してとなると一転しておとがめなしの姿勢で、医療業界への課税案を縮小するよう要求してくる。メアリー・ランドリュー上院議員とベン・ネルソン上院議員は賛成票を投じる条件として、選出州であるルイジアナ州とネブラスカ州のみに数十億ドルのメディケイド補助金を追加交付するよう求めてきた。この取引は共和党から「ルイジアナ買収」「トウモロコシ皮むき人《コーンハスカー》［ネブラスカ州人を揶揄した呼称］への見返り《キックバック》」などと絶妙なレッテルを貼られて非難されることになる。

どのような条件を提示されようと、ハリーは交渉の余地ありの姿勢で臨んだ。むしろ、少々前のめりすぎることさえあったほどだ。もっとも、彼は常に私のチームとうまく連絡を取り合っていたので、改革の核となる部分に悪影響を及ぼすような法案変更にはフィルやナンシーアンがストップをかけられる態勢ではあった。それでも、自分の望む取引を頑として譲らないこともあり、そのたびに私が電話で介入するはめになったものだ。たいていの場合、ハリーは私の反論を聞き入れて折れてくれた。ただし、そんなやり方で法案を通せるわけがないと文句を言われたが。

「大統領、あなたは医療保険政策については私よりずっと詳しいかもしれない」。彼はあるときこう言った。「しかし、いいですか？　私は上院を知っている」

上院指導部は昔から公民権法やロナルド・レーガン元大統領の1986年税制改革法、それにニューディール政策のパッケージ法案のような議論の多い大型法案を可決させる際、利益誘導や票の取引、利権のばらまきなど、さまざまなあくどい手を伝統的に使ってきた。それに比べれば、ハリーの手法などずいぶんとおとなしいほうだ。とはいうものの、それらの法案が議会を通過したのは、ワシントンにおける駆け引きの大半がまだ新聞ネタにならずにすんでいた時代の話だ。24時間休みなくニュースが飛び交う世界も、まだ到来していなかった。一方、現代に生きる私たちにとって、上院をめぐる苦しい歩みは広報活動面で悪夢だった。ハリーがほかの上院議員を懐柔するため法案に修正を加えるたびに、メディアはまたも「密室の取引」だと新たな記事を次々に書き立てた。上下両院合同会議での演説によって急上昇した世論の支持も、あっという間に消えていく。目に見えて情勢が悪化していくなか、ハリーは私の承認のもと、いわゆる〝パブリック・オプション（公的保険プラン）〟を法案から削除することを決断した。

医療保険改革の議論が始まった当初から、左派の政策通はマサチューセッツ州式のモデルに改変を加えることを主張し、オンラインの〝取引所〟で消費者が保険契約を選ぶ際、〈エトナ〉や〈ブルークロス・ブルーシールド〉といった保険会社のプランだけでなく、政府が所有運営する新たな保険も選べるようにすべきだと訴えてきた。このパブリック・オプションの構想に、保険会社側は当然ながら難色を示した。利益を出すというプレッシャーに縛られない政府運営の保険プランに、競争で勝てるはずがないというわけだ。もちろん、パブリック・オプション支持者にとっては、それこそが重要なポイントとなる。公的保険の優れた費用対効果を強調し、民間保険市場における肥大化した無駄とモラルの欠如を浮き彫りにすることで、政府による単一支払者制度に向けた道筋をつけようというのだ。

それは優れたアイデアであり、ナンシー・ペロシ下院議長が下院の法案に盛り込むほどには魅力的でもあった。しかし上院側は、パブリック・オプションを採り入れたうえで賛成60票を得るには程遠い状況だった。上院保健・教育・労働・年金委員会を通過した法案には、これをほぼ骨抜きにした条項が盛り込まれていた。政府の公的保険にも民間保険と同等の保険料を課すことを義務付けるもので、これでは当然ながらパブリック・オプションの趣旨そのものが損なわれてしまう。私とチームは考えられる妥協点として、全国のなかでも保険会社が少なく正当な競争が望めない地域に限ってパブリック・オプションを導入するという案を講じた。公共機関が参入することで、保険料の全体的な引き下げをはかるのだ。しかし、この妥協案でさえ、より保守的な民主党系議員にとっては受け入れがたいものだった。そうした議員の1人であるコネチカット州選出のジョー・リーバーマン上院議員は、感謝祭の祝日の直前に、パブリック・オプションを含む法案には何があろうと賛成票を投じないと表明している。

パブリック・オプションが上院案から削除されるという噂が流れ出すと、左派の活動家たちはかんかんに怒った。バーモント州の元州知事で大統領選にも出馬経験のあるハワード・ディーンは「これは実質的にアメリカ合衆国上院における医療保険改革の崩壊だ」と断言している。特に彼らが憤慨したのは、私とハリーがジョー・リーバーマンの気まぐれに迎合しているかのように見えたことだった。リーバーマンは一貫してタカ派的なイラク戦争支持ゆえに2006年の民主党上院予備選挙で敗北し、再選に向けて無所属での出馬を余儀なくされていた。そのためリベラル派のあいだでは嘲笑《ちようしよう》の対象だった。私がリーバーマンに関していらだちよりも実利をとったのは、これが初めてではない。というのも、前回の大統領選で友人であるジョン・マケイン上院議員を支持したことから、彼の諸委員会における役職を剝奪するよう求める声が上がったことがある。しかし、私とハリーはこれを退けた。リーバーマンを会派から追放して確実な1票を失う余裕はないと判断したからだ。結局、このときの判断は正しかった。リーバーマンはそれ以降、国内政策については常に私の取り組みを支持していた。とはいえ、彼が医療保険改革の条項に好きに口を出せるかのように見えるこの状況に対しては、一部の民主党員のあいだでは、私が味方よりも敵を厚遇し、大統領就任を後押しした進歩派の人々に背を向けているという見方が強まっていた。

私はこの騒ぎに辟易《へきえき》としていた。「60票を確保することの意味を理解するのは、そんなに難しいことか？」。私はスタッフ相手に愚痴をこぼした。「保険のない3000万人の国民に、今回はパブリック・オプションを付けられなかったからあと10年待ってくれとでも伝えろっていうのか？」

問題は、味方からの批判が最もこたえるというだけの話ではなかった。この一連の粗探しは、すぐさま民主党に政治的影響をもたらすこととなる。それは党の支持基盤（おおまかにいえば、パブリック・オプションとは何かさえ知らない層だ）を混乱させ、会派を分断し、医療保険改革法案をゴールへと導くのに必要な票の確保を困難にさせた。さらに、批判者たちが無視している事実がある。社会保障制度やメディケアも含め、アメリカの歴史における偉大な社会福祉上の進歩はどれも不完全なものとしてスタートし、あとから徐々に補強されていったという事実だ。ところが批判者たちは、不完全ではあっても歴史的勝利となりうるはずのものを、先回りして苦い敗北に変えてしまう。それは長期的には、民主党有権者の意欲をそぐことにつながる。いわゆる「どうせ投票に行ったって何も変わらない」症候群である。こうなると、民主党が選挙で勝利して進歩的な法案を通過させることは、さらに困難になってしまう。

共和党がその逆を行っているのには理由があるのだと、私は上級顧問のヴァレリー・ジャレットに語った。なぜロナルド・レーガンは巨額の連邦予算と連邦赤字と大勢の連邦職員を抱えていたにもかかわらず、小さな政府を実現した人物として共和党支持者から褒めそやされているのか。それは、政治の世界では実際の業績と同じぐらいストーリーが大切であることを、彼らが理解しているからだ。

とはいえ、私たちチームはこういったことを公に主張はしなかった。もっとも、その後の任期を通じて、民主党の利益集団が私たちに対して、政治的圧力に屈したとか、彼らの求めるものを100パーセントは実現できていないといった理由で文句をつけてくるとき、〝パブリック・オプション〟はホワイトハウス内で便利な合言葉となったが。声高に主張する代わりに、私たちは不満を抱えた支持者に対して、上院と下院の法案を一本化する際に微調整を行う時間は十分にあると伝えて、冷静になってもらうよう全力を尽くした。ハリーは引き続き自分の仕事をこなした。予定されていた休会期間に入っても数週間にわたって上院会期を延長したことも、その一環である。彼の予言どおり、オリンピア・スノウは猛吹雪をものともせずオーバルオフィスを訪れ、自分は反対に投票すると直接伝えてきた（理由は法案通過を強行しようとするハリーの手法だというが、もし賛成票を投じれば中小企業委員会の幹部の役職を剝奪するとマコーネルに脅されていたという噂もある）。しかし、それももはや問題ではなかった。そうして迎えたクリスマス・イブ。ワシントンが一面雪で覆われ、通りから人と車がほぼ消えたその日、24日間にわたる審議を経て、上院は医療保険改革法案を可決した。正式名称は〈患者保護ならびに医療費負担適正化法（ＡＣＡ）〉といい、賛成票はきっかり60票だった。上院でクリスマス・イブに採決が行われたのは１８９５年以来のことである。

それから数時間後、私はエアフォースワンの座席に身を沈めていた。家族とともにハワイへの休暇に向かうためだ。初めてのフライトにしてはボーはいい子にしている、と語り合うミシェルと娘たちの会話が聞こえてくる。私は少しずつリラックスしていくのを感じていた。必ずやり遂げてみせると心の中で自分に言い聞かせる。船はまだ港に着いたわけではない。だが、チームのみんなや、ナンシー、ハリー、それに難しい採決に臨んでくれた多くの民主党議員たちのおかげで、私たちはついに陸地を視界にとらえたのだ。

その船が今まさに岩礁に激突しようとしていることに、その後、私は気づくことになる。

上院でフィリバスター阻止という魔法の砦《とりで》を築けた理由は、ただ一つだった。テッド・ケネディ上院議員が８月に死去したあと、マサチューセッツ州議会は州法を改正した。そして補欠選挙を行うまで連邦議会上院の議席を空席にするのではなく、民主党のデュヴァル・パトリック州知事が補欠人員を指名できる形にしたのだ。ただし、これはあくまでも暫定的な措置だった。１月19日に予定されている補欠選挙では、なんとしても民主党候補者に議席を確保してもらう必要がある。幸いにも、マサチューセッツ州は全米で最も民主党寄りの州の一つで、過去37年にわたり共和党の上院議員は一人も選出されていない。民主党の上院議員候補であるマーサ・コークリー州司法長官は、共和党の候補で知名度的にいま一つのスコット・ブラウン州上院議員に二桁の差をつけて着実にリードを保っていた。

戦いはほぼ手中に収めたと見た私たちチームは、1月の最初の2週間をもっぱら医療保険改革法案に費やした。上下院の民主党議員を仲介して、双方が納得できるような法案をとりまとめるのだ。それは決して愉快な作業ではなかった。議会両院のあいだに横たわる軽侮の念は、党派すらも超えたワシントンの由緒正しき伝統だ。一般に、上院議員は下院議員のことを、衝動的で視野が狭く、知識不足だと見ている。逆に下院議員は上院議員のことを話ばかり長くて、横柄で無能だととらえる傾向があった。2010年の新年が始まるころまでには、この互いへの軽侮の念はすっかり凝り固まって、あからさまな敵意に変わっていた。下院の民主党議員は、議会内多数派という自分たちの地位が無駄にされ、リベラル色の強い政策を打ち出しても保守的な議員を抱える上院の民主党会派に足を引っ張られることに、もはや飽き飽きしていた。上院案を下院に持ち込んでも勝ち目はない、と彼らは主張した。一方、上院の民主党議員も、彼らいわく自分たちの苦労を踏み台にした下院のスタンドプレーに嫌気がさしており、同じぐらい敵対的だった。ラームとナンシーアンが仲介を試みるも、成果は見込めそうになかった。最もささいな条文をめぐってすら言い争いが勃発する。議員たちは互いにののしり合い、退席をちらつかせて相手を脅した。

そんなことが1週間続いたところで、私はついに我慢の限界に達した。ナンシー・ペロシ下院議長と上院民主党院内総務のハリー、それに両院の交渉担当者をホワイトハウスに呼び出した。そして1月中旬に3日間ぶっ通しで閣議室《キャビネットルーム》の机を囲み、あらゆる争点を一つ一つ丹念に確認して、下院側が上院の制約を考慮すべきところと、上院側が折れるべきところとを選り分けた。さらにその間、失敗は決して許されないと全員に何度も告げ、必要なら双方が合意に達するまで来月いっぱい毎晩でもこれを続けることになる、と釘を刺した。

進展は鈍かったものの、見通しが明るくなってきたことに私は満足していた。だがそれも、ある日の午後、アックスの小執務室に立ち寄ったときまでのことだった。室内では、アックスとジム・メッシーナ大統領副補佐官が身を乗り出すようにしてパソコン画面をにらんでいた。まるで末期患者のX線写真を読影している2人の医師のようだった。

「どうしたんだ?」と私は尋ねた。

「マサチューセッツ州で問題が起きています」。アックスが首を振りながら答える。

「どれぐらいまずそうな感じだ?」

「かなりまずいです」。アックスとメッシーナは声をそろえた。

2人の説明によれば、補欠選挙の勝利は確実とみた上院議員候補のマーサ・コークリーが、有権者との対話をないがしろにして、議員や資金提供者や労働組合の有力者とのおしゃべりに時間を割いてしまったらしい。さらに悪いことに、選挙まであと3週間という時期に休暇を取ったことで、メディアに激しく叩かれているという。その一方で、共和党のスコット・ブラウン議員の選挙活動は勢いを増していた。彼は一般人らしい振る舞いと端正な容姿、それにいうまでもなく、自らピックアップトラックを運転して州の隅々まで巡るその活動手法によって人々の心をつかんでいた。労働者階級の有権者が抱く恐怖心といらだちに、うまくアピールすることに成功したのだ。有権者は不景気によって打ちのめされている。しかも、すでに住民全員に医療保険が提供されている州で暮らしているため、連邦レベルの医療保険法案を押し通そうとする私のこだわりを、大いなる時間の無駄ととらえていた。

厳しさを増していく世論調査の数字も、心配したハリーや私のチームからの電話も、コークリーを無気力な冬眠から揺り起こすことはできなかったらしい。その前日、記者から、自身の熱の入らない選挙戦について問われた彼女は、こう言い返して記者の質問を一蹴した。「つまり私にフェンウェイ・パークの野外にでも立てというの？　この寒空の下で？　それで人々と握手をしろと？」。この発言は、スコット・ブラウンが新年の1月1日に行ったフェンウェイ・パークでの選挙活動を揶《や》揄《ゆ》したものだった。フェンウェイ・パークはボストンの名高い野球場で、今年は地元のアイスホッケーチームである〈ボストン・ブルーインズ〉が〈フィラデルフィア・フライヤーズ〉を迎えて、年に一度のNHLウィンター・クラシック［毎年1月1日に開催されるNHLの屋外試合］を開催している。スポーツチームを愛するこの街で、これ以上に多くの有権者を幻滅させるコメントはそうそうないだろう。

「まさか、そんなことを言うはずがない」。私は呆然《ぼうぜん》とした。

メッシーナはパソコン画面を指し示すようにうなずいてみせた。「このとおり、ボストン・グローブ紙のサイトにも載っています」

「そんな、やめてくれ！」。私はうめき声をあげて、アックスの下襟をつかんで芝居じみたしぐさで揺さぶった。それから、かんしゃくを起こした幼児のように地団駄を踏んだ。「やめろ、やめてくれ！」。やがて、このことが何を意味するのかを脳が処理するに至って、私はがくりと肩を落とした。

「コークリーは負ける、そうだろう？」。私はついに、そう口にした。

アックスとメッシーナが返答するまでもなかった。選挙直前の週末、私は状況を少しでも改善しようとボストンに飛び、コークリーの選挙集会に参加した。しかし、時すでに遅しだった。スコット・ブラウンは余裕の差をつけて選挙に勝利した。「驚きの番狂わせ」「歴史的敗北」といった言葉がニュースを飛び交う。ワシントンにおける判定はすばやく、そして容赦がなかった。

オバマの医療保険改革法案は、死んだ。

私は今でも、あのマサチューセッツ州での敗北について明確な見解をもてずにいる。もしかしたら、従来の常識は正しかったのかもしれない。私が就任1年目から医療保険改革をあれほどまで強く推し進めたりせず、雇用や金融危機に関する公的イベントや意見表明にもっと力を入れていれば、上院の議席を失わずにすんだのかもしれない。それに、やるべき課題があれほど山積みでなければ、私もチームももっと早く危険な兆候に気づき、コークリーをきちんと指導していただろう。私自身もマサチューセッツ州での選挙支援にもっと注力していたはずだ。けれど、同じぐらい別の可能性もあった。当時の厳しい経済状況を考えれば、私たちにはどのみち何もできなかったのかもしれない。繰り返す歴史の循環に、私たち人間のちっぽけな介入などなんの影響も及ぼさないのかもしれない。

私にわかるのは、当時、私たちの誰もが大失態を演じたと感じていたことだ。メディアのコメンテーターも同意見だった。新聞各紙の論説は大統領にはチームの刷新が必要だと論じ、こぞってラームとアックスを槍玉《やりだま》にあげた。だが、私はそうした意見をたいして気にとめなかった。どんなミスも自分の責任だと思っていたし、何かが失敗したときにスケープゴートを探すようなことはしないという文化をチーム内に築いてきたという自負もあったからだ。それは選挙活動中もホワイトハウス入り後も変わらない。

しかしラーム当人にとっては、そういう声を無視するのは難しかった。キャリアの大半をワシントンで過ごしてきた彼は、日々流れるニュースを採点の基準にしていた。政府の仕事ぶりに関してだけでなく、世界における自分の立ち位置に関してもだ。ラームはこの街で世論を形成している人々の機嫌を常にうかがっていた。勝者がいかにあっさりと敗者になるか、何か問題が起きたときホワイトハウスのスタッフがどれだけ叩かれるかを知っていたからだ。今回のケースで、ラームは自分が不当に中傷されていると感じていた。何しろ、医療保険改革をごり押しすることの政治的危険性を誰よりも強く警告していたのはほかでもない彼自身なのだから。そして、傷つき虐げられたときに人間誰しもそうするように、彼はつい周囲の友人たちに愚痴をこぼした。ただし不幸にも、その友人の輪が少々広すぎた。マサチューセッツ州の補欠選挙からおよそ一か月後、ワシントン・ポスト紙のコラム執筆者であるダナ・ミルバンクが、ラームを強く擁護する記事を公表したのだ。記事の中でミルバンクは「オバマの最大のミスは、医療保険改革に関するラーム・エマニュエルの意見に耳を貸さなかったことだ」と指摘し、医療保険改革パッケージの縮小がより優れた戦略であったと解説した。

戦いで敗れたあとに、指揮官から距離をとるかのような首席補佐官の姿を見せられるのは、決して最高の気分とはいえなかった。記事の内容は正直不快だったが、ラーム本人が意図的にこれを書かせたわけではないと考えた私は、今回の件はストレスによる不注意として片づけることにした。ただし、誰もがそう簡単に彼を許したわけではない。常に私を擁護してくれていたヴァレリーは激怒した。コークリー敗北の件ですでに動揺していたほかの上級スタッフたちのあいだでも、怒りから失望までさまざまな反応が広がった。その日の午後、十分に深く悔いたようすのラームがオーバルオフィスを訪れる。こんなことをするつもりではなかったのだが、結果的にあなたを失望させてしまった、辞任する覚悟はできています、と彼は私に告げた。

「辞任はしないでくれ」。私は言った。彼はたしかにとんでもないことをし、チームのほかのメンバーときちんと折り合いをつける必要がある。だが、彼がすばらしい首席補佐官であることに変わりはない。失敗は二度と繰り返されないと信じているし、私にはこの場所にいる彼が必要だ。そういったことを、私はラームに伝えた。

「大統領、しかし――」

私はその言葉をさえぎった。「君への本当の罰は何か、わかるかい？」。そう言って、ラームをドアへと促しながらその背中を軽く叩いた。

「なんでしょうか？」

「あのいまいましい医療保険改革法案を通過させることさ！」

それがまだ可能だと信じていることは、見た目ほど頭のおかしな話ではなかった。私たちのもともとの計画は、上院と下院の民主党議員のあいだで交渉により一本化した法案を取りまとめ、その法案を両院に戻してそれぞれを通過させるというものだ。このプランはいまや問題外だった。59しか議席のない上院で、フィリバスターを阻止することはできない。しかし、マサチューセッツ州の結果が判明した夜にフィルがすでに指摘していたのだが、道はまだ一つだけ残されていた。この道には、上院はまったく関係しない。もし下院が上院案を変更なしでそのまま可決することができれば、その法案はすぐさま私のもとに送られる。これに署名すれば、それは正式に法律となるのだ。さらにフィルの考えでは、続いて上院で予算調整制度と呼ばれる手続きを発動する。これは財政に大きく関わる法案について、通常必要な60票ではなく、上院の過半数の賛成で採決にもち込めるというものだ。この手続きを使えば、個別の法案という形で上院案に最小限の修正を加えることができる。ただし、この道をもってしても、下院の民主党議員に、彼らがすでに一蹴した上院案を飲んでもらう必要があるという点に変わりはなかった。この上院案にはパブリック・オプションが含まれず、労働組合が反対する〈キャデラック税〉が盛り込まれている。さらに、保険を購入できる窓口は国による単一市場ではなく、50の州の取引所がパッチワークのように複雑に組み合わさることになっていた。

「今でもまだ、自分はツイてるとお思いですか？」。フィルがにやっと笑って尋ねてくる。

正直、イエスとは言えなかった。

ただし、下院議長への信頼についてはもってイエスと言える。

昨年の経験を通じて、ナンシー・ペロシ下院議長の立法手腕に対する私の評価は上がる一方だった。彼女はタフで、実利的で、とかく衝突しがちな民主党会派の議員たちを巧みに統率する名人だ。物事を成し遂げるうえで妥協が必要とあれば、たとえ政治的に擁護しがたい見解をもつ議員に対しても、公の場では支持を示し、裏でひっそりと懐柔する。

翌日、私はナンシーに電話をかけた。そして、万一の場合に備えて大幅に縮小した法案を用意してはいるが、私としては上院案を下院で押し通したい、そのためにはあなたの協力が必要だ、と説明した。それからの15分間、私はナンシーお得意の、意識の流れのままに吐き出される熱弁をひたすら聞かされるはめになった。上院案のどこがだめか、彼女たち下院の民主党会派がなぜこんなに怒っているのか、上院の民主党議員がいかに臆病で、短絡的で、基本的に無能な人たちばかりか。

「つまり、協力してくれるってことかな？」。ナンシーが息を継ぐタイミングで、ようやく私は尋ねた。

「いうまでもありません、大統領」。彼女はいらだった声で答えた。「ここまできたら、もう諦めるには遅すぎます」。そう言ってから、彼女は少し考えるように口をつぐんだ。それから、まるでのちに下院の民主党会派の前で展開することになる主張を試すかのように、こうつけ加えた。「もしここで諦めたら、共和党のひどい振る舞いに対して褒美をやるようなものです。違いますか？　彼らを満足させるつもりはありません」

電話を切ったあと、私はフィルとナンシーアンを見上げた。２人は大統領執務室《レゾリュートデスク》の机の周りをうろうろして、通話中の私の（大半は黙ったままの）ようすをうかがい、何が起きているのかを表情から読み取ろうとしていた。

「すばらしい女性だよ、彼女は」と私は言った。

下院議長を完全に味方につけたとはいえ、下院で必要な票をかき集めるのは大変な作業だった。だだをこねる進歩派の下院議員に、マックス・ボーカスやジョー・リーバーマンの感覚に合わせてつくられた上院案を支持させる難しさはもちろんだが、それだけではない。中間選挙まで1年を切ったこの時期、マサチューセッツ州におけるスコット・ブラウンの勝利に、中道派の民主党議員たちは誰もが怖気づいていた。悲観的なイメージを軌道修正し、ナンシーが議員たちに働きかける時間を確保するためにも、なんらかの策を打たねばならない。

結果的に、私たちが必要としていたものは政敵によってもたらされた。私は数か月前から、共和党側が1月29日に行う年次研修会の質疑応答セッションに招待されていた。会場ではおそらく医療保険に関する質問が出るだろう。それを見越した私たちは、ぎりぎりになってセッションをメディアに公開することを提案した。報道陣を締め出せば反発が起きて厄介だと考えたのか、あるいはスコット・ブラウンの勝利で気が大きくなっていたのか、いずれにせよジョン・ベイナー下院少数党院内総務はこれを承諾した。

彼は、承諾などすべきではなかったのだ。ボルチモアの地味なホテルの会議室で開かれたそのセッションは、下院共和党会議議長のマイク・ペンスがとりしきり、ケーブルテレビ局のカメラが参加者のやりとりを逐一追っていた。私は1時間22分にわたって壇上に立ち、共和党の下院議員たちからの質問に答えた。ほとんどが医療保険改革に関する質問だ。その光景を見ていた誰もが、この問題に長らく取り組んできた人間にとっては周知の、ある事実に気づいたことだろう。つまり、圧倒的多数の共和党議員は、あれだけ激しく叩いてきた法案の中身について、ほとんど何も知らないという事実だ。自分たちから出した代案（そんなものがあればだが）の詳細についても知識がおぼつかない。保守系メディアによって完全密閉されたバリアの外でこの問題を議論できるほど、彼らの態勢は整っていなかった。

ホワイトハウスに戻った私は、この勢いに乗ってさらに攻勢をかけようと、ハリー・リード、ミッチ・マコーネル、ナンシー・ペロシ、ジョン・ベイナーの〝フォー・トップス〟と議会指導部の超党派グループを〈ブレアハウス〉に招き、1日がかりの医療保険改革ミーティングを開催することを提案した。ここでも、ミーティングの模様はテレビ（今度はC-SPANだ）で中継し、共和党議員が好きなように意見を主張し質問できる構成とする。一度は隙を突かれた格好となった彼らだが、今回はきちんと台本を用意して臨んできた。共和党下院のエリック・カンター院内幹事は、2700ページに及ぶ下院案の全文コピーを持参し、政府による医療保険制度に対する制御不能の乗っ取りの象徴としてテーブルの上にどさりと置いた。ジョン・ベイナー下院少数党院内総務は、この法案は「危険な実験」であり、すべてを一からやり直すべきだと主張した。ジョン・マケイン上院議員は、密室での取引について熱弁を振るった。私が思わず大統領選はもう終わりましたよと指摘するほどの長演説だった。しかし、実際の政策の中身についていえば――医療費を引き下げ、既往症のある人々を守り、このままでは保険に加入できない3000万人のアメリカ国民に医療保険を提供するため、具体的にどのような代案があるのかと私が問いかけても、共和党の指導陣から返ってくる答えは要領をえない。それは数か月前にオーバルオフィスでチャック・グラスリーが見せた言動と同じぐらい歯切れの悪いものだった。

もちろん、この週テレビで政治中継を5分でも観た人は、ボウリング中継を観た人よりもずっと少ないだろう。それに、どちらのセッションを通じても、私の言葉が共和党議員の行動にこれっぽっちも影響を与えないことは明白だった(例外は、今後私が彼らの会に登壇するときテレビカメラが出入り禁止になる可能性ぐらいか)。それよりも大事なのは、この二つのイベントが下院の民主党議員たちを再び奮い立たせたことだった。医療保険改革に関して自分たちが正しい側に立っていることを、このセッションは彼らに思い出させてくれた。上院案の至らない点にばかりとらわれず、この法案が何百万人もの人を救うことになるという事実を励みにする、そういう心意気を彼らは取り戻したのだ。

3月の初めまでに、私たちは上院の規定を確認し、予算調整制度によって上院案の一部を調整することが可能であると結論づけた。より多くの人を救うため補助金の額を上げ、労働組合の不満を抑えるためキャデラック税を削除する。それに、例の〝ルイジアナ買収〟と〝トウモロコシ皮むき人への見返り〟という二つの恥ずべき条項もカットするのだ。ヴァレリーの公共参画チームはすばらしい仕事ぶりで、米国家庭医学会、米国医師会、米国看護師協会、米国心臓協会といった団体からの支持を取りつけた。支持団体やボランティアによる草の根のネットワークも、さらに精力的に人々への啓蒙活動を進め、議会に圧力をかけつづけた。こうしたなかで、アメリカ最大手の保険会社の一つ〈アンセム〉が39パーセントの保険料値上げを発表したことも、世間の人々に現行制度への不満点をあらためて思い出させた。さらに、米国カトリック司教協議会が法案不支持を公表した際(連邦補助金を人工妊娠中絶に使用することを禁ずる条文について、文言が十分に明瞭ではないというのが不支持の理由だった）、思いがけない援軍が登場する。修道女《シスター》のキャロル・キーハンだ。いつでも明るく、語り口も穏やかな66歳のこのシスターは、〈聖ビンセンシオ・ア・パウロ〉の愛徳姉妹会に所属しており、全米のカトリック系病院の統括者でもあった。病に苦しむ人々を救うという会の使命のためにも法案の通過は絶対に必要だとして、彼女は司教たちに反旗を翻す。さらに、全米の5万人を超える修道女を代表するカトリック系女子修道会など各種団体のリーダーたちに働きかけ、法案を支持する公開書簡への署名を集めてくれた。

「シスターってすばらしいな」。私はフィルとナンシー・ペロシに言った。

そうしたあらゆる努力にもかかわらず、私たちが確保できた票は下院通過に必要な票数にまだ10票ほど足りなかった。世論はくっきりと二分されており、メディアが書き立てるような目新しい話題もすでに出尽くしている。劇的なパフォーマンスや政策上の調整など、政治的駆け引きの助けになるような要素ももはやない。いまや法案通過の成否は、30人ほどの下院の民主党議員の選択に完全に委ねられていた。彼らは接戦が予想される選挙区を地元としており、その全員が、この法案に賛成票を投じれば議席を失うことになるという忠告を受けていた。

私は日々多くの時間をかけて、ときにオーバルオフィスで、多くは電話で、この議員たち一人一人と話をした。なかには政治的な事象ばかりを重視し、選挙区における世論調査の動向や有権者からの電話や手紙を逐一気にしている議員もいた。そうした相手に対して、私は自分の見立てをできるだけ正直に語った。この法案が議会を通過すれば、医療保険改革への支持はいずれ上がるだろう。ただし、それは中間選挙後のことかもしれない。それから、もし法案に反対票を投じたとしたら、民主党支持者にそっぽを向かれる可能性のほうが、共和党支持者や無党派層を取り込める可能性よりもずっと高いであろうことも指摘した。さらに、今どのような行動をとろうと、六か月後の彼らの運命を最も大きく左右するのは、結局のところ経済状況と私の政治的立場だろうとも説いた。

数人の議員は、自身が取り組んでいるまったく無関係のプロジェクトや法案について、ホワイトハウスの支持が欲しいと求めてきた。これに関しては、ラームとピート・ラウズ大統領上級顧問に話を回して支援の可能性を検討してもらった。

だが、ほとんどの議員との対話は、そうした取引的なものではなかった。とてもまわりくどい形ではあったが、彼らはただ確かめたいだけなのだ――自分という人間の在り方を、自分の良心が求めるものを。ときには、相手がこの法案のメリットとデメリットをひたすら挙げていくあいだ、私はただじっと聞いているだけということもあった。政治を志したきっかけについて雑談を交わすことも多かった。私たちは互いに、初めて選挙に臨んだときの緊張感や、政治家として成し遂げたかったこと、ここまで来るために自分や家族が払った犠牲、それに支えてくれた恩人のことを語り合った。

今が、そのときだ、私はいつも会話の最後に彼らにそう伝えた。すべては、今この瞬間のためにある。歴史をよりよい方向へと導くために、限られた人だけに与えられた希少なチャンスを、今こそつかむときだ。

そして驚いたことに、多くの場合、それだけで十分だった。ベテラン政治家たちは、法案への反対運動が盛んな保守的選挙区の出身であるにもかかわらず、前に進むことを決意してくれた。インディアナ州南部選出のバロン・ヒル下院議員や、ノースダコタ州のアール・ポメロイ下院議員、それにミシガン州アッパー半島の敬虔なカトリック信者であるバート・ストゥーパク下院議員もだ。ストゥーパクは妊娠中絶への補助金利用に関する文言を、彼自身が賛成票を投じられるレベルまで調整する手助けをしてくれた。コロラド州のエリザベス・マーキー下院議員や、オハイオ州のジョン・ボッチェリ下院議員、ペンシルベニア州のパトリック・マーフィー下院議員（この2人はどちらもイラク戦争に従軍している）といった若手議員も同じだった。彼らは全員が民主党期待の新人だ。実際、失うものが大きい人ほど、説得の必要が少ない場合がよくある。たとえば、人権派弁護士から議員に転身した35歳のトーマス・ペリエロ下院議員。彼はバージニア州の共和党優勢の広大な選挙区で、やっとのことで勝利をつかんだ。その彼が法案に賛成票を投じる決意について語った言葉は、そうした多くの議員たちの思いを代弁するものだろう。

「選挙で再選されるよりも、もっと重要なことがあるんです」。彼は私にそう語ってくれた。

連邦議会を嫌う人は少なくない。議会議事堂には気取り屋と臆病者しかいない、議員はみんなロビイストや大口寄付者の言いなりで、権力欲のみで動いているのだろう――そう信じる有権者も数多い。そういう批判を聞かされたら、私はいつもうなずいて、たしかにそんな典型的なタイプも一部にはいますと答える。上院や下院の議場で日々生じる争いを見れば、どれだけ堅固な精神ですら蝕まれるだろうということも認める。だが同時に、私はトーマス・ペリエロが医療保険改革法案の採決前に語ってくれたあの言葉を人々に伝える。そして、彼をはじめ多くの議員が、初当選を勝ち取ったすぐあとに何をしてくれたのかを説明する。彼らは長年夢見てようやく手にしたキャリアを、大義のために危険にさらしてくれと言われたのだ。そんな試練に立ち向かったことのある人が、いったい世の中にどれだけいるだろう？

こういう人間もワシントンにはいる。それもまた、政治なのだ。

法案の最終採決は2010年の3月21日に行われた。テッド・ケネディがサプライズ登場したホワイトハウスでの最初の会合から、すでに1年以上が経っていた。その日は西棟《ウエストウイング》の誰もが緊張していた。フィルとペロシ下院議長が行った非公式の見込み票計算によれば、どうにか必要ラインは越えられる。ただし、ぎりぎりでだ。下院議員の１人や２人が急に心変わりするのはよくあることだということも私たちは知っていた。そして、必要ラインを越える余剰票は（余剰などあればの話だが）ごくわずかだ。

　さらに、私にはもう一つ不安の種があった。自分ではずっと認めてこなかったものの、実は最初から頭の片隅に潜んでいた不安だ。私たちがまとめあげ、守り抜き、心を悩ませ、妥協を重ねてつくりあげた９０６ページに及ぶこの法案は、何千万人ものアメリカ国民の暮らしに影響を及ぼすものだ。しかし、この患者保護ならびに医療費負担適正化法は難解かつ綿密で、政治的には一部の側にしか人気がなく、与える影響が大きいにもかかわらず、まだ確実に不完全だった。それが今、実際に施行されようとしているのだ。その日の午後、投票に臨む議員たちにナンシーアンと私とで最後の電話をかけ終えたあと、私は立ち上がって窓の向こうの南側の庭《サウスローン》を見やった。「この法律にはちゃんと働いてもらわないと」。私は彼女に言った。「明日から、アメリカには国が運営する医療保険制度が生まれるんだからね」

　私は上院本会議場で続いている事前演説は見ないことにして、午後の７時半ごろに投票が始まってから、副大統領のジョー・バイデンやチームのスタッフたちの待つ〈ルーズベルトルーム〉に入った。下院議員が電子投票パネルの〝賛成《yea》〟または〝反対《nay》〟ボタンを押すごとに、モニターに映し出された集計中の票数が１票また１票と増えていく。〝賛成〟がじわじわと増えていくにつれて、メッシーナやほかの数人のスタッフが押し殺したように「来い……来い」と小声でつぶやくのが聞こえてくる。そしてついに、賛成票が必要ラインの１票上である２１６に達した。最終的に、法案は７票差で下院を通過した。

室内にどっと歓声が湧いた。私たちは、まるでひいきの野球チームがサヨナラホームランを決めたかのように抱き合ってハイタッチを交わした。ジョーが私の肩をつかむ。その顔に浮かぶトレードマークの笑顔は、いつもよりさらに輝いていた。「ついにやったな!」。ジョーは言った。続いて、私はラームと抱き合った。ラームはその夜、13歳になる息子のザックをホワイトハウスに連れてきていた。私はザックに向かって身をかがめる。そして、君のお父さんのおかげで、たくさんの人たちが病気のとき治療を受けられるようになったんだ、と語りかけた。少年はぱっと顔を輝かせた。その後オーバルオフィスに戻ってから、ナンシー・ペロシとハリー・リードに祝いの電話をかける。その電話を切ったところで、アックスがドアのそばに立っているのに気づいた。少し目を赤くしている。投票を見届けたあと、自分の執務室で少しひとりになる時間が必要だったんです、と彼は言った。娘のローレンが初めててんかんの発作に襲われた日、彼と妻のスーザンが体験したあらゆることの記憶が、洪水のように一気によみがえってきたからだ。

「諦めずにやり抜いてくださって、ありがとうございます」。アックスは声を詰まらせて言った。私は彼の肩に腕を回した。高まる思いで胸がいっぱいになるのを感じる。

「これこそが、私たちが努力する理由だよ」。私は言った。「これが、まさにこれこそが」

私は法案に関わったすべての人を居住棟《レジデンス》に招いて、プライベートなお祝いの会を開くことにしていた。合計で100人近い人数だ。サーシャとマリアはちょうど春休みで、ミシェルに連れられて数日間ニューヨークを訪れている。それで、私は一人残されていた。その夜は暖かく、トルーマン・バルコニーに出ておしゃべりもできるほどだった。遠くにはライトアップされたワシントン記念塔とジェファーソン記念館が見える。私は平日は禁酒というルールを、今日に限っては破ることにした。マティーニを片手に、みんなに挨拶して回る。フィル、ナンシーアン、ジーン、キャスリーンと次々にハグをして、彼らが成し遂げてくれた仕事に感謝を伝えた。たくさんの下級スタッフとも握手を交わした。そのなかには、初めて顔を合わせる人も大勢いる。きっと今自分がいる場所に少しばかり圧倒されていることだろう。彼らは裏方として、こつこつと仕事に励んでくれた。大量の数字を処理し、草案をつくり、プレスリリースを送付し、議会からの問い合わせに対応する。それがどれだけ重要な仕事だったかを、私は彼らに伝えたかった。

私にとって、この祝いの夜は特別なものだった。選挙で勝利したあとの〈グラント・パーク〉の夜もすばらしかったが、あれはあくまでも約束の実現前だ。約束が果たされた今夜のほうが、私には意味がある。

深夜をとうに過ぎ、みんなが帰っていったあと、私は廊下を歩いてトリーティールームに向かった。部屋の中ではボーが床の上で丸くなっている。ボーはその日、長いことバルコニーでゲストに混じって過ごしていた。人のあいだを縫うように歩きまわり、頭を撫でてもらったり、あわよくば足元に落ちているカナッペをつまみ食いしたり。そうして今は、心地よく疲れて眠りにつこうとしている。私は身をかがめてボーの耳の後ろをかいてやった。そして、テッド・ケネディのことを想った。母のことも。

その日は本当に、いい1日だった。

第 5 部

今ある世界

THE WORLD AS IT IS

第18章

マリーンワンやエアフォースワンに乗り込んだり兵士たちと接したりするたびに敬礼をしているうちに自然と敬礼が身についたのと同じように、私は最高司令官としての役割をだんだんと落ち着いて効率的にこなせるようになった。外交政策に繰り返し登場する人物、シナリオ、紛争、脅威に私のチームと私自身がなじんでいくにつれて、毎朝届く大統領日報はどんどん簡潔になっていき、以前はよくわからなかったつながりがはっきりと見えるようになる。どの同盟軍がアフガニスタンのどこにいて、戦闘でどれだけあてにできるか。イラクのどの大臣が熱心なナショナリストで、どの大臣がイランに肩入れしているか。そういったことを即座に思い浮かべられるようになった。とはいえ、利害はあまりにも大きく、問題はあまりにも錯綜《さくそう》していたので、完全に機械的に処理できるとは思えなかった。むしろ私の仕事は、爆発物処理の専門家がケーブルを切断するときや、綱渡り芸人がロープに一歩足を踏み出すときに似ていた。集中するためには過剰な不安を捨てなければならないが、一方で気を緩めすぎるとミスにつながる。

そうしたなかで、いつまでたっても落ち着いてこなせるようにならない仕事が一つあった。週に一度、秘書のケイティ・ジョンソンが私の机にフォルダーを置いていく。そのなかには殉職した軍人の遺族に宛てた追悼の手紙が入っていて、それに私が署名するのだ。私は大統領執務室《オーバルオフィス》のドアを閉めてフォルダーを開き、一通ごとに手を止め、呪文を唱えるように声に出して名前を読む。そして、その青年（女性の犠牲者はまれだった）の姿を頭に思い浮かべ、どんな人生を送ったのだろうと想像する。育った場所、通った学校、子ども時代の誕生日パーティーや夏の水泳。所属していたスポーツチーム、胸を焦がした恋人。青年の親のことを思い、妻と子どもがいる場合にはその人たちのことも考えた。左利きの手でペンを斜めに持ち、ベージュの厚紙を汚さないように気をつけながら、一通一通の手紙にゆっくり署名する。うまく署名できなかったときには、手紙を印刷し直してもらった。私がどれだけのことをしようとまったく足りないのは、よくわかっていた。

同じような手紙を送っていたのは私だけではない。それについて語り合うことはほとんどなかったが、ロバート（ボブ）・ゲイツ国防長官もまた、イラクとアフガニスタンで命を落とした兵士の遺族と手紙をやりとりしていた。

ゲイツと私は、仕事上で緊密な関係を築いた。オーバルオフィスで頻繁に顔を合わせたものだが、ゲイツは経験豊かで冷静沈着、すがすがしいほど率直な人物だった。自分の意見を主張するときも、考えを変えるときも、静かな自信をたたえていた。ゲイツは国防総省《ペンタゴン》を首尾よく仕切っていたので、彼が私を言いくるめようとしたときにも、私はそれを大目に見る気になった。ゲイツは、たとえば防衛予算削減の取り組みにおいて国防総省の聖域にメスを入れることすら恐れなかった。ときにホワイトハウスの若手スタッフには特につらく当たることもあり、年齢、育った環境、政治的見解が大きく違う彼と私が友人関係になることはなかったが、それでも仕事に対する同じ姿勢と義務感を分かち合っていることは互いに認めていた。安全を私たちの手に委ねている国民への使命だけでなく、日々その勇気を目の当たりにする兵士たちへの、そしてあとに残されたその家族への義務感も共有していたのだ。

国家安全保障の問題について、たいてい私たちの見解が一致していたこともありがたかった。たとえば２００９年夏、ゲイツと私はイラクでの事態の進展について慎重ながらも楽観的な見方を共有していた。現地の状況がバラ色だったわけではない。イラク経済は壊滅状態に陥っていた――戦争によってインフラの多くが破壊され、国際原油価格の急落により国家予算は減少していた。そのうえ議会が麻痺していたため、イラク政府は最も基本的な仕事すら実行できずにいた。４月に現地に立ち寄ったとき、私はヌーリ・マリキ首相に対して、必要な行政改革を行い、イラクのスンニ派およびクルド人諸勢力ともっと効果的に接触するよう提案した。マリキは物腰こそ丁重だったものの歯切れが悪かった（どうやら、ジェームズ・マディソンが『*The Federalist*』（邦題『ザ・フェデラリスト』岩波書店）で派閥の危険について書いた第十篇「派閥の弊害と連邦制による匡正《きょうせい》」を学んではいなかったらしい）。マリキの考えはこうだ。イラクではシーア派が多数派で、マリキ率いるシーア派中心の政党連合が選挙で最多の票を獲得した。スンニ派とクルド人は理不尽な要求をして国の前進を妨げている。イラクの少数派住民に便宜を図ったり、彼らの権利を守ったりしなければならないという考えはどれも迷惑であり、ただアメリカからの圧力の結果として仕方なく受け入れているにすぎない、というのだ。

マリキとの会談を通じて、選挙だけではうまく機能する民主主義は生まれないとあらためて思い知った。市民組織を強化し、指導者たちが譲歩する道を見つけるまで、イラクは苦境から抜け出せないだろう。とはいえ、マリキとそのライバルたちが銃ではなく政治を通じて敵意と不信感を表明しているのは一つの進歩である。米軍がイラクの人口密集地域から撤退しているにもかかわらず、イラクのアルカイダ（ＡＱＩ）が支援するテロ攻撃は減りつづけ、米軍司令官たちの報告によると、イラクの治安部隊は着々と仕事をこなせるようになっていた。ゲイツと私は、アメリカがこの先もしばらくイラクで重要な役割を担う必要があるという点で意見が一致していた。つまり、鍵となる省庁に助言し、治安部隊を訓練して、党派間対立の膠着状態を解消し、さらにイラクの国全体の再建を財政的に支援しなければならないのだ。それでも、イラクが過去に大きく逆戻りをすることはすでに阻止し、イラクでのアメリカの戦争もようやく終わりが見えてきていた。

しかし、アフガニスタンの状況はイラクとは違った。

同年2月に追加派遣した部隊は、タリバーンの勢力拡大を一部の地域で食い止め、予定されているアフガニスタン大統領選挙が無事に実施されるように最善を尽くしていた。しかし米軍は、アフガニスタンで暴力と不安定のサイクルが深まっていくのを防ぐことまではできていなかった。広い範囲で戦闘が増え、それに伴ってアメリカ側の死傷者数が急増していたのだ。

アフガニスタン側の死傷者も増加していた。交差射撃に巻き込まれたり、自爆テロの犠牲になったり、反政府勢力によって道端に仕掛けられた高性能爆弾の被害に遭ったりする一般市民が多くなった。また、アフガニスタン側から米軍による作戦の一部について苦情がどんどん寄せられていた。アフガニスタン側が、あまりに危険である、あるいは混乱を引き起こすに違いないと考える作戦、たとえばタリバーンの戦闘員をかくまっていると疑われる家を夜間に襲撃するといった作戦への苦情だった。だが、そうした作戦は米軍司令官たちによれば任務遂行に必要なのだ。政治面では、ハーミド・カルザイ大統領が、地方の黒幕たちを買収したり、政敵に脅しをかけたり、さまざまな民族集団を狡猾《こうかつ》に対立させたりすることで再選を目指していた。外交面では、アメリカの高官がパキスタン側に働きかけてはいたものの、タリバーンは依然としてパキスタン国内に潜伏を許されていた。また、体制を立て直したアルカイダがパキスタンとの国境地帯で活動し、引き続き大きな脅威となっていた。

目に見える進展がないなか、国際治安支援部隊（ＩＳＡＦ）の新司令官、スタンリー・マクリスタル大将がこの状況をどう考えているのかが注目された。８月の終わり、マクリスタルは軍人と文民の顧問団とともに数週間にわたってアフガニスタンに滞在し、ゲイツが求めていた綿密な報告書を提出する。この報告書は、数日後に国防総省からホワイトハウスに送られてきた。

だが、それによって明確な答えが示されることはなく、一連の厄介な問題が新たに生まれた。

マクリスタルの報告書の内容は、すでに私たちも知っていることがほとんどだった。現地の状況はよくなく、むしろさらに悪化している。タリバーンの行動は以前より大胆になり、アフガニスタン軍は脆弱《ぜいじゃく》で士気が低い。暴力と不正に染まった選挙で勝利を収めたカルザイ大統領がいまだに政府の指揮を執っているが、アフガニスタンの国民は、政府を腐敗していて無能だとみなしている。ただし、この報告書の結論は注目を集めた。そんな状況を好転させるために、マクリスタルが本格的な対反乱（ＣＯＩＮ）作戦を提案していたからだ。反乱勢力を抑えてその影響力を弱めるために、戦闘を行うと同時に広い範囲でアフガニスタン国民の安定を確保しようとする作戦である――人々の怒りを鎮めて反体制派に武器を取る気にさせないこと、それが理想だ。

マクリスタルの案は、春に私がブルース・リーデルの報告書に書かれていた提案を採用したときの構想より大がかりなアプローチだった。それだけではない。マクリスタルはすでに動員されている兵士に加えて、最低４万人の増派を求めていた――これが実行に移されれば、近い将来、アフガニスタンにおける米兵数は10万人近くになるだろう。

「反戦大統領の看板は下ろさないといけませんね」。上級顧問のデイヴィッド・アクセルロッドは言った。

私は国防総省によって〝おとり商法〟にはめられていたのではないか、そう思わずにはいられなかった。私が当初指示した1万7000人の兵士と4000人の訓練教官の増派という控えめな数字を国防総省は何も言わずに受け入れたが、それは単なる一時的な黙認であり、さらなる増派を獲得するための戦術的撤退だったのではないか。私のチームのなかでも、2月の時点ですでに見られていたアフガニスタンをめぐる意見の対立が、さらに激しくなりはじめた。マイケル・マレン統合参謀本部議長、デイヴィッド・ペトレイアス中央軍司令官は一様に、マクリスタルの対反乱作戦をそのまま支持した。何かが少しでも欠ければ作戦そのものが失敗する可能性が高く、味方にも敵にもアメリカの決意が足りないと見られるおそれがあるというのが彼らの見解だ。ヒラリー・クリントン国務長官とレオン・パネッタ中央情報局（CIA）長官も、すぐに彼らに同調した。ゲイツは当初、外国による占領に抵抗を示すことで有名なアフガニスタンで軍を拡大することには懸念を示していて、他の者より慎重だった。だが、小規模の軍ではうまくいかないとマクリスタルに説得されたらしい。マクリスタルはまた、アフガニスタンの治安部隊と密接に連携して住民を守り、米兵をよく教育してアフガニスタンの文化を尊重させれば、1980年代にソビエト連邦が悩まされた問題は避けられるとも言っていたという。一方で、ジョー・バイデン副大統領とかなりの数の国家安全保障会議（NSC）スタッフたちに言わせると、マクリスタルの提案は、歯止めの効かない軍が無益で法外な費用のかかる国家建設事業にアメリカを引きずり込もうとする試みにほかならなかった。今はアルカイダに対するテロ対策（CT）の取り組みに焦点を絞ることができるときであり、そうすべきだというのがバイデンらの見解だった。

マクリスタルの66ページに及ぶ報告書を読んだ私も、バイデンと同じように疑問を抱いた。そこに明確な撤退戦略があるようには見えなかったからだ。マクリスタルの計画では、米軍の兵士数を現在の規模まで戻すのに5、6年を要する。費用も莫大で、1000人を追加で派兵するごとに最低でも10億ドルはかかる計算だった。戦争が10年近く続くなか、兵士のなかには四度目か五度目の派兵期間に入っている者もいる。それに、この作戦を実行すればさらなる犠牲者が出る。また、タリバーンの粘り強さとカルザイ政権の機能不全ぶりを考えると、作戦が成功する保証はなかった。ゲイツと将軍たちも、この計画を支持する文書のなかで、アメリカがいくら軍事力をつぎ込んでも、アフガニスタン国内の「統治体制が腐敗の浸透と国民からの搾取を特徴としている限り」同国に安定をもたらすことはできないと認めている。そうした状況が近いうちに変わるとは、私には思えなかった。

とはいえ厳しい現実を考えると、マクリスタルの計画を頭ごなしに退けるわけにもいかない。現状に甘んじてはいられない。タリバーンを権力の座に復帰させるわけにはいかず、アルカイダとその指導部を一掃するにはアフガニスタンの治安部隊を訓練する時間がさらに必要だった。自分の判断には自信があったが、それでも経験豊かな将軍たちが口をそろえて勧めることを無視するわけにはいかなかった。何しろ彼らはイラクにある程度の安定をもたらし、アフガニスタンでも戦闘の真っただ中にいるのだ。そこで私は、NSCで会議を重ねるよう国家安全保障担当補佐官のジェームズ・ジョーンズとトーマス・ドニロンに指示した。議会政治やメディアの批判から離れたところでマクリスタル案を細部に至るまで入念に検討し、それ以前に私たちが掲げていた目標とマクリスタル案がはたして合致するのかを確認したうえで、最善の方針を見出すよう命じたのだ。

しかし、将軍たちには別の思惑があった。私が報告書を受け取った2日後、ワシントン・ポスト紙にデイヴィッド・ペトレイアスへのインタビュー記事が掲載される。そこでペトレイアスは、アフガニスタンで成功を収めるには今よりはるかに多くの兵士と「十分な資金に支えられた包括的な」対反乱作戦が必要だと主張していた。そのおよそ10日後、マクリスタル案についての最初の話し合いが危機管理室《シチュエーションルーム》で開かれ、その直後に、マイケル・マレンがかねてから予定されていた上院軍事委員会のヒアリングに出席した。そこでマレンも同じ論を展開し、戦略を制限したら、アルカイダを打ち破って今後アフガニスタンがアメリカ本土攻撃の拠点になることを防ぐという目標を達成できないと主張した。それから数日後の9月21日、ボブ・ウッドワードにリークされたマクリスタル報告書の概要がワシントン・ポスト紙に掲載される。見出しは「マクリスタル――増派か、〝任務失敗〟か」。その後すぐにマクリスタルはCBSニュースの『60ミニッツ』でインタビューに答えるとともにロンドンで演説し、他の手段に比べて対反乱作戦の優れている点をアピールした。

反応は予想どおりだった。ジョン・マケインやリンゼー・グラムといった共和党のタカ派は将軍たちのメディア・キャンペーンに飛びつき、大統領は「現場の司令官たちの声を聞いて」マクリスタルの要求に応えるべきだといつものように繰り返した。ニュースは連日この話題を取り上げ、ホワイトハウスと国防総省の溝が深まっていると騒ぎ立てる。コラムニストたちは、「ぐずぐずしている」私を、「戦時に国を率いる勇気と忍耐がないのでは」と非難した。長年ワシントンで仕事をしてきたラーム・エマニュエル首席補佐官でさえも、国防総省がこれほど計画的にキャンペーンを展開して大統領を封じ込めようとするのは見たことがないという。バイデンは簡潔にこう言った。

「とんでもないやり方だ」

私も同感だった。チーム内の意見の相違がメディアに漏れたのは、これが初めてではない。しかし、私の責任のもとにあるはずの部局全体がもっぱら部局内の方針に基づいて動いていると感じたのは、大統領就任後初めてだった。そして、これが最後になるようにしようと心に決めた。マレンが議会で証言をした直後に、私はマレンとゲイツをオーバルオフィスに呼び出した。

「さて」。席についた2人にコーヒーを出してから、私は話を切り出した。「マクリスタルの報告書について時間をかけて検討してくれとはっきり言わなかったかな？　それとも君たちの省は、私への敬意を根本から欠いているということか？」

2人は居心地悪そうにソファで体を動かした。いつものように、私は怒っても声を荒らげなかった。

そして、続けた。「私は宣誓をしたその日から、力を尽くしてみんなの意見に耳を傾ける環境をつくってきた。それに、我が国の安全にとって必要であると判断すれば、たとえ世間から嫌がられる決断でも進んで下す姿勢を見せてきた。そうは思わないか、ボブ？」

「そう思います、大統領」。ゲイツは言った。

「数千億ドルの費用をかけて数万人の兵士をきわめて危険な紛争地帯に追加で派遣する、それを実行すべきか否かを判断するプロセスを私はつくった。それなのに、軍の最上層部はそのプロセスを無視して自分たちの見解を公の場で主張している。となると、こう考えざるをえない。彼らは私よりもの知りで、私の質問になどわざわざ答える必要はないと考えているのか？　私が若くて従軍経験がないからか？　私の政治が気に入らないからか……？」

私は言葉を切って、質問への答えを待った。マレンが咳払いをする。

「大統領、将官全員を代表して申し上げますが」。マレンは言った。「私たちは、あなたと現政権に最大限の敬意を抱いています」

私はうなずいた。「そうかマイク、君の言葉を信じよう。私も言わせてもらいたい。私は国防総省の助言と、私自身がこの国にとって最善であると考える信念に基づいて、マクリスタルの報告書についての判断を下すつもりだ。ただ、それまでは」。そう言ってから、私はわざと身を乗り出した。

「当然のことながら、朝刊の一面で軍事顧問たちが私に何を〝すべき〟かを指示するようなまねはやめてもらいたい。おかしなことは言ってないよな？」

マレンは同意した。そして私たちは別の話題に移った。

ゲイツによると、マレンもペトレイアスもマクリスタルも、私に自分たちが思っているとおりの行動を強いるために示し合わせたわけではないようだった（ただし、ゲイツはのちに、マクリスタルの部下がウッドワードに報告書をリークしたと、信頼できる情報筋から聞いたと認めた）。今振り返ってみると、ゲイツの話は信じていいように思う。３人とも自分の考えが正しいと心から信じていて、その信念に基づいて誠実に行動したのだ。それに彼らは、政治的な帰結を顧みずに、議会での証言や報道機関向けの声明で軍人として正直に自分の見解を述べるべきだと思っていた。私も彼らが誠実に行動していたことは理解している。ゲイツがすぐに教えてくれたのだが、マレンの率直な物言いにはブッシュ大統領も憤慨していたらしい。また、ホワイトハウスの高官たちもよくメディアに裏で手を回すというゲイツの指摘も、たしかにそのとおりだった。

とはいえこの出来事は、ブッシュ政権時代に、軍が望むものはなんでも与えられることに慣れきってしまい、基本的な政策決定が次第に国防総省とＣＩＡに委ねられていったことの証《あかし》だと私は思った――戦争と和平に関わる決定、さらには国家予算の優先順位、外交目標、安全保障とその他の優先事項のあいだの妥協点についてもだ。そうした動きの背後にはさまざまな要因があった。たとえば、９・11後、テロ攻撃を阻止するためにはどんなことでもすべきだという考えが強く、ホワイトハウスはそれに異議を挟むような疑問を投げかけることはできるだけ控えてきた。軍は、イラク侵攻という決断から生じる混乱を一掃する必要があった。国民もまた、本来政策決定を担う文民よりも軍のほうが有能で信頼できると考えていた。議会は、困難な外交問題の責任を回避することにもっぱら関心を向けていた。そもそも報道陣は、肩に星をつけた者であれば誰にでも過剰に敬意を払いがちだ。

マレン、ペトレイアス、マクリスタル、ゲイツらは誰もが認める有能な指導者であり、目の前のきわめて困難な仕事に一心に取り組んできた。彼らは、こうした状況のもとで生じた空白を埋めていただけなのだ。これらの地位に彼らがいたことはアメリカにとって幸運なことであり、イラク戦争の後期には彼らもおおむね正しい決断を下していた。しかし、大統領となる直前に私がイラクでペトレイアスに話したように、大統領の仕事は、軍事行動と国の強化に資するその他すべての事案の費用と効果とを天秤《てんびん》にかけ、狭い見方ではなく広い視野で考えることにある。

戦略や戦術についての具体的な違いだけでなく、政策決定についての文民統制、アメリカの立憲制度における大統領と軍事顧問の役割、戦争についての決定を下す際にそれぞれが検討すべき事柄といった根本的な問題が、アフガニスタンをめぐる論争の隠れたテーマになった。そして、こうした問題においてこそ、私とゲイツの違いがより際立っていった。ワシントンにおける百戦錬磨のやり手といえるゲイツは、議会の圧力、世論、予算の制約について、ほかの者と同様によく理解していた。だが、ゲイツにとってそれらは、私たちの決定に影響を与える正当な要素ではなく、避けて通るべき障害物にすぎなかった。アフガニスタンをめぐる論争のあらゆる場面で、ゲイツはラームやバイデンの反論をすべて、ただの〝政治〟にすぎないと一蹴した。ラームやバイデンは、マクリスタルの計画が求める年間30億ドルから40億ドルの追加費用を議会で認めさせるのがいかに難しいかという点や、10年近くも戦争が続いて国が疲弊しつつあるという点を指摘していたにもかかわらずだ。ゲイツから面と向かって言われたことはなかったが、彼はほかの者に、アフガニスタンでの戦争と3月に承認した戦略に私が本当に力を入れているのか疑問だ、と語っていたらしい。当然、それも〝政治〟のせいというわけだ。ゲイツには、彼が一蹴する〝政治〟こそが民主主義であることが理解できなかったのだ。私たちの任務は、敵を打倒する必要性だけで決まるわけではない。その過程で国家が疲弊しないようにしなければならない。数千億ドルの資金をミサイルや前進作戦基地に使うのか、あるいは学校や子どもの医療に使うのかという問題は、国家安全保障と無関係ではない。むしろ国家安全保障の中心に置くべき問題である。ゲイツはすでに現地にいる兵士たちに対して義務感を抱き、兵士たちが任務をやり遂げられるようにあらゆる手立てを与えるべきだという、誠実で立派な気持ちをもっていた。一方で、危険な場所に派遣する若者の数を抑えようとする者たちもまた、兵士たちに対して同じような情熱をもち、愛国心を抱いていたはずだ。

そういうことを考えるのはゲイツの仕事ではなかったかもしれないが、私の仕事ではあった。だからこそ、9月半ばから11月半ばまで、私は危機管理室《シチュエーションルーム》で九回にわたって開かれた2、3時間に及ぶ会議で座長を務め、マクリスタルの計画を検討した。それほど時間をかけて話し合ったこと自体がワシントンで話題になった。ゲイツとマレンに釘を刺したので、記事になることを前提にトップ級の将官たちが意見を公言することはなくなったものの、メディアでは相変わらず頻繁に情報がリークされたり、匿名の発言が引用されたり、憶測が流れたりしていた。私はできるだけ雑音を耳に入れないようにした。最も声の大きい批判者は、イラク侵攻を急ぐよう積極的に主張したり、そうした考えにすっかり飲み込まれていたりしたのと同じ者だとわかっていたので、それも雑音を遮断する手助けになった。

実際、マクリスタルの計画を採用すべきとする論拠の一つとして、その計画がイラクでの米軍増派の際にペトレイアスが用いた対反乱作戦と似ているという点が挙げられていた。一般論としては、敵地を攻撃して反対派勢力の死者数を増やすよりも、現地の軍に訓練を施してローカル・ガバナンスを向上させ、現地住民を守ることに重きを置くべきとするペトレイアスの考えは筋が通っている。しかし、２００９年のアフガニスタンは２００６年のイラクとは違う。異なる状況では、別の解決策が必要だ。シチュエーションルームでの会議を重ねるうちに次第に明らかになったのは、マクリスタルが構想するアフガニスタンでの拡大主義的な対反乱作戦は、アルカイダを潰滅させるのに必要とされる規模を超えていて、それどころか、仮にその作戦が達成可能であったとしても、私たちの任期中にとうていやり遂げることはできないということだった。

ジョン・ブレナン国土安全保障・テロ対策担当補佐官は、タリバーンはイラクのアルカイダとは違ってアフガニスタン社会の根幹に深く溶け込んでいるので、完全に排除することはできないと再度強調した。また、タリバーンはアルカイダに共鳴してはいるが、アフガニスタンの外でアメリカやアメリカの同盟国を攻撃する企《くわだ》ては見られないと指摘する。アメリカの駐アフガニスタン大使で元陸軍中将のカール・アイケンベリーは、カルザイが政府改革を行う可能性に疑問を呈し、大規模な兵力投入と戦争のさらなる〝アメリカ化〟によって、カルザイを行動へ駆り立てる圧力がなくなるのではないかと懸念を示した。マクリスタルによる派兵と撤退の実施計画案は長期間にわたるものであり、イラク戦争のときの増派とは違って長期的な占領を目指す計画であるように思われた。そこでバイデンは、アルカイダはパキスタンにいて、その攻撃はほぼ完全にドローンによって行われているのに、なぜ他国を再建するために10万もの兵を投入しなければいけないのか、という疑問を投げかけた。

少なくとも私の前では、マクリスタルもほかの将軍たちもそういった懸念の一つ一つに律儀に答えてはいた。ただし、説得力ある回答もあれば、そうでないものもあった。そして、辛抱強く礼儀正しく振る舞ってはいたものの、専門家としての判断に異議を申し立てられることへの不満を隠せなかった。とりわけ軍服を着たことのない者から異を唱えられると不服そうだった（テロ対策作戦を首尾よく実行するために必要なことをバイデンがマクリスタルに説明し出すと、マクリスタルが顔をしかめる。そういうことが一度ならずあった）。ホワイトハウスのスタッフと国防総省の対立は深まり、NSCのスタッフは迅速に情報を得るのを妨げられていると感じていた。一方のゲイツは、NSCがいつも細部まで管理しようとするとひそかに怒りを募らせていた。対立は各部局内の人間関係にまで及んだ。〝ボス〟ことジェームズ・カートライト統合参謀本部副議長とダグラス・ルート陸軍中将（ブッシュ政権の最後の2年間に国家安全保障担当補佐官補を務めた〝戦争皇帝〟で、私が頼んで留任してもらった）は、マクリスタル案への代替案として兵力増員よりもテロ対策に重きを置く案を具体化すべく、バイデンへの協力に同意した。するとたちまち、国防総省内で2人の株が大きく下がった。一方でヒラリーは、アイケンベリー側が国務省の正式ルートを迂回《うかい》しているのは不服従に相当するとして、アイケンベリーの更迭を望んでいた。

つきっぱなしの蛍光灯とむっとした空気のもと、まずいコーヒーを飲みながら、パワーポイントのスライドと戦場地図と、回線が悪くてしきりに止まる映像を見る。そんな会議を三、四回重ねたころには、みんなアフガニスタンにうんざりし、会議にうんざりし、互いにうんざりしていた。私は、大統領就任の宣誓をして以来の職責の重みを感じていた。それを表に出さないように努め、淡々とした表情で質問をし、メモを取り、スタッフが私の前に置いたノートパッドの余白にたまに落書きをした（たいていは意味のない模様を描き、ときどき人の顔や浜辺の風景を描いた――ヤシの木と波の上をカモメが飛んでいる風景だ）。それでもときには、いらだちに火がつくこともあった。

とりわけ、厳しい質問に答えるときに〝決意〟を示すために増派する必要があると主張する者がいると、私はいつも憤りを覚えた。

それはいったいどういう意味か。そう尋ねる私の語気はときに強くなった。すでに下してしまった誤った判断をそのまま押し通すということか。さらに10年間アフガニスタンで無駄骨を折れば、同盟国が感心して敵が恐れをなすとでもいうのか。私はそのとき、ハエを捕まえるためにクモを飲み込んだおばあさんの童謡を思い出し、あとでデニス・マクドノーにそのことを話した。

「結局、馬まで飲み込むんだ」。私は言った。

「それでもちろん、死んでしまう」。デニスは言った。

こうした長丁場の会議が終わると、ときどき私はオーバルオフィスの近くにある小さなプールハウスにぶらりと寄ってタバコを吸い、背中、肩、首に凝りを感じながら静寂に浸った。長時間座っていたための凝りだったが、それはまた私の心の状態の表れでもあった。アフガニスタンをめぐる決断が、単純に決意だけの問題ならどれだけいいだろう――ただ、意志と鋼鉄と砲火だけの問題だったらどれほどいいか。リンカーンが合衆国を救おうとしたときは、たしかにそうだった。それは、領土拡張を企てる諸勢力によってアメリカと世界が重大な脅威に直面するなか、真珠湾攻撃を受けてフランクリン・ルーズベルトが下した決断にも当てはまる。そうした状況のもとでは、利用できるものはすべて投入して総力戦に臨む必要があった。しかし、目下私たちが直面している脅威は、現実の脅威ではあるものの、私たちの存在を根底から脅かすものとはいえない――破壊的だが国をもたないテロリストのネットワークや、大量破壊兵器を手に入れようとする脆弱ならずもの国家による脅威だ。したがって、将来の見通しもなく決意だけ抱くのは、有益でないどころか有害である。いつしか誤った戦争へと導かれ、底なしの泥沼にはまるだろう。歓迎されない土地を治めることになり、殺害した数よりもさらに多くの敵を生む。アメリカと肩を並べる力をもつ国はほかにない。だからこそアメリカは、いつ、なんのために、どのようにして戦うかを選ぶことができる。そのことを無視して、世界で私たちの安全と評判を守るには、毎回自分たちができることをすべて、できるだけ長期間やりつづけなければならないなどと主張するのは、道徳的責任の放棄にほかならない。そこから得られる確信など、気休めのための嘘にすぎない。

２００９年10月9日午前6時ごろ、私はホワイトハウスの交換手に起こされた。ロバート・ギブズ報道官から電話が入っているという。こんな早朝にスタッフが電話してくることはまずないので、心臓が凍りついた。テロ攻撃だろうか。あるいは自然災害か？

「大統領、ノーベル平和賞の受賞が決まりました」。ギブズは言った。

「どういうことだ？」

「数分前に発表されました」

「いったいどうして？」

ギブズはさりげなくその質問を無視した。声明の準備をするために、ジョン・ファヴローがオーバルオフィスの外で待っているという。電話を切ると、今の用件はなんだったのかとミシェルに尋ねられた。

「僕はノーベル平和賞をもらうらしい」

「すごいじゃない、ハニー」。ミシェルはそう言って寝返りを打ち、もうひと眠りしようと目を閉じた。

1時間半後、私が朝食をとっていると、マリアとサーシャがダイニングルームに顔を見せた。「すごいニュースだね、パパ」。リュックサックを肩にかけながらマリアが言う。「ノーベル賞をもらうなんて……あと、今日はボーの誕生日だよ！」

「それに週末は三連休だし！」。サーシャがそう言って小さくガッツポーズする。２人とも私の頬にキスをして学校に向かった。

ローズガーデンに集まった報道陣に私は言った。大統領に就任してまだ1年も経っていないので、世界を変えた過去の受賞者たちと同列に並べられる資格が自分にあるとは思えない。今回の受賞は行動しろという呼びかけであり、アメリカのリーダーシップが欠かせない領域でノーベル委員会が状況の改善に弾みをつけようとしたのだと理解している。核兵器や気候変動の脅威を減らし、経済的な格差を是正して、人権を守り、分断されている人種や民族や宗教の橋渡しをして紛争の火種を減らす、そういったことが期待されているのだ。この賞は、日の当たらない場所で正義と平和と人間の尊厳のために懸命に働く世界中の人たちと共有されるべきだと思うと私は話した。

オーバルオフィスに戻ると祝いの電話が続々とかかってきたが、電話をつながないようにとケイティ・ジョンソンに言い、数分間、大統領としての私への期待と現実とのギャップが広がりつつあることに思いを巡らせた。６日前、アフガニスタンの武装勢力３００人がヒンドゥークシュ山脈の小規模な米軍前哨《ぜんしょう》基地を攻撃し、８人の米兵が死亡し、27人が負傷していた。８年前に戦争が始まって以来、この10月はアフガニスタンの米軍にとって最も過酷な月になる。私は、平和の新時代をもたらすのにひと役買うどころか、さらなる兵士を戦場へ送り込むことになりそうだった。

10月の終わり、私は司法長官のエリック・ホルダーとともに深夜の飛行機でデラウェア州のドーバー空軍基地へ向かった。アフガニスタンで相次いだ事件、カンダハル州でのヘリコプター墜落と道路沿いでの二件の爆発によって命を落とした兵士15人と麻薬取締官3人の遺体が帰国するのに立ち会うためだ。「尊厳ある移送」と呼ばれるこの帰国に大統領が立ち会うことはめったにないが、今ほどそれが大切なときはないと私は考えた。湾岸戦争以来、国防総省は軍人の棺が帰国するところをメディアが報じるのを禁じていたが、その年、私はロバート・ゲイツの助けを借りてこの方針を取り消し、それぞれの遺族の判断に委ねることにした。このような移送について一部でも報道されれば、戦争の代償と一人一人の死の悲しみについて国民がさらによく考えられると思ったからだ。そしてその夜、アフガニスタンでの過酷なひと月が終わろうとし、この戦争の今後が議論されているなかで、ある遺族がその瞬間を記録されることを選んだのだ。

私が基地にいた4、5時間はずっと静寂が続いていた。小さく質素なチャペルで、ホルダーと私は集まっていた遺族に合流した。C17輸送機の貨物室には国旗で覆われた18個の移送用ケースが安置され、従軍牧師の厳かな祈りの言葉が金属の壁にこだまする。私たちは気をつけの姿勢で滑走路に立ち、軍服を着て白い手袋と黒いベレー帽を身につけた6人の担ぎ手が、待機する車両の列へ重い棺を一つ一つ運んでいくのを見守った。あたりはしんと静まり返り、うなる風の音と足音だけが響いていた。

夜が明ける数時間前に帰路についたが、機内で私がただ一つ思い出せたのは、兵士の母親のこんな言葉だった。「今も向こうに残っている子たちを見捨てないでください」。その母親は悄然《しょうぜん》としていて、悲しみのために表情はうつろだった。私は見捨てないと約束したが、それが何を意味するのかはわからなかった。さらに兵士を派遣して、彼女の息子が尊い犠牲を払った任務を完遂するのか。それとも、ほかの子どもたちが若くして命を落とすことになる混乱しきった戦争がこれ以上長期化しないように切り上げるのか。選択するのは私だ。

1週間後、さらに身近なところで別の不幸が軍を襲った。11月5日、アメリカ陸軍の少佐で精神科軍医のニダル・ハサンが、テキサス州キリーンにあるフォートフッド陸軍基地の建物に入り、地元のガンショップで買ったセミオートマティック・ピストルの引き金を引いたのだ。13人を殺害して多くの人を負傷させたのちに、ハサンは憲兵に撃たれて逮捕された。そのときも私は悲しみに暮れる遺族を慰問すべく現地に飛び、屋外で行われた追悼式でスピーチをした。トランペットが鎮魂の調べを奏で、もの悲しい旋律の合間に参列者の抑えたすすり泣きの声が聞こえるなか、私の目は追悼式の会場から亡くなった兵士たちのほうへと移っていった。額に入った遺影、戦闘靴、ライフルの上に置かれたヘルメット……。

この銃撃事件のブリーフィングで、ジョン・ブレナンとロバート・モラー連邦捜査局（ＦＢＩ）長官から聞いたことを思い出した。ハサンはアメリカ生まれのイスラム教徒で、常軌を逸した行動によって問題を起こした過去があり、インターネットを通じて過激な思想をもつようになっていたらしい。とりわけイエメン系アメリカ人のカリスマ的指導者、アンワル・アウラキから強い影響を受け、何度もEメールを送っていた。アウラキは世界に広く信奉者をもつ人物であり、活発化しつつあるイエメンのアルカイダの中心人物と目されている。モラーとブレナンによると、国防総省、ＦＢＩ、合同テロ対策タスクフォースは、いずれもハサンが過激主義に傾倒しつつある可能性を認識していた。にもかかわらず、部局間でうまく情報が共有されず点と点が結びつかなかったために、悲劇を未然に防ぐことができなかった可能性がある。

追悼のスピーチが終わり、鎮魂の調べがまた奏でられる。フォートフッド陸軍基地の至るところで、兵士たちはアフガニスタンでの任務とタリバーンとの戦いに向けた準備に奔走しているのだろう。実のところ、いまやアフガニスタンとは別の場所にさらに大きな脅威があるのかもしれない、そう考えざるをえなかった。イエメンやソマリアだけでなく、アメリカ国内で生まれるテロリストに。そして、ハサンのような熱狂に浮かされやすい人間の心のなかや国境のないコンピュータの世界にも。その力と影響が及ぶ範囲は、まだ完全につかめてはいない。

２００９年11月後半、九回目にして最後のアフガニスタン検討会議が開かれた。それまでにさまざまなドラマがあったが、関係者間の意見の相違は、この時点ではかなり小さくなっていた。将軍たちは、アフガニスタンでタリバーンを根絶やしにするのは非現実的だという考えを受け入れた。ジョー・バイデンとNSCのスタッフは、タリバーンが国を荒らしたり私たちの情報収集を妨害したりしている状況のもとでは、アルカイダへのテロ対策作戦はうまくいかないことを認めた。そして、達成の見込みがある以下のような一連の事項を目標にするという点で落ち着いた。タリバーンの活動を鈍化させ、主要な人口密集地域が脅かされないようにする。政府全体の改革ではなく、国防省や財務省など鍵となる一部の省庁のみを改革するようカルザイ大統領に促す。地元軍の訓練を急ぎ、最終的にアフガニスタン国民が自分たちの国を守れるようにする。

チームはまた、こうした当初より控えめな目標を達成するためであっても、やはり追加の派兵が必要だという点で意見が一致した。

残る争点はただ一つ、どれだけの人数をどれだけの期間送るかだ。将軍たちは相変わらずマクリスタルの当初の要求である４万人を主張していたが、目標が狭められたにもかかわらず必要な兵士数が１人も減らない理由については、納得できる説明がなかった。バイデンがホス・カートライトとダグラス・ルートとともにまとめた〈テロ対策（CT）プラス〉のオプションは、２万人の増派を求めていた。これは、テロ対策と訓練のみに従事する人員だ。しかし、テロ対策にも訓練にもなぜそれだけの米兵が追加で必要とされるのかははっきりしなかった。どちらの数字も、私たちが設定した目標ではなく、やはりイデオロギーと組織の利害関係によって導き出されたのではないかと不安を覚えた。

現実的な答えを出したのはゲイツだった。私に宛てた個人メモでの説明によると、マクリスタルの4万人という要求は、オランダとカナダが引き揚げる予定だった1万人の兵力をアメリカが補うことを想定したものだった。旅団三個、合計3万人の米兵を派遣することにしたら、それによって同盟諸国から残りの1万人を引き出せるかもしれないという。ゲイツはまた、新たに投入する兵力を無期限の派兵ではなく一時的な増員とすることに同意し、現地到着を早めて一八か月で帰国を開始するタイムテーブルを設定した。

ゲイツがタイムテーブルを設定することを受け入れたのは、とりわけ重要なことだと私には思えた。以前はゲイツも統合参謀本部とペトレイアスとともにその考えに抵抗を示し、タイムテーブルを設定すれば私たちが撤退するまで待てばいいと敵に思わせてしまうと主張していた。しかし今では、私たちが早々に軍を引き上げるつもりだと知らせなければ、カルザイが重い腰を上げて自国政府の責任を引き受けようとしないかもしれないと納得するようになっていた。

私は、バイデン、ラーム、NSCのスタッフに相談し、ゲイツの案を採用することにした。そこには、単にマクリスタルの案とバイデンの代替案の中間をとるという以上の意味があった。短期的にはタリバーンの勢いを抑え、人口密集地域を守り、アフガニスタン軍を訓練するのに必要な武力をマクリスタルに与えることができる。一方で、対反乱作戦にはっきりと制限を設け、より限定されたこ年間のテロ対策アプローチへと確実に向かっていくことになる。3万人の増派というこの数をどれだけ厳密に理解するかをめぐっては攻防が続いた（認められた人数を動員したあとに、衛生兵や情報将校など数千人の〝支援要員《イネイブラー》〟を要求するのが国防総省の常套《じょうとう》手段だった。それらは合計人数に含まれないというのだ）。また、ゲイツが国防総省にこのアプローチを納得させるのにも、少し時間がかかった。それでも、感謝祭の数日後にはオーバルオフィスで夜の会議を開き、出席したゲイツ、マレン、ペトレイアス、ラーム、ジェームズ・ジョーンズ、バイデンの全員から事実上の同意を取りつけた。ＮＳＣのスタッフは私の指示をまとめた詳細なメモを事前につくっていて、ラーム、バイデンとともに、国防総省の高官たちに私の目の前で書面に同意させるよう、私に勧めていた。戦況が悪化した場合に、国防総省の高官たちが私の決定にあとから公の場で文句をつけないようにするには、それが唯一の方法というわけだ。

だが、それはやや強引な異例のやり方だった。明らかにゲイツと将軍たちの感情を害したようだったので、私はすぐに後悔した。私の政権の、困難で混乱しているこの時期にいかにもふさわしい結末だった。それでも私は、マクリスタル案を検討するという目的を果たせたことに満足していた。完璧な計画にはならなかったとしても、長時間議論を重ねたことでよりよい計画になったことはゲイツも認めていた。終わりの見えない展開に陥らないようにしながら、アフガニスタンでのアメリカの戦略目標をより正確に定めることができたのだ。また、一定の状況のもとでは派兵にタイムテーブルを設定するのが有益であることも明らかにできた。これは、ワシントンの国家安全保障機関がずっと反対していたことである。会議を重ねたことは、私の任期中に国防総省が勝手に動くのを防ぎ、さらには、アメリカの国家安全保障政策の文民統制という大きな原則を再確認するのにも一役買った。

それでも結局のところ、私はさらなる若者を戦場に送り込むことになる。

派兵計画は、12月1日にウエストポイントの陸軍士官学校で発表された。アメリカで最も古く最も名高い士官学校である。独立戦争時には大陸軍［独立戦争初期にジョージ・ワシントンが指揮した植民地軍］の駐屯地の一つであり、ニューヨーク市から1時間あまり北へ行ったところにある美しい場所だ――ゆるやかな緑の丘陵地帯に、黒とグレーの御影石でできた建造物がまるで小さな町のように配置されていて、広く曲がりくねったハドソン河を一望できる。私はスピーチをする前に校長を訪ね、アメリカ屈指の有名指揮官たちを生んだ建物と土地の一部を垣間見た。ユリシーズ・グラントにロバート・リー、ジョージ・パットンにドワイト・アイゼンハワー、ダグラス・マッカーサーにオマール・ブラッドレー、ウィリアム・ウエストモーランドにノーマン・シュワルツコフ。

こうした軍人たちが象徴する伝統を前にすると自然と頭が下がり、心を動かされずにはいられなかった。国をつくり、ファシズムを打倒して、全体主義の拡大を食い止めるのに貢献した奉仕と犠牲。しかし、同じく思い出さなければならないことがある。奴隷制を存続させようとする南部連合陸軍をリーが率いたことや、アメリカ先住民の虐殺をグラントが監督したこと。朝鮮半島でマッカーサーがトルーマン大統領の指示に背いて悲惨な結果を招いたことや、ベトナムでウエストモーランドが戦争拡大に一役買って、ある世代のアメリカ人に傷跡を残したこと。栄光と悲劇、勇気と愚かさ――片方が真実だからといって、もう片方がなかったことにされるわけではない。戦争とは矛盾であり、アメリカ史も矛盾の歴史だからだ。

私が到着したときには、ウエストポイントのキャンパスのほぼ中心部にある大講堂は、すでに人でいっぱいだった。ゲイツやヒラリー、統合参謀本部メンバーといったＶＩＰを除くと、聴衆はほとんどが士官候補生だ。白い襟付きの黒く縁取りされたグレーの制服を着ている。黒人、ラテンアメリカ系、アジア系アメリカ人、女性もいる。１８０５年に最初の卒業生を送り出してからの変化がはっきりとうかがえた。楽隊がファンファーレを奏でるなか私がステージに上がると、士官候補生たちがいっせいに立ち上がって拍手で迎えてくれた。彼らの顔は若い輝きにあふれていて、自分たちの運命に確信をもち、国を守ることに情熱を燃やしている。それを見た私は、父親のような誇りで胸がいっぱいになった。彼らを指揮する立場の私やその他の者たちが、彼らの信頼にふさわしい者であるよう祈った。

9日後、私はノーベル平和賞を授与されるためにオスロへ飛んだ。士官候補生の若者たちの姿が私の心に重くのしかかっていた。そして私は、平和賞を受けることと戦争を拡大することの矛盾から目を背けるのではなく、それを受賞スピーチの中心に据えることにした。ベン・ローズ副補佐官とサマンサ・パワー上級顧問の手を借りて、私はラインホルド・ニーバーやガンディーといった思想家たちの著作を引きながら話を組み立て、最初の草稿を書いた。戦争とは恐ろしいものであり、またときには必要なものでもある。この矛盾するように見える考えを両立させるには、国際社会が戦争の正当化と実行の両方に対してより高い基準を設ける必要がある。また、戦争を回避するには公平で平和な世界が求められ、そういった世界を支えるには、政治的自由に誰もが責任を負い、人権を尊重して、具体的な戦略によって経済的機会を世界中に広げなければならない。ミシェルが機内で眠っているあいだ、私はエアフォースワン上で真夜中にスピーチ原稿を書き上げた。疲れた目はときどきページから離れ、大西洋の上のぼんやりとした月に惹きつけられた。

数百人が集い、明るい照明のついた講堂で開かれたノーベル賞の授賞式は、いかにもノルウェーらしくセンスがよく、簡素だった。若手ジャズ・アーティスト、エスペランサ・スポルディングの素敵なパフォーマンスがあり、ノーベル委員会委員長の挨拶に続いて私がスピーチをし、90分ほどですべてが終わった。スピーチの評判は上々だった。一部の保守派コメンテーターも、米軍が犠牲を払って長年の平和を支えてきたことを私がヨーロッパの聴衆に伝えようとしたと評価した。その夜、ノーベル委員会の主催で私を主賓とした晩餐会《ばんさん》が開かれ、私はノルウェー国王の隣の席に座った。高齢の国王はとても親切で、自分の国のフィヨルドでセーリングをする話を聞かせてくれた。私の妹マヤ、友人のマーティやアニタたちも空路でやってきて晩餐会に加わった。みんな、なんだかとてもあか抜けて見えた。シャンパンを飲み、グリルしたヘラジカを味わい、食後には驚くほどすばらしいスウィング・オーケストラに合わせて踊った。

しかし、最も記憶に残っているのは、晩餐会前のホテルでの一場面だ。ミシェルと私がちょうど着替えを終えたとき、マーヴィン・ニコルソンがドアをノックして、窓の外を見てくださいと言う。四階の部屋の日よけを開けると、暮れかかった空のもと数千もの人たちが下の狭い通りを埋め尽くしていた。みんな火を灯《とも》したろうそくを一本ずつ持っている。この街では昔から、その年の平和賞受賞者にこうして称賛の意を示すのだそうだ。たくさんの星が空から落ちてきたかのような、うっとりする光景だった。手を振ろうとミシェルと2人で窓から身を乗り出すと、夜風に頬が引き締まった。集まった人たちの歓声を聞きながら、今もイラクとアフガニスタンを消耗させている日々の戦闘や、私の政権がまだ何も対処できていないあらゆる残虐行為と苦しみについて考えずにはいられなかった。私であれほかの誰かであれ、たったひとりの人間がそのようなカオスに秩序をもたらすことができるなどと考えるのはばかげている。ある意味では、通りに集まった人たちは幻に対して歓声を送っているのだ。それでも私は、揺れ動くろうそくの灯《あか》りのなかに、ほかのものを見ていた。私が見ていたのは、世界中の人々の魂だ。カンダハルの駐屯地に詰める米兵、娘に字の読み方を教えるイランの母親、来るべきデモに向けて勇気を奮い起こすロシアの民主化運動活動家――今より暮らしがよくなるという希望を諦めないすべての人たち。どれだけ危険や困難があっても、自分には果たすべき役割があると信じて疑わないすべての人たちの魂だ。

「何をしてもそれでは足りない」。人々の声はそう言っているように聞こえた。

「それでもとにかくやってみてほしい」と。

第19章

大統領選で私は、９・11以降に採用されてきたものとは別の種類の外交政策を推進すると国民に約束した。イラクとアフガニスタンから学んだ厳しい教訓は、戦争が始まったとたんに大統領にとっての選択肢が狭まってしまうということだ。ブッシュ政権に限らず、ワシントンではあらゆるものを脅威とみなし、歪んだプライドを掲げて一方的なやり方で突き進み、軍事行動を外交問題解決の常套手段とする考え方が支配的だった。私はそれを変えてみせると決意した。他国との関係において、アメリカは頑迷で目先のことばかり考えるようになり、連帯関係やコンセンサスを構築するという、困難でしかも根気のいる取り組みには消極的になっていた。自分たちの殻に閉じこもって、ほかの考え方を受け入れようとしなかった。私は、アメリカの安全保障は他国との同盟と国際機関の強化にかかっていると信じていた。私にとって軍事行動は最初の手段ではなく、やむをえない場合にだけ用いる最後の手段だ。

現在進行中の戦争にはもちろん対処しなければならない。それでも、外交に大きな信頼を置くという自分自身の信条の真価も問いたかった。

まずは政府内の空気を変えることから始めた。私の政権の発足当初から、ホワイトハウスから出されるすべての外交政策声明では、国際協力の重要性と、相互の利益および尊重に基づいて大小さまざまな国々と関わっていくというアメリカの意図を強調した。これまでの政策を転換するために、地道ではあっても自分たちの考えを象徴するような方法を探った。たとえば、国務省の外交関係予算の引き上げや、ブッシュ政権および共和党支配下の議会が数年間にわたって一部滞納していた国連分担金の支払いなどである。

また、「成功の80パーセントを決めるのは顔を見せること」という格言に則り、政権メンバーには、テロへの対処と中東問題にばかり専心していたブッシュ政権が目を向けていなかった国々にも足を運んでもらった。特にヒラリー・クリントン国務長官は政権発足初年度から目まぐるしく働き、先の大統領選に出馬したときと同じように熱心に、大陸から大陸へと飛びまわった。ヒラリーの訪問が他国の首都を賑《にぎ》わせるようすを見て、彼女を外交担当のトップに任命した自分の決定は正しかったと感じた。ヒラリーは、世界各国の指導者たちから仲間として迎えられただけではない。どの国の国民も、彼女ほどの高官が訪れるということはアメリカがその国をとても重視しているサインだととらえた。

私は国家安全保障会議（ＮＳＣ）のスタッフにこう語った。「我々の目的達成を他国にサポートしてほしいなら、無理やり協力させてもだめだ。相手の意見もきちんと尊重していることを――少なくとも、相手の国が世界地図のどこにあるのかわかっていることを示さなければならない」

自分の存在を知ってもらうこと。意見を聞いてもらうこと。自分のアイデンティティを認めてもらい、価値があると感じてもらうこと。これは人間がもつ普遍的な欲求であり、国家やその国民も、個人一人一人も、同じように感じるはずだ。私が歴代の大統領のうちの何人かよりはこの基本的な真理を理解できていたのだとすれば、それは、子ども時代の大部分を海外で過ごし、長らく「後進国」や「開発途上国」と呼ばれていた国に家族がいるからかもしれない。あるいは、アフリカ系アメリカ人として、自国においてさえ自分をきちんと理解されないというのがどういうことかを、自ら経験してきたからかもしれない。

とにかく、私は訪れた場所の歴史や文化、人々に対する興味を示すようにした。ベン・ローズ副補佐官は、私の海外でのスピーチをこんな定式に要約できるのではないかと冗談を言った。「(まずその国の言葉で挨拶。発音がひどいことも多い) 世界の文明に貢献しつづけてきたこの美しい国にいるのは、とてもすばらしいことです (貢献の例をいくつか挙げる)。両国間の友情には長い歴史があります (感動的な逸話を挿入)。そして、今アメリカが国家として存在しているのは、海を渡ってやってきて定住した人々を祖先にもつ、数多くの誇り高き (○○系) アメリカ人のおかげでもあるのです」。ありきたりな内容かもしれないが、聴衆の笑顔とうなずきは、相手を認めるという単純な行為がどれほど重要であるかを物語っていた。

同じ理由から、外国訪問の際にはホテルや宮殿の門を出て、ニュースで大きく報じられるような観光も日程に入れるようにした。イスタンブールのブルーモスクやホーチミンの地元の食堂に興味を示すことは、二国間会議や記者会見における話よりも、トルコやベトナムの多くの人々にとってはるかに長く記憶に残るとわかっていたからだ。同じく重要なこととして、多くの国で観光地を訪れることによって、世間とかけ離れた存在である政府高官や裕福なエリート層だけとではなく、一般の人々と少しでも交流する機会をもつことができた。

しかし、最も効果的な広報外交の手段は大統領選での私の戦略から直接導き出された。外国を訪問した際に、若者を集めて対話集会を開くことにしたのだ。フランスのストラスブールにおけるNATO首脳会議中に3000人を超えるヨーロッパの学生を集めて行った初めての試みは、すべてが手探りだった。野次られるかもしれないし、長々と込み入った話をして退屈させてしまうかもしれない。しかし、聴衆は気候変動からテロとの戦いまであらゆるトピックについて熱心に質問し、ユーモアたっぷりに意見を聞かせてくれた（「バラク」がハンガリー語で「桃」を意味することも教えてもらった）。台本なしに1時間自由に討論したあと、私は、海外を訪問するたびにこういう対話集会を開こうと心に決めた。

対話集会はたいてい国営放送で生中継され、ブエノスアイレス、ムンバイ、ヨハネスブルグ、その他どこから放送されたものも高い視聴率を得た。世界中の多くの地域の人々にとって、一国のトップが市民から直接質問を受ける場を自ら設けるという光景は目新しく、それは私がどんな講演を行うよりも効果的に民主主義の精神を体現していた。現地の大使館と協議し、しばしば、その国で社会から疎外されているグループ（宗教的または民族的マイノリティ、難民、LGBTQの学生など）の若い活動家たちも招いた。彼らにマイクを渡し、彼ら自身の物語を語ってもらうことによって、その主張の正当性を全国の視聴者に広く伝えることができた。

こうした集会で出会った若者たちは、私に個人的なインスピレーションを与えつづけてくれた。彼らの話に私は笑い、ときには涙ぐんだ。彼らが語る理想を聞いていると、大統領を目指す私の支持基盤となってくれた若きオーガナイザーやボランティアのこと、そして、人種、民族、国境を越えた絆《きずな》によって互いへの恐怖心は取り除けるということを思い出した。私は、対話集会が始まるまでどれほどいらいらしたり落ち込んだりしていても、終わるときにはいつも、森のなかの涼しい泉に浸《つ》かったかのように心が満たされた。このような若い男女がこの地球の至るところに存在している限り、希望をもちつづける理由はある、そう自分に言い聞かせた。

私が大統領に就任して以来、世界各国の国民が抱く対米感情は着実に向上し、それは、初期の外交活動が成果を上げていることを示していた。こうして人気が高まったおかげで、同盟国はアフガニスタンへの軍隊派遣を維持したり、場合によっては強化したりしやすくなった。自国民がアメリカのリーダーシップを信頼しているとわかっているからだ。ティモシー・ガイトナー財務長官とともに金融危機への国際的な対応を調整する際にもやりやすくなった。また、北朝鮮が弾道ミサイルの発射テストを開始したとき、国連大使のスーザン・ライスは安全保障理事会に強力な国際制裁を採択させることができた。もちろん彼女の能力と粘り強さのおかげもあるが、スーザン自身はこう言った。「多くの国々がアメリカと同盟関係にあることを示したいと思っているからです」

それでも、〝ほほえみ外交〟が成し遂げられることには限界があった。結局のところ各国の外交政策には、自国の経済的利益、地理的条件、民族的および宗教的分断、領土問題、建国にまつわる神話、苦難の記憶、古代からの敵対関係、そして何より、権力を維持しようとする者たちの意図がからんでいたからだ。道徳面からの働きかけだけで影響される外国の指導者はめずらしかった。圧制的な政府のトップに立つ人間は世論を無視しても、たいていの場合、問題にならなかった。つまり、とりわけ厄介な外交問題を進展させるには、別の種類の政策が必要だった。強硬で無慈悲な指導者の思惑を変えさせることを目的とした、〝アメとムチ〟のやり方である。そして、私は最初の1年間で、特にイラン、ロシア、中国の指導者とのコミュニケーションを通じて、それがいかに困難であるかを知った。

この三か国のなかで、イランは、アメリカの長期的な国益を脅かす度合いこそ最も小さかったが、敵対心をむき出しにしていることでは一番だった。中世のイスラム黄金時代における科学と芸術の発信地であった偉大なペルシア帝国の歴史を受け継ぐイランは長いあいだ、アメリカの政治家にとっては頭の片隅にあるだけの国だった。国境の西にトルコとイラクを、東にアフガニスタンとパキスタンを置くイランは、一般的に貧しい中東の国の一つとしてしか考えられておらず、その領土は内戦とヨーロッパの大国の勢力拡大によって縮小していた。ところが１９５１年、イスラム色の薄い〝世俗主義〟で、しかも左派寄りだったイランの議会が油田の国有化に動き、イラン最大の石油生産・輸出企業の株式の過半数を所有していたイギリス政府から利権を奪い返した。閉め出されたことに不満を抱いたイギリスは、イランが買い手に石油を輸送できないよう海上封鎖を行った。さらには、新たなイラン政権がソ連側に傾倒しつつあると我が国のアイゼンハワー政権を説得し、１９５３年、〈アジャックス作戦〉の実行を許可させた。アジャックス作戦とはアメリカ中央情報局（ＣＩＡ）とイギリス情報局秘密情報部（ＭＩ６）が主導したクーデター計画であり、これによって民主的選挙で選ばれたイランの首相を失脚させ、若き皇帝モハンマド・レザー・パフラヴィーに国の実権を握らせた。

アジャックス作戦以来、アメリカは発展途上国への対応において同じような誤算を繰り返し、それは冷戦開始後も続いた――国家主義者の野望を共産主義者の陰謀だと誤解し、通商上の利益と国家の安全を同等に考え、自国の利益になると思えば民主的に選ばれた政権を転覆させて独裁者に協力した。それでも、イランでクーデターが起こってから27年間は、アメリカの政治家たちはイランでの戦略がうまくいったと考えていたはずだ。パフラヴィー皇帝はアメリカの石油会社との契約を延長し、アメリカの高価な兵器をたくさん購入する、忠実な同盟相手となった。また彼は、イスラエルと友好的な関係を維持し、女性に投票権を与え、国の成長によって得られた富を利用して経済と教育制度を近代化し、欧米の事業家やヨーロッパの王族とすんなり打ち解けた。

しかし、パフラヴィーの金遣いの荒さや無慈悲な抑圧（同国の秘密警察は反体制派を拷問し殺害したことで悪名高い）、そして、保守派の聖職者とその多くの信者からすれば、西洋の価値観を推し進めることでイスラムの教義の根幹が侵害されているように思えていたことに、他国の者たちはなかなか気づかなかった。また、ＣＩＡの情報分析官たちは、社会変革を唱えるシーア派の聖職者で、国外追放されていたアヤトラ・ホメイニの影響力が増していることにあまり注意を払っていなかった。ホメイニは著作や講話を通じてパフラヴィーを欧米諸国の操り人形だと非難し、現在の体制を覆してシャリーア［コーランなどに示されたイスラム法体系］に基づくイスラム国家を樹立しようと信者に呼びかけていた。１９７８年初頭にイラン国内で行われた一連のデモが本格的な革命運動に発展したことは、アメリカにとって予想外だった。さらにそののちには、ホメイニの信者だけでなく、不満を抱える労働者、失業中の若者、憲法の復活を求める民主主義勢力も街頭デモに加わった。１９７９年になるころにはデモ参加者の数が数百万に膨らみ、パフラヴィーはそっと国を出て、病気の治療のためという名目で一時的にアメリカに身を置いた。白いひげを生やして野心を秘めたような目をしたホメイニが亡命先からの凱旋を果たし、大勢の熱狂的な支持者に囲まれながら飛行機を降りる姿が繰り返し夜のニュースで流れていた。

　ほとんどのアメリカ人は、この革命が起きた経緯も、そして、遠い国の人々がアンクル・サムの人形を燃やして「アメリカに死を」と叫ぶようになったわけも知らなかった。私も同じだった。当時17歳の高校生だった私は政治に興味をもちはじめたばかりで、イラン革命のその後の展開については漠然と理解していただけだった――最高指導者としての立場を確立したホメイニは、世俗主義者や改革派の仲間を追放し、新体制に反対する者を弾圧するために準軍事組織のイスラム革命防衛隊（ＩＲＧＣ）を結成した。さらに、過激化した学生がテヘランのアメリカ大使館を襲撃し、アメリカ人の人質をとって革命運動の成功を決定的にするとともに世界最強の国家であるはずのアメリカに屈辱を与えたとき、ホメイニはこの騒ぎをうまく利用した。

30年後に私が大統領になったときにもまだ、これらの出来事がつくりあげた地政学的な枠組みがしっかりと残っていた。イランの革命に影響を受け、同じ形で成功を収めようと、各地で過激なイスラム運動が起こった。ホメイニがアラブのスンニ派国家の君主制を打倒するよう呼びかけたことで、イランとサウジアラビアのサウード家は激しく対立し、中東全体でも宗派間の対立が激化した。１９８０年にイラクがイラン侵攻を試み、その後８年間にわたって流血の争いが続いたことで、イランは敵国との軍事力の差を埋めるためにテロ支援を加速させた（この戦争で、湾岸諸国はイラクのサダム・フセインに資金を提供し、ソ連はホメイニの軍に化学兵器を含む武器を供給した。レーガン政権下のアメリカは、表向きはイラクを支持しながら裏ではイランに武器を販売するという、矛盾した対応をとった）。ホメイニがイスラエルを世界地図から抹消すると宣言したことで（実際、ＩＲＧＣはレバノンを拠点とするシーア派武装組織〈ヒズボラ〉やパレスチナの抵抗勢力〈ハマス〉の軍事部門などを代理戦力として支援した）、イランのイスラム体制はイスラエルの安全保障にとって最大の脅威となり、イスラエルは和平の可能性がある近隣諸国に対しても態度を硬化させた。より広範には、この世界ではアラーと〝大悪魔〟（つまりアメリカ）という二つの強大な力がぶつかり合っているとするホメイニの解釈は、将来的にジハード［イスラムのための異教徒との戦い］に参加する者たちだけでなく、すでにイスラム教徒を疑惑と恐怖の対象とみなしつつあった西洋の人々の心にも毒素のように浸透していった。

　１９８９年、ホメイニがこの世を去った。その後を継いだ聖職者のアヤトラ・アリ・ハメネイは自国からほとんど出たことがなく、今後もそのつもりはまったくないような人物で、アメリカへの憎しみという点ではホメイニと共通しているようだった。しかし、立場上は最高指導者であっても、ハメネイの権力は絶対ではなかった。権威ある専門家会議との協議が常に必要で、一方、日々の政権運営は民選の大統領が担っていた。クリントン政権の終わりからブッシュ政権の始まりにかけて、イラン国内で比較的穏健な勢力がいくらか力を増し、アメリカとイランの関係改善が見えた時期もある。9・11が起きると、当時のイラン大統領、モハマド・ハタミは、隣国アフガニスタンにおけるアメリカの対応を支援するとブッシュ政権に申し出たほどだ。しかし、アメリカ政府はそうした動きを無視しただけでなく、ブッシュ大統領が2002年の一般教書演説でイラク、北朝鮮と並べてイランを「悪の枢軸」と呼んだことで、イランとの外交の窓口は事実上完全に閉ざされた。

私が大統領に就任したとき、イランではマフムード・アフマディネジャド大統領率いる保守強硬派が確固たる権力を取り戻していた。アフマディネジャドは、その反欧米的な暴言、ユダヤ人ホロコーストの事実の否定、同性愛者など彼自身が脅威とみなす人々に対する迫害を通して、自らの政権の忌むべき要素を体現したような存在になっていた。イランの武器は依然として、イラクとアフガニスタンでアメリカ人兵士を殺すことを目的に、過激派組織に送られていた。アメリカによるイラク侵攻によってイランの宿敵サダム・フセイン政権が崩壊し、代わりにイランの影響下にあるシーア派主導の政府が誕生したことで、中東地域におけるイランの戦略的な立場は大幅に向上した。イランの代理勢力であるヒズボラはレバノンで最も影響力のある派閥へと成長し、イランからヒズボラに提供されたミサイルの射程にはイスラエルのテルアビブも入っていた。サウジアラビアとイスラエルは、イランの影響力拡大による〝シーア派三日月地帯〟の形成に警鐘を鳴らし、アメリカ主導によるイランの政権交代の可能性に対する関心を隠そうとしなかった。

どんな状況においても、イランは私の政権にとって最大級の頭痛の種だった。しかし、もともと厄介だった状況を本格的な危機に変えようとしていたのは、イラン国内で加速する核計画だった。

パフラヴィー政権時代に建設された核施設を引き継いだアフマディネジャド政権は、１９７０年に発効して以来イランも署名国の一つであった国連の核兵器不拡散条約（ＮＰＴ）のもと、平和目的のために核エネルギーを使用する権利を有していた。残念なことに、原子力発電所への燃料供給のために低濃縮ウラン（ＬＥＵ）を生成するのと同じ遠心分離技術を応用すれば、核兵器に使える高濃縮ウラン（ＨＥＵ）を生成できてしまう。アメリカ政府のある専門家が言ったように、「物理を学ぶ賢い高校生の手元に十分なＨＥＵとインターネット環境があれば、爆弾をつくることができる」のである。２００３年から２００９年のあいだに、イランは所有するウラン濃縮遠心分離機の総数を一〇〇台から五〇〇〇台にまで増やした。平和的な計画がどんなものであれ、これほどの数が必要とされるわけがない。アメリカのインテリジェンス・コミュニティは、イランにはまだ核兵器がないことをほぼ確信していた。しかし、アフマディネジャド政権の〝ブレイクアウト・キャパシティ〟、つまり実用的な核兵器製造に十分な量の濃縮ウランを生産するために要する時間が、潜在的に危険なレベルにまで短縮されていることも確かだと考えていた。

イランの核兵器が必ずしもアメリカ本土を脅かすことはなかっただろう。ただ、中東で核兵器による攻撃やテロが起これば、将来のアメリカ大統領にとっては、イランによる近隣諸国侵略の抑止のための選択肢がひどく狭まる恐れはあった。そうなればおそらくサウジアラビアは〝スンニ派の核爆弾〟による対抗を試み、世界で情勢が最も不安定な地域で核軍拡競争が始まりかねない。一方、未申告の核兵器を山ほど所有するといわれていたイスラエルは、イランが核武装すれば重大な脅威になると考え、イランの核施設に対する先制攻撃の計画を立てていたと伝えられている。このようなあらゆる関係諸国の行動、反応、または誤算をきっかけに、アメリカがいまだイラン国境沿いの危険地域に18万人の部隊を配置しているなか、中東はさらに別の紛争に突入する可能性があり（もちろん、そこにアメリカも関わることになる）、それによって原油価格が急騰すれば、世界経済を急激に悪化させかねない。アメリカとイランのあいだで紛争が起きたらどんな展開になるのだろう？　私は、大統領任期中に政権内で何度か話し合って予測を立てた。そして、そういう話し合いが終わるたびに重苦しい気分になった。戦争せざるをえなくなれば、私が成し遂げようとしていたほかのほぼすべてのことに深刻な影響を及ぼすとわかっていたからだ。

以上の理由により、私たちは政権移行期の大半を費やしてイランが核兵器を入手するのを防ぐ方法を議論した。理想は、新たな戦争を始めるのではなく外交的手段による解決だった。そこで私たちは二段階の戦略を定めた。１９８０年以降、アメリカとイランのあいだに高レベルの接触はほとんどなかったので、ステップ１には直接の働きかけも含まれた。就任演説でも述べたように、私の政権は拳《こぶし》の力を緩めてくれる者に手を差し伸べる用意があった。就任してから数週間のうちに、私は国連のイラン外交官を通じてアヤトラ・ハメネイに秘密書簡を送り、イランの核計画を含むさまざまな問題についての二国間の対話を提案した。ハメネイの答えはぶっきらぼうなものだった。イランは直接の対話に関心がないというのだ。また、ハメネイはこのアメリカによる提案の機会を利用して、アメリカが横暴な帝国主義国家であることをやめる術《すべ》をいくつか提案してきた。

「近いうちに拳を緩めるつもりはなさそうですね」。ペルシア語から翻訳されたハメネイの返事を読んだラーム・エマニュエル首席補佐官が言った。

「たとえ緩めたとしても、それは中指を立てるためだな」と私は返した。

実際、ホワイトハウスの誰もがイランからの肯定的な返事は期待していなかった。それでも書簡を送ったのは、かたくなに外交を拒んでいるのはアメリカではなくイラン側なのだとはっきり示したかったからだ。３月には伝統的なイラン暦の元日〈ノウルーズ〉を祝う挨拶をオンラインで公開し、広くイラン国民に向けてオープンな姿勢を示すメッセージを送った。

しかし２００９年６月、アフマディネジャド大統領を再選させるために選挙で不正を行ったとして、イランの野党候補ミル＝ホセイン・ムサビが確固たる根拠とともに政府高官らを非難すると、イランとの外交の突破口が開かれる見通しはなくなった。イランでは何百万人からなるデモ隊が選挙結果に抗議するために通りに出て、〈緑の運動〉と名づけた民主化運動を始めた。それはイランにとって、１９７９年の革命以降、国内から突きつけられた最大の挑戦状となった。

それに対する取り締まりは迅速で容赦ないものだった。ムサビとほかの野党党首たちは自宅軟禁の状態に置かれた。平和的なデモを行っていた参加者たちが殴られ、かなりの数が殺害された。ある夜、居住棟《レジデンス》でオンライン記事にのんびり目を通していると、通りで撃たれた若いデモ参加者の女性の映像が見つかった。息絶えつつある彼女の顔全体には血の網が広がり、その目は非難するようにじっと宙を見つめていた。

それを見て、世界中の多くの人が自国政府のあり方について意見を発信するために払ってきた代償を痛いほどに思い出した。そしてまず思ったのは、デモ参加者への強い支持を表明しよう、ということだった。しかし、国家安全保障チームを集めたとき、イランの専門家から、そんな動きには出ないようにと助言された。彼らによると、私がどんな発言をしようと裏目に出るだろうということだった。すでにイラン政権の強硬派は外国機関が裏でデモに関わっているというつくり話を広めており、イラン国内の活動家たちもアメリカ政府が支持を表明すればそれが逆に利用されて自分たちの活動の信用が失われるかもしれないと恐れていた。この警告に従わなければならないと感じた私は、無難で、いかにも役所的な声明を承認することにし、イラン国民の意向を反映した平和的解決を促した。「我々は状況全体を注意深く監視しつづける」。「言論と集会の自由に対する普遍的な権利は尊重されなければならない」

暴力がエスカレートするにつれて、私の非難の表現も強まった。とはいえ、こうしたアプローチだけではやはり消極的すぎて、納得がいかなかった。それは残虐な政権への対応が手ぬるいと騒ぎ立てる共和党の声に耳を傾けていたからだけではない。私は大統領になるということについて新たな厳しい教訓を学んでいた――自分の心はいまや、戦略的に考慮しなければならないことや戦術的に検討しなければならないことにがんじがらめにされていて、自分の信念や直観と相容れない考え方に従わなくてはならず、地球上で最も力のある国家のトップに立ちながら、上院議員であった時代よりも、さらには自国の政府によって銃殺された若い女性の姿に心が締めつけられる一市民であったときよりも、言いたいことを言ったり感情に基づいて行動したりする自由をもつことができないという教訓だ。

対話の試みをはねつけられ、イランが混沌とさらなる暴政の渦に没していくなか、私たちは核不拡散戦略のステップ2に移った。国際社会の力を動員し、イランを交渉のテーブルに引きずり出せそうな多国間による厳しい経済制裁を科すのだ。国連安保理はすでにイランによるウラン濃縮活動の停止を求める複数の決議を可決していた。安保理はまた、すでにイランに対する限定的制裁を承認しており、さらにはイラン政権と直接話し合って核不拡散条約を再び遵守させることを目的に〈P5プラス1〉と呼ばれるグループ（五か国の常任理事国――米英仏露中――およびドイツを表す）を結成していた。

問題は、すでに科されている制裁措置が軽すぎるために大きな影響を与えられていないことだった。ドイツなどアメリカの同盟国でさえ、イランとかなりの額の取引を続けていて、さらには同盟国のほぼすべてがイランから石油を購入していた。ブッシュ政権は一方的にアメリカによる制裁を追加していたが、そもそも１９９５年以降、アメリカ企業によるイランとの取引は禁じられていたので、制裁の大部分は象徴的なものにすぎなかった。原油高が続き国家の経済も成長していたイランにとっては、今後も話し合いを継続するという約束以外に何も生み出さないＰ５プラス１との定期的な交渉に応じていさえすれば、それで十分だった。

イランの関心を引くためには、締め付けを強めるようほかの国を説得する必要があった。それは、歴史的にアメリカと対立してきた二つの大国から賛同を得ることを意味する。その二か国は、原則として制裁を好まず、イランとの外交および通商関係が良好で、さらにアメリカの意図に対してはイランとほぼ同じぐらい不信を抱いていた。

１９６０年代から１９７０年代にかけて大人になった私は、冷戦を、当時の国際問題を形づくった現実として思い出せる世代である。冷戦はヨーロッパを真っ二つに分断し、核軍拡競争に火をつけ、世界中で代理戦争を引き起こした。それは子ども時代の私の頭のなかにくっきりとしたイメージをつくりあげた。教科書でも、新聞やスパイ小説や映画のなかでも、ソビエト連邦は自由と専制政治の争いにおける恐ろしい敵として描かれていた。

私はベトナム戦後世代にも属しているが、この世代は自分の国の政府に疑問を投げかけることを学び、マッカーシズムの台頭や、アパルトヘイトを行う南アフリカ政権への支援など、冷戦下のアメリカの思想が本来のアメリカの理想を裏切るのを何度も目にしてきた。そういった認識はあったものの、やはり私にはマルクス主義的全体主義の拡大は封じ込めるべきだと思えた。ただし、善が自分たちの側にのみ存在し、相手側は悪であるとか、あるいはトルストイとチャイコフスキーを生み出した国の人々は本質的に自分たちと違うのだといった考えを抱かないようには気をつけた。代わりに、ソ連体制の悪しき部分は、人類全体にとっての悲劇の一部であると思っていた。抽象的な理論と硬直化した教条主義が混ざり合うと抑圧が生まれ、あまりにも簡単にモラルの低下が正当化されて自由が放棄され、権力が腐敗し、恐怖が増大し、言語の品位が低下する。そういったことはいずれもソ連や共産主義に特有のものではない。人類すべてに当てはまるものだと思ったのだ。鉄のカーテンの裏で繰り広げられる反体制派の勇敢な戦いは、自分たちとかけ離れたものではなく、人間の尊厳を求めてアメリカを含む世界のあちこちで起こっている大きな戦いの一部だと感じられた。

　1980年代半ばにミハイル・ゴルバチョフがソ連共産党の書記長に就任し、ペレストロイカ〔政治・経済・社会制度改革〕とグラスノスチ〔情報公開政策〕という慎重な自由化を導いたとき、私はそれらについて詳しく調べ、新しい時代の幕開けを示しているのではないかと考えた。それからわずか数年後、ベルリンの壁が崩壊し、ロシアの民主主義活動家の力によってボリス・エリツィンが大統領に当選し、古い共産主義の秩序が一掃されてソビエト連邦が解体した。私はそれを単なる西側の勝利ではなく、市民が結集したときの力の証明であり、世界各地の独裁者に対する警告だととらえた。1990年代にロシアを飲み込んだ混乱――経済の崩壊、歯止めのない汚職、右派ポピュリズム、陰で糸を引く新興財閥実業家《オリガリヒ》たち――には戸惑いを覚えたが、自由市場と代議政治への困難な移行を経て、より公正で繁栄した自由なロシアが生まれるはずだと期待した。

　だが、大統領に就任するころには、私はそんな楽観からほぼ抜け出していた。1999年にエリツィンのあとを継いで権力を握ったウラジーミル・プーチンが、マルクス・レーニン主義への回帰に関心を示さなかったのは事実だ（彼はその時代を「過ち」と言ったことさえある）。さらにプーチンは、主に原油価格の上昇によってもたらされた莫大な収入増加のおかげで、国の経済を見事に安定させた。もはやロシアでは、選挙は憲法に従って行われ、資本主義者があちこちに存在し、一般の国民も海外旅行ができ、元有名チェス選手のガルリ・カスパロフのような民主主義活動家も、即座にグラーグ［強制収容所］に送り込まれたりすることなく政府を批判できる。

それでも、プーチン政権下の新しいロシアは、年を追うごとにかつての体制のような様相を帯びていった。市場経済と定期的な選挙がプーチン大統領の手にじわじわと権力を集中させ、有意義な批判が行われる余地を小さくする〝ソフトな権威主義〟を助長していることがやがて明らかになった。プーチンと手を組んだオリガリヒは世界でも有数の富を得た。プーチンから離反した者はさまざまな刑事訴追の対象となり、資産を剝奪され、カスパロフも結局は、反プーチンのデモ行進を指揮したことを理由に数日間投獄された。プーチンの仲間たちは国の主要メディアの支配を任され、残りのメディアもかつての共産党指導者たちに関する国営メディアの報道と同様にプーチンに対して肯定的に報道するよう圧力をかけられた。独立系ジャーナリストや市民団体の指導者はソビエト連邦国家保安委員会（ＫＧＢ）の後身であるロシア連邦保安庁（ＦＳＢ）に監視され、遺体で発見される者もいた。

ただし、プーチンの権力は単純な抑圧のみに頼っていたわけではない。彼の人気は本物だった（国内の支持率が60パーセントを下回ることはほとんどなかった）。それは昔ながらのナショナリズムに根ざした人気といえる。プーチンは、母なるロシアがかつての栄光を取り戻し、多くのロシア人が過去20年間にわたって感じていた混乱と屈辱から解放されるという希望を与えたのだ。

プーチンは自らがかつての混乱を体験しているので、余計そのビジョンを売り込むことができた。コネも特権もない一家に生まれた彼は、赤軍の予備役将校訓練課程、レニングラード国立大学での法学専攻、ＫＧＢでのキャリアと、ソ連のはしごを一段ずつ上ってきた。長年にわたって才能を活《い》かしながら忠実に国家に貢献した結果、ある程度の地位を獲得したが、1989年にベルリンの壁が崩壊すると、人生を捧《ささ》げてきた国家体制が一夜にして瓦解してしまった（当時彼はKGBのエージェントとして東ドイツのドレスデンに駐在しており、その後数日間はファイルの削除に追われ、略奪者を警戒して見張りに立っていたと伝えられている）。それでも彼はソ連崩壊後の現実に素早く対応し、大学時代の恩師でありサンクトペテルブルク［旧レニングラード］の市長になった民主主義改革派のアナトリー・サプチャクに協力した。そうして政界に入ったプーチンはエリツィン政権下で驚異的なスピードで出世し、FSB長官を含むさまざまなポストで権力をうまく利用して味方を選び、歓心を買い、秘密情報を集め、ライバルを倒していった。1999年8月、エリツィンはプーチンを首相に任命した。そしてその四か月後、汚職スキャンダル、健康状態の悪化、一つの伝説ともいえる飲酒問題、壊滅的な経済失政の傷跡などで身動きが取れなくなったエリツィンは、誰もが驚いたことに大統領職を去った。その結果、当時47歳のプーチンが大統領代行となり、それはプーチンにとって、正式に大統領に就任するための三か月後の選挙に向けて快調なスタートとなった（大統領に上りつめたプーチンが最初に行ったことの一つは、エリツィンの不正行為に対して全面的な恩赦を与えることだった）。

無慈悲で抜け目ない人物にとっては、こうした国家の混沌はまさしく贈り物だったのだ。しかしプーチンは、本能的にであれ計算の結果であれ、ロシア国民が秩序を強く求めていることを理解していた。店に空っぽの棚が並ぶ集団農場《コルホーズ》の時代に戻りたいと思う者はまずいなかったが、国民は疲弊し、恐れを抱き、（国内外を問わず）エリツィンの弱みを利用したと思われる人々に対して憤っていた。国民は強い指導者を求め、プーチンは喜んでそれに応えた。

プーチンはイスラム教地域であるチェチェンに対するロシアの支配権を再び主張し、その地の分離主義勢力の残忍なテロ戦術には軍によって容赦なく徹底的に対抗した。また彼は、国民の安全を守るという名目でソビエト式の監視を復活させた。民主主義活動家たちに独裁的傾向を批判されても、西側諸国の手先だとして相手にしなかった。さらに、帝政時代だけでなくソ連時代の栄光の象徴さえも復活させたが、一方で長く弾圧されていたロシア正教会を受け入れた。また、派手な公共プロジェクトを好む彼は、夏に人気のリゾート地、ソチで冬季オリンピックを主催するなど、費用をかけたきらびやかなイベントの開催にも精を出した。10代のインスタグラムユーザーまでも視野に入れ、写真撮影の機会をたびたび設け、わざとらしいほどの男らしさをアピールしながら（シャツを脱いで馬に乗ったりホッケーをしたりなど）、その一方で極端な排他主義や同性愛嫌悪をちらつかせ、ロシアは外国の価値観に感染しつつあると主張した。プーチンの行動すべてが、彼の力強く頼りがいのある指導のもとでロシアが国力を取り戻したというイメージを与えた。

しかし、プーチンにとって一つだけ問題があった。ロシアはもはや超大国ではなくなっていたのだ。ロシアは、アメリカに次ぐ第二位の核兵器保有国であるにもかかわらず、アメリカのように世界中に軍事力を展開する基盤になる同盟国や軍事基地の巨大なネットワークを有していない。経済規模はイタリア、カナダ、ブラジルよりも小さく、ほぼ完全に石油、ガス、鉱物、武器の輸出に依存していた。モスクワの高級ショッピング街は、かつては国家主導で疲弊していた経済が億万長者を次々と生み出せるまでに変化したことの証だが、一般的なロシア人の困窮した生活は、新たな富の恩恵が大衆にはわずかしか行き届いていないことを示していた。さまざまな国際的指標によると、ロシアの汚職と格差のレベルは一部の発展途上国と変わらず、２００９年の男性の平均寿命はバングラデシュよりも短かった。アフリカ、アジア、中南米の若者のなかにはもはや、かつてのように社会改革を目指す戦いにおいてロシアから刺激を受けたり、ロシアの映画や音楽に強いインスピレーションを感じたり、ロシア留学や、ましてロシア移住を夢見たりする者はあまりいない。イデオロギーの基盤という点でも、労働者が結束して鎖から解き放たれるという輝かしい希望を失ったプーチンのロシアには、外界に対して懐疑的で孤立しているイメージがつきまとい、ときに恐れられはしても模範とされる存在ではなくなった。

ロシアが他国に対してますます態度を硬化させる理由は、超大国の権威を失うまいとするプーチンの執着と国家の現状とのギャップなのだろうと私は思った。そして、ロシアの怒りの多くは私たちに向けられていた。プーチンはアメリカの政策に対して公然と批判的な発言をするようになった。たとえば、アメリカがなんらかの決議案を国連安保理に提出すると（特にそれが人権問題に関わるものとなれば）、プーチンはどうにかしてそれを阻止するか、あるいはその効力を薄めようとした。さらに重要なことに、プーチンはいまや独立している旧ソビエト圏の国々をロシアの支配下から逃さないためのアプローチを強化していった——脅迫、経済的圧力、情報操作、選挙工作および親露派の候補者に対する財政支援、あからさまな贈収賄。ロシアの近隣諸国からは外交チャンネルを通じてアメリカに何度もそういう訴えが寄せられた。ウクライナでは、改革派活動家出身でロシアとは対立関係にあったヴィクトル・ユシチェンコが大統領選出馬中に毒を盛られるという事件があった。そして、２００８年の夏には例のジョージア侵攻が起こった。

こうした危険な道のりをロシアはいったいどこまで突き進もうとしているのか。それを測り知るのは難しかった。ジョージア侵攻時、プーチンはロシアの大統領ではなかった。国民からの絶大な支持を誇っていたにもかかわらず、プーチンは大統領の任期を連続二期までと定めるロシアの憲法に従うことを選び、側近だったドミトリー・メドヴェージェフを後継に指名、メドヴェージェフは２００８年に大統領に当選するとすぐにプーチンを首相に任命した。アナリストたちは誰もが、メドヴェージェフはプーチンが再び立候補できる2012年まで大統領の席を温めておくだけの役割だろうとみなした。それでも、プーチンが大統領の座を退くだけでなく、比較的リベラル派かつ親欧米派だと評判の若い人物を登用したことから、彼が少なくとも体裁を気にしているということはうかがえた。さらには、プーチンが最終的には公職を離れて陰の権力者や長老政治家といった立場に落ち着き、新しい世代を指導者の座に就かせながらロシアを再び現代的かつ正当な民主主義へと向かわせることも考えられた。

その可能性はあった。ただ、きわめて低かった。歴史家らによると、帝政時代以降のロシアは、代議政治、近代官僚制、自由市場、国家社会主義といったヨーロッパの最先端の思想を大々的に取り入れては、結局はそのように輸入した概念を軽視あるいは放棄し、社会秩序を維持するために昔ながらの厳しい体制を優先させてきた。ロシアのアイデンティティをめぐる戦いにおいては、たいてい恐怖と諦めが希望と変化を打ち負かした。1000年にわたって厳しい極寒の地で繰り広げられてきた、モンゴルの侵略、ビザンツ帝国の陰謀、大飢饉《ききん》、全土に敷かれた農奴制、抑えのきかない暴政、無数の暴動、血なまぐさい革命、戦争による深刻な打撃、長年にわたる包囲戦の数々、何百万という規模の虐殺などを考えれば、無理もないことだ。

4月のG20サミットでメドヴェージェフから招待を受けた私は、7月、大統領として初のロシア公式訪問のためにモスクワに飛んだ。私の頭にあったのは、米露関係の〝リセット〟、つまり両国の共通の利益に焦点を当てるとともに、一方では違いを認め合って対処していくというアプローチを進めることだった。学校は夏休みだったため、ミシェル、マリア、サーシャも連れて行くことができた。そして、娘たちの世話をする人が必要だという名目（そして、G8サミット出席のためイタリアに移動した際にはバチカンを観光してローマ教皇と謁見の機会も設けるとの約束）のもと、ミシェルは私たちの親しい友人のママ・ケイと私の義理の母を説得して２人にも来てもらうことにした。

娘たちは長旅が平気で、毎年シカゴとハワイを民間機で往復する合計９時間のフライトもまったく苦にしなかった。ぐずったり駄々をこねたり前の席を蹴ったりすることなく、ミシェルが軍隊のように正確なタイミングで与えるゲームやパズルや本に没頭していた。エアフォースワンでのフライトは、娘たちにとっては間違いなくいつもよりグレードアップした経験だった。機内映画の選択肢は多く、本物のベッドが備えられていて、乗務員がありとあらゆる種類のおやつを勧めてくれる。それでも、アメリカの大統領といっしょに海外旅行をするにはいろいろと大変なこともあった。数時間眠ったと思ったら起こされて、新しいワンピースに着替えておしゃれな靴を履き、髪をきっちりとかされ、着陸後すぐに公衆の前に出るのに備えなければならない。タラップを降りるときにはカメラに向かってほほえみ、滑走路に着いたらそこで列を成して待つ白髪交じりの要人たちに自己紹介をする。その際は母親に言われたとおり相手と目を合わせてはっきりと話し、父親がたわいのないおしゃべりに興じているあいだも退屈そうな顔をしないよう気をつけなければならない。その後ようやく、待機する大統領専用車〈ビースト〉に乗り込む。モスクワの高速道路を走る車内で、私はマリアに大丈夫かと尋ねた。マリアはぼうっとしたようすで、その大きな茶色の目は私の肩越しにぼんやりと宙を見つめていた。

「今まで生きてきて一番疲れた気がする」とマリアは言った。

だが、午前中に昼寝をしたおかげで娘たちの時差ぼけは解消したようだった。今でも、モスクワでの家族の時間を昨日のことのようにふと思い出す。赤い絨毯《じゆうたん》が敷かれた壮大なクレムリンの玄関を私と並んで歩くサーシャ、その後ろに続く軍服姿の屈強なロシア人将校たち。サーシャはまるで小さな秘密工作員のように、ベージュのトレンチコートのポケットに両手を突っ込んでいた。〈赤の広場〉を見下ろす屋上のレストランでは、キャビアに初挑戦したマリアが渋い表情をなんとか引っ込めようとしていた（サーシャは私のスプーンに載ったぬるぬるの黒い物体をいつもの彼女らしくきっぱりと拒否した。食べればあとでアイスクリームショップに連れていってあげると言っても聞かなかった）。

しかし、大統領一家としての旅は、家族を連れての大統領選遊説のときとは違った。遊説では、RV車で町から町へと移動しながら、パレードやカウンティフェアに参加するあいだもミシェルと娘たちはいつも私の隣にいた。だが今回、私と家族には別々の旅程が決められており、家族にも専用のサポートスタッフがいて、彼らによる状況報告も直接行われ、公式のカメラマンもついていた。モスクワ初日の終わりにホテル〈ザ・リッツ・カールトン〉で再会して４人でベッドに横になったとき、マリアは、私がどうしていっしょにロシアのダンサーや人形作家に会いに行かなかったのかと尋ねた。ミシェルはマリアに顔を近づけて内緒話をするようにささやいた。「パパは旅行を楽しめないの。一日中つまらない会議に出ないといけないから」

「パパ、かわいそう」。サーシャはそう言うと私の頭を撫《な》でた。

メドヴェージェフ大統領との公式会談の会場はとても印象的だった。クレムリンの敷地内にある宮殿の一つで、金色の高い天井と精巧な装飾品には帝政時代の栄光が残っていた。会談は真摯《しんし》で中身のあるものになった。共同記者会見で私たちは、ジョージア問題とミサイル防衛計画をめぐって根強く続いている摩擦については巧みに言及を避けつつ、多くの〝成果〟を発表できた。成果のなかには、互いが配備する核弾頭の数および兵器の運搬手段を最大で三分の一減らすという、新たな戦略兵器削減条約（ＳＴＡＲＴ）をめぐる交渉に向けた枠組みの合意もあった。ロバート・ギブズ報道官が特に興奮していたのは、アメリカの畜産物に対する禁輸措置の一部解除にロシアが合意したことだった。これは、アメリカの農家や牧場主にとって10億ドル以上の価値をもたらす変化だった。

「国民にとって本当の関心事はこっちですからね」と言って、ギブズは大きくほほえんだ。

その晩は、市内の中心部から数キロほど離れたメドヴェージェフのダーチャ〔ロシア語で「別荘」の意〕でのプライベートディナーに一家で招待された。ロシアの小説に出てくるダーチャのイメージから、大きくても素朴な昔ながらの田舎の住居を想像していた。しかし実際着いてみると、そこは背の高い木々のなかに隠れるようにたたずむ大豪邸だった。メドヴェージェフと妻のスヴェトラーナ（上品な金髪の朗らかな女性で、ミシェルと娘たちはすでにその日の大半を彼女と過ごしていた）に正面玄関で迎えられ、軽く家のなかを案内してもらったあと、庭に出て木造の大きなガゼボ〔西洋風あずまや〕で食事をした。

そのときの会話では政治の話はほとんど出なかった。メドヴェージェフはインターネット技術に強い興味をもっているようで、シリコンバレーについて聞いてきたうえで、ロシアもテクノロジー部門を強化したいと語った。また、私の日々のトレーニングにも関心を示し、自分は毎日30分泳いでいると話した。私たちは法学を教えた共通の経験について語り合い、また彼は、実は〈ディープ・パープル〉などのハードロックバンドが好きなのだと打ち明けてくれた。スヴェトラーナは、13歳の息子イリヤについて、思春期の彼が大統領の息子として世間から浴びる注目にどう対処していくかを心配していた。ミシェルと私はその気持ちがとてもよくわかった。メドヴェージェフは、息子は最終的に海外の大学に行きたがるかもしれないと言った。

デザートを食べ終わった私たちは夫妻に別れを告げ、車に全員が乗り込んだことを確認してから、チームのほかの車とともに列を成して敷地を出た。ギブズとマーヴィン・ニコルソンは敷地内のほかの場所でメドヴェージェフのチームにウォッカのショットやシュナップスでもてなされて心地よく過ごし、翌朝はモーニングコールで起きるのがつらそうだった。私は、暗い車内で眠りに落ちたミシェルの隣で、なんと平凡な夜だったのだろうと驚いていた。食事中に背後で控えめに座っていた通訳者を除けば、アメリカの郊外に住む裕福な一家のディナーパーティーに招かれたかのようだった。メドヴェージェフと私にはたくさんの共通点があった。互いに法学を学び、教え、それから数年後に結婚して家族をもち、政界に足を踏み入れ、抜け目ない年長の政治家たちに助けられてきた。そんな私たちに立場の違いがあるとすれば、どれほどが性格や気質に起因するもので、どれほどが単なる環境の違いによるものなのだろう？　彼と違って私は、政治的に成功したからといって10億ドル級の賄賂や政敵から逃れる必要のない国に生まれたという点で恵まれていた。

翌朝は、モスクワ郊外にあるウラジーミル・プーチンのダーチャに行き、初めて彼に会った。NSCのロシア・ユーラシア上級部長であるマイケル・マクフォール、政治担当国務次官のウィリアム・バーンズ、国家安全保障担当補佐官のジェームズ・ジョーンズも同行した。過去にプーチンと何度かやりとりをしたことがあったバーンズは、先にこちらから長くしゃべらないほうがいいですよと言った。「彼は少しでも軽く扱われることにとても敏感です。向こうのほうが立場が上だというのが彼の考えです。まずは米露関係について向こうの意見を聞き、少し胸の内を吐き出させるのがいいかもしれません」

邸宅の立派な門をくぐって長い私道を進み、玄関の前に車を停めると、そこでお決まりの写真撮影をするためにプーチンが私たちを迎えてくれた。彼の外見はいたって平凡だった。身長は高くなく（体格はレスラー並みだったが）、砂色の薄い髪、高い鼻、淡い色をした注意深そうな目。それぞれの代表団とともに挨拶を交わしていると、プーチンの、くつろいだ振る舞いながらも距離感をうまく保っている話し方に意識がいった。普段から部下や取り巻きに囲まれている者の特徴だ。権力に慣れきった者の。

洗練された物腰のロシア外相で元国連大使でもあるセルゲイ・ラブロフを伴い、プーチンは私たちを広い中庭に導いた。そこには私たちのために卵やキャビア、パンや紅茶などのごちそうが並べられていて、伝統的な農民服と革のロングブーツというでたちの男性ウェイターたちが給仕してくれた。私はプーチンのもてなしに礼を言い、前日の合意による米露関係の進展について述べてから、彼の大統領時代の両国関係について意見を求めた。

プーチンの胸の内に吐き出すものがあると言ったバーンズの言葉は冗談ではなかったようだ。私が質問を終えるか終えないかのうちに話しはじめた彼は、アメリカのせいで彼やロシア国民が受けたあらゆる不平等、裏切り、侮辱について、永遠に続くかと思えるほど長々と詳細に、しかも生々しく語った。また、もともとブッシュ大統領のことは個人的に気に入っていて、9・11後には連絡をし、結束して共通の敵と戦うことを誓い、ロシアがもつ情報の提供を申し出たという。実際にプーチンはアフガニスタン空爆のためにアメリカがキルギスとウズベキスタンの空軍基地の利用許可を得る手助けをした。さらには、アメリカがサダム・フセインに対処する際にも援助してくれた。

その結果、プーチンが得たものはなんだったのか？　ブッシュは彼の警告に耳を傾けるどころか、強引に突き進んでイラクに侵攻し、中東地域全体の情勢を混乱させた。２００１年にアメリカが弾道弾迎撃ミサイル制限（ＡＢＭ）条約からの脱退およびロシアとの国境地帯における迎撃ミサイルシステムの配備を決めたことも、依然として米露関係におけるわだかまりとなっていた。また、クリントン政権およびブッシュ政権が旧ワルシャワ条約機構諸国のＮＡＴＯ加盟を承認したことで、ロシアの〝勢力圏〟は着実に侵食され、さらにジョージア、ウクライナ、キルギスでの〝カラー革命〟［ウクライナのオレンジ革命、キルギスのチューリップ革命など、２０００年代に複数の旧ソ連国家で起こった民主化運動］をアメリカが〝民主主義の促進〟という一見もっともらしい口実のもとに支持した結果、かつてロシアに対して友好的だった近隣国も敵対的な姿勢を見せるようになっていた。プーチンにとってのアメリカは、傲慢で否定的で、ロシアを平等なパートナーとして扱おうとせず、世界中の国々に対して常に条件を押しつけようとする存在である。それらすべてのことから将来の関係を楽観視するのは難しい、と彼は言った。

1時間が予定されていた会談のうち30分が経ったころ、私のスタッフたちがちらちらと腕時計に目をやりはじめた。しかし、私はプーチンの話を中断しないことにした。明らかにこの流れは計画どおりのようだったが、彼の不満は本物だった。メドヴェージェフと継続的に関係を発展させていけるかどうかはプーチンの寛容さにかかっている。そのこともわかっていた。開始からおよそ45分後、ようやくプーチンは用意していたことを言い終わったようだった。私はスケジュールにこだわらずに、一つずつ彼の意見に対して答えていった。私が個人的にイラク侵攻には反対であることをあらためて述べる一方、ジョージアでのロシアの行動については異議を伝えた。すべての国は外部の干渉なしに独自の同盟関係や経済的関係を決定する権利をもつはずだからだ。また、イランのミサイルに対する防衛策として設計した限定的な迎撃システムがロシアの強力な核兵器に影響を及ぼしかねないという考えについては否定しつつも、ヨーロッパでのさらなるミサイル防衛に踏み出す前に見直しを行う計画があることも伝えた。米露関係の〝リセット〟に関しては、二国間の違いをすべてなくすことが目標ではないと説明した。目標は、冷戦時代のやり方を乗り越え、互いの違いにうまく対処して共通の利益を築くことができる、現実的で成熟した関係を確立することだった。

何度か、特にイランの話題になると、会話はやや険悪になった。プーチンは、イランの核開発計画に対する私の懸念を退け、ロシアの強力な長距離地対空ミサイルシステムS300をイラン政府に売却する契約を解除すべきだという私の提案にはいらだったようすを見せた。このシステムは純粋に防御目的で、8億ドル相当の契約を取り消せばロシアの軍需企業の収益と評判のいずれもが危険にさらされるとプーチンは言った。それでも、全体的には、プーチンは私の話に注意深く耳を傾け、結局2時間という長丁場になった会談が終わるころには、関係リセットへの取り組みに対して、熱意とまではいかないとしても、受け入れる姿勢を示した。

「もちろん、すべての問題についてはドミトリーと協力してください」。待機する車列まで私を送りながらプーチンは言った。「今、決定権は彼にあるので」。握手をしたとき、私たちの目が合った。その言葉が疑わしいものであることはお互いわかっていたが、少なくとも今のところ、私にとっては彼から承認を得たとも思える答えだった。

プーチンとの会談により、その日の残りの予定は大きな変更を余儀なくされた。急いでモスクワに戻り、国際ビジネスと金融を学ぶ若くはつらつとしたロシア人学生たちの卒業式でスピーチをした。式の前、舞台裏の控え室で、元ソ連大統領のミハイル・ゴルバチョフと2人で少し話をした。78歳という年齢にもかかわらずがっしりした体格で、トレードマークの赤いあざが頭に広がる彼からは、なぜか悲劇的な人といった印象を受けた。かつては地球上でも有数の権力を誇ったこの人物は、強い情熱をもって改革と非核化に取り組んだことで（たとえ一時的であっても）この世界に壮大な変革をもたらし、ノーベル平和賞も受賞したが、いまやロシア国内では、彼が西側に降伏したと考える人々や、彼を古い共産主義時代の遺物のようにみなす人々からすっかり見下されていた。

ゴルバチョフはリセット計画と核のない世界を目指す私の考えに強く賛成すると言ってくれたが、15分ほど話したところで私のスピーチの時間になり、会話を切り上げなければならなかった。彼はかまわないと言ったが、明らかにがっかりしていた。お互い、公人としての日々の目まぐるしさをあらためて感じた。

その後は、メドヴェージェフやほかの要人たちとクレムリンの宴会場で短めのランチを取ってから、米露のビジネスリーダーたちがさらなる経済協力についてお決まりの意見を交換する円卓会議に出席した。それからマクフォールが企画した米露の市民団体のリーダーが集まる会議に到着するころには、時差ぼけがつらくなってきた。とりあえず席に座ってひと息つき、目の前で話す人たちの発言におとなしく耳を傾けた。

その会議の出席者は私の仲間ともいえる人たちだった――民主化運動家、非営利団体の代表、住宅や公衆衛生、政治参加などの問題に草の根レベルで取り組むコミュニティ・オーガナイザー。彼らはたいてい先の見えない状況で奮闘し、活動を成り立たせるための資金集めに奔走し、活動拠点の街を出る機会はめったになかった。ましてやアメリカ大統領に招待されてこんなに遠くに出かけることなどなおさら例外的な出来事だったはずだ。アメリカ人出席者のなかには、かつて私といっしょにシカゴで地域振興活動に携わった人物もいた。

それは、過去の私と、プーチンとの会話について考えつづける現在の私を並べて比較する機会だったのかもしれない。プーチンの印象について上級顧問のデイヴィッド・アクセルロッドに尋ねられたとき、私は「核兵器と国連安保理の拒否権の問題を除けば、シカゴの区長ぐらいの」不思議な親しみを感じると言った。これは笑いを誘ったが、冗談のつもりで言ったわけではない。実際、プーチンは、かつてシカゴの〈マシーン〉〔非公式の選挙集票組織〕や〈タマニー・ホール〉〔かつてアメリカに存在した民主党関連機関〕を率いていた人たちを思い起こさせた。タフで世渡りがうまく、感情に流されず、自分の知識のレベルを自覚し、自らの経験の狭い範囲内だけで生き、利益誘導や賄賂、脅迫、詐欺、たまの暴力さえも正当な取引手段と考える人間たちだ。彼らにとって、そしてプーチンにとっても、人生はゼロサムゲームだった。部外者と取引はしても、結局信頼はしない。自分の身は自分で守るしかないのだ。そのような世界では、罪の意識のなさも、権力獲得だけを目指すのではない気高い野心を蔑むといった態度も、欠点にはならなかった。それはむしろ、有利に働く。

アメリカでは、抗議活動、進歩的な立法、暴露報道、根気強い権利擁護運動が何世代にもわたって行われた末、そのような野卑な権力の行使に対しては、それを完全に排除できないまでも監視することができるようになった。そういった改革の伝統があったからこそ、私は政治の世界に入ったともいえる。それなのに私は、まさにこの日の午前中、核の惨事や新たな中東戦争のリスクを減らすためとはいえ、ロシアのすべての活動家個人の情報を間違いなく所有し、そのなかの誰であれ好きなときに脅したり投獄したり、あるいはもっと恐ろしいことさえできる独裁者の機嫌を取ったのだ。プーチンが実際に活動家のうちの一人に狙いをつけたら、私はどこまで非難するだろう？　それでプーチンの行動が変わるわけではないとわかっていればなおさらだ。強く非難すれば、戦略兵器削減条約の交渉決裂につながるかもしれない。イランをめぐるロシアの協力も失うかもしれない。そもそも、そうした場合の代償の大きさなど測りようがない。どこにおいても妥協はつきものだ。アメリカ国内においてさえ、政策実現のためにはプーチンとさほど変わらない政治姿勢や、高潔とはとてもいいがたい倫理観の政治家たちと手を結ばなければならないのだから。そう自分を納得させることもできた。だが、それでは何かが違うと感じた。この利害関係においては、利益も損失もあまりに大きいからだ。

私はようやく席から立ち上がり、部屋に集まった人々の勇気と献身を称賛したうえで、民主主義や市民権を求めるだけでなく、仕事、教育、医療、まともな住宅を地域に提供するための具体的な戦略にも焦点を当てるよう促した。さらにロシア人出席者に向けては、アメリカがロシアの問題を代わりに解決することはできないし、すべきでもなく、ロシアの未来はあなたたちが決めることだと述べた。しかし、すべての人間は、基本的人権の尊重、法の支配、自治を求めるものだという信念のもと、私は彼らを応援しているとつけ加えた。

部屋中に拍手が鳴り響いた。マクフォールは満面の笑みを浮かべていた。私は、ときに危険も伴う大変な仕事に取り組む善良な人々を一時的にでも元気づけられたことを嬉しく思った。たとえロシアでも、長い目で見ればそうした努力は報われるはずだと信じた。それでも、プーチンのやり方が認めたくないほどの威力と勢いをもっているという恐怖は、振り払えなかった。今ある世界では、多くの有望な活動家があっという間に自国政府の手によって排斥され、つぶされかねない。そして、彼らを守るために私ができることはほんのわずかしかない。

第20章

ロシアのドミトリー・メドヴェージェフ大統領と次に直接会ったのは、国連総会の年次開会式のために世界中の首脳がマンハッタンに集まった9月下旬だ。〝国連総会（UNGA）ウィーク〟と呼ばれたその期間、私と外交政策チームにとっては睡眠不足と戦いながら障害物競走さながらの72時間だった。セキュリティが強化されて道路も封鎖されたため、ニューヨークの交通状況は普段にも増してひどいことになっていて、大統領車の車列でさえその影響を受けたほどだ。ほぼすべての外国首脳が、私との会談か、国連事務総長との協議、私が議長を務める会議、昼食会、アメリカ主催の歓迎レセプション、そのほか、国連事務総長との協議、自国民にアピールするために少なくとも私との記念撮影を望んだ。その支持を表明すべき理念、仲介すべき案件、用意しなければならないスピーチ原稿も数多くあった。私には、一般討論演説を全世界に対して行うという国連総会での重要な任務が控えていたが、8年間私のスピーチライターをしてくれたベンジャミン（ベン）・ローズとともにようやく原稿を完成できたのは本番の15分前だった。

スケジュールは過酷だったが、イーストリバーを見下ろしてそびえる巨大な白い一枚岩のような国連本部を見ると、いつもと同じく希望と期待に満ちた気分になった。これは母の影響だ。少年のころ、おそらく9歳か10歳ぐらいのとき、国連について母に尋ねたことがある。第二次世界大戦後、さまざまな国の人が集まって互いの違いを平和的に乗り越える場が必要だとして世界各国の指導者が国連の創設を決めた、母はそう教えてくれた。

「人間は動物とそんなに変わらないのよ、ベア」と母は言った。「自分の知らないものが怖いの。ほかの人を恐れ、危険を感じれば、たやすく戦争みたいな愚かなことをしてしまう。国連は、国々が集まってお互いについて学び、お互いをそれほど恐れないための手段なのよ」

　母はずっと、人間には原始的な衝動があるが、最後には理性、論理、進歩が勝つと信じていて、私はそれを心強く感じてきた。母と話したあと私は、国連の活動を『スタートレック』のストーリーに重ね、アメリカ人、ロシア人、スコットランド人、アフリカ人と架空の異星人バルカン人がいっしょに宇宙を探検するようすを想像した。また、ディズニーランドのアトラクション〈イッツ・ア・スモールワールド〉のように、さまざまな肌の色をした真ん丸顔の子どもたちがカラフルな服を着て陽気な曲を歌うイメージも思い浮かんだ。のちに学校の宿題で、１９４５年の国連設立時に調印された〈国連憲章〉を読み、そこに記された国連の使命が母の前向きな考えと一致していることに感銘を受けた。国連の使命について、憲章にはこうある。「戦争の惨害から将来の世代を救い」、「基本的人権（中略）に関する信念を改めて確認し」、「正義と条約その他の国際法の源泉から生ずる義務の尊重とを維持することができる条件を確立し」、「一層大きな自由の中で社会的進歩と生活水準の向上とを促進すること」［邦訳は国際連合広報センターのウェブサイトから引用］。

　いうまでもなく、国連がこれまで常にこの高尚な使命を果たしてきたわけではない。十分に役割を果たせなかった前身の国際連盟と同様に、国際連合が発揮できる力はあくまで、最も権力をもついくつかの加盟国の能力の範囲内にすぎない。重要な決定には、安全保障理事会の常任理事国であるアメリカ、ソ連（のちにロシア）、イギリス、フランス、中国の合意が必要であり、五か国いずれもが絶対的な拒否権を有している。冷戦中、いかなる事項に関しても全会一致の合意が得られる可能性はわずかで、その結果、ソ連の戦車部隊がハンガリーに侵攻したり米軍機がベトナムの田園地帯にナパーム弾を落としたりしても、国連は傍観するしかなかったのだ。

冷戦後も、安保理内の分裂は国連の問題解決能力を奪いつづけた。常任理事国には、ソマリアなど崩壊の危機にあった国家の再建やスリランカなどで見られた民族虐殺の防止を実現するための手段や集団的意思が欠けていた。加盟国の自発的な部隊提供に依存する国連の平和維持活動は、常に人員不足で装備も不十分だった。ときに総会は、駆け引き、偽善、そしてイスラエルへの一方的な非難がはびこる場となった。いくつもの国連機関が汚職スキャンダルで混乱に陥るなか、アヤトラ・アリ・ハメネイのイランやバッシャール・アル・アサド大統領のシリアなど、危険な独裁国家が国連人権理事会の議席を得るべく画策した。アメリカ共和党内では、国連は自国を他国の問題に巻き込む悪しき国際協調主義とグローバリズムの象徴と考えられた。進歩主義者たちは、非道な行為に対する国連の無力さを嘆いた。

だが、そうした数々の欠点があってもなお、私は、国連がきわめて重要な機能を果たしていると信じつづけた。国連の調査や報告を受けて自らの振る舞いを恥じた国々が行動を改善し、国際規範が強化されることもあった。国連による仲介と平和維持活動のおかげで、停戦が実現し、紛争が回避され、人々の命が救われた。80以上の植民地が主権国家になる際にも国連は役割を果たした。国連の諸機関は、何千万もの人を貧困から救い、天然痘を根絶し、ポリオとメジナ虫症をほぼ撲滅してきた。国連の施設内を歩くたびに——絨毯の敷かれた広い廊下で握手を交わしたり手を振り合ったりしている、顔の色も姿形も違うさまざまな人種の外交官や国連職員の横をシークレットサービスの護衛たちとともに通り過ぎながら——、その建物のなかではたくさんの男女が日々大きな試練に立ち向かい、ワクチン接種プログラムや貧しい子どもたちのための学校に対して助成するよう各政府を説得し、少数民族の虐殺や若い女性の人身売買を阻止するために世界を結束させようとしているのだと思い出した。彼らが人生を捧げた信念、そして私の母がもつ信念は、巨大なドーム天井の総会議場に掛けられたタペストリーにこう織り込まれている。

アダムの子らは互いに手足の如く
一つの宝に基づいて造られている
（『薔薇園――イラン中世の教養物語』平凡社刊から引用）

この詩は、イラン文化において最も愛されている人物の1人、13世紀の中世イランの詩人、サアディーによるものだとベンが教えてくれた。国連総会で私がイランの核兵器開発抑止に費やした時間を考えると皮肉に思えた。ハメネイもマフムード・アフマディネジャド大統領もこの詩人の穏やかな感性をもち合わせていなかったようだ。

私の二国間協議の申し出を拒否して以来、イランは核計画を縮小する兆しを見せていなかった。イランの交渉担当官らは〈P5プラス1〉との会議で何度も交渉を引き延ばしたり怒りをあらわにしたりしながら、自国の遠心分離機と濃縮ウランの備蓄は完全に民生目的であると主張した。この主張は疑わしいものだったが、ロシアと中国にとっては安保理による制裁強化の検討を阻止しつづける口実として十分だった。

アメリカはアメリカの目的を追求しつづけ、その結果、二つのことが進展し、それらがロシアの態度に変化をもたらした。まず、核拡散防止の専門家ゲイリー・セイモアが見事に率いた軍備管理チームが、国際原子力機関（ＩＡＥＡ）と協力し、イランの真の意図を探ることを目的とした独創的な案を考え出した。次のような内容だった。イランが国内に備蓄している低濃縮ウランをロシアに送り、ロシアがそれを処理して高濃縮ウランを生成する。次にロシアはその高濃縮ウランをフランスに輸送し、フランスがそれを、イランが主張するところの「合法的かつ民生的なニーズを満たすが軍事利用はできないタイプの燃料」に変換する。この提案はあくまで暫定措置だった。イランの核設備はそのままで、将来的にイランによるさらなる低濃縮ウラン生成を防げるわけではないからだ。それでも現在の備蓄がなくなれば〝ブレイクアウト・キャパシティ〟が最大で1年は延び、より恒久的な解決に向けた交渉のための時間が稼げる。もう一つ重要なのは、この提案ではロシアが実行の鍵を握るパートナーとなるため、イランに関しては考えうる限りの現実的な手段を尽くすというアメリカの意欲をロシアに示したことだ。国連総会でロシアはこの案を承認した。私たちはこれを「ロシアの提案」とさえ呼んだ。つまり、イランが２００９年10月にジュネーヴで開催されたＰ５プラス１会議におけるこの提案を年末になって最終的に拒否したとき、それはアメリカを愚弄するという以上の意味をもった。もはや数少ない擁護者であるロシアを裏切ることになったからだ。

国連総会開催中の非公式会合で私がメドヴェージェフ大統領とロシア外相のセルゲイ・ラブロフに衝撃的な機密情報を伝えると、ロシアとイランのあいだの亀裂はさらに深まる。イランの古代都市ゴム近くの山奥で秘密のウラン濃縮施設の建設が完了しつつあるとわかったのだ。その施設の規模、構造、軍事施設内にあることなどすべてが、イランがその活動を査察と攻撃の両方から守ろうとしていることを示しており、民生用施設という言い分とは食い違っていた。私はメドヴェージェフに、これ以上生半可なやり方を続けるつもりはないので、まずこの証拠を国際社会にも公開すると伝えた。厳しい国際的対応にロシアが合意しなければ、イランとの外交問題を解決するチャンスは失われるだろう。

この報告にロシア側は動揺したようだった。メドヴェージェフはイランの行動を擁護することなく、むしろイラン政府への失望を示し、P5プラス1のアプローチを見直すべきだと認めた。さらに、メディアの前で公にこう述べた。「制裁が生産的な結果を生むことはめったにない。しかし、制裁が避けられない場合もある」。私たちにとってこの発言は嬉しい驚きであり、パートナーとしてのメドヴェージェフに対する信頼度が高まった。

私は、議長を務めた核軍縮問題に関する国連安保理の会合ではゴムの施設の存在を明かさなかった。こうした象徴的な場で話したほうが強い印象は残っただろうが、その前にIAEAやほかのP5プラス1メンバー国にも詳しく説明する時間が必要だった。また、イラク戦争の開戦を前にコリン・パウエル国務長官が安保理会議で行った、イラクの大量破壊兵器をめぐるセンセーショナルな（そして最終的には誤りだと判明した）演説と比較されるのも避けたかった。代わりに、同時期に開催されたピッツバーグでのG20サミットの直前にニューヨーク・タイムズ紙に情報を伝えた。

その影響はあっという間に広がった。メディアはイスラエルがゴムの施設にミサイル攻撃を行う可能性について報道し、アメリカの国会議員たちは即時の行動を求めた。フランスのニコラ・サルコジ大統領とイギリスのゴードン・ブラウン首相との共同記者会見で、私は強力な国際的対応の必要性を強調したが、具体的な制裁についての言及は控えた。メドヴェージェフがウラジーミル・プーチン首相とこの問題を検討する機会をもったあとに発表するほうが、メドヴェージェフを難しい立場に追い込むことを避けられるからだ。引き続きメドヴェージェフの協力が得られるとすれば、彼らにとっては残る外交のハードルは大きなものが一つだけだ。乗り気でない中国政府を説得し、石油の主要な輸入元である国に対する制裁に賛成投票を行わせることである。

「うまくいく可能性はどれぐらいですか?」。国家安全保障会議(NSC)のロシア・ユーラシア上級部長マイケル・マクフォールが聞いた。

「まだわからない」と私は答えた。「戦争を始めるより、戦争を避けるほうが難しいものだな」

7週間後、初の中国公式訪問のためにエアフォースワンが北京に降り立った。私たちは、政府支給のもの以外の電子機器は機内に置いていくとともに、通信が監視されている前提で行動するよう指示された。

中国の監視能力は国外においても際立っていた。大統領選挙中には、私の陣営本部のコンピュータシステムが中国にハッキングされた(私はそれを選挙戦の行方に対するよいサインととらえたが)。中国が遠隔操作であらゆる携帯電話を録音機器に変えられることは広く知られていた。ホテルから国家安全保障にからむ件で電話をかけるためには、部屋を出て、機密情報隔離施設(SCIF)を備えたスイートルームに行かなければならなかった。SCIFとは部屋の真ん中に設置された大きな青いテントで、近くに盗聴器があっても声を拾われないように不気味でサイケデリックな音を常に発している。チームのメンバーのなかには、すべての部屋に巧みに配置されていると考えられる隠しカメラを気にして、着替えるときやシャワーを浴びるときでさえ電気を消している者もいた(ただし、マーヴィン・ニコルソンは、あえて電気をつけたまま裸で部屋を歩きまわっていたという。プライドがそうさせたのか、抗議のつもりだったのかはわからない)。

ときに、中国の諜報機関の大胆さが喜劇のような状況を生んだ。ある日、商務長官のゲイリー・ロックは、準備会議に向かう途中で部屋に忘れ物をしたことに気づいた。部屋に戻ってドアを開けると、ホテルのスタッフがベッドメイキングをしている横で、スーツを着た2人の男性が机の上の書類をめくって中身をチェックしていた。何をしているのかと尋ねると、男性たちは何も言わずにゲイリーの横を通り過ぎて姿を消した。ホテルのスタッフは一度も顔を上げず、ゲイリーが見えていないかのように浴室にタオルを替えに行った。ゲイリーの話を聞き、私たちのチームは誰もが首を振りながらくすくすと笑った。最終的には外交問題を取り扱う部署から正式な苦情が行ったはずだが、のちの胡錦濤国家主席および中国代表団との公式会合の席では誰もこの件を持ち出さなかった。中国とは話し合うべきことがあまりにもたくさんあったので（それに、こちらも中国に対して十分にスパイ行為をしていたので）、余計な騒ぎを起こしたくなかったのだ。

これは当時の米中関係を象徴していた。表面的には、歴代の政権から受け継いだ対中関係は比較的安定しているように見え、ロシアとのような深刻な関係悪化はなかった。私の政権になって以来、ティモシー・ガイトナー財務長官とヒラリー・クリントン国務長官はそれぞれ中国の代表と何度も会い、さまざまな二国間問題に対処するための作業部会を正式に立ち上げた。ロンドンで開かれたG20サミットで私が胡主席と会ったときには、両国にとって利益になる政策を追求しようと話し合った。しかし、優雅な外交辞令の裏には、長年にわたる緊張や不信が潜んでいた。貿易やスパイ活動など具体的な問題だけでなく、中国の再興が国際秩序および世界におけるアメリカの立場にどう影響するかという根本的な問題もからんでいた。

中国とアメリカが30年以上にわたって表立った対立を避けてこられたのは、運によってだけではない。1970年代に経済改革および西側諸国への開放を決断して以来、中国政府は鄧小平の教えを忠実に守り、〝力を隠して好機を待った〟のだ。そうして、大規模な軍事力増強よりも工業化を優先した。低賃金で雇える労働力を探すアメリカ企業に中国への事業移転を呼びかけ、2001年には、それまで歴代のアメリカ政権に働きかけてきたことが功を奏し、アメリカの支持を受けて世界貿易機関（WTO）に加盟した。その後、中国はアメリカ市場で多額の利益を上げることになる。中国共産党は、内政においては厳しい統制を続けたが、国家のイデオロギーを国外に輸出しようとすることはなかった。中国は来るものは拒まずの姿勢で民主主義国家とも独裁国家とも取引を行い、他国の内政問題に口出ししないことの美徳を主張した。自らが主張する土地の領有権が脅かされていると感じれば好戦的な態度に出て、人権問題を西側から批判されればいらだちをあらわにした。それでも、アメリカによる台湾への武器販売など、争いの大きな火種になりそうな問題に対してさえ、中国当局は対立を形式的な範囲に留めるべく最善を尽くした。厳しい表現で書かれた書簡を送りつけてきたり、二国間会議をキャンセルしたりして不快感を示しながらも、問題を大きくしすぎて中国製のスニーカーや電子機器、自動車部品をたくさん積んだ輸送用コンテナがアメリカの港や各地の〈ウォルマート〉〔アーカンソー州に本部を置く世界最大のスーパーマーケットチェーン〕に到着する流れを妨げることがないようには気をつけていたのだ。

この辛抱強い戦略のおかげで、中国は自国の資源を管理しながら、リスクを伴うような冒険的な外交をせずにすんだ。また、国際通商におけるルールのほぼすべてを巧みにかいくぐり、ねじ曲げ、破りつづけていることをごまかしながら〝平和的台頭〟〔胡錦濤政権が掲げた「対外関係を平和的に構築する」という基本理念〕を推し進めることができた。長年にわたり中国は、為替操作やダンピング貿易だけでなく国の補助金も利用して、意図的に輸出品の価格を下げ、アメリカの工業生産能力を低下させた。これは労働基準や環境基準を無視した結果でもある。同時に、輸入割当や禁輸措置などの非関税障壁を設けた。また、アメリカの知的財産の窃取にも関与し、世界のサプライチェーンでプレゼンスを高めるために中国で事業を行うアメリカ企業に主要技術の移転を強要しつづけた。

ただ、こうした行動は中国だけが取ってきたものではない。アメリカから日本に至るまでほぼすべての富裕国は、経済発展におけるさまざまな段階で重商主義的な戦略を採用してきた。そして、中国の観点からいえば、その成果には議論の余地がない。中国という国は、大飢饉で数千万の国民が死亡したあとの一世代だけで世界第三位の経済大国へと成長し、世界の鉄鋼生産の半分近くおよび製造業生産の20パーセントを占め、アメリカ人が購入する衣類の40パーセントを生産するまでになった。

驚いたのは、アメリカ政府の甘い対応だった。1990年代前半、労働組織のリーダーたちはますます公正さを欠いていく中国の貿易慣行について警鐘を鳴らしていたが、かなりの数の民主党議員――特に工業が斜陽化している州選出の議員が、中国を擁護したのだ。共和党にも中国を批判する者はいたが、そうした人々は、アメリカが少しずつ他国に降伏しつつあると考えて怒りを募らせるパット・ブキャナン［アメリカの政治評論家］タイプのポピュリストか、邪悪な共産主義の拡大をいまだ懸念する高齢の冷戦タカ派のどちらかだった。

しかし、クリントン政権からブッシュ政権の時代にかけてグローバル化が過熱すると、中国を批判する声は少数派になった。中国との関係を維持することで得られる利益が多すぎたのだ。アメリカ企業とその株主が人件費削減と利益の急増を魅力的に感じた結果、生産拠点はどんどん中国へと移っていった。アメリカの農家は、大豆や豚肉を購入してくれる中国の新たな顧客を歓迎した。金融系企業は新たに手にした富を投資する中国の富豪たちを歓迎し、拡大する米中間取引に関わる大勢の弁護士、コンサルタント、ロビイストも同じだった。大半の民主党議員が中国のやり方に不満を抱きつづけ、ブッシュ政権は中国に関してＷＴＯに何度か不服申し立てをしたにもかかわらず、私が大統領に就任したときには、外交政策を担当するエリート政治家たちと大口の政党寄付者たちの意見はおおむね一致していた――アメリカは保護主義にしがみつかず、中国の躍進を手本にすべきだというのだ。アメリカがナンバーワンでありつづけたいのなら、アメリカ国民は懸命に働き、貯金をし、子どもたちにもっと数学、科学、工学、そして中国語を教える必要がある、と。

中国についての私自身の見解は、どのグループの見方ともぴったりとは重ならなかった。自由貿易に対する労働組合の拒絶反応には同意できず、グローバル化の流れを完全に逆転させることはインターネットを封鎖することと同じぐらい不可能だと感じた。世界経済への統合を中国に促したクリントンとブッシュの決断は正しかったと思う。歴史を振り返ると、貧しく混沌とした中国は繁栄した中国よりもアメリカにとって大きな脅威だったのだ。何億もの人々を極度の貧困から救った中国の成功は、人類のすばらしい偉業だと思えた。

それでも、国際貿易を操作しようとする中国の戦術がアメリカにあまりにも多くの犠牲を強いてきたことは事実だった。ロボット工学の進歩や自動化もアメリカの製造業の衰退をもたらした大きな原因かもしれないが、中国のやり方は（企業によるアウトソーシングも相まって）このダメージを加速させた。中国製品がアメリカへ一気に流れ込んだことで、薄型テレビの価格は下がり、国全体のインフレも抑えられたが、その代償としてアメリカ人労働者の賃金が下がった。私は彼らの身になり、よりよい取引ができるよう戦うと約束し、その約束を守るつもりだった。

ただし、世界経済が危機に瀕《ひん》するなか、いつどのようにして戦うのが最善であるかを検討する必要はあった。中国は7000億ドルを超える米国債を保有し、外貨準備も巨大だったために金融危機管理において必要なパートナーとなっていた。アメリカおよび世界中の他の地域が不況から抜け出すためには、中国の経済が縮小せず成長しつづける必要があった。アメリカ側からの強い圧力なくして中国が貿易慣行を変えるつもりはなさそうだった。とはいえ、貿易戦争が始まって、世界中を不況に陥らせたり、私が支援すると誓った労働者たちがダメージを被ったりするような事態にしてはならない。

中国訪問の準備段階では、政権スタッフとともに強硬すぎず弱腰すぎないアプローチを可能にする戦略を考えた。まずは胡主席に対して現実的な時間軸で検討し直したい諸問題を列挙する一方、すでに不安定な金融市場をさらに動揺させかねない表立った対立は避ける。そのうえで中国が何も行動に出ないならば、正面から着実にプレッシャーを強めていって報復措置に出る――経済環境がそれほど脆弱でなくなった状況でそれができれば理想的だ。

中国に行動を改善させるためには、中国の近隣諸国からの支援を取りつけることが望ましい。それには努力を要した。ブッシュ政権による中東問題への全面介入に金融危機が加わった結果、アジアの指導者たちはアメリカがアジアに関わることに懐疑的になっていたからだ。また、日本や韓国などアメリカの同盟国は拡大する中国市場にますます依存するようになっていて、中国の機嫌を損ねることに対して慎重だった。私たちにとって一つ好材料となったのは、近年の中国が強い態度に出すぎていて、自分より弱い貿易相手に対して一方的な譲歩を求め、小さいが戦略的に重要な南シナ海のいくつかの島の領有権をめぐってフィリピンとベトナムを脅かしていたことだ。我が国の外交官たちからはこうした強引な戦術に対する憤りが高まっているとの報告があった。また、中国の覇権主義に対する抑止力としてアメリカの継続的な関与がますます望まれているとも伝えられていた。

このチャンスを活かすため、私は日本と韓国への訪問もスケジュールに入れ、シンガポールでは一〇か国からなる東南アジア諸国連合（ASEAN）の会議に出席することにした。このアジア歴訪中に、アメリカとアジアの野心的な貿易協定締結に向けてブッシュ政権が開始した交渉のバトンを受け継ぐつもりだと発表した――北米自由貿易協定（ＮＡＦＴＡ）などの以前の協定では欠落していると民主党や労働組合から不満が上がっていた、労働と環境に関する強制力のある条項をしっかりと含めることを強調して。記者団には、のちに「アジアへの基軸移動《アジア・ピボット》」と呼んだこの方針の目的は、中国の封じ込めや成長を抑え込むことではないと説明した。目的は、アメリカとアジアとのつながりを再確認し、中国を含むアジア太平洋地域の国々がこれほど短期間で大きな進歩を遂げることを可能にした国際法の枠組みそのものを強化することだった。

　中国がそのように受け止めるかどうかは疑わしかったが。

　アジアに赴くのは20年ぶりだった。７日間の歴訪は東京から始まった。そこで私は日米同盟の将来についてスピーチをし、鳩山由紀夫首相との会談では、経済危機、北朝鮮問題、沖縄の米海兵隊基地の移転案について協議した。話し上手ではないが感じのいい鳩山は、日本ではここ3年足らずのあいだで４人目の首相であり、私が就任してからは２人目だった。これは、過去10年間にわたって硬直し、迷走していた日本の政治を象徴していた。その七か月後には彼も首相の座を去った。

　皇居で天皇皇后両陛下にお会いしたのは短い時間だったが、印象は強く残った。70代半ばの小柄な２人は完璧な英語で挨拶してくれ、天皇は西洋のスーツ姿で、皇后は錦織の着物を着ていた。私は敬意を表して深くお辞儀をした。あちこちに伝統的な和装飾が施されたクリーム色の応接室に案内され、お茶を飲みながらミシェルや娘たちのこと、そして日米関係の印象について聞かれた。２人の振る舞いはフォーマルでありながら控えめで、声は雨音のように柔らかく、私は気がつけば天皇の人生というものを想像していた。神とされていた父親のもとに生まれながら、数十年前に大日本帝国が壮絶な敗北を喫して以来、象徴的な存在であることを強いられるのは、いったいどんな感覚だろう。皇后の生き方にもとても興味を惹かれた。裕福な実業家の娘として生まれ、カトリック系の学校で学び、大学では英文学を専攻した彼女は、２６００年とされる皇室の歴史において初の民間出身の皇太子妃となった。その経歴は日本国民には愛されたが、姻戚とのあいだには緊張を生んだと言われている。最後に皇后は自らが作曲したピアノ曲を贈ってくれて、孤独に襲われるときがあっても愛する音楽と詩のおかげで乗り越えられたのだと、驚くほど率直に語ってくれた。

のちに、ホストとして出迎えてくれた年長の日本人に私がお辞儀をしたことに対して、アメリカの保守派コメンテーターが騒いでいたことを知った。ある無名のブロガーが「アメリカという国家への反逆だ」と言うと、その言葉は大手メディアで取り上げられてたちまち広まった。これを聞いて私は、数々の公務に追われる天皇と、年を重ねた上品な美しさと憂いを帯びたほほえみをたたえる皇后の姿を思い浮かべた。一方、アメリカでは、いったいいつの間にこれほど多くの保守派が正気を失うほどの恐怖と不安に支配されてしまったのだろうと思った。

私は東京からシンガポールに飛び、ＡＳＥＡＮ一〇か国の首脳と会った。私の出席は論議を呼びかねなかった。ＡＳＥＡＮ加盟国のミャンマーは40年以上も残忍で抑圧的な軍事政権に支配されており、クリントンもブッシュもミャンマーが加盟国である限りＡＳＥＡＮ会議への出席を断っていた。しかし私には、一か国に対する非難を示すために東南アジアの九か国を遠ざけることにはあまり意味がないと思えた。そもそもアメリカは、ベトナム、ブルネイなど、民主主義国家の模範とはいい難いＡＳＥＡＮ諸国との友好関係を維持していたのだから。ミャンマーに対してはすでに包括的な制裁措置を講じていた。これ以上の影響を政権に与えたいなら、話し合いへの意欲を示すのが最善だろうと判断した。

ミャンマーの首相はテイン・セインという名の小柄で穏やかな将軍で、結局軽く握手をした以外にこれといったやりとりはなく、特に波紋は生まなかった。再び友好関係を築こうとするアメリカのメッセージに対してＡＳＥＡＮの首脳たちは熱意を示し、アジアのメディアは私の子ども時代とこの地域に結びつきがあることを強調した。そのようなバックグラウンドのあるアメリカ大統領は初めてで、地元の屋台フードを好み、インドネシアの大統領にインドネシア語で挨拶できることからもそのルーツは明らかだ、と報じられた。

実際、私が覚えているインドネシア語は簡単な挨拶とメニューの注文の仕方ぐらいだった。とはいえ、長らく土地を離れていても、東南アジアの気だるく湿った空気、かすかに漂う果物とスパイスの匂い、どこか抑制しているような人々のやりとりは、驚くほど懐かしく感じられた。だが、大きな並木通り、公営の広い公園、高層のオフィスビルといった景観のシンガポールは、子ども時代の記憶のなかのこぎれいな元イギリス植民地とは違っていた。１９６０年代にはすでに、シンガポールはアジアの成功例の一つだった。マレー系、インド系、中国系の国民が暮らす都市国家であり、自由市場政策、効率的な行政運営、汚職の少なさ、行きすぎなほど厳格な政治および社会統制のおかげで、外国からの投資が集まっていた。アジア全体のグローバル化と各国の成長傾向もシンガポールの経済拡大に拍車をかけた。スーツ姿のビジネスマンや最新のヒップホップファッションに身を包んだ若者で賑わう高級レストランやデザイナーショップが映し出す富のイメージは、もはやニューヨークやロサンゼルスにも匹敵していた。

ある意味でシンガポールは例外だった。ほかのＡＳＥＡＮ諸国のほとんどは、依然としてさまざまなレベルの貧困に苦しみ、民主主義と法規範に対する関心の程度もかなりばらばらだった。だが、そうしたなかでも共通点と思えたことの一つは、それぞれの自国に対する考え方の変化だった。国家元首、実業家、人権活動家など、私が話した人たちはみなアメリカの国力をいまだ尊重していた。

しかし、もはや西洋が世界の中心であって自分たちはいつまでも脇役だなどとは思っていない。かつて自分たちを植民地支配した国とはいまや少なくとも対等で、地理的条件や人種のために国民の夢が断たれることはもうないと考えている。

私にとってこれはよいことで、すべての人間の尊厳を重んじるアメリカの信念とつながるものであり、アメリカが昔から世界に対して約束してきたことが実現したともいえた。私たちの先例に倣い、経済を自由化すれば、きっとあなたの国の政府も、そしてあなた自身も、私たちのように繁栄を手に入れられると約束してきたのだ。日本や韓国をはじめ、ＡＳＥＡＮ諸国のなかにもアメリカの主張を信じる国が増えていた。これらの国々が公正な振る舞いを続けるよう注視していくこと、つまりアメリカと同じぐらいに市場を開放し、継続的な発展が労働者からの搾取や環境破壊によって成り立っているものではないという状況を注視していくことは、アメリカ大統領としての私の役目だった。これらの国々が公平な競争の場でアメリカと競い合う限り、私たちにとって東南アジアの進歩は決して恐れることではなく、むしろ歓迎すべきものだと思った。保守系の批評家にはこうした私の外交方針が許せなかったのだろうか？　だから日本の天皇にお辞儀をしただけであれほどの怒りを買ったのか？　今でもよくわからない。いずれにしても、世界が私たちに追いついてきていることに対して、私は彼らのようには恐れていなかったのだと思う。

中国で最初に訪れた街、上海は、シンガポールを極端にしたような街だった。２０００万の人口でごった返し、店や交通機関や建設用クレーンがあちこちにひしめく、喧騒《けんそう》に満ちた近代的な大都市だ。世界中に輸出される商品を積んだ巨大な貨物船が黄浦江《こうほこう》を優雅に行き交っていた。河沿いの広い遊歩道を歩く人々はときおり立ち止まり、夜にはラスベガスと同じぐらいの輝きを放つ未来的な超高層ビル群をうっとりと見上げている。アメリカ代表団および米中のビジネスリーダーを招いて華やかな宴会場で開かれた昼食会は、上海市長（新進気鋭の共産党員だが、オーダーメイドスーツを着た姿と軽快で洗練された雰囲気は、なぜかディーン・マーティン〔アメリカの俳優、歌手、コメディアン〕を思い起こさせた）が全力を挙げて企画したもので、〈ザ・リッツ・カールトン〉での豪華な結婚式に出てきそうな珍味やそれらに合わせたワインが振る舞われた。いつも誠実な私の秘書《ボディーマン》、レジー・ラヴが最も感銘を受けていたのは、接客スタッフがすべて、優雅な白いドレスに身を包んだモデルのように細くて長身の若い女性だったことだ。

「共産主義者にはとても見えない」と言ってレジーは首を横に振った。

　このような富の誇示と中国が公に掲げるイデオロギーとのあいだの矛盾は、同じ日に対話集会で数百人の大学生と交流したときには見られなかったものだ。私が通常はあらかじめ台本を用意しないことを警戒した中国当局は、上海でも有数の名門大学から参加者を厳選した。学生たちは礼儀正しく熱意もあったが、他国での集会で若者からよく出るような、探りを入れる突飛な質問はほとんど出なかった（「米中の都市間の緊密な関係を深めるためにどのような方策を講じますか？」。最も大胆な質問でもこの程度だった）。共産党がすべての質問を事前に選別したのか、賢い学生たちがわざわざトラブルを起こすようなことを口にしなかっただけなのかはわからない。

　集会の最後に一部の学生と握手をして話をしたが、少なくとも彼らの強い愛国心はすべてがうわべだけというわけではないと感じた。若い彼らは、文化大革命の恐怖を体験したこともなければ、天安門広場での弾圧をその目で見てもいない。そういった歴史は学校では教えられず、親からも聞いていないのではないかと思った。政府によるウェブサイト閲覧制限に不満をもった学生がいたとしても、検閲組織による取り締まりは、漠然とした重圧ぐらいに感じていたのではないだろうか。

アメリカの郊外に住む中間層の白人の子どもにとっての刑事司法制度と同じぐらい、自分個人の経験からはかけ離れたものとしてとらえているのだろう。この学生たちが生まれた後の中国では、政府の政策によって彼らと家族の生活はどんどんよくなった。その一方で、少なくとも遠くから見る限り、西洋の民主主義国家は進歩のないまま国内の不和と非効率的な経済にさいなまれているように思えた。

国内の成長率が下がって物質的な欲求が満たされなくなるか、ある程度経済が安定した結果、GDPの数値以上の何かが欲しくなるか、どちらになるかはわからないものの、中国の学生たちの考えはいずれ変化するだろうと考えたかった。しかし、そのような変化が訪れる保証はない。実際、中国の経済的成功により、その権威主義的資本主義というシステムは、上海だけでなくあらゆる発展途上国の若者にとって、欧米式の自由主義に代わる有望な体制に見えていた。彼らが最終的にどちらの体制を選ぶかによって、次の世紀の地政学が大きく変わるだろう。この新しい世代の心をつかめるかどうかは、人権に基づいた多元的なアメリカの民主主義体制は今でも生活水準の向上を約束できると示す自分の能力にかかっているのだと痛感しながら、私は対話集会をあとにした。

北京は上海ほど派手な街ではなかったが、空港を出て走る車の中から見えたのは、新しい高層ビルが30キロ以上と思えるほどの距離に延々と立ち並ぶ光景だった。まるで一晩のうちにマンハッタンが一〇都市、建設されたかのようだった。ビジネス街と住宅街を抜けて街の中心部に着くと、政府の建物と見事な記念碑がいくつも現れた。いつもながら、胡錦濤主席との会談は眠気を誘う時間だった。話題がなんであれ、彼は用意した分厚い書類を読み上げ、そのあとに事前に準備されていたらしい英語訳を聞かされるのだが、通訳の言葉はなぜかいつも、もとの彼の発言より長かった。私が話す番になると、彼は書類をめくって側近が準備した返答を探す。たまに個人的な話や冗談を挟んで変化をつけようとしても（巨大な柱が並ぶ人民大会堂が1年足らずで建てられたことを知って、「請負業者の名前を教えてください」と言ってみた）、たいていは無言で見つめ返されるだけだった。手持ちの書類を交換して手隙のときに読むほうがお互いの時間を節約できるのではないかと何度も提案したくなった。

それでも、胡錦濤との会談のおかげでアメリカにとって優先すべき検討事項がはっきりした。経済危機への対処、北朝鮮の核計画の監視、南シナ海における領有権問題の平和的解決、中国の反体制派に対する扱い、イランに対する新たな制裁といった事項だ。イランへの制裁については、意味のある外交措置がなされなければアメリカあるいはイスラエルによってイランの核施設を攻撃せざるをえなくなるかもしれず、そうなれば中国への石油供給に大きな悪影響を与えかねないと警告することで、中国の自己利益に訴えた。予想どおり胡は制裁に熱心ではなかったが、彼の身振りに変化があったことと、大臣たちが猛然とメモを取っていたことから、メッセージの深刻さはある程度は伝わったようだった。

翌朝に温家宝首相と会ったときも、私は貿易問題について単刀直入に切り出した。温は地位こそ胡よりも低いが、経済に関する意思決定の鍵を握っていた。胡と違って、温は書類を見ずに意見交換することに抵抗はないようで、中国の通商政策についてははっきりと正当性を主張した。「これはわかってください、大統領。上海と北京の繁栄をご覧になったかもしれませんが、中国はいまだに発展途上国です。人口の三分の一、つまりアメリカの全人口より多くの者たちが依然として深刻な貧困状態にあります。高度に発展したアメリカ経済に適用されるのと同じ政策を中国が採用するとは期待しないでください」

つまり、彼は、中国の成長は目覚ましいが、平均的な世帯、特に大都市以外に住む人たちは、最貧困層を除くすべてのアメリカ人よりもいまだ収入は低いと言いたいのだ。私は、封建主義から情報化に至るまであらゆる性質が入り混じる経済を統合しながら、北米と南米の両大陸を合わせた規模の人口の需要を満たすだけの雇用を生み出さなければならない温の立場に身を置いて考えてみようとした。もっとも、温を含む共産党の高官たちが、常習的に国有企業との契約や営業免許を自分の親族に与え、数十億ドルを外国の口座に蓄財しているということを知らなければ、もっと共感できただろう。

そこで私は、米中間の貿易不均衡が巨大化した現状では、アメリカはもはや中国の為替操作やその他の不公正なやり方を見過ごすことはできないと伝えた。中国が方向転換を始めなければ報復措置も辞さないと温に言ったのだ。これを聞いた温は別のアプローチに出て、アメリカが中国にもっと購入してほしい製品を挙げてくれれば対応を考えると提案してきた（特に、国家安全保障上の理由から中国への輸出を禁止していた軍事およびハイテク製品の輸入について熱心だった）。それに対して私は、必要なのは断片的な譲歩ではなく構造的な解決策だと説明した。温とのやりとりは、世界の二大経済国による貿易政策の交渉というより、まるで露店での鶏の価格をめぐる値切り交渉のように思えた。温ら中国のトップ層にとって、外交政策は純粋な商取引なのだとあらためて思い出した。彼らがどれだけを譲ってどれだけを得るかは、国際法という抽象的な原則ではなく、相手側の権力と影響力をどれほどと見積もるかによって決まるのである。そして相手からの抵抗がなければ、自国の利益を追いつづける。

北京での初日は公式晩餐会で締めくくられた。晩餐会では中国の伝統芸能である京劇なども上演された。チベット族、ウイグル族、モンゴル族のグループによる舞踊メドレーや（司会者は、中国ではすべての少数民族が尊重されていると言った。参考までにといった雰囲気で述べられたその言葉を、政治犯として服役する数千人のチベット族とウイグル族が聞いたらさぞや驚いたことだろう)、人民解放軍交響楽団によるスティーヴィー・ワンダーの『心の愛』のオーケストラ演奏もあった(「お気に入りのアーティストだと伺っています」と、胡が私のほうに顔を近づけて言った)。昼夜逆転の時差のなかで5日間移動しつづけていた私たち訪問団は、もはやみんなガス欠寸前だった。隣のテーブルでは、国家経済会議委員長のローレンス・サマーズが頭をのけぞらせた状態で口を開けたまま眠りこけていた。それを見たスピーチライターのジョン・ファヴローは仲間たちにこうメールした。「誰かさんには追加の刺激策が必要みたいだ」

翌日、ローレンスを含む全員が、時差ぼけのだるさを気合いで乗り越えて〈万里の長城〉を訪れた。その日は寒く身を切るような風が吹き、太陽は灰色の空に透かし絵のようにぼんやりと浮かび、山の背に沿ってうねる急勾配の石の城壁を登るあいだ、みな口数は少なかった。ガイドの説明によると、万里の長城の建設が始まったのは紀元前200年ごろだが、私たちが立っている部分は15世紀の明《みん》朝時代にモンゴル族と満州族の侵入を防ぐために造られたとのことだった。それから数百年経った今も城壁は残っている。これを聞いたレジーが、最終的に明朝はどのようにして滅びたのかと私に聞いてきた。

「内乱だよ」と私は答えた。「金持ちが欲深くなり、貧しい層のことなど気にかけなくなったせいで、権力闘争やら汚職が見られたり、農民が飢えたりしたんだ」

「つまり、よくある話ですね」とレジーは言った。

私はうなずいた。「よくある話だ」

大統領をしていると、何か計画を立てるときの時間の感覚が以前とは変わる。努力がすぐに実を結ぶことはめったになく、取り組むべき問題のほとんどは規模が大きく、さまざまな要因がからんでいるからだ。やがて、小さな段階に分けて進歩を測れるようになる。その一つの段階でさえ到達するのに数か月かかることもあり、いずれも世間の注目を集めるものではない。そして、最終的な目標が達成されることがあったとしても、それには1年、2年、あるいは任期が丸ごとかかるかもしれないという事実を受け入れられるようになる。

これに最も当てはまるのが外交政策のプロセスだ。だからこそ、2010年の春に主要な外交活動の成果が見えはじめたときには、とても安心した。ティモシー・ガイトナーの報告によると、中国は静かに通貨の切り上げに動いていた。4月、私は飛行機で再びプラハを訪れ、ロシアのメドヴェージェフ大統領と新戦略兵器削減条約（新START）の調印式を行った。この条約により、双方の核弾頭配備数が三分の一に削減され、遵守を確認するための厳格な検証措置も導入されることになった。

そして6月、ロシアと中国の賛成投票もあって国連安保理は決議第1929号を採択し、イランに前例のない制裁を科すことになった。制裁の内容には、イランに対する武器の販売禁止、イランの銀行による新たな国際金融活動の停止、イランの核兵器計画拡大に寄与する恐れのあるあらゆる商業活動を広範に禁じる命令などが含まれた。イランが完全なダメージを受けるまでに数年はかかるだろうが、アメリカによる独自の新たな制裁も相まって、イランがこちらの提案する交渉に合意するまでその経済活動をストップさせるための手段ができた。また、私にとっては、核問題はアメリカとイランの軍事対立を正当化する便利な口実だと考える、イスラエルをはじめとする国々の人と話をする際に忍耐を求めるための強力な論拠となった。

ロシアと中国の協力を取りつけられたのは、私たちのチームの努力の成果だった。ヒラリー・クリントンとスーザン・ライス国連大使は計り知れないほどの時間を費やして、ロシアと中国の代表をおだててはご機嫌を取り、ときには脅しをかけた。マクフォール、ウィリアム・バーンズ政治担当国務次官、ゲイリー・セイモアもそれぞれが戦略面および技術面において不可欠な支えとなり、おかげでロシアと中国の交渉担当者から出るどんな反対意見にも対処、あるいは論破できた。そして、私とメドヴェージェフの関係が、制裁を最終的に実施するうえで決定的な役割を果たした。首脳会談に出席するときには、お互い時間をつくって交渉の行き詰まりを打破すべく話し合った。安保理の投票日が近づいてくると、週に一回は電話で話していたと思う（長く話していると、一度彼は「耳が痛くなってきたね」と冗談を言った）。ロシアとイランのあいだには長年にわたる結びつきがあり、新たな制裁が実施されればイランと関わりの強いロシアの兵器製造企業が大きな損失を被ると思われることから、バーンズとマクフォールはメドヴェージェフの行動にも限界があると考えたが、メドヴェージェフは何度もその想定を超えてきたのだ。安保理の投票日である6月9日、メドヴェージェフはイランへのS300ミサイル売却中止を発表する。彼の以前の立場だけでなくプーチンの立場をも覆したその決定に、私たちはまたもや驚かされた。アメリカは、ロシアの損失の一部を相殺するため、イランに武器を売却していたロシア企業のいくつかに対してすでに科していた制裁を解除することに合意した。また遅まきながら、ロシアのWTO加盟をめぐる交渉の迅速化も約束した。メドヴェージェフは、イランに関して私たちと連携することによって、大統領としての任期を費やしてアメリカといっそう緊密な関係を築いていく意欲を示した。将来的にはほかの国際問題についても協力が期待できるという強い兆しだった。「途中でプーチンの邪魔が入らない限りは」。私はラーム・エマニュエル首席補佐官に、そう言った。

制裁措置の採択、新STARTの締結、中国の貿易慣行改善の動き――いずれも世界を変える大勝利とはみなされなかった。たしかに、ノーベル賞ものの偉業ではない（八、九か月早く実現していたなら、もう少し堂々とノーベル賞を受け取ることができていたかもしれないが）。これらはせいぜいが成功に必要となる基本要素にすぎず、長く先の見えない道のりの第一歩だった。私たちは核のない未来をつくれるのだろうか？　中東の新たな戦争を防げるだろうか？　手ごわいライバルと平和的に共存する方法はあるのか？　答えは誰にもわからなかったが、少なくともこのときは前に進んでいると思えたのだ。

第21章

ある日の夕食時、トラはどうするの、と娘のマリアに聞かれた。

「どういう意味だい？」

「私の一番好きな動物だって知ってるでしょ？」

数年前、クリスマス恒例のハワイへの帰省中、私の妹のマヤが当時4歳のマリアをホノルル動物園に連れていってくれた。ダイヤモンドヘッド近くのカピオラニ公園の一角にたたずむ、小規模だが魅力たっぷりの動物園だ。私は子どものころ何時間もそこで過ごし、バニヤンツリーに登ったり、芝生の上を歩くハトに餌をやったり、かやぶき屋根の上にいるテナガザルに向かって吠《ほ》えたりしていた。マリアはその動物園で一頭のトラをとても気に入り、マヤにギフトショップで小さなトラのぬいぐるみを買ってもらった。大きな肉球に丸い腹をして、モナリザのように謎めいた笑みを浮かべるその〝タイガー〟は、やがてマリアにとって肌身離さず持ち歩く大切な存在になった。ホワイトハウスに連れていくころには、こぼした食べ物で汚れ、旅行先で何度か置きざりにされかけ、繰り返し洗われ、やんちゃないとこによって一度誘拐までされたタイガーの毛並みは、だいぶくたびれていた。

私もそのタイガーには情が移っていた。

「あのね」とマリアは続けた。「学校の課題でトラについてのレポートを書いたんだけど、人が森の木を切り倒してるせいでトラは棲《す》むところをなくしてるんだって。地球は環境汚染で温暖化してるから、余計に棲む場所が減ってる。それなのに、トラを殺して毛皮や骨とかを売ってる人もいる。だからトラは絶滅しちゃいそうなの。そんなのひどい。パパは大統領なんだから、トラを助けるべきだよ」

サーシャも入ってきて、「どうにかしなきゃ、パパ」と言った。

ミシェルに目を向けると、肩をすくめて「あなたは大統領でしょ」と言われた。

私の正直な気持ちはといえば、幼い娘たちが地球の環境を守るための大人たちの責任をためらいなく指摘したことが嬉しかった。私は生まれてからずっと都市部で暮らしてきたが、最高の思い出の多くは自然と関係している。そのうちの一部は、ハワイで育ったからこそ得られた経験だ。あの土地に住んでいれば、緑豊かな山林のなかを歩くハイキングや、ターコイズブルーの波間を切るようにボートを走らせる午後は、玄関を出たらすぐに手に入る日常だ。それは、まったくお金がかからず、誰のものでもなく、誰にでも開かれた娯楽なのだ。インドネシアでは、鼻が泥だらけの水牛の視線を集めながら棚田を走るうちに、広々とした自然がいっそう好きになった。20代のころの旅行を通してもその気持ちは強まった。当時はまだ気楽な身分で安宿に泊まることも平気だったおかげで、〈アパラチアン・トレイル〉を踏破したり、カヌーでミシシッピ川を下ったり、タンザニアのセレンゲティ国立公園の平原から昇る朝日を見たりする機会をもてた。

私の自然界への親しみには母の影響もある。植物の葉脈、せっせと働くアリたちの巣、青白い月の輝き――その壮大なデザインのなかに存在するつつましい奇跡は、母のなかに信仰心に近いものを呼び起こした。母は幼いマヤと私に、人間が身勝手に都市を建設し、石油を掘り、ゴミを捨てることでもたらされる害についてよく語っていた（「あのキャンディの包み紙を拾いなさい、ベア！」とよく言われたものだ）。また、たいていそうした害を被るのは、住む場所を選ぶ余裕がなく、汚染された空気や水から身を守ることのできない貧しい人々なのだとも教えられた。

そのように環境保護主義者の精神をもっていたとしても、母がそう自称していたという記憶はない。母は働くようになってからほぼずっとインドネシアに住んでいたからだと思う。インドネシアでは、飢餓などの差し迫った問題に比べれば汚染問題はかすんで見えた。発展途上国で苦しい生活を送る多くの村人にとって、石炭火力発電所や煙を噴き出す工場が一つでも増えることは、むしろ収入が増えてきつい労働から解放される最大のチャンスでもあったのだ。彼らからすれば、自然の原風景や珍しい野生生物の保護は、西洋人だけが心配する、いわば贅沢な悩みだった。

「人間を無視して森を救うことはできない」と母はよく言っていた。

この考え、つまり、ほとんどの人にとって、環境への懸念は最低限の物質的なニーズが満たされて初めて生じるのだという考えは、私の頭からいつまでも離れなかった。それから何年も経ち、コミュニティ・オーガナイザーとなった私は、公営住宅の住人を集めてその地域のアスベスト除去を要求する手助けをした。州議会議員として連邦議会上院選に立候補したときは、自然保護有権者連盟の支持を得られるほどに〝グリーンな〟候補だった。上院議員になってからは、さまざまな汚染防止法の規制を弱めようとするジョージ・W・ブッシュ政権を批判する一方、五大湖保護の取り組みを支援した。しかしその時点では、政治家としてのキャリアのどの段階においても環境対策を自分の看板として掲げたことはなかった。環境問題を重要視していなかったのではなく、労働者階級が中心の私の地元選挙区の有権者にとって、大気汚染や産業排水の問題は、住居、教育、医療、雇用の改善より優先されるものではなかったからだ。私は、森についてはほかの誰かが心配するだろうと考えていた。

ところが、重くのしかかる気候変動の現実が私のそうした姿勢を変えた。発電所、工場、自動車やトラック、飛行機、産業規模の畜産、森林伐採など、経済成長と近代化を象徴するあらゆる要素によって二酸化炭素やその他の温室効果ガスが増えつづけるにつれ、最高気温の記録が更新されていき、１年、また１年と将来的な見通しが暗くなっているようにさえ思えた。大統領選に立候補したときには、排出削減のための大胆な国際協調行動がなされなければ地球の気温が数十年以内にさらに摂氏で２度上昇する運命にあることは、科学界全体の常識とされた。気温がその水準を超えれば、氷床融解と海面上昇の加速が起き、もはや取り返しのつかない異常気象が地球を襲いかねない。

急激な気候変動による人的被害を予測することは難しかった。しかし、最も合理的とされる予測では、沿岸域での深刻な洪水、干ばつ、山火事、ハリケーンという地獄のような組み合わせによって多くの人々が住む場所を失い、ほとんどの国の政府はそれに対処する能力がないという。さらにこれによって、世界的な紛争や昆虫媒介性の感染症が起きるリスクが増大する。文献を読みながら、耕作可能な土地を探してひび割れた地球を亡霊のようにさまよう集団や、あらゆる大陸を定期的に襲うハリケーン・カトリーナ級の大災害、さらに、海に飲み込まれた島国を思い浮かべた。ハワイ、アラスカの大氷河、ニューオーリンズの街はどうなってしまうのだろう？　マリア、サーシャ、そして将来生まれくる孫たちが今よりも過酷で危険な世界に住み、子ども時代の私にとって当たり前だったすばらしい光景の多くが見られない未来を想像した。

私は、自由社会のリーダーでありたいと願うなら、選挙活動においても大統領になってからも、温暖化対策を優先事項にしなければならないと決意した。

だが、どうすればいい？　気候変動は各国の政府がうまく対処できない問題として知られている。それでも、将来ゆっくりと訪れるその危機を防ぐために、政治家たちは厄介でコストが高く人気のない政策を〝今〟導入しなければならない。地球温暖化について国民に広く理解させる啓蒙活動が認められてノーベル平和賞を受賞し、その後も温暖化抑制のために戦いつづけているアル・ゴア元副大統領のような将来を見据えられる数少ないリーダーのおかげで、世間の意識は徐々に高まった。特に、進歩的な考えをもつ若い有権者は呼びかけに応えて行動を起こした。しかし、民主党系の大手利益団体、特に大規模な労働組合は、メンバーの雇用を脅かしかねない環境対策にはことごとく抵抗した。また、大統領選の選挙活動開始時に実施した世論調査では、民主党支持の有権者の大半が懸念事項リストのなかで気候変動を最下位近くにランク付けした。

共和党支持の有権者はさらにその傾向が強かった。かつては両党が政府による環境保護活動を支持した時代もある。たとえば、リチャード・ニクソン大統領は民主党支配下の議会と協力して1970年に環境保護庁（ＥＰＡ）を設立した。ジョージ・Ｈ・Ｗ・ブッシュ大統領は1990年に大気浄化法の強化に動いた。しかし、そんな時代はすでに遠い昔だ。政府の環境保全活動によって石油掘削業者、鉱業関係者、開発業者、牧場主が長いあいだ苦しめられていた南部と西部に共和党の支持基盤が移るにつれ、党は環境保護を党派間争いの新たな材料にした。保守系メディアは、気候変動は雇用を削減させるだけのデマにすぎず、過激な環境保護主義者による想像の産物であるかのように報道した。大手石油企業は、気候変動に関する事実関係をうやむやにすることに熱心なシンクタンクや広報企業のネットワークに数百万ドルをつぎ込んだ。

父親とは対照的に、息子のジョージ・Ｗ・ブッシュ大統領と政権メンバーは地球温暖化の兆候を軽視し、政権の前半期においてはアメリカは世界最大の二酸化炭素排出国であったにもかかわらず、温室効果ガス削減のための国際的な取り組みに参加しようとしなかった。共和党議員たちに関しては、温暖化の原因が人間にあることを認めただけで共和党の熱心な支持者《アクティビスト》から眉をひそめられた。温暖化に対処するための政策変更を提案すれば、強力な敵をつくりかねないのだ。

「私たちは中絶反対派の民主党員のようなものです」。かつて同じ時期に上院に在籍した元共和党員で、環境保護法案に賛成投票をしたとみなされている人物は、あるとき、悔しそうに私に言った。「絶滅危惧種ですよ」

こうした状況を踏まえ、選挙戦では票を失いすぎないように気をつけながらできる限り環境問題にフォーカスした。私は選挙戦序盤から温室効果ガス削減のための野心的な「排出権取引」制度を支持していたが、将来の対立勢力にとっては格好の攻撃の的になりかねない詳細にまで言及するのはやめておいた。演説では、温暖化対策と経済成長のジレンマは深刻ではないとし、エネルギー効率向上による外国産石油への依存減少など、環境改善以外の利点を強調するようにした。また、中道派の意見に沿う形で〝全方位的〟エネルギー政策の導入を約束し、アメリカがクリーンエネルギーに移行していくなかでも、国内の石油およびガス生産の持続的発展を可能にしながら、エタノール、精炭技術、原子力へも開発資金を投じるとした。これは環境活動家からは不評を買ったが、激戦州の有権者にとっては非常に重要な問題だったのだ。

痛みなくカーボンフリー［経済活動などによって排出された温室効果ガスを、他の場所で排出削減・吸収するなどして相殺し、実質ゼロにすること］の未来に移行できるという私の楽観論に対しては、一部の環境活動家から不満の声が上がった。彼らが私の口から聞きたかったのは、重大な脅威に立ち向かうためには犠牲や厳しい選択（石油・ガス掘削の一時停止や全面禁止など）が求められるという内容だった。完全に合理的な世界なら、それは正しいかもしれない。しかし、きわめて不合理なアメリカの政界においては、暗い将来を語ることは優れた選挙戦略ではないと私も陣営スタッフも確信していた。

支持者たちから質問を受けたとき、選挙参謀のデイヴィッド・プラフは語気を強めてこう返した。

「オハイオ州とペンシルベニア州で負けたら、我々はその後いっさい環境保護活動などしません！」

経済が崩壊状態にあるなか、選挙後には温暖化をめぐる政治状況はさらに悪化し（「自分の家が差し押さえられているときにソーラーパネルについて考えるやつなんていない」と、上級顧問のデイヴィッド・アクセルロッドはそっけなく言った）、メディアは私たちが温暖化対策をひっそりと棚上げするのではないかと推測した。しかし、当時の私のうぬぼれも、温暖化自体の重要さもあったのだろう、この問題を二の次にするという考えは一度も頭をよぎらなかった。私は温暖化を医療問題と同じ優先度に設定し、その計画を推進できるメンバーを集めるようラーム・エマニュエル首席補佐官に指示した。

ビル・クリントン政権下でＥＰＡ長官を務めたキャロル・ブラウナーを説得し、各主要機関の環境対策を統括する〝気候変動の皇帝《クライメット・ツァー》〟［ニクソン政権下の〝エネルギーの皇帝〟を模した呼び名］とも呼ぶべき役職を設けてそこに就かせたのはよいスタートだった。すらりと背が高く、あふれ出るエネルギーと成功を信じる熱い心が好感を呼ぶキャロルには、温暖化についての専門知識、政府内の幅広いコネクション、あらゆる大手環境団体からの信頼があった。ＥＰＡ長官には、同機関での15年の経験を経てニュージャージー州の環境保護局長も務めたアフリカ系アメリカ人の化学技術者、リサ・ジャクソンを任命した。ニューオーリンズ出身らしい魅力と親しみやすいユーモアのある彼女は、政界に通じた有能な人物だった。アメリカのエネルギー部門の変革を科学面から完全に理解するうえで頼りになったのは、ノーベル賞受賞経験もあるスタンフォード大学所属の物理学者で、以前にはカリフォルニアの有名なローレンス・バークレー国立研究所で所長を務めた、エネルギー省長官のスティーヴン・チューだ。細いメタルフレームの眼鏡をかけ、まじめだがどこかほかのことに気をとられているような雰囲気をまとう彼はいかにも学者然としていたが、ときどき自分のスケジュールがわからなくなってしまい、さあ会議を始めようというときにふらりと姿を消し、スタッフがホワイトハウス中を探しまわるということも何度かあった。それでも彼は経歴どおりの聡明な人物で、きわめて専門的な内容を彼ほど優秀ではない私のような人間でも理解できる言葉でうまく説明してくれた。

キャロルを中心とした温暖化対策チームは、CO2（二酸化炭素）排出量に厳しい上限を設けることを含む包括的な政策アジェンダを提案した。これがうまくいけば、2050年までにアメリカの温室効果ガス排出量を80パーセント削減できる。それでも地球の温度が摂氏で2度以上上がることを防ぐには十分ではないが、少なくとも将来的により大幅な削減を行うための道筋と枠組みをつくることができる。また、大胆でありつつも現実的な目標を設定すれば、ほかの主要排出国、特に中国に、アメリカの例に倣うよう促せることも重要だった。目標は、私の任期が終わるまでに、気候変動に関わる主要な国際協定の交渉に参加して署名することだった。そのためにまずはアメリカ復興・再投資法（復興法）の制定から始めた。この景気刺激策のもとで、資金投入を通じてエネルギー部門を変革しようと考えたのだ。クリーンエネルギーの研究開発に投資すれば、やがて風力および太陽光発電のコストを大幅に引き下げられるはずだ。狙いはシンプルだった。温室効果ガス削減の目標を達成するにはアメリカ経済の脱化石燃料化を進める必要があるが、優れた代替エネルギーがない限りそれは不可能なのだ。

2009年当時、電気自動車がまだ目新しいものだったことを思い出してほしい。ソーラーパネルの出荷先はニッチな市場だけ。太陽光と風力による発電はアメリカの総発電量のごく一部しか担っていなかった。いまだ石油とガスを燃料とする発電よりコストがかかっていたことも、晴天が少ないときや風が吹かないときの発電の信頼性を疑問視する声があったこともその理由だった。専門家たちは、クリーンエネルギーを用いる発電所の数が増えればコストは下がっていき、蓄電技術の開発が進んで効率が上がれば信頼性の問題も解決できると確信していた。しかし、代替エネルギーの研究開発にも新たな発電所の建設にも大金を必要とするため、民間企業も大手の公益事業会社もリスクの大きそうな賭けに出ることにはあまり熱意を示さなかった。大手のクリーンエネルギー系電力会社でさえ必死に事業を続けていたのだから、なおさらだ。

実際、先進自動車メーカーからバイオ燃料製造企業に至るまで、ほぼすべての再生可能エネルギー関連企業が同じジレンマに直面していた。どれほど優れた技術をもっていても、彼らは結局、1世紀以上にわたって石油、ガス、石炭を中心に回ってきた経済のなかで活動しなければならなかったのだ。この悪条件は、自由市場の構造だけがもたらした結果ではない。連邦政府、州政府、地方自治体は、直接補助金や減税、またはパイプラインや幹線道路やコンテナターミナルなどのインフラの建設を通じて、安価な化石燃料の安定供給と一貫した需要を維持すべく何兆ドルをも投じてきた。アメリカの石油会社は世界でも屈指の収益を上げていたにもかかわらず、毎年数百万ドルの連邦税控除を受けていた。クリーンエネルギー部門に公正な競争機会を与えるためには強い後押しが必要だった。

それを復興法によって行おうとしたのだ。

この景気刺激策に使える約８０００億ドルのうち、９００億ドル以上を全国のクリーンエネルギー関連事業に充てた。施行から１年も経たないうちに、選挙戦中にアイオワ州を訪問したときには不況を原因に操業を停止していたメイタッグ社の工場は再び稼働し、最先端の風力タービンが製造されはじめていた。世界最大級の風力発電所の建設にも資金を投じた。そして、新たな蓄電システムの開発費用を負担し、電動およびハイブリッド型のトラック、バス、自動車市場の発展を支援した。建物や事業のエネルギー効率向上を目指すプログラムに助成し、財務省と協力してクリーンエネルギー事業の税額控除制度を一時的に直接給付制度に変えた。また、エネルギー省のなかに、復興法の予算を使ってハイリスク・ハイリターン型の投資を行うエネルギー高等研究計画局（ＡＲＰＡ‐Ｅ）を立ち上げた。これは、〝スプートニク・ショック〟［１９５７年のソ連による人類初の人工衛星スプートニク１号打ち上げ成功によって、アメリカが受けた衝撃や危機感］後に国防総省《ペンタゴン》が設立し、ステルス技術などの先進軍事システムだけでなく、インターネット、音声認識技術、ＧＰＳ技術などの基盤も生み出したことで有名な国防高等研究計画局（ＤＡＲＰＡ）をモデルにしたものだった。

こうした取り組みはエキサイティングだった。ただ、画期的なエネルギー革新を目指して復興法のもとで行った投資のなかには、どうしても成功の道筋が見えないものもあった。最も際立った失敗をもたらしたのは、有望なクリーンエネルギー企業に長期的な運転資金を提供すべくブッシュ政権が始めた、エネルギー省による融資プログラムの拡大に伴う一件だった。全体を見ればこの〝エネルギー省融資保証プログラム〟は大きな実績を生み、自動車メーカーのテスラ社のような革新的な企業が事業を一つ上のレベルに引き上げるのに役立った。デフォルト率はたったの３パーセントで、そのわずかな失敗は成功によって十分埋め合わせられると考えてよかった。

しかし残念ながら、巨大なデフォルトのうちの一つが私の任期中に発生した。ソリンドラ社というソーラーパネルメーカーへの５億３５００万ドルという巨額の融資においてそれは起こった。同社は当時革新的だと考えられていた技術の特許を取得していたが、もちろん投資にはリスクが伴う。

自国の政府から多額の助成を受けている中国製の安価なソーラーパネルが市場にあふれるにつれてソリンドラの経営は傾きはじめ、２０１１年にはついに倒産。そのデフォルトの規模から（ソリンドラの財務状況に危険信号がともりはじめたときにはすでに私がカリフォルニアの同社施設を訪問していたという事実も、当然ながら問題を大きくした）、ソリンドラの倒産は融資プログラムのイメージに大打撃を与えた。メディアは数週間にわたってこのニュースを大々的に報道した。共和党は大喜びだった。

私は冷静に対応しようと努めた。こうした失敗も大統領の仕事にはつきもので、完全に計画どおりにいくケースなどないのだと自分に言い聞かせた。優れた構想が純粋な目的のもとで問題なく実行されても、たいていはいくつか欠陥が隠れていたり予期せぬ結果が生まれたりするものだ。物事を成し遂げるには、自ら批判にさらされる覚悟が必要である。そうでなければ——つまり安全策をとって、論争を避け、ただ世論に従えば——凡庸な成果しか上げられないだけでなく、私を大統領に就任させた国民の期待を裏切ることになる。

それでも、復興法は見事に再生可能エネルギー分野を活性化させたのに、それがソリンドラの失敗の陰に隠れてしまったことについては、どうしようもない悔しさが募った（漫画のように耳から蒸気が噴き出す自分が思い浮かぶこともあったぐらいだ）。このクリーンエネルギー改革計画は、施行１年目にはすでに、経済を押し上げ、雇用を創出し、太陽光と風力による発電量を急増させ、エネルギー効率を飛躍的に向上させ、温暖化と戦うための新たな技術を生みはじめていた。私は全国で演説を行い、このすべての重要性を説明した。「うまくいってますよ！」と叫びたかった。しかし、環境活動家とクリーンエネルギー企業以外は誰も気にかけていないようだった。ある企業幹部の口から、復興法がなければ「アメリカの太陽光および風力発電業界は消滅していただろう」と聞けたのは嬉しかった。それでも、長期的には利益をもたらすにもかかわらず、結局は大きな頭痛の種となっている政策をいつまで擁護できるだろうかと考えた。

クリーンエネルギーへの投資は、温室効果ガス削減目標を達成するための最初のステップにすぎなかった。次はアメリカ全体のエネルギー利用の習慣も変えなければならない。つまり、企業がオフィスの冷暖房システムを再検討したり、家庭が車を購入する際に環境に優しいものを選んだりする必要があるのだ。それを少しでも実現するため、経済全体におけるクリーンエネルギー利用を後押しする新たな温暖化対策法案を考えようとした。しかしリサとキャロルによれば、議会の行動を待たずとも、少なくとも一部の企業と消費者の行動は変えられるという。既存の法律の規制力を最大限活用すればいいのだ。

なかでも最も重要な法律は〈大気浄化法〉だった。１９６３年に制定されたこの画期的な法律は、大気汚染を管理する権限を連邦政府に与えるもので、これによって１９７０年代には強制力のある大気汚染防止基準の設定が実現した。のちの１９９０年に議会で両党の賛成を得て改正されたこの法律には、こうある。ＥＰＡは「公衆衛生と厚生に危険をもたらすと合理的に考えられる大気汚染を引き起こすか、その一因となりうると判断した」自動車の排出ガスを抑制する基準を設定し、それを「規制」する。

気候科学を信じる者にとって、車の排気管から流れ出る二酸化炭素は明らかな大気汚染源だ。しかし、どうやらブッシュ政権のＥＰＡ長官は違ったらしい（つまり、科学を信じていなかったようだ）。２００３年、彼はＥＰＡに大気浄化法のもとで温室効果ガスを規制する権限はないという決定を下し、たとえ権限自体を認めるとしてもそれを行使して排出基準を変更することを拒んだ。これに対して複数の州と環境団体は訴訟を起こし、２００７年のマサチューセッツ州対ＥＰＡの最高裁判決では、判事の過半数がブッシュ政権下のＥＰＡは科学に基づく「合理的な判断」による決定を怠ったとし、速やかに仕事をやり直すよう命じた。

その後2年間、ブッシュ政権は何もしなかったが、いまや私たちが最高裁の決定を実行に移せる立場だ。リサとキャロルの助言は、科学的証拠を集めて温室効果ガスがＥＰＡによる規制の対象であるという調査結果を発表し、ただちにその権限を行使して、アメリカで製造あるいは販売されるすべての自動車およびトラックの燃費基準を引き上げるべきだというものだった。こうした規則づくりにおいてはこのうえなく好ましい状況だった。アメリカの自動車メーカーと全米自動車労働組合（ＵＡＷ）は基本的に燃費基準の引き上げには反対だったが、業界支援のために引きつづき数十億ドルの不良資産救済プログラム（ＴＡＲＰ）資金を投入すると決定したおかげで、キャロル流のとても上品な表現でいえば、彼らの考え方は「より柔軟」になっていた。リサは、迅速に行動すれば自動車メーカーの次のモデルイヤーまでに規制を実施できると考えた。結果としてアメリカのガソリン消費量が減れば、ざっと18億バレルの石油が節約され、温室効果ガスの年間排出量が20パーセント削減される可能性がある。それはまた、将来的にＥＰＡがほかの温室効果ガス発生源を規制するうえでも優れた先例になる。

私にとってこの計画はシンプルなものに思えたが、たとえ自動車メーカーの協力があっても、ＥＰＡが新たな燃費基準を設ければ政治面で多くの障害を生むだろうということを、ラームも私もわかっていた。結局のところ共和党幹部にとって、政府によるさまざまな規制を緩和させることは、富裕層への減税と並ぶ最大の優先事項だったのだ。各企業団体や、コーク兄弟のような保守派の大口寄付者は、〝規制〟という言葉に悪いイメージを植えつけるための活動に対して数十年にわたり多額の資金を投じてきた。ウォール・ストリート・ジャーナル紙の社説面を開けば、制御不能な〝規制国家〟に対する攻撃が必ず目に入ってくる。規制反対派の人々にとっては、燃費基準引き上げのメリットもデメリットも、新しい規制が象徴するものほど重要ではなかったのだ。彼らにとってこの規制は、選挙で選出されたわけではない官僚たちが国民の生活に細かく介入し、アメリカ経済の活力を奪い、私有財産権を侵害し、代議政治というものに対する建国の父たちの思想を揺るがす数多くの事例の一つだった。

私はそのような規制反対派の主張を鵜呑《うの》みにはしなかった。さかのぼれば進歩主義時代にも、石油トラストや独占鉄道企業は同様の表現を使って、アメリカ経済に対する彼らの支配力を弱めようとする政府の取り組みを批判していた。フランクリン・ルーズベルト大統領によるニューディール政策の反対者も同じだった。それなのに、20世紀のあいだ、議会は数々の法律と両党党首の協力を通じて、規制の設定と施行の権限を証券取引委員会（SEC）、労働安全衛生庁（OSHA）、連邦航空局（FAA）などあらゆる専門機関に委譲してきた。理由は単純だ。社会が複雑化し、企業が力を増し、政府に対する国民の要求が高まるにつれ、もはや政治家だけでは数多くの多様な産業を余さず規制する余裕がなくなったのだ。また、彼らには、金融市場取引の公正性を確保するルール設定や、最新型医療機器の安全性評価、新たな汚染データの理解、雇用主が人種や性別を理由に従業員を差別しうる状況の予想などに必要とされる専門知識がなかった。

つまり、優れた行政を行うためには専門性が大事なのだ。公共機関に十分な専門家がそろっていれば、彼らが私たち一般人の代わりに重要なことに注意を払ってくれる。そうした専門家のおかげで、アメリカ国民は自分が吸う空気や飲み水の質について心配する必要がなく、残業代が正当に支払われなかったときにも頼る先があり、市販薬で命を落とすことはないと信じることができ、50年前、30年前、さらにはたった20年前よりも車の運転や民間飛行機でのフライトがはるかに安全になった。保守派が激しく不満を訴える〝規制国家〟は、アメリカ人の生活を段違いによくしてきたのだ。

とはいえ、政府の規制に対するすべての批判に中身がなかったわけではない。お役所的な規制が企業に不要な負担をかけたり、革新的な製品の市場投入を遅らせたりもした。かかった費用に見合う価値のない規制もたしかにあった。１９８０年に制定された法律によって、情報・規制問題局（ＯＩＲＡ）と呼ばれる実体の見えにくい行政管理予算局付属機関がすべての新しい連邦規制について費用便益分析を行うことになると、特に環境保護団体からの批判が相次いだ。各環境保護団体はこの分析が企業の利益を優先して行われているに違いないと主張した。事業の利益と損失を計算するほうが、絶滅の危機にある鳥の保護や子どもがぜんそくにかかる確率を下げることの価値を測るよりもはるかに簡単なのだから、と。

ただし、進歩主義者たちにとっては、それぞれの政治的立場が関係し、行政において経済を無視することはできない。政府には大きな問題を解決する力があると信じる私たちには、掲げた目標の正しさに自信をもつだけでなく、下した決定が実際に世の中に及ぼす影響に注意を払う義務がある。湿地保護のための規則によって家族経営農場の土地が一部使えなくなるのなら、その規則を提案する政府機関はまず農家の損失を考慮しなければならない。

これをきちんと行わなければならないと考えたからこそ、私はシカゴ大学ロースクールで教えていたときの同僚、キャス・サンスティーンをＯＩＲＡ局長に任命し、常勤で専門的な費用便益分析を行ってもらうことにした。数十冊の著書があり、将来の最高裁判事として何度も名前が上がっていた著名な憲法学者であるキャスが、自らＯＩＲＡ局長の職に就きたいと申し出てくれたのだ。その行動は、社会奉仕に対する情熱、名声への無関心、そしてかなりの〝オタク〟気質の表れに思え、この仕事に理想的な人材だった（キャスは個人的にもおもしろい人物で、世界レベルのスカッシュの腕をもち、彼のデスクほど散らかっている机を私はいまだかつて見たことがない）。それから３年間、キャス率いる少人数のチームはホワイトハウスから通りを隔てた向かい側に建つ地味なオフィスで熱心に仕事に打ち込み、私たちが提案した規制がコストに見合うほど多くの人のためになるのかをチェックした。また、既存の連邦規制を徹底的に見直してもらい、不必要なものや時代遅れのものを廃止した。

キャスの発掘作業によって、とんでもないものもいくつか出てきた。病院、医師、看護師に年間10億ドル分以上の事務作業と管理業務を強いる古臭い規制、牛乳を〝油〟に分類することで酪農家に年間１億ドル以上の費用を負担させる奇妙な環境規制、トラック運転手に対して走行業務ごとに17億ドル分の無駄な事務作業を義務づける規則などである。それでも、大半の規制はキャスの精査に耐えた。そして、私の大統領任期が終わるまでには、共和党員のアナリストでさえ、規制による利益が６対１の比率でコストを上回ると認めた。

リサとキャロルが提案した燃費基準の引き上げも、最終的に利益がコストを大きく上回った。私が許可を出すと、２人はただちに行動を開始した。運輸長官のレイモンド・ラフッドは２人のよきパートナーになった。イリノイ州ピオリア出身の元下院議員で、古風だが紳士的な共和党員のラフッドは、その社交好きな性格と党派を超えた真摯《しんし》な取り組みが両党から人気を集めていた。５月のある晴れた日、私はホワイトハウスのローズガーデンに立っていた。そこで自動車業界のリーダーたちおよびＵＡＷ委員長とともに、新たに生産されるすべての自動車および軽トラックの燃料効率を２０１６年までに１ガロン［約3・8リットル］あたり約44キロメートルから約57キロメートルへと引き上げることに合意したと発表した。この計画の目標は温室効果ガスの排出量をこれから発売される車の耐用期間中に9億トン以上削減することにあり、これは道路を走る自動車を一億七七〇〇万台減らしたり、一九四基の石炭火力発電所を閉鎖したりするのに匹敵する効果だった。

その日の発表で各自動車メーカーは、自分たちの目標達成能力と、州ごとのばらばらの基準ではなく国家で統一した基準をもつことの業界へのメリットについて揺るぎない自信を示した。私たちが穏便に、しかもスピーディーに合意に至ったことにメディアは驚き、この前例のない協調精神に火をつけるうえで、業界への救済措置に対する期待はどのような役割を果たしたかと何人かの記者がキャロルに尋ねた。「交渉中に救済措置が話題にのぼったことは一度もありませんでした」とキャロルは言った。その後、私は大統領執務室《オーバルオフィス》で、あれは本当なのかと彼女に尋ねた。

「本当です」とキャロルは答えた。「もちろん、メーカー側が救済措置についてまったく考えていなかったとは言い切れませんが……」

一方でスティーヴン・チューには、１９８７年に成立して以来ほとんど執行されていない法律を利用して、既存のエネルギー効率基準を可能な限り新たに設定し直すという使命を与えた。その法律は、電球から業務用エアコンに至るまで、あらゆるもののエネルギー効率に基準を設ける権限をエネルギー省に与えるものだった。チューはお菓子屋にやって来た子どものように興奮したようすで、新たに設けた基準が将来にもたらす大きな成果を事細かに説明して私を楽しませてくれた（「冷蔵庫の効率がたった5パーセント向上するだけで環境にどれだけ影響を与えるかを知ったら、きっと驚きますよ！」と彼は言った）。そして、洗濯機と乾燥機に対する彼の興奮度に匹敵するとまではいえないものの、実際に結果は驚くべきものだった。私が大統領職を去るころには、新たな電化製品基準によって大気中の温室効果ガスが年間２億１０００万トン削減される見通しが立ったのだ。

基準変更から数年間で、自動車メーカーと家電メーカーは引き上げられたエネルギー効率目標を、順調に、しかも予定より早く達成していった。適切に設定されれば大胆な規制基準は企業のイノベーションを促すというスティーヴンの主張が裏づけられたのだ。エネルギー効率に優れた自動車や電化製品の価格が従来のモデルより高くなっても、消費者は不満を言わなかった。電気料金や燃料費の安さが価格差を補う可能性が高いだけでなく、新しい技術が業界標準になれば、いずれ価格は落ち着くからだ。

驚いたことに、共和党幹部のミッチ・マコーネルとジョン・ベイナーでさえ、このエネルギー規制に対してはそれほど躍起になって反対しなかった。おそらく、あまり勝ち目がないと思ったのと、オバマケア解体を目指す取り組みから世間の目を逸らしたくなかったのだろう。ただ、すべての共和党員がそんなふうに批判を控えたわけではない。ある日、ピート・ラウズがオーバルオフィスにやってきて、ミネソタ州選出の下院議員で〈ティーパーティー議員連盟〉の創設者でもあり、のちに共和党候補として大統領選にも出馬したミシェル・バックマンがメディアの前で発言している映像をいろいろと見せてくれた。バックマンは、エネルギー効率の優れた新型電球について、それは反アメリカ主義の〝ビッグ・ブラザー［ジョージ・オーウェルの小説『一九八四年』に登場する独裁者］の介入〟であり、国民の健康にも害を及ぼすと非難していた。さらに彼女によると、そうした電球は、最終的には全国民に「都心に引っ越して安アパートに住み、路面電車で政府に尽くす仕事に出かけること」を強いるための、民主党による過激な〝持続可能性《サステナビリティ》〟計画の一部だということだった。

「秘密がばれてしまいましたね、大統領」とピートは言った。

私は深刻な顔でうなずいた。「リサイクル用ゴミ箱を隠さなければ」

省エネ型の車や食器洗浄機のおかげで一歩前進は果たしたものの、このまま進みつづけるためには、やはり包括的な気候関連法を議会の承認のもとに成立させなければならないことはわかっていた。そうした法律があれば、自動車や電化製品だけでなく、温室効果ガスの排出に関係するあらゆる経済部門も対象に含められる。また、その立法プロセスがメディアに取り上げられて世間でも話題になれば、地球温暖化の危険を世に広められる。さらにすべてがうまくいけば、その法律を成立させたのは自分たちなのだという意識が議員たちのなかに生まれるかもしれない。そしておそらく最も重要なこととして、連邦法は単なる規制と違って簡単には変えられないので、将来、共和党が政権を握ったときにも一方的に覆されることはない。

当然ながら、法の成立は私たちがどれほどうまく上院での議事妨害《フイリバスター》に対処できるかどうかにかかっていた。いざとなれば必要な分の民主党票を動員できた復興法のときの状況とは異なり、ハリー・リードの警告によると、民主党上院議員のうち少なくとも石炭・石油産出州の選出議員数人は再選を危ぶんで反対すると考えられた。60票を獲得するためには、最低でも2、3人の共和党員を説得して、自党議員の過半数が断固反対し、ミッチ・マコーネルが必ずや成立を阻止すると誓った法案に賛成させる必要がある。

初めのうち、最も有望なターゲットは大統領選で私に敗れた男だと思えた。ジョン・マケイン共和党議員。彼はもともと温暖化対策を支持していたが、選挙戦ではそれをあまり強調せず、エネルギー政策のスローガンとして共和党支持者の人気を呼んだ「ドリル、ベイビー、ドリル！（＝どんどん石油と天然ガスを掘れ！）」を多用した人物［サラ・ペイリンのこと］を副大統領候補に選んでからは特に触れなくなった。しかし、彼の名誉のために述べておくと、マケインが上院でのキャリア初期に主張していた立場を完全に放棄したことは一度もなく、選挙戦直後に（きわめて）

短い時間ではあったがお互いのあいだの空気がよくなったとき、彼と私は協力して温暖化対策法案を通過させようと話し合ったことさえあった。私が大統領就任の宣誓をしたころのマケインは、上院で特に絆の強い議員仲間であるジョー・リーバーマンらと手を組み、環境公共事業委員会の委員長であるカリフォルニア州選出の民主党議員バーバラ・ボクサーが提案したものよりリベラル色の薄い超党派法案をまとめようとしている、と伝えられていた。

しかし残念ながら、共和党内ではマケインの超党派的な妥協姿勢はひどく時代遅れだとみなされていた。右派はそれまでにないほど彼を毛嫌いし、彼に保守的な信念が足りないから上下両院で共和党が過半数を得られていないのだと非難した。２００９年1月下旬、元下院議員で右派のラジオパーソナリティであるJ・D・ヘイワースは、マケインの対抗馬として翌年のアリゾナ州予備選挙に出馬する可能性を示した。それは、22年前に上院議員に就任して以来、マケインにとって初めての大きな脅威となった。この状況自体が彼にとってはひどく屈辱的だったと思うが、政治家精神に火がついた彼は、ただちに自らの右派的側面を強化した——当然ながら、私と協力して環境法の成立を目指すなどという行動はそれにそぐわない。まもなくリーバーマンの事務所から知らせが入り、法案通過を目指す超党派グループからマケインが抜けたとわかった。

一方、下院の共和党議員は1人として環境法案の共同提案を検討しようとさえしなかった。そのため、下院エネルギー・商業委員会の幹部を務める2人の民主党員、カリフォルニア州選出のヘンリー・ワックスマンとマサチューセッツ州選出のエドワード・マーキーは自分たちだけで法案を起草し、民主党の票のみで同委員会を通過させた。短期的には、これによってだいぶやりやすくなった。ワックスマンとマーキーは政策面で私たちと幅広く協調し、私たちの提案を歓迎し、彼らの事務所のスタッフも確かな仕事をした。しかしそれはまた、2人が自分たち以外のリベラル色の薄い意見を考慮する必要性をほとんど感じていないということも表していた。環境団体の要望リストを読み上げただけとも受け取られかねないこの法案は、多くの中立派の民主党上院議員たちをあまりのショックで病院送りにしてしまいそうだった。

上下院の法案調整における難局を回避すべく、ラームは議会担当補佐官のフィル・シリロに、リーバーマンなどの上院で法案を支持しそうな人物と話し合ってみるようワックスマンに促すという、誰も引き受けたくないであろう任務を与えた。上下院の法案内容をぐっと一致させやすくすることが目的だ。1週間が経ったころ、私はフィルをオーバルオフィスに呼び出し、ワックスマンの説得はどうなったかと尋ねた。フィルはひょろっとした体をソファに沈め、私がいつもコーヒーテーブルに置いているボウルからリンゴをつかみとって肩をすくめた。

「いまいちですね」。そう言った彼の声は、笑い声とため息の中間といった響きだった。私の政権チームに加わる前、フィルは何年間もワックスマンの事務所で働き、最後には首席秘書をしていたため、2人は互いをよく知っていた。フィルによると、ワックスマンは、下院民主党が上院民主党(と私たち)に対して感じている不満を彼にぶつけて説教してきたという。過去の過ちを正すことなく、復興法の機能を弱体化させ、穏健派や保守寄りの議員を苦境におとしいれることを恐れるあまり下院が可決したさまざまな法案を審議することさえしない気骨のない連中ばかりだ、と。

「上院は『優れたアイデアが死ぬところ』だと言っていました」とフィルは言った。

「それは確かだ」と私は返した。

「上下院がそれぞれの法案を可決してから、両院協議会ですり合わせればいいのでは」。フィルはできるだけ明るい声でそう言った。

上院と下院の法案を少しでも近づけたい私たちにとって、好都合な要素が一つあった。リーバーマンやボクサー、さらに下院民主党とほとんどの環境団体は、温室効果ガスの大幅削減を達成するための優れたメカニズムとして私が選挙戦で導入を訴えたものに近い排出量取引制度を支持していたのだ。制度の仕組みは次のとおりだ。連邦政府は、企業が排出できる温室効果ガス量の上限を定め、その達成法については各企業に委ねる。上限を超えた企業は罰金を支払うことになる。上限を下回った企業は、利用していない分の排出枠をエネルギー効率の低い企業に売却できる。こうして汚染そのものに価格をつけ、環境に優しい行動が取引される市場をつくる排出量取引制度は、企業にとって最新の環境保全技術を開発および採用するインセンティブになる。また、技術が進歩していくごとに政府が上限をさらに下げることで、イノベーションの好循環が着実に促される。

温室効果ガス汚染に値段をつける手段はほかにもあった。たとえば、すべての化石燃料に「炭素税」を課して価格を上げることでその使用を妨げるほうが簡単だと考える経済学者もいた。しかし、誰もが排出量取引の案を支持した理由の一つは、それがすでに一度試されてうまくいっていたことだ――しかも、〝共和党出身の大統領〟の手によって。1990年、ジョージ・H・W・ブッシュ政権は、工場の煙突から排出され、東海岸の湖や森林を破壊する酸性雨の原因となっていた二酸化硫黄を抑制するため、排出量取引制度を導入した。この措置が工場の閉鎖と大量失業につながるという悲観的な予測もあったが、問題を起こしていた企業はすぐにコスト効率の高い手段で工場を改造し、数年で酸性雨の問題はほぼ解決した。

温室効果ガスの排出量取引制度を定めるためには、それまでとは桁違《けたちが》いの規模での複雑な取り組みが必要だった。一つ一つの細部をめぐって激しい争いが繰り広げられることは確かで、ロビイストたちがいっせいに動き出し、私たちがその票を必要としている議員たちはあの手この手で譲歩を求めるだろう。また、医療改革法案の通過をめぐる戦いから学んだとおり、共和党がかつて自党出身の大統領のもとでその政策を支持したからといって、民主党出身の大統領が〝まったく同じ考え〟を提案しても支持するわけではないのだ。

それでも、前例が成功したことは目的達成のための大きな後押しになるはずだと信じなければならなかった。キャロルやフィルらホワイトハウスの議会担当スタッフは、2009年春の大部分を費やして上下院の議員たちにせっせと働きかけた。協力を促し、問題があれば解決し、大御所議員とその事務所スタッフに対しては、必要とあれば専門的な支援を与えたり政策の指針を示したりした。これと並行して、経済回復への取り組み、医療および移民制度の改革案作成、指名裁判官の承認、比較的小規模な法案の議会審議も進める私たちのチームは、そこにどれほど自分たちの身を砕けるかが試されていた。ラームの執務室もチームの作業場となった。ところどころ装飾品が置かれたその部屋の中心にある大きな会議用テーブルには、たいていコーヒーカップやダイエットコークの缶、ときには食べかけのスナックが置いてあり、まるでカフェインを過剰摂取している航空管制センターといった雰囲気だった。

そうして6月下旬の蒸し暑いある日、私たちの努力が報われる兆しが見えた。その日はホワイトハウス社会事業室が企画したスタッフ向けピクニックがホワイトハウスの南側の庭《サウスローン》で行われ、私は参加者のなかをあちこち歩きまわり、赤ちゃんを抱いたり誇らしげなスタッフの両親と写真を撮ったりしていた。そのとき、ラームが芝生を駆けてきた。その手には1枚の紙が握られている。

「大統領、温暖化対策法案が下院本会議を通過しました」。ラームは言った。

「やったぞ!」。私は彼とハイタッチした。「票差はどれくらいだったんだ?」

ラームが伝えた集計結果は賛成219票、反対212票だった。「穏健派の共和党議員を8人獲得できたんです。頼りにしていた民主党議員のうち数人の票は失いましたが、彼らは私が対応します。

そのあいだに、ナンシー、ワックスマン、マーキーに電話をして感謝を伝えてください。彼らはかなりがんばって議員たちを動かしてくれました」

今回のような大きな勝利が手に入ったときのラームは、決まって数日間はこの調子でご機嫌だった。しかし、周囲と挨拶を交わしつづけながら私と連れだってオーバルオフィスに戻ったときには、いつもと違って少し抑えているように見えた。ラームは悩みの種を説明した。その時点では、上院のほうは、温暖化対策法案を委員会の審議にかけるどころか発表さえできずにいたのだ。その間、マコーネルは上院での採決を阻止すべく特異な才能を発揮していた。すでにプロセスが遅れていることを考えると、12月の会期終了までに温暖化対策法を成立させられる見通しはどんどん暗くなっていた。次の会期になれば上下両院の民主党員は中間選挙に向けた活動を始めるため、議論の的になる重要法案の採決には消極的になり、法案の成立はいっそう難しくなるだろう。

「くじけずにいこう」。そう言って、私はラームの背中を叩いた。

ラームはうなずいたが、その目はいつもより暗く、不安がにじんでいた。

「すべての飛行機を着陸させるのに十分な滑走路があるのでしょうか?」と彼は言った。

つまり、一機かそれ以上が墜落しかねないということだ。

12月までに排出量取引法を成立させたかったのは、議会の空気が消極的になることだけが理由ではなかった。その月にはコペンハーゲンで国連気候変動サミットが開かれる予定だった。ジョージ・W・ブッシュ政権下では気候関連の国際交渉に関わらなかったアメリカが8年ぶりに参加するということで、海外での期待はかなり高まっていた。そこでアメリカが模範にならなければ、積極的な温暖化対策を他国の政府に促すことはできない。国内で法律が成立していればほかの国と交渉するうえでの立場が強くなり、地球を守るために必要な集団的行動に駆り立てるのに役立つとわかっていた。結局のところ、温室効果ガスに国境はないのだ。ある国に排出量を削減するための法律があれば、その国民は自分たちが道徳的に優れていると感じるかもしれないが、ほかの国々がそれに続かなければ気温は上昇しつづける。ラームら議会担当チームは自分たちの仕事で忙しかったので、私は外交政策チームとともに、アメリカが再び国際的な温暖化対策のリーダーになれる方法を探った。

かつて、アメリカが環境対策の牽引役になることはほぼ確実だと考えられていた。１９９２年、のちに〈地球サミット〉と呼ばれた国際会議がリオデジャネイロで開催されたとき、ジョージ・H・W・ブッシュ大統領はほかの一五三か国の代表とともに〈気候変動に関する国際連合枠組条約〉に署名した。この条約は、破壊的なレベルに達する前に温室効果ガスの濃度を安定化させることを目的とした初の国際条約である。クリントン政権は素早くそのバトンを引き継ぎ、リオで発表された目標をもとに、他国と協力して拘束力のある協定を完成させた。その〈京都議定書〉は、具体的な温室効果ガス削減目標、炭素クレジット［炭素排出権］を取引する排出量取引制度、貧困国によるクリーンエネルギーの導入や、CO_2吸収源となるアマゾンなどの森林の保護を支援するメカニズムなど、国際的な協調行動を詳細に規定した。

環境活動家らは、地球温暖化との戦いの転機だとして京都議定書を歓迎し、世界中の参加国の政府はこの条約を批准した。しかし、条約批准には上院で三分の二の賛成票が必要となるアメリカでは、厚い壁が立ちはだかった。１９９７年当時、上院は共和党が支配しており、温暖化問題を真剣に考える者はほとんどいなかった。実際、当時の上院外交委員会委員長で超保守派のジェシー・ヘルムズは、環境活動家、国連、多国間条約すべてを堂々と毛嫌いしていた。また、ウエストバージニア州選出のロバート・バード上院議員のような影響力の大きい民主党員も、自分の選出州にとってきわめて重要な化石燃料産業を苦しめかねない政策にはただちに反対した。

悪い流れを感じとったクリントン大統領は、失敗よりも遅れを選び、議定書の批准提案を上院に提出しないことを決めた。弾劾裁判で無罪となったあとの彼の政治生命は回復したものの、任期が終わるまで議定書批准は棚上げされつづけた。２０００年の選挙でジョージ・W・ブッシュがアル・ゴアを破ったとき、最終的な批准に対するかすかな希望の光は完全に消えた。そうして、京都議定書で規定された約束期間［2008〜2012年］の開始から1年が経った２００９年の時点で、アメリカはこの協定に参加していないたった五か国のうちの一つだった。ほかの四か国を順不同に挙げると次のとおりだ。アンドラおよびバチカン市国（どちらも非常に小さな国家で、人口も合わせて約8万人しかいないので、正式な加盟ではなく〝オブザーバー〟国家としての地位を付与された）、台湾（喜んで参加したはずだが、独立国家としての地位を中国が認めていなかったために参加できなかった）、アフガニスタン（30年にわたる占領と激しい内戦によって崩壊状態であるというもっともな理由があった）である。

「アメリカは北朝鮮よりもやる気がないなどと近しい同盟諸国から思われたら最悪ですよ」と言ってベン・ローズ副補佐官は首を横に振った。

ときどき、これまでの歴史を振り返りながら、冷戦終結直後のライバルがいない状況で、もしアメリカがその巨大な権威と影響力を温暖化との戦いに注いでいたならどうなっただろうかと考えた。世界のエネルギー供給網や温室効果ガスの削減量はどう変わっていただろう？　オイルマネーの支配力と、その資本によって支えられる独裁政権の力が弱まることで地政学的優位性がもたらされ、先進国と発展途上国のいずれにも持続可能性《サステナビリティ》の文化が根づいたかもしれない。しかし、チームとともに〝この〟世界のなかで戦略を立てる私は、明白な事実を認めなければならなかった。民主党が上院で過半数を占めているとはいえ、それだけでは京都議定書を批准するのに必要な67票には届かないという事実だ。

上院に関しては、実行可能な国内の環境法案を作成させるだけでも十分に厄介な問題だった。バーバラ・ボクサーとマサチューセッツ州選出民主党議員のジョン・ケリーは数か月かけて法案を起草したが、共同提案をしようとする共和党上院議員は1人も見つからなかったため、その法案が通過する可能性は低く、より中道的なアプローチが必要になりそうだった。

共和党の協力者としてジョン・マケインを獲得できなかったので、私たちは彼と非常に親しいサウスカロライナ州選出上院議員のリンゼー・グラムに望みを託すことにした。背があまり高くなく、パグのような顔をして柔らかな南部訛りで話すグラムの声は、穏やかな響きから突然、威嚇するようなうなり声に変わることがあった。タカ派の国家安全保障観をもつことで知られており、マケインとリーバーマンとともに〝スリー・アミーゴス〟と呼ばれて、イラク戦争開戦の最大の支持勢力となった。グラムはまた、賢く、魅力的で、皮肉屋で、無節操で、情報通だったが、マケインを心から尊敬していたこともあって、ときに自ら正統な保守路線から外れることもあり、それは移民制度改革への支援において特に顕著だった。再選を果たして次の6年の任期が約束されたグラムはいくらかリスクをとれる立場にあり、それまで気候変動にはさほど関心を示していなかったものの、マケインの代わりに党派を超えた重要取引を仲介することには興味をそそられたようだった。10月上旬、グラムは、環境法案を上院通過させるために必要な人数の共和党員を獲得する手助けを申し出てきた。ただし、リーバーマンもそのプロセスに関わることと、原子力産業への助成金および沖合での石油掘削を認めるアメリカ海岸域の拡大について、ケリーが環境活動家らを説得して譲歩を得ることが条件だという。

グラムに頼らざるを得ないという状況は、ちっとも嬉しいことではない。私は上院議員時代から知っていたが、彼はいつも立場をわきまえた知的な保守派という人物像を演じたがり、自党の弱点を率直に指摘することで民主党員や記者たちの心に入り込み、政治家はイデオロギーという拘束から抜け出さなければならないと訴える。ところが、いざ議会での採決という段になったり、自分の政治的立場が危うくなりかけたりすると、何かと理由をつけてうまく切り抜ける（「スパイもののスリラーや犯罪映画で、新しい仲間をこんなふうに紹介したりするだろ？」と私はラームに言った。「リンゼーは、自分の身を守るためならどんな相手でも平気で裏切る男だ」）。それでも、私たちにとって選択肢が限られているのが現実だった（「いきなりリンカーンやルーズベルトでも現れない限り、グラムしかいない」とラームは言った）。そして、ホワイトハウスと密接に関わるのは嫌がるであろうことを踏まえ、グラムと共同提案者たちにはかなり自由に法案の作成を任せることにした。問題のある条項はあとから修正すればいい。

その間、私たちはコペンハーゲンの会議に備えた。京都議定書の約束期間が２０１２年に終了するので、それを引き継ぐ協定を12月の首脳会談までに完成させるべく、国連主導の交渉がすでに１年以上前から進んでいた。しかし、元の協定からほとんど変わっていないその新しい協定案のままでは、アメリカが署名するのは難しい。私と顧問たちは、京都議定書の枠組み、特に「共通だが差異のある責任」と表現される原則について懸念していた。それは、温室効果ガス排出削減の負担を、アメリカ、ＥＵ、日本などのエネルギー集約型の経済をもつ先進国だけに課すものだった。公平性という面からいえば、開発途上国よりも豊かな国に多くの温暖化対策を求めることは完全に理にかなっている。温室効果ガスの蓄積の原因が１００年にわたる西側諸国の工業化にあるだけでなく、豊かな国々では国民1人当たりのCO2排出量もはるかに多い。また、マリ、ハイチ、カンボジアなど国民の多くが電気さえまともに得られていない開発途上国が、すでにごく少ない排出をさらに削減できる量には限界があるだろう（国家の短期的成長を遅らせる可能性さえある）。結局のところ、欧米の人々がエアコンの設定温度を数度変えるだけではるかに大きな効果を得られるのだ。

問題は、京都議定書の「共通だが差異のある責任」の原則のもとでは、中国、インド、ブラジルなどの新興国が排出量抑制の義務を〝いっさい〟負っていないことだった。まだ世界経済がグローバル化によって大きく変容していなかった12年前の採択時にはこれでよかったかもしれない。しかし、激しい景気後退のただ中にあり、さらに国内の雇用が海外に流出しつづけていることに怒りを募らせるアメリカ国民にとっては、自国の工場に環境的制約を課しながら上海やインドのベンガルールで事業を行う企業に同じ行動を求めないという条約は、とても受け入れられない。事実、2005年に中国の年間CO2排出量はアメリカを上回り、インドでも増加しつづけていた。平均的な中国人やインド人の消費するエネルギー量がいまだ平均的なアメリカ人の消費量のほんの一部であることは事実だが、合わせて20億人を超える中国とインドの国民が豊かな国々と同じ近代的な利便性を求めるようになるにつれ、数十年のうちに両国のCO2排出量は二倍になると予測されていた。そうなれば、ほかの国々が何をしようとも地球の未来は暗いだろう――アメリカがなんの対策もしなくていい口実として、共和党員（少なくとも温暖化の存在を完全に否定はしない人々）がよく主張していた内容だ。

私たちには新たなアプローチが必要だった。ヒラリー・クリントン国務長官と国務省気候変動担当特使のトッド・スターンからきわめて重要な助言を受けながら、私たちチームは三つの点を中心に内容を絞った暫定合意案を作成した。第一に、中国やインドなどの新興国を含む〝すべての〟国が温室効果ガス削減のための独自の計画を提出すること。各国の計画は、国家の富裕度と発展度およびエネルギー利用状況によって異なり、その国の経済成長および技術力の向上とともに定期的に修正される。第二に、こうした計画は条約で定める義務として国際法のもとで強制されるものではないが、各国は削減計画の遵守状況を他国が独自に確認するための検証措置に同意する。第三に、裕福な国々は、貧しい国々が（比較的軽い）責務を果たしている限り、温暖化対策支援として数十億ドルをそれら貧しい国々に提供する。

　適切に整えられれば、この新しいアプローチは〝共通だが差異のある責任〟という京都議定書の原則を維持しながら、中国などの新興国に、誠意をもって温暖化対策に取り組ませることができる。また、他国の排出削減努力を検証する制度を定めることで、アメリカ国内での温暖化対策法成立の必要性を議会に訴える際の論拠も強まり、さらに理想としては、近い将来、より強固な条約を結ぶための基盤ができる。しかし、熱心で几帳面《きちょうめん》な弁護士であり、上級交渉担当者として京都議定書におけるクリントン政権の代表を務めたトッドは、私たちの提案が国際的に受け入れられるのは難しいだろうと警告した。加盟国すべてが議定書を批准して排出削減に取り組んでいるＥＵの国々は、国際法のもとでアメリカと中国に排出削減を確実に約束させる協定を強く望んでいた。一方、中国、インド、南アフリカは現状維持に固執し、現行の議定書に対するいかなる変更にも激しく反対していた。コペンハーゲンの会議には世界中の活動家や環境団体が出席する予定だった。彼らの多くはこの会議を温暖化対策の山場だと考えており、新たに厳しい制限を設けた拘束力のある協定が結ばれない限りは失敗とみなすだろう。

　それは、具体的には、〝私の〟失敗だ。

「そんなの不公平です」。キャロルは言った。「でも、温暖化について真剣に考えているなら、自国の議会や他国に必要な行動を起こさせることが可能なはずだというのが彼らの考えなんですよね」
環境活動家らが厳しい基準を求めることは責められなかった。科学に従った結果なのだ。ただし、守れない約束をしても無意味だということもわかっていた。もっと経済状態のよいときに、もっと時間をかけなければ、アメリカ国民に野心的な温暖化対策条約を支持させることはできない。中国の協力も取りつける必要があり、おそらく上院の大多数の支持も必要だ。アメリカがコペンハーゲンで拘束力ある条約に署名することを世界が期待しているのなら、その期待のハードルを下げなければならない——まずは国連事務総長の潘基文《パンギムン》の期待を。

世界で最も有名な外交官である国連事務総長に就任してから2年、潘基文はまだこの国際舞台で大きな印象を残していなかった。理由の一つはその役職の性質だった。事務総長は、多額の予算といくつもの関連国際機関をもつこの巨大な官僚機構のトップに立ってはいるものの、本質的な権限は小さく、一九三の国をまとめてそれなりに同じ方向に向かわせられるかどうかは、個人の能力にかかっている。潘があまり目立っていないのは、彼の控えめで几帳面なやり方も原因だった。型どおりの外交アプローチは、故郷である韓国での37年間にわたる外交官キャリアのなかでは間違いなく役立ったのだろうが、都会的でカリスマ性のあった前事務総長のコフィ・アナンとはひどく対照的なイメージを与えていた。潘基文との会議において、夢中になってしまうような話、ウィットに富んだ余談、目を見張るような洞察を聞くことは期待できなかった。潘は相手の家族について元気かと尋ねたり、仕事以外のプライベートについて詳しく話したりすることもなかった。その代わり、力強い握手をしながら会えて嬉しいという言葉を繰り返すとすぐに要点に入り、流暢《りゅうちょう》だが訛りの強い英語で、国連の声明で使われる定型表現を交えながら熱心に語るのだ。

派手さのない潘だが、私はやがて彼に好意と尊敬の念を抱くようになった。潘は正直で、率直で、一途といえるほど前向きで、強く望まれている国連改革を追求するために加盟国からの圧力に何度も立ち向かい、必ずしもほかの人々に同じ行動を起こさせられなかったとしても自分は本能的にきちんと正しい側につく人物だった。粘り強い性格で、特に最優先事項の一つとして掲げていた温暖化対策には熱心だった。私が大統領に就任してから二か月足らず、初めてオーバルオフィスで会ったとき、彼はさっそくコペンハーゲン会議への出席を約束するよう求めてきた。

「大統領、あなたに参加してもらえれば、温暖化に対する国際協力が緊急に求められているのだという非常に強力なシグナルになります。非常に強力な」と潘は言った。

排出量削減のためにアメリカ国内で立てているすべての計画について、そして、京都議定書のような条約を上院で近いうちに通過させるのが難しい状況だということは、潘にはすでに説明済みだった。暫定合意案についての私たちの考えも話し、温暖化対策において中国と同じ立場に立てるよう、国連主導の交渉における定義とは別に〝主要排出国〟を定義していると説明した。私が話しているあいだ、潘は丁寧にうなずきながら、ときどきメモをとったり眼鏡の角度を直したりした。しかし、私が何を言っても彼が本来の目的を諦めることは決してなさそうだった。

「大統領、あなたが関わってくれればきっとこの交渉をうまく合意に導くことができます」と彼は言った。

説得はその後、数か月続いた。国連主導の交渉の流れについて何度懸念を示しても、京都議定書のような拘束力のある条約に対するアメリカの立場についてどれほど率直に意見を伝えても、いつも最終的に潘は12月に私がコペンハーゲンでの会議に出席する必要性を訴えてきた。彼はG20サミットでもG8サミットでもそのことを話題に上げた。ついに私は折れ、9月にニューヨーク本部で開催された国連総会で、コペンハーゲン会議で私たちが受け入れられる合意が導かれそうなら出席に向けて全力を尽くすと潘に約束した。それから、国連大使のスーザン・ライスのほうを向いて、断るにはいい人すぎるオタク少年から卒業記念パーティー《プロム》のパートナーになってくれるようプレッシャーをかけられている気分だとつぶやいた。

12月にコペンハーゲン会議が始まると、私の最も恐れていることがついにやってきたようだった。国内では上院が排出量取引法案の採決に向けて動き出すことをいまだに待っている状態で、デンマークでの条約をめぐる交渉はさっそく行き詰まっていた。暫定合意案への支持を得るためにひと足先にヒラリーとトッドを派遣していたが、電話での2人の報告によると状況はひどいものだった。中国およびほかのＢＲＩＣＳ諸国は自分たちの主張を一歩も譲らず、ヨーロッパ諸国はアメリカにも中国にもいらだちを感じ、貧しい国々はさらに多くの財政援助を求め、デンマークと国連の主催者たちは圧倒され、環境団体は大混乱に向かっていくその事態に絶望しているという。失敗の気配が色濃く差し迫っているうえ、クリスマス休暇前に議会で重要法案を通過させるべく私がいまだ慌ただしくしていることから、ラームと上級顧問のデイヴィッド・アクセルロッドはそもそも私がデンマークに行くべきなのかと考え直していた。

私にも不安はあったが、他国の首脳たちを国際合意に導ける可能性が少しでもあるのなら、失敗による影響のリスクを負ってもいいと決意した。この旅が少しでもこなしやすいものになるようにと、スケジュール管理担当のアリッサ・マストロモナコは無駄を削った旅程を組んでくれた。そして私は、オーバルオフィスで丸一日働いてからそのままコペンハーゲンに飛び、約10時間の滞在で一つ演説をして外国首脳との会談をいくつか終えたらすぐに帰国することになった。それでも、大西洋を横断するべく夜遅くにエアフォースワンに乗り込んだときにわくわくしていたかというと、そうとは言えない。会議室用の椅子のような大きな革張りの座席に身を沈め、数時間眠れることを願ってウォッカのタンブラーを頼み、マーヴィン・ニコルソンがバスケットボールの試合はやっていないかと大画面テレビのリモコンをいじっているのを眺めた。

「こうして私がヨーロッパに行くことで大気に放出される二酸化炭素の量については、誰か考えたことはあるんだろうか?」とマーヴィンに話しかけた。「飛行機、ヘリ、車列でいつも移動している私はこの地球上で誰よりも二酸化炭素を排出していると思う」

「たしかにそうかもしれませんね」。マーヴィンはそう言うと、バスケットボールの試合をやっているチャンネルを見つけて音量を上げ、こうつけ加えた。「明日の演説では言わないほうがいいでしょうが」

朝、コペンハーゲンに到着すると、厳寒の地らしく空はどんよりしていて、街に向かう道は霧に覆われていた。会議の会場自体はショッピングモールを改築したような建物だった。いくつものエレベーターに乗って入り組んだ廊下を通り、なぜかマネキンが並ぶ通路を抜け、ヒラリーとトッドに会って現在の状況を聞いた。私はヒラリーに交渉の権限を与え、合意案の一部として、2020年までにアメリカが温室効果ガス排出量を17パーセント削減することと、貧しい国の温暖化対策を支援するための国際的な〈緑の気候基金〉1000億ドルのうち100億ドルを提供することを約束させていた。ヒラリーによると、多くの国の代表が私たちの案に関心を示していた。しかしそれまでのところ、ヨーロッパ諸国は完全に拘束力のある条約を求める一方、中国、インド、南アフリカ共和国は、会議を大失敗に終わらせてアメリカのせいにしてもかまわないと思っているようだった。

「合意案を支持するようヨーロッパ諸国と中国を説得できれば、ほかの国々が同調する可能性は高いです」とヒラリーは言った。

やるべきことをはっきりさせたところで、あと数日を残す交渉会議の議長を務めるデンマークのラース・ロッケ・ラスムセン首相を表敬訪問した。ほかのすべての北欧国家と同様にデンマークも高い国際競争力をもっている。思慮深く博識で、実利的でありながら人間味のあるラスムセンは、私がデンマーク人に抱くイメージそのものだった。だが、世界の大国が意見を対立させている複雑で厄介な問題について世界各国の合意をまとめ上げるという彼の任務は、誰にとっても困難なものだった。首相就任からわずか八か月の、小さな国の45歳のリーダーには無理な話だ。彼が会議をまとめられずにいることをメディアは嬉々として報道していた。各国の代表は彼の提案に繰り返し反対し、彼の決定に疑問を呈し、彼の権威にたてつき、そのようすはまるで手に負えない10代の生徒たちが代理でやってきた臨時教員に反抗しているかのようだった。気の毒なラスムセンに会ったとき、だいぶまいっているように見えた。明るい青い瞳は疲れきっていて、ブロンドの髪はレスリングの試合を終えたばかりようにもつれて頭皮に貼りついていた。それでもこちらの戦略を説明する私の話に熱心に耳を傾け、合意案を具体的にどう実施するかについていくつか質問もしてきた。しかしおおむねは、私がこの交渉に救いの手を伸ばそうとしていること自体にほっとしているようだった。

そこから仮設の大講堂に移動し、そこで開かれた総会で私は合意案の中心となる三つの点について説明した。争ってばかりで何もしないでいるうちに地球はゆっくりと燃え尽きていくのだという警告も添えて。聴衆からの反応はなかったが、みなじっと耳を傾けていた。潘基文は舞台袖で私を迎え、両手で私の手を握りながらねぎらってくれた。そのときの振る舞いは、これから私が交渉の行き詰まりを打破して土壇場の合意を実現させるべくあの手この手を尽くすことを当然期待しているといっているかのようだった。

その後の一日は、それまでに大統領として首脳会議に出席したときとはまるで違った。大混乱の総会が終わったと思えば、まず一つ会談をこなし、顔を寄せ合って記念撮影をする人々でごった返す廊下を通り、次の会談に向かった。私を除けば、その日の最も重要な出席者は中国の温家宝首相だった。彼は大勢の代表団を引き連れてきたが、それまでのところ、会議での彼らは頑固かつ横柄で、中国が自国の排出量をなんらかの国際審査にかけなければならないという意見を認めようとしなかった。ブラジル、インド、南アフリカと同盟すれば数の力でどんな交渉も決裂させられるとわかっているのだ。二国間会談で温と一対一で話した私は強い姿勢に出て、透明性をもつ義務から逃れることを中国にとっての短期的な勝利だと考えているのだとしたら、それは長期的には地球を破壊することになると警告した。私たちはその日のうちに何度か話し合うことになった。

温との会談は進歩だったが、ほんのわずかな一歩にすぎなかった。午後はいくつもの交渉会議であっという間に過ぎていった。どうにかEU諸国およびほかのいくつかの参加国が支持する協定案をまとめ上げることができたが、中国との二度目以降の会談では何一つ進展はなかった。温は出席を辞退し、代わりに代表団の若手メンバーを数人よこしたが、案の定、彼らと柔軟な話し合いはできなかった。夜になり、私はまた別の会議室に入った。そこには不機嫌なヨーロッパ諸国の代表たちが集まっていた。

ドイツのアンゲラ・メルケル首相、フランスのニコラ・サルコジ大統領、イギリスのゴードン・ブラウン首相など、ほとんどの主要国家の首脳が顔をそろえていたが、全員が不満のにじんだうつろな目をしていた。ブッシュが大統領職を去り、民主党が与党になった今、なぜアメリカは京都議定書を批准できないのか、と聞かれた。ヨーロッパでは極右政党でさえ温暖化の現実を受け入れているのにアメリカはどうしてしまったのか、と彼らは言った。中国が問題になっていることはわかっているが、今でなくとも将来の協定で合意させればよいではないか、と。

おそらく1時間ばかり、私は彼らの不満に耳を傾け、質問に答え、懸念に共感を示した。すると、部屋にいる全員に状況がはっきりと見えてきたようだった。それを冷静な声で言葉にしたのはメルケルだった。

「バラクの話は私たちが望んでいた選択肢ではないようです。でも、今日のところはこの選択肢しかないのでしょう。だから……中国やほかの国の反応を見て、それから決定します」。そう言って彼女は私のほうを向いた。「もうほかの国と話しに行きますか?」

「ええ」

「それでは、幸運を祈ります」。メルケルはそう言うと、口をへの字にして眉を少し上げ、首をかしげながら肩をすくめた。喜ばしくないことを受け入れざるをえないときのお決まりのしぐさだ。

ヒラリーと控え室に戻ると、ヨーロッパ諸国との会議を終えたときに感じていた意気込みはたちまちくじかれた。マーヴィンによると、激しい吹雪が東海岸に接近中で、安全にワシントンに帰るためには2時間半以内にエアフォースワンを離陸させなければならないという。

私は腕時計に目をやった。「温との次の会議は何時だ?」

「それも問題でして」とマーヴィンが言った。「温が見つからないんです」。スタッフが中国側の担当者に連絡すると、温はすでに空港に向かっていると言われたという。一方、実際にはまだこの建物にいて、自国の排出量の国際的計測を拒むほかの国々の首脳と会議中だという噂もあったが、確認はとれていなかった。

「つまり、温は私から逃げているということか?」

「スタッフが確かめに行っています」

そう言って部屋を出たマーヴィンは数分後に戻ってきて、温とブラジル、インド、南アフリカの首脳が数階上の会議室で見つかったと報告した。

「それならいい」。私はそう言ってヒラリーに顔を向けた。「最後に誰かのパーティーに押しかけたのはいつだい？」

ヒラリーが笑った。「だいぶ昔です」。そう言う彼女は、まじめな少女が羽目を外そうと決心したときのようだった。

スタッフとシークレットサービスの群れを後ろに引き連れ、私たちは急いで上階に向かった。目的の部屋は長い廊下の奥にあった。ガラス張りのその部屋は、ちょうど会議用テーブルが入るほどの大きさで、温首相、インドのマンモハン・シン首相、ブラジルのルイス・イナシオ・ルラ・ダ・シルヴァ大統領、南アフリカ共和国のジェイコブ・ズマ大統領がそれぞれ数人の大臣とともにテーブルを囲んでいる。中国の護衛が侵入者を制するように両手を上げて向かってきたが、私たちが誰だかわかるとためらいを見せた。笑顔で会釈しながらヒラリーと私はそのまま部屋の中に進んだ。背後では護衛とスタッフが騒がしく何かを言い合っていた。

「温首相、私と話す準備はできましたか？」。あぜんとした顔の温にそう呼びかけ、テーブルの周りを一周してほかの首脳一人一人と握手をした。「あちこち探したんですよ。さあ！　合意点を探ってみませんか」

誰かが何か言う前に、私は空いている椅子を引いてそこに座った。温とシンは動じたようすを見せなかったが、ルラとズマはきまり悪そうに目の前の書類を見下ろしている。私はヨーロッパ諸国との会議を終えたばかりだということを話し、温室効果ガス削減を独立検証する制度をこの場にいる国々が了承するなら、ヨーロッパ諸国は私たちの合意案を受け入れる構えだと説明した。首脳たちは1人ずつ、私たちの提案を受け入れられない理由を説明した。京都議定書が今のままでうまく機能していること。地球温暖化の原因は欧米諸国にあるにもかかわらず、今になって貧しい国々に国家発展を遅らせてまで問題を解決させようとしていること、私たちの合意案は「共通だが差異のある責任」の原則に反すること、私たちの提案する検証制度は彼らの国の主権を侵害するということ。堂々めぐりの議論が30分ほど続いたあと、私は椅子の背にもたれて温首相をまっすぐ見た。

「首相、もう時間がありません」。私は言った。「要点だけ言わせてください。私がこの部屋に入る前には、新たな協定を結べなかったのはアメリカのせいだとこの場のみなさんで発表するつもりだったのでしょう。抵抗を続けていれば、いずれヨーロッパ諸国は必死になって京都議定書に近いなんらかの協定を結ぶだろうとお思いでしょう。しかし、あなたたちが望む条約をアメリカ議会が批准することはできないと、ヨーロッパ諸国にははっきり伝えました。そして、世界の主要排出国が何もしないのに、ヨーロッパの有権者やカナダの有権者、あるいは日本の有権者が、自国の産業を競争上不利な立場に置きながら貧しい国の温暖化対策支援のために資金を提供することをいつまでも受け入れつづけるという保証はどこにもありません」

「もちろん、私は間違っているかもしれません」と私は続けた。「すべて私たちのせいにすることもできるでしょう。しかし、それで地球の温暖化が止まるわけではありません。思い出してください、私には発言力があります。しかも巨大な。合意を得られることなくこの部屋を出れば、最初に足を止めるのはあらゆる国際メディアがニュースのネタを待ち受けている階下の玄関ホールです。そこで私は、アメリカが温室効果ガスの大幅な削減と新たに数十億ドルの財政支援を約束できること、そして、あなたがたがみな自分たちは何もしないと決めたことを記者たちに伝えます。新たに支援を受けられるはずのすべての貧しい国々にも同じことを言います。温暖化によって最も苦しむことになるあなたがたの国の全国民にも。彼らが誰を信じるかは、やがてわかるでしょう」

通訳が私の言葉を伝え終えると、丸顔に眼鏡をかけたたくましい体格の中国の環境大臣が突然立ち上がり、中国語で何かを話しはじめた。声を荒らげ、両手を私のほうに振り、顔は興奮で赤くなっていた。その場にいる全員がぽかんとするなか、彼はその調子で1、2分話しつづけた。やがて、温首相が血管の浮いた細い手を上げると、大臣はすぐに腰を下ろした。私は笑いをこらえながら、温の通訳をしていた若い中国人女性に顔を向けた。

「あそこにいる私の友人は今なんて言ったの？」と私は尋ねた。彼女が答える前に、温が首を横に振って何かをささやいた。通訳はうなずいてから私のほうを振り向いた。

「温首相は、環境大臣の話は重要ではないと言っています」と彼女は説明した。「温首相は、あなたが提案している合意案の書類が手元にあるかと尋ねています。そうすれば、みんなであらためて文言を確認できるからと」

それからヒラリーの隣で、ポケットに入れていたせいで折り目がついてしまった合意案の書類を机に広げ、ボールペンで指しながら周りに立つ首脳たちに説明した。その状態で議論は30分続いたが、最後には全員の合意を得て部屋を出ることができた。急いで下の階に降り、彼らが求めたささやかな変更に対して、さらに30分かけてヨーロッパ諸国の承認を得た。合意案はすぐにコピーされ回覧された。より多くの国の支持を得るべく、ヒラリーとトッドはほかの主要国の代表者たちに働きかけた。私は合意案の発表を待つメディアに短い声明を出してから、チームとともに車に乗り込んで空港へ急いだ。

空港に着いたのは、離陸予定時刻の10分前だった。

帰りのフライトは賑やかで、スタッフたちが現場にいなかった者たちにその日の一部始終を語って聞かせた。もう長いこと私の秘書《ボディーマン》をしているおかげでそう簡単には感動しなくなったレジー・ラヴでさえ、報告書の山に目を通している私の機内執務室を覗いたとき、その顔には満面の笑みを浮かべていた。

「ボス、これだけは言っておかないと」とレジーは言った。「さっきのはマジで痛快でした」

実際、私もかなりいい気分だった。重要な問題をめぐる大舞台で、タイムリミットが迫るなか、苦境を見事に乗り越えたのだ。合意案に対するメディアの評価はさまざまだったが、会議が混乱状態だったことと中国の頑固さを考えれば、勝利とみなしていいと思った。上院に温暖化対策法案を通過させる足がかりにもなる。そして何より、中国とインドに、たとえ渋々であれ一時的であれ、西側諸国だけでなくすべての国に温暖化防止の責任があると受け入れさせることができたのだ。そして6年後には、この基本的な認識がきわめて重要な基盤となり、革新的なパリ協定の採択が実現する。

それでも、机に向かって窓の外に目をやり、機体の右翼の先端で点滅する光が数秒ごとに暗闇を照らすのを眺めているうちに、現実的な考えが浮かんできて高揚感は冷めていった。今回の合意を取りつけるためにどれほどの労力を費やしたか。有能で献身的なスタッフによる何時間もの労働、水面下での交渉と見返りの要求、財政支援の約束、そして、合理的な根拠と同じぐらい経験による勘に頼って虚勢を張った、滞在予定時間を超えての11時間。このすべてを投じた合意案は、完全に計画どおりにいったとしても、せいぜいが地球の悲劇を食い止めるためのほんの一歩でしかなく、燃え盛る巨大な炎にバケツ一杯の水をかける程度にすぎない。現在私が就いている役職の力をもってしても、よりよい世界の実現のためにすべきだとわかっていることと、１日、１週間、１年で実際に達成できることとのあいだには、常に隔たりがあると感じた。

ワシントンに着いたときにはすでに吹雪になっていて、低い雲から雪混じりの冷たい雨が激しく降っていた。シカゴなどの北部の都市ではすでに除雪トラックが道路の雪をかきながら塩を撒《ま》いているのだろうが、除雪態勢が脆弱なことで有名なワシントンＤＣでは、ほんの少しの雪でさえしょっちゅう都市機能が麻痺し、学校は休校になり、交通渋滞が起きる。嵐のせいでマリーンワンには乗れなかったので、凍った路面の上を車でホワイトハウスに帰るには時間がかかった。

居住棟《レジデンス》に着いたときにはすでに遅い時間だった。ミシェルはベッドで本を読んでいた。私はミシェルに今回の旅について話し、娘たちはどうしているかと尋ねた。

「雪が降ってすごく喜んでる。私は嬉しくないけど」。ミシェルはそう言い、優しさのこもった笑顔で私を見た。「きっと明日の朝食のときに、トラを助けられた？ってマリアから聞かれるわよ」

私はネクタイを外しながらうなずいた。

「まさに今、がんばってるところだ」

第 6 部

苦境

IN THE BARREL

第22章

政治に苦労はつきもので、大統領職も当然そうだ。つまらないミス、予期しない事態、正しくても国民受けしない政策、広報の失敗などを原因にメディアの論調が厳しくなり、リーダーとしての能力が足りないように映ってしまう。こうした状況は、原因となった問題を解決するか、反省を口にするか、なんらかの成果を上げるか、あるいはもっと大事なニュースの陰に隠れるかしてメディアが興味を失うまで、たいていは2、3週間から一か月ほど尾を引く。

しかしこのような厳しい状況があまりに長く続くと、いつの間にか恐ろしいほどに問題が山積し、自身の人間性や、自分が大統領としてふさわしいのかというところにまで話が拡大していく。悪い話はいつまでも取りざたされるもので、そこから支持率が低下する。政敵は今がチャンスだとばかりに攻勢を強め、味方の助けも追いつかなくなる。メディアは政権内部にほかにも問題がないかと探りはじめ、大統領はすっかり窮地に陥っているという印象を与えようとする。そうしてついには、その昔、ナイアガラの滝下りに挑んだ命知らずや愚か者のように、樽《たる》の中に入って身動きできないまま轟然《ごうぜん》と渦巻く水の中を転がり、上下もわからず傷だらけでなす術もなく落下していき、底を打つのをただ待ちながら、なんとか助かってくれと祈るしかなくなるのだ。

私の政権の2年目は、ほとんど丸1年そんな樽の中だった。

夏のティーパーティー旋風と医療保険改革法案をめぐる混乱もあったので、もちろん予想はしていた。だが、大統領就任から半年間きわめて安定していた私の支持率は、秋のあいだずっと下がりつづけた。アフガニスタンへの軍部隊増派決定のような重要な問題から、社交界入りを狙って政府主催の晩餐会に紛れ込み、私と記念写真を撮ったサラヒ夫妻の件のような奇妙な問題まで、メディアの報道は例外なく批判的なトーンを強めていった。

休暇中も難題は降りかかった。クリスマスの日、ウマル・ファルーク・アブドゥルムタラブという名の若いナイジェリア人が、アムステルダム発デトロイト行きのノースウエスト航空機に乗り込み、下着に縫い込んだ爆弾を爆発させようとした。幸い、起爆装置が作動しなかったおかげで大惨事は免れた。アブドゥルムタラブの毛布の下から煙と炎が出ているのに気づいた乗客が男を拘束し、客室乗務員が火を消して飛行機は無事に着陸した。待ちに待った10日間の休暇を過ごすためミシェルと娘たちを連れてハワイに到着したばかりだった私は、アブドゥルムタラブとはいったい何者なのか、共犯者は誰か、空港のセキュリティもアメリカ政府のテロリスト監視リストも彼がアメリカ行きの飛行機に搭乗することをなぜ防げなかったのかについて解明するため、それからの数日間を国家安全保障チームおよび連邦捜査局（ＦＢＩ）と電話ばかりして過ごすはめになった。

失敗だったのは、最初の直感に従わなかったことだ。事件から72時間以内にテレビを通じて国民に事態を説明し、旅行しても安全だと伝えるべきだと思ったのに、そうしなかった。発表を待つべきだという周囲のアドバイスはもっともに思えた。大統領が国民に向けて声明を発表するなら、すべての事実を把握しておくことが重要だとみなに言われた。しかし、政府を率いて事実を正確に把握することだけが私の仕事ではない。大統領は、困難に満ち、ときに恐ろしくもあるこの世界について人々に説明することも求められているのだ。テレビに出ないことで、私は万全を期していると思われるどころか問題を放置しているという印象を与えてしまい、ただちに政界のあちこちからバッシングを受けた。辛辣な評論家たちは、私には国家の安全を脅かすテロよりも南の島でのバカンスが大事なのだと言わんばかりだった。普段は冷静沈着な国土安全保障長官ジャネット・ナポリターノが、テレビの取材で安全保障上どこに問題があったのかという質問を受け、「問題はなかった」とうっかり発言したのも事態を悪化させた。

この、いわゆる下着爆弾テロ未遂事件への対処ミスは、民主党はテロに弱腰だと共和党が非難する格好の口実となり、そのおかげでグアンタナモ米軍基地内のテロ容疑者収容所の閉鎖などの取り組みを進めづらくなってしまった。それはまた、政権1年目に発生したほかの問題や失態と同様、今回も間違いなく支持率低下の原因になった。一方、国民の支持政党、年齢、人種、性別、居住地など、想像も及ばないほどさまざまな要素をクロス集計したデータを常に調べていた上級顧問のデイヴィッド・アクセルロッド（アックス）によると、2010年にかけて私の政治生命が下降線を辿った最も重要な要因が一つあった。

経済がいまだに低迷していたことだ。

理屈の上では、連邦準備制度理事会（FRB）の介入もあり、緊急経済対策はうまくいっているように見えた。金融システムは機能しており、銀行の経営は健全化しつつあった。住宅価格はピーク時からすればまだかなり低いものの、少なくとも当面は落ち着いており、国内の自動車販売も上向きつつあった。アメリカ復興・再投資法のおかげで消費者と企業の支出はわずかだが増え、州や市は教師や警察官などの公務員の削減を（完全にやめてはいないものの）抑えていた。また、全国各地で大規模な建築プロジェクトが動きはじめ、住宅建設市場の崩壊がもたらした影響をいくらか埋め合わせていた。副大統領のジョー・バイデンと彼の首席補佐官で私のかつての討論コーチでもあるロン・クラインは、経済対策資金の支出状況を実にうまく監督し、ジョーは計画の実行が遅れていたり書面できちんと報告していなかったりする州や地方の責任者に電話で檄《げき》を飛ばすことも多々あった。2人の努力のおかげで、監査によると復興法関連予算のうち執行が不適切だったものはわずか0・2パーセントに留まった。投入資金の額とプロジェクトの数を考えると、経営が絶好調の民間企業も羨む数字だ。

それでも、実際に金融危機の余波に対処する大多数のアメリカ国民にとっては、事態はよくなるどころか悪化していると感じられた。まだ住宅の差し押さえで家を失う危険もあり、貯蓄はゼロになっていないまでもひどく目減りしていた。なかでも一番の問題は、職が見つからないことだった。

国家経済会議委員長のローレンス(ラリー)・サマーズは、失業率は景気変動にやや遅れて反応する〝遅行指標〟であると警告していた。企業は通常、不況になってからも数か月は従業員の解雇を始めず、不況が終わってもしばらく経つまで採用を再開しない。そして案の定、2009年にかけて失業率の上昇は徐々に鈍化したものの、失業者の数自体は増えつづけた。10月になると、1980年代初頭以来最悪の10パーセントに達した。入ってくるのは暗い内容の報告ばかりで、労働省がホワイトハウスに月別の雇用統計報告書の前刷りを送ってくる毎月第一木曜日には胃が締め付けられた。秘書のケイティ・ジョンソンは、経済政策スタッフのそぶりを見れば報告書の内容はだいたい予想がつくと言っていた。視線をそらしたり、声が沈んでいたり、茶封筒をケイティのデスクに置いていくだけで私に直接渡そうとしない場合には、またひどい数字なのだろうとわかったという。

景気の回復が遅々として進まないことに国民がいらだっていたのは当然だが、なかでも銀行を公的資金で救済したことは我慢の限界を超えていたようだ。〈不良資産救済プログラム(TARP)〉は人々からひどく毛嫌いされた。この緊急対策が予想以上にうまく機能したこと、銀行に注入された資金の半分以上がすでに利子付きで返済されていること、資本市場が回復しなければ経済全般も立ち直ることができないという事実は一顧だにされなかった。あらゆる政治思想をもつ有権者が、銀行の救済は金融業界の大物たちをほぼ無傷で危機から脱出させる理不尽な政策だと考えた。

　ティモシー（ティム）・ガイトナー財務長官は、厳密にいえばそうではないのだと繰り返し訴え、ウォール街が受けた報いを一つ一つ挙げていった。投資銀行は倒産し、銀行のＣＥＯは解雇され、株価は下がり、何十億ドルもの損失を出したのだ。また、エリック・ホルダー司法長官の指揮のもと、司法省の法律家たちは違法行為が明らかになった金融機関から次々と記録的な額の制裁金を集めた。しかし、国の経済的苦境において最も責任を問われるべき人間の多くがとてつもなく裕福なままだという事実に変わりはなかった。彼らが訴追を免れたのは、役員室やトレーディングルームでどれほど無謀で不正な行為に及んでも、現行の法律ではティーンエイジャーの万引きほどにも罰せられないからだった。そうして、ＴＡＲＰの経済的メリットや、司法省が刑事告発を行わないという決定を下した法的根拠がたしかにあるにもかかわらず、露骨な不公平さばかりが漂った。

「自分はいつ救済されるんだ？」というフレーズがあちこちで聞かれた。理容師は私に、なぜ銀行幹部が１人も刑務所に入らないのかと尋ね、私の義母も同じ質問をした。住宅福祉委員たちは、銀行が数千億ドルものＴＡＲＰ支援を受けたのに、なぜ差し押さえのリスクがある住宅所有者のローン返済支援にはその額のほんの一部しか割り当てられないのかと尋ねた。アメリカの住宅市場の規模自体が非常に大きいことを考えると、ＴＡＲＰほど大規模な救済策をもってしても住宅差し押さえのペースを抑えるにはほとんど効果がなく、議会から得る追加の資金は雇用促進のために使うほうが効果があったのだ。しかしこうした回答は薄情な印象を与えて理解を得られなかった。実際、住宅所有者によるローンの借り換えや内容変更を支援するさまざまな施策を講じてはいたが、どれも期待外れの効果しか上げられなかったのだからなおさらだった。

議会下院は国民の怒りを先取りして抑えるべく、あるいは少なくとも不満の矛先が自分たちに向く前にと、複数の監視委員会を設置した。委員会では民主党と共和党の議員が代わる代わる銀行を非難し、規制当局の決定に疑問を投げかけ、考えられる限りの非難を相手の党にぶつけた。上院は2008年にTARPの運用を監視する特別監察官に元検察官のニール・バロフスキーを任命していた。バロフスキーは金融についてはほぼ素人だったが、メディア受けするセンセーショナルな発言がうまく、政権の意思決定の過程を精力的に非難した。やがて金融システム破綻の可能性が薄まっていくと、そもそもTARPは必要だったのかと誰もが疑問を抱くようになった。しかし、いまやTARP運用の責任は私たちにあったため、ティムやほかの政権メンバーがしばしば非難を浴びる立場に立たされ、弁護しようのない問題の弁明にも追われることとなった。

これをチャンスと見た共和党は攻勢に出て、TARPはもともと民主党の発案だとほのめかした。彼らは復興法やその他の経済政策を連日激しく批判し、〝景気刺激策〟とは民主党による見境のない選挙区への資金ばらまきと特別な利害関係団体のための救済策を別の名称で呼んでいるにすぎないと主張した。私たちがブッシュ政権から受け継いだ連邦政府の莫大な財政赤字を復興法のせいにして（わざわざ対案まで出してきた）、経済を立て直す最善の方法は、全国で経済的に逼迫《ひっぱく》した家庭が「財布の紐《ひも》を締めている」のと同様に、政府予算を削減して財政の均衡を回復することだとした。

こうした諸々が重なった結果、2010年の初めには、世論調査によると国民の大半が経済対策についての私のリーダーシップに疑問を感じていた。そのとき私が信頼されていなかったことは、テッド・ケネディ民主党議員没後のマサチューセッツ州上院議員選挙のみならず、中間選挙の年に行われたニュージャージー州とバージニア州の知事選など、少し前に私が圧勝した州における民主党の敗北を示唆する危険な赤信号だった。アックスによると、座談会形式のインタビュー調査に協力した有権者たちは、前政権から継承したTARPと私たちの景気刺激策との区別ができていなかった。彼らにわかっていたのは、有力なコネがある人々はもらえるものをもらっているが、自分たちは何の恩恵も受けていないということだけだった。彼らはまた、経済危機への対処として予算削減を求める共和党の主張が（経済学者がいうところの〝緊縮財政〟だ）、ケインズ流に政府支出を増やす私たちの方針よりも直感的でわかりやすいと考えていた。激戦州を地盤とし再選を懸念する民主党議員たちは復興法になるべく関わろうとせず、〝景気刺激策〟という言葉を使うことさえ避けるようになった。急進左派の人々は、医療保険制度改革法案にパブリック・オプションの選択肢が含まれていないことに怒りを募らせながら、景気刺激策の規模が不十分でティムもラリーも金融業界に甘すぎるという不満を繰り返し訴えた。民主党のナンシー・ペロシ下院議長とハリー・リード上院院内総務でさえ、政権の広報戦略に疑問を持ちはじめ、政権が政府内の「過度の党派争い」と「特別な利害関係」ばかりを非難して、共和党に対しては強く出ないことを特に問題視していた。

あるとき、ナンシーが電話でこう言った。「大統領。下院議員たちにはいつも、あなたが短い期間にこれほどのことを成し遂げたのは歴史的な偉業だと話しています。本当に、心から誇らしいと思っています。でも、今の時点では、国民はあなたが具体的に何を成し遂げたのか知りません。共和党の振る舞いがどれほどひどく、あなたがやろうとすることをいかに妨害しているのかも知りません。あなたからきちんと語ろうとしない限り、有権者にはずっとわからないのです」

政権の広報戦略を統括していたアックスは、私がナンシーと話した内容を聞いていらだちをあらわにし、「ナンシーなら10パーセントの失業率をあっという間に解決する方法がわかるんでしょうね」と吐き捨てた。そもそも大統領選での私の公約は、お決まりの政党間争いに興じることなく政府全体を変えてみせるという内容だったのだ、アックスは私にそのことを思い出させてから、こう続けた。「共和党を好きなだけ非難するのは簡単ですが、結局のところ、1日の終わりに有権者に対して『ええ、状況は悪いですが、もっとひどかったかもしれないのです』としか言えない限り、状況は改善されないでしょう」

アックスが言うことはもっともだった。経済状況を考えると、広報戦略で達成できることには限界があった。景気が悪ければ政治が荒れることは最初からわかっていた。しかし、ナンシーが批判的になるのもまた当然だった。結局のところ、自分には政治における重力の法則など適用されないのだといわんばかりに、経済危機への対応に短期的な政治問題を立ち入らせないことに大きなプライドをもっていたのはこの私だったのだから。金融業界を過度に非難すれば投資家に銀行への投資を思いとどまらせ、それによって金融危機が長引きかねないとティムが懸念を示したとき、私はアックスとロバート・ギブズ報道官の反対を押し切って表現を和らげることに同意していた。その結果、いまやかなりの数の国民が、大統領は自分たちよりも銀行のほうが大事なのだと感じていた。復興法による中間層への減税を一括で行うのではなく隔週で少しずつ下げていくべきだ、なぜなら調査によればそのほうが人々はお金を使う可能性が高く、景気をより早く浮揚させるはずだ、とラリーから提案された私は、すばらしい、そうしようじゃないかと応じた。受け取る給与額がわずかに増えていることなど誰も気づかない、というラーム・エマニュエル首席補佐官の警告も聞かずに。そしていまや国民の半分以上が、税金は下がったどころか、銀行救済、景気刺激、医療保険の費用を賄うためにむしろ〝上がった〟と思っていることが調査でわかった。

フランクリン・ルーズベルト大統領なら決してそのような過ちを犯さなかっただろう、そう思った。ルーズベルトは、アメリカを不況から救い出すには、ニューディール政策を完璧に実行することよりも、取り組み全体が自信に満ちたものだというイメージを発信し、政府が状況に適切に対処していると国民に印象づけることが大事なのだと理解していた。危機下にある人々には、自分たちが置かれた苦境を納得できる形で描いて感情に訴える物語が必要だったのだ――明らかな善人と悪人が登場する、わかりやすい筋立ての教訓的な物語が。

言い換えれば、政権運営をうまく行うには政治の基本要素を無視してきれいごとを並べてもだめだとルーズベルトはわかっていたのだ。すなわち、政策を売り込み、支援者に報い、反対者には反論し、自分の理念が正しかったことを示す事実は強調し、都合の悪い事実はいくらかごまかさなければならない。私は、自らの政権の高潔さがいつの間にか欠陥に変わってしまったのかもしれないと考えた。自分自身の高い志にとらわれ、国民が信じることのできる話を伝えられていないのではないか。私に批判的な者たちに国民の意見を左右する力を握らせてしまった今、どうすれば再び世論を味方につけることができるのだろうか？

1年以上にわたって経済指標は容赦なく悪化していったが、やがて、ついに希望の光が射した。2010年3月の雇用統計で、16万2000件の雇用が新たに生まれたことがわかったのだ。これほどの確固たる増加は2007年以来初めてだった。ラリーと大統領経済諮問委員長のクリスティーナ（クリスティ）・ローマーがオーバルオフィスにやってきてこのニュースを伝えたとき、私は2人と拳を打ち合わせ、君たちは「今月の最優秀スタッフ」だ、と断言した。

「ラリーと私に記念の盾をくれますか、大統領？」とクリスティが尋ねた。

「盾を買う予算はないな」と私は返した。「でもチームのみんなに威張れるぞ」

続く4月と5月の調査結果も良好で、ようやく回復の勢いがつきはじめたかもしれないとの期待が膨らんだ。ホワイトハウス内の誰もが、失業率が9パーセントを超えているうちは手放しでは喜べないと思っていたが、私の演説では前向きな局面にあることを強調するのが政治的にも経済的にも得策だろうということになった。夏の初めからスタートする全国遊説の計画も開始された。演説では復興中の地域や雇用を増やしている企業を紹介する予定だった。〝復興の夏《リカバリー・サマー》〟、そう呼ぶつもりだった。

ギリシャが危機に陥りさえしなければ。

金融危機はアメリカのウォール街で発生したが、ヨーロッパ全体への影響も深刻だった。アメリカ経済が再び成長しはじめてから数か月経ってもEU諸国は不況に陥ったままで、銀行の経営はいまだ安定せず、国の主要産業は貿易量の大幅な落ち込みによる影響から抜け出せず、失業率が20パーセントに達した国もあった。アメリカと違い、ヨーロッパは住宅産業の突然の崩壊に対処する必要はなく、充実したセーフティネットのおかげで不況が社会的弱者に与える影響はいくらか和らいでいた。しかしその一方、公共サービスへの需要の高まり、税収の減少、継続中の銀行救済が重なって、政府の予算に深刻な重荷となっていた。また、リスク回避志向の投資家が急いで財務省短期証券（TB）を購入したおかげで危機下でも赤字を安く埋め合わせられたアメリカとは異なり、アイルランド、ポルトガル、ギリシャ、イタリア、スペインなどでは国債の売却がますます困難になっていた。ヨーロッパは政府の支出を減らすことで金融市場を落ち着かせようとしたが、すでに低迷していた総需要がさらに縮小し、むしろ不況が進んでしまった。これによって予算不足がさらに深刻化し、かつてないほど高い金利での追加借入が必要になり、金融市場をよりいっそう混乱させた。

この状況をただ傍観しているわけにはいかなかった。ヨーロッパの問題はアメリカの回復にとって大きな足かせになる。ＥＵは最大の貿易相手であり、アメリカとヨーロッパの金融市場は実質的に一心同体なのだ。そうしてティムと私は２００９年の大半をかけて、ヨーロッパの首脳たちにもっと断固とした対策で経済を回復させるよう促した。私たちは銀行の問題に一気に決着をつけるよう助言した（ＥＵの規制当局が金融機関に行った〝ストレステスト（健全性審査）〟はあまりにずさんだったため、アイルランドの二つの銀行は状態良好と認められてからわずか数か月後に政府の救済を必要とした）。バランスシートが比較的健全なすべてのＥＵ加盟国に対しては、企業投資を飛躍的に増加させるとともに大陸全体の消費需要を増大させるため、アメリカと同程度に強力な景気刺激策を講じるべきだと訴えた。

　しかし、その働きかけは無駄だった。ほとんどのヨーロッパ主要国の経済は、アメリカの基準ではリベラルな政治スタンスではあるものの、中道右派の政府が主導しており、その政権も政府支出を増やすよりも均衡財政と自由市場改革の公約のもとに選ばれている。特に、ＥＵ最大の経済規模と影響力をもつドイツは、健全な財政こそあらゆる経済問題への解決策だと考えつづけた。アンゲラ・メルケル首相は知れば知るほど惹《ひ》かれる人物だった。冷静で、誠実で、正直で、知的かつ厳格で、優しい心をもっている。しかし彼女はまた、有権者のことをよくわかっている知識の豊富な政治家であるのはもちろんのこと、性格そのものが保守的だった。ドイツがインフラ整備や減税のためにもっと支出することで他国に模範を示すべきだと私が提案するたび、メルケルはいつも丁寧な言葉で、しかし断固として抵抗した。「そうね、バラク、でもそれは、私たちにとっては最善のアプローチではないかもしれませんね」。そう言って、まるで私が何か下品なことを口にしたかのように、わずかに眉をひそめるのだった。

　フランスのニコラ・サルコジ大統領も味方にはなってくれなかった。非公式の場では、フランスの失業率が高いこともあり、景気刺激策に賛成するようすを見せていた（「心配ないよ、バラク……アンゲラのことは説得中だから、今に結果が出る」）。しかし、彼自身が過去にとった財政保守派の立場を覆すことは難しく、さらに少なくとも私には、自国のための、ましてやヨーロッパ全体のための確固たる政策を考え出せるほど計画的な人物には見えなかった。

イギリスのゴードン・ブラウン首相はヨーロッパの各政府が短期的な支出を増やす必要性について同意してくれたが、彼の労働党は２０１０年5月に議会で過半数の議席を得られず、保守党党首のデイヴィッド・キャメロンが新たな首相となった。40代前半で若々しく、計算されたカジュアルな態度をとる（あらゆる国際首脳会議で彼が最初に行うことは、上着を脱いでネクタイを緩めることだった）、名門イートン校出身のキャメロンは、さまざまな問題に対して強いリーダーシップを示し、話もうまく、それまでの人生であまり厳しい批判を浴びたことのない者らしい自信と余裕に満ちていた。キャメロンとは何度か衝突したこともあったが、それでも私は個人的に彼が好きだった。キャメロンの就任から6年間、彼とは気候変動から（彼は科学を信じていた）、人権（彼は同性婚を支持した）、発展途上国支援に至るまで（在任中、彼は政府の予算の１・５パーセントを対外援助に割り当てた。私がアメリカ議会に承認させたよりもはるかに高い割合だ）、多くの国際問題をめぐって積極的に協力し合ってきた。しかし経済政策については、キャメロンは自由市場の原則に断固として従い、赤字削減と公共サービス削減、そして規制改革と貿易拡大によってイギリスが新時代の競争力を獲得すると有権者に約束した。

しかし案の定、イギリス経済はより深刻な不況に陥った。

悲惨な結果が出ているにもかかわらずヨーロッパ主要国の各首脳が緊縮財政を堅持することには、少なからずいらだちを感じた。それでも、ほかにやるべきことがたくさんあるなかで、このときはヨーロッパの状況ばかりに気をとられているわけにはいかなかった。だが、２０１０年2月から状況が変わりはじめた。ギリシャの債務危機がＥＵ解体さえ引き起こしかねない事態にまで発展し、私と経済チームは次なる世界的金融パニックを防ぐべく、奮闘することになったのだ。

　ギリシャの経済問題は目新しいものではなかった。何十年も前から、ギリシャは低い生産性、肥大化した非効率的な公共部門、大規模な課税逃れ、持続不可能な年金債務に悩まされてきた。それにもかかわらず、２０００年代を通して、国際資本市場は着実に拡大するギリシャの赤字に対して積極的に資金をつぎ込んでいた。アメリカ全土のサブプライムローンに同市場がどんどん資金を投じていたのと同じだ。しかし、ウォール街の危機をきっかけに雲行きが変わった。新たなギリシャ政権が、実際の財政赤字は前政権の発表よりもはるかに大きいことがわかったと公表すると、ヨーロッパの銀行株は急落し、世界各国の貸し手はギリシャに対するさらなる貸し付けを控えた。そうしてあっという間にギリシャは債務不履行の瀬戸際で揺れることとなった。

　通常、小国が期限までに返済を行えない見通しがあっても国外への影響は限られる。ギリシャのＧＤＰはメリーランド州とほぼ同じ規模で、これまでにほかの国々が同様の事態に陥ったときも、たいていは債権者や国際通貨基金（ＩＭＦ）とどうにか合意を結び、債務を再編して国際的な信用力を保ち、最終的には立ち直ることができた。

　しかし２０１０年の経済状況は通常とは違った。すでに不安定なヨーロッパ諸国と強く結びついていたギリシャの債務危機は、火の点《つ》いたダイナマイトを弾薬工場に放り込むようなものだった。国境を越えて統一された規定のもとで企業や人々が活動し、行き来し、取引を行うＥＵの共同市場にギリシャも属していたので、同国の経済問題の影響はあっという間に広がった。ほかのＥＵ諸国の銀行はギリシャにとって最大の貸し手だった。ギリシャはまた、ユーロ通貨を採用する十六か国のうちの一つでもあった。つまり、ギリシャは通貨を切り下げることも独自の金銭的な救済措置を講じることもできなかった。ユーロ圏の同盟国から即時の大規模な救済がなければ、ギリシャはユーロ圏離脱を余儀なくされかねず、その前例ない動きによる経済への影響は計り知れない。ギリシャに対する市場の恐怖心から、アイルランド、ポルトガル、イタリア、スペインの国債利回りはすでに跳ね上がっていた。ティムは、ギリシャが実際に債務不履行に陥ったりユーロ圏から離脱したりすれば、不安定な資本市場において、より大きな国々に対する信用さえも失われ、直前の金融危機と同等かそれ以上の衝撃が金融システムに降りかかるのではないかと懸念していた。

「私だけだろうか」。さまざまな恐ろしいシナリオを挙げ終えたティムに私は言った。「それともみんな同じかな、息をつく暇もないのは」

そうして、ギリシャの安定化は突如として私たちの経済および外交政策における最優先事項の一つとなった。その春、ティムと私は対面や電話で何度も話し合い、市場を鎮静化させてギリシャが債務を返済可能になるほど強力な救済措置を欧州中央銀行とＩＭＦに講じさせるよう全力を尽くし、その一方で、ギリシャ新政権が国の構造赤字を減らして再び成長するための現実的な計画を立てる支援をした。ヨーロッパ全体への影響拡大に備えるため、ヨーロッパ諸国による〈防火壁《ファイアウォール》〉の構築も推奨した。ファイアウォールとはつまり、危機下ではユーロ圏がメンバー国家の債務返済を支援すると資本市場が信じることができるほど強力な共同融資基金である。

しかし、やはりヨーロッパ各国政府の意見は私たちとは違った。ドイツやオランダをはじめ、多くのユーロ圏加盟国にいわせれば、ギリシャはいいかげんな統治と予算の無駄遣いによって自ら苦境に陥ったのだ。メルケルはギリシャを債務不履行に陥らせて「リーマンの二の舞にはしない」と私に言ったが、彼女と緊縮財政志向の財務大臣ヴォルフガング・ショイブレは、すでにダメージを負っているギリシャ経済を締めつけることはむしろ逆効果だという私たちの警告にもかかわらず、ギリシャ側が十分な償いをしなければ支援しないと決めているようだった。ヨーロッパの当初の提案には、旧約聖書ふうの賞罰精神を貫いてモラルハザードを阻止したいという考えが反映されていた。その内容は、ギリシャ新政権が労働者年金支給額の大幅削減、大胆な増税、公的部門の賃金凍結を実施することを条件に、二か月分の債務をかろうじてカバーできる程度の最大250億ユーロを貸し付けるというものだった。この提案がニュースで報じられるとギリシャ国民は大規模なストライキや暴動を起こし、自滅を望んではいないギリシャ政府は、ありがたい申し出だが結構だとはねつけた。

当初のヨーロッパのファイアウォールの構造もあまり優れたものではなかった。基金の原資として最初にユーロ圏当局が提案した500億ユーロはあまりにも少なかった。ティムは各国の財務大臣と電話で話し、効果を出すためには少なくともその一〇倍の規模が必要だと説明した。ユーロ圏当局はまた、加盟国が基金から融資を受ける場合、その国債保有者は強制的に〝ヘアカット〟される必要があると主張した。つまり、貸した額に対して一定の割合の損失を受け入れなければならないということだ。その考えはもっともだった。結局のところ、利子付きで金を貸す側は借り手が債務不履行になるリスクを考慮に入れているはずだからだ。しかし実際問題として、このヘアカット条件があると、アイルランドやイタリアなど借金が多い国に流れる民間資本が一気に減ると思われ、そうなればファイアウォールの目的そのものが果たされなくなってしまう。

私にとってこの状況は、まるで自国発の金融危機を吹き替えの再放送で観ているようなものだった。メルケルやサルコジなどのヨーロッパ首脳がすべきことははっきりわかっていたが、彼らの政治的なしがらみも理解できた。銀行を救済したり、自分と直接関係のない人々の住宅差し押さえや失業を回避させたりするために数十億ドルを費やすことは、理にかなっている。しかし私自身、自国民に対してそう説得するのに相当な時間がかかったからだ。それなのにメルケルとサルコジは、大勢の外国人を救済することが理にかなっていると国民を納得させなければならないのだ。

そして私は、ギリシャの債務危機はヨーロッパ地域の問題であると同時に、国際金融全体の問題なのだと気づいた。というのも、それによって、数十年にわたってヨーロッパが大規模な統合を目指してきたなかでいまだ解決されていない根本的な矛盾が露呈したからだ。ベルリンの壁崩壊後の激動の日々、そしてその後の構造改革の時代において、共同市場、ユーロ通貨、欧州議会、ブリュッセルに本部を構えて幅広い規制方針を定める官僚機構の存在といった壮大な構想は、ヨーロッパ大陸が真に統一され、何世紀にもわたる血なまぐさい紛争の原動力となった有害なナショナリズムが浄化されるという楽観的なイメージを与えた。この試みは見事な成果をもたらした。EUの加盟国は、主権の一部を放棄することと引き換えに、人類史上類を見ないほど広域にわたる繁栄と平和を享受してきた。

しかし、国家のアイデンティティ、つまり、言語、文化、歴史、経済発展のレベルの違いを埋めることは難しかった。そして、経済危機が悪化するにつれ、よい時代にはうまく覆い隠されていたそれらの違いがすべて前面に出はじめた。豊かで効率的な体制をもつ国々の国民は、近隣国の義務を引き受けたり、自国の税金が国境の外にまで分配されたりすることをどれぐらい覚悟していたのだろうか？　経済的苦境にある国の国民は、自分たちがほとんどあるいはまったく影響を及ぼせない、なんの親しみもない役人たちから求められる犠牲を、求められるままに受け入れるのだろうか？　ギリシャをめぐる議論が激しさを増すにつれ、ドイツ、フランス、オランダなどEU設立当初からのメンバー国の世論は、ギリシャ政府の政策を批判するだけでなくギリシャ国民全体を責めるまでにエスカレートすることもあった。ギリシャ人は仕事がいいかげんで、汚職を容認し、納税という基本的な責任さえ果たさなくていいと考えているのだ、と。また、G8サミット会場のトイレで手を洗っているときに聞こえてきた、どこの出身かはわからないEU関係者の言葉はこうだった。

「あの国の人間は私たちとは考え方が違うんだよ」

EUとの関わりが非常に強いメルケルやサルコジがそのような偏見を振りかざすことはなかったが、自国の政情を考慮したとたんにどんな救済策に対しても慎重にならざるをえなかったようだ。考えてみれば、ギリシャに対する最大の貸し手のなかにドイツとフランスの銀行が含まれることや、ギリシャの累積債務の多くがドイツとフランスからの輸入品の購入によるものであることに2人はめったに言及しなかった。その事実を言えば、国民はギリシャを救うことが結局は自国の銀行と産業を救うことになるのだと納得したかもしれないにもかかわらず。おそらく2人は、それを認めれば国民の関心が歴代ギリシャ政権の失策から銀行の融資状況をきちんと監視できなかった自国政府の失敗に移ってしまうかもしれないと懸念したのだろう。あるいは、ヨーロッパ統一の根底にある概念を、つまり、よくも悪くも自国の経済と〝自分たちとは違う〟人々の国の経済がもはや運命共同体であることを国民が完全に理解してしまったら、それは少し考えものだという声が出かねないと恐れた可能性もある。

いずれにせよ、5月上旬には金融市場はかなり危ない状況になり、ヨーロッパの首脳たちは現実と向き合わざるをえなくなった。そうして首脳らは、その後3年間にわたってギリシャの債務返済を可能にする、EUとIMFによる共同融資計画に同意した。この計画にもさまざまな緊縮策が盛り込まれ、融資を受けるためにギリシャが強いられる負担があまりにも大きいことをすべての関係国が理解していたが、少なくともEU諸国の政府にとって、それは国民を納得させる口実になった。また、同年にユーロ圏諸国はティムが提案した規模のファイアウォール構築に暫定的に同意したが、そこに強制〝ヘアカット〟要件はなかった。２０１０年を通してヨーロッパの金融市場は乱高下を続け、ギリシャだけでなく、アイルランド、ポルトガル、スペイン、イタリアの状況は依然として危ういままだった。ヨーロッパの根本的な問題を完全に解決させるだけの力をもたないティムと私は、一時的にでも爆弾の爆発を食い止める力になれたことに満足するしかなかった。

アメリカ経済への影響についていえば、年初に見えてきていた回復は急停止した。ギリシャのニュースはアメリカの株式市場を急落させた。月次調査で測定される景況感も低下し、再び先行きが不透明になったことで企業は投資計画の実施を延期した。６月の雇用統計もマイナスに戻り、秋まで そのままだった。

〝リカバリー・サマー〟は夢の話に終わった。

大統領になって2年目のホワイトハウスの雰囲気は、1年目とは違った。だからといって、誰もが政権運営に関わることを当たり前のように感じはじめたわけではない。自分たちには歴史の一ページを綴《つづ》るという特権が与えられているのだと実感する機会は毎日あった。みな努力を怠ることもなかった。政権メンバーが互いに親しくなり、自分の役割や責任に慣れていくにつれ、会議ははたから見れば以前よりリラックスしたムードになっていたかもしれない。しかし、気楽な冗談の裏では、誰もがそれに伴う利害を理解しており、日常的な業務でさえ最も厳格な基準で行わなければいけないとわかっていた。ホワイトハウスで働くメンバーに対して、がんばれ、もうひと踏んばりしろなどと言う必要はなかった。みな自分自身で失敗を恐れ――私や仲間たち、期待してくれる支持者たちをがっかりさせることを恐れ――それを原動力にして、激励の言葉をかけるまでもなく必死に働いていた。

誰もが常に睡眠不足だった。上級スタッフの仕事時間が1日12時間を下回ることはめったになく、彼らのほとんどが週末も出勤した。私とは違って彼らの通勤時間は1分ではなく、買い物、料理、ドライクリーニングの受け取り、学校への子どもの送迎などをしてくれるアシスタントや、秘書、執事、シェフもいなかった。ほかの仕事だったら独身のスタッフはもっと早く結婚できたかもしれない。既婚のスタッフに関しては、配偶者に多くの負担と孤独を抱えさせることになり、ミシェルと私が痛いほど知る慢性的な家庭内緊張が生まれることも多かったようだ。誰もが子どものサッカーの試合やダンスの発表会を観に行けなかった。早い時間に家に帰って幼い我が子を寝かしつけることもできなかった。家族に面倒をかけてまでワシントンに引っ越そうとはしなかったラームやアックスなどは、家族にほとんど会うことすらできなかった。

この状況に不満を漏らした者がいたとしても、ごく内輪で言っていただけだろう。誰もが、政権に入るときに署名した契約書の内容をわかっていた。そこには〝ワークライフバランス〟についての規定などなかった。国内外の経済がいまだ危機にあることを考えると、仕事量がすぐに減ることはなさそうだった。ロッカールームのアスリートが長引く怪我について話さないのと同じように、ホワイトハウスのチームメンバーも愚痴をこぼさなかった。

それでも、疲労がたまっていくのと同時に、ますます怒りを募らせる国民、非情な報道、アメリカに対する同盟国の幻滅、あらゆる手段と目的をもって私たちの業務すべてを果てしなく長引かせる野党といったさまざまな要素が重なり、メンバーの神経はすり減って、みんながいらいらしがちになった。ラームが早朝の会議でときおり感情を爆発させることに対する驚きの声や、ラリーが経済政策をめぐる話し合いから何人かを外したことへの非難、さらには大統領上級顧問のヴァレリー・ジャレットが私とミシェルとの個人的な仲を利用して必要な手続きを不当に省いているという噂などが耳に入りはじめた。また、正式な手続きを経る前に私のアイデアを非公式に実行することに慣れていた国家安全保障会議（ＮＳＣ）首席補佐官のデニス・マクドノーやベン・ローズ大統領副補佐官のような若手の外交政策担当者と、指揮系統は神聖なもので部下は自分の役割からはみ出させないという軍隊文化が身についているジェームズ・ジョーンズ国家安全保障担当補佐官とのあいだで緊張が高まった。

閣僚たちもそれぞれのフラストレーションを抱えていた。ヒラリー・クリントン国務長官、ティム・ガイトナー財務長官、ロバート・ゲイツ国防長官、エリック・ホルダー司法長官には、その役職の性格上、私はかなり意識を向けていたが、ほかの閣僚は多くの支援もなしにこつこつと働いていた。元アイオワ州知事で猪突猛進型のトム・ヴィルサック農務長官は、復興法の資金を利用して苦境にある農村地域のための新たな経済開発策をいくつも実施した。ヒルダ・ソリス労働長官と彼女のチームは、低賃金労働者の残業代受給をより簡単にすべく取り組んでいた。私の旧友で元シカゴ市教育長のアーン・ダンカン教育長官は、標準テストが増える可能性に当然ながら非常に敏感だった教員組合や、共通カリキュラム導入は子どもたちを洗脳するためのリベラル派による策略だと考える保守派活動家の激しい怒りを買ってまでも、成績のよくない全国の学校の学力を引き上げる任務を率いていた。

こうしたさまざまな業績があっても、政府機関を運営するために必要な日々の事務作業は、一部の閣僚が想像していただろう華やかな仕事（大統領の側近として助言をしたり、ホワイトハウスを頻繁に訪れたりなど）とは必ずしも一致しなかった。エイブラハム・リンカーンなどの大統領が政策立案をほぼすべて閣僚たちにまかせていた時代もあった。当時は必要最小限の人数に絞られたホワイトハウスのスタッフが、大統領の個人的な用事を引き受けたり連絡係をしたりする程度だった。だが時代とともに連邦政府の役割は拡大し、歴代大統領は一つの屋根の下で行う意思決定を増やしていき、ホワイトハウスで働くスタッフの数と影響力はみるみる増大した。一方、閣僚の仕事はより専門的になり、担当領域の膨大な仕事を管理することで忙しい彼らが大統領に長々と報告をすることは少なくなった。

私の任期中にも力関係の違いはあった。ラームやジェームズ・ジョーンズなどともほぼ毎日会っていたが、オーバルオフィスで立ったまま会議をする相手はヒラリー、ティム、ゲイツだけだった。ほかの長官たちは、自分の機関が関係する問題がホワイトハウスの最優先事項にならない限り、競って私のスケジュールに割り込まなければならない。四半期ごとに開催しようとした全閣僚会議は情報共有の場にはなったが、結局規模も手間も大きすぎてうまく進まなかった。閣議室《キャビネットルーム》に全員を着席させるだけでもひと苦労で、1人ずつ順番にどっしりとした革張りの椅子のあいだを体を横にしながらすり抜け、ようやく腰を下ろさせた。ここでは大統領のいる場所と自身の職場との近さが影響力の大きさの指標となる（この理由から、上級スタッフたちは通りを挟んでホワイトハウスの隣に建つアイゼンハワー行政府ビルの広々としたオフィスではなく、西棟《ウエストウイング》内の窮屈で薄暗くネズミが出ることで有名な場所で働くことを強く希望した）。一部の閣僚が、自分の能力が過小評価されて十分に活かされず、政権運営の周縁に追いやられ、自分より若く経験が少ないスタッフの気まぐれに振り回されているのではないかと思うようになるまでに、それほど時間はかからなかった。

ただし、こうした問題は私が大統領の時代に限ったものではない。仕事環境が厳しくなったときでも閣僚とホワイトハウスのスタッフが目標を見失わなかったのは、彼ら自身の功績だ。歴代の政権下ではわずかな例外を除いて、内部衝突や情報漏洩は頻繁には見られなかった。スキャンダルも一つもなかった。私は就任時に、モラルの堕落は決して許さず、そもそも倫理観に問題のある者は政権に加えていないつもりだとはっきり述べた。そのうえで、ハーバード大学ロースクール時代にクラスメイトだったノーム・アイゼンを倫理問題・政府改革担当大統領特別顧問に任命し、私を含む全員が道を踏み外さないように見張ってもらった。元気がよく几帳面で、シャープな顔立ちとまっすぐで熱のこもった大きな目をしたノームは、この仕事に適任だった。〝ドクター・ノー〟というニックネームもぴったりだった。政府高官が出張してでも参加してよさそうなのはどんな会議かと聞かれたときの彼の返答は、まさしく要点のみの短いものだった。

「おもしろそうな会議には行ってはいけません」

一方、モチベーションを維持するという任務は私が誰かに委任できるものではなかった。私は、相手を褒めるときは惜しげなく、責任を問うときは冷静であるよう努めた。会議では、若手スタッフも含め全員の意見を引き出すようにした。小さな取り組みも重要だった。たとえば、誰かの誕生日には私自身がケーキを持っていったり、何かの記念日があればスタッフの両親に私から直接電話をする時間をつくったりした。ほんの少し時間が空けば、ウエストウイングの狭い廊下を歩いてスタッフの執務室にふらりと顔を出し、彼らの家族のことや、今どんな仕事に取り組んでいるか、何か改善できそうな点はあるかなどを尋ねた。

だが、皮肉なことに、こうしたマネジメント面において、気づくまで必要以上の時間がかかったことがある。女性や有色人種のスタッフのようすには特に細かく注意を払うべきだということだ。私は、さまざまな視点があればあるほど組織のパフォーマンスは上がるものだと昔から信じており、歴代政権のなかで最も多様性のある内閣を築いたという事実を誇りに思っていた。ホワイトハウスのスタッフについても同様に、有能で経験豊富なアフリカ系、ラテン系、アジア系、女性が多く含まれ、国内政策会議委員長のメロディ・バーンズ、副補佐官のモナ・サトフェン、政治部長のパトリック・ガスパード、政府間問題局局長のセシリア・ムニョス、閣議担当官のクリス・ルー、秘書局局長のリサ・ブラウン、環境諮問委員会委員長のナンシー・サトリーもその一員だった。彼らはみな完璧に仕事をこなし、政策策定において重要な役割を果たした。多くが貴重なアドバイザーというだけでなく親しい友人にもなった。

閣僚たちに関しては、白人や男性でなくとも職場になじむことを心配する必要はなかった。彼らはそれぞれの職場のトップであり、ほかの職員が彼らになじむべきだからだ。一方、ホワイトハウスの女性および有色人種のスタッフには苦労があった。さまざまなタイミングで、そしてさまざまな程度で、企業でも大学でも女性や有色人種が経験しているのと同じ、繰り返される面倒な質問、フラストレーション、自分の中に湧いてくる疑問と戦わなければならなかった。

たとえば、こんな具合だ。あのときラリーが私の提案を大統領の目の前で却下したのは、具体性が足りなかったからか、自分の主張が弱かったからか、それとも、ラリーが女性を男性ほど重要視していないからか？　ラームがあの件について自分でなくアックスに相談したのは政治的な意見が必要だったからか、2人の付き合いが長いからか、それとも、黒人とはあまり話したくないからだろうか？　何か言うべきだろうか？　自分が敏感になりすぎているだけだろうか？

初のアフリカ系アメリカ人大統領として、私は誰しもを受け入れる職場の模範をつくらなければならないという使命を感じていた。それなのに、職場において人種と性別が及ぼす影響についてはあまり深刻に考えていなかった（優秀でエネルギーにあふれ、ストレスも多い人々を集めたときに生じがちな摩擦には気を配っていたのだが）。おそらくその理由は、誰もが私の前ではできるだけ行儀よい振る舞いをしていたからだろう。スタッフのあいだで問題が生じたと聞くときは、たいてい上級顧問のピート・ラウズかヴァレリーを介してだった。その年齢と性格のおかげで、ほかのスタッフたちは2人に秘密を打ち明けやすかったようだ。ラーム、アックス、ギブズ、ラリーの我の強さは、(彼らは政治的な立場上、移民、中絶、警察とマイノリティグループとの関係など、意見の分かれる問題について強い立場を取りづらかったこともちろん影響して）女性や有色人種の仲間から誤解を受けることもあった。しかし、ラームらは互いを含めて〝誰に対しても〟好戦的だったのだ。アメリカで育った誰もが偏見をなくすことができるはずだと私は信じていて、私の知る限り彼らはその点に合格していた。よほどひどい話が耳に入ってこない限り、私は礼儀と敬意をもってスタッフたちと接することで手本を示していれば十分だと思っていた。日々のなかでプライドが傷つけられたり、縄張り争いがあったり、失礼な扱いを受けたりしても、それぞれ自分たちで処理できていたからだ。

ところが、就任1年目の後半、ヴァレリーから会って話がしたいと言われ、ホワイトハウスの女性上級スタッフのあいだで不満が高まっていることを聞いた。そのとき初めて、私は自分の死角に目を向けられるようになったのだ。少なくともある女性メンバーが、会議で激しく非難されたあとに泣いていたとわかった。ほかにも数人の女性上級スタッフが、自分の意見があまりにも繰り返し却下されるので、もう会議で発言することさえやめたという。「男性たちは、自分がどんな印象を与えているのかさえ気づいていないのでしょう」とヴァレリーは言った。「女性からすれば、それこそが問題です」

それを重く受け止めた私は、思いの丈を吐き出す機会をもってもらうため、10人余の女性スタッフとの夕食会を開くことにした。会場は居住棟《レジデンス》の一階にある〈オールドファミリーダイニンググルーム〉にした。高い天井、黒ネクタイの執事たち、ホワイトハウスに代々飾られている高級磁器などの仰々しいセッティングのせいだろうか、女性たちが本音を話し出すまでには少し時間がかかった。テーブルを囲む彼女たちの心情はさまざまだったが、明らかな性差別発言を浴びた者はいなかった。しかし、優秀な彼女たちの話を2時間以上聞いているうちに、多くの男性上級スタッフに染みついている行動パターンが明らかになった——政策の議論中に声を荒らげたり悪態をついたりする、相手（特に女性）が話している途中で繰り返し口を挟むことで会話を支配しようとする、30分前にほかの者（女性スタッフであることも多かった）が言ったばかりの意見をさも自分のものであるかのように話す、などである。これによって彼女たちは、見くびられ、ないがしろにされていると感じ、意見を言うことに対してどんどん消極的になっていた。彼女たちはみな、会議で私に積極的に意見を求められることは嬉しいと述べ、私が自分たちの仕事に敬意を払っていることは疑いないと言ってくれたが、彼女たちの話を聞いて、考えてみれば私自身も男らしさを求めがちだったことで（会議中もある程度の悪ふざけを容認したり、優れた論戦なら楽しんだりしていた）、彼女たちを不快にさせていたのかもしれないと痛感した。

その夜に挙がったすべての懸念を解決したとは言えないし（「一度の夕食会で家父長制を解体するのは難しい」とのちにヴァレリーには言った）、定期的に黒人、ラテン系、アジア系、ネイティブアメリカンのチームメンバーのようすを確認したからといって彼らが疎外感を抱かずにすんだとは言い切れない。それでも、ラームなどの上級スタッフに女性の同僚の気持ちについて話したとき、彼らは驚き、深く反省し、行動を改善すると誓ってくれた。一方、女性たちは話し合いでもっと強く出るべきだという私の提案を心に留めているようだった（「誰かが言葉をかぶせようとしてきたら、まだ話している途中だと言ってやればいい！」と私は言った）。これは、彼女たちの心の健康のためだけでなく、私にとっても、うまく仕事を進めるには知識豊富で洞察力に富む彼女たちの意見を聞く必要があったからだ。数か月後、ウエストウイングからアイゼンハワー行政府ビルまでヴァレリーといっしょに歩いたとき、スタッフのやりとりに改善が見られるという言葉を聞くことができた。

「それで、あなたのほうは大丈夫なの？」とヴァレリーが言った。

私はアイゼンハワー行政府ビルの階段の上で足を止め、上着のポケットに手を入れてこれから参加する会議に必要なメモを探しながら「元気だよ」と返した。

「本当に？」。ヴァレリーはそう言って、患者の症状を調べる医者のように目を細めて私の表情をうかがった。メモを見つけた私は再び歩きはじめた。

「ああ、本当に」と私は言った。「どうして？　いつもと違って見えるかい？」

ヴァレリーは首を横に振って「いいえ」と言った。「まったくいつもどおり。それが私には理解できないの」

大統領になっても私が全然変わらないとヴァレリーが言ったのは、そのときが初めてではなかった。それが褒め言葉だということはわかっていた。私が自分のことでいっぱいいっぱいになったり、ユーモアのセンスを失ったり、不機嫌で感じの悪い嫌なやつに変わったりしなくてよかったという、彼女なりの表現だ。しかし、戦争と経済危機が長引き、政治問題が山積みになってくると、ヴァレリーは私が少し落ち着き〝すぎて〟いるのではないか、ストレスを溜めこんでいるのではないかと心配しはじめた。

ヴァレリーだけではなかった。何人もの友人が、まるで私が深刻な病気にかかっていると知ったかのように、真剣で心のこもった励ましの言葉を送ってきた。マーティ・ネスビットとエリック・

ウィテカーは、飛行機に乗ってどこかに野球の試合でも観に行こうと誘ってきた。頭を空っぽにしていっしょに〝男の夜〟を過ごそうというのだ。会いに来てくれたママ・ケイは、目の前の私が元気そうなのでとても驚いていた。

「どんなふうに想像してたんだ？」。私はそうからかい、身をかがめてぎゅっとハグをした。「吹き出物だらけの顔とか、髪が薄くなってるとか？」

「もう、やめて」。ママ・ケイは笑いながら私の腕を叩いた。それから少し体を引いて、ヴァレリーと同じように、私に変わったところがないかを探った。「もっとくたびれているかと思った。ちゃんと食べてる？」

これほどしょっちゅう心配されることに戸惑った私は、ある日ギブズにそのことを話してみた。ギブズは小さく笑い声を上げた。「それはですね、ボス。ケーブルニュースを観たら、あなたも自分のことが心配になりますよ」。ギブズの言いたいことはわかった。大統領になると、自分に対する人々の認識、もはや自分を最もよく知る人々の認識さえ、どうしてもメディアが形づくることになる。だが、いくつかのニュースを観てようやく合点がいったのは、私の政権についての報道で使われる映像が最近になって変化していることだった。選挙戦終盤から大統領就任にかけて私が波に乗っている時期、ニュースに映る私はたいてい笑顔で活気に満ち、握手をしたり、ドラマチックな背景の前で演説をしたりしていて、身振りや表情からはエネルギーとリーダーシップがあふれていた。しかしいまやほとんどのニュースがネガティブな内容なので、そこに映っているのは別人だった。立ち並ぶ柱の横や南側の庭《サウスローン》を歩いてマリーンワンにひとり向かう私は以前より老け込み、肩を落として目を伏せ、顔には疲れがにじみ、責任という強い重力に引っぱられてしわが寄っていた。樽の中にいると、悲しげな姿の私が常に世間の目にさらされるのだった。

実際は、私の生活はそれほど悲惨なものではなかった。スタッフたちと同様、寝不足ではあったかもしれない。日々、腹立たしいことや心配や失望はあった。自分が犯した間違いについて気を揉み、うまくいかなかった戦略については失敗の理由を自問した。気が重い会議、ばかばかしいとしか思えない式典、できれば避けたい対話もあった。誰かを怒鳴りつけたりしないよう抑えながらも、陰ではたくさん悪態をついて文句を言い、少なくとも一日に一度は不当に中傷されていると感じた。

それでも、選挙戦を通して自分自身についてよく知ったおかげで、障害や困難によって自分の核の部分が揺さぶられることはめったになかった。自分が役に立っていないと感じたり、目的が見つからないとき、あるいは時間を無駄にしたり、チャンスを逃しているときのほうがよほど憂鬱になりそうだった。だが、大統領の任期における最悪の時期でさえそんな気持ちになることは一度としてなかった。大統領の仕事に退屈や停滞は許されない。厄介な問題の解決策を考え出すためにチームと話し合えば、会議が終わるときには疲れるどころか元気が湧いていた。製造工場を見学しても、のがつくられる過程を見たり、研究所を訪れて科学者から最近の進歩について聞いたりと、どこに行っても想像力をかき立てられた。嵐に襲われた地方で避難中の一家を慰問したり、見放されたスラム街の子どもたちに教育を届けようとする教師たちと会ったりすることで、たとえ短い時間でも彼らが経験してきたことを思い描くたび、より広い心をもてるようになった。

大統領でいる限り、騒がしさ、華やかさ、忙しさ、物理的な制約は必ずついて回る。それでは、大統領の仕事そのものはどうなのか?

仕事、私はあの仕事を愛していた。仕事が私を愛してくれないときでさえ。

しかし仕事の外では、平和なプライベートを守ろうとした。朝の運動、家族との夕食、サウスローンでの夕方の散歩など、日常のルーティンは続けた。大統領になってから初めの数か月間は、娘たちを寝かしつけるときにサーシャに『*Life of Pi*』（邦題『パイの物語』竹書房）を1章分読み聞かせることも日課の一つだった。しかし、次の本を選ぶときが来ると、サーシャは、かつてのマリアと同じように、もう本を読み聞かせてもらう年じゃないと言った。私はがっかりした気持ちを隠し、夜は代わりにホワイトハウス専属シェフのサム・カスとビリヤードをすることにした。

サムとは夕食後にレジデンスの三階で待ち合わせた。以前なら、ミシェルと私が昔話など雑談をしてすごし、サムはキッチンの片づけをしていた時間だ。私はｉＰｏｄでマーヴィン・ゲイ、アウトキャスト、ニーナ・シモンあたりの曲をかけ、前夜の敗者がラックを組んで30分ほどエイトボールをした。サムはホワイトハウス内の噂話を楽しく聞かせてくれたり、恋愛相談をしてきたりもした。私は娘のおもしろい発言を教えたり、政治での不満を少し吐き出したりもした。しかし、たいていはお互いにくだらない話をしながら無謀なショットを試して、球がブレイクショットで勢いよく散ったり静かにポケットに落ちたりする音は、夜の仕事をしに〈トリーティールーム〉に向かう前の私の心を晴らしてくれた。

当初は、ビリヤードをすることが、部屋を抜け出して三階の階段の踊り場でタバコを一服する口実にもなった。しかし、患者保護ならびに医療費負担適正化法の成立をきっかけにタバコをやめると、この面倒な習慣は終わりを告げる。何か象徴的なことが好きだからその日を禁煙開始日に選んだというのもあるが、その数週間前、私の息に漂うタバコのにおいに気づいたマリアが顔をしかめて、タバコ吸ってきたの？と聞いてきたときに決心した。娘に嘘をつくか、悪い手本となるか、という選択肢しかなくなった私は、ホワイトハウスの専属医に電話をかけ、ニコチンガムを一箱送ってくれと頼んだのだ。ガムは効果があった。それ以来、私は一本もタバコを吸っていない。ただ、結局は中毒の対象が変わっただけの話なのだが。それから大統領の任期が終わるまで、私は絶えずガムを嚙みつづけ、何度となくポケットから空箱が落ち、あちこちの床や私のデスクの下、ソファのクッションのあいだなどに銀色の包み紙がパンくずのように落ちているのを誰かが見つけるのだった。

また、バスケットボールもいい息抜きになった。私のスケジュールが許せば、秘書《ボディーマン》のレジー・ラヴは週末に試合を企画して友人たちに声をかけ、ワシントンのフォート・マクネア陸軍基地や、FBI本部、内務省本部などの屋内コートに集まってもらった。定期的な参加者のほとんどは大学時代に強豪校の選手だった20代後半から30代前半の若者だったので、試合は激しかった。認めたくはなかったが、彼らとプレーするコートの中で私はたいてい下手なほうだった。だから無理に活躍しようとはしなかったが、それでも、手元のボールを守り、相手チームの選手をマークし、いい位置にいる味方にパスを出し、自分の前が開けばシュートを狙い、速攻を仕掛け、疾走感に身を任せながら、戦いを通して生まれる友情の中で我を忘れられた。

寄せ集めのメンバーでこんなふうに試合をすることで、私は昔の自分を失わずにいられた。私のチームがレジーのチームを倒せば、その後1週間はレジーにその話をしつづけた。それでも、自分がバスケットボールをする楽しさは、リーグ戦で戦うサーシャの4年生バスケチームを応援する興奮（とはらはらする気持ち）とは比べものにならなかった。

サーシャのいるチームは〈毒へビ団《ヴァイパーズ》〉と自称していた（発案者はたいしたものだ）。シーズン中、毎週土曜日の朝はメリーランド州にある小さな公園の競技場にミシェルと行き、ほかの家族といっしょに観客席に座って、チームの女の子たちがゴールを決めそうになれば夢中で応援し、サーシャには敵をブロックしろ、ディフェンス位置に戻れなどと叫びながらも、審判に野次を飛ばして白い目で見られるような親にはならないよう気をつけた。ジョー・バイデンの孫でサーシャの親友の1

人であるメイシー・バイデンはチームのエースだったが、ほとんどのメンバーはそれまで本格的にバスケットボールを学んだ経験はなかった。チームのコーチも同じだったようだ。コーチは娘たちの通うシドウェル・フレンズ・スクール所属のフレンドリーな若いカップルで、本人たちも言っていたように、バスケットボールは彼らの専門ではなかった。愛らしいがまとまりのない試合を二つ観戦した私とレジーは一役買って出ることにし、日曜の午後に何度か非公式の練習をしようとヴァイパーズに持ちかけた。練習内容は基本的なことで（ドリブルやパス、コートに入る前に靴紐をきちんと結んだか確認するなど）、試合形式で練習するとレジーが熱くなることもあったが（「ほらペイジ、それじゃイザベルに隙をつかれるぞ！」）、みんな私たちと同じぐらい楽しんでいるようだった。ヴァイパーズが18対16という接戦を制してリーグのチャンピオンに輝くと、レジーと私はまるで全米大学トーナメントで優勝したかのように祝った。

親であれば誰もがこんな瞬間を味わうものではないだろうか。慌ただしい世界がふと穏やかになって、自分自身の日々の努力などどうでもよくなり、我が子の成長という奇跡を目の前で目撃することだけが大事だと思える。選挙活動や政策会議のために何年にもわたって娘たちとの時間を犠牲にしてきた私は、普通の〝お父さんらしいこと〟をとても大切にしていた。しかし、当然ながら私たちがまったく普通の生活を送ることはもはや不可能で、翌年には実にワシントンらしい形でそれを痛感することになった。シドウェル内のライバルチームの生徒の親数人が、レジーと私がヴァイパーズのためだけに練習の場を設け、ほかの子どもたちにはコーチをしなかったことについて、ヴァイパーズのコーチと、おそらく学校に対してもクレームを入れたのだ。私たちは、あの練習は何も特別なものではなく、むしろサーシャとの時間を過ごす口実にすぎなかったと説明し、ほかの親たちが練習を企画するサポートの提供を申し出た。だが、結局、不満はバスケットボールとはなんの関係もないことであり（「大統領からバスケを教えてもらったなんて、ハーバード大学の願書に書けば見栄えがすると思ったんでしょう」とレジーは一蹴した）、なおかつヴァイパーズのコーチが困っていることがわかると、私はただの一ファンに戻るほうがみんなにとっていいだろうと判断した。

こうした不愉快な経験もいくつかあったが、ファーストファミリーという立場のおかげで多くの恩恵を得られたことは否定できない。美術館には閉館後に入れたので混雑を避けられた（マーヴィン・ニコルソンとは、コーコラン美術館で精巧に描かれた裸の男の大きな肖像画を見つけたとき、娘たちの視界に入れてはいけないと彼がさりげなくその前に立った話でいまだに盛り上がる）。アメリカ映画協会からは新作のDVDが送られてきたのでホワイトハウスの映画上映室はよく使ったが、ミシェルと私の好みは分かれることが多かった。ミシェルはラブコメディが好きだったが、彼女によると、私が好きな映画はたいてい「人々がひどい目に遭って、最後には死ぬ」のだそうだ。

ホワイトハウスに誰かを招いたときは、すばらしいスタッフたちのおかげでうまくもてなすことができた。普通なら幼い子どものいる共働きの親は、1週間働いたあとにエネルギーを振り絞って買い物や料理をし、竜巻が直撃したかのような家の中を片づけなければならないが、もはや私たちにそんな心配はなかった。週末に定期的に友人たちと集まるほかにも、数か月に一度、レジデンスで小さなディナーパーティーを開くようになり、アーティスト、作家、学者、ビジネスリーダーなど、何かの機会で知り合ってもっと親しくなりたいと思う人たちを招いた。たいていディナーは日付が変わっても続き、ワインを燃料に盛り上がった会話から刺激を受け（初めから堂々としてお茶目な雰囲気だった作家のトニ・モリスンは、作家ジェイムズ・ボールドウィンとの友情について話してくれた）、知識を与えられ（科学技術諮問委員会の共同委員長をしていたエリック・ランダー博士は、遺伝医学における最新の飛躍的進歩について説明してくれた）、うっとりさせられ（女優のメリル・ストリープは、演技の仕事を通して数年前に知った雲についての歌の歌詞を中国語で静かに朗読してくれた）、そんな時間を過ごしていると、人類の未来はきっと明るいと思えた。

しかし、ホワイトハウスに住むうえでの最高の特典は、おそらく音楽に関係していた。ファーストレディとしてのミシェルの目標の一つは、ホワイトハウスをもっと親しみやすいものにすることだった。ホワイトハウスを訪れるすべての人が、そこを自分とはまるで無縁の排他的な権力の要塞ではなく、国のシンボルなのだと感じられる〝国民の家《ピープルズ・ハウス》〟にすることを目指していた。ホワイトハウス社会事業室と協力して、ミシェルは地元の学校向けのホワイトハウス・ツアーを増やし、恵まれない子どもたちとホワイトハウスのスタッフをペアにするメンターシップ・プログラムを始動させた。サウスローンを開放してハロウィンのイベントを開いたり、軍人の家族のために夜の映画鑑賞会を開催したりもした。

そうした取り組みの一環として、公共テレビ局とも協力し、ホワイトハウスで定期的にアメリカ音楽のコンサートを開催した。コンサートには、スティーヴィー・ワンダー、ジェニファー・ロペス、ジャスティン・ティンバーレイクなどのおなじみのスターのほか、リオン・ブリッジズのような期待の新人やB・B・キングといった生ける伝説も招き、地元の若者たちとともに音楽ワークショップを開いてもらってから、イーストルームのステージや、ときにはサウスローンで数百人のゲストを前に演奏してもらった。一流の作曲家やパフォーマーを称えるためにホワイトハウスで毎年開催していたガーシュウィン賞のコンサートに加え、この企画のおかげで私たち一家は年に三、四回もスター勢ぞろいの音楽の祭典を最前列で楽しむことができた。

ライブではあらゆるジャンルの音楽が演奏された――ソウルやR&B、ブロードウェイ・ミュージック、昔ながらのブルース、軽快なラテン音楽、ゴスペル、ヒップホップ、カントリー、ジャズ、クラシックなど。ミュージシャンはたいていショー本番の前日にリハーサルを行い、彼らがセットリストを確認しているときにたまたま私がレジデンスの上の階にいると、トリーティールームの床を震わせるドラムやベース、エレキギターの音が聞こえた。ときどき、レジデンスの裏階段をこっそり下りてイーストルームに入り、目立たないように後ろのほうに立って仕事中のアーティストたちを眺めた。２人のボーカリストがハーモニーを調整したり、有名なスターがハウスバンドといっしょにアレンジをわずかに変えたりしていた。彼らの楽器のうまさや、心と体と魂を交わらせた相手に心を開き合うようすに感銘を受ける一方、彼らの努力のなかにある純粋で曇りのない喜びは、私が選んだ政治の道にあるものとは大違いだと感じ、羨ましくてたまらなかった。

コンサート本番はといえば、全身をしびれさせる見事なパフォーマンスだった。ボブ・ディランのステージは今でもはっきりと覚えている。ベースとピアノ、そして彼のギターだけで、『時代は変る』を優しくアレンジして披露していた。演奏を終えると彼はステージを降りて私の手を握り、歯を見せてほほえんでから私とミシェルにお辞儀をして、何も言わずに去っていった。また、リン＝マニュエル・ミランダというプエルトリコ系の若い劇作家と、詩と音楽と話を楽しむ夜のイベントの前にいっしょに写真撮影をしたときのことだ。今は、アメリカの初代財務長官アレクサンダー・ハミルトンの生涯をヒップホップ音楽で綴るミュージカル作品を制作中で、今日はその最初の一曲を初披露するつもりだと話した。ミシェルと私は愛想よく応援の言葉をかけたが、内心では大丈夫だろうかと思っていた——彼がステージに上がってビートが鳴りはじめ、観客がすさまじい盛り上がりを見せるまでは。

あるときには、ポール・マッカートニーがビートルズの曲『ミッシェル』を私の妻に捧げて歌ってくれた。観客は拍手を送り、ミシェルは照れたように笑っていた。私は、この曲がリリースされた1965年に誰かがサウスサイドにあるミシェルの実家のドアをノックして、いつかビートルズのメンバーがホワイトハウスのステージからこの曲を娘さんに向けて歌うんですよと教えたなら、彼女の両親はなんと言っただろうかと思った。

ミシェルも私と同じぐらいこうしたコンサートを愛していた。ただし彼女は、主催者ではなく1人の観客として参加したかったのかもしれない。一見したところ、ミシェルは新しい生活にはなんの問題もなく順応しているように見えた。娘たちは幸せそうで、ミシェル自身も娘の友達の母親を中心にたくさん友人をつくっていた。ホワイトハウスをこっそり抜け出すのも私よりはたやすかった。彼女が立ち上げた子どもの肥満防止キャンペーン〈レッツ・ムーブ!〉は好評で、大きな成果も上げており、さらにまもなくジョー・バイデンの夫人ジル・バイデンと共同で〈ジョイニング・フォーシズ〉というキャンペーンを開始して軍人の家族を支援する予定だった。ミシェルが公立学校の教室を訪ねたり、深夜番組の司会者と軽妙なやりとりをしたりして公の場に出ると、人々はみなあっという間に彼女の誠実さと温かさ、笑顔と頭の回転の速さの虜《とりこ》になった。実際、私とは違い、ワシントンに到着した瞬間から彼女に選択ミスや失言は一度もなかったと言っていいだろう。

だが、その成功と人気にもかかわらず、ミシェルは常に心の底に緊張を抱えていると感じとれた。まるで、どこかで機械がかすかだが絶えず音を立てて動いているかのように。ホワイトハウスの壁の中に閉じこめられていると、それまで抱えていたフラストレーションが凝縮されてより鮮明になっているようだった――私が24時間仕事漬けなこと、一家が絶え間ない詮索や攻撃にさらされる立場にあること、友人や家族でさえ彼女の役割を大統領ほど重要ではないというふうに扱うことなど。

何より、ホワイトハウスにいると、もはや自分の生活の根本部分すら自分で決めることはできないのだと日々思い知ったようだ。誰と会うか、休暇にどこに行くか、2012年の選挙が終わったらどこに住むか。さらには家族の安全さえも——私の仕事の調子、ウエストウイングのスタッフがしたことやしなかったこと、有権者の気まぐれ、報道、共和党院内総務のミッチ・マコーネル、雇用統計、地球の反対側でまったく予期せず発生した出来事などにかなり左右される。確実なことは何一つなかった。むしろ、何もかもが予測不可能だった。そのため、意識的であれ無意識にであれ、1日、1週間、1か月規模で小さな勝利や喜びがあっても、ミシェルは心のどこかで常に警戒し、次は何が起こるのかと目を光らせ、災難に備えて身構えていた。

ミシェルがそうした感情を私に直接伝えることはほとんどなかった。私がすでに背負っているものを知っていたから、さらに重荷を増やしても仕方ない、少なくとも当面は、現状を変えるために私ができることはほとんどないだろうと思っていたのだ。また、ミシェルが私に話すのをやめた理由は、きっと話しても私は理屈で彼女の不安を退けようとするか、見当違いのやり方でなだめようとするか、考え方を変えればいいだけだという態度をとるだろうとわかっていたからかもしれない。

私が平気なのだから君も平気だろう、とでも言うかのように。

本当にまったく平気なのだと思える時間もあった。夜に一枚の毛布にいっしょにくるまってテレビを観たり、日曜の午後に娘たちと飼い犬のボーとカーペットの上に転がって、レジデンスの二階を笑い声で満たしたりもした。しかし、夕食がすむとミシェルは自分の書斎に戻り、私は長い廊下を歩いてトリーティールームに向かうことが多くなっていった。私が仕事を終えるころには、もうミシェルは眠っていた。起こさないように注意しながら、私は服を脱ぎ、歯を磨き、シーツの中へ身を滑らせた。私にとってホワイトハウスで暮らすあいだに寝つけない夜はほとんどなかったが（いつも疲れ切っていたので、枕に頭を落ち着けてから5分もすれば熟睡していた）、ときどき、暗闇の中でミシェルの隣に横たわりながら、2人の日々がもっと気楽で、ミシェルが笑顔でいることが多く、２人の愛を邪魔するものが少なかったころのことを考えた。もうあの日々は戻らないのかもしれないという思いに駆られて、胸が苦しくなった。

今になって振り返ると、私たちが経験した変化に対して素直な反応をしていたのはミシェルのほうだったのかもしれない。危機がいくつ重なっても冷静に振る舞い、最後にはすべてがうまくいくと主張した私は、本当は自分を守っていただけなのかもしれない。そうやってミシェルを孤独にしていたのかもしれない。

このころから私は、同じ夢を繰り返し見るようになった。夢の中で私は名もない街の通りに立っていて、周りには木々や店があり、車は少なかった。気候は暖かで心地よく、そよ風が吹いている。人々は買い物や犬の散歩をしたり、職場から家に帰っている。私は自転車に乗っているときもあったが、たいていは何も考えずに散歩をしていた。そして突如、誰も自分のことを気に留めていないことに気づく。護衛もいない。行かなければならない場所もない。自分の決定が及ぼす影響もない。通りの角の店に入り、ミネラルウォーターのボトルかアイスティーを買って店員と軽くおしゃべりをする。それから近くのベンチに腰を下ろし、蓋を開けてひと口飲み、目の前で過ぎゆく世界を眺める。

宝くじが当たったように幸せな気分で。


ラームのなかでは、政治に勢いを取り戻すための答えは見つかっていた。ウォール街の危機をきっかけに金融市場規制システムの重大な欠陥が露呈したことを受け、政権移行期に私は経済対策チームに対して将来の危機を防止する立法改革を行うよう求めていた。ラームが考える限り、このウォール街改革法案の起草と採決は早ければ早いほどよかった。

「そうすれば我々はまた正義の味方になれます」と彼は言った。「共和党が妨害しようとしても、勝手にやらせていればいい」

新たな規制に対してミッチ・マコーネルが反発するだろうことは確かだった。結局のところ彼は、アメリカの実業界がやりたいようにやる力を削ぎかねない政府の規制（環境法、労働法、労働安全衛生法、選挙資金法、消費者保護法など）にはすべて反対してきたのだ。それでも、このとき政治が危機的状況にあることは彼にもわかっていて（有権者はいまだに共和党を大企業や自家用ヨットを所有する億万長者と結びつけて考えていた）、自党の反規制スタンスが上院で過半数の議席を得るという目的の邪魔になることを防ごうとしていた。そのため、あらゆる機会に議事妨害《フィリバスター》を狙う意図を隠そうとはしないながらも（マサチューセッツ州上院選でスコット・ブラウン共和党議員が勝利して民主党の議席数が60を割ってからはたやすくなっていた）、キャピトル・ヒルにある彼の執務室で開いた会議では、ウォール街の改革は例外視するつもりだとティムに告げた。会議から戻ったティムはこう言った。「マコーネルは私たちが提案するものすべてに反対票を投じるでしょう。ほとんどの共和党員もそうです。それでも彼によると、私たちに協力する可能性のある共和党員は5人ほどいるはずで、彼らを止めることはしないと言っていました」

「ほかには何か言っていたか？」。私は尋ねた。

「あとは、妨害はうまくいくということぐらいです」とティムは言った。「マコーネルは満足げでした」

マコーネルが世論を意識して譲歩したことは重要だったが、それでもウォール街改革法案の議会通過を目指すうえでは困難が伴った。金融業界の幹部たちは自分たちが経済を混乱させたことにまったく反省の色を見せようとしなかった。私たちが火中から彼らを引っぱり出したことに対する感謝も示さなかった（むしろ金融系メディアは私のことを〝反ビジネス〟だといって繰り返し非難した）。それどころか、自分たちの事業に対する規制強化を、ひどく不快なものとまではいわないものの、受け入れがたい重荷だと考えたようだ。また、すべての州における有力者であり、両党に多額の選挙資金を献金できる彼らが政界で最も強力なロビー活動をやめることもなかった。

金融業界からの全面的な反対がなくとも、現代の金融システムを規制することそのものが恐ろしく複雑だった。銀行が顧客から預金を集め、その資金で家庭や企業にごくシンプルな融資を行うという形のもと、アメリカ国内で流通するほとんどのお金が決まったルートで循環する時代は終わった。いまや数兆ドルがまたたく間にいくつもの国境を越えて移動していた。ヘッジファンドやプライベート・エクイティ・ファンド〔未公開企業の株式を取得し、経営に深く関与して企業価値を高めた後に売却して利益を出す出資ファンド〕などの非伝統的な金融ビジネスの資産保有額は多くの銀行のそれに匹敵し、コンピュータによるアルゴリズム取引やデリバティブなどの新種の金融商品には、市場を開拓する力もあれば破壊する力もあった。アメリカ国内では、広範にわたるこの金融システムの管理権限はさまざまな連邦機関〔ＦＲＢ、財務省、連邦預金保険公社（ＦＤＩＣ）、証券取引委員会（ＳＥＣ）、商品先物取引委員会（ＣＦＴＣ）、通貨監督庁（ＯＣＣ）〕に分散され、それら機関のほとんどが独立した運営のもとでそれぞれの縄張りを厳格に守っていた。効果的な改革を行うには、共通の規制枠組みのもとでこれらの機関を結束させる必要がある。また、海外の口座を通じて取引するだけで企業にルール回避の抜け道をつくらせないよう、他国の規制と足並みをそろえることも必要だ。

そして最後には、改革のやり方と範囲をめぐって民主党内で大きく意見が分かれている状況に対処しなければならない。中道寄りの人々は（ティムやラリーをはじめ、民主党議員の大半がそうだった）、今回の危機によって明らかになった欠陥は深刻ではあるものの修正可能で、通常なら金融システムは堅固なものだと考えた。ウォール街はその成長と革新があったからこそ世界の金融市場の中心地になりえたのであって、非合理的な熱狂とパニックのあいだを行き来する好不況の循環というものには、現代の資本主義だけでなく人間の心理が本質的に影響しているというのである。投資家や企業にとってのリスクをすべて排除することは不可能であり、望ましくもないということで、彼らが掲げる改革は限定的だった。あまりにもリスキーな商品を制限し、大手金融機関の業務に透明性を確保し、ラリーの表現を使えば「障害が起きても安全なシステムにする」ためのガードレールを設けることで、投資に失敗した個人や金融機関がほかの人々を巻き添えにしないようにすべきだというものだった。

一方、左寄りの民主党議員の多くにとっては、このような的を絞ったアプローチではまったく不十分で、アメリカの一般市民のためにならない金融制度について考え直す機会をまたもや先延ばしにするだけだと思えた。彼らは、アメリカ経済が抱える慣行の問題は、倫理観に欠ける肥大化した金融セクターが原因だとした――長期的な投資をするよりもコスト削減や従業員の解雇による短期的な利益増加を企業が求めていることや、プライベート・エクイティ・ファンドが借り入れを利用して他社を買収し、いらない事業のみを転売し不当な利益を得ていること、じわじわと拡大する所得格差、超富裕層が支払う税金の減少など、すべてが金融セクターのせいだと考えた。この歪んだ状況を是正し、金融危機をたびたび引き起こす狂乱的な投機を止めるためには、ウォール街に対する抜本的な制度見直しを検討すべきだ、と彼らは訴えた。彼らが求める改革には、アメリカの銀行の規模に上限を設けることや、グラス＝スティーガル法（銀行法）の復活などが含まれた。グラス＝スティーガル法とは、ＦＤＩＣの保証を受ける銀行の投資銀行業務を禁じる大恐慌時代の法律で、ビル・クリントン政権下で廃止されていた。

金融規制に関するこの党内分裂は、多くの面で医療保険制度改革をめぐる議論に似ていた。医療保険改革の議論において、単一支払者制度の支持派は、既存の民間医療保険制度を少しでも残すべきだという意見はすべて裏切りだとして受け入れなかった。医療保険改革問題と同様、金融規制に関しても左派による現状全体への批判に共感できる部分はあった。ウォール街はたしかに、生産性の高い用途に資本を効率的に配分するというより、まるで数兆ドルが動くカジノのようになっており、巨額の利益と報酬はかつてないほど拡大したレバレッジと投機に過度に依存していた。企業が四半期決算にこだわるあまりに意思決定が歪み、短期的な思考に陥りがちだったこともそのとおりだ。グローバル化が特定の労働者や地域に及ぼす影響など気にかけずにやりたい放題の金融市場は、たしかに雇用の海外流出および少数の都市や経済部門への富の集中を加速させ、この国から莫大な資金、才能、希望を奪った。

大規模かつ大胆な政策を講じれば、これらの問題を多少は解決できるかもしれない。そしてほとんどの問題は、税法の改正、労働法の強化、企業統治《コーポレート・ガバナンス》のルール変更によって是正できるものだった。この三つの項目すべてが私の〝やることリスト〟の上位にあった。

しかし、国の金融市場そのものを安定させるための規制となると、左派の主張は的外れだった。アメリカの銀行の規模が制限されていれば今回の危機や連邦政府による介入が必要になる事態を防げたという証拠はない。JPモルガン・チェースと比べればベア・スターンズやリーマン・ブラザーズの資産規模ははるかに小さかったが、このパニックを引き起こしたのは、証券化したサブプライムローンに対するそれら企業の高レバレッジの賭けなのだ。その前にアメリカを襲った大きな金融危機は1980年代にさかのぼるが、そのとき大手銀行はまったく関与していなかった。当時の金融システムを揺さぶったのは、全国の大小の町に何千と存在した小規模で資本の少ない貯蓄貸付組合（S&L）による高リスク融資の洪水だった。事業の範囲を考えれば、シティグループやバンク・オブ・アメリカなどのメガバンクに対して規制当局が特に詳細な調査を行うことは理にかなっているだろうが、資産を半分に削減させたところで状況は変わらない。また、ヨーロッパおよびアジアのほとんどの国ではむしろアメリカよりも銀行の集中化が進んでいたので、アメリカの銀行の規模を制限すれば、システムへの全体的なリスクは排除されないまま国際市場で大きな不利益を被ることになる。

また、ノンバンク部門の成長に伴い、グラス＝スティーガル法の基準で〝投資銀行〟とFDICの保証を受ける〝商業銀行〟を区別することはすっかり時代遅れになった。サブプライムローン証券に対する最大の賭け手〔AIG、リーマン・ブラザーズ、ベア・スターンズ、メリルリンチ、そして連邦住宅抵当公社（ファニーメイ）および連邦住宅貸付抵当公社（フレディマック）〕は、政府の保証に支えられた商業銀行ではなかった。投資家は保証の有無など考慮せず大量の資金をこれらの機関につぎ込んだので、倒産が始まると金融システム全体が脅かされた。一方、ワシントン・ミューチュアルやインディマックなどの伝統的な商業銀行は、投資銀行のような行動に出たり高配当の証券を引き受けたりはしなかったが、収益増加のために不適格な相手に大量のサブプライムローンを組んだことで経営が悪化した。より大きなリターンを求めるさまざまな金融機関のあいだでどれほど容易に資本が流れているかを考えると、システムを安定させるには、関係する機関の種類ではなく、リスクの高い取引慣行を抑制するほうに焦点を合わせる必要があった。

そして、結局は政治の手続きが関わってくる。上院では、医療保険の単一支払者制度と同じく、グラス＝スティーガル法の復活や銀行縮小法案が採決にかけられる見通しすらなかった。下院でさえ、民主党はやりすぎだと感じられる政策には警戒した。それが金融市場で資金の流れを鈍らせ経済をいっそう悪化させかねない案ならなおさらだった。郊外の州から選出された民主党議員はこう言った。「大統領、私の地元有権者は今ウォール街を嫌っています。それでも、完全に解体させることは望んでいません」。かつてルーズベルト大統領は、世界恐慌下の苦しい3年間のあと、アメリカ資本主義の再編を含めてあらゆることを試みるべきだという国民の負託を一身に受けていたかもしれないが、今はすでにそこまでの状況悪化は食い止められていることもあり、私たちが変化を起こすべき範囲ははるかに狭い。この使命を果たすうえでの最善の方法は、可能なうちにいくつか具体的な成果を上げることだと思った。

2009年6月、数か月にわたる微調整を経て、金融規制改革法案を議会に提出する準備が整った。左派が求めるすべての条項を網羅してはいないが、20世紀の規制を21世紀の経済に合わせて刷新する大規模かつ野心的な案だ。

法案の核となるのは、〝システム上〟重要なすべての金融機関（銀行とノンバンクのいずれも含む）が最低限維持しなければならない自己資本比率を増やすというものだった。資本が増えれば、高リスクの賭けをするための借入が減る。流動性が高まれば、不況時に取り付け騒ぎが起きても乗り切りやすくなる。ウォール街の主要企業に損失に備えて多くの資本準備をさせておけば、システム全体を強化することになる。そして、これらの機関が基準に従っていることを確認するため、危機の最中に適用された種類のストレステストを定期的に受けさせるものとする。

次に、どれほどの大企業が倒産しても金融システム全体に混乱が広がらないようにする正式なメカニズムが必要だった。ＦＤＩＣはすでに、政府の保証を受ける銀行にきちんと破綻手続きを行わせる権限をもち、資産の清算や債権者への分配を管理するルールもあった。私たちの法案では、銀行であろうとなかろうと金融システム上重要なすべての機関を対象に、FRBに同様の〝破綻処理権限〟を与えた。

より一貫して規制を実行するために、私たちは各政府機関の機能と役割を合理化することも提案した。法案では、市場が再び大きく混乱した場合の迅速な対応を促すべく、FRBと財務省が今回の危機下で講じた緊急対策（経済チームは「滑走路の消火剤」と呼んだ）の多くを正式に承認した。また、手遅れになる前に潜在的な問題を把握するために、金融ネットワークの大部分を構成する特殊な金融商品の市場を管理するルールを強化した。デリバティブの売買にも特に注意を払った。デリバティブは証券に組み込まれることが多かったが、実態が見えにくく、サブプライムローン市場の崩壊後、金融システム全体にわたって損失を拡大させたからだ。デリバティブには正当な用途があり、あらゆる種類の企業がデリバティブを利用して通貨価値や商品価格の大きな変動に対するリスクを回避したことは確かだ。しかし無責任なトレーダーは、デリバティブを使って賭け金の大きなギャンブルを行い、金融システム全体を危険にさらしていた。私たちが提案する改革は、こうした取引のほとんどを公開市場で行わせることで、より明確なルール設定と監視の強化を可能にするものだった。

法案の大部分はきわめて専門的な内容で、世間一般からは見えにくい金融システムの内側に関係するものだった。しかし法案の最後には、巨額の金融取引よりも人々の日常生活に関わる要素を取り入れた。ウォール街の危機は、サブプライムローンの破綻なくしては起こらなかっただろう。このローンが適切な借り手（変動金利およびバルーン・ペイメントの住宅ローンに伴うリスクを理解したうえで、転売のためにフロリダのコンドミニアムを買ったりアリゾナの別荘を購入したような人々）に提供されたケースも多かったが、それよりも多くの割合のサブプライムローン商品が市場に出回り、労働者階級の家庭に販売された。黒人やヒスパニック系が多かったそれらの家庭は、ついに自分たちもアメリカンドリームを手に入れられるかもしれないと夢見たが、結局は自宅と貯蓄が差し押さえで奪われることになったのだ。

消費者を不当な、あるいは誤解に基づく貸付の被害に遭わせているのは住宅ローンだけではなかった。どれほど働いても資金の足りない何百万人ものアメリカ国民は、たびたび法外な金利や明示されなかった手数料を請求され、クレジットカード発行会社、給料担保金融業者（大手銀行がひそかに所有または資金提供しているものも多かった）、中古車販売業者、格安保険会社、分割払い可の家具販売業者、リバースモーゲージ取り扱い業者などを相手に、気づけば割の悪い契約を結んでしまっていた。そして多くの場合、積み重なる借金、支払いの遅れ、ブラックリスト入り、差し押さえという負のスパイラルに陥り、当初よりも状況は深刻になる。国内の至るところで、どこか不透明な金融業界の慣行は、格差の拡大、社会階層の固定化、潜在的な債務バブルの原因となり、大きな混乱に際して経済を脆弱な状態にした。

クレジットカード業界を改革する法律はすでに成立していたが、私とチームメンバーにとって、危機の余波が広がる今こそ消費者保護をさらに強化する機会だと思えた。ハーバード大学の法学教授で法的整理の専門家であるエリザベス・ウォーレンには、私たちが求める影響を実現できそうなアイデアがあった。新たに消費者金融保護機関を設置し、消費者製品安全委員会が粗悪あるいは危険な製品の店頭販売を防いでいるのと同様に、各州でさまざまな規制および連邦規制を強化して疑わしい金融商品から消費者を守るというものだ。

私はウォーレンの仕事を昔から高く評価していて、２００３年刊行の著書『*The Two-Income Trap*（共働きの罠）』もすばらしかった。同書で彼女は、共著者のアメリア・ティアギとともに、子どものいる勤労者世帯に対する圧力の高まりを鋭く情熱的に綴った。ほとんどの学者とは異なり、ウォーレンは財務分析の内容を一般の人々が理解できる形にうまく嚙み砕く才能があった。その後彼女は金融業界で最も有能な批評家の1人となり、ハリー・リードはTARPを監視する委員会の議長に彼女を任命した。

しかし、たびたびウォーレンの委員会に呼ばれて会議に出席していたティムとラリーは、私ほどには彼女に魅了されていないようだった。2人は彼女の知性を高く評価し、消費者金融保護機関設立のアイデアにも賛成していたが、彼女自身についてはスタンドプレーをしがちな人物だと考えていた。

「私たちのことを手当たり次第に批判してみせるのがとても得意な人です」と、ある会議でティムは言った。「これといった代案がないときでさえ」

私は驚いたふりをして顔を上げた。「おや、それはショッキングな話だ。監視委員会のメンバーが国民受けを狙った発言を？　ラーム、そんな話を聞いたことがあるか？」

「初耳です、大統領」とラームは言った。「それは看過できませんね」

これにはティムも思わず笑った。

ウォール街改革法案を議会通過させるためのプロセスは、医療保険制度改革を目指す取り組みと同じぐらい骨の折れるものだったが、注目度は医療保険改革よりはるかに低かった。それには問題の性質そのものも関係していた。普段なら法案の成立阻止に熱心な議員やロビイストでさえ、危機の直後にウォール街の擁護者として見られることを避けて比較的おとなしくしており、また、法案の細かい点の多くは非常に専門的だったので大手メディアは関心を向けなかった。

そうしたなかでも報道で取り上げられたのは、ＦＤＩＣの保証を受ける銀行による自己勘定取引およびヘッジファンドやプライベート・エクイティ・ファンドの所有を禁じる、元ＦＲＢ議長ポール・ボルカーの提案だった。ボルカーによれば、この規定はグラス＝スティーガル法（銀行法）による商業銀行の健全性監督を一部復活させる近道となる。私たちが法案にこの〝ボルカー・ルール〟を含めようとしたことは、知らぬうちに、左派の多くにとって私たちのウォール街改革に対する本気度を示す試金石となっていた。ぶっきらぼうで、葉巻を好む、身長２メートルの経済学者であるボルカーは、進歩主義者にとって英雄にはなりそうにない存在だった。１９８０年、ＦＲＢ議長だった彼はアメリカを襲っていた高インフレを打破すべく、金利を前例のない20パーセントにまで引き上げ、結果として景気は急激に後退し、失業率は10パーセントに跳ね上がった。当時、この痛みを伴う政策に労働組合と多くの民主党議員は憤った。しかし一方で、この政策はインフレを抑制しただけでなく、80年代および90年代の安定した経済成長の基盤を築き、ボルカーは実業界でも政界でも崇敬される人物となった。

数年前からボルカーはウォール街の行きすぎた慣行を厳しく批判しており、一部のリベラル派から熱い支持を得ていた。彼は初期のころから私の活動を支持し、彼の助言を評価した私は彼を経済回復諮問委員会の委員長に任命した。無愛想な態度と、自由市場の効率性を尊重する一方で公的機関の役割と公共の利益も重んじるその信念から、ボルカーはどこか前時代的だったが（私の祖母なら彼を気に入っただろう）、オーバルオフィスでの私的会合で彼の話を聞いた私は、銀行の自己勘定取引を制限するという提案は理にかなっていると納得した。しかし、このアイデアを伝えたときのティムとラリーは懐疑的で、そのような管理は難しいうえ、銀行が顧客に正当なサービスを提供する権利を侵害しかねないと主張した。私にはその主張は根拠が薄弱に聞こえたので（２人が正当な事実よりも金融業界の意見に共感しがちだと感じたことは、そのとき以外にも何度かあった）、私はそれから数週間彼らを説得しつづけた。そうして２０１０年初頭、ウォール街改革の勢いが衰えはじめていることを懸念したティムは、法案にボルカー・ルールを含めることをついに認めた。

「それで法案が通過しやすくなるなら、うまく機能させる術《すべ》を見出すことはできるでしょう」とティムは言った。

ティムが政策方針をめぐって譲歩するのはめずらしかった。有権者の60パーセントが私の政権は銀行に対して甘すぎると考えていることを示す世論調査結果を私の未決箱に入れつづけていたアックスとギブズは、この知らせを聞いて興奮していた。２人は、ホワイトハウスでボルカー本人とともにこの案を発表すべきだと言った。私は、一般市民がこのわかりにくいルール変更を理解してくれるだろうかと尋ねた。

「理解する必要はありません」とギブズは言った。「銀行が嫌がれば、一般の人々はきっと優れた規制なのだろうと思うでしょう」

法案の性質を踏まえ、議会通過への取り組みは下院金融サービス委員会のバーニー・フランク委員長と上院銀行委員会のクリス・ドッド委員長に率いてもらうことにした。２人とも議員歴29年のベテランだったが、組み合わせとしては意外に思われそうなペアだった。リベラル派の扇動者として名を上げたバーニーは、同性愛者であることをカミングアウトした初の下院議員だった。分厚い眼鏡、しわくちゃのスーツ、強いニュージャージー訛りは彼に職人ふうの雰囲気を与えていたが、ほかの下院議員に劣らずタフで賢く博識で、相手をひるませる機関銃のような早口はメディアに気に入られると同時に、政敵を悩ませていた（私がハーバード大学ロースクールで学んでいたとき、バーニーはある授業で講演を行った。そこで私は彼に質問したが、彼は私がした質問をくだらないと思ったようで、その場で私のことを叱りつけた。当時の私にとっては、それほどくだらない内容ではなかったのだが。ありがたいことに、彼はこの最初の出会いを覚えていなかった）。

一方、クリス・ドッドは政治家のイメージそのものの人物だった。いつも隙のない身なりに、ニュースキャスターのようにつややかに整えられた白髪頭。いつでも政界のゴシップやアイルランド系らしい大げさな話のネタをもっている彼は、テッド・ケネディと仲のよかった元上院議員を父親にもつ政治家一家の出身で、議会での投票記録はリベラルであるにもかかわらず、大勢の産業界ロビイストと親しい仲にあった。私が上院にいたあいだ、議会のばかげた状況を穏やかに受け止めれるクリスの性格もあって、私たちは心地のよい関係を築いた（「今のが誠実な訴えだとは君も思わなかっただろう?」）。ある法案を裏では台なしにしようと画策していた議員が、議会では熱烈にその法案を支持する答弁を行ったのを見て、クリスはウインクをしながらそう言った）。そんな彼だが、政治家としての自身の能力には誇りをもち、〈家族・医療休暇法〉など影響力のある法律の成立においても重要な役割を果たしていた。

上下院それぞれにおける立場も理想的だった2人は強力なチームとなった。民主党が過半数議席をもつ下院では、金融改革法案の通過はほぼ間違いなかった。主に必要なのは、民主党議員たちを確実に味方につけておくことだった。バーニーは法案の細かい点までしっかり把握していただけでなく、党内の集会で進歩主義者たちから出る非現実的な要求を鎮められる信頼性や、したたかな党員が特定の利益のために法案通過を阻止しようとするのを防げる影響力をもっていた。一方、1票でも多く票が必要な上院では、優しい医師のようなクリスの忍耐強い態度と、最も強情な共和党議員さえも説得しようとする姿勢が保守派民主党議員たちを安心させた。クリスはまた、法案に反対で彼を脅威とも思っていない業界のロビイストたちに働きかけるルートを、私たちに提供してくれた。

こうした好都合な面もあったが、〈ドッド＝フランク法〉として知られるようになったこの法案を動かすには、医療保険改革法案の通過に要したのと同様の苦労を伴い、譲歩を強いられる状況が相次いで、悔しい思いをすることも多かった。私たちの強い反対にもかかわらず、自動車販売業者は新たな消費者金融保護機関の監督から除外されることになった。すべての選挙区に大手の業者がいて、その多くはリトルリーグチームのスポンサーや地域の病院への寄付といった面でコミュニティの柱だと考えられており、規制に強く賛成する民主党議員でさえ反発の可能性を恐れたのだ。金融システムを監督する規制機関の数を合理化する試みも悲惨な結末に終わった。各機関が異なる議会委員会の管轄下にあるため（たとえば、CFTCは上下両院の農業委員会に属していた）、民主党の委員長たちは金融業界に対する自分たちの影響力を手放すことに激しく抵抗した。SECとCFTCを統合することはできたはずだが、バーニーがティムに言ったように、「アメリカでは無理」だった。

上院ではフィリバスターを乗り越えて60票を獲得しなければならなかったので、すべての議員が影響力をもち、あらゆる種類の要求一つ一つに対処する必要があった。医療保険改革法案を通過させるためにハリー・リードがさまざまな〝裏取引〟をしたと非難する運動が成功を収めたばかりのスコット・ブラウン共和党議員は、金融改革法案を支持する意欲を示した――ただし、マサチューセッツ州の二つの銀行を規制から除外させるという条件つきで。彼はこれになんの矛盾も感じなかったようだ。また、民主党の左派議員たちは、ボルカー・ルールの自己勘定取引制限をさらに厳しくする修正案を大々的に発表した。ただ、その修正案の細則を読んでみると、保険、不動産投資、信託など、それぞれの選出州において大規模に展開されているさまざまな事業のための抜け穴がいくつも見つかった。

「世界最大の審議機関にはよくあることですね」とクリスは言った。

ときどき私は、ヘミングウェイの『老人と海』に登場する漁師のような気分になった。船を出してせっかく捕まえた魚をサメが食いちぎろうとしてくるのだ。しかし、数週間の修正プロセスを経たあと、改革法案の核心部分は見事に無傷で生き残った。議員たちが提案した数多くの条項は――上場企業の役員報酬の開示改善、信用格付会社の透明性向上、金融機関の幹部が疑わしい慣行によって何百万ドルものボーナスをあっさり手に入れられないようにする、新たな報酬返還制度など――むしろ法案をよりよいものにした。バーニーとクリスが強力に手を組んで協力してくれたおかげで、上下院の法案内容の違いを調整する会議では、医療保険改革案のときのような党内争いはまったく見られなかった。そして、2010年7月中旬、下院で賛成237、反対192、上院で賛成60、反対39という投票結果で法案は可決され（各院で3名の共和党員が賛成票を投じた）、ホワイトハウスで開いた式典で私は〈ドッド＝フランク・ウォール街改革・消費者保護法〉に署名した。

これは重要な勝利だった。ニューディール政策以来、アメリカの金融セクターを管理するルールに最も大きな変革がもたらされたのだ。この法律には欠点も望ましくない妥協もあり、ウォール街の愚かさ、貪欲《どんよく》さ、目先の利益優先、不誠実さのすべてに終止符が打たれるわけではない。それでも、ティムがよく言っていたように、ドッド＝フランク法が〝より優れた建築基準、煙探知器、スプリンクラー機能〟を設けることで、無謀な慣行が常にチェックされ、手遅れになる前に規制当局が金融市場の火災に対処するツールができ、これまでの規模の重大危機が起こる可能性がはるかに低くなる。そして、新たに設置された消費者金融保護局（ＣＦＰＢ）はアメリカの家庭にとって強力な味方となった。この機関の活動を通して人々は、住宅の購入、車のローンの支払い、家族の緊急事態への対処、子どもの大学進学、退職後の計画などの場面において、より公正かつ透明な信用市場で取引し、貯蓄もできるようになるはずだ。

しかし、チームも私もこの達成を誇りに思う一方、法案の署名以前にすでに明らかになっていた事実を認めなければならなかった。ドッド＝フランク法の歴史的な改革によって私たちの政治的立場が大きく向上することはないのだ。ジョン・ファヴロー率いるスピーチライターチームによる大変な努力にもかかわらず、〝デリバティブ清算機関〟と〝自己勘定取引の禁止〟が変革をもたらすのだと世間に伝えることは難しかった。この法律によるシステム改善のほとんどは一般の人々には見えにくく、具体的に得られるメリットよりも悪い結果になるのを防ぐことのほうが重視された。金融商品を対象とする消費者保護機関という存在は国民に人気だったが、人々は今すぐの救済を求めていたにもかかわらず、その設立には時間がかかった。また、この法律について保守派は、将来の業界救済を約束するもので社会主義への一歩だと非難し、進歩主義者たちは銀行の改革が足りないと不満を述べ、それを見た国民にとってドッド＝フランク法をめぐる騒ぎはいつもの政界のつばぜり合いに映った。そもそも、法案が成立するころには、みんなの関心事は原油を噴き出す海底の大穴だったのだ。

第23章

1930年代終わりに始まったメキシコ湾初の海底油田掘削事業は、浅瀬に木製プラットフォームをつくっただけのシンプルなものだった。しかし技術が進歩し、アメリカが石油を飽くことなく求めるようになるにつれて、企業はどんどん沖合へ進出していく。2010年には三〇〇〇台を超える掘削装置と採油プラットフォームがテキサス州、ルイジアナ州、ミシシッピ州、アラバマ州の沖に設置されていて、まるで竹馬《スティルト》にのった城のように水平線上に点在していた。この地域で石油が中心的な役割を果たしていることを示す強力なシンボルである。ここの石油は毎年数十億ドルの収入をもたらしている。自然の手で粘り気ある黒い金《きん》に変化し、何万人もの生活が、海底の奥深くに溜まった古代の生物を吸い上げることに直接的あるいは間接的にかかっているわけだ。

掘削装置についていえば、〈ディープウォーター・ホライズン〉ほど印象的なものにはなかなかお目にかかれない。高さは地上三〇階建てのビルとほぼ同じ、全長はフットボール場よりも長く、総工費5億ドルのこの移動式半潜水型掘削船は、水深およそ3000メートルでも作動し、そこからさらに数千メートルの深さまで試掘井《しくっせい》を掘ることができる。この規模の掘削装置を稼働させるには1日あたり100万ドルほどの費用がかかるが、大手石油会社はそれだけの価値があると考えている。その企業が成長を続け利益を確保できるかどうかは、これまでは手の届かなかった海底に存在すると考えられる巨大貯留層の開発にかかっているからだ。

ディープウォーターは、スイスに拠点を置くトランスオーシャン社が所有し、２００1年から世界最大級の石油会社であるＢＰに貸し出されていた。ＢＰはこの装置を使ってメキシコ湾のアメリカ海域を探査し、巨大な利益を生みそうな巨大貯留層を少なくとも二か所見つけていた。そのうちの一つ〈タイバー〉油田だけでも、なんと30億バレルもの石油が埋蔵されている見込みだった。それを汲み上げるために、２００9年、ディープウォーターの乗組員たちは史上最深級の坑井《こうせい》を掘った――水深およそ１２６０メートルの海底からさらに1万６８５メートルのところ、つまり海面を起点とするとエベレストの標高よりもはるか深くまで掘り進んだのである。

同じ成功をもう一度とばかりに、２０１０年初め、ＢＰはもう一つの有望な油田〈マコンド〉で試掘井を掘るべく、ディープウォーターを派遣した。マコンドはルイジアナ沖80キロメートルのところにあり、タイバーほど深くもなかった――深さは〝たった〟６１００メートルだ。しかし、そんな深い場所で行う海底掘削にお決まりのやり方はない。貯留層に達するだけでもとても大変で、油田によって求められる作業も異なる。数週間にわたって試行錯誤し、複雑な計算を繰り返して、臨機応変に決断を下さなければならないことも多い。マコンドはとりわけ困難な油田だった。層が脆く、流体圧にむらがあったからだ。

たちまち作業は当初の予定より数週間遅れ、ＢＰは数百万ドルの出費を強いられた。坑井の設計のさまざまな側面をめぐり、エンジニア、設計者、請負業者の意見が衝突した。それでも4月20日の時点で坑井は海面から５６００メートルの深さに達していて、完成も間近と思われた。請負業者の一つ、ハリバートン社のチームが裸孔にセメントを流し込み、鉄管《ケーシングパイプ》の端を密封する。セメントが固まったところでＢＰのエンジニアが一連の安全性テストを行い、そののちにディープウォーターを次の稼働先へ移動させることになっていた。
午後5時過ぎ、コンクリートケーシング〔掘った穴が崩れないようにする内枠〕からガスが漏れている可能性があることがテストによって明らかになった。危険な徴候である。この徴候があったにもかかわらず、ＢＰのエンジニアは作業を先に進めることにし、穴を掘る際に圧力のバランスを整えるために使っていた泥水を汲み出した。午後9時半、すでに大量のガスが勢いよくドリルパイプに流れ込んでいた。ところが、圧力が急激に高まったときに坑井を密閉するのに使われる〝防噴装置〟と呼ばれる４００トンの緊急用バルブ群がうまく機能せず、高圧で可燃性のガスがプラットフォームから噴き出して黒い泥水が空中に向かって噴出した。それによってディープウォーターのエンジンルームにガスが溜まり、あっという間に引火し、二度にわたる大爆発が起こって軀体《くたい》全体が大きく揺れた。火柱が夜空を照らすなか、乗組員たちは慌てて救命ボートに乗り込んだり、破壊物の破片でいっぱいの海に飛び込んだりして脱出を図る。１２６人の乗組員のうち98人が無傷で脱出に成功して17人が負傷、11人が行方不明になった。ディープウォーターはその後も36時間燃えつづけ、巨大な火の玉と黒煙は数キロ先からも目に見えるほどだった。

　メキシコ湾でのこの事故の知らせを受けたとき、私は居住棟《レジデンス》にいた。中間選挙の民主党議員候補の資金調達のために西海岸を回り、ホワイトハウスに戻ってきたばかりだった。まず頭に浮かんだのは、「またか」という言葉だった。わずか15日前に、ウエストバージニア州にあるマッシー・エナジー社のアッパー・ビッグ・ブランチ炭鉱で炭塵爆発があり、29人の鉱山労働者が死亡していた。過去40年近くで最悪の鉱山事故である。事故の調査はまだ初期段階だったが、マッシー社が長年にわたり安全基準に違反していたことが明らかになっていた。それとは対照的に、ディープウォーターは7年間一度も深刻な事故を起こしていない。それでも私はこの二つの事故を結びつけて、化石燃料に世界が依存しているために犠牲になる人たちのことを考えざるをえなかった。ガスタンクを満たし、明かりを灯しておくために――そして遠くにいる企業幹部や株主に途方もない利益をもたらすために――日々どれだけの人たちが肺、手足、ときには命までをも危険にさらしているのか。

この爆発がアメリカのエネルギー問題に重要な影響を与えることも明らかだった。その数週間前、私は、沖合でのリース権売却を一部許可することを内務省に認めた。それによって、メキシコ湾東部および大西洋沿岸地域とアラスカ沖の一部の海域で石油探査ができるようになる見込みだった（ただし実際の採掘はまだ許可されていなかった）。私は選挙での公約を守ろうとしていた。ガソリン価格が高騰するなか、またアメリカの海岸線で大規模な石油採掘を解禁するというマケインとペイリンの案が世論調査で支持を集めるなか、〝全方位的〟エネルギー戦略の一環として、石油採掘の拡大をより制限した形で進めることを検討すると公約に掲げていたからだ。将来的にクリーンなエネルギーへ完全に移行するという政策は、どのような形で実行するにしてもやり遂げるまでに数十年という時間がかかる。それまでのあいだ、アメリカ国内の石油・ガス生産を増やし、ロシアやサウジアラビアのような石油国家からの輸入に頼る量を減らすことには、私も異論はない。

何より、試掘を新たに許可することにしたのは、それが瀕死の状態にある私たちの気候変動対策法案を救う最後の手段だったからだ。前年秋、共和党のリンゼー・グラム上院議員が、超党派の対策法案の取りまとめに協力することに同意した。その際にグラムは、共和党議員の支持を取りつけて法案を通過させるには民主党の譲歩が必要であると言い、海洋掘削の拡大がそのリストのトップに挙げられていたのである。グラムの主張を受け入れ、ジョゼフ・リーバーマン上院議員とジョン・ケリー上院議員は、キャロル・ブラウナー大統領補佐官（エネルギー・気候変動担当）と協力して環境保護団体の説得にあたった。技術の進歩によって海洋掘削による環境へのリスクは低下していると指摘し、最終的な合意ではアラスカ州の北極圏国立野生生物保護区など慎重な扱いを要する場所での石油会社の操業を禁じることを告げて、この取引には実行する価値があると説いたのだ。少なくとも一部の環境保護団体は、協力に前向きになっていた。しかし残念ながら、時間が経つにつれて、グラムの側が約束を果たせないことが明らかになっていく。グラムが努力しなかったわけではない。石油会社の支持を取りつけようと動き、スーザン・コリンズ上院議員やオリンピア・スノウ上院議員ら穏健派の共和党議員やアラスカのリサ・マーカウスキーなど産油州の上院議員を口説いて、法案の共同提出者になってもらおうとしていた。しかし、ケリーとリーバーマンに譲歩する用意があったにもかかわらず、グラムは共和党議員の協力者を確保できなかった。私の政権に協力すると、あまりにも高い政治的代償を払わなければならなかったからだ。

グラム自身も、気候変動対策法案をめぐる仕事について選挙区の支持者や保守系メディアから非難されるようになる。法案成立に向けて動きつづけるためにグラムが出す要求はどんどん大きくなり、ケリーは環境保護団体の協力を取りつけるのが困難になった。新しい海域で試掘を解禁すべく準備を進めていると発表したときですら、グラムは怒りを示した。グラムはこれを、私たちが誠実に動いている証《あかし》とはみなさなかった。重要な交渉の切り札を奪われて自分の立場が弱くなったと不満をこぼしたのである。彼は完全にこの仕事を放棄するタイミングを見はからっている、そんな噂も流れ出した。

これはすべてディープウォーターの事故が起こる前の話である。燃え上がる掘削装置の映像がニュース番組で突然放映され、海洋掘削の拡大と引き替えに法案を環境保護団体が受け入れる可能性はなくなった。グラムは逃げ出すのに必要だった言い訳ができたことになる。どう考えても、導き出せる結論は一つしかない。中間選挙までに気候変動対策法案を通過させるわずかなチャンスは、いまや完全についえたのだ。

ディープウォーターの事故の翌朝、爆発によって流出した原油は多くが海面で燃え尽きたとの報告を受けて、少し勇気づけられた。環境に深刻な被害が出る可能性が、わずかとはいえ減ったからだ。キャロルによると、BPの緊急救助船とアメリカ沿岸警備隊が現場に直行して行方不明者の捜索救助にあたっており、連邦政府は州や地域の当局と緊密に連絡を取っているという。1989年にアラスカで起こったエクソン・バルディーズ号原油流出事故を受けてできた連邦法のもとでは、BPが全責任を負って流出した原油を除去することになる。しかし私は、沿岸警備隊および環境保護庁と内務省の職員を動員し、被害状況を調査させてBPが必要とする支援を提供させた。

事態にある程度対処できているとわかったため、翌日、私は予定どおり金融規制改革について演説すべくニューヨークに向かった。しかし到着したときには、被害はさらに深刻化していた。燃えさかる炎によって破損したディープウォーターは完全に崩れ落ち、ほぼ確実に海中の装置を破壊しながら海に沈んでいって、3万3000トンの軀体は黒煙を吐いて視界から消えた。不測の事態が次々と起こるなか、私はワシントンに戻り次第、沿岸警備隊司令官のタッド・アレン大将、国土安全保障長官のジャネット・ナポリターノ、内務長官のケネス・サラザール（海洋掘削の所管省庁は内務省である）を集めてブリーフィングを受けられるように、ラーム・エマニュエル大統領首席補佐官に準備を指示した。ミーティングを入れられる時間は午後6時しかなかった——その直前には、ホワイトハウスのローズガーデンで予定されている〈アースデイ〉〔国際連合教育科学文化機関（ユネスコ）によって提起された「地球環境について考える日」のこと〕の40周年を祝うレセプションに出席し、200人ほどの招待客を前にスピーチをすることになっていた。

この状態でそんなイベントに出席するとはまさに皮肉だ。とてもそれを楽しめるような気分ではなかった。

「最後にとんだ仕事をさせることになったな、タッド」。メンバーが大統領執務室《オーバルオフィス》に入ってくると、私はアレン大将と握手して言った。恰幅《かっぷく》がよく赤ら顔で、ほうきのような口ひげを生やしたアレンは、沿岸警備隊に39年間勤務し、退職を一か月後に控えていた。

「できればこの混乱にけりをつけてから去りたいと思っています、大統領」。アレンは答えた。

私はみんなに着席するよう促した。捜索救助活動についてアレンが説明し、沿岸警備隊が生存者を発見できる見込みは少なくなっていると沈んだ口調で報告する――11人の行方不明者が外洋で命をつなぐには時間が経ちすぎていた。原油の除去については、ＢＰと沿岸警備隊の対応チームが特別装備の船を展開し、爆発によって水面に残された原油をすくい取っているという。固定翼機によって化学分散剤を空中から散布して、原油を小さな飛沫に固める予定になっている。また、沿岸警備隊は、ＢＰおよび関係する州と協働して、あらかじめ防油柵を設置する作業を進めていた。スポンジとプラスチックでできた水に浮く柵で、原油が海岸に広がるのを防ぐ効果がある。

「責任についてＢＰはどう言っている？」。私はサラザールのほうを向いて尋ねた。髪が薄く眼鏡をかけ、明るい性格でカウボーイハットとボロタイが好きなケネスは、私と同じく２００４年に上院議員に当選し、その後は信頼できる同僚になっていた。コロラド州天然資源局を率い、同州初のヒスパニック系の司法長官にもなった彼は、内務長官にうってつけの人物だった。１８５０年代から一族が暮らしてきたコロラド州中南部サン・ルイス・ヴァレーのこのうえなく美しい牧場で育ち、地域の歴史の多くを形づくってきた連邦政府所有地の利用と保護をめぐる対立に精通している。

「ＢＰからは今日連絡がありました、大統領」。サラザールは言った。「油濁責任信託基金で補償されない被害分は支払うと請け合っています」。いい知らせだ。流出した原油の除去にかかる費用は石油会社が全額負担することになっている。しかし、漁業者や沿岸の事業者など第三者の被害については、企業が補償を義務づけられる額に上限が設けられている。その額は議会によって定められたわずか7500万ドルだ。ただし、石油会社は共同信託基金に資金を積み立てることを義務づけられていて、それによって上限を超える被害額を最大10億ドルまで補償する。とはいえ、流出した原油を十分に封じ込められなければその額でも足りない可能性がある、とキャロルはすでに指摘していた。不足分の埋め合わせについて早い段階でBPから言質を取ることで、影響が及ぶ州に対して、少なくとも住民たちの被害は補償されると請け合うことができるわけだ。

ミーティングの最後に、新たな展開があれば引き続き知らせるようチームの面々に指示し、経済と環境への影響を緩和するために利用できるなら連邦政府のどんなリソースも利用するよう伝えた。みんなを見送ろうとオーバルオフィスの出口まで歩いていると、キャロルがもの思わしげな表情を浮かべている。2人で話そうと、私は少し部屋に残るよう彼女に言った。

「ほかにも話し合うべきことがあったのかな?」。私は尋ねた。

「そういうわけではないのですけど」。キャロルは言った。「ただ、最悪の事態に備えておく必要があると思います」

「どういうことだ?」。私は尋ねた。

キャロルは肩をすくめる。「坑井からは原油は漏れていないとBPは主張しています。本当にそうならラッキーです。でも、パイプは海底の坑井まで何千メートルもつながっているのですから、確かなことはわからないのではないでしょうか」

「BPの言うことが間違っていたらどうなる?」。私は尋ねた。「海面下で原油が漏れていたら?」

「すぐに穴を塞ぐことができなければ、我々にとって最悪の事態になります」とキャロルは言った。

2日と経たずに、キャロルの懸念は現実になった。マコンド坑井は実際、水面下で原油を放出していたのだ――しかも大量に。当初、BPのエンジニアの見立てでは、ディープウォーターが沈んだときにできたパイプの裂け目の一か所からメキシコ湾に1日1000バレルの原油が流出しているとのことだった。しかし、4月28日の時点で水中カメラによってさらに二つの漏れ口が見つかり、1日の推定流出量は5000バレルにまで増える。海面では油膜がおよそ1550平方キロメートルの範囲にまで広がり、ルイジアナ州の海岸に達しようとしていて、魚類、イルカ、ウミガメを汚染し、鳥類やその他の野生生物が暮らす湿地、河口、入り江に長期的な被害を及ぼす恐れがあった。

さらに不安だったのが、坑井を塞ぐのにどれだけ時間がかかるかをBPが把握していないようすがなかったことだ。BPは、有効な対処法がいくつかあると主張していた。たとえば、遠隔操作の機械を使って防噴装置の詰まりを解消する方法、ゴムなどの素材を使って穴を塞ぐ方法、坑井の上に〝封じ込めドーム〟を設置し、原油を海面に送ってそこで回収する方法、坑井と交わる救助井《リリーフウェル》を掘ってセメントを注入し、原油の流出を食い止める方法などだ。しかし連邦政府の専門家によると、これらの対処法のうち最初の三つはうまくいく保証がなく、四つめは〝数か月かかる〟可能性があった。原油の推定流出量を考えると、1900万ガロンが海に放出される計算になる――エクソン・バルディーズ号原油流出事故のときより70パーセントも多い量だ。

突如として私たちは、アメリカ史上最悪の環境災害に直面する可能性を見据えなければならなくなった。

そこで、タッド・アレンを国家非常事態司令官に任命し、新規の海洋掘削を30日間停止するとともに、汚染海域での漁業を禁止した。そして、マコンドの惨事は「全国レベルの重大な石油流出事故」であると宣言する。連邦政府は、市民ボランティアと協働するなど、さまざまな組織と連携して対応にあたった。すぐに2000を超す人員が24時間態勢で石油汚染の拡大阻止に取り組むようになり、タグボート、艀《はしけ》、水面の原油を集めるスキマーなど75艘の船舶からなる船団と数十機の航空機が動員されて、およそ84キロメートル分の防油柵が設置される。作業を監督させるために、ナポリターノ、サラザール、環境保護庁のリサ・ジャクソンをメキシコ湾に派遣した。また、ヴァレリー・ジャレット大統領上級顧問には、ルイジアナ州、アラバマ州、ミシシッピ州、テキサス州、フロリダ州の各知事（5人とも共和党員）と毎日連絡を取り、さらに私たちにできることを模索するよう指示した。

「問題があったら直接私に話すよう知事たちに伝えてくれ」。私はヴァレリーに言った。「向こうがうんざりするぐらい連絡して、徹底的に対応してもらいたい」

原油除去作業を自ら視察するため、5月2日に私がルイジアナ州ヴェニスの沿岸警備隊基地を訪れたときには、この災害に投入できるものはすべて投入していたといっていい。多くの大統領訪問と同じで、目的は新しい情報を集めることより、関心と決意を伝えることにあった。土砂降りの雨のなか、基地の外で記者に声明を出したあと、私は漁業者の一団と話した。彼らは漏れた原油の通り道に防油柵を設置するためにBPに雇われたばかりで、当然ながら今回の原油流出が生活に与える長期的な影響について心配していた。

その日はまた、ボビー・ジンダルと長時間にわたって会談した。元下院議員でブッシュ政権の保健政策専門家でもあったジンダルは、自身の強硬な保守主義をうまく活かして全米初のインド系アメリカ人知事になった。賢く野心的な30代後半。共和党内の有望人物であり、議会合同会議で私が最初に行った演説に対してテレビで共和党のコメントを述べるという役割にも抜擢されていた。しかし、ディープウォーター事故は、ルイジアナに欠かせない商業用の海産物や観光などの産業の存続を脅かす出来事であり、ジンダルは厄介な立場に追い込まれていた。ほとんどの共和党政治家と同じく、彼もまた大手石油会社の擁護者で、環境規制強化への熱心な反対者だったからだ。

世論が動く前に手を打とうと急ぐジンダルは、至急バリアー島（土塁）をルイジアナ沿岸の一部に築くという計画を私に売り込もうとした。それを築けば、迫りくる油膜を寄せつけないですむというのである。

「作業をする業者もすでに決めています」。ジンダルは言った。生意気とも受け取られそうな自信に満ちた口調だったが、笑顔のときですら彼の黒い目は用心深さを隠せず、苦悩に近いものが浮かんでいた。「陸軍工兵部隊がそれを承認して、ＢＰが費用を負担するよう手助けしてくれるだけでいいのです」

実は私もこの〝バリアー島〟案についてはすでに耳にしていた。専門家による事前評価では、非現実的で費用がかさみ、場合によっては逆効果になるとされていた案である。ジンダルもそれを知っているのではないかと思った。彼がこの提案をしているのは、主に政治的な駆け引きのためだ。率先して動くところをアピールし、同時に今回の流出事故のせいで海洋掘削のリスクをめぐる、より大きな疑問が投げかけられるのを避けようとしていたのである。とはいえ、危機の大きさを考えると、いかなるアイデアであれ頭ごなしに否定しているとは思われたくなかったので、私は陸軍工兵部隊にバリアー島案を迅速かつ綿密に検討させるとジンダルに請け合った。

天気があまりにも悪くてマリーンワンを飛ばすことができなかったため、その日はほぼ車で移動した。ＳＵＶの後部座席に座り、ミシシッピ川の両岸からメキシコ湾にかけて広がるまばらな草木、ぬかるみ、沈泥《シルト》、湿地を眺める。人間は原始時代からのこの環境を自分たちの思いどおりに歪めようと格闘してきた――ジンダルが今、バリアー島の建設を提案しているのも、まさにそれだ。商業と発展のために土手、ダム、堤防、水路、水門、港、橋、道路、高速道路を築く。それらはハリケーンや洪水が起こるたびに修復され、容赦のない氾濫にもびくともしない。こうしたしぶとさは、アメリカを築いた〝為せば成る〟精神の一部でもある、私はそう思った。

しかし、海とそこに流れ込む巨大な川に関していえば、工学の勝利はつかの間でしかなく、支配のもくろみは幻に終わるだろう。気候変動によって海面が上昇し、メキシコ湾のハリケーンが激しさを増すなか、ルイジアナ州では毎年40平方キロメートルを超える土地が失われている。ミシシッピ川で絶えず浚渫《しゅんせつ》工事を行い、堤防を築いて、船や貨物が通りやすいように川の流れを変えてきたために、上流から流れてくる堆積物が減り、失われた土地を元に戻せなくなっている。この地域を商業の中心地にし、石油産業を栄えさせたまさにその活動が、今は着々と海を広げているのだ。雨が筋模様を描く車窓を見ながら、今走っている道路とその脇のガソリンスタンドやコンビニエンスストアがあとどれだけもつのだろうと思った。これらもいずれ波に飲み込まれてしまうのだろう。

大統領は、常に複数の仕事を同時に進めることを余儀なくされる（「あなたはサーカスの人みたいね」とミシェルに言われたことがある。「棒の先で次々とお皿を回してる」）。金融危機がやってきたからといって、アルカイダが活動を停止するわけではない。ハイチで大地震が起こったときには、その救援活動と、前々から予定されていて私が議長を務める四七か国参加の核安全保障サミットが重なった。したがって、ディープウォーター事故に大きなストレスを感じてはいたが、それだけに精力を使い果たさないよう努めた。ルイジアナ州を訪れた翌週以降、私は毎日の詳しいブリーフィングによって注意深く事故対応をフォローしながら、ほかにも気を配らなければならない一〇件以上の差し迫った問題に対処した。

ニューヨーク州バッファローの工場を訪れて景気回復について話し合い、アメリカの長期的な赤字を安定させる方法を探る超党派の財政委員会と連携を続けた。ギリシャについてドイツのアンゲラ・メルケル首相と、また戦略兵器削減条約（ＳＴＡＲＴ）の批准についてロシアのドミトリー・メドヴェージェフ首相と電話で話し、メキシコのフェリペ・カルデロン大統領の公式訪問を受けて国境での協力に焦点を当てて協議し、アフガニスタンのカルザイ大統領と会談を兼ねて昼食を取った。テロ脅威についてのブリーフィング、経済チームとの戦略会議、さまざまな行事への出席といったいつもの仕事の合間を縫って、４月初めをもって引退すると表明したジョン・ポール・スティーヴンス最高裁判所判事の後任候補たちを面接した。そして最終的に、才気あふれる若き訟務長官で元ハーバード大学ロースクール学部長のエレナ・ケイガンを選び、ソニア・ソトマイヨール判事のときと同じく上院でもつつがなく承認されて、数か月後に正式に任命が確定した。

しかし、どれだけたくさん皿を回していても、１日の終わりには私の心はディープウォーターの原油流出事故に引き戻された。目を凝らせば、〝多少の〟前進は見られる。ＢＰはロボットを使って破裂したパイプにバルブを取り付け、海中の三つの漏れ口のうち一番小さなものを塞ぐことに成功していた。また、アレン大将は海面の油膜除去作業をなんとかまとめ上げていた。５月半ばの時点で、作業には１０００艘近い船舶と２万人近くのＢＰ作業員、沿岸警備隊員、州兵、エビ漁従事者、漁業者、ボランティアが参加している。ヴァレリーの仕事ぶりはすばらしく、原油流出によって脅かされる５州の知事と密接に連携して、ほとんどの知事が党の違いにもかかわらず連邦政府の対応にもっぱら好意的な反応を示してくれた（「（アラバマ州の共和党知事である）ボブ・ライリーとは一番の仲よしになりました」とヴァレリーは笑顔で言った)。唯一の例外がジンダル知事だった。何度かヴァレリーから聞いた話では、ジンダルは何かの問題についてホワイトハウスに支援を要請しては、その10分後に報道発表を出し、私たちがルイジアナ州を無視していると激しく非難するらしい。

その間も、原油の流出は続いていた。ＢＰのロボットは故障した防噴装置を閉じることができず、二つの大きな漏れ口は塞がれないままだ。漏れ口の上に封じ込めドームを設置するＢＰの最初の試みも、深海の水温があまりにも低いために問題が起き、失敗に終わる。ＢＰのチームはこの先どうすればいいのかよくわかっていない、それがますます明らかになっていた——原油漏れ事故を扱うはずの連邦政府のさまざまな部局も、それは同じだった。「タンカー事故やパイプの破裂による原油漏れに対処するのは慣れていますが、原油が噴き出している海底数千メートルの坑井を塞ぐとなると……宇宙で作業するようなものですね」。アレン大将は言った。

まさにぴったりの比喩だ——そこで、スティーヴン・チューに助けを求めることにした。エネルギー省長官は、その名称とは裏腹に、通常は石油掘削を管轄しない。だからといって、ノーベル賞物理学者が対応に加わっても悪いことはないだろう。そう考えた私は、海中での原油漏れが判明したあと、それを阻止するのに必要な科学的知識についてチームにブリーフィングしてくれるようチューに頼んだ。簡潔にまとめるようキャロルに釘を刺されていたにもかかわらず、危機管理室《シチュエーションルーム》でのプレゼンテーションは三〇枚のスライドを駆使し、予定の倍の時間をかけて行われた。部屋にいたほとんどの者は、五枚目のスライドを最後に話についていけなくなった。この知識と能力を私たちのもとだけに留めておくのはもったいない。私はチューに、ＢＰの対応本部があるヒューストンに足を運んで現地のエンジニアたちと対処法を検討するよう指示した。

そうこうするうちに、この事故についての世論が変わりはじめた。最初の数週間はＢＰが非難の矢面に立っていた。アメリカ人は石油会社に懐疑的な傾向があるうえ、ＢＰの最高経営責任者トニー・ヘイワードは広報の面で最悪の人物だったからだ――「広大な海」のなかで「比較的少量の」原油が漏れているだけだとメディアに語り、別のインタビューでは、穴が塞がれることを自分はほかの誰より望んでいる、なぜなら「もとの私の暮らしを取り戻したいからだ」などと口にする始末だった。ヘイワードの態度には、傲慢で世間の感覚とずれた多国籍企業幹部の典型的な特徴がすべて表れていた（彼の鈍感さを目の当たりにすると、ＢＰ（旧名ブリティッシュ・ペトロリアム）の前身がアングロ・ペルシアン石油会社であることが頭に浮かぶ。同社は１９５０年代にイラン政府と利権料を公正に分かち合おうとせず、その結果クーデターが発生して、最終的にそれが同国のイスラム革命につながった）。

しかし危機が30日を超えると、政権にも責任があるのではないかという声が上がり、徐々にこちらに矛先が向けられてきた。とりわけニュースや議会公聴会では、鉱物資源管理局（ＭＭＳ）がＢＰに対して標準的な安全・環境ガイドラインからのさまざまな除外措置を行っていたことがしきりに取り上げられた。ＭＭＳは内務省の下部組織で、連邦水域内でのリース権賦与、利権料《ロイヤルティ》徴収、海洋掘削の監督を管轄する。マコンド坑井についてＭＭＳがＢＰに除外を認めた際には、異例のことは何一つしていなかった。また深海掘削に関しては、同局はこれまで常に、自分たちが抱える科学者とエンジニアを無視して石油業界の専門家に従っていた。業界の専門家のほうが最新の工程と技術に精通していると考えていたからだ。

いうまでもなく、問題はまさにそこにあった。私が大統領に就任する前から、ＭＭＳが石油会社と馴れ合いの関係にあり、規制が徹底されていないことは指摘されていた――たとえばブッシュ政権末期には、キックバック、ドラッグ、セックスの提供を含むスキャンダルが広く報じられている。そのため、私たちはMMSの改革を公約に掲げていた。そして実際、ケネス・サラザールは内務長官就任後すぐにこの課題に着手し、深刻な問題をすでに一部解消していた。しかし時間や資源が足りなかったことから、MMSを抜本的に再編して、金回りがよく技術的には複雑な石油産業を厳しく規制するだけの力をもたせるには至っていなかった。

だが、それができていないからといって、サラザールを責めることはできない。政府機関で従来のやり方と文化を変えるのは難しく、数か月でやり遂げられることはまずないからだ。金融制度の規制を担当する機関でも、私たちは同様の問題に直面していた。多忙で給料も安い規制担当者は、洗練されていて、しかも絶えず変化する巨大国際金融機関の業務についていけないのだ。しかし、だからといって、それがさらなる海域で試掘を解禁する内務省の計画を私が承認する前に、MMSにこれだけ深刻な問題があることをチームの誰も私に知らせようとしなかったことの言い訳にはならない。またいずれにせよ危機の真っただ中にあっては、連邦政府機関にさらなる資金を投入する話など誰も聞きたがらない。公務員の給料を上げることで政府機関がよりよく運営され、民間セクターと張り合ってトップクラスの技術人材を惹きつけられるようになるといった話も同じだ。みんなが知りたいのは、穴の塞ぎ方すらわからないBPに海面から5600メートルもの深海で穴を掘らせたのは誰か、ということだけだ――そして結局、それは私たちの監督のもとで起こったのである。

記者たちはもっぱらMMSの問題を取り上げていたが、実のところ世論の風向きを変えたのはBPが5月末に下した決断だった。BPが水中カメラによる漏れ口のリアルタイム映像を公開しはじめたのだ。私も透明性確保の視点からこの決断を支持した。ディープウォーター・ホライズンが炎上する事故初期の映像は、メディアによって広く報じられていた。しかし原油漏れの映像は上空から撮影したものがほとんどであり、青緑の海に深紅色の筋がわずかに見える程度の映像からは、被害が深刻化する可能性は十分には伝わってこなかった。原油で光沢を帯びた波や、〝タールボール〟と呼ばれる原油の塊がルイジアナ州とアラバマ州の海岸近くに達しようとしていたときでさえ、撮影班がカメラに収められるような目を引く光景はあまり見られなかった——数十年にわたる海洋掘削のためにメキシコ湾の海水はそもそもきれいではなかったのだから、なおさらだ。

ところが、水中カメラの映像によって、この状況が一転する。突如として世界中の人々の目に、坑井を囲む残骸から原油が太い柱になってあふれ出るようすが飛び込んできたのだ。カメラからの光によって、原油は黄色に見えたり茶色や黒に見えたりした。轟々と噴出する原油は力強く不穏で、まるで地獄から湧き出ているかのようだ。ケーブルニュースはこの映像を24時間ずっと画面の隅に映し、流出が始まってからの日数、分数、秒数をデジタル・タイマーで表示した。

この映像は、私たちの分析家がBPとは別に行った計算を裏づけているように思われた。原油の流出量は1日5000バレルというのが当初の推定だったが、実際にはその四倍から一〇倍が流出していることがうかがえたのだ。ただ、その恐ろしい数字よりも、海中で噴き出る原油のイメージのほうが、頻繁に挿入されるようになった油まみれのペリカンの映像とあいまって人々の心の中で危機に現実感を与えた。原油流出に無関心だった人たちが、突然、政府はなぜ流出を食い止めるための手を打たないのかと言いはじめる。サラザールは歯科医院に行ったとき、天井に取りつけられたテレビで原油流出の映像を見ながら緊急の根管治療を受けるはめになったという。共和党議員たちはこの流出事故を「オバマの〈カトリーナ〉」と呼び、やがて私たちは民主党議員からも攻撃を受けるようになる。なかでもクリントンの元側近で長年ルイジアナ州で暮らすジェームズ・カーヴィルは、『グッド・モーニング・アメリカ』に出演し、はっきりと私に矛先を向けながら、政府の対応を痛烈かつ声高に批判した。「あなたはここに来て指揮を執らなきゃいけない。誰かを責任者に据えて仕事を進めるべきなんだ！」。難病と闘う子どもたちを支援する〈メイク・ア・ウィッシュ財団〉を通じてオーバルオフィスを訪れた9歳の車椅子の少年からも、原油漏れをすぐに食い止めなければ私は「政治のいろいろな問題に」見舞われるという警告を受けてしまった。さらには娘のサーシャまでもが、ある朝、私がひげを剃っているとバスルームに入ってきて、「穴は塞いだの、パパ？」と尋ねてくる始末だった。

私の心の中でも、この原油の黒い渦は私たちが経験している一連の危機を象徴するものになった。さらにそれは、まるで生き物であるかのように感じられた――盛んに私のことをあざわらう邪悪な何者かであるかのように。大統領になってからその時点まで、銀行の問題であれ、自動車会社の問題であれ、ギリシャの問題であれ、アフガニスタンの問題であれ、何がどれだけひどい事態に陥ったとしても、必ずまっとうな手順と賢明な選択によって解決策を見出せるという揺るぎない自信があった。しかし今回の流出事故では、どれだけＢＰや私のチームをせき立てても、何度シチュエーションルームで話し合いを重ねて、戦争を計画するときと同じようにデータや図表をじっくり検討しても、これはという解決策は見つかりそうになかった。一時は無力感に襲われ、私の声はとげとげしさを含むようになった――自信がないときに顔をのぞかせるとげとげしさだ。

「いったい私にどうしろっていうんだ？」。カーヴィルの攻撃を聞いたあと、私はラームに不満をこぼした。「潜水士の服を着て、スパナを持って海に潜れとでもいうのか？」

批判の声は5月27日のホワイトハウスでの記者会見で頂点に達し、私は原油流出についての厳しい質問に1時間にわたって答えた。ディープウォーターが爆発してから私たちがしてきたことをすべて順序立てて示し、坑井を塞ぐのに用いられるさまざまな方法がいかに技術的に複雑なのかを説明した。また、MMSに問題があったことと、BPなどの企業が危険を予防する能力を私自身が過信していたことを認めた。国レベルの委員会をつくって事故の調査を行い、このようなことが二度と起こらないようにする手立てを考えると発表して、環境に悪い化石燃料への依存を減らす長期的な対応が必要だとあらためて強調した。

あれから10年を経た今、当時の会見記録を読み返すと、自分がとても落ち着いて要領を得た受け答えをしているのに驚く。そうした印象を受けるのは、おそらく会見記録にはそのときの気持ちは記されておらず、私がホワイトハウス番の報道陣に〝本当に〟言いたかったこともまったく記録されていないからだろう。

言いたかったのはこういうことだ。MMSには自分たちの仕事をする体制が整っていなかった。これはもっぱら、過去30年の間にアメリカの相当数の有権者が、政府についての共和党的な考え方を受け入れていたからだ。政府は足を引っ張る存在であり、企業のほうが常に物事をよくわかっているという考え方である。そうして、有権者が選んだリーダーたちは環境規制を骨抜きにし、政府機関の予算を極限まで減らして、公務員をないがしろにし、産業界の環境汚染者がやりたい放題にできるようにすることを自らの使命としていた。

また、穴を早急に塞ぐにあたって、政府はBPより優れた技術をもっていたわけではない。そのような技術を備えておくのは高くつき、アメリカ人は高い税金を払うのを嫌がる――まだ起こってもいない問題に備える費用となるとなおさらだ。

それに、ボビー・ジンダルのような人物からの批判は、〝いかなるものであれ〟真剣には受け止めがたい。ジンダルは、これまでずっと大手石油会社の言いなりに動いてきた政治家で、石油業界が掘削の一時停止解除を求めて連邦裁判所に訴訟を起こしたら、それを支持しかねない人物だ。ジンダルやほかのメキシコ湾沿岸の政治家たちが選挙区の人々の幸福を本気で考えているのなら、気候変動の影響を否定するのをやめるよう党に促すべきだ。地球の気温が上昇した結果、家や仕事を失う可能性が最も高いのは、まさにメキシコ湾沿岸に暮らす人たちなのだから。

さらにいえば、壊滅的な原油流出事故を二度と起こさないようにするのに唯一確実な方法は、掘削を完全にやめることだ。しかし、そんなことは起こらない。結局のところ私たちアメリカ人は、環境を守ることより安いガソリンと大きな車のほうが好きだからだ。大災害が目前に迫ったときは別だが、普段は、アメリカを化石燃料への依存から脱却させる取り組みや、気候変動対策法案を通過させようとする動きをメディアが取り上げることはほとんどない。長期的なエネルギー政策について人々を〝教育〟したところで、退屈で視聴率にもつながらないからだ。そして私が確信をもっていえる〝と思える〟ことが一つある。湿地やウミガメやペリカンの汚染被害について誰もが怒ってはいたが、アメリカ人の多くが実際に望んでいたのは、目の前の問題を脇に追いやることだった。手早く簡単な対処法で私にこの混乱を収拾させ、罪悪感を覚えることなく二酸化炭素を排出してエネルギーを浪費できる状態に戻りたかっただけなのだ。

だが記者会見では、こういうことはいっさい口にしなかった。厳粛に責任を受け止め、「問題を解決する」のが私の仕事だと述べた。会見のあと、私は広報チームを叱責した。流出した原油を除去するために私たちが取り組んでいることを残さず広報チームがもっとうまく伝えていたら、私が激しい攻撃を受けて1時間も弁明に終始するはめにはならなかったはずだ。そう口にすると、広報チームの面々は傷ついたようだった。その夜、〈トリーティールーム〉に1人座って、そんなことを言ってしまった自分を悔いた。怒りといらだちを誤った方向に向けたとわかっていたからだ。

私が本当に罵りたかったのは、あのいまいましく噴き出る原油だった。

それから6週間、原油流出は引き続きニュースで大きく取り上げられる。坑井を塞ごうとする取り組みがうまくいかないなか、それを埋め合わせようと、私自身がこの件に力を入れていることを強くアピールした。さらに二度ルイジアナ州を訪れ、ミシシッピ州、アラバマ州、フロリダ州へも足を運んで、事態が収束するまで退職を引き延ばしたアレン大将と協力しながら、ジンダルのバリアー島案の規模縮小版を含めて知事たちの要求に応える方法を探った。サラザールはMMSを事実上解体する命令に署名し、エネルギー開発、安全規制、利権料徴収の仕事を三つの独立した機関に分担させた。私は、海洋掘削による大事故を防ぐ方法を勧告する超党派委員会の結成を発表した。危機についての全閣僚会議を開き、爆発によって命を落としたディープウォーター作業員11名の遺族の訪問を受けて胸を締めつけられる思いもした。原油流出について、オーバルオフィスからのテレビ演説も行った――そんな演説をしたのは大統領就任後初めてだ。大統領執務室の机《レゾリュートデスク》の前に座った私を映し出している画面の雰囲気は堅苦しく、誰に聞いてもいまひとつぱっとしなかったという。

次々とメディアに自分の姿を見せて発表を行ったことで、なんとか当初のもくろみどおりに批判的な報道を（完全になくすことはできなくても）鎮めることができた。ただ、最終的に危機を切り抜けることができたのは、私が早くに下していた二つの決断の結果だったといえるだろう。

一つめは、原油流出によって被害を受けた第三者に補償をするという当初の約束をBPに守らせたことだ。通常、被害者が補償を請求するにはいくつもの事務手続きが必要であり、弁護士を雇わなければならないこともある。それに、こうした請求を処理するには何年もの時間がかかり、そのときには小規模の遊覧船運営業者やレストランのオーナーは廃業に追い込まれているかもしれない。

今回の事故の被害者にはもっと迅速な救済措置が必要だと私たちは考えた。また、この機会を最大限に活かしてBPから補償を引き出すべきだと判断した。BPの株価は暴落し、イメージも世界中で悪化している。司法省は違法な過失を犯した可能性があるとして同社を取り調べていて、連邦政府が掘削の許可を一時停止したことで、株主たちも大きな不安を抱いていた。

「搾れるだけ搾り取ってもかまいませんか?」。ラームが言った。

「そうしてくれ」と私は答えた。

ラームは作業に取りかかり、BPをしつこくせっつき、言葉巧みに言いくるめ、脅しをかけた。6月16日に〈ルーズベルトルーム〉で私がトニー・ヘイワードとBPのカール=ヘンリック・スバンベリ会長とテーブルを挟んで面会したときには、先方はすでに白旗を上げていた(そのときヘイワードはほとんど口を開かなかったが、数週間後には辞任して同社を去った)。BPは、原油流出による被害者への補償に使われる対応基金に200億ドルを拠出することに同意する。私たちはその資金を第三者預託にして、ケネス・ファインバーグにBPと政府から独立して管理させる手はずを整えた。ファインバーグは、9・11犠牲者補償基金を管理し、不良資産救済プログラム(TARP)の資金を受け取る銀行の役員報酬計画を審査していた弁護士である。対応基金によって環境汚染が解消されたわけではないが、それでも漁業者、エビ漁従事者、船舶のチャーター会社、その他この危機によって損害を受けた人たちにしかるべき補償をするという約束を果たすことができた。

二つめの決断は、エネルギー省長官のスティーヴン・チューにこの仕事を任せたことだ。当初、チューはBPのエンジニアたちとのやりとりに失望し(「彼らは何をやっているのかわかっていない」と言っていた)、すぐにBPの対応本部があるヒューストンとワシントンDCを行き来するようになった。そしてチューは、「私が承認するまでBPには何もさせてはいけない」とタッド・アレンに言い含めた。たちまちチューは第三者の地球物理学者と水文学者《すいもん》を集めてチームをつくり、ともに問題に取り組む。BPを説得し、ガンマ線イメージングを頼りに防噴装置の問題を調べ、正確なデータを集めて坑井の底で何が起こっているのかを把握するために圧力計を設置した。チューと彼のチームはまた、防噴装置を塞ごうとすれば、地下で一連の制御不能な原油漏れが起こるリスクがあると強調した──さらなる大惨事につながりかねないわけだ。

チューとBPのエンジニアたちは最終的に、故障した防噴装置の上に〝封孔装置〟と呼ばれる、より小さな第二の防噴装置を取りつけるのが最善策だという点で意見が一致した。一連のバルブを使って漏れ口を閉じるのである。しかし、BPが最初に出した設計図に目を通し、ロスアラモス国立研究所などの科学者とエンジニアにスーパーコンピュータを使ってさまざまなシミュレーションをさせたうえで、チューはBPの設計図には不備があると判断した。チームはすぐに修正版の作成に取りかかる。ある日、オーバルオフィスに立ち寄ったデイヴィッド・アクセルロッド（アックス）上級顧問は、近くのカフェテリアでチューに出くわしたときのようすを聞かせてくれた。チューは食べ物にはほとんど手をつけずに、ナプキンに封孔装置のさまざまなモデルを描いていたという。

「その装置が動く仕組みを説明し出したんですよ」とアックスは言った。「こっちはランチに何を注文するか考えるだけで頭がいっぱいだよと言いましたけどね」

最終的な封孔装置は重さ75トン、高さ9メートルになる。チューが強く主張したために複数の圧力計が取りつけられ、効果の測定に欠かせないデータを集める仕組みになっていた。数週間のうちに封孔装置は水中を坑井の上まで降ろされ、試験の準備が整った。7月15日、BPのエンジニアが封孔装置のバルブを閉めた。キャップはもちこたえた。87日目にして初めて、マコンド坑井からの原油流出が止まったのだ。

折悪しく、その翌週に熱帯低気圧がマコンドの事故現場を通過する恐れがあった。チュー、タッド・アレン、ＢＰの取締役ボブ・ダドリーは、封じ込めの作業に加わっていた船舶と封孔装置の信頼性を確認していたＢＰのスタッフを熱帯低気圧の通り道から引き揚げさせる前に、バルブを再び開くかどうかについて迅速に決断することを迫られた。水中の圧力の計算が間違っていた場合には封孔装置がもたない恐れもあり、最悪の場合には海底に亀裂が入ってさらに厄介な原油漏れが起こる危険もあったからだ。バルブを緩めると、当然ながらメキシコ湾にまた原油が流出しはじめる。誰もそれは望んでいない。最終的な計算をしたのち、チューもいちかばちかやってみる価値があると同意して、熱帯低気圧が通過するあいだもバルブを閉じておくことにした。

今度もまたキャップはもちこたえた。

その知らせが届いても、ホワイトハウスはお祝いムードにはならなかった――みんなただただ、ほっとしただけだ。さらに二か月ほどの時間と一連の追加措置を経て、ＢＰはマコンド坑井が永久に塞がれたと宣言する。その間、原油除去作業が夏の終わりまで続くことになる。禁漁措置は徐々に解除され、メキシコ湾の海産物は安全であると認められた。ビーチがまた開かれ、８月に私は家族を連れてフロリダ州パナマシティのビーチを訪れた。地域の観光産業を盛り上げるために、２日間の〝休暇〟をそこで過ごしたのだ。ピート・ソウザが撮影してホワイトハウスがのちに発表した旅先での写真には、海で泳ぐ私とサーシャの姿が収められている。メキシコ湾で泳いでも安全だとアメリカ国民に示すためのメッセージだ。マリアはサマーキャンプに行っていて写っていない。ミシェルが写っていないのは、大統領当選直後に私に言っていたとおり、「ファーストレディとしての大きな目標は水着姿で写真を撮られないこと」だったからだ。

いろいろな意味で私たちは最悪のシナリオを回避し、その後の数か月で、ジェームズ・カーヴィルのような批判者までもが、私たちの対応が一般に評価されている以上に効果的だったと認めるようになった。メキシコ湾の海岸線とビーチでは目に見える被害が予想より少なく、事故のわずか1年後の観光シーズンはかつてない盛況となった。そして私たちは、BPに追加で科された罰金を使ってメキシコ湾の海岸線の復旧事業を立ち上げた。それによって、連邦政府、州政府、地方自治体は、爆発事故のはるか前から続いていた環境破壊の一部を改善できるようになった。連邦裁判所に促され、BPは最終的に対応基金用の200億ドルを超える和解金を支払った。私が設置した原油流出調査委員会の中間報告書は、マコンド坑井でのBPの活動についてMMSに見落としがあったことを正しく指摘し、爆発直後に原油漏れの規模を私たちが正確に評価できていなかったことを批判していたが、秋にはメディアと世論の関心もおおむねほかへ移っていった。

それでもなお、海底の裂け目から深海に噴き出る薄気味悪い原油のイメージが、私の心につきまとって離れなかった。政府内の専門家によると、ディープウォーター事故による原油流出によって実際に生じた環境破壊の規模を把握するには何年もかかるという。最も信頼できる推測では、マコンド坑井から流出した原油は少なくとも400万バレルに達し、最低でもその三分の二は回収されたり、燃やされたり、消散したりしていた。残りの原油がどこへ行ったのか、どの程度の被害を野生生物に与えたのか、どれだけの原油が最終的に海底に沈んだのか、それが長期的にメキシコ湾の生態系にどのような影響を及ぼすのか――そうした全体像をつかめるのは、何年も先になりそうだった。

はっきりしていたのは、原油流出の政治的な影響だ。危機が去って中間選挙が近づくなか、私たちは世論に一定の楽観論を示すべきときが来たと感じていた――アメリカはようやく危機を脱したと論じ、国民の暮らしに具体的な変化をもたらすべく私の政権がこの一六か月にわたってしてきたことを強調すべきときだった。しかし有権者の心に刻まれていたのは、大きな災害が起こり、今度もまた政府は解決できなかったという印象だけだ。私はアックスに、下院で民主党が過半数を維持できる可能性がどれほどあるかと尋ねた。アックスは、私が冗談でも言っているかのような顔でこちらを見て言った。

「見込みはありませんね」

大統領に就任したその日から、中間選挙が厳しい戦いになるのはわかっていた。これまでずっと与党は、政権を握って2年目の中間選挙では議席を失ってきた。少なくとも一部の有権者は、なんらかの理由で政権に失望しているからだ。中間選挙では投票率も大幅に下がり、それが最も顕著に見られるのが民主党に投票する傾向のある若者、低所得層、マイノリティの有権者である。これは一部には、アメリカの投票者差別の長い歴史のためであり、また、多くの州ではまだ投票を必要以上に難しくする複雑な手続きを使いつづけているためである。

こうした事情から、中間選挙は厳しい戦いになると思われた。比較的平和で景気がいいときでさえ苦戦するのに、今は当然ながら平和でも好景気でもない。企業はまた人を雇い出してはいたが、6月から7月にかけての失業率は9・5パーセントあたりで高止まりしていた。これは主に、財政事情の苦しい州政府と地方自治体が人員削減を続けていたためである。私は最低でも週に一度はルーズベルトルームで経済チームと話し合い、一部の共和党上院議員の支持を取りつけられそうな追加の景気刺激策をいくつか考え出そうとした。ただ、議会が8月の休会に入る前に緊急失業保険給付金の延長を決めたときには、共和党はしぶしぶそれに同意したが、そのほかは、上院院内総務のミッチ・マコーネルが共和党議員たちをおおむねうまくまとめて、私たちと歩調を合わせていた。「こんなことは言いたくないんだが」。別の用件でホワイトハウスを訪ねてきたある共和党上院議員が言った。「今は国民感情が悪くなればなるほど、我々には好都合なんだ」

逆風は経済だけではなかった。世論調査では、国家安全保障の問題に関して、たいてい共和党のほうが民主党より支持を集める。私が大統領に就任したその日から共和党はそれを利用し、あらゆる機をとらえては、オバマ政権は国防に弱くテロに対して弱腰だと世間に印象づけようとした。そうした攻撃はおおむね失敗に終わった。有権者は私の経済運営には失望していたものの、国民の安全確保という点では引き続き評価していたからだ。フォートフッド陸軍基地の銃乱射事件とクリスマスのノースウエスト航空機爆破テロ未遂事件のあとも、この数字は変わらなかった。2010年5月、パキスタン育ちでアメリカに帰化し、パキスタン・タリバーンから訓練を受けたファイサル・シャザドという男がニューヨークのタイムズ・スクエアの真ん中で自動車爆弾を爆発させようとして未遂に終わった。この事件のあとも、世論はほぼ変わらなかった。

とはいえ、今なお18万人の米兵が国外で戦争に動員されていて、それが中間選挙に暗い影を落としていた。イラクからの撤退は最終段階に入っており、最後の戦闘旅団も8月には帰国する予定だったが、アフガニスタンでの夏の戦闘によってアメリカ側の死傷者がまた大きく増える可能性があった。アフガニスタンで多国籍軍を指揮するスタンリー（スタン）・マクリスタルのリーダーシップはすばらしかった。私が派遣を認めた追加部隊はタリバーンから領土を奪還するのに活用され、アフガニスタン軍の訓練は強化されていて、マクリスタルの説得のおかげでカルザイ大統領は官邸から外に出て、人々と交流するようになっていた。

アフガニスタンの状況はこのように少しずつ改善していたものの、ウォルター・リード陸軍医療センターやベセスダ海軍医療センターを訪れて負傷した兵士たちに会うたびに、私はその恐ろしい代償を思い知らされた。最初のころは1時間ほど滞在していたが、医療センターがほぼ満床になると、少なくともその倍の時間を過ごすことが多くなる。ある日、病室に入ると、即席爆発装置（IED）と呼ばれる手製の爆弾の被害に遭って寝たきりになった青年が、母親に付き添われてベッドに横たわっていた。一部を剃りあげた頭の側面には太い縫い目が走っていて、右目は見えないようだ。体は一部麻痺していて、重傷を負った片腕はギプスに覆われている。病室に入る前に受けた医師の説明によると、その患者は三か月間の昏睡状態から意識を取り戻したらしい。脳に回復不能の傷を負い、頭蓋骨を再建する手術を受けたばかりだという。

「コーリー、大統領が会いにきてくれたわよ」。兵士の母親が元気づけるように言った。青年は話すことができなかったが、かすかにほほえんでうなずいた。

「はじめまして、コーリー」。そう言って私は、彼の動かせるほうの手をつかんで握手した。

「実は、前にも会っているんですよ」。母親が言った。「ね？」。母親は壁にテープで貼られた写真を指さした。壁に近づき、陸軍第七五レンジャー連隊の笑顔の一団と撮った写真をよく見ると、ベッドに横たわる負傷兵はコーリー・レムズバーグ一等軍曹だと気づいた。1年ほど前にノルマンディー上陸記念式典で話した、はつらつとした若きパラシュート兵だ。一〇か所目の任地であるアフガニスタンへ向かうところだと話していた。

「ああ、そうでした……コーリー」。そう言って私は、母親のほうをちらりと見た。母親の目は、息子に気づかなかった私を赦《ゆる》してくれていた。「気分はどうだい？」

「気分はどうかだって、コーリー」。母親が言った。

ゆっくりと懸命に、コーリーは腕を上げて私に向かって親指を立ててみせた。私たち2人の写真を撮りながら、ピートは明らかに身を震わせていた。

コーリーやその他多くの者たちに起こったことは、私の心の中で最も重要な位置を占めていた。しかし、おそらく有権者の心の中ではそうではなかった。１９７０年代に軍が全志願制になってから、家族や友人、近所の知り合いが戦争に行くことは少なくなった。しかし死傷者が増えつづけるなかで、アメリカという疲弊した国は、どんどん終わりが見えなくなる戦争の先行きに確かな見通しをもてずにいた。６月、ローリング・ストーン誌にスタンリー・マクリスタルについての長い記事が掲載されると、先行きの不透明感はさらに強まる。

〝手に負えない将軍〟と題されたその記事は概してアメリカの戦争に批判的で、私が国防総省《ペンタゴン》に転がされてどうしようもない目的に力を注いでいると論じていた。それ自体は目新しいことではない。ワシントンが注目したのは、マクリスタルが記者に接近を許し、彼やチームの面々が同盟国、議員、閣僚に対して辛辣な発言をしていたことである。ある場面では、マクリスタルと側近がバイデン副大統領について冗談を交わしている（「バイデン副大統領について尋ねてるのか？」とマクリスタルが言うと、「誰ですって？」と側近が割って入る。「くたばれ《バイト・ミー》って言いました？」）。また別の場面では、マクリスタルはパリでフランスの大臣と食事をしなければならないことに不平を漏らし（「ケツを蹴飛ばされるほうがまだましだ」）、さらにはヒラリーの特別顧問でベテラン外交官のリチャード・ホルブルックからのＥメールについて不満の声を上げていた（「メールを開くのすら嫌だ」）。私自身はそれほどばかにされていなかったが、マクリスタルを多国籍軍の司令官に任命する直前のミーティングで、マクリスタルは私に失望していたとチームの一員が明かしている。私はマクリスタルにもっと注意を払うべきだったらしい。

この記事は否定的な感情を呼び起こし、解消したと思っていたアフガニスタン・チーム内での対立に再び火をつけるに違いなかった。それを抜きにしても、マクリスタルとその仲間たちは、まるでうぬぼれた友愛会《フラタニティ》の男子学生のようだった。コーリー・レムズバーグの両親がこの記事を読んだらどんな気持ちになるだろう、そう思わざるをえなかった。

「やつはいったい何を考えているんだ」。対策に追われながら、ロバート・ゲイツが私に言った。

「何も考えていなかったんだ」と私はそっけなく答えた。「利用されたんだな」

どんな対処を望むかと私は問われた。まだ決めていないと答えたが、そう言いながら心を決め、マクリスタルを次の飛行機でワシントンに帰国させようと思った。最初は厳しく叱責するだけで放免しようかと思っていた。今回の戦争の指揮官にはやはりマクリスタルが最適だとゲイツが強く主張していたからでもあるが、それだけではない。私と高官たちの個人的な会話を誰かが録音したとすれば、私たちもほかの人をかなり不愉快にさせることを言っているだろう。たしかにマクリスタルと取り巻きたちは、軽率さのためかうぬぼれのためか、記者の前であのような話をするというとんでもない思慮分別のなさを見せた。しかし、ホワイトハウスの誰もが一度は、テープが回っているところで言うべきではないことを口にしたことがあるはずだ。不適切な発言をしたからという理由でヒラリーやラーム、ヴァレリー、ベンを更迭しないのなら、マクリスタルだけを例外扱いすべきではないと思ったのだ。

しかし、それから24時間のあいだに、今回の件はやはり特別だと私は判断した。軍の司令官たちが口をそろえて私に言っていたように、米軍は厳しい規律、明確な行動規範、部隊の結束、厳格な指揮系統の上に成り立っている。常に大きな危険が伴うからだ。誰かがチームの一員として行動できなかった場合や間違いを犯した場合には、ただ恥ずかしい思いをしたり利益を失ったりするだけではない。人が死ぬこともある。伍長や大尉がこれだけ生々しい言葉を使って上官を公の場でけなすことがあれば、それなりの代償を払うことになる。四つ星の大将だからといって例外扱いする理由は思いつかなかった。彼がどれだけ才能に恵まれていて、勇敢で、たくさん勲章をもらっていても、それは同じだ。

そのように説明責任と規律が求められることは、軍の文民統制の問題ともつながっている。それについて私はゲイツとマイク・マレンにオーバルオフィスで強調していたが、どうやら効果は今ひとつだったらしい。実のところ私は、マクリスタルの反骨精神、見せかけの権威にはっきりと軽蔑を示す態度（生まれつきのものだと本人は言っていた）を高く評価していた。彼が優れたリーダーであるのは、間違いなくそういう性格からくるものであり、そのおかげで指揮下の兵士たちから熱烈な忠誠心を寄せられていたからだ。しかしローリング・ストーン誌の記事を読むと、彼と側近たちの発言からは、ブッシュ時代に軍の一部高官たちのあいだに見られたのと同じ雰囲気が感じられた。何をやっても許されるという雰囲気だ。戦争が始まれば、戦っている者たちに部外者は異を唱えるべきではなく、政治家は彼らが望むものを与えて引き下がっているべきだという感覚がブッシュ時代にはあった。これは魅惑的な考えだ。マクリスタルほどの優れた人物が口にすればなおのことだ。一方でこれはアメリカの議会制民主主義の根本原理を蝕みかねない考えでもある。私はそれに終止符を打つことを心に決めていた。

蒸し暑い朝、ようやくマクリスタルと2人きりでオーバルオフィスに腰をかけた。マクリスタルは感情を抑えているようではあったが、落ち着いていた。彼の名誉のためにいっておくと、彼は自分の発言について言い訳はしなかった。引用が正しくなかったとも前後の文脈から切り離されていたとも言わず、過ちについて謝罪して辞表を差し出したのだ。私は彼を高く評価し、彼の仕事に感謝しながらも、辞表を受け取ることにした理由を説明した。

マクリスタルが去ったあと、ローズガーデンで記者会見を開き、私はこの決断を下した理由をかいつまんで話した。そして、デイヴィッド・ペトレイアス陸軍大将がアフガニスタンで多国籍軍の指揮を執ると発表した。ペトレイアスをマクリスタルの後任に据えたのは、トーマス・ドニロン国家安全保障担当副補佐官のアイデアだった。ペトレイアスはアメリカで尊敬を集める最も有名な軍事指導者で、そのうえ中央軍司令官としてすでに私たちのアフガニスタン戦略に精通していた。それでもなお、記者会見を終えて立ち去るとき、私はこの状況すべてに激しい怒りを覚えていた。ジェームズ・ジョーンズ国家安全保障担当補佐官に指示して、国家安全保障チームをすぐに招集した。その会議は短時間で終わった。

「みんなに言っておきたい。もううんざりだ」。声が徐々に大きくなる。「メディアでマクリスタルについてのコメントは聞きたくない。勝手な解釈も噂も陰口も、もうたくさんだ。私が望んでいるのは、みんなが自分の仕事をすることだ。ここにいる者のなかで、チームの一員として動けない者がいるなら、同じく去ってもらうことになる。本気だ」

部屋は静まり返った。私がみんなに背を向けて部屋を出ると、ベン・ローズ副補佐官があとについてきた。いっしょにスピーチを考える予定になっていたらしい。

「スタンのことは好きだった」。歩きながら私はそっと言った。

「ああするしかなかったと思います」とベンは言った。

「ああ」。首を振りながら私は言った。「わかってる。だからといって、すんなり受け入れられるわけじゃない」

マクリスタルの更迭は大きく報じられたが（また、私は最高司令官にふさわしくないという考えが熱心な共和党支持者のあいだでいっそう強まったが)、これは必ずしも、選挙で無党派層を動かすたぐいの話題ではなかった。中間選挙が近づくなか、共和党はより身近な国家安全保障の問題に焦点を絞る。アメリカ国民の過半数は、テロ容疑者をアメリカ国内の通常の刑事裁判所で裁くのは好ましくないと思っていた。それどころかアメリカ人のほとんどは、そもそもテロ容疑者に正式な、あるいは公正な裁判を受けさせることに関心をもっていなかったのだ。

グアンタナモ収容所を閉鎖するという公約を実行に移そうとしたとき、私もその点を薄々感じていた。理屈のうえでは、ほとんどの民主党議員が外国人の被収容者を裁判も受けさせずに無期限に閉じ込めておくのはよくないという私の主張を受け入れていた。このやり方はアメリカの憲法に反しているし、ジュネーヴ諸条約にも違反する。そのせいで外交政策は複雑になり、とりわけ親しい同盟国の一部にすら反テロ対策での協力をしぶらせる原因にもなっていた。また、アルカイダのメンバーはむしろ増加し、私たちの安全は全般に低下していた。共和党員のなかにも、ジョン・マケインなど、同じ考えをもつ者が少数ながら存在していた。

しかし、実際に収容所を閉鎖するには、私が大統領に就任した時点でグアンタナモに収容されていた242人をどうするのかを考える必要がある。多くは戦場で行き当たりばったりに捕まった訓練の足りない下級戦闘員で、アメリカにほとんど、あるいはまったく脅威を与えない者だ(ブッシュ政権もかつて500人を超える被収容者を釈放し、故国や第三国へ送っている)。しかし被収容者のなかには、〝重要度の高い被拘禁者(HVD)〟と呼ばれる、高い能力をもつアルカイダ工作員も少数いた――9・11の首謀者の一人だと自称するハリド・シェイク・モハメドなどだ。HVDは、罪のない人々の殺害に直接の責任があると告発されていた者であり、私は、彼らを釈放するのは危険で倫理にも反すると考えていた。

解決策ははっきりしているように思われた。重要性の低い被収容者は本国に送還して自国政府の監視のもとに置き、徐々に社会に復帰させるようにして、HVDはアメリカの刑事裁判所で裁判にかければいい。だが、細かく検討するとさまざまな障害に突き当たる。たとえば本国への送還についていえば、重要度の低い被収容者の出身国の多くには、彼らを安全に帰国させられるだけの力がなかった。実際、最大の集団は99人からなるイエメン出身者だったが、イエメンは極貧国であり、政府がほとんど機能していない。根深い部族紛争が見られ、パキスタンの連邦直轄部族地域（FATA）の外では最大といわれるアルカイダ支部が存在する。

また国際法は、政府によって虐待、拷問、殺害される恐れがあるとみなされる根拠がある場合、被収容者を本国に送還することを禁じている。グアンタナモに収容されているウイグル族の集団はこれに該当する。出生地中国での長年にわたる残酷な抑圧のためにアフガニスタンに逃れたイスラム教少数民族の人々だ。ウイグル族はアメリカにはなんの不満も抱いてない。しかし中国政府は彼らをテロリストとみなしているため、中国に彼らを送還したら間違いなく手荒な扱いを受ける危険がある。

HVDをアメリカの法廷で裁く可能性についていえば、おそらく事情はさらに複雑だった。まずブッシュ政権は、証拠を保存したり、被収容者が捕えられた状況を正確に記録したりすることに重きを置いていなかったため、多くの被収容者の記録ファイルはまったく役に立たない。それに、ハリド・シェイク・モハメドを含むHVDの多くは取り調べ中に拷問を受けているため、通常の刑事訴訟手続きのもとでは、彼らの自白も、そうした取り調べによって得た証拠も、認められることはない。

ブッシュ政権の当局者たちは、こうしたことが問題だとは思っていなかった。グアンタナモの被収容者はすべて〝不法敵性戦闘員〟の条件を満たしており、ジュネーヴ諸条約による保護の対象から外れるため、一般の法廷で裁判を受ける権利はないと考えていたからだ。ブッシュ政権は彼らに審判を下すために〈軍事委員会〉という別の仕組みをつくった。そこではアメリカの軍審判官が有罪無罪を判断するが、証拠採用の基準は低く、裁判手続き上の保護措置も脆弱だ。ほとんどの法律専門家が、ブッシュ政権のこのやり方は適正手続きの最低要件を満たしていないと考えていて、絶えず法的な異議が申し立てられ、遅れや手続き上の問題が生じていた。その結果、軍事委員会は2年間で三件の判決しか下すことができていなかった。私が当選する一か月前には、グアンタナモの被収容者であるウイグル族17人の代理人を務める弁護団がアメリカ連邦裁判所判事に彼らの収容を見直すよう申し立て、それが認められていた。判事は軍による勾留を解くよう命じ、その結果、司法権をめぐる長い法廷闘争の舞台が整った。ほかの被収容者の代理人による訴えも係争中だった。

「これはクソのサンドイッチどころじゃない」。グアンタナモについてのある会議のあとで、デニス・マクドノー副補佐官が言った。「クソのビュッフェだ」

こうしたことがありながらも、私たちは少しずつ問題を解消していった。私は軍事委員会が新しい案件を扱うのを一時停止するよう命じた——ただし国防総省の意見を容れて軍事委員会を改編し、一般の法廷で裁くことができない被収容者がいた場合の予備としてそれを利用する可能性を、関係諸機関のチームで検討することにした。被収容者を釈放して本国や受け入れ意思のある他国に送っても安全かどうかを判断するための正式な手順も定めた。私たちはまた、国防総省と中央情報局（CIA）の法律家たちと協力して、エリック・ホルダー司法長官と司法省の検察官チームが被収容者の記録を見直し、各HVDをグアンタナモで裁判にかけて有罪判決を下すのに追加で必要な証拠を確認するという作業に着手した。グアンタナモ被収容者の最終的な行き先を検討しながら、軍事施設や既存の連邦刑務所など、被収容者をすぐに移送できるアメリカの施設も探しはじめた。

すると、そのタイミングで議会が騒ぎ出した。共和党議員は、私たちがウイグル族をバージニア州に再定住させる可能性を検討しているとの噂を聞きつけ（最終的に、ほとんどが英領バミューダ諸島や島国パラオなどの第三国に送られた）、有権者に対して、政権がテロリストを近所に——場合によってはすぐ隣の家に——移住させようとしているとテレビやラジオで警告した。当然ながら民主党議員は神経質になり、最終的に、防衛支出法案に一つの条項を追加することに同意する。裁判以外の目的で被収容者をアメリカへ移送する際に税金の使用を禁じる条項である。またこの条項のためにロバート・ゲイツは、グアンタナモを閉鎖する前に新施設を選んで正式な計画を議会に提出しなければならなくなった。そんななか、2010年春にディック・ダービン上院議員が一つの案を持ち込んでくる。イリノイ州トムソンにある、ほとんど使われていない州刑務所を活用して、グアンタナモの被収容者を最大90人収容するという案である。経済危機によって大きな打撃を受けた地方の住民に仕事をもたらす可能性のある案だったが、議会は刑務所施設の購入と改修に必要な3億5000万ドルの支出を拒んだ。リベラル派民主党議員のなかにも、アメリカ国内に収容所があるといずれテロ攻撃の主要ターゲットになるという、共和党の主張に共鳴する者がいたからだ。

こういったことのどれも私には理解できなかった。テロ計画者は海軍特殊部隊《ネイビーシールズ》ではない。アルカイダが再度アメリカへの攻撃を計画するとしたら、辺鄙《へんぴ》な場所にあって重武装した米兵が詰める防御の固い矯正施設に攻撃をしかけるより、ニューヨークの地下鉄やロサンゼルスの混雑したショッピングモールで粗製爆弾を爆発させるほうが、よほど簡単で大きな被害をもたらすだろう。それに、有罪判決を受けた100人を超えるテロリストが、全国に点在する連邦刑務所ですでに問題なく刑期を務めている。「みんな、グアンタナモの被収容者たちのことをまるでジェームズ・ボンドの映画からそのまま出てきたものすごい悪党であるかのように扱っている」。私はいらいらしながらデニスに言った。「超厳重警備刑務所《スーパーマックス・プリズン》の並の受刑者なら、グアンタナモの被収容者の始末など朝飯前だ」

それでも、国民が実際に恐怖心を抱いていることは理解できた――この恐怖心は、9・11後の根深いトラウマから生まれ、前政権と多くのメディア（無数の映画やテレビ番組はいうまでもない）が10年近くにわたって絶えず煽ってきた恐怖心だ。実際に、ブッシュ政権の元メンバーの一部、なかでも元副大統領のディック・チェイニーはこの恐怖心をかき立てるのを自らの使命としていて、テロ容疑者の扱いを改めるという私の決断はブッシュ政権の遺産に対する攻撃とみなしていた。チェイニーは、一連の演説やテレビ出演において、水責めや無期限の勾留といった方法を用いることで9・11よりも「はるかに大きくはるかにひどいもの」を防ぐことができたのだと主張していた。彼はまた、私が「軍事的脅威という概念」を理解しておらず、テロリストの扱いを2001年以前の「法執行方式」に逆戻りさせたと批判する。そうすることで、さらなる攻撃を受ける危険を私が増大させているというのだ。

オバマ政権はアルカイダを軍事的脅威として扱っていないとチェイニーは言うが、この主張は、私がアフガニスタンに追加部隊を派遣したことや、ドローン攻撃によって数多くのアルカイダ工作員を標的にしていることと矛盾している。そもそもチェイニーは、おそらくどんな主張についても望ましいメッセンジャーとはいえない人物だ――イラクで破滅的な判断を下したこともあって、アメリカ国民からまったく人気がなかったからだ。それでもなお、テロリストを「普通の犯罪者」のように扱うべきではないという考えには、多くの有権者が共鳴していた。前年のクリスマスに〝下着爆弾男〟ことウマル・ファルーク・アブドゥルムタラブが旅客機を墜落させようとしたあと、その考えはさらに広まっていた。

司法省と連邦捜査局（ＦＢＩ）は、手順どおりにこの事件に対処した。エリック・ホルダーの指示により、また国防総省とＣＩＡの同意を得て、ノースウエスト航空機がデトロイトに着陸するとすぐに連邦政府職員がナイジェリア生まれのアブドゥルムタラブを容疑者として逮捕し、やけどの治療を受けさせるために病院へ運んだ。最優先事項は、たとえばほかの機に爆弾犯がいるなど、公共の安全にさらなる脅威が迫っていないかを確かめることにある。それゆえアブドゥルムタラブを最初に尋問したＦＢＩ捜査官のチームは、ミランダ警告〔黙秘権や弁護士をつける権利など四つの権利を被疑者に告知するもの〕を読み上げずに取り調べを行った。進行中の脅威に対処する際には法執行機関に例外を認めるという、すでに広く受け入れられている判例に倣った行動である。アブドゥルムタラブは、1時間近く捜査官たちと話すなかで、アルカイダとのつながりやイエメンで受けた訓練、爆発装置の出所、さらにはほかの計画について知っていることなど貴重な情報を提供する。そののちに彼はミランダ警告の四つの権利を告知され、弁護人を利用できるようになった。

批判者にいわせれば、私たちは事実上この容疑者を自由の身にしたことになる。「いったいどうしてテロリストの尋問をやめるんだ⁉」。元ニューヨーク市長のルディ・ジュリアーニはテレビでそう発言した。ジョゼフ・リーバーマンは、アブドゥルムタラブが不法敵性戦闘員の条件を満たしている以上、軍当局に身柄を引き渡して取り調べと勾留を行うべきだったと主張した。また、当時進行中で激戦になっていたマサチューセッツ州の上院議員選挙戦では、共和党のスコット・ブラウンがこの事件への私たちの対応を批判して、民主党のマーサ・コークリーは守勢に立たされた。

皮肉なのは、エリック・ホルダーが指摘していたように、ブッシュ政権もアメリカ国内で逮捕されたテロ容疑者（9・11計画者の1人、ザカリアス・ムサウイなど）が関わる案件をほぼすべて、〝まったく同じやり方で〟処理していたことだ。合衆国憲法によってそうすることが求められているからである。かつてブッシュ政権は二度、アメリカで逮捕されたテロ容疑者を〝不法敵性戦闘員〟として無期限勾留の対象にしたことがある。そのときには連邦裁判所が介入し、刑事司法のルールに則って容疑者を扱うように命じた。また、実際に、法律どおりに処理することでうまくいっていたといえる。ブッシュ政権の司法省は100人を超えるテロ容疑者を有罪にし、少なくとも軍事委員会によって言い渡されたのと同じぐらい厳しい判決が下されていたからだ。たとえばムサウイは連邦刑務所で複数の終身刑に服している。このような法に則った刑事訴追は、過去にはジュリアーニを含む保守派から大いに称賛されていた。

「ジュリアーニやほかの批判者たちが、自分たちの言っていることを実際に信じているのなら、それほど腹は立たない」。ある日、エリックは私に言った。「だが、ジュリアーニは元検察官だ。本当は私たちのやり方に問題がないことはよくわかっているに違いない。恥知らずだな」

アメリカのテロ対策と合衆国憲法の原則とを一致させる取り組みの連絡係として、エリックはでっち上げられたこの批判の矢面に立たされる。彼はそれも仕事の一部と割り切って気にしていなかったものの、共和党議員からのこきおろしやFOXニュースの陰謀論の多くが政権のなかでも特にエリックを標的にしていたことを、まったくの偶然だとは思っていなかった。

「やつらが〝私に〟怒鳴り散らしているときはな、兄弟」と、エリックは苦笑しながら私の背中を叩いてよく言ったものだ。「本当は君のことを考えてるんだ」

私が大統領であることに反対する人たちが、エリックを手頃な身代わりと考える理由は私にも理解できる。長身で冷静なエリックは、バルバドス島に出自をもつ中間層の両親のもと、ニューヨーク市クイーンズ区で育った（「君のそのいかにも島の人間らしい雰囲気は親から受け継いだんだな」と私は彼に言った）。コロンビア大学を私が卒業する10年前に卒業し、在学中はバスケットボールをして、キャンパスでの座り込み運動にも参加した。ロースクール時代には公民権に関心をもつようになり、全米有色人種地位向上協会（ＮＡＡＣＰ）の法的支援基金でひと夏インターンを経験している。そして私と同じように、会社法を扱う法律事務所で働くのではなく公職を選び、司法省のパブリック・インテグリティ部門［公務員の汚職犯罪を担当する部署］で検察官として働いたのちに、コロンビア特別区控訴裁判所の連邦判事になった。やがてビル・クリントンにコロンビア特別区の連邦検事に任命され、その後、合衆国司法副長官に就任する。どちらもアフリカ系アメリカ人として初だった。

　エリックと私は、ともに法律に対して揺るがぬ信頼を置いていた。それは個人的な経験と歴史についての知識によって鍛えられた信頼である。理にかなった議論と、民主主義の理念と制度への忠誠によって、アメリカをさらによい国にできると信じていたのだ。私が彼に司法長官を任せたかったのは、友情や特定の問題について同じ意見をもっているということより、法律と民主主義への信頼を共有していたからだ。また、その法律と民主主義への信頼ゆえに、進行中の訴訟や捜査にホワイトハウスが介入しないよう、私は細心の注意を払って司法省を守ろうとしていた。

　そのような介入を明確に禁じる法律は存在しない。そもそも司法長官と司法副長官は行政府の一員として、大統領の意向に沿って職務に従事する。とはいえ、司法長官は何よりもまず法律家であって、大統領の相談役ではない。捜査と起訴に関わる司法省の決定に政治を介入させないことは、民主主義に欠かせない規範である。これをはっきりと示したのが、ウォーターゲート事件の公聴会だった。リチャード・ニクソン政権の司法長官、ジョン・ミッチェルがホワイトハウスの悪事の隠蔽に積極的に関与し、大統領の政敵に対して犯罪捜査を行っていたことが明かされたのだ。ブッシュ政権も、自分たちのイデオロギー上の方針に忠実でないとみなした９人の連邦検察官を２００６年に解任したとき、この規範に反しているとして批判された。さらには、ほかには染み一つないエリック・ホルダーの経歴に唯一残された汚点として、ビル・クリントン政権末期にクリントンの大口献金者に恩赦を与えることを司法副長官として支持し、政治的圧力に屈したとされる件が挙げられる。エリックはのちにその判断について後悔の念を示している。これこそまさに私が避けたい事態だった。したがって、エリックと私は司法省の大枠の政策については頻繁に話し合ったが、アメリカ最上位の法執行官としての彼の独立性を脅かしかねない話題については、いかなるものであれ慎重に避けた。

それでもなお、司法長官の判断に政治的な影響がついてまわることは避けられない。これはホワイトハウスのチームがいつも私に強調していたことであり、またときにエリックが忘れがちなことだった。たとえば、私が大統領に就任した一か月後にエリックは、その内容について私たちの承認を受けることなく〈黒人歴史月間〉のスピーチを行った。そのことをアックスが非難すると、エリックは驚くと同時に腹を立てた。そのスピーチでエリックは、人種問題を議論しようとしないアメリカは「卑怯者たちの国」であると論じたのだ。それはたしかに正しい見解であるとはいえ、私が大統領に就任して数週間で、新聞の見出しを飾ってもらいたい発言ではなかった。金融危機で銀行幹部が果たした役割について、彼らを1人も起訴しないという決定を司法省が下してホワイトハウスが非難を受けたのも、エリックには想定外のことだった。法的には有効だが政治的には有害な決定だったのだ。そしておそらくそのまっすぐなところや、論理と理性が最終的には勝利するという自信のために、2009年、ハリド・シェイク・モハメドとその他4名の9・11の共謀者がついにマンハッタン南部の法廷で裁かれることになったとき、エリックは政治の土台がいかに急速に変化しているのかを理解できていなかった。

理屈のうえではこの考えは筋が通っていると、誰もが思った。グアンタナモのとりわけ悪名高い被収容者を訴追することで、アメリカの刑事司法制度にはテロリストの裁判を公平かつ公明に行う能力があると示すことができるだろう。それに、あの恐ろしい犯罪によって最大の被害を受けた街の、グラウンド・ゼロからわずか数ブロックのところにある法廷以外に、法の裁きを下すのにふさわしいところがあるだろうか。数か月にわたる綿密な作業を経てエリックと彼のチームは、〝強化尋問〟によって得た情報に頼ることなく、9・11の共謀者たちの罪を立証できると確信していた。以前は関わることをしぶっていた他国からより多くの協力を得られるようになったおかげでもあった。ニューヨーク市長マイケル・ブルームバーグもエリックの計画を支持していた。ニューヨーク州選出の民主党ベテラン上院議員、チャック・シューマーも同様だ。

そののち、クリスマスの航空機爆破未遂事件前後の数週間で、ニューヨークの世論はたちまち180度転換する。9・11の犠牲者遺族の団体がエリックの決定に抗議する一連のデモを行ったためだ。のちにわかったのだが、そのリーダーは国防総省へのテロ攻撃によって死亡したパイロットの妹で、ブッシュ政権時代の国家安全保障政策を転換する取り組みに一つ残らず反対する団体を結成していた。またその団体は保守系の資金提供者によって支えられ、有力共和党員（元副大統領の娘、リズ・チェイニーなど）に支持されていた。その後、ブルームバーグ市長も、裁判は大きな混乱を招くとして、突然支持を撤回する。ちなみにブルームバーグは、裁判が再開発計画に与える影響を懸念する不動産関係者から圧力を受けたと噂されていた。チャック・シューマーと上院情報特別委員会委員長のダイアン・ファインスタインもすぐあとに続いた。ニューヨークの公職者、声高な9・11の遺族代表団、そして身内である民主党の有力メンバーがそろって私たちに異を唱えるなか、エリックは戦術的撤退を強いられる。結局、司法省は、9・11の共謀者を軍事裁判所ではなく一般の裁判所で裁くという方針は変わらないものの、ニューヨーク以外の場所を模索すると認めた。

これは、グアンタナモを閉鎖するという私たちの戦略全体にとって大きな後退を意味し、人権擁護団体や進歩派のコラムニストたちは、裁判への政治的な反発を計算に入れていなかったとして、またニューヨークで裁判を行う計画が問題に直面したときにもっと精力的にその計画を擁護すべきだったとして、私とホワイトハウスのメンバーを非難した。たしかに彼らのいうとおりだったのかもしれない。医療、金融改革、気候変動、経済は別として、一か月ほどその問題に全精力を注いでいれば、世論をこちらの味方につけてニューヨーク市当局者たちを引き下がらせることができたかもしれない。私もそんな戦いをしたかった。やるだけの価値のある戦いだったのは間違いない。

　しかし少なくとも当時は、ホワイトハウスの誰一人としてその戦いに勝てるとは思っていなかった。当然ながらラームは、エリックの計画が棚上げにされたのを喜んだ。恐れをなした民主党議員たちから、そんな難題を議会に上げるのはやめてくれという電話がひっきりなしにかかってきて、その対応に朝から晩まで追われていたからだ。実のところ、大統領就任後の最初の1年でさまざまな取り組みを進めたあと、私のもとには政治的資本《ポリティカル・キャピタル》があまり残っていなかった。それに、わずかに残っていた資本でさえ、2010年の中間選挙の前にできるだけ多くの議案を通過させるために節約しながら使っていた。中間選挙で民主党が下院の過半数を失う恐れがあったからだ。

　また、夏の終わりにも私はこれと関係する論争に巻き込まれ、ラームがいらだちを覚えることになった。ハリド・シェイク・モハメドをマンハッタンで裁判にかけるのに反対した9・11の犠牲者遺族の団体が、今度はグラウンド・ゼロの近くにイスラム教のコミュニティ・センターとモスクをつくる計画を阻止するためのキャンペーンを始めたのだ。テロ事件の遺族たちとワールドトレードセンタービルで亡くなった人たちを侮辱する計画だというのが、その主張である。彼の名誉のためにいっておくと、ブルームバーグ市長は信教の自由を理由に建設計画を強く支持し、それはほかの市当局者も同じだった。また、9・11の遺族のなかにも、この計画を擁護する人たちがいた。すると、右派のコメンテーターたちがたちまちこの問題に食いついて、あからさまに反イスラムの言葉を使って建設反対を唱えた。また、全国世論調査によると、アメリカ人の過半数がモスクの場所に反対していた。さらに、共和党の政治工作員は、この機をとらえて中間選挙に出馬する民主党候補に攻撃を仕掛けた。

この論争が沸点に達した週、私たちはアメリカ人イスラム教徒のさまざまなリーダーをホワイトハウスに招き、断食月《ラマダン》の夕食会〈イフタール〉を開くことにしていた。これは本来は地味な行事で、イスラム教の重要な休日に合わせて、ほかの信仰をもつ人たちと同じようにイスラム教徒にも敬意を示すための場である。しかし私は、ラームと話しながら、自分がモスクを建てる人たちの側に立つことを公に表明する場としてこの夕食会を利用したいと告げた。

「私が知る限り、ここはアメリカだ」。夕食をとるためにレジデンスに向かう前に、ブリーフケースにファイルを入れながら私は言った。「そしてここアメリカでは、一つの宗教集団を取り上げて、自分たちの所有地に礼拝所を建ててはいけないなどということは許されない」

「わかります、大統領」。ラームは言った。「ただし、もし大統領が何かを口に出したら、全国の激戦区で民主党の候補者たちがそれを背負い込むことになりますよ」

「たしかにそうだな」。そう答えて私はドアのほうに向かった。「だが、こんな基本的なことすら口にできないのなら、我々がここにいる意味がないじゃないか」

ラームはため息をついた。「この調子だと、いつまでここにいられるかわかりませんけどね」

8月、私は家族といっしょにマーサズ・ヴィニヤード島へ飛んで10日間の休暇を過ごした。ケープコッド沖にあるこの島を最初に訪れたのは、15年ほど前のことだった。法律事務所のパートナーの1人、アリソン・デイヴィスに招かれ、子ども時代に家族と夏休みをその島で過ごしたというヴァレリーにも勧められたからだ。広々としたビーチに吹きさらしの砂丘、波止場に戻ってくる漁船、オークの林と古い石垣に囲まれた小さな農園と緑の草地――この土地は穏やかな美しさとのどかな雰囲気に包まれていて、私たちはとても気に入った。ヴィニヤードの歴史も私たちには好ましかった。最初期の定住者のなかには解放された奴隷もいたという。また、何世代にもわたって黒人の家族が夏の別荘を借りていて、黒人と白人が等しくくつろげる希有なリゾート地になっている。2年に一度、夏に1、2週間娘たちを連れてこの島を訪れ、たいていいつもオーク・ブラフズにある小さな別荘を借りた。そこは町まで自転車で行ける距離にあり、ポーチに腰かけて夕日が沈んでいくのを眺めることができる。ヴァレリーやほかの友人たちとともに、足を砂に埋めて本を片手にのんびりと毎日を過ごす。そして、海で泳ぐ。娘たちはここの海が大好きだったが、ハワイの海に慣れている私にはやや冷たすぎた。浜の近くでアザラシの群れを見かけることもあった。泳いだあとはシーフードレストラン〈ナンシーズ〉まで歩いていって、この世で一番おいしいエビフライを食べ、マリアとサーシャは友達とアイスクリームを買いに行ったり、小さな回転木馬に乗りに行ったり、ゲームセンターにゲームをしに行ったりする。

しかし、大統領になってからは、それまでと同じようにはいかなくなった。オーク・ブラフズまでフェリーで行く代わりに、マリーンワンで現地に到着する。借りたのは高級な一画にある11ヘクタールの土地に建つ邸宅である。スタッフとシークレットサービスが宿泊できるだけの広さがあり、ほかから離れていて周囲の安全を確保できるようになっている。プライベートビーチを利用できるよう手はずが整えられ、私たちの1・6キロメートル四方には誰もいなかった。サイクリングのときも厳密に指示されたルートを走らされ、娘たちは一度だけ付き合ってくれたが、「つまんない」と言われてそれきりになった。休暇中も1日の最初に大統領日報に目を通して、デニスとジョン・ブレナンから世界中で起こったさまざまな事件についてブリーフィングを受ける。夕食のためにレストランへ行くと、いつも大勢の人とテレビの取材班が待ちかまえていた。

それでも、海の匂いと晩夏の葉に降り注ぐ日の光、ミシェルとのビーチの散歩、マリアとサーシャがたき火でマシュマロを焼く姿、まるで坐禅を組んでいるときのような集中したふたりの顔、こうしたものがすべてそこにあった。寝て、笑って、ずっと愛する者たちとともに過ごす日を1日、また1日と重ねるうちに、回復してエネルギーと自信を取り戻していくのがわかった。そのおかげで、2010年8月29日にワシントンに戻ったときには、世論調査や世間の考えをよそに、中間選挙で勝利を収め、下院と上院で民主党が過半数を維持できると自分で自分に信じ込ませることができていた。

そうなってもおかしくないはずだ。私たちは実際、不況に陥りそうだった経済を救った。世界の金融システムを安定させ、アメリカの自動車産業を破綻寸前の状態から立ち直らせた。ウォール街に規制を設け、クリーンエネルギーと国のインフラに歴史に残るほど巨額の投資を行った。公有地を保護し、大気汚染を軽減させた。地方の学校をインターネットにつなぎ、学生ローン・プログラムを改革して、かつて銀行に手数料として渡っていた何百億ドルもの資金を活用することで、ローンがなければ大学に進学できない何千人もの若者に直接資金を提供できるようにした。

これらをすべて合わせて考えると、私たちの政権と民主党が過半数を占める議会は過去40年間のどの議会よりも多くのことを成し遂げ、アメリカ国民の暮らしに実際に影響を与えるような重要な法案を数多く通過させたといっていいだろう。たしかに、やるべきことはまだまだ山のようにある。

いまだに多くの人が失業中で家を失う恐れがある。気候変動対策法案もまだ通過させられていない。改悪された出入国管理制度も改善できていない。しかし、そういったことをやり遂げられていないのは、私たちが受け継いだ混乱が大きかったためであるとともに、共和党による妨害のためでもある。それをすべて、有権者は11月の投票で変えることができるのだ。

「問題は私がこの建物に閉じ込められていることにある」。オーバルオフィスでいっしょに街頭演説の原稿を準備しながら、私はジョン・ファヴローに言った。「有権者は、ワシントンから出てくる言葉の切れ端だけを聞いているんだ。ペロシがこう言った、マコーネルがああ言ったって具合に。何が本当で何が嘘かを整理できていない。私たちが出ていって、その状態を打破するチャンスじゃないか。経済に何が起こったのか、本当のところをはっきり伝えよう。共和党がハンドルを握っていたときに溝に突っ込ませた車を我々が2年間かけて引っ張りあげた……それで、ようやくまたその車を走らせようとしているところだ。彼らにまたその鍵を渡すことなんてできない」。私は少し間を置き、パソコンに向かってせわしなくキーを叩くファヴローを見た。「どう思う？　そのことを伝えればうまくいくと思うんだが」

「かもしれませんね」とファヴローは言ったが、私が期待していたほどの熱意は感じられなかった。

　中間選挙までの6週間、私は民主党候補への支持を集めるべくオレゴン州ポートランドからバージニア州リッチモンドまで、ネバダ州ラスベガスからフロリダ州コーラル・ゲーブルズまで、全国を遊説して回った。バスケットボールの競技場や公園にあふれんばかりに集まった聴衆は活気に満ちていた。「ＹＥＳ　ＷＥ　ＣＡＮ！」。「燃えてるか！《ファイアード・アップ》　さあ行くぞ！《レディ・トゥ・ゴー》」。大統領選挙のときと同じぐらい大きな声を上げ、プラカードを高く掲げる。票を必要とする民主党の下院議員や知事を私が紹介すると、人々はしきりに声援を送ってくれ、共和党に車の鍵を返してはいけないと私が言うと、共和党へのブーイングが起こる。少なくとも表面上は昔とまったく同じだった。

しかし、世論調査の数字を見るまでもなく、選挙遊説の雰囲気が変わったのが感じられた。各集会の場には疑わしげな空気が漂っていて、歓声や笑い声にも、無理やり絞り出しているかのような、切実とさえいえる雰囲気があったのだ。まるで聴衆と私はつかの間のロマンスの終わりを迎えつつあり、消えてしまいそうな感情をなんとかかき立てようとしているかのように。集まった人たちのことを責めるわけにはいかない。彼らが期待していたのは、私が大統領になることで国が変わり、普通の人たちのために政府が機能するようになって、ワシントンがある程度まともな感覚を取り戻すことだった。しかし実際には多くの人の暮らしがさらに厳しくなり、ワシントンは相変わらず世間の感覚からずれていて、国民から遠いところに存在し、きわめて党派的だと思われていた。

大統領選の選挙活動中に、集会で野次を飛ばす人物が1人か2人現れることにはすっかり慣れていた。たいていは妊娠中絶反対の抗議者で、私に向かって大声を上げたあとはブーイングの嵐に声をかき消され、警備員に付き添われて穏やかに退場したものだ。ところが今回は、私と主張が一致する人たちが野次を飛ばしてくるようになっていた。進展が見られずに期待を裏切られたと思っている人たちだ。いくつかの遊説先では、〝オバマの戦争〟をやめろと呼びかけるプラカードを掲げる抗議者にも出くわした。ヒスパニックの若者たちからは、なぜ私の政権はいまだに不法就労者を強制送還し、国境で家族を離れ離れにしているのかと問われた。LGBTQの活動家からは、異性愛者ではない軍のメンバーに性的指向を隠すことを強いる〝聞くな、言うな〟政策をどうしてやめないのかと尋ねられた。特に声が大きくしつこい大学生の一団は、アフリカのためのエイズ基金のことを叫んでいた。

「エイズ基金は増額したんじゃなかったか?」。三度か四度、演説の中断を余儀なくされた集会の会場を去るときに、私はロバート・ギブズ報道官に尋ねた。

「増額しました」とギブズは言った。「あの人たちは金額が十分ではないと言ってるんです」

10月末は働きづめで、会議のために1日か2日ホワイトハウスで過ごしたほかは選挙遊説を続けた。最後の訴えをしながら、声がどんどんかれていく。休暇後の根拠のない楽観論ははるか前に消えていて、投票日の2010年11月2日には、もはや問題は下院で過半数を失うかどうかではなく、どれだけ大きく過半数を割るかになっていた。私は、シチュエーションルームでのテロの脅威についてのブリーフィングと、オーバルオフィスでのロバート・ゲイツとの打ち合わせの合間にアックスの部屋に立ち寄った。そこではアックスとジム・メッシーナ大統領副補佐官が、全国の激戦区から集まる投票率の速報を追っていた。

「ようすはどうだ?」。私は尋ねた。

アックスが首を横に振る。「少なくとも30議席は失います。おそらくはもっと」

アックスの部屋でいっしょに状況を見守ることはせずに、私はいつもの時間にレジデンスに向かった。アックスには、投票所がほぼ閉まったら連絡すると言い、秘書のケイティ・ジョンソンには、その夜に私が電話する必要がありそうな相手を一覧にして送るよう指示した——まず4人の議会リーダー、それから落選した民主党現職議員たちだ。夕食を終えて娘たちを寝かしつけたあと、ようやく私はトリーティールームからアックスに電話をかけて状況を聞いた。投票率は低く、有権者10人あたり4人しか投票していない。なかでも若者の投票率が大幅に落ちていた。民主党候補は総崩れで、下院で63議席を失い、ルーズベルトが政権一期目の中間選挙で72議席を失って以来、最悪の敗北となる見込みだった。さらに悪いことに、とりわけ有望な若手民主党下院議員の多くが議席を失った。バージニア州のトーマス・ペリエロ、オハイオ州のジョン・ボッチェリ、ペンシルベニア州のパトリック・マーフィー、コロラド州のエリザベス・マーキーといった面々だ。医療の法案やアメリカ復興・再投資法に断固として賛成票を投じた議員たち、激戦区出身であるにもかかわらず、ロビイストの圧力や世論調査、さらには自分たちの政治スタッフの助言にまで抵抗して、いつも自分が正しいと思うことをしてきた議員たちである。

「当選すべき人ばかりだ」。私はアックスに言った。

「ええ」。アックスは答えた。「おっしゃるとおりです」

アックスは、朝になったらさらに詳しい情報を伝えると約束して電話を切った。私は受話器を手にしたままひとり座っていた。指で電話のフックスイッチを押さえ、頭の中はさまざまな考えでいっぱいだった。少し経ってから、ホワイトハウスの交換手に電話した。

「何か所か電話をかけたいんだが」と私は言った。

「はい、大統領」。交換手は言う。「ケイティからリストをもらっています。どなたからおかけになりますか？」

第24章

「誰のビッドだ？」

　エアフォースワンの会議室テーブルを挟んで、ピート・ソウザと私はマーヴィン・ニコルソンとレジー・ラヴの向かいに座っていた。トランプのカードを手元でまとめながら、みんなやや疲れた目をしている。私たちは、９日間のアジア歴訪の旅の最初の目的地、ムンバイに向かっていた。私にとってインドは初訪問であり、さらにジャカルタに立ち寄り、ソウルでG20の会合、横浜でアジア太平洋経済協力（ＡＰＥＣ）首脳会議に出席する予定だった。はじめのうち機内は賑やかで、職員がノートパソコンで作業をしたり、政策顧問が予定について話し合ったりしていた。しかしドイツのラムシュタイン空軍基地での給油を挟んで10時間を機内で過ごしたあとは、みんな（前方の客室にいるミシェルも、会議室の外のソファにいるヴァレリー・ジャレットも、さまざまな格好で床に横になっている上級職員たちも）眠りに落ちていた。眠れなかった私は、いつもの４人でトランプゲームのスペードをすることにした。合間にブリーフィングの書類に目を通し、山のように積まれた書簡に署名する。私がゲームに集中していなかったせいか、レジーが二杯目のジントニックでいい気分になっていたせいか、私たちは２ゲーム対６ゲームでマーヴィンとピートのペアに後れを取っていた。１ゲームにつき10ドルの負けだ。

「あなたのビッドです、大統領」。マーヴィンが言う。

「レジー、手札はどうだ？」。私は尋ねた。

「取れて1トリックかな」。レジーが言う。

「じゃあこっちのビッドは4トリックで」。私は言った。

「僕らは8トリックです」。ピートが言う。

レジーがうんざりだというように首を振った。「次の一番が終わったら、新しいセットに替えましょう」。またひと口、ジントニックを飲んでつぶやく。「このカードは呪われてます」


中間選挙が終わってわずか3日。ワシントンから抜け出すことができてありがたかった。選挙結果に民主党支持者は大きなショックを受け、共和党支持者は喜び勇んでいた。選挙の翌朝、私は疲れと心の痛み、怒り、恥ずかしさが入り混じった気持ちで目を覚ました。ヘビー級の試合で負けたボクサーはこんな気分に違いない。選挙後の報道の大半が、やはり世間一般の見方は正しかったという論調だった。いわく、オバマは多くのことに手を出しすぎていて経済に集中していなかった。オバマケアは致命的な失策だ。オバマは、ビル・クリントンすら何年も前に終わったと宣言した、多額の支出を伴う大きな政府を目指すリベラリズムを復活させようとしていた。そんな調子である。そして選挙翌日の記者会見で私は、そういう批判に反論した。すると周囲の目には、私が、政権は正しい政策を追求していたのにそれをうまくアピールできなかっただけだという考えにしがみついているように映ったようだ。そのために、評論家たちから、私は傲慢で思い違いをしていると言われても、罪を悔い改めようとしない罪人であるかのように扱われた。

実のところ私は、3000万人に健康保険を提供する道を整えたことを後悔してはいなかった。

アメリカ復興・再投資法（復興法）についても後悔していなかった。景気後退に緊縮政策で対応すると悲惨な結果を招くという過去の教訓があったからだ。金融危機への対応についても、私たちに残されていた選択肢を考えれば後悔はない（ただし、抵当物件差し押さえの波を食い止めるのにもっとよい方策を打ち出せなかったことには悔いが残る）。そして当然のことながら、気候変動対策法案を提出し、移民制度改革を強く求めたのも悪いとは思っていなかった。ただし、どちらも議会を通過させるに至っていないのは大いに不満だった。その主な原因は、大統領就任初日にハリー・リード上院多数党院内総務をはじめとする民主党上院議員たちに指示して議会のルールを変更させ、議事妨害《フィリバスター》を一掃しておくという先見の明が私になかったことにある。

私にいわせれば、中間選挙によって私たちの優先課題が間違っていたと証明されたわけではない。証明されたのは、私の手腕、狡猾さ、魅力、運のいずれかが足りず、かつてフランクリン・ルーズベルトがしたように、自分が正しいと思うことに国民の支持を取りつけることができなかったこと、ただそれだけだ。

それでもやはり、悔しいことに変わりはなかった。

私は苦しくかたくなな胸の内を爆発させる前に記者会見を終わらせ、ロバート・ギブズ報道官と報道チームをほっとさせた。過去を正当化するよりも、次に何をするかを考えるほうが大切だと気づいたのだ。

私はアメリカ国民と再び結びつく方法を見つける必要があった。それは強い立場で共和党との交渉に臨めるようにするのに必要なだけでなく、再選を目指すためにも欠かせない。経済を好調に導けば国民とつながる助けにはなるだろうが、それでも確実とはいえない。ホワイトハウスを出て、有権者ともっと頻繁に関わりをもつ必要がある。一方でデイヴィッド・アクセルロッド（アックス）上級顧問の見解では、私たちが敗北した原因は、ことを急ぎすぎてワシントンを改革するという公約をおろそかにしてしまったことにあった――連邦政府全体で不偏不党を確保し、透明性と財政責任を高めるという公約である。離れていった有権者を取り戻すには、こうしたテーマをあらためて主張する必要があるとアックスは指摘していた。

しかし、本当にそうだろうか？　私にはわからなかった。たしかに私たちは患者保護ならびに医療費負担適正化法（ACA）周辺の複雑なやりとりのために打撃を受け、銀行救済によって（それが妥当かどうかは別にして）不名誉な評判を背負わされていた。その一方で、私たちが導入した〝よい政府〟を目指す取り組みもたくさん挙げることができる。政府が元ロビイストを雇用する際の制限を設けたり、連邦政府機関のデータを公開したり、無駄をなくすために政府機関の予算を精査したりした。これらはすべてしかるべき成果を挙げた意味ある取り組みであり、実行してよかったと私は思っている。私の政権周辺でスキャンダルがまったくなかったのも、一つにはこのおかげだ。

しかし政治的には、政府をクリーンにする私たちの仕事のことは誰も気にとめていなかったようだ。私たちが出す法案一つ一つのすべてに共和党の意見を求めるよう全力を尽くしたことも、同じく誰にも評価されなかった。党派対立に終止符を打ち、実際的な取り組みに集中して国民の要求に応えるというのが私たちの最大の公約の一つだった。問題は、共和党が、ミッチ・マコーネル上院少数党院内総務の当初からのもくろみどおり、私たちの申し入れにことごとく抵抗し、きわめて控えめな提案ですら猛烈に批判することによって、私たちがやることはすべて党派的で物議を醸し、過激で、さらには不当であるかのように見せかけられたことにある。実のところ私たちの味方の進歩派たちは、私たちが〝十分に〟党派的でないのが問題だと考えていた。私たちは譲歩しすぎていて、共和党との連携という実現不可能な公約を追求しつづけることでマコーネルのもくろみを助け、さらには議会で大幅な過半数を占める民主党の力を無駄にしてきたというのである。それが原因で支持者はしらけてしまい、中間選挙で民主党支持者の多くが棄権したことにそれが反映されているという。

　国民に対するメッセージを考えて政策にてこ入れしなければいけないなか、ホワイトハウスでは次々と職員がやめていき、私はそれに対処することも余儀なくされた。外交チームでは10月にジェームズ・ジョーンズが辞職した。多くの長所を備えた人物だが、長年司令官を務めたあとに一職員として働くのはあまり居心地がよくなかったようだ。幸い有能で働き者のトーマス・ドニロンが国家安全保障担当補佐官の職をつつがなく引き継ぎ、デニス・マクドノーが国家安全保障担当副補佐官に昇格するとともに、ベン・ローズがデニスの仕事の多くを引き継いだ。経済チームではピーター・オルザグ行政管理予算局（OMB）局長とクリスティーナ・ローマー大統領経済諮問委員会（CEA）委員長が民間セクターに戻り、その後任にビル・クリントンのもとでOMB局長を務めたジェイコブ・ルーと、私たちとともに景気回復に取り組んでいたオースタン・グールズビーが就任する。そして9月のある日、ローレンス（ラリー）・サマーズ国家経済会議委員長が大統領執務室《オーバルオフィス》に立ち寄った。金融危機が一段落ついたので年内いっぱいでやめたいという。

「私が間違ったことをしているときにあなたがそばで指摘してくれなければ、いったいどうすればいいんです?」。冗談交じりに私は言った。ラリーはにっこり笑った。

「大統領」。ラリーは言う。「あなたはたいていの人より間違ったことはしていませんよ」

　私は政権を去る者たちに愛着をもっていた。私のためによく働いてくれただけではない。それぞれに個性的ではあったが、みんなアメリカ国民のために正しいことをしたいという気持ちから、真剣な目的意識をもっていたからだ。それに、理性とエビデンスに基づいて政策をつくろうとしていたからだ。とりわけ不安だったのは、最も身近な政治顧問2人がいなくなることと、新しい首席補佐官を見つけなければならないことだった。

アックスはずっと、中間選挙が終わったら去るつもりでいた。2年間家族と離れて暮らしていたため、大統領再選に向けた選挙戦が始まる前にどうしても休息が必要だったからだ。上院予備選で勝利を収めて以来、ずっと私に伴走していたギブズも同じく疲れきっていた。ずば抜けて用意周到で恐れを知らない報道官として仕事を続けてはいたものの、毎日演壇に立って私たちへの攻撃を一手に引き受ける重圧から、ホワイトハウス報道陣との関係が悪化していた。チームのほかのメンバーからは、そのことが政権についての報道に悪影響を及ぼしているのではという懸念の声も聞かれた。

私はアックスとギブズ抜きでこの先の政治闘争に立ち向かわなければならないという事実をまだ完全には受け止められてはいなかったが、そんななか、若く有能な広報部長ダニエル・ファイファーが仕事を続けてくれているのは心強かった。ダニエルは、2007年の選挙戦の最初からアックスやギブズと緊密に連携して広報の仕事を担当していた。ラーム・エマニュエル首席補佐官についていえば、彼が誰かを殺すことも発作で急死することもなく働きつづけているのはちょっとした奇跡だと私は思っていた。天気がいい日には私たちは、屋外で1日の終わりの打ち合わせをするのが習慣になっていた。ホワイトハウス前の南側の庭《サウスローン》を取り囲む道を二、三周ぶらぶらと歩きながら、最新の危機や論争への対応策を考える。どうして私たちはこんなにストレスだらけの人生を選んだのだろう、2人でそう語り合ったことも一度ならずある。

「この仕事が終わったら、何かもっとシンプルなことをしたいな」。ある日、私はラームに言った。「2人で家族を連れてハワイに引っ越して、ビーチでスムージーの屋台を開くのはどうだ」

「スムージーは面倒くさすぎます」。ラームが言う。「Tシャツを売るのがいい。白いTシャツだけ。Mサイズの。それだけで、ほかの色や柄やサイズはいらない。何も決断したくないですからね。ほかのものが欲しければ、よそへ行ってもらいましょう」

私はラームが燃え尽きそうになっているのに気づいていたが、新年までは留まってくれるものだと思っていた。しかし9月初旬のある夕方、サウスローンを歩いているときにラームから話を切り出された。長年シカゴ市長を務めていたリチャード・M・デイリーが、七期目を目指さないと発表したのだ。ラームは政治の世界に入ったときからシカゴ市長になることを夢見ていて、ぜひ出馬したいと考えていた。選挙は2月。挑戦するなら9月中にホワイトハウスを去らなければならない。ラームはひどく心をかき乱されているようだった。「ご迷惑をおかけするのは承知のうえなのですが」とラームは言う。「選挙戦に五か月半しか割けないとなると――」

私はラームが話し終わる前に制止し、全面的に応援すると言った。

1週間ほどのちに居住棟《レジデンス》で内輪のお別れ会を開き、その場で私は額装した〝やることリスト〟のコピーを手渡した。大統領に就任した最初の週に私がメモ用紙《リーガルパッド》に手書きしてラームに渡していたものだ。ほぼすべての項目にチェック・マークが入っていて、私は集まったスタッフに彼がどれだけ有能だったかを語った。ラームの目に涙が浮かぶ――そのせいでタフガイとしてのラームのイメージが崩れ、あとで本人に悪態をつかれた。

このような人の入れ替わりは、どの政権でもめずらしいことではなく、変化をもたらすというプラスの効果もあるかもしれないと私は思っていた。私たちはあまりにも偏狭で、厳しく統制されていて、新しいものの見方が必要だと一度ならず批判されていたからだ。それに民主党が下院で過半数を維持できず、法案成立もままならない状況では、せっかくのラームの能力も十分に発揮する場がなくなる。ピート・ラウズが暫定的に首席補佐官を務めるなか、私はウィリアム（ビル）・デイリーをラームの後任にしようと考えた。クリントン政権で商務長官を務めた人物であり、退職を控えたシカゴ市長の弟だ。私より10歳ほど年上のビルは、髪が薄く、アイルランド系労働者階級のルーツを思い起こさせるような、シカゴの強いサウスサイド訛りで話す。労働組合とも経済界とも強く結びついていて、有能で実際的な交渉人という評判だった。彼のことはラームほどよくは知らなかったが、気さくでイデオロギーにとらわれないスタイルは、最初の2年よりは落ち着くと思われる政権の次の段階にぴったりかもしれない。また、新顔が加わるのと同時に1月から復帰するメンバーがいるのも楽しみだった。2年間の休暇を家族と過ごしてリフレッシュしたデイヴィッド・プラフが上級顧問として戻ってくるのだ。選挙戦では彼の戦略的思考とすさまじい集中力、無私の心に大いに助けられた。今度はそれをホワイトハウスの運営に活かしてもらえるはずだ。

それでもやはり新しい年がもたらす数々の変化を考えると、少し憂鬱にならざるをえなかった。大統領就任以前からの知り合いはさらに減り、同僚であると同時に友人でもあり、私が疲れていても混乱していても、怒っていても打ちのめされていても、変わらず私の味方である仲間も少なくなる。ただでさえ寂しいときに、そのことを考えただけでさらに孤独を覚えた。だからこそ私は、丸一日を会議に費やしたのち、あと7時間弱で公式行事に出席しなければならないにもかかわらず、マーヴィンやレジー、ピートとトランプを続けていたのだろう。

「また君たちの勝ちか？」。1ゲーム終わったあと、私はピートに尋ねた。

ピートがうなずくと、レジーがカードをすべて集めて席を立ち、ごみ箱に放り込んだ。

「おい、レグ、そのトランプはまだ使えるぞ！」とピートは言うが、自分とマーヴィンが勝った喜びは隠そうとはしない。「誰だって負けることはあるさ」

レジーは厳しい目つきでちらりとピートを見た。「負けて平気なやつがいるなら教えてくれ」。レジーは言う。「負けは負けだ」

それまで訪れたことはなかったが、インドという国は私の頭のなかでずっと重要な位置を占めていた。ひょっとしたら、単純に国の大きさのためかもしれない。世界人口の六分の一が暮らし、推定二〇〇〇の異なる民族集団が存在して、七〇〇を超える言語が話されている国。あるいは、子ども時代にインドネシアで一時期を過ごし、ヒンドゥー教の叙事詩『ラーマーヤナ』や『マハーバーラタ』を聞いていたからかもしれないし、東洋の宗教に関心があったからかもしれないし、大学時代にパキスタン人やインド人の友人が豆を煮込んだ〝ダール〟や挽き肉カレーの〝キーマ〟の料理法を教えてくれ、インド生まれのボリウッド映画に連れていってくれたおかげかもしれない。

しかし私がインドに魅せられていたのは、何にもましてマハトマ・ガンディーのおかげに違いない。リンカーン、キング牧師、ネルソン・マンデラとともに、ガンディーは私の思想に大きな影響を与えた人物である。まだ若かったころ、その著作を読んだとき、ガンディーは私の最も深いところにある感覚に声を与えてくれる人物だと思った。非暴力抵抗運動《サティヤーグラハ》の考えや真実への献身、人々の良心を目覚めさせる非暴力抵抗の力。人間性は全人類に共通のものであり、あらゆる宗教は本質的に調和するという確固たる信念。すべての人間に平等な価値と尊厳があることを政治的・経済的・社会的制度を通じて認める義務がすべての社会にあるという考え――これら一つ一つが私の心に響いたのだ。ガンディーの行動も、彼の言葉以上に私を感動させた。命がけで信念を貫こうとし、監獄に入ってまでも人々の闘争のなかに完全に身を投じたのである。非暴力という手段でインド独立を勝ちとろうとする運動は、1915年から30年以上も続いた。それは帝国に打ち勝ち、インド亜大陸の大部分を解放しただけでなく、その後世界中に波及した道徳的責任の出発点にもなった。人種差別的なジム・クロウ法のもとで暮らすアメリカ南部の黒人など、地位を奪われて周縁に追いやられ、自由を獲得しようとする者たちにとっての指針になったのだ。

　インドを訪問してすぐに、ミシェルと私は、ガンディーが長年の本拠地としていた家〈マニバワン〉を訪れる機会を得た。ムンバイの閑静な地域にひっそりとたたずむ三階建てのこぢんまりとした建物だった。見学を始める前に、青いサリーを着た親切な女性がキング牧師の署名があるゲストブックを見せてくれた。キング牧師は、人種間の平等を目指すアメリカでの戦いに世界の注目を集めるために、また、その教えから刺激を受けたガンディーに敬意を表するために、１９５９年にインドを訪れていた。

　ガイドはその後、私たちを三階に招いてガンディー自身の住まいを見せてくれた。靴を脱ぎ、なめらかな床に柄タイルが敷かれたシンプルな部屋に足を踏み入れると、扉が開け放たれたテラスからそよ風とぼんやりかすんだ光が入ってくる。質素な敷き布団と枕、糸車のコレクション、旧式の電話機、背の低い木製の文机を見つめながら、この部屋にいるガンディーの姿を思い浮かべた。茶色い肌の痩せた男が、飾り気のない綿の腰布《ドウティ》を身につけ、足を組んで床に座り、イギリスの総督に手紙を書いたり、〝塩の行進〟［１９３０年にガンディーとその支持者が、英国の塩の専売制に反対するために行った抗議運動］に続く次の段階を計画したりする姿だ。そのとき、私はガンディーの隣に座って話をしたいと強く思った。ほんのわずかなものしか持たずに、あれだけ多くのことを成し遂げられる力と想像力をどこで手に入れたのか尋ねたかった。どうやって失意の底から立ち直ったのか尋ねたかった。

　ガンディーはあまりにも多くの試練に直面した。彼の並はずれたさまざまな才能をもってしても、インド亜大陸の根深い宗教対立を和解に導くことはできず、この場所が主にヒンドゥー教徒からなるインドとイスラム教徒が圧倒的多数を占めるパキスタンに分割されるのを防ぐこともできなかった。インドとパキスタンの分割は地殻変動的な出来事であり、宗教間の暴力によって数え切れないほどの人間が死に、無数の家族が取るものも取りあえず新たに設けられた国境を越えて移動することを強いられた。力を尽くしたにもかかわらず、インドの抑圧的なカースト制を覆すことはできなかった。それでもなおガンディーは、70代後半になっても行進し、断食し、説教を続けた――1948年に最期の日を迎えるまで。その日、礼拝の集会に向かう途中、ガンディーはヒンドゥー教過激派の青年に至近距離から撃たれた。その青年は、宗教間の融和を目指すガンディーの考えを信仰への裏切りとみなしていた。

度重なる政権交代、政党内での憎悪に満ちた争い、さまざまな武装分離独立運動、ありとあらゆる汚職スキャンダル、それらをくぐり抜けてきた現代のインドは、多くの点で成功例だと考えられている。1990年代にさらに市場主導型の経済へ移行したことで、インド国民の企業家としての驚くべき才能が解き放たれた。成長率は急上昇し、ハイテク部門が成長して、中間層が着々と広がっていく。インド経済改革の立役者、マンモハン・シン首相は、この進歩を象徴するにふさわしい人物だと思われた。宗教上の圧倒的少数派であり、迫害されることも多いシーク教徒の一員であるにもかかわらず首相にのぼりつめた人物だ。控えめな性格の経済専門家であり、国民の感情に熱く訴えかけるのではなく、生活水準を向上させた功績と政治的にクリーンだという自ら獲得した評判を維持することで信頼を得ていた。

シンと私は、温かく生産的な関係を築いていた。外交政策ではシンはときに慎重さを見せ、アメリカの意向に昔から懐疑的だったインドの官僚たちと大きく違う方針をとろうとはしなかったが、ともに時間を過ごすことで、私はシンがたぐいまれな見識と良識を備えているという当初の印象どおりの人物だとわかった。そして私が首都ニューデリーを訪問しているあいだに、私たちは、テロ対策、国際保健、核安全保障、貿易においてインドとアメリカの協力を強化することに合意した。

シンの首相就任は、インドの民主主義の未来を象徴しているのだろうか？　それとも、単なる一時的な逸脱なのか？　私にはわからなかった。デリーでの最初の夜、シンとその妻グルシャラン・カウルが主催して、私とミシェルのために官邸でディナーパーティーが開かれた。ろうそくが灯された中庭にいるほかのゲストたちに合流する前に、シンと私は2人きりで数分間話をした。いつもならそばをうろついている大勢の護衛や記録係がいなかったので、シンは彼が感じている嫌な予感について素直に語った。経済の先行きが不安だとシンは言う。金融危機後、インドはほかの多くの国より健闘していたが、世界的な景気後退のために、人口が急増を続けるインドの若年層に仕事を創出するのは困難になるに違いない。また、パキスタンの問題もある。2008年にムンバイでホテルなどを標的とするテロ攻撃が起こったあと、パキスタンは捜査への協力をずっと拒んでいて、両国のあいだで緊張が大幅に高まっていた。これは、犯行に及んだテロ組織〈ラシュカレトイバ〉がパキスタンの諜報機関とつながっていると考えられていたためでもある。テロ攻撃のあと、シンはパキスタンへの報復を求める声に抵抗したが、冷静な対応は政治的には反発を呼ぶ。反イスラム感情の高まりにより、最大野党でありヒンドゥー至上主義政党でもあるインド人民党（ＢＪＰ）が影響力を強めることをシンは恐れていた。

「先の見通しが不確かなときには」とシン首相は言う。「ときに、宗教的・民族的な結びつきへの誘惑が抗いがたいものになります、大統領。そして政治家はたやすくそれを利用できる。インドでもほかの場所でも同じことです」

私はうなずいて、プラハ訪問中にヴァーツラフ・ハヴェルと話したとき、彼がヨーロッパでの反自由主義の台頭について警告していたことを思い出した。グローバリゼーションと歴史的な経済危機によって、比較的豊かな国でもこのような傾向が加速しているのだとしたら――アメリカのような国ですらティーパーティー運動が盛り上がりを見せているのなら――、インドがそれを免れることなどできるだろうか？　インドの民主主義には困難への適応力があり、近年の経済発展にも目を見張らされるが、実のところ、インドはガンディーが思い描いていた平等、平和、持続可能な社会からはほど遠い。インド産業界の巨人たちが、かつての王《ラージャ》やムガル帝国の皇帝も羨むほどの生活を享受する一方で、全国各地で何百万もの人が今なお極貧生活を送り、干からびた村や迷宮のようなスラム街に閉じ込められているのである。国であれ個人であれ、暴力という手法は、やはりインドの暮らしに広く浸透したままだ。パキスタンに敵意を示すことが、今なお国を一つにまとめる最も手っ取り早い手段である。国民はインドがパキスタンに匹敵する核兵器計画を展開していることに大きな誇りをもっていて、どちらかの国が一つ間違えただけで地域が全滅しかねないことは気にかけていない。

何より、インドの政治はいまだに宗教、氏族、カーストを中心に動いている。その意味では、シンの首相就任は宗教対立の克服に向けて国が前進している証だという見方は現実とは異なる。シンはもともと人気があって首相に選ばれたわけではない。シンはソニア・ガンディーのおかげで首相に就任したのだ。イタリア生まれのソニア・ガンディーは、故ラジーヴ・ガンディー元首相の妻で、国民会議派の総裁だ。彼女が率いる政党連合が勝利を収めたのち、首相就任を辞退してシンを首相に指名したのである。ソニア・ガンディーがシンを選んだのは、彼が高齢のシーク教徒であり、全国レベルの政治基盤がないからにほかならないと考える政治評論家たちもいた。ソニアは40歳の息子ラフルを国民会議派総裁の後任に育てようとしていて、シンならそれを脅かすことがないからだ。

その夜、ソニア・ガンディーとラフル・ガンディーは2人とも、私たちと同じテーブルにいた。ソニアは60代の印象的な女性で、伝統的なサリーを身にまとい、黒く鋭い目をしていて、落ち着きのある堂々とした存在感を示していた。1991年に夫がスリランカ人分離独立主義者の自爆テロによって不幸にも殺害されたあと、ヨーロッパ出身の元主婦であるソニアが夫の後を引き継ぎ、その後、全国レベルの大物政治家になった——そのことからも、名門一族の力が今なお衰えていないことがわかる。ラジーヴは、インドの初代首相で独立運動の象徴であるジャワハルラール・ネルーの孫だ。ラジーヴの母親でネルーの娘、インディラ・ガンディーも16年間首相を務め、父親とは異なり冷酷な政治を行った。彼女もまた1984年に暗殺される。

その夜の食事会では、ソニア・ガンディーはもっぱら聞き手に回り、政策の問題が話題に上ると慎重にシンの意見に従って、しばしば息子のほうに話題を差し向けた。ただし、彼女の権力は鋭く力強い知性に支えられていることがはっきりとわかった。ラフルは聡明かつまじめで、外見の美しさは母親譲りだ。進歩派政治の未来についての考えを語り、ときどき話を止めて2008年の私の選挙戦について詳しく尋ねた。しかし彼には、どこか不安げで未熟なところがあった。学生にたとえるなら、きちんと勉強して教師を感心させようと熱心だが、深いところではその科目を習得するのに必要な適性や情熱を欠いている、そんな感じだ。

夜が更け、私は、シンが眠気と戦っていることに気づいた。たびたびグラスを手に取り、目を覚まそうと水を口に含ませている。私はそろそろ失礼しようとミシェルに合図した。首相夫妻は私たちを車まで見送ってくれた。薄明かりのなか、シンはとても弱々しく、78歳より老けて見えた。車で官邸を離れながら、彼が退任したあとのインドはどうなるのだろうと考えた。無事にバトンを手渡されたラフルが、母親によって整えられた運命をまっとうするのだろうか？　また、インド人民党が喧伝して対立をもたらしているナショナリズムを、国民会議派は抑えつづけることができるのか？

私はやや懐疑的だった。シンのせいではない。彼は自分の役目を果たし、冷戦後の世界の自由民主主義国の元首として定石どおりに動いていた。憲法秩序を維持し、ＧＤＰを押し上げるというしばしばテクニカルな日々の仕事に力を注ぎ、社会のセーフティネットを広げてきた。私と同じくシンも、民主主義に期待できるのはこれくらいだと考えるようになっていたのだ。とりわけインドやアメリカのような多民族、多宗教の巨大国家ではそうである。革命的な飛躍をもたらしたり、文化を大きく変えたりすることはできない。社会問題をすべて解決することもできなければ、人生の目的や意味を探し求める人たちに決定的な答えを提示できるわけでもない。ただし、ルールを守ることで、各人の違いに折り合いをつけたり、少なくとも違いを寛容に扱ったりできるようになり、政府の政策によって生活水準を引き上げて教育を向上させることで、人間の卑しい衝動を抑えることができるのである。

しかし、こうした衝動はあまりにも強く、民主主義によってずっと抑え込んでおくことはできないのではないか、そう考えてしまう自分に私は気づいた。暴力、強欲、腐敗、ナショナリズム、人種主義、宗教的不寛容、他者を服従させることで自分の不安と死と存在の無意味さを追い払おうとする、あまりにも人間らしい欲求――これらはありとあらゆるところに潜んでいるように思われ、成長率が落ち込んだり、人口構成が変わったり、カリスマ的なリーダーが人々の不安や恨みの波に便乗したりするたびに顔を覗かせる。マハトマ・ガンディーがそうした衝動を抑えておく方法を私に教えてくれればいいのにと思っても、彼はもういない。

昔から、投票日とクリスマス休暇のあいだの6、7週間は議会の動きが静かになりがちだ。政党間の力関係が変わるとなおさらである。意気消沈した落選者は一刻も早く地元に帰りたい。勝利者の側は、新メンバーの議会が始まるまで引き延ばしを図る。２０１１年1月5日、１９４７年以来最も共和党が優位を占める下院が開会されることになっていた。つまり、下院議長に就任予定のジョン・ベイナーの同意を得なければいかなる法案も提出できず、ましてや通過させることなど望むべくもない状態になる。しかもベイナーは、最初に提出するのはＡＣＡを全面的に撤回する法案だとすでに公言していた。

しかし残りわずかの日程消化期間《レイムダックセッション》のあいだに、私たちにはチャンスがあった。アジア訪問から帰国したあと、私は議会が冬休みに入る前に重要法案をいくつか通過させてしまうつもりだった。ロシアと交渉していた新ＳＴＡＲＴの批准、両性愛者や同性愛者がそれを公言して軍で働くことを禁じる〝聞くな、言うな〟（ＤＡＤＴ）政策の撤回、不法移民の子どもの多くに市民権獲得への道を開く〝ドリーム・アクト〟の採択。２人合わせて70年もの連邦議会経験をもつベテラン、ピート・ラウズとフィル・シリロは、私が残りの会期にやるべきことのリストを読み上げると、半信半疑の表情を見せた。アックスは、声を上げて笑うと、皮肉を込めて言った。

「たったそれだけですか？」

だが実は、それだけではなかった。ミシェルが子どもの肥満問題と戦うなかで中心に位置づけていた、子どもの栄養摂取についての法案も通過させる必要があったのに、それを忘れていたのだ。

「いい政策だ」と私は言った。「ミシェルのチームがすばらしい仕事をして、子どもの健康を支援する活動家たちから支持を取りつけた。それに、この法案を通過させなければ、私は家に帰れない」

これだけたくさんの法案を通過させようとしていることを一部のスタッフは疑問視していたが、その疑問は私にも理解できた。それぞれ異論の多い法案を通過させるのに必要な上院の60票を確保できたとしても、ハリー・リードが共和党のミッチ・マコーネルの協力を得て、短期間にこれだけ多くの採決を日程に組み込めるかはどうかはわからない。それでも私は、それが完全に無謀なことだとは思っていなかった。私が挙げていた法案はほぼすべて議会で一定の支持を得ていて、下院をすでに通過しているか通過する見込みだったからだ。それに、以前は共和党が主導権を握る上院で法案通過を阻止された場合にはそれを乗り越えるのは難しかったが、共和党のマコーネルの側にも、なんとしてでもやり遂げたい大きな仕事があったのだ。いわゆる〝ブッシュ減税〟延長の法案を通過させることである。これを通過させられなければ、ブッシュ減税は年末で自動的に期限切れになる。

これが私たちにとって交渉の武器になった。

私はずっと、ブッシュ前大統領肝いりのこの法律に反対していた。２００１年から２００３年にかけて通過した一連の法案によって、アメリカの税法は富裕層にひどく有利になり、富と所得の格差に拍車がかかっていた。ウォーレン・バフェットは、この法律のおかげで、自分は、秘書が給料に対して払うのよりもはるかに低い税率の税金を払えばすむようになったとよく言っていた。ちなみに彼の収入は、ほぼ全額資本利得《キャピタルゲイン》と配当金によるものだ。この法律による遺産税の変更だけ見ても、アメリカの上位２パーセントの富裕層家族の税負担は１３００億ドル以上も少なくなった。それだけではない。財務省がおよそ１兆３０００億ドルの歳入を失ったことで、この法律はビル・クリントンのもとでの財政黒字を著しい赤字へと転落させるの一役買った。そしてその赤字を理由に、多くの共和党議員が社会保障制度、メディケア、メディケイド、その他のアメリカの社会的セーフティネットの削減を求めているのである。

ブッシュ減税は政策としてはよくなかったかもしれないが、ほとんどのアメリカ人の納税額がそのおかげでわずかに下がっていたため、この法律を撤廃するのは政治的に厄介だった。世論調査ではいつも、圧倒的多数のアメリカ人が富裕層に高い税金を課すことを望んでいるとの結果が出る。しかし、裕福な弁護士や医師は自分のことを金持ちだとは思っていない。物価の高い地域で暮らしていたらなおさらだ。そして、下位90パーセントの人については、10年間も賃金の停滞を経験したあとでは、自分の税金が上がってしかるべきだと考える人はほとんどいない。大統領選挙中に私のチームは政策上の最適値を見出し、年収25万ドルを超える世帯（あるいは20万ドルを超える個人）に対象を絞って、ブッシュ減税を撤回することを提案した。この方法は民主党議員のほぼ全員から支持された。影響を受けるのは最も裕福な２パーセントのアメリカ人だけで、それでもなお、向こう10年間で６８００億ドルほどの税収を見込める案だ。その資金は、比較的貧しい人たちの育児、医療、職業訓練、教育プログラムの拡充に使うことができる。

私はこうした考えをどれも変えてはいなかった。富裕層にもっと税金を払わせること、それは公平性の問題だけでなく、新しい取り組みの資金を確保する唯一の方法でもあった。しかし、選挙戦のときに示した計画の多くと同じように、金融危機によって、〝いつ〟それを実行に移すべきかは再考を迫られた。大統領就任直後は国が不況に傾いていると思われていた時期であり、私の経済チームは、たとえ富裕層やフォーチュン５００の企業を対象としたものであれ、いかなる増税も逆効果になると説得力をもって論じていた。個人と企業に積極的に消費をしてもらいたいまさにそのときに、経済からマネーを引き揚げてしまうことになるからだ。経済が好転しているとはとてもいえないなか、増税という考えはやはり経済チームを不安にさせた。

それに、ミッチ・マコーネルは、ブッシュ減税を完全な形で延長する以外の案は受け入れないと脅しをかけていた。したがって、ブッシュ減税をすぐに廃止する唯一の方法は、年が明けた1月1日に納税者全員の税率が自動的にクリントン時代の高さに戻るまで何もしないで待つことである。多くの進歩派コメンテーターは、この方法を取るよう私たちに促していた。新年に議会が再開したところで、民主党は年収25万ドル未満のアメリカ人を対象とした減税法案を代わりに提出し、反対できるものならしてみろと共和党に挑めばいいというわけだ。

私たちはこの戦略を積極的に検討した。しかし、ジョー・バイデンと私たちの立法チームは、中間選挙での惨敗を踏まえ、民主党の中道派議員がこの問題で党の方針に背くかもしれないと懸念していた。共和党がそのような離反者を利用して票を集め、減税を恒久化してしまう可能性もある。政治を別にしても、共和党と我慢比べをするのは問題だと私は判断した。いまだに脆弱な経済に直接の影響を与えると考えたからだ。仮に民主党議員を一つにまとめることができ、共和党が最終的に圧力に屈したとしても、分裂した議会で税金関係の法案を通過させるにはやはり何か月もかかる。そのあいだに中間層と労働者階級の給料は下がり、企業はさらに投資を控えて、株式市場は再び暴落し、経済はほぼ確実に不況へ逆戻りすることになるだろう。

さまざまなシナリオを検討したのち、私はジョーを連邦議会に送ってマコーネルと交渉させた。私たちはブッシュ減税をそのままの形で2年間延長することを支持する。しかしそれは、共和党が緊急失業給付金、復興法による低所得層から中所得層にかけての所得税額控除（〝働くことが報われる《メイキング・ワーク・ペイ》〟政策）、低収入労働者への別の給付付き税額控除を同じ期間延長することに同意した場合だけだ。マコーネルは即座にそれを拒んだ。「私たちの最重要目標は、オバマ大統領を一期限りの大統領にすることだ」とかつて公言していたマコーネルは、共和党に強いられずに減税を実行したと私に主張されるのが嫌だったらしい。それは意外なことではなかった。ジョーに仲介役を頼んだのは、上院での豊かな経験と立法についての鋭い眼識の持ち主だからでもあるが、それだけではない。マコーネルからすれば、副大統領と交渉するほうが（黒人でイスラム名をもつ社会主義者の）オバマに協力していると見られるよりも共和党支持者を刺激しないだろうと思ったからでもある。

何度もやりとりを重ねたのち、また〝働くことが報われる〟税額控除と引き換えに給与税減税を認めたうえで、ようやくマコーネルが折れ、２０１０年12月６日、包括的合意に達したことを発表できた。

政策の観点からは、私たちはこの結果に満足していた。富裕層への減税をさらに２年間続けるのは苦渋の決断だったが、中所得層世帯への減税を延長するとともに、最も困窮しているアメリカ人を具体的な対象にした２１２０億ドル分の追加景気刺激策を導入できたからだ。共和党が過半数を占める下院で独立した法案として通過させるのはまず不可能な政策である。取引の背後にある政治について、私はヴァレリーにこう説明した。２年という時間は、共和党と私のいちかばちかの賭けだ。私は２０１２年11月に無事再選を果たし、強い立場で富裕層への減税に終止符を打てる可能性に賭けていた。共和党は私を打ち負かし、共和党の新大統領がブッシュ減税を恒久化できる可能性に賭けていた。

この取引がたちまち左派寄りのコメンテーターたちの怒りを呼んだのは、おそらく次の大統領選にそれだけ多くのことが委ねられたからだろう。私は、マコーネルとベイナーに屈し、ウォール街の仲間たちとローレンス・サマーズやティモシー・ガイトナーら顧問たちに説き伏せられたと非難された。給与税減税は社会保障年金信託基金を弱体化させ、低収入労働者への給付付き税額控除は一時的なものにすぎないとも批判された。そして２年後には、共和党が長いあいだ望んでいたように富裕層のためのブッシュ減税が恒久化されるだろうといわれた。

つまり、左派のコメンテーターたちも私が負けると思っていたわけだ。

偶然にも、12月半ば、マコーネルとの合意を発表した週に、ビル・クリントンがオーバルオフィスのダイニングルームを訪ねてきた。選挙戦中の彼と私のあいだの緊張関係はそのときにはほぼ解消されていて、1994年にニュート・ギングリッチを相手に同じく中間選挙で敗北を喫したあとに彼が学んだ教訓を聞くのは有益だった。成立したばかりの税金についての合意の核心に話が及ぶと、クリントンはきわめて熱心に語り出した。

「同じことを私たちの仲間の一部にも話していただきたいですね」。私はそう言って、一部の民主党関係者の反応について語った。

「機会さえあれば話しますよ」。クリントンは言った。

そこで私はひらめいた。「いまその機会をつくるというのはどうです?」。クリントンの返事を待たずに、私はケイティ・ジョンソンの机に向かい、報道チームに連絡してホワイトハウスにいる記者を集めさせるよう伝えた。15分後、ビル・クリントンと私はホワイトハウスのブリーフィングルームに入った。

あっけにとられた記者たちを前に私は、近年で最高のアメリカ経済を指揮した人物から今回の税金をめぐる合意についての見解を述べてもらうと説明し、演壇をクリントンに譲った。元大統領はすぐに部屋の空気をつかみ、彼独特のかすれ気味の声と話す前に唇を噛む癖、アーカンソー州出身者の魅力を総動員して、マコーネルとの取引は正しかったと語った。実はこの即席記者会見が始まってすぐに、私は別の用事があったのを思い出した。クリントンは明らかに話に夢中だったので、それをさえぎりたくはない。そこで私はマイクに身を乗り出して、私はこの場を離れなければならないが、クリントン大統領には残ってもらいますと言った。そして、あとでギブズにようすを尋ねた。

「メディアで大きく取り上げられました」。ギブズは言った。「ただニュースキャスターのなかには、演壇をクリントンに譲ったことで、あなたの権威が落ちたという人もいましたけど」

だが、そのことについては、私はあまり心配していなかった。当時、クリントンの支持率は私よりもずっと高かった。一つにはそれは、かつて彼をけなしていた保守系メディアが、私と比べて彼を持ち上げるようになっていたからだ。クリントンは穏健な中道派民主党議員なので、共和党と連携できるというわけだ。そのクリントンの支持を得たことで、私たちはこの合意をより広い範囲の国民にアピールすることができ、民主党議員が造反する可能性を抑えることができた。私は現代の多くのリーダーと同じように、権力の座からおりた大統領のほうがずっと有能に見えるという皮肉に耐えることをようやく学んだのだ。

マコーネルとの一時的な緊張緩和《デタント》のおかげで、私たちは残りの会期で片をつけるべきほかの課題に集中できるようになった。子どもの栄養摂取についてのミシェルの法案は、すでに共和党議員からも十分な支持を得ていた。サラ・ペイリン（FOXニュースのコメンテーターをしていた）からは、アメリカの親たちが自分の子どもにふさわしいと考える食べ物を与える自由をミシェルが奪おうとしていると非難されたが、この法案は12月初旬に比較的スムーズに通過した。それと同時に、下院は食品の安全に関する法案の細部を詰め、これも12月中に通過する。

新STARTを上院で批准させるのは、より困難な作業だった。条約の批准には60票ではなく67票が必要になるためでもあったが、それだけではない。国内にそれを声高に求める有権者がいなかったからだ。残りの会期にこの問題に優先的に取り組むようにと、私はハリー・リードに絶えず小言を言わなければならなかった。アメリカの信用と、当然ながら世界の指導者のなかでの私自身の立場もこれにかかっていた。この条約を批准できなければ、イランへの制裁を守らせて他国に核安全保障を強化させようとする私たちの取り組みも脅かされるのだ。私はハリーにそう説明した。そうして、この条約を採決に持ち込むことをハリーにしぶしぶ承知させたあと（「どうやって議会で採決の時間を見つければいいのかわかりません、大統領」）。受話器の向こうで彼は不満をこぼした。「それでも重要だとおっしゃるのなら、最善を尽くします」）、私たちは共和党議員の票を取りまとめにかかった。統合参謀本部がこの条約に賛成していたのが後押しになり、私の古くからの友人リチャード・ルーガーが強力に支持してくれたのも助かった。彼は共和党幹部として上院外交委員会において、新ＳＴＡＲＴを彼自身がかつて取り組んでいた核拡散防止の延長線上にあるものと正しく認識していた。

それでもなお、取引をまとめるには、数年と数十億ドルを費やしてアメリカの備蓄核兵器周辺のインフラを更新すると約束しなければならなかった。アリゾナ州選出の保守派上院議員、ジョン・カイルがそれを強く主張したためだ。私は長期的に核兵器の廃絶を目指しており、当然ながらその数十億ドルの連邦政府予算はほかにもっと有効な活用先があると考えていたので、この譲歩はまるで悪魔の取引のように感じられた。しかし政権内の専門家たちも、その多くが核軍縮に献身的に取り組んでいる者であるにもかかわらず、はるか昔につくられた核兵器システムはたしかにアップグレードが必要で、それによって破滅的な計算違いや事故が起こるリスクを減らすことができるだろうと請け合った。こうして、新ＳＴＡＲＴは最終的に71票対26票で上院を通過し、私は大きな安堵のため息をついた。

冬休みのホワイトハウスはこのうえなく美しい。赤いベルベットのリボンがついた巨大なパインリースが東棟《イーストウイング》の大きな廊下の壁にいくつもかけられ、ローズガーデンのオークとモクレンには電飾がちりばめられる。ホワイトハウスのオフィシャルなクリスマスツリーは馬車で運ばれてきた堂々としたモミの木で、それが〈ブルールーム〉をほぼ占領するが、それにひけをとらないツリーがレジデンスの人が出入りできる空間をほぼすべて埋め尽くす。ソーシャルオフィス［ホワイトハウスで開かれるイベントやパーティーをとりしきる部署］が集めた大勢のボランティアが3日かけてツリー、広間、入り口ホールをありとあらゆる見事な装飾品で飾りつけ、ホワイトハウスのパティシエがレジデンスを模した手の込んだジンジャーブレッドをつくる。家具、カーテン、それに私の在任中は、私たちの飼い犬のボーまで再現されていた。

冬休みには、3週間半続けてほぼ毎日午後と夜にパーティーを主催する。盛大で華やかな季節行事であり、一度に300人から400人のゲストがつどって談笑し、ラムチョップやクラブケーキをほおばって、エッグノッグやワインを飲む。その背後で、赤い上着でめかし込んだ合衆国海兵隊音楽隊の面々が季節の定番曲を奏でる。私とミシェルにとって、午後のパーティーは気楽だった。数分間だけ顔を出し、ロープの仕切り越しにみんなに挨拶するだけでよかったからだ。しかし夜の会では、外交応接室《ディプロマティック・レセプション・ルーム》に2時間以上いて、ゲストのほぼ全員と一人一人ポーズをとって写真に収まる。シークレットサービスやレジデンスの職員の家族を迎えるパーティーでは、ミシェルはこの役割をすすんで引き受けた。ハイヒールで長時間立ちっぱなしで、足が痛んでも気にしなかった。しかし、議員や政治系メディアの面々を迎えるときには、ミシェルの気持ちに陰りが見えた。たくさん構ってもらいたがる人たちだったからかもしれないし（「雑談もほどほどにね」と合間合間にミシェルは小声で私に言った）、あるいはいつも夫をこき下ろしている人たちが厚かましくも自分の体に腕を回してきて、まるで高校の親友のようにいっしょに笑顔で写真に収まらなければならないのが嫌だったからかもしれない。

一方、西棟《ウエストウイング》ではクリスマス前の数週間、審議予定表に残った最も異論の多い二つの法案を通過させようとチームの面々が力を注いでいた。〝聞くな、言うな〟の改正法案と〝ドリーム・アクト〟である。人工妊娠中絶や銃、人種に関係するさまざまな問題とともに、LGBTQの権利と移民の問題は数十年にわたってアメリカ文化のなかで中心的な論争の的になっている。一つにはアメリカの民主主義に最も基本的な問いを投げかける問題だからだ。すなわち、誰がアメリカの家族の真の一員であり、私たちと同じ権利、尊敬、配慮を受けるに値するのかという問いである。私はその家族を広く定義すべきだと考えている。異性愛者とともに同性愛者も含めるべきであり、この地に根を下ろして子どもを育てている移民家族も、たとえ彼らが正面玄関からやってきたわけではなくても、そこに含めるべきだと思っている。そういう人たちを排除すべきという主張は、私のような見た目の者を排除するためにも使われているのだから、私がそう考えるのも当然だろう。

だからといって、LGBTQや移民の権利について私と異なる見解をもつ人たちを薄情で偏狭だと退けるつもりはない。一つには、ゲイ、レズビアン、トランスジェンダーの人たちに対する私自身の態度も昔からとりわけ進歩的だったわけではないからだ。それがわかるぐらいの自覚、あるいはその程度の記憶力は私にもある。私が育った1970年代には、LGBTQの暮らしは外からは今よりはるかに目に見えにくかった。それゆえ祖母の妹《トゥートゥ》（私の好きな親戚の1人）アーリーンおばさんは、ハワイを訪れるときはいつも20年来のパートナーを「一番の親友マージ」と紹介することを余儀なくされていた。

それに当時の少年たちの多くと同じように、私も友達もときどき互いに「おかま《ファグ》」や「ゲイ」といった言葉を軽いののしり言葉として使っていた。男らしさをことさらに強調して不安を隠そうとする未熟な試みだ。しかし大学に入り、同性愛者であることを公言する学生や教員たちと友人になるなかで、その人たちがあからさまな差別と憎悪の対象になっていて、支配的な文化によって孤独と自信喪失に追いやられていることを知った。私は過去の自分の振る舞いを恥じ、考えを改めた。

移民についていえば、若いころの私は大衆文化で伝えられるエリス島と自由の女神の漠然とした神話からさらに踏み込んでこの問題を考えることはほとんどなかった。私の考えが前進したのはもっとあとのことで、シカゴでのコミュニティ・オーガナイザーの仕事を通じてピルゼンとリトル・ヴィレッジのもっぱらメキシコ系住民からなるコミュニティを知ったときだ。その地域では、アメリカ生まれのアメリカ人、帰化したアメリカ人、永住ビザ所有者、不法移民という通常のカテゴリーにはほぼ意味がない。ほとんどとはいわないまでも多くの家族に、この四種類の人がすべて入り混じっているからだ。そこで私が出会った人たちは、時間が経つにつれていろいろなことを教えてくれるようになった。自分の背景を隠して生きなければならないことや、懸命に働いて築いた暮らしが一瞬にして覆されるかもしれないという不安を常に抱えて生きることがどういうことなのか。無情で恣意的であることも多い移民制度と向き合うのに、どれだけ疲弊し費用がかかるのか。在留資格がないために、最低賃金未満で働かされても何もできない無力感。そういったことを語ってくれたのだ。シカゴのこうした地域で友情を築き、話を聞いたことで、さらには大学時代と新米社会人のころに出会ったLGBTQの友人たちのおかげで、それまでほとんど抽象的にしか考えていなかった問題の人間的な側面に気づかされた。

私にとって〝聞くな、言うな(DADT)〟の問題は単純明快だった。LGBTQの人たちがそのことを明かして軍で働くのを妨げる政策は、アメリカの理念に反するとともに軍に悪影響を与えると私は考えていた。DADTは、ビル・クリントンと統合参謀本部とのあいだの欠陥ある妥協の産物だ。クリントンはLGBTQの人たちが軍で働くのを無条件に禁じていた当時の状態に終止符を打とうとしたが、統合参謀本部は、そのような変化は軍の士気と定着率に悪影響を及ぼすと強く主張していたのである。1994年に発効して以来、DADTによって誰かが守られたり尊厳をもって扱われたりすることはほとんどなく、それどころか、ただ性的指向のためだけに1万3000人を超える軍人が除隊に追い込まれた。軍に残った者たちは本当の自分と自分が愛する者のことを隠さねばならず、職場に家族の写真を飾ったり、基地での社交の場にパートナーを連れて参加したりすることができなかった。アフリカ系アメリカ人初の最高司令官として、私はこの政策を終わらせることに特別な責任を感じていた。従来、軍において黒人は制度化された偏見にさらされ、リーダーになることを阻まれて、数十年ものあいだ人種によって分けられた部隊に所属することを強いられていたからだ。1948年にハリー・トルーマンの手でようやくその政策に終止符が打たれた。

問題は、どうやってDADTを撤回するのが一番かということだ。当初からLGBTQの活動家たちは、トルーマンに倣い、単純に大統領令を出して政策を転換するよう私に促していた。私はすでに大統領令や大統領覚書を出してLGBTQの人たちにとって望ましくないほかの規制に対処していたので、なおさらだった。たとえば、病院で面会する権利を与えたり、連邦政府職員と同棲関係にあるパートナーも手当の対象にしたりといった具合である。しかし、大統領令を出して、法案を通過させる際の合意形成を省略してしまうと、新しい政策に対する軍内部からの反発を呼び、政策実行の足を引っ張られる恐れがある。また当然ながら、次の大統領はいつでもペン一本でその大統領令を覆すことができる。

結局、最善の解決策は議会に行動させることだという結論に達した。それをするには、軍トップの指導者たちに積極的かつ前向きな協力者になってもらう必要がある。だが、二つの戦争の真っただ中にあって、それが容易でないのは明らかだった。以前の統合参謀本部はＤＡＤＴの撤回に反対し、同性愛者であることを公にしている者たちを軍に加えると部隊の結束と規律に悪影響を及ぼす可能性があると指摘していた（ジョン・マケインらＤＡＤＴ撤回に反対する議員たちは、戦時にそのような混乱を招く新政策を導入することは兵士たちへの裏切りだと主張していた）。ただし、彼らの名誉のために言っておくと、ロバート・ゲイツ国防長官とマイケル・マレン統合参謀本部議長は、私が着任後の早い時期にＤＡＤＴを撤回するつもりだと話したとき、尻込みすることはなかった。ゲイツはすでに水面下でこの問題について省内で計画を練りはじめるよう部下に指示したと言っていた。政策を変えようという個人的な熱意からというよりは、連邦裁判所がＤＡＤＴを違憲と判断し、一夜にしてそれを変えるよう軍に強いることになるかもしれないという現実的な懸念からである。ゲイツとマレンは、ＤＡＤＴの政策を変えないように私を説得するのではなく、提案されている改革が軍の業務に与える影響を評価する特別委員会を設置するよう求めた。最終的にその特別委員会は、仲間のなかに同性愛者であることを公にする者がいることを兵士たちがどう考えるか、それについての包括的調査を行うという。混乱と分断を最小限に抑えるのがその目的だとゲイツは言った。

「もしそれをやるとおっしゃるのでしたら、大統領」とゲイツは言い添えた。「どうやったらそれを正しく実行できるかぐらいは言わせてください」

私はゲイツとマレンに、ＬＧＢＴＱの人々に対する差別は国民投票の対象になる問題だとは考えていないと警告した。しかし、そのうえで２人の要望を受け入れた。誠実な評価プロセスを設けてくれるだろうと信頼していたからでもあるが、調査の結果、人々が思っているよりも兵士たち（ほとんどが高位の将軍たちより数十歳若い）が同性愛者に偏見をもっていないことが明らかになるのではないかと考えたからだ。２０１０年2月2日、上院軍事委員会にゲイツが出席し、ＤＡＤＴを再検討するという「大統領の決断を全面的に支持します」と話したことで、私が彼らに寄せていた信頼はさらに強くなった。しかし大きなニュースになったのは、同じ日に委員会に出席したマイク・マレンの発言だ。現役の米軍指導者として初めて、ＬＧＢＴＱの人たちがそのことを明かして軍に勤務することを認めるべきだと公の場で論じたのである。「委員長、純粋に個人的な見解として申し上げるのですが、私自身は、ゲイやレズビアンであることを明かして軍務に就けるようにするのは正しいことだと考えています。この問題をどの角度から考えてみても、同胞を守ろうとする若者たちに本当の自分について嘘をつくことを強いる、そんな政策が実行されていることに疑問を感じずにいられません。私個人にとって、それは誠実さの問題です。兵士たちの個人としての誠実さと、私たちの組織としての誠実さの問題なのです」

この発言について、ホワイトハウスの誰一人、あらかじめマレンと事前に調整していたわけではない。ひょっとしたらゲイツすら、マレンが何を話すつもりか知らされていなかったのかもしれない。しかしマレンの明確な発言によって、たちまち世論の風向きが変わった。日和見をしていた上院議員は政治的に重要な後押しを得て、撤回に賛成してもいいと考えるようになった。

マレンがこの発言をしたのは、彼とゲイツが求めていた評価手続きが完了する数か月前のことだ。そこから政治的に厄介な問題が生じる。撤回支持者たちが、個人的にもメディア上でも私たちを厳しく非難し出したのだ。統合参謀本部のトップが政策変更を支持しているのに、どうして大統領令を出さないのかというわけだ。評価手続きにのんびり時間をかけているあいだにもＬＧＢＴＱの軍人たちが除隊を強いられつづけているのだから、なおさらだ。ヴァレリーとそのチーム、なかでもブライアン・ボンドは味方からの攻撃の矢面に立たされた。ブライアンは高名な同性愛者の活動家であり、LGBTQコミュニティと私たちを結ぶ最も重要な連絡係となっていた。数か月にわたってブライアンは、疑《うたぐ》り深い友人、元同僚、報道関係者から体制側に取り込まれたと言われ、LGBTQコミュニティへの忠誠心を疑われながらも、私の意思決定を擁護しなければならなかった。そのために彼自身がどれだけの犠牲を強いられたのか、私にはただ想像することしかできない。

２０１０年９月、ゲイツの予想どおりカリフォルニアの連邦地方裁判所がＤＡＤＴは違憲であるという判決を下すと、批判の声はさらに大きくなる。私はゲイツに、上訴中は除隊処分を正式に停止するよう求めた。しかしどれだけ強く求めても、ゲイツは私の要請を繰り返し拒み、ＤＡＤＴが存在する限り自分はそれを守ることを義務づけられていると主張した。ゲイツが適切でないと判断することを私が命じれば、新しい国防長官を探さなければならなくなるということも私はわかっていた。おそらく後にも先にもそのときだけ、私はゲイツを怒鳴りつけそうになった。彼の法律解釈が間違っていると思ったことだけが理由ではない。ゲイツはこの問題を、自分自身の意思決定において重要な位置を占める検討事項だとは考えていなかったからだ。彼の管理下にいる同性愛者の兵士たちの怒りの声はいうまでもなく、ＬＧＢＴＱ擁護者たちの不満の声もまた単なる〝政治〟の一部にすぎないと考えており、私が彼と国防総省《ペンタゴン》をそうした声から守るべきだと思っていたのである（ただし、最終的にゲイツはＤＡＤＴの事務手続きを変更し、問題が解消するまでほぼすべての除隊処分を停止した）。

ありがたいことに、ようやくその月の終わり近くに兵士たちへの調査の結果が届いた。結果は私の予想どおりだった。調査対象者の三分の二が、ゲイ、レズビアン、バイセクシャルの同僚が自らの性的指向を明かして働いても、軍の任務遂行能力への影響はほとんど、あるいはまったくない、むしろプラスの影響すらあるかもしれないと回答したのだ。それどころか、ほとんどの兵士はすでにＬＧＢＴＱの兵士たちと働いているか働いたことがあると思っていて、それが職務の遂行能力とはなんの関係もないことを経験を通じて知っていた。

誰でも、ほかの人々の真の姿に触れることで、考え方が変わるのだ。

この調査結果を手にしたゲイツとマレンは、ＤＡＤＴ撤回を正式に承認する。オーバルオフィスで面会した際、ほかの統合参謀本部メンバーも滞りなくこの政策を実行に移すと約束した。海兵隊総司令官でＤＡＤＴ撤回にかたくなに反対していたジェームズ・エイモス大将は、こう言ってみんなの笑顔を誘った。「約束します、大統領。アメリカ海兵隊よりもこれを素早く首尾よく実行できる組織はほかにありません」。そして12月18日、共和党議員８名の賛成を得て、65票対31票で法案が上院を通過した。

その数日後、私が法案に署名するときには、現役と退役済みのＬＧＢＴＱの軍人たちが内務省の講堂を埋めた。多くは制服を身につけ、顔には喜び、誇り、安堵、涙が浮かんでいる。集まった人たちに向かって話していると、数週間前まで厳しく私たちを批判していた人たちが称賛の笑みを浮かべているのがわかった。ブライアン・ボンドを見つけ、私は彼に向かってうなずいた。だが、その日一番の拍手を受けたのはマイケル・マレンだ。長く心のこもったスタンディング・オベーションで迎えられ、ステージに立つマレンはぎこちない笑顔を浮かべながらも明らかに感動していた。それを見て私はこのうえなく嬉しかった。良心に則った心からの行動がこのような形で認められることはめったにない。

移民についていえば、制度が破綻していることは誰もが認めていた。出身国や所持金の額によっては、合法的にアメリカに移住するのに10年以上かかることもある。また、アメリカと国境の南の国々とのあいだの経済格差のために、仕事とよりよい暮らしを求めて毎年数十万人が３１１０キロメートルにわたるアメリカ－メキシコ間の国境を不法に越えている。議会は数十億ドルを費やし、フェンス、カメラ、ドローン、さらには拡大し軍隊化した国境警備隊によってその守りを固めてきた。しかしこうした措置を取っても移民の流入が止まることはなく、むしろ〝コヨーテ〟と呼ばれる密入国請負業者の動きが活発になった。残酷で、ときに死につながるようなやり方で人間を運び、それによって大金を稼ぐ者たちである。また、政治家やメディアはメキシコや中央アメリカの貧しい移民の越境にもっぱら注目するが、アメリカの不法移民のおよそ40パーセントは空港やその他の場所で合法的な入国手続きを経て入国し、ビザが切れたあとも滞在している者たちだ。

２０１０年の時点で推定１１００万人の不法移民がアメリカに居住していて、その多くがアメリカにすっかり溶け込んで生活していた。長年アメリカで暮らしている者も多く、子どもはアメリカで生まれてアメリカ国籍をもっていたり、小さいころからアメリカで育っていて、紙切れが一枚ないほかはどこをとってもアメリカ人であったりする。また、アメリカ経済のあらゆるセクターが不法移民の労働力に頼っている。そういう人たちはどんなにきつく汚い仕事であっても、わずかな賃金で進んで引き受けてくれることが多いからだ。スーパーマーケットで売られる果物や野菜を収穫したり、事務所の床にモップをかけたり、レストランで皿を洗ったり、高齢者の世話をしたりしているのである。アメリカの消費者はこの目に見えない労働力の恩恵を受けているにもかかわらず、多くの人が移民は国民から仕事を奪い、公共サービスに負担をかけて、国の人種的・文化的構成を変化させると恐れていて、不法移民を厳重に取り締まるよう政府に求めている。この感情は共和党支持者に最も強く見られ、排外主義色を強める右派メディアによって煽動《せんどう》されている。しかし、政治は党派によってきれいに分けられるものではない。たとえば、従来、民主党を支持してきた労働組合の一般組合員は、建設現場に不法移民が増えると暮らしが脅かされると考えている。一方で共和党寄りの経済団体は、安い労働力が引き続き安定して供給されることを望んでいて（あるいはシリコンバレーは外国生まれのコンピュータ・プログラマーやエンジニアを求めていて）、移民賛成の立場を取ることも多い。

実際、２００７年には、ときに党派にとらわれず行動する一匹狼のジョン・マケインとその相棒リンゼー・グラムが、テッド・ケネディ民主党上院議員と手を組み、国境の取り締まりを強化するとともに数百万の不法移民に市民権を与える包括的な改革法案を成立させようとした。ブッシュ大統領も強力に支持したが、それでもこの法案は上院を通過することができなかった。しかし12人の共和党議員が賛成票を投じていて、将来的には超党派の合意が可能であることがうかがえた。選挙戦中に私は、当選したら同様の法案を復活させると約束し、元アリゾナ州知事のジャネット・ナポリターノを国土安全保障長官に任命した。国土安全保障省は移民・関税執行局（ＩＣＥ）と税関・国境取締局を監督する省である。この人事は、ジャネットの国境問題についての知識と、過去に移民に思いやりを示しつつ、かつ毅然とした姿勢で対処していたという評判を買ってのものでもあった。

改革法案を通過させたいという私の望みは、それまでのところくじかれていた。経済が危機的状況にあり、失業が拡大するなか、移民政策のようなきわどい問題に取り組もうとする議員はほとんどいない。ケネディはこの世を去った。マケインは移民に対するどちらかといえば穏健な姿勢を右派から批判され、再びこのような法案を支持する気はないようだった。さらに悪いことに、私の政権は加速度的に不法移民の強制送還を進めていた。これは私の指示によるものではなく、２００８

年の議会命令の結果であり、そこでは犯罪歴のある不法移民を強制送還するためにＩＣＥの予算を増額し、ＩＣＥと地方の法執行機関の協力を強化した。私のチームと私は戦略的選択をして、前の政権から受け継いだ政策をすぐに覆そうとはしないことにしていた。民主党は既存の移民法を執行する気がないと主張する批判者たちに、攻撃材料を与えたくなかったからというのが大きな理由である。そのようなイメージが広がれば、将来的に改革法案を通過させるチャンスも潰《つい》えてしまいかねないと考えたのだ。しかし２０１０年には、移民の権利とラテンアメリカ系の人々を支援する団体が、事態に進展が見られないと私たちに批判を向けてくるようになった。ＤＡＤＴの件でＬＧＢＴＱの活動家たちが私たちを批判したのと同じである。移民改革法案を通過させるよう議会に引き続き促してはいたが、中間選挙前に新しい包括的な法律を成立させるための現実的な方法は存在しなかった。

　ドリーム・アクトについていえば、子どものときにアメリカに連れてこられた不法移民の若者になんらかの救済措置を取ることについては、長年検討されていた。２００１年以来、最低でも一〇種類のドリーム・アクトが議会に提出されている。しかし毎回、必要な票を集めることができなかった。ドリーム・アクトの支持者は、これは不完全ながらもさらに広範な改革に向けた意味ある一歩だと主張していた。この法案は、一定の条件を満たす〝ドリーマー〟（対象となる若者たちはこう呼ばれていた）に、合法的にアメリカで暮らせる一時的な資格と市民権取得への道を与えるものである。最新の法案では、16歳になるまでにアメリカに入国し、5年続けて国内に居住していて、さらに高校を卒業するかＧＥＤ〔高校卒業レベルの学力があることを証明する試験〕に合格し、大学に2年間在籍するか軍隊経験が必要とされる。重大な犯罪歴がないことも条件だ。各州は公立のカレッジや大学で法に則ってドリーマーたちに学費の減額を適用することができる——ドリーマーの多くにとってこれは、高等教育の費用を支払える唯一現実的な道だ。

ドリーマーたちはアメリカの学校に通い、アメリカのスポーツをして、アメリカのテレビを観て、アメリカのショッピングモールで遊んで育った。なかには、自分がアメリカ国民ではないことを親から知らされていなかった者もいる。運転免許証を取ろうとしたときや大学の学資援助に申し込もうとしたときに、初めて自分が不法滞在者だと知ったのだ。私はホワイトハウスに入る前も入ったあとも多くのドリーマーに会った。みんな聡明で落ち着きがあって柔軟で、私の娘たちと同じく可能性に満ちていた。それどころか、同世代のアメリカ人の多くと比べて、ドリーマーたちはアメリカに対してひねくれた感情をあまりもっていないと感じた。自分が置かれた状況から、この国で暮らせるのが当たり前ではないと知っているからだ。

そうした若者たちがアメリカ（彼らの多くにとって唯一知る国）に留まることができるようにすべきだという主張には、人道的にきわめて強い説得力がある。だからこそ、ケネディとマケインは2007年の移民改革法案にドリーム・アクトを盛り込んだのだ。アメリカの移民法をより包括的に改革する法案をすぐに通過させられる見込みがないなか、ハリー・リードはドリーム・アクトを残りの会期中に議会で採決に持ち込むことを中間選挙で約束していた。ハリーは中間選挙までの数か月間、地元ネバダ州で再選を目指して厳しい戦いを強いられていて、勝利を収めるにはヒスパニック系の投票率を高める必要があったからだ。

あいにくハリーは投票日直前の選挙遊説でその約束をしたとき、私たちにも、上院の仲間たちにも、移民法改革を訴える団体にも、まったくそのことを知らせていなかった。下院議長のナンシー・ペロシは、関係者間の調整がなかったことを快く思ってはいなかったが（「電話ぐらいできたと思うんですけど」）、それでもすぐに下院でその法案を通過させた。しかし上院では、マケインとグラムがハリーの決断は選挙戦用のパフォーマンスだと非難し、独立した法案としてのドリーム・アクトには賛成票を投じないと言い張る。国境の取り締まり強化とセットになっていないからだ。2007年のマケイン=ケネディ法案に賛成票を投じた現役の共和党上院議員5名は、マケインたちほどはっきりとは意思を表明していなかったものの、一様に気持ちが揺れているようだった。とりわけ中間選挙で惨敗したあとということもあって、民主党議員全員が法案に賛成することも見込めない。そのため、ホワイトハウスの私たちは、法案通過を阻止されないように、上院がその年の会期を終えるまでの残りの期間に急いで60票を集める必要があった。

ホワイトハウスの政府間問題局局長セシリア・ムニョスが、この取り組みにおける私たちの連絡窓口になった。私が上院議員だったとき、セシリアは全米最大のラテン系アメリカ人支援団体〈ラ・ラザ全国協議会〉で政策・立法担当上級副代表を務めていて、そのとき以来、移民などの問題について私に助言してくれていた。ミシガン州で生まれ育ったボリビア系移民の娘で、慎重かつ控えめな女性だ。私が冗談で本人に言っていたように「普通にいい人」であり、小学校や中学校のときにみんなに好かれていた若い先生を思い出させる人物だ。タフで粘り強くもあった（それに、フットボールではミシガン大学の熱狂的なファンだ）。わずか数週間のうちに、セシリアと彼女のチームはドリーム・アクトを支持する全面的なメディア・キャンペーンを立ち上げた。さまざまな話をメディアに発信し、統計を整理して、閣僚と省庁（国防総省を含む）をほぼすべて動員してイベントを主催させた。最も重要だったのは、不法移民としての自分の身分を明かすことで、心を決めかねている上院議員やメディアに自分の体験を知らせたいというドリーマーの若者たちをまとめるのをセシリアが手助けしたことだ。セシリアと私は、こうした若者たちの勇気について何度か語り合った。2人とも、自分たちがそれぐらいの年齢のころには、とてもそんな重圧に耐えられなかっただろうと思った。

「この子たちのためになんとしてでも法案を通過させたいんです」。セシリアは私に言った。

しかし、ミーティングや電話に膨大な時間を費やしたにもかかわらず、ドリーム・アクトに60の賛成票を集める見通しはだんだんと厳しくなっていく。流動的な議員のなかで賛成に転じてくれそうな見込みがひときわ高かったのが、ミズーリ州選出の民主党上院議員クレア・マカスキルだった。クレアは早い時期から私を支持してくれた議員で、上院で最も親しい友人の1人だった。きわめて鋭いウィットと広い心をもつ才能豊かな政治家で、偽善や衒《てら》いのまったくない人物である。しかしクレアの選挙区は保守的で共和党寄りの州だったため、彼女は上院の支配権を奪い返そうとする共和党の格好の標的になっていた。

「私がその子たちの手助けをしたいのはわかっているでしょう、大統領」。私が電話をかけると、クレアは言った。「でも、移民に関係することだとなんだって、ミズーリでは世論調査でひどい結果が出るんです。私がこの法案に賛成したら、議席を失いかねません」

たしかにクレアの言うとおりだ。それにクレアが落選したら私たちは上院の支配権を失い、それとともにドリーム・アクトや包括的な移民制度改革法案、その他すべての法案を通過させる可能性も失う。そのリスクと、私が会った若者たちの切迫した運命、それをどう天秤にかければいいのだろう？　あの若者たちは毎日、不安と恐怖のもとで暮らすことを強いられている。なんの前触れもなくＩＣＥの係員が踏み込んできて捕まり、私にとってと同じぐらい彼らにとってもなじみのない国に送られるかもしれない、そんな不安のなかで生活しているのだ。

この難題に答えを見出すべく、電話を切る前にクレアと私は一つの取り決めをした。「もしあなたが賛成票を投じることで60票に達するのであれば」と私は言った。「あの子たちにはあなたの1票が必要だ、クレア。でも60票に遠く及ばないようなら、あえて犠牲を払ってもらう必要はない」

クリスマスの前の週、曇天の土曜日に上院でドリーム・アクトの採決が行われた。DADTの撤回を決めた採決が行われたのと同じ日だ。採決が始まると、私はピート・ソウザ、レジー、ケイティとともにオーバルオフィスの小さなテレビで賛成票が数え上げられるのを見守った。40、50、52、55。そこで間が空いて、議場は一時停止状態に置かれる。上院議員たちが考えを変える最後のチャンスだ。そして小槌が振り下ろされる。

5票足りなかった。

私は階段を上がってウエストウイングの二階へ行き、セシリアの部屋へ向かった。セシリアと若者たちのチームは、そこで採決を見守っていたのだ。部屋にいたほとんどの者が涙を流していて、私は一人一人と抱き合った。そして、みんなのおかげでこれまでになくドリーム・アクトを通過させるところに近づいたと伝え、政権の座にいる限り目標を達成するまで努力を続けると話した。誰もが無言でうなずいた。私が一階に戻ると、机の上にケイティが置いていった投票結果の一覧があった。指でたどっていくと、クレア・マカスキルが「賛成」に票を投じている。私はケイティに頼んで、クレアに電話をつないでもらった。

「法案通過ぎりぎりでなければ、反対すると思っていたよ」。クレアが電話に出ると、私は言った。

「そうなんです、大統領、私もそう思っていたのですが」。クレアは言う。「でもいざ投票するとなったら、私の部屋を訪ねてきた子どもたちのことが頭に浮かんできて……」。感極まってクレアは声を詰まらせた。「あの子たちにそんなことはできなかった。私が気にかけていないって、あの子たちに思わせたくなかった。それはそうとして」。落ち着きを取り戻してクレアは言った。「あなたには、私が資金をたくさん集められるように助けてもらわないとね。私は移民問題に弱腰だっていう共和党の宣伝を跳ね返さなきゃならないんですから」

私は、そうすることをクレアに約束した。法案の署名式はなく、集まった人たちがクレアにスタンディング・オベーションを送ることもないが、目立たないところで良心に従ったこの友人の行動は、マイケル・マレンの行動に負けず劣らず、よりよい国に向かう一歩にほかならないと私は思った。

ドリーム・アクトを通過させられなかったのは苦い経験だった。それでも、現代史上最も意義ある形で日程消化期間の議会を終えられたことに、ホワイトハウスの私たちはみんな元気づけられた。6週間で下院と上院で延べ48日も開会し、99もの法律を成立させたのだ。第一一一回議会の2年間で採択した全法律の四分の一を超える数だ。さらには、国民も議会の生産性が急激に高まったことに気づいたようだ。アックスの報告によると、景気への信頼感と私の支持率がいずれも上昇したという。私のメッセージや政策が変わったからではない。ワシントンが多くの仕事を成し遂げたからだ。わずか一か月半のあいだに、民主主義が正常に戻ったかのようだった。政党間のいつものギブ・アンド・テイクに、利益団体の駆け引き。うまくいったりいかなかったりする妥協。大統領就任直後からこのような雰囲気だったら、どれだけ多くのことを成し遂げることができ、どれだけ経済復興を進められただろう、そう思った。

第７部

綱渡り

ON THE HIGH WIRE

第25章

２０１０年の終わりに、次に中東で大きな危機が起こる可能性が最も高いのはどこかと尋ねられたら、ありとあらゆる選択肢を挙げることができただろう。当然ながらイラクもその一つだ。状況は改善していたものの、市場での自爆テロや市民軍による攻撃が一つでも起こればカオス状態に逆戻りしかねなかった。イランでも、同国の核開発計画に対して科した国際制裁が一定の効果を現しつつあり、イラン政府が抵抗したり切羽詰まった行動に出たりしたら、対立が生じてそれに歯止めがきかなくなる可能性があった。イエメンは世界のなかでも群を抜いて不運な国であり、アラビア半島におけるアルカイダの本拠地になっていた。〈アラビア半島のアルカイダ〉は当時、テロ組織のネットワークのなかで最も破壊的かつ活発な一派だった。

それにヨルダン川西岸地区とガザ地区には、イスラエルとパレスチナを隔てる数百キロメートルにわたる入り組んだ係争中の国境がある。

さほど広くもないこの土地に気を揉んできたのは私の政権だけではない。アラブ人とユダヤ人の紛争は１００年近くものあいだ中東に根深く存在する問題であり、その歴史は１９１７年のバルフォア宣言にさかのぼる。このバルフォア宣言で、当時パレスチナを占領していたイギリスは、アラブ人居住者が圧倒的多数を占める地域に「ユダヤ人の民族としての郷土《ナショナル・ホーム》」をつくると約束する。その後20年ほどのあいだにシオニスト〔パレスチナにユダヤ人の国家建設を目指すシオニズム運動の信奉者〕の指導者たちがユダヤ人をパレスチナに大量移住させ、高度な訓練を受けた武装部隊によって入植地を守らせた。１９４７年、第二次世界大戦の終結を受けて、また、言語に絶する犯罪、ホロコーストの影のもと、国連は二つの主権国家をつくる分割案を採択する。パレスチナの地をユダヤ人国家とアラブ人国家に分け、イスラム教徒、キリスト教徒、ユダヤ教徒がいずれも聖地とみなすエルサレムを国際機関によって統治するという案である。シオニストの指導者たちはこの案を受け入れたが、パレスチナのアラブ人と、植民地支配から解放されつつあった周辺アラブ諸国は猛然とこれに反対した。イギリスが手を引くと、両者はたちまち戦争状態に陥る。そして１９４８年にユダヤ人の市民軍が勝利を宣言し、イスラエル国が正式に誕生した。

ユダヤ人にとってこれは夢が実現した瞬間だった。数百年にわたる流浪、宗教的迫害、さらに近くはホロコーストの恐怖を経て、歴史上の故国にようやく自分たちの国をつくることができたのだ。だが、およそ70万のパレスチナのアラブ人は国をもたずに自分たちの土地を追われることになり、この出来事は〈ナクバ〉すなわち〝大惨事〟と呼ばれる事態の一部になる。それに続く30年間で、イスラエルは近隣アラブ諸国と次々戦争をした。最も重要なのが１９６７年の第三次中東戦争（〝六日間戦争〟）で、そこでは圧倒的に数で勝るイスラエル軍が、エジプト、ヨルダン、シリアの連合軍に完勝した。その過程でイスラエルは、ヨルダンからヨルダン川西岸地区と東エルサレムを、エジプトからガザ地区とシナイ半島を、シリアからゴラン高原を奪った。こうした敗北の記憶と屈辱がアラブ民族主義を形づくるうえで重要な側面となり、パレスチナ支援がアラブ諸国の外交政策の中心を占めるようになった。

一方、占領された土地にいるパレスチナ人は、ほとんどが難民キャンプで暮らし、イスラエル国防軍（ＩＤＦ）の管理のもとに置かれて、移動や経済活動を厳しく制限されてきた。それが武装抵抗を呼び、パレスチナ解放機構（ＰＬＯ）の台頭につながっていく。アラブの政治家たちはしきりにイスラエルを糾弾し、あからさまに反ユダヤ的な言葉を使うことも少なくなかった。また中東地域のほとんどの政府は、ＰＬＯ議長のヤセル・アラファトを自由の戦士とみなしていた。アラファト率いるＰＬＯとその関係団体は、武装していない一般市民に残虐なテロ行為を行い、それがさらに激しさを増しつつあったにもかかわらずだ。

こうした状況のなか、アメリカはただ傍観していたわけではない。ユダヤ系アメリカ人は数世代にわたってアメリカで差別を受けていた。だが、彼らも西洋諸国からイスラエルに移住したユダヤ人も、白人キリスト教徒の欧米人と言語や習慣や外見を共有していたことから、アラブ人と比べると、やはりアメリカの人々からはるかに大きな同情を受けていた。ハリー・トルーマンは外国の指導者として初めてイスラエルを主権国家として正式に認め、アメリカのユダヤ人コミュニティがこの建設されたばかりの国を支援するよう、国内の公職者たちに強く求めた。冷戦のもと、世界の二大超大国が中東での影響力を競い合うなかで、アメリカはイスラエルの第一の支援者となる。それとともに、イスラエルとその近隣諸国との問題は、アメリカにとっての問題にもなっていく。

それ以降、事実上すべてのアメリカ大統領が中東紛争の解決を試みてきた。だが、その成功の度合いはさまざまだ。１９７８年にジミー・カーターが仲介した歴史に残る協定、〈キャンプ・デービッド合意〉では、イスラエルとエジプトのあいだで長期的な平和が確保され、シナイ半島がエジプトに返還された。イスラエルのメナヘム・ベギン首相とエジプトのアンワル・サダト大統領にノーベル平和賞をもたらしたこの合意によって、エジプトはソビエトの勢力圏からさらに遠ざかり、イスラエルとエジプトはアメリカにとって安全保障上の決定的に重要なパートナーになった（また、両国は他国を大きく引き離してアメリカの経済・軍事援助の最大の提供先になった）。とはいえ、パレスチナ問題は未解決のまま残される。その15年後、冷戦が終結してアメリカの影響力が頂点に達していた１９９３年、ビル・クリントンがイスラエルのイツハク・ラビン首相とＰＬＯのアラファト議長の両者を仲介して、オスロ合意が結ばれた。その合意によって、ＰＬＯはついにイスラエルの生存権を認め、イスラエルはＰＬＯがパレスチナ人の正統な代表であることを認めてパレスチナ暫定自治政府の設立に同意する。パレスチナ自治政府は、限定的ながらもヨルダン川西岸地区とガザ地区で意義ある支配権をもつことになった。

オスロ合意によって、ヨルダンもエジプトの例に倣ってイスラエルと和平協定を結ぶことができた。また、最終的に独立したパレスチナ人国家の建設に向かう枠組みも整った。周辺諸国と平和的関係を築いて安定したイスラエルと、そのパレスチナ人国家が共存することになるのが理想だった。しかし、どちらの側でも一部の集団にとって古傷はあまりにも深く、妥協をめぐる暴力の誘惑はあまりにも大きくて、それらを乗り越えることはできなかった。１９９５年、ラビンはイスラエルの極右過激派に暗殺される。ラビンの跡を継いだリベラル派のシモン・ペレスは、七か月間首相を務めたのちに解散総選挙で右派政党〈リクード〉の指導者、ベンヤミン・〝ビビ〟・ネタニヤフに敗北した。リクードは、かつてパレスチナ人居住地区の完全な併合を綱領に掲げていた政党である。オスロ合意に不満を抱く〈ハマス〉や〈イスラム聖戦〉などの強硬派組織が、アラファトと彼の政党〈ファタハ〉へのパレスチナ人の信頼を切り崩しにかかり、武装闘争によってアラブ人の土地を取り返してイスラエルを海に追いやるようパレスチナの人々に呼びかけた。

１９９９年にネタニヤフが選挙で負けると、よりリベラルなエフード・バラクが首相に就任する。バラクは、たとえばイスラエルによる過去のどの提案よりも踏み込んだ二国家解決案の枠組みを提示するなど、中東でより広範囲の和平を成立させようと努めた。しかしアラファトはさらなる譲歩を要求し、話し合いは非難の応酬とともに決裂する。また、２０００年9月のある日、リクードの党首アリエル・シャロンがイスラエルの議員団を率いてイスラム教の聖地の一つであるエルサレムの神殿の丘を訪れた。これは大々的な宣伝とともに挑発的に行われ、イスラエルの領土はさらに広いのだと主張するためのパフォーマンスだった。この訪問によってエフード・バラクのリーダーシップに疑問が投げかけられ、近隣および遠方のアラブ人の怒りに火がつく。その四か月後、シャロンがイスラエルの新首相に就任して、第二次インティファーダ［パレスチナ住民の大規模な抗議活動］として知られる期間を通じて国を治めた。第二次インティファーダはイスラエルとパレスチナのあいだで4年にわたって暴力が続いた時期であり、投石する抗議者たちに対して催涙ガスやゴム弾が向けられたことをその特徴とする。また、イスラエルのナイトクラブの外や高齢者や児童を乗せたバスで、パレスチナ人が自爆テロを起こす。その報復にＩＤＦが激しい襲撃を仕掛け、何千人ものパレスチナ人が無差別に逮捕される。すると、ハマスのロケット弾がガザ地区からイスラエルの国境の町に発射され、それを受けてアメリカから供給されたイスラエルの〈アパッチ〉ヘリコプターが地域一帯を攻撃した。

　この期間に、およそ１０００人のイスラエル人と３０００人のパレスチナ人が死亡した。そこには数多くの子どもも含まれる。そして暴力が収まった２００５年には、こうした現象の根源にある対立を解決する見通しは根本的に変わっていた。ブッシュ政権はイラク、アフガニスタン、対テロ戦争に力を注いでいたため、中東和平に構っている余裕はほとんどなかった。ブッシュは公式には二国間解決案を支持していたものの、この問題でシャロンに働きかけることについては消極的だった。また、サウジアラビアやその他のペルシャ湾岸諸国は、表向きは引き続きパレスチナを支持していたものの、イランの影響力を抑えることと国内で過激派の脅威を一掃することに次第に関心を向けるようになっていた。パレスチナ人自身も、２００４年にアラファトが死ぬと分裂状態に陥る。ガザ地区はハマスの管理下に置かれ、やがてイスラエルによって厳重に封鎖された。ファタハが政権運営を担い、ヨルダン川西岸地区を引き続き治めていたパレスチナ自治政府は、支持者たちからも無能で腐敗しているとみなされるようになっていた。

最も重要なのは次の点だ。和平交渉に対するイスラエルの態度が硬化したのは、一つには国の安全と繁栄を確保するために和平がさほど重要とは思われなくなったからである。集団農業共同体〈キブツ〉での共同生活と必需品の定期配給というイメージによって人々の記憶に残る１９６０年代のイスラエルは、現代的な経済大国へと姿を変えた。もはや、敵対的なゴリアテに取り囲まれた果敢なダビデではない。数百億ドルに及ぶアメリカからの軍事援助のおかげで、イスラエル軍はいまや地域で無比の存在になっている。イスラエル国内での自爆テロやテロ攻撃もほぼなくなった。イスラエルが全長６４５キロメートルを超える壁をヨルダン川西岸地区のパレスチナ側人口密集地と自国とのあいだにつくり、戦略的にところどころに検問所を設置して、イスラエルに出入りするパレスチナ人労働者の流れを管理するようになったことがその一因である。今でもときおり、ガザ地区からのロケット攻撃によって国境近くのイスラエルの町に暮らす人々が脅かされたり、ヨルダン川西岸地区にユダヤ系イスラエル人の入植者がいるために小競り合いが起こって死者が出たりすることはある。しかし、エルサレムやテルアビブの住民のほとんどにとって、パレスチナ人はおおむね目につかない存在となり、パレスチナ人の闘争と恨みは、厄介ではあるものの身近に感じられるものではなくなっている。

私が大統領に就任したときには、すでにありとあらゆる問題が目の前に並んでいた。それを考えれば、パレスチナ問題については現状維持に最善を尽くし、イスラエルとパレスチナの集団のあいだで新たに発生した暴力を鎮圧する以外は、この混乱状態を放置しておきたいという気になってもおかしくない。しかし、より大局的な外交政策の関心事を考えて、私はその道は選べないと判断した。イスラエルは今なおアメリカの重要な同盟国であり、脅威が少なくなったとはいえ引き続きテロ攻撃を受けていて、イスラエル国民のみならず同国に居住したり同国を訪問したりする何千ものアメリカ人も危険にさらされている。また、世界のほぼすべての国が、イスラエルがパレスチナの領土を占領しつづけているのは国際法違反だと考えていた。その結果、アメリカの外交官は、私たちが反対する行動をとっているイスラエルを擁護しなければならないという苦しい立場に置かれていた。アメリカの政府関係者も、中国やイランなどの人権状況を批判しているにもかかわらずパレスチナ人の権利についてほとんど懸念を示さないのが偽善ではないというなら、その理由について釈明しなければならない。また同時に、アラブ人コミュニティはイスラエルによる占領に対して引き続き怒りを燃やしていて、イスラム世界全体で反米感情が高まっていた。

要するに、イスラエル＝パレスチナ関係が平和でなければ、アメリカの安全が損なわれるということだ。他方で、実行可能な解決策を両者のあいだで協議させることができれば、アメリカの安全保障体制を強化し、敵を弱体化させて、アメリカを人権の擁護者として世界でより信頼される国にできる。一挙にすべてを達成できるというわけだ。

実のところ、イスラエル＝パレスチナ紛争は個人的にも私の心に重くのしかかっていた。母から最初に受けた道徳教育の一つがホロコーストについてのものであり、それは非道で恐ろしい出来事で、奴隷制と同じく他者の人間性を認める能力や意思の欠如に根ざしていると教わったからだ。また、同世代のアメリカの子どもの多くと同じように、私も旧約聖書の『出エジプト記』の物語が頭に刻み込まれていた。6年生のときには、キブツで暮らした経験があるユダヤ人のキャンプ指導員から話を聞いて、イスラエルを理想の国として頭に思い描いた。その指導員の話では、キブツでは誰もが平等で、誰もが協力して、誰もが歓迎されて、世界を回復させる喜びと苦闘を分かち合うのだという。高校時代にはフィリップ・ロス、ソール・ベロー、ノーマン・メイラーに夢中になり、歓迎されないアメリカで自分の居場所を見つけようとする者たちの物語に心を動かされた。のちに大学で初期の公民権運動について学んだときには、マルティン・ブーバーのようなユダヤ人哲学者がキング牧師の説教と著作に与えた影響に興味を惹かれた。ユダヤ人の有権者が、さまざまな問題においてほかのどの民族集団よりもたいてい進歩的な立場を取る傾向にあることも好ましく思っていたし、シカゴでは、私の最も忠実な友人や支持者の一部は街のユダヤ人コミュニティ出身だった。

黒人とユダヤ人の経験には本質的なつながりがあると私は考えている。場所を追われ苦しみを味わってきたが、正義への渇望を分かち合い、他者に深い思いやりを抱いて、コミュニティの結びつきを強めることで、やがてそこから解放されるかもしれない。そういう物語を黒人とユダヤ人は共有しているのだ。だから私は、ユダヤ人が自分たちの国をもつ権利を守りたいと強く望んでいる。しかし皮肉なことに、私は、まさにこの共有された価値観のために、占領された土地で暮らすパレスチナ人が強いられている状態もまた無視できないのである。

たしかに、アラファトの戦術の多くは忌まわしいものだった。たしかに、パレスチナの指導者たちは和平の機会を何度も逃してきた。イスラエルの世論を動かすだけの道徳的な力を備えた非暴力運動を展開するハヴェルやガンディーも存在しなかった。しかし、だからといって数百万のパレスチナ人が、非民主主義国の国民でさえ享受している基本的権利の多くと民族自決すら欠いている事実は無視できない。何世代ものパレスチナ人が、文字どおり逃れることのできない、ひもじく萎縮した世界で育っているのである。日々の生活は、冷ややかでしばしば非友好的な当局の気まぐれと、検問所を通るたびに書類の提示を求めてくる、銃を持ち無表情で疑い深い兵士たちに左右される。

しかし私が大統領に就任したときには、共和党議員のほとんどはパレスチナで起こっていることを気にかけるふりすらしなくなっていた。実際、共和党が最もあてにできる票田である白人福音主義者の大多数が、イスラエルの建国と漸進的な拡張は、アブラハムへの神の約束を実現し、キリスト復活の先触れとなる出来事なのだと考えていた。民主党側でも、確固たる進歩派ですら共和党議員ほど親イスラエルではないとみなされるのを嫌がっていた。自身もユダヤ人であったり、相当数のユダヤ人選挙区民を代表していたりする者も多かったので、なおさらだ。

それにいずれの党の議員も、アメリカ・イスラエル公共問題委員会（ＡＩＰＡＣ）の意向に背くのを恐れていた。ＡＩＰＡＣは、アメリカに揺るぎなくイスラエルを支援させることを目的とした強力な超党派ロビー組織である。影響力は国内のほぼすべての選挙区に及び、私も含めてワシントンの政治家の重要な支持者や資金提供者のなかには、ＡＩＰＡＣのメンバーがいる。ＡＩＰＡＣは、過去には中東和平についての多様な見解を受け入れていて、委員会の推薦希望者に求めていたのは主にアメリカがイスラエル支援を続けることを支持し、国連やその他の国際機関を通してイスラエルを孤立させたり非難したりする取り組みに反対することだった。しかし、イスラエルの政治が右寄りに移行していくにつれてＡＩＰＡＣの政治的な立場も変化していき、ＡＩＰＡＣの職員やリーダーたちは、たとえイスラエルがアメリカの政策に反する行動を取ったときでも、アメリカ政府とイスラエル政府のあいだには「隔たりがあってはならない」と主張するようになる。イスラエルの政策をあまりにも声高に批判すると、「反イスラエル」（場合によっては「反ユダヤ」）のレッテルを貼られ、次の選挙で豊富な資金をもつ対抗馬を立てられる恐れがあった。

私も大統領選挙中にこの標的になったことがあり、私のユダヤ人支持者たちは、私がイスラエルを十分に支持していない、あるいはイスラエルに敵対的ですらあるという、シナゴーグでの噂やチェーンメールでの主張に反論しなければならなかったらしい。こうした中傷作戦が私に向けられたのは、私が特殊な立場を取っていたからではない（二国間解決を支持し、イスラエル人の入植に反対していたのは、ほかの候補者たちもまったく同じだった）。市井のパレスチナ人への懸念を私が表明していたからだ。それに、イスラエルの政策の批判者たち、たとえば活動家で中東学者のラシード・ハリーディーらと友人としてつきあっていたからであり、ベン・ローズが単刀直入に言っていたように、私が「イスラム名をもつ黒人で、ルイス・ファラカーンと同じ地域に住んでいて、ジェレマイア・ライトの教会に行っていた」からだ。投票日に私は70パーセントを超えるユダヤ人票を獲得したが、それでもAIPACの役員たちにとって私は疑わしい人物のままであり、二股をかけている男だった。私のイスラエル支持は、アックスの友人の1人が見事に喝破したように「〝キシュケ〟で感じているものではない」というわけだ――キシュケとはイデュッシュ語で〝はらわた〟という意味である。

「アメリカ大統領とイスラエル首相の政治的なバックグラウンドが違えば、和平交渉で前進は望めません」。2009年、ラーム・エマニュエルが私にそう警告していた。私たちは、その少し前にベンヤミン・ネタニヤフがイスラエル首相に復帰したことについて話し合っていた。リクードは一番の対抗勢力である中道政党〈カディマ〉に議席数で一つ後れを取っていたものの、右派寄りの連立政権を急ごしらえでまとめることに成功したのだ。イスラエル国防軍で民間ボランティアとして短期間働いたことがあり、ビル・クリントンのオスロでの協議をすぐそばで見ていたラームは、イスラエル＝パレスチナ和平交渉の再開を試みるべきだという私の考えに同意していた。それによって状況悪化を食い止められるかもしれないと思っていたからだ。とはいえ、ラームは楽観視はしていなかった。ネタニヤフとパレスチナ自治政府のマフムード・アッバース議長と多くの時間をともにするうちに、私もその理由を理解できるようになった。

アメリカンフットボールのラインバッカーのような体格で、角張った顎、幅の広い顔、薄い白髪頭のネタニヤフは、聡明で抜け目なくタフで、ヘブライ語と英語のどちらでも優れた話し手である(イスラエル生まれだが、自己形成期のほとんどをフィラデルフィアで過ごし、上品なバリトンの声にはフィラデルフィアのアクセントがわずかに残っている)。彼の家族はシオニズム運動に深いルーツをもつ一家だ。ラビだった祖父は、1920年にポーランドからイギリス統治下のパレスチナに移住した。歴史学の大学教授で、スペイン異端審問のときのユダヤ人迫害についての著作で有名な父親は、イスラエル建国の前にシオニズム運動の戦闘的一派の指導者になった。ネタニヤフは非宗教的な家庭で育ったが、イスラエルの防衛にかける父親のこの熱意を受け継いだ。IDF特殊部隊の一員として働き、1973年の第四次中東戦争で戦闘に参加する。兄はかの有名な1976年のエンテベ空港奇襲作戦で英雄的な死を遂げている。イスラエルの奇襲部隊がウガンダの空港で、パレスチナ人テロリストにハイジャックされたエールフランス機から102人の乗客を救助した作戦である。

ネタニヤフのアラブ人に対するあからさまな敵対心も父親から受け継いだものであるかどうかは定かでない(その父親は、「戦争に向かう傾向はアラブ人の本質に根ざしている。アラブ人は本質からして敵である。妥協や合意を許さない性格なのだ」と論じていた)。確かなのは、彼がつくりあげた政治的な人格の中心は強さのイメージであることだ。またその核には、ユダヤ人はこのように厳しい地域に暮らし、強くあらねばならないのだから、うすっぺらい愛国心などにかまけている余裕はないというメッセージもある。この考えによって、ネタニヤフはＡＩＰＡＣの最もタカ派のメンバーたちや共和党の公職者たち、さらには裕福なアメリカの右翼たちとうまく結びついた。ネタニヤフは、自分の目的にかなうときには感じよく振る舞ったり、多少の気遣いを見せたりすることもある。たとえば、私の上院議員当選後まもなく、わざわざシカゴの空港のラウンジまで会いに来てくれて、イリノイ州議会で私がささいな親イスラエルの法案に賛成したことを大いに称賛した。しかし、ユダヤ人を災いから守る第一の擁護者であるという自己像から、ネタニヤフは権力の座に留まるためであればなんでも行い、それを正当化してきた。そして、アメリカの政治とメディアに精通しているため、私たちのような民主党政権がイスラエルにいかなる圧力をかけようともそれに抵抗できるという自信をもっていた。

ネタニヤフと私の世界観は非常に異なるものだったが、電話でも彼のワシントン訪問中の会談でも、初期の話し合いはそれなりにうまくいった。ネタニヤフが最も関心をもって話したがったのがイラン問題であり、彼はイランがイスラエルにとって安全保障上の最大の脅威であると正しく認識していた。そして私たちは、テヘランが核兵器を獲得するのを防ぐ取り組みにおいて連携することで合意した。しかし、パレスチナとの和平交渉再開の可能性について私が話をもち出すと、ネタニヤフは頑として明言を避けた。

「請け合いますが、イスラエルも和平を望んではいるのです」とネタニヤフは言う。「しかし、真の和平はイスラエルの安全保障上のニーズと一致しなければなりません」。ネタニヤフはまた、アッバースはおそらく和平交渉再開を望んでいない、あるいはできないだろうと断言し、それを公の場でも強調した。

私も彼の主張は理解できた。そして、ネタニヤフが和平交渉に乗り気でないのはイスラエルの力が強まっていたためだが、パレスチナ自治政府のアッバース議長が乗り気でないのは政治的な弱さのためといえた。白髪で口ひげを生やし、穏健で慎重に行動するアッバースは、アラファトがファタハを立ち上げるのを助けた。そのファタハが、のちにＰＬＯの第一政党となる。アッバースはキャリアのほとんどを、よりカリスマ性のあるアラファト議長の陰で外交や行政の監督者として過ごした。アラファトの死後は、アメリカもイスラエルもアッバースがパレスチナを率いることを望んだ。イスラエルの存在をはっきりと認め、長いあいだ暴力を否定してきたというのがその主な理由だ。しかし、もって生まれた慎重さと、イスラエル治安機関との前向きな協力姿勢のために（それにいうまでもなく政権内の腐敗のせいもあり）、自国民からの評判は悪かった。２００６年の立法評議会選挙で大敗し、ガザ地区の支配権をすでにハマスに奪われていたアッバースは、リスクを冒してまでイスラエルとの和平交渉に取り組む必要はないと考えていたのだ。せめて彼に政治的な大義名分を与える具体的な譲歩がなければ、和平交渉を進めることは難しいだろう。

目の前の問題は、いかにネタニヤフとアッバースをなだめすかして交渉のテーブルにつかせるかだ。その答えを出すために、私はヒラリー・クリントン国務長官を筆頭とする有能な外交官の一団に頼った。ヒラリーはこの問題に精通していて、地域の主要関係者の多くとすでに関係を築いている。この問題を重視していることを強調するために、私は元上院多数党院内総務のジョージ・ミッチェルを中東和平の特使に任命した。ミッチェルは昔気質《かたぎ》の人間だった。要求の厳しい実利重視の政治家で、メイン州訛りの強いアクセントで話をする。１９９８年、ベルファスト合意によって北アイルランドにおけるカトリックとプロテスタントの長年にわたる紛争を終結に導き、調停人としての能力を証明していた。

私たちが最初に行ったのは、ヨルダン川西岸地区でイスラエルが新たに入植地をつくるのを一時停止するよう求めることだ。これはイスラエルとパレスチナのあいだで非常に大きな障害になっていた問題で、一時停止が実現すれば交渉を本格的に前進させられる可能性があったからだ。かつては信仰心の篤い人々が小規模な居留地をつくる程度だった入植地建設は、時間の経過とともに事実上の国策となり、２００９年にはおよそ30万人のイスラエル人入植者が正式なイスラエルの国境の外で暮らしていた。そのあいだにも、開発業者はヨルダン川西岸地区と東エルサレムおよび周辺地区で整然とした住宅団地の建設を続ける。東エルサレムは、エルサレム全体のなかで主にアラブ人が居住する係争中の地区であり、パレスチナ人が将来首都にしたいと望んでいる土地である。これらはすべて政治家たちの後ろ盾を得た動きだ。政治家たちは入植活動の宗教的な側面についての考えを共有することもあれば、入植者の求めに応じることに政治的な利益を見出す場合もあるし、単純にイスラエルの住宅不足を緩和することを望む場合もあった。入植地の急激な拡大は、パレスチナ人にとっては自分たちの土地が徐々にイスラエルに併合されていくことにほかならず、これはパレスチナ自治政府の無力さを示す象徴になった。

ネタニヤフが入植の停止に抵抗を示すであろうことはわかっていた。入植者たちはすでに有力な政治勢力になっていて、ネタニヤフの連立政権内にもその活動を代弁する者が数多くいる。また、私たちが入植停止の見返りにパレスチナ側から引き出そうとしている善意の行動――すなわちアッバースとパレスチナ自治政府が具体的な対策を講じてヨルダン川西岸地区内での暴力を終息させること――も、とても評価が難しいとネタニヤフは不満を述べるだろう。しかし、イスラエルとパレスチナの力が不均衡であることを考えると、力のある側が和平に向かって最初の大きな一歩を踏み出すのが理にかなっていると私は思った。そもそも、イスラエルが自力で手に入れられないのにアッバースがイスラエルに提供できるものなど、ほとんどないからだ。

予想どおり、入植停止という私たちの提案に対してネタニヤフは当初、はっきりと否定的な反応を示し、ワシントンの彼の支持者たちは、アメリカ＝イスラエル同盟を弱体化させているとしてたちまち私たちを公然と非難するようになった。ホワイトハウスの電話がひっきりなしに鳴りはじめ、国家安全保障チームの面々が記者、アメリカのユダヤ人組織指導者、有力支持者、議員からの苦情の対応に追われた。和平を妨げているのは主にパレスチナの暴力だと誰もが知っているのに、どうしてイスラエルを責めて入植地を問題にするのかというのだ。ある日の午後、ベン・ローズが遅刻して慌てて会議にやってきた。ひどく興奮したリベラル派民主党議員と電話で1時間近くも話していたらしい。

「彼は入植に反対しているものだと思っていたが」と私は言った。

「反対していますよ」とベンは言う。「でも、私たちが実際に入植を止めるために何かをするのにも反対しているんです」

この種の圧力と私の〝キシュケ〟を疑問視する見方は、2009年のあいだほぼずっと続いた。私たちは定期的にユダヤ人組織の指導者や議員をホワイトハウスに招き、私とチームの面々が出席してミーティングを開き、私たちがイスラエルの安全とアメリカ＝イスラエル関係に強く力を入れていることを請け合った。そう主張するのも無謀なことではなかった。入植停止についてはネタニヤフと考えが違ったとはいえ、実際に私はアメリカとイスラエルの協力を全面的に強化するという約束を果たしていたし、イランの脅威を解消し、〈アイアンドーム〉防衛システムの最終的な開発に資金援助をすべく動いてもいた。アイアンドームとは、ガザ地区やレバノン内の〈ヒズボラ〉の拠点から発射されるシリア製ロケット弾をイスラエルが撃ち落とせるようにする防空システムである。それにもかかわらず、ネタニヤフがかき立てた雑音がもくろみどおりの効果を発揮し、私たちは時間を奪われ、守勢に立たされた。よくある政策の違いでも、イスラエル首相を相手にすると、アメリカ国内で政治的な代償を生む。そのことを思い知らされた。たとえその首相が脆《もろ》い連立政権に支えられた者であっても同じことだ。イギリス、ドイツ、フランス、日本、カナダ、その他の親密な同盟国を相手にしているときには、こんなことは起こらない。

しかし私がカイロで演説をしてからまもなく、６月前半にネタニヤフが前進への扉を開いた。自身の演説で彼は私に応答し、条件付きで二国間解決を支持すると初めて表明したのだ。数か月にわたる論争ののち、ついにネタニヤフとアッバースは私を挟んで対面で話し合うことに同意した。会談は、国連総会で各国の首脳が年に一度集まるのに合わせて、９月終わりにニューヨークで開かれた。２人とも互いに礼儀正しかったが（ネタニヤフは饒舌《じょうぜつ》でくつろいでいて、アッバースはおおむね表情に乏しく、ときどきうなずくだけだった）、和平に向けてリスクを背負うよう私が促しても２人とも心を動かされるようすはなかった。その二か月後、ネタニヤフはヨルダン川西岸地区で新たに入植許可を出すのを一〇か月間差し止めることに同意する。ただし、東エルサレムでの建設差し止めを延長するのはきっぱりと拒んだ。

ネタニヤフの譲歩によって事態が好転するのではという私の考えも、長くは続かなかった。ネタニヤフが入植許可の一時差し止めを発表するや否や、アッバースはそんなものには意味がないと一蹴し、東エルサレムが除外されていることと、すでに承認されている計画の建設が急ピッチで続いていることに不満を表明したからだ。ほかのアラブ諸国の指導者たちも、たちまちそれに同調した。これは一つには、カタールの管理下にあるメディア〈アルジャジーラ〉の報道がそうした動きを促したからでもある。アルジャジーラは、アラブ人の怒りと恨みをかき立てることによって人気を獲得し、この地域で最も有力な情報源になっていた。アメリカでＦＯＸニュースが保守派の白人有権者の怒りと恨みをかき立てて人気を獲得したのとまったく同じである。

２０１０年3月には、さらに状況が悪化する。ちょうどジョー・バイデンがイスラエルを親善訪問しているときに、イスラエル内務省が東エルサレムに一六〇〇戸の新規住宅建設を許可すると発表したのだ。この許可を出したタイミングに首相官邸はまったく関わっていないとネタニヤフは主張したが、この動きによって、許可の一時差し止めはいかさまであり、アメリカもぐるなのだというパレスチナ側の見方が強化された。私はヒラリーに連絡を取り、ネタニヤフに電話して私の不満を伝え、入植地拡大を控えようという私たちの忠告を再度強調するよう指示した。その月にワシントンで開かれたＡＩＰＡＣの年次大会でネタニヤフは、私たちの忠告への回答として「エルサレムは入植地ではない──我々の首都だ」と宣言して拍手喝采を浴びる。

その翌日、ネタニヤフと私はホワイトハウスで会談した。緊張の高まりが大事に発展することを避けるために、私は、建設許可の発表をめぐる憶測は単なる誤解だというつくり話を受け入れ、話し合いは予定された時間をはるかに超えて続いた。私には別の用件があり、ネタニヤフとはまだいくつか話し合いたいことがあったので、私は会談を一時中断して1時間後に再開することを提案し、代表団がルーズベルトルームで待ち時間を過ごせるように手配した。ネタニヤフは喜んで待つと言ってくれ、その夜、後半の話し合いを終えたときには、合計2時間以上も顔を合わせていたことになり、友好的な雰囲気だった。しかし翌日、ラームが執務室に飛び込んできた。私がネタニヤフを待たせてわざと軽く扱ったという報道があり、個人的な感情のためにきわめて重要なアメリカ＝イスラエル関係に悪影響を与えたと非難の声が上がっているという。

めったにないことだが、私はそのときラームに思いきり悪態をついた。

当時のことを振り返って、大昔からある問いについて考えてみることがある。指導者個人の性質がどれだけ歴史に影響を与えるのかという問いである。権力の座に就く者は、深いところを留まることなく流れる時間をただ伝えるパイプにすぎないのか？　それとも、多少なりとも未来をつくるのか？　私たちの不安や希望、子ども時代のトラウマや思いがけない優しさに触れた記憶には、技術の変化や社会経済の趨勢《すうせい》と同じだけの力があるのだろうか？　ヒラリー・クリントン大統領やジョン・マケイン大統領だったら、イスラエルとパレスチナの双方からもっと信頼を引き出すことができたのか？　ネタニヤフ以外の誰かが首相ならば、あるいはアッバースがもっと若く、批判から自分を守るよりも名を成すことに熱心なら、状況は変わっていたのだろうか？

わかっているのは、ヒラリーとジョージ・ミッチェルが往復外交《シャトル》に多くの時間を費やしたにもかかわらず、私たちの和平交渉の計画は２０１０年８月までまったく進展しなかったということだ。入植の一時差し止めが期限切れになるわずか一か月前、アッバースがようやく直接協議に同意した。これはほとんどが、エジプトのホスニ・ムバラク大統領とヨルダンのアブドラ国王の仲裁のおかげである。しかしアッバースは協議に参加する条件として、イスラエルが入植差し止めを継続する意思を示すことを求めた。それまで九か月間、アッバースはそんなことは無意味だと非難していたにもかかわらずだ。

無駄にできる時間はなかったので、９月１日にネタニヤフ、アッバース、ムバラク、アブドラ国王を招き、私も加わって、会談と、ホワイトハウスでの少人数の夕食会を催す手はずを整えた。この会談と夕食会は、おおむね儀礼的なものだったので、合意を成立させる困難な仕事は、ヒラリー、ミッチェル、交渉チームの手に移る。それでも私たちは写真撮影と取材の機会を設け、できる限り華やかな演出をしてこの催しを飾り立てた。４人の指導者の雰囲気は、終始温かく友好的だった。私の手元には今も１枚の写真がある。５人でムバラク大統領の腕時計を見て、正確な日没時間になったのを確認している写真だ。そのときはイスラム教の断食月《ラマダン》で、宗教上定められている断食の時間が終わるのを確かめてから夕食の席につく必要があったからだ。

ホワイトハウスの〈オールドファミリー・ダイニングルーム〉の落ち着いた明かりのもと、一人一人が順番に将来の構想を語った。ベギン、サダト、ラビン、ヨルダンのフセイン国王ら、かつての分断を乗り越える勇気と知恵をもった先達のことを語った。終わりのない紛争の代償、二度と家に帰ってこない父親、子どもを埋葬する母親のことを語り合った。

外から見れば、これは希望に満ちた瞬間で、何か新しいことの始まりのように映っただろう。

しかしその夜、夕食会が終わって指導者たちがホテルに戻ったあと、私は〈トリーティールーム〉で翌日の資料に目を通しながら、漠然とした不安を覚えるのを禁じえなかった。スピーチ、雑談、気さくな交流——どれもあまりにも感じがよすぎて、儀式化されているようにすら感じられた。それは、状況を変えられると思っているそのときどきのアメリカ大統領をなだめるために、4人の指導者がこれまで何十回も行ってきたパフォーマンスにすぎないのではないか。まるで舞台裏で衣装を脱いでメイクを落とす俳優たちのように、あとで4人が握手する姿が頭に浮かんだ。その後、4人はそれぞれ自分の世界に戻っていく——その世界では、ネタニヤフは和平が実現しないのはアッバースの弱腰のせいだと外に向かって非難しながら、その裏では彼を弱い状態に留めておくために全力を尽くし、アッバースは公の場でイスラエルの戦争犯罪を非難しながら、陰ではイスラエル人とビジネス契約の交渉をし、アラブ諸国の指導者たちは、占領下のパレスチナ人が耐え忍んでいる不当な仕打ちを嘆きながら、自国の治安部隊は権力を脅かす反対者や反体制派を容赦なく追い立てている。また、私は子どもたちのことを考えた。ガザ地区、イスラエル人入植地、カイロやアンマンの街角。どこにいても子どもたちは暴力や抑圧、恐怖しか知らず憎しみを育てながら成長していくことになる。なぜなら、私が会った指導者は誰も、心の底では現在歩んでいる以外の道があるとは思っていないからだ。

幻想なき世界――彼らはそう呼ぶのだろう。

結局、イスラエルとパレスチナのあいだで直接の和平交渉が行われたのは二度だけだった。ホワイトハウスでの夕食会の翌日にワシントンで一度。二度めはその12日後、エジプトのリゾート地シャルム・エル・シェイクでムバラクの主催で二者協議が行われ、そののちに一団はエルサレムにあるネタニヤフの官邸に移動した。ヒラリーとミッチェルの報告では、話し合いは核心に触れるものだった。アメリカは多額の包括的援助などのインセンティブを両者にちらつかせ、イスラエルのためのスパイ行為によって服役中で、右派のイスラエル人の多くが英雄視するアメリカ人、ジョナサン・ポラードの早期釈放の可能性まで検討した。

しかし、それもなんの役にも立たなかった。イスラエルは入植差し止めの延長を拒み、パレスチナは交渉から手を引く。２０１０年12月には、アッバースは国連でパレスチナ人国家の承認を訴えて国際司法裁判所でガザ地区での戦争犯罪の疑いについてイスラエルを告発すると脅しをかけた。それに対してネタニヤフは、パレスチナ自治政府をさらに厳しい状況に追い込むと応酬する。ジョージ・ミッチェルは大局的に状況をとらえようとして、北アイルランド紛争終結に向けた協議を続けていた期間には「嫌な日が７００日あった――それからいい日が1日あった」と私に語った。それでもやはり、少なくとも当面は和平交渉の機会が閉ざされたように思われた。

それに続く数か月間、私は、アッバース、ネタニヤフ、ムバラク、アブドラ国王との夕食会とそこでの茶番劇、彼らの覚悟のなさを何度も振り返った。中東の古い秩序がいつまでも続くと言い張り、その古い秩序を維持する者たちに、絶望のなかで育った子どもたちがいつか反旗を翻すなどとは思ってもみない――だが、それこそが最大の幻想だったことが、やがて明らかになる。

ホワイトハウスで私たちは、北アフリカと中東が直面する長期的な課題について頻繁に話し合った。経済を多様化できずにいる石油国家は、石油収入がなくなったらどうなるのか。女性や少女が制約を受けながら暮らしている嘆かわしい現状は？　彼女たちは学校へ行ったり仕事をしたり、場合によっては車を運転したりすることまで阻まれているのだ。経済成長の失速が、アラビア語圏の諸国でとりわけ若い世代に打撃を与えていることにも私たちは気づいていた。アラビア語圏では、30歳未満の若者が人口のおよそ60パーセントを占め、失業率は世界のほかの地域の二倍に達している。

そして何より、ほぼすべてのアラブ諸国で政府に独裁的かつ抑圧的な性質が見られることを私たちは懸念していた。真の民主主義が存在しないだけでなく、権力の座にいる者が自国民にまったく説明責任を負っていないように思われることが心配だった。国によって状況は異なるとはいえ、ほとんどの指導者はお決まりのやり方で権力を維持していた。政治参加と政治的表現を制限し、警察や国内の治安機関によって徹底的に威嚇や監視を行う。司法制度は機能せず、適正手続きは十分に運用されていない。選挙は不正に操作され（あるいは存在せず）、軍が幅をきかせていて、報道は厳しく検閲され、腐敗が蔓延している。こうした政権の多くが数十年にわたって続いていて、それを支えてきたのは、ナショナリズムへのアピール、共有された宗教的信仰、部族の結びつき、親族のつながり、利益供与の網の目である。反対者の抑圧と単なる惰性によって、しばらくそうした政権が続くことも考えられる。アメリカの諜報機関は主にテロ組織の活動を追うことに集中しており、外交官は〝アラブの路上〟で起こっていることに必ずしも精通していたわけではないが、それでも一般のアラブ人が不満を募らせている徴候は見て取れた。そうした不満を合法的に表明する手段がないことを考えると、トラブルが起こってもおかしくない。大統領として初めてその地域を訪れたあとで、私はデニス・マクドノー国家安全保障担当副補佐官にこう言っていた。「いつかどこかで爆発するぞ」

それを前提としたうえではたしてどうするのか？　それが問題だった。少なくとも半世紀のあいだ、アメリカの中東政策は焦点を絞っていた。地域の安定を維持し、アメリカへの石油供給が乱れないようにして、敵対勢力（当初はソ連、のちにイラン）が影響力を拡大するのを防ぐことに集中していたのだ。9・11後は対テロ戦略が中心的な位置を占めるようになる。こうした目的を追求するにあたって、アメリカは独裁者を味方につけてきた。そもそも独裁者は予測どおりに行動し、厄介ごとは見て見ぬふりだ。彼らはアメリカの基地を受け入れ、対テロ作戦に協力した。それに当然ながら、アメリカ企業と盛んにビジネスをした。この地域でのアメリカの国家安全保障機関の多くは、独裁者たちの協力がなければ維持することができず、多くの場合、彼らの安全保障と深くから み合っている。ときどき国防総省《ペンタゴン》や中央情報局（ＣＩＡ）から報告が上がってきて、アメリカの政策は、中東のパートナーを相手にする際に人権とガバナンスの問題にもっと注意を払うべきだと勧告された。しかし、アメリカ行きの貨物輸送機に爆破装置が積まれるのを阻止する重要な情報がサウジアラビアから入ったり、ホルムズ海峡でイランとの突発的な衝突が起こって、それに対処するのにバーレーンの海軍基地が欠かせなかったりするたびに、人権やガバナンスに関する勧告は引き出しの一番下に追いやられる。アメリカ政府内では、大衆蜂起によって同盟国のどこかが打ち倒されるのはやむをえないと昔から思われてきた。当然ながらそうした事態が起こる可能性は高い。ひどいハリケーンがメキシコ湾の海岸地域にやってきたり、大地震《ザ・ビッグ・ワン》がカリフォルニアを襲ったりするのと同じで、どうあがいてもそれを止めることはできない以上、最善の対処法は緊急対応策を用意し、余波をうまく乗り越える準備をしておくことだ。

私の政権はそんなふうには諦めてはいない、そう思いたかった。カイロでの演説の延長線上で私は、インタビューや公的発言の機会を利用して、改革を求める国民の声を聞くよう中東各国の政府に促した。アラブ諸国の指導者に会うとき、私のチームは人権問題をよく議題に挙げた。国務省もジャーナリストを保護したり、反体制派を解放させたり、市民参加の余地を広げたりするために舞台裏で力を尽くしていた。

それでも、アメリカがエジプトやサウジアラビアといった同盟国の人権侵害を公に批判することはめったになかった。イラクやアルカイダ、イランに対するアメリカの懸念と、当然ながらイスラエルの安全保障上の必要から、これら同盟諸国との関係断絶につながりかねないことをするのはリスクが高すぎると思われたからだ。こういう現実主義を受け入れるのも大統領の仕事の一部だと私は自分に言い聞かせた。ただ、ときにリヤドで女性の権利向上の活動家が逮捕されたという報告が届いたり、国際人権団体の現地職員がカイロで投獄され、みじめな日々を送っているという記事を読んだりすると、苦悩に苛《さいな》まれた。私の政権が中東を民主主義のオアシスに変えることなどできないのはわかっていたが、それでもそこに向かって進むのを後押しするために、もっとできること、すべきことがあると思っていた。

そんな気分のとき、私は時間を取ってサマンサ・パワーと昼食をともにした。

上院議員時代に私は、サマンサのピューリッツァー賞受賞作『*A Problem from Hell: America and the Age of Genocide*』(邦題『集団人間破壊の時代』ミネルヴァ書房)を読み、彼女と会っていた。緻密に論じられた心動かされる一冊で、著者は集団虐殺《ジェノサイド》へのアメリカの反応は不十分であり、大規模な残虐行為を防ぐには世界でさらに強力なリーダーシップを発揮する必要があると主張している。当時サマンサはハーバード大学で教えていて、私から連絡をして、次にワシントンDCに来たときに夕食でも取りながら意見交換しませんかと提案すると、喜んで応じてくれた。思っていたよりも若く30代半ばで、背が高く痩身。赤毛でそばかすがあり、睫毛《まつげ》が豊かで一見悲しそうな大きな目は、笑うと目尻にしわが寄る。サマンサは情熱的でもあった。アイルランド人の母親とともに9歳のときにアメリカに移住し、高校ではバスケットボールの選手だった。イェール大学卒業後はフリーランスのジャーナリストとしてボスニア紛争を取材した。虐殺と民族浄化を目の当たりにした現地での経験に触発され、世界の愚かさを少しでも是正する手段を手に入れたいと法律の学位を取る。食事をともにした夜、正すべきアメリカ外交政策の誤りをサマンサが余すところなく挙げるのを聞いたあと、私は彼女に象牙の塔を出てしばらくいっしょに仕事をしないかともちかけた。

その夜に食事をしながら始めた会話は、その後数年間、途切れ途切れに続いた。そしてサマンサは外交政策顧問として私の上院スタッフになり、当時ダルフールで起こっていたジェノサイドなどの問題について助言をくれるようになった。私の大統領選挙戦でも仕事をしてくれ、そこで将来の夫、私の友人でのちに情報・規制問題局（ＯＩＲＡ）の局長になるキャス・サンスティーンと出会い、私たちの外交政策専門家トップの一人になる（ただし、サマンサはオフレコだと思っていた記者との会話でヒラリーのことを「怪物」と呼んで、それが公になり、罰として私は彼女を選挙戦から外さなければならなかった）。選挙後、私はサマンサを国家安全保障会議（ＮＳＣ）の上級職に就け、彼女はそこですばらしい働きを見せた。世界中の国々で政府の透明性を高めて腐敗を減らす地球規模の大きな取り組みを設計するなど、主に裏方の仕事を担当した。

私にとってサマンサは、ホワイトハウスでのとりわけ親しい友人の１人だった。ベンと同じくサマンサも、若き日の私の理想主義を呼び起こしてくれる。私のなかの、ひねくれた考え、冷徹な計算、分別を装った用心深さといったものにいまだ毒されていない部分を呼び覚ましてくれるのだ。それはまた、サマンサがまさに私のそういう面を知っていて、どの琴線に触れればいいかを理解していたからだろう。だがそれゆえ、彼女はときに私をひどくいらだたせた。サマンサと顔を合わせることが少なくなっていたのも問題の一つだった。面会の予定を入れるたびにサマンサは、私がまだ正していない不正をすべて私に知らせなければ気がすまないようだった(「さて、最近私たちはどの理想に背いたかな?」と私は尋ねたものだ)。たとえばアルメニア人虐殺の追悼記念日には、私が20世紀初頭のトルコ人によるアルメニア人のジェノサイドにはっきりと言及しなかったために、サマンサは大いに機嫌を損ねた(ジェノサイドをはっきりと名指しする必要があるというのが、彼女の著書の核にある主張だった)。当時、そうした発言を控えるしかるべき理由が私にはあった。トルコはこの問題に非常に敏感であり、私はアメリカのイラク撤退の算段についてエルドアン大統領ときわどい交渉をしている最中だったのだ。それでもやはり、サマンサにそう言われると私は自分が卑劣な人間であるかのように感じた。サマンサの主張にいらだちを覚えることもあったが、ときには彼女の情熱と高潔さに触れることが私には必要だった。それによって自分の良心を確認することができたし、政権のほかの面々が十分に考えていない厄介な問題について具体的で創造的な対処法を提案してもらえることも多かったからだ。

2010年5月に昼食をともにしたときは、まさにその好例だった。その日サマンサは、中東について話すつもりでやってきた。なかでも、1981年にムバラクが大統領になってから続いてきた〝非常事態法〟をエジプト政府が2年間延長した件にアメリカが正式に抗議していないことについて話したがった。この延長によってエジプト国民の憲法上の権利が一時停止され、ムバラクの独裁的権力に法的根拠が与えられてしまったからだ。「エジプトについては戦略的な配慮があることはわかっています」とサマンサは言った。「でも、それがいい戦略なのかどうか、誰か立ち止まって考えてみたことはあるんでしょうか?」

私は、実は私自身考えてみたことがあると答えた。私はムバラクが好きなわけではないが、それでもすでに30年近くも続いている法律を批判する声明を一度出したところで、たいして役には立たないだろうと判断したのだ。「アメリカ政府は遠洋定期船《オーシャンライナー》だ」と私は言った。「スピードボートじゃない。中東へのアプローチを変えるのなら、長い時間をかけて戦略を築く必要がある。国防総省や情報部の了承も得なくてはならない。中東の同盟国に調整の時間を与えるために、うまく戦略を考える必要だってある」

「誰かがその作業をやっているんですか?」とサマンサは私に尋ねた。「その戦略を考えようとしている人はいるのか、ってことです」

どうやらサマンサの頭のなかで歯車が回転しているようだ。私はにっこり笑った。

その後まもなく、サマンサとNSCの3人の同僚――デニス・ロス、ゲイル・スミス、ジェレミー・ワインスタイン――から大統領調査令の案を受け取った。アメリカが独裁政権を無批判に支持していることによって、中東および北アフリカでのアメリカの国益が損なわれているとするものである。8月に私はこの大統領調査令を使って国務省、国防総省、CIA、その他政府機関に指示し、アメリカがこの地域で意味ある政治的・経済的改革を促して、それらの国が開かれた政府の原理に近づくよう後押しする方法を検討させることにした。そうすることで、暴動、暴力、混乱、急激な変化といった事態によってしばしば引き起こされる予想外の展開に、余裕をもって対応できるかもしれない。NSCのチームは隔週のミーティングを立ち上げ、政府内の中東専門家たちとともにアメリカの政策を方向転換する具体的なアイデアを練りはじめた。

チームが話をしたベテラン外交官や専門家の多くは、アメリカの政策を変更することに予想どおり懐疑的だった。アラブの同盟諸国のなかにはたしかに不快な国もあるかもしれないが、現状はアメリカの根本的な利益に資しているというのである。そして、アラブ諸国の政府がよりポピュリスト的な政府に代わったら、今と同じようにやっていける保証はないと論じた。しかし検討を重ねるなかでチームは、戦略転換の指針となる一連の首尾一貫した原則にたどり着く。その新計画のもとでは、政府機関の職員が改革の必要性について一貫性ある協調したメッセージを送ることになる。さまざまな国で政治と市民生活の自由化に向けた具体的な提案を考え、その採用を促すための新たなインセンティブを幅広く提供する。12月半ばには、この戦略をまとめた書類は私の承認を受けるべく準備がほぼ整っていた。これによって中東が一夜にして変わるわけではない。それでも私は、アメリカの外交政策機関を正しい方向へ向かわせようとしていることに希望を感じていた。

ただ、タイミングが少し悪かったのだ。

その月、北アフリカのチュニジアで、貧しい果物商が役所前の路上で自分の体に火をつけた。絶望からの抗議行動だ。1人の市民が、自分の困窮に無関心な腐敗した政府に猛烈な反応を示したのである。この26歳の男ムハンマド・ブアジジは活動家ではまったくなく、政治に特別関心があったわけでもない。経済が停滞するなか、抑圧的な独裁者ジン・アビディン・ベンアリの支配下で育った世代のチュニジア人である。市の警察官に繰り返し嫌がらせを受け、裁判官に苦情を訴える機会も与えられずに、とうとう嫌気がさしたのだ。目撃者によると、自分の体に火をつけたときブアジジは、誰にともなく周囲に向かってこう叫んだという。「どうやって生きていけばいいんだ?」

この果物商の怒りが引き金となって、チュニジア政府に対する全国規模のデモが始まった。このデモは数週間続き、2011年1月14日にベンアリとその家族はサウジアラビアに逃れる。そのあいだに、若者を中心とした同様の抗議運動がアルジェリア、イエメン、ヨルダン、オマーンでも始まった。〝アラブの春〟として知られるようになる動きの第一波である。

1月25日の一般教書演説の準備をしているとき、中東と北アフリカで急速に進展している事態についてどこまで言及すべきかチーム内で話し合った。民衆の抗議行動によってチュニジアで独裁的な現職大統領が権力の座から事実上追放されて、この地域の人々は活気づき、さらに大きな変化の可能性に希望を抱いているようだ。とはいえ状況はきわめて複雑であり、望ましい結果につながる保証はまったくない。最終的に私たちは、演説に簡単な一行を加えることにした。

「今晩、はっきりと表明しておきたい。アメリカ合衆国はチュニジア国民を支持し、民主主義を求めるすべての人々の声を支持します」

アメリカの視点から見て最も重要な展開はエジプトにあった。エジプトでは青年団体、活動家、左派の野党、有名作家やアーティストが連携して、ムバラク大統領政権に対する全国規模の集団抗議運動を呼びかけていた。私の一般教書演説と同じ日に、5万人近くのエジプト人がカイロ中心部のタハリール広場に流れ込み、非常事態法、警察の残虐行為、政治的自由への制約を終わらせるよう求めた。ほかにも数千人がエジプト各地で同様の抗議運動に参加した。警察は警棒、放水銃、ゴム弾、催涙ガスを使って群衆を追い散らそうとする。ムバラク政権は抗議運動を禁止する措置を取るとともに、フェイスブック、ユーチューブ、ツイッターをブロックして、抗議者たちが組織化して外の世界とつながるのを妨げた。タハリール広場は恒久的な野営地の様相を呈し、大統領に抵抗する大勢のエジプト人が「パン、自由、尊厳」を求めて声を上げた。

これはまさに私の大統領調査令が回避しようとしていた事態だった。突如としてアメリカ政府は、抑圧的ながらも頼りにできる同盟国と、変化を求める民衆とのあいだで板挟みになったのだ。その民衆は、私たちが支持を掲げてきた民主主義を求める気持ちを声にしている。おかしなことにムバラク自身は、周囲で起こっている反乱をさして気にとめていないようだった。その1週間前に電話で話し、イスラエルとパレスチナを再び交渉のテーブルにつかせる方法や、イスラム過激派によるアレクサンドリアのコプト教会の爆破を受けてエジプト政府が調和を呼びかけたことについて協議したときには、ムバラクは協力的で反応がよかった。しかし、チュニジアで始まった抗議運動がエジプトにも広がる可能性について話を振ると、ムバラクは「エジプトはチュニジアではない」と言ってそれを一蹴し、政府への抗議行動はすべてすぐに収まると私に請け合った。その声を聞きながら、私は初めて彼に会った大統領府の部屋にムバラクが座っている姿を想像した。まるで洞窟のような、華麗に飾り立てられた部屋。カーテンは閉じられ、背もたれの高い椅子にどっしりと腰かけるムバラクのそばで、数人の側近がメモを取ったり、指示を待って体を丸めながらようすをうかがったりしている。外の世界から隔離されたムバラクは、おそらく自分が見たいものだけを見て、自分が聞きたいことだけを聞くのだろう。そして目や耳に入ってくるものはどれもよい徴候とは思えなかったのだろう。

一方で、タハリール広場からのニュース映像には別の記憶を呼び起こされた。この最初の数日間の群衆には、若者と信仰とはあまり縁のない者が異様に多いように思われた。私がカイロで演説をしたときに聴衆として集まった学生や活動家たちとは雰囲気が違ったのだ。インタビューからは、彼らが思慮深く知識を備えていることが伝わってきて、彼らは非暴力を貫くことを強く主張し、民主的な多元主義、法の支配、仕事とよりよい生活水準を確保する現代的で革新的な経済を求めていた。抑圧的な社会秩序に異議を申し立てる理想主義と勇気において、この若者たちはベルリンの壁崩壊に一役買ったり、天安門広場で戦車の前に立ったりした若者たちと変わらない。それに、私が大統領になるのを手助けしてくれた若者たちとも大差はなかった。

「私が20代のエジプト人なら」と私はベンに言った。「おそらくみんなといっしょに広場にいるな」

もちろん、私は20代のエジプト人ではない。アメリカ大統領だ。そして、この若者たちにどれだけ説得力があったとしても、私は自分にこう言い聞かせなければならなかった。この若者たちは――同じく抗議運動の前線にいる大学教員、人権活動家、世俗的な野党の党員、労働組合員たちは、エジプト国民のごく一部を代表しているにすぎない。もしムバラクが退陣し、突如として権力の座に空白が生じたら、若者たちがそれを埋めることになるとは考えにくい。ムバラクの独裁支配がもたらした悲劇の一つは、エジプトを民主主義国へとうまく移行させるのに役立つはずの制度や慣例の成長を妨げてきたことにある。強力な政党、独立した司法とメディア、公平な選挙監視、幅広い支持層をもつ市民団体、有能な行政職員、マイノリティの権利の尊重といったものだ。エジプト社会全体に深く根を張り、経済の広い範囲で大きな利益を享受しているとされる軍を除けば、エジプト国内で最も強力でまとまりのある勢力はムスリム同胞団である。これはスンニ派のイスラム組織であり、エジプトおよびアラブ世界全体をイスラム法（シャリーア）に則って治めることを目標の中心に据えている。草の根による組織化と貧困者への慈善活動（ムバラクは正式にこれを禁止していた）によって、ムスリム同胞団は多くのメンバーを獲得していた。また、目標追求にあたっては暴力ではなく政治参加を受け入れており、公正で自由な選挙を行えば、同胞団が支持する候補が当選する可能性は高かった。それでもやはり、地域の多くの政府はムスリム同胞団を破壊的で危険な脅威とみなしていたし、その原理主義的な思想のために、民主的な多元主義の守護者としてはあてにならず、アメリカ＝エジプト関係にも問題を生じさせる恐れがあった。

タハリール広場ではデモ参加者の数が増えつづけ、抗議者と警察の暴力的な衝突も増加する。ムバラクはどうやら目を覚ましたようで、1月28日にエジプトのテレビに姿を現し、内閣を総辞職させると発表したが、より広範な改革を要求する声に応えようとするようすは見られなかった。この問題がすぐに解消することはないと考えた私は、国家安全保障チームに相談して有効な対応策を検討した。チームの意見は、世代によってほぼ完全に二つに分かれる。チームのなかでもジョー、ヒラリー、ロバート・ゲイツ、レオン・パネッタといった古参のメンバーは、長年ムバラクのことを知っていてともに仕事をしていたため、慎重な対応を勧めた。そして、イスラエルとの友好関係の維持やテロとの戦い、そのほかこの地域のさまざまな問題におけるアメリカとの連携において、ムバラク政権が果たしている役割を強調した。たしかにムバラクに改革を促す必要はあるが、彼がいなくなったらその後釜には誰が、あるいは何が座るかわからないとも警鐘を鳴らした。一方で、サマンサ、ベン、デニス、スーザン・ライス、さらにジョーの国家安全保障顧問トニー・ブリンケンは、ムバラクは完全かつ不可逆的にエジプト国民からの支持を失い、正統性を失ったと考えていた。そして、崩壊寸前の（それにどうやら抗議者への武力行使が加速している）腐敗した政府と連携を続けるよりも、変革の勢力に協力するほうがアメリカ政府にとって賢明で道徳的に正しい戦略だと論じた。

私は、若手顧問たちの希望もベテラン顧問たちの懸念も理解できた。そして、望ましい結果につながる可能性が最も高いのは、ムバラクを説得して一連の実質的な改革を受け入れさせることだと判断した。非常事態法の撤回、政治と報道の自由の回復、自由で公正な国政選挙の日程設定といった改革である。ヒラリーが「秩序ある移行」と呼ぶそのような改革を行えば、野党や候補者たちは支持者を集め、国を治めるための本格的な計画をつくる時間を確保できる。それにムバラクは高齢の政治家としてつつがなく引退することができ、アメリカは長年の同盟者をなんのためらいもなく見捨てるという彼《か》の地でのイメージを和らげることもできるかもしれない。

いうまでもなく、高齢で戦いのさなかにある独裁者に身を引くよう説得するには、たとえそれが本人のためになるとしても細心の配慮を必要とする。危機管理室《シチュエーションルーム》での話し合いののち、私は再度ムバラクに電話して、より思い切った一連の改革を進めてはどうかと提案した。ムバラクはたちまち闘志をむき出しにし、抗議者はムスリム同胞団のメンバーだと言って、事態はすぐに正常化すると重ねて主張してきた。しかし、さらに幅広く協議をするためにフランク・ウィズナーを特使としてカイロに送ることを私が求めると、それには同意してくれた。ウィズナーは1980年代にアメリカの駐エジプト大使を務めている。彼を使ってエジプト大統領に対面で直接アピールしようというのはヒラリーのアイデアであり、私もいい考えだと思った。ウィズナーは文字どおりアメリカ外交政策集団の申し子である。彼の父親はCIA創設期の象徴的リーダーで、ムバラクはウィズナーをよく知り信頼していた。ただその一方で、ウィズナーとムバラクの過去の付き合いと、アメリカ外交へのウィズナーの旧態依然としたアプローチを考えると、変化の見通しを判断する際に彼が保守的になる可能性があるとも私は思っていた。ウィズナーがエジプトに発つ前に、私は彼に電話をして「大胆に」行動するようはっきりと指示した。ムバラクを強く説得して、新しい選挙が行われたあとに退陣すると発表させてもらいたかったのだ。それだけ劇的で具体的な意思表示をすれば、エジプト政府への抗議者たちも変化は本当に訪れるのだと確信できるだろう。

ウィズナーの任務の結果を待つあいだに、メディアはこの危機への私の政権の反応に目を向けるようになった。具体的には、私たちがどちらの味方なのかということだ。その時点では、私たちは時間稼ぎのためにあたりさわりのない公式声明しか出していなかった。しかし、ワシントンの記者たちは、なぜ民主派勢力をはっきり支持しないのかとロバート・ギブズを問い詰めるようになる。記者の多くは明らかに、抗議者の若者たちの主張にはより説得力があると思っていた。他方で中東の指導者たちは、どうして私たちがもっと強くムバラクを支持しないのかと思っていた。ベンヤミン・ネタニヤフは、エジプトで秩序と安定を維持することが何より重要だと強く主張し、それが失われれば「2秒でそこにイランが姿を現す」と言ってきた。サウジアラビアのアブドラ国王は、ネタニヤフよりもさらに不安を覚えていた。地域での抗議運動の広がりは、長年、国内の反対勢力をことごとく抑えつけてきた王族にとっては存在を脅かされる危機である。アブドラ国王はまた、エジプトの抗議者たちは実は自分たちの意見を主張しているわけではないと考えていて、抗議運動の背後にいるという「四つの党派」を挙げた。ムスリム同胞団、ヒズボラ、アルカイダ、ハマスである。

だが、いずれの指導者の見解も精査に耐えるものではなかった。エジプト人（およびすべてのムスリム同胞団）の圧倒的多数を占めるスンニ派イスラム教徒が、シーア派のイランやヒズボラから影響を受けるとは考えにくく、どんな形であれアルカイダやハマスがデモの背後にいる証拠などまったく存在しなかったからだ。それでもなお、ヨルダンのアブドラ国王ら中東の比較的若い改革志向の指導者たちもまた、自分の国が抗議運動に巻き込まれるのを恐れていて、より微妙な言い回しではあるものの、ネタニヤフが言うところの「混乱状態」よりも「安定」をアメリカが選ぶようはっきりと求めた。

1月31日には、エジプト軍の戦車がカイロのいたるところに配置されていた。政府はカイロ全域でインターネット接続を遮断し、抗議者たちは翌日に全国規模のゼネストを計画していた。そんななか、ウィズナーからムバラクとの面会の報告が届く。ムバラクは次の大統領選には出馬しないと正式に表明する予定だが、非常事態法を停止したり平和的な政権移譲に同意したりするには至らなかったという。この報告によって、国家安全保障チーム内の分裂はさらに広がった。古参のメンバーは、ムバラクは十分な譲歩をしたのだから支持を続けることは正当化されると考え、一方、若手のスタッフは、この動きもまたムバラクがオマル・スレイマン国家情報庁長官を突然副大統領に任命したのと同じく時間稼ぎにすぎず、デモ参加者たちをなだめることはできないだろうと考えた。トーマス・ドニロンとデニスからの報告によると、スタッフ間の意見の対立が激しくなり、ジョーとヒラリーの慎重で無難な声明と、ギブズや政権のほかのメンバーによるムバラクへのより露骨な批判とのあいだに隔たりがあることに記者たちが気づきはじめているという。

次の手を考えるあいだにチームの足並みをそろえたいという意図もあり、私は、2月1日の午後遅く、危機管理室《シチュエーションルーム》で開かれていたNSC閣僚級委員会の会議に急きょ顔を出した。話し合いがほとんど始まらないうちに、補佐官から、ムバラクが全国放送でエジプト国民に向けて話をしているとの報告が入る。リアルタイムでそれを見ようと、部屋のテレビモニターの電源を入れた。黒のスーツを着て用意した原稿を読み上げるムバラクは、ウィズナーとの約束に従っているようであり、次の大統領選に出馬する意思はなく、自身が完全に掌握しているエジプト議会に対して、新しい選挙の予定を早めるよう話し合うことを求めるという。しかし、実際の権力移譲の条件はきわめて曖昧だ。テレビを見ているエジプト国民は誰もが、抗議運動が収束した瞬間にムバラクがいま口にしている約束を反故にしかねない、いや、実際反故にするはずだと考えるだろう。事実、ムバラクは演説のかなりの部分を割いて煽動者と不特定の政治勢力を非難し、彼らが抗議運動を乗っ取って国の安全と安定を脅かしていると指摘していた。そして、自らの責任を全うし、「権力を追求したことなど一度もない」人間として、混乱と暴力をもたらす者たちからエジプトを守るのだと主張した。演説が終わると誰かがモニターの電源を切り、私は椅子の背にもたれて両腕を上げ、伸びをした。

「これじゃあ事態は収拾しないな」と私は言った。

最後にもう一度ムバラクを説得して、真の政権移行に着手させたかった。そこで、大統領執務室《オーバルオフィス》に戻ってムバラクに電話をかけ、集まった顧問たちにも聞こえるようにスピーカーモードにした。私はまず、次の大統領選に出馬しないことにした彼の決断に敬意を示した。私がまだ大学生だったころに大統領に就任し、私の前任者4人よりも長く務めてきたムバラクにとって、私が言おうとしていることがどれだけ受け入れがたいことなのか、私にはただ想像することしかできない。

「権力移行に向けた歴史的な決断を下されたわけですから」と私は言った。「それをどう実行に移すかを話し合いたいのです。最大限の尊敬を込めて申し上げるのですが……こうすればあなたの目標を達成できると私が思うところについて、正直な考えをお伝えしたい」。そして単刀直入に結論から述べた。ムバラクが大統領の座に留まって移行プロセスが長引けば、抗議運動が続き、場合によっては手に負えない状況に陥りかねない。ムスリム同胞団に支配されない責任ある政府を選挙で成立させたいのであれば、今こそ大統領の座を退き、舞台裏で力を活かして、エジプト新政府を誕生させるのを手助けするときだと。

普段は互いに英語で話すのだが、このときのムバラクはアラビア語を選んだ。通訳なしでも興奮は声から伝わってくる。「あなたはエジプト国民の文化をわかっていない」。声を張り上げてムバラクは言った。「オバマ大統領、あなたのおっしゃるとおりに権力移行をしたら、エジプトにとってきわめて危険なことになる」

私は、たしかに彼ほどはエジプトの文化について知らず、彼のほうがはるかに長く政治に携わっていることを認めた。「それでも、過去にそうだったからといって未来も同じだとはいえない、そんな瞬間が歴史のなかにはあります。あなたは30年以上も国のために尽くしてこられたのですから、この歴史的な瞬間をとらえて大きな遺産を残していただきたいのです」

さらに数分間こうしたやりとりが続き、ムバラクは大統領の座に留まる必要があると主張して、抗議運動はやがて収束すると繰り返した。「私は国民のことをよく知っている」。電話の終わりのほうでムバラクは言った。「感情的な国民なんだ。しばらくしたらまた話しましょう、大統領。私が正しかったと伝えることになりますよ」

私は電話を切った。少しのあいだ部屋は沈黙に包まれ、みんなが私を見つめていた。私はムバラクに対して自分にできる最善の助言をした。彼が潔く退陣できる計画を提案した。後任の指導者はアメリカにとってムバラクより望ましくないパートナーになるかもしれず、場合によってはエジプト国民にとっても望ましくない者になるかもしれない。それもわかっていた。実のところ、ムバラクが真の権力移行計画を出してきたら、たとえそれによって現政権の既存のネットワークがほぼ温存されるとしても、私は受け入れただろう。タハリール広場の若者たちの不屈の粘り強さがなければ、私は自分が大統領でいるあいだ、ムバラクが何を体現しているかは脇に置いてでも彼と協力を続けただろう。私だってそれぐらいのリアリストではある。その後も中東と北アフリカの人々の生活を支配するその他の国、「堕落して腐った独裁体制」とベンが呼ぶ国と協力を続けることになるように。

しかしタハリール広場にはあの若者たちがいる。若者たちが今よりよい暮らしを心から求め、ほかの者たちもそこに加わった。母親、労働者、靴職人、タクシー運転手。数十万の人々がともあれ束の間は恐れなど顧みていないようだ。ムバラクがその恐れを取り戻させるまでデモをやめることはないだろう。恐れを取り戻させるのにムバラクが知る方法は、殴打と発砲、勾留と拷問しかない。私は大統領に就任してから、イラン政府が〈緑の運動〉の抗議者たちを手荒く弾圧するのに対して干渉できなかった。それに、中国やロシアが国内の反体制派を抑圧するのを止めることもできないかもしれない。しかしムバラク政権は、数十億ドルものアメリカの税金を受け取っている。アメリカは武器を提供し、情報を共有して、軍当局者の訓練を手助けしてきた。これだけの援助をし、同盟国と私たちが呼ぶ相手が、平和的なデモ参加者に残忍な暴力を振るっている。それを許すつもりは私にはなかった。そんなことをしたらアメリカの理念をあまりにも大きく傷つけると考えたからだ。私自身もきわめて大きな傷を負う。

「声明を出す準備をしよう」と私はチームの面々に言った。「すぐに退陣するよう、ムバラクに求めるんだ」

アラブ世界の多くの人の（そして、少なからぬアメリカ人記者の）考えとは異なり、アメリカは交渉相手となる国々を気まぐれに操れる巨大な黒幕などではない。アメリカの軍事的・経済的支援に依存する国でも、何よりまず考えるのは自分たちの生き残りであり、ムバラク政権もその例外ではなかった。エジプトは新政府への速やかな移行に着手すべきだと私が公式に意見表明したあとも、ムバラクは依然として抵抗を示し、抗議者への威嚇を続けられるだけ続けようとしていた。翌日、ムバラク派の支持者たちがタハリール広場に押しかけ、エジプト軍が傍観するなかデモ参加者たちを攻撃しはじめた。なかにはラクダや馬に乗って鞭《むち》や棍棒《こんぼう》を振りまわす者や、周辺の建物の屋上から火炎瓶や石を投げる者もいた。3名の抗議者が死亡し、600名が負傷して、数日間で50名を超えるジャーナリストや人権活動家が当局によって拘束された。暴力は翌日も続き、政府が組織した反対デモも行われた。ムバラク派勢力は外国人記者にまで暴力を振るうようになり、積極的に反対勢力をけしかけているとして記者たちを非難した。

この緊張の数日間、私の最大の課題は政権メンバーの足並みをそろえさせることだった。ホワイトハウスからのメッセージははっきりしていた。エジプトでの政権移行が〝今〟始まらなければならないという私の発言の意味を尋ねられたとき、ギブズは単純明快にこう答えた。「今というのは昨日のことです。本当はすでに行われていなければならないのです」。それに、ヨーロッパの同盟国にも私の声明と同様の共同声明を出させることができた。ところが、同じころ、国務長官のヒラリーがミュンヘンでの安全保障会議でインタビューに答え、そのなかで彼女は、エジプトで急速に政権移行が起こった場合の危険性をことさらに警告しているように思われた。また同じ会議でフランク・ウィズナーも、政権移行期にはムバラクが大統領の座に留まるべきだとの意見を述べた。ウィズナーは、自分はオバマ政権で正式な役職に就いていないので、あくまで私人として話していると主張していた。これを聞いて私はケイティ・ジョンソンにヒラリーを捕まえさせた。ヒラリーが電話に出ると、私は不満を隠さずに言った。

「ムバラクから離れることでどんな問題が起こるかについては、私もよくわかっている。だが私はすでに決断を下したんだ。今さらあれこれ言われても困る」。ヒラリーが答えるまもなく、私はさらに言った。「あとウィズナーに伝えてくれ。どの立場から話しているかなんて関係ない。黙っていてもらいたいと」

ムバラク抜きのエジプトに不安を覚える国家安全保障関係の機関とやりとりする際には、ときにいらだちを覚えた。しかし、おそらくエジプトでの結末に大きな影響を与えたのは、ホワイトハウスからの高尚な声明ではなく、結局のところこれらの機関、なかでも国防総省とインテリジェンス・コミュニティだった。毎日一度か二度、ゲイツ、マイケル・マレン、パネッタ、ジョン・ブレナンらがひそかにエジプトの軍と諜報機関の高官たちに連絡を取り、抗議者への弾圧を軍が是認すれば将来のアメリカ＝エジプト関係に深刻な影響が及ぶとはっきり伝えていたのである。この軍当局者間のやりとりの含意は明らかだ。アメリカとエジプトの協力関係とそれに伴う援助は、ムバラクが政権の座に留まることとは関係がない。したがってエジプトの将軍たちと諜報機関の高官たちは、自分たちの組織の利害を守るために慎重に考えて行動したほうがよい。そういう意味が言外に含まれていたのである。

こうしたメッセージ発信が功を奏したらしく、2月3日の夜にはムバラク派勢力を抗議者たちから引き離すためにエジプト軍の部隊が展開する。エジプト人ジャーナリストや人権活動家の逮捕もペースが落ちはじめた。軍の姿勢に背中を押されて、さらなるデモ参加者が平和的に広場に流れ込む。ムバラクは「外国からの圧力」に屈しないと言明し、さらに1週間踏ん張った。しかし2月11日、タハリール広場で最初の大規模な抗議が行われてからわずか2週間半後、疲れ果てた顔つきのスレイマン副大統領がエジプトのテレビに姿を現し、ムバラクがすでに退陣したことと、軍の最高評議会が主導する暫定政府が新選挙に向けた準備を始めることを発表した。

ホワイトハウスの私たちは、タハリール広場で喜びに沸く群衆の映像をCNNで観た。スタッフの多くも大喜びだ。サマンサはこの政権の一員であることを誇りに思うとメッセージを送ってきた。報道陣に記者声明を発表するために廊下を歩いているあいだ、ベンはずっと笑顔だった。「すごいことですよ」とベンは言う。「こんな歴史の一場面に関われるなんて」。ケイティは電送されてきた写真を印刷して私の机に置いていた。タハリール広場にいる抗議者の若者の一団が、〝YES WE CAN〟と書かれたプラカードを掲げている一枚である。

私はほっとした。そして、用心しながらも未来に希望を抱いた。それでも、ときおりふとムバラクのことを考える。たった数か月前にオールドファミリー・ダイニングルームに客として迎えたばかりだった。高齢のムバラクは国外に逃れるのではなく、どうやらシャルム・エル・シェイクの私邸で暮らすことにしたらしい。私はそこにいる彼の姿を思い浮かべた。贅沢な調度品に囲まれて椅子に腰かけ、ほのかな明かりに照らされ影がさした顔で、ひとり物思いにふける姿。

お祝いと楽観の空気に満ちてはいたものの、エジプトの政権移行はアラブ世界の指導者たちにとっては苦闘の始まりにすぎない。そのことは理解していたが、この苦闘がどのような結果につながるのかまではまったくわからなかった。ムバラクが退陣した直後に、アブダビの皇太子でアラブ首長国連邦の事実上の支配者、ムハンマド・ビン・ザイドと話したときのことを思い出した。若くて教養があり、サウジアラビアと親密な関係にあって、おそらく湾岸諸国で最も抜け目のない指導者であるMBZ（私たちは彼のことをそう呼んでいた）は、ムバラク退陣の知らせが彼の地でどのように受け止められたかを率直に語った。

MBZによると、湾岸諸国は警戒心を強めながら、エジプトについてのアメリカの声明を注視していた。バーレーンの抗議者がハマド・ビン・イーサ・アール・ハリーファ国王の退位を求めたら、はたしてどうなるのか？　アメリカはエジプトのときと同じような声明を出すのか？

私は、ムスリム同胞団か、あるいは政府と国民の暴力含みの衝突か、そのどちらかを選ばなければならないような状況を避けるためにあなたたちと協力していきたい、とMBZに語った。

「公式声明は、ご承知のとおりムバラクには影響を与えていません。けれども、この地域には影響を与えているのです」とMBZは言った。エジプトが崩壊してムスリム同胞団の手に落ちたら、ほかにも8人のアラブの指導者が失脚する。だからこそ、私の声明に対しては批判的なのだという。

「アメリカは長期的に信頼できるパートナーではないことが、そこからわかります」と彼は言った。
声は穏やかで冷静だった。ＭＢＺは助けを求めているのではなく警告しているのだと私は気づいた。ムバラクに何があったとしても、旧体制は戦うことなく権力を譲り渡す気はないということだ。

ムバラクの辞任後、多くの人が変革は可能だと考えるようになり、ほかの国の反政府デモはその範囲を広げ、激しさを増すばかりだった。いくつかの国の政府は、抗議者たちの要求を受けて少なくとも表面的な改革を行い、大規模な流血や動乱を回避した。アルジェリアは19年間続いていた非常事態法を解除し、モロッコの国王は憲法を改正して、選挙で選ばれた議会の力をわずかながら拡大した。しかし多くのアラブの支配者にとってエジプトの最大の教訓は、どれだけ暴力を必要としようとも、国際社会から批判されようとも、抗議者たちを徹底的に容赦なく鎮圧する必要があるということだった。

とりわけひどい暴力が見られた二つの国が、シリアとバーレーンである。いずれも宗派間の分裂が激しく、特権をもつ少数派が、恨みを抱く圧倒的多数派を支配している国だ。シリアでは、２０１１年３月に街の壁に反政府の落書きをした15人の男子生徒が逮捕され拷問を受けたことで、シーア派であるアラウィー派に対する大規模な抗議運動が始まった。アラウィー派は、スンニ派が大部分を占める国内の共同体の多くで、バッシャール・アル・アサド大統領体制のもと要職を独占していた。催涙ガス、放水銃、殴打、一斉逮捕ではデモを鎮圧できなかったため、アサドの治安部隊が複数の都市で本格的な軍事行動を開始し、実弾を発射して戦車を動員し戸別捜索を行った。一方で、ＭＢＺが予測していたとおり、小さな島国バーレーンでは首都マナーマでハマド国王の政府に対する大規模デモが発生した。デモ参加者のほとんどがシーア派である。政府は武力でそれに応じ、数十人の抗議者が死亡して数百人が負傷した。警察官の残虐行為に対する怒りによってデモはさらに膨れあがり、窮地に立たされたハマドはさらなる手段を講じて異例の行動に出る。自国民を鎮圧する手助けを得ようと、サウジアラビア軍とアラブ首長国連邦軍の機甲部隊に出動を求めたのだ。

チームの面々と私は、シリアとバーレーンの国内で起こっているこうした出来事にアメリカがいかに影響力を行使できるか、多くの時間をかけて検討した。選択肢は苦しいまでに限られている。シリアはアメリカの長年の敵国であり、これまでずっとロシアやイランと手を組んでいて、ヒズボラも支援してきた。エジプトのときとは違って、経済面、軍事面、外交面でアメリカには影響力がないため、アサド政権を非難する私たちの公式声明には実質的な効果がない。国連安全保障理事会を通じて国際制裁を科そうとしても、アサドはロシアの拒否権をあてにできる。バーレーンについては、シリアとは反対の問題があった。長年の同盟国バーレーンには、アメリカ海軍第五艦隊の基地があるのだ。この関係のおかげで私たちはハマドと大臣たちに内々に圧力をかけ、抗議者の要求に一部応えさせて、警察の暴力を抑えさせることができた。それでもやはりバーレーンの支配層は、抗議者たちはイランの影響下にある敵であり、制圧しなければならない相手であると考えていた。バーレーン政府は、サウジアラビアおよびアラブ首長国連邦と協力していずれ私たちに選択を迫るはずだ。そうなると、この三つの湾岸諸国と関係を断つことで中東での戦略的地位を失うという危険を冒すことはできない。誰もがそれをわかっていた。

２０１１年の時点では、シリアへのアメリカの影響力が限られているのは誰の目にも明らかだった。影響力を獲得するのはもっとあとの話だ。しかし、バーレーンでの暴力を非難する声明を何度も出し、バーレーン政府とシーア派反対勢力の比較的穏健な指導者たちとの対話を仲介しようと努めたにもかかわらず、私たちがハマドと決別できなかったことは厳しく批判された。ムバラクに毅然と対処したあとだったのでなおさらだ。私には、この明らかな矛盾をきれいに説明することはできない。私にいえるのはただ、世界は複雑で厄介な場所だということだけだ。外交政策を進めるうえでは、競合する利害のあいだで絶えずバランスを取る必要がある。その利害は、以前の政権やそのときどきの偶然性によってつくられたものだ。また、アメリカの至上価値と私が考える人権問題の推進を、ほかの懸案事項より優先させることができないからといって、やめる理由にはならない。できることをできるときにやるだけだ。ただ、どこかの政府が数百人単位ではなく数千人単位で国民を虐殺しはじめたとして、アメリカにそれを止める力があるとしたらどうだろうか。そのときはどうすべきか？

42年間にわたってムアンマル・アル・カダフィは、ほかの独裁者の基準で見ても狂気の域に達する残忍さでリビアを治めていた。派手な挙動、一貫性のない大言壮語、風変わりな行動（2009年のニューヨークでの国連総会に先立って、カダフィは自分と側近たちのためにセントラルパークの真ん中に遊牧民《ベドウイン》の巨大テントを立てる許可を得ようとした）を見せるカダフィは、それでも国内の反対派を抑えつけるのに容赦なく豪腕を振るい、秘密警察、治安部隊、国から資金を受けた市民軍を使って抵抗者を投獄、拷問、殺害してきた。1980年代にはずっとカダフィの政府は世界有数のテロ支援国家であり、189名のアメリカ人を含む二〇か国の人々が死亡した1988年のパンナム機103便爆破事件など、恐ろしい攻撃を後押ししていた。その後、国際テロの支援を取りやめ、途上にあった核開発計画を中止して体面を取り繕ってはいたものの（それによってアメリカを含む欧米諸国はリビアとの国交を回復していた）、リビア国内は何も変わっていなかった。

エジプトでムバラクが退陣してから1週間も経たないうちに、人権派弁護士の逮捕に抗議すべく集まった大勢の市民にカダフィの治安部隊が発砲した。数日のうちに抗議運動は広がり、100人を超える死者が出る。1週間後には国の大部分の人々が公然と反旗を翻し、反カダフィ派勢力がリビア第二の都市ベンガジを掌握した。リビアの外交官や国連大使ら元体制派が亡命しはじめ、リビア国民を助けてほしいと国際社会に訴える。カダフィはアルカイダの隠れみのだとして抗議者を非難し、「すべてを焼き尽くす」と宣言して恐ろしい作戦を開始した。3月初めには、死者は1000人に達した。

殺戮《さつりく》がエスカレートするのに慄然とした私たちは、すぐにカダフィを止めるべく、軍事力の行使を除くあらゆる手段を講じた。私は、カダフィは施政者としての正統性を失ったと論じ、権力の座を手放すよう呼びかけた。また私たちは経済制裁を科し、カダフィとその家族の数十億ドルの資産を凍結して、国連安全保障理事会で武器禁輸を採択した。さらに、リビアの件を国際司法裁判所に持ち込んだ。国際司法裁判所は、カダフィたちを人道に対する罪で裁くことができる機関である。それでもカダフィの動きは止まらない。アナリストの予測では、カダフィがベンガジに達すれば数万人の死者が出る可能性があった。

そのころ、アメリカが軍事行動を起こしてカダフィを止めるよう求める声が高まった。まず人権団体や一部のコラムニストから声が上がり、議員や多くのメディアがあとに続いた。さまざまな点において、これは道徳的な進歩のきざしだと私は思った。アメリカ史においてはそれまで、ほとんどの場合、他国政府がその国の国民を殺害しているからといって、アメリカの戦闘部隊が軍事介入するという考えは成り立たなかった。国によるそのような暴力は日常茶飯事だったからだ。それにアメリカの政策立案者たちは、無実のカンボジア人、アルゼンチン人、ウガンダ人の死がアメリカの利害と関係があるとは思っておらず、加害国の多くは共産主義との戦いにおけるアメリカの同盟国だった（たとえば１９６５年には、ＣＩＡが支援したとされる軍事クーデターによってインドネシアで共産主義政権が転覆させられ、その後、50万人から１００万人が殺害されている。母と私がインドネシアに渡る2年前の話だ）。しかし１９９０年代に入ると、そうした犯罪が世界で以前より迅速に報じられるようになり、冷戦終結によって世界唯一の超大国になったこともあいまって、アメリカはそれまでの消極的態度を見直し、ボスニア紛争ではアメリカ主導でＮＡＴＯの軍事介入を成功させた。実のところ、アメリカは外交政策において残虐行為の防止を重視する義務があるというのがサマンサの著書の主張であり、私が彼女をホワイトハウスに呼び入れたのも一つにはそれが理由だった。

だが、無実の人々を圧制者から守りたいという気持ちを私自身強く共有してはいたものの、リビアに対する軍事行動を命じることについては、それがいかなるものであれ、私はきわめて慎重だった。ノーベル平和賞の受賞演説で、世界が政府から市民を「保護する責任」にはっきり触れたほうがいいというサマンサの勧めを拒んだのと同じ理由だ。介入する義務はどこで終わるのか？ 介入の基準は？ アメリカが軍事行動を起こすには、何人が殺されて、さらに何人が危険にさらされていなければならないのか？ リビアには介入するのに、たとえばコンゴに介入しないのはなぜか？ コンゴでは内戦が続き、数百万の市民が死亡している。アメリカ側に死者が出る可能性のないときだけ介入すべきなのだろうか？ １９９３年、アメリカの平和維持活動を支援するためにソマリアに特殊作戦部隊を送り、軍閥組織のメンバーをとらえようとしたとき、ビル・クリントンはリスクは低いと判断した。しかし〈ブラックホーク・ダウン〉として知られるこの戦闘では、18名の兵士が死亡し、さらに73名が負傷している。

実のところ戦争が整然と進行することはなく、常に意図せぬ結果が生じる。これは、一見たいした力がないように思われる国に対して正しい理由で始めた戦争でも同じだ。リビアの件では、アメリカによる軍事介入を主張する者たちはこの点を曖昧にし、飛行禁止空域を設けてカダフィの戦闘機を地上に釘づけにすることで爆撃を防ぐという考えにこだわっていた。そうすることで手を汚すことなく、危険を冒さずにリビア国民を救うことができるというのだ（当時、ホワイトハウス担当記者からの典型的な質問は、「アメリカがこの一歩を踏み出すまでに、さらにどれだけの人が死ななければならないのですか？」というものだった）。そうした論者たちが考慮に入れていなかったことがある。リビア領空で飛行禁止空域を設けるには、まずトリポリにミサイルを発射してリビアの防空手段を破壊しなければならないのだ。これは、アメリカに脅威を与えているわけでもない国に対する明らかな戦争行為である。さらにいうなら、飛行禁止空域を設けたところで効果があるかどうかもわからなかった。カダフィは空爆ではなく地上部隊を用いて反対勢力の拠点を攻撃していたからだ。

それにアメリカは、イラクとアフガニスタンでの戦争にまだかかりきりだった。太平洋地域の米軍には、日本を手助けして、福島を襲った津波による原発事故に対処するよう指示したばかりだ。チェルノブイリ以来最悪の原発事故であり、私たちは放射性降下物がアメリカ西海岸に達するかもしれないと深く懸念していた。それに加えて私は、かろうじてもちこたえているアメリカ経済の立て直しに取り組んでいる最中であり、私の政権が最初の2年間で成し遂げたことをすべて覆すと誓う共和党支配の議会への対処も強いられていた。そんななか、アメリカにとって戦略的重要性のない遠方の国に新たに戦争を仕掛けるのが賢明だとはとても思えなかった。そう考えていたのは私だけではない。1月に首席補佐官に就任していたウィリアム・デイリーは、そもそもそんな考えを抱く者がいるというだけで戸惑いを覚えているようだった。

「ひょっとしたら、私がよくわかっていないだけかもしれませんけれども、大統領」。ある日、夕方の打ち合わせのときにデイリーが言った。「中間選挙で完敗したのは、中東に十分対処していないと有権者に思われたからではないと思います。通りに出て10人に尋ねたら、9人はリビアがどこにあるかすら知らないでしょう」

しかし、凄惨な傷を負った者たちで病院がいっぱいになり、若者が路上で無造作に殺害されているとの報告がリビアから続々と届くうちに、軍事介入を支持する声が世界中で高まっていく。多くの者にとって意外だったのが、アラブ連盟がカダフィに対する国際社会の介入を支持する決議をしたことだ。ここからは、リビアでの暴力が過激化していたことに加えて、突飛な行動と他国への干渉のためにカダフィが同じアラブ諸国の指導者たちから孤立していたことがうかがえる（シリアやバーレーンがなんの支障もなく加盟国として留まっていたことを考えると、この決議は、アラブ諸国が自分たちの人権侵害から注意を逸らさせるのに都合のいい手段でもあったのかもしれない）。一方、最後までチュニジアのベンアリ政権を支持してフランス国内で厳しい批判を受けていたニコラ・サルコジ大統領が、突如としてリビア国民の救済に力を注ぐことにした。サルコジは、イギリス首相デイヴィッド・キャメロンとともに、フランスとイギリスを代表してただちに国連安全保障理事会に決議案を提出するつもりだと発表する。多国籍軍によるリビア上空での飛行禁止空域実施を承認する決議案である。私たちもこの決議案への立場を決めなければならなくなった。

3月15日、この懸案の安保理決議案について話し合うために、国家安全保障チームの会議を招集した。まずカダフィの動きについてブリーフィングがあった。重火器を装備したリビア政府軍がベンガジ郊外の町を占領しつつあり、60万の住民がいるベンガジへの水、食料、電気の供給が断たれる恐れがあるという。部隊が結集するなか、カダフィは「国から卑劣漢とクズを一掃するまで家を一軒一軒、家庭を一つ一つ、小道を一本一本、人を一人一人」あたると誓っていた。私はマイケル・マレンに、飛行禁止空域を設ければどのような効果があるのか尋ねた。実質的には効果はありません、とマレンは言い、カダフィはほぼ地上部隊しか使っていないためベンガジへの攻撃を食い止めるには空爆によって地上部隊を直接標的にするしかないと話した。

「つまり」と私は言った。「何かやっているように見せかけながらも実際にベンガジを救うことはない、そういう飛行禁止空域に一枚噛むよう求められているわけだ」

それから私はみんなの意見を聞いた。ゲイツとマレンは、アメリカが軍事行動を取ることに全面的に強く反対し、イラクとアフガニスタンでの任務によって軍にはすでに大きな負担がかかっていると強調した。2人は、サルコジとキャメロンの語り口とは裏腹にリビアでの作戦に伴う負担は結局、米軍がほぼ背負い込むことになると考えていて、私もその見方に賛成だった。ジョーは他国の戦争にさらに巻き込まれるのはばかげているという意見で、ウィリアムはそもそもこんな話し合いをしていること自体にあきれていた。

しかし、部屋の一人一人に話を聞くうちに、介入に賛成する声も出てきた。G8の会合のためにパリにいたヒラリーは現地から会議に参加し、そこで会ったリビアの反対勢力の指導者に感銘を受けたという。ヒラリーはエジプトに対しては現実政治《レアルポリティーク》の立場を取っていたが、それにもかかわらず、あるいはおそらくそれゆえに、今は国際的な作戦に加わることに賛成していた。ニューヨークの国連アメリカ代表部事務所から会議に参加したスーザン・ライス国連大使は、この状況は1994年のルワンダでのジェノサイドに国際社会が介入できなかったときのことを彷彿《ほうふつ》とさせると話した。当時ライスはビル・クリントンの国家安全保障会議の一員で、行動できなかったことをその後もずっと思い悩んでいた。そして、もしそれほど大がかりでない行動によって人命を救えるのならそうすべきだと論じた。ただし、飛行禁止空域についての決議案に賛成するよりも、カダフィ軍からリビア国民を守るために必要な手段をすべて講じられるように、さらに広い権限を与えるアメリカ独自の決議案を出すほうがいいという。

若手スタッフのなかには、リビアに対して軍事行動を起こせば予期せぬ結果を招き、リビアもイランのように、この先のアメリカからの攻撃を防ぐには核兵器が必要だと考えるようになるかもしれないと懸念を示す者もいた。しかしエジプトのときと同様に、ベンとトニー・ブリンケンは、私たちには中東で民主化を求めて抗議している勢力を支援する責任があると考えていた。アラブ諸国や特に関係の深い同盟諸国がアメリカと行動をともにしようとしているのなら、なおさらだという。サマンサは、行動を起こさなかった場合に予想されるベンガジでの死者数を説明する際もめずらしく冷静だった。しかし私は、彼女が毎日、助けを求めるリビア人と直接連絡を取っていることを知っていたので、彼女の立場はほとんど尋ねるまでもなかった。

私は腕時計を見た。居住棟《レジデンス》の〈ブルールーム〉で、米軍戦闘部隊司令官とその配偶者を招待する年に一度の夕食会を主催する予定になっていて、その時間が迫っていたからだ。「よし」と私は言った。「まだ決断を下す気にはなれない。ただ、今聞いた話をもとに、〝しない〟ことを一つ決めた。私たちの目的を達成できない中途半端な飛行禁止空域の実施には加わらない」

私は、2時間後に会議を再招集するので、そのときには有効な介入のあり方について、費用、人材、リスクの分析も含めてきちんとした選択肢を聞きたい、とチームに告げた。「これを正しい形で実行する」と私は言った。「それができないのなら、自己満足のためだけにベンガジを救うふりをするのはやめにする」

ブルールームに入ると、ミシェルと招待客はすでに集まっていた。一人一人の司令官とその配偶者とともに写真に収まり、子どもについて雑談したり、ゴルフについて冗談を交わしたりする。食事のときには、海兵隊員の青年とその妻の隣に座った。その青年はアフガニスタンで爆弾処理の技術者として働いているときに即席爆発装置（ＩＥＤ）を踏み、両脚を失っていた。義足にはまだ慣れませんと言いながらも元気そうで、制服に身を包んだ姿は立派だった。彼の妻の顔には、誇り、決意、抑えた怒りが入り混じった表情が浮かんでいる。過去2年間、軍関係者の家族に何度も会ううちに私にはなじみになっている表情だ。

夕食会のあいだずっと、私の頭はせわしなく計算を続け、バディやフォンら執事たちがデザートの皿を下げるやいなや下さなければならない決断のことを考えていた。リビアでの軍事行動に反対するマレンとゲイツの主張には説得力がある。私はすでに、隣に座っている海兵隊員のような若者を何千人も戦場に送っている。周囲がどう考えていようが、新しい戦争によってほかの者たちが彼と同じような負傷をしたり、さらにひどい目に遭ったりしないという保証はない。サルコジとキャメロンがこの問題で私に意見を押しつけてくるのにもいらだちを覚えていた。2人は、一つにはそれぞれの国内の政治問題を解消するためにそうしてくるのだ。それに私は、アラブ連盟の偽善も軽蔑していた。ウィリアムが言っていたことが正しいのもわかっている。ワシントン以外では、アメリカに期待されている介入を支持する声はあまりなく、リビアでアメリカの軍事作戦がうまくいかなくなれば、その瞬間に私が抱えている政治上の問題はさらに悪化するだけだ。

一方で、ヨーロッパの案では埒《らち》が明かず、私たちが主導権を握らなければならないこともわかっていた。カダフィの部隊はベンガジを包囲するだろう。よくても紛争は長引くだろうし、場合によっては本格的な内戦に陥るかもしれない。最悪の場合、数万人あるいはそれ以上の人たちが飢え、拷問を受け、頭を撃ち抜かれることになる。少なくとも今の時点では、それを食い止められるのは世界中でおそらく私だけだ。

夕食会が終わった。1時間後に帰宅するとミシェルに告げて、私はシチュエーションルームに戻った。そこでチームは選択肢を検討し、さらなる指示を待っていた。

「うまくいくかもしれない計画がある」と私は言った。

第26章

私たちはその晩、危機管理室《シチュエーションルーム》でさらに2時間をかけて話し合い、夕食のあいだに私が思い描いていた計画について一つ一つ検討していった。リビアでの虐殺を阻止する努力をする一方で、すでに過大な負担をかけている米軍のリスクや負担を最小限に抑えなければならない。私はもはや、リビアの最高指導者ムアンマル・アル・カダフィに対して断固たる立場を取り、リビア国民に新政府を樹立するチャンスを与えるつもりだった。だが、それを迅速に実行するには、同盟国の支援を得ること、そしてアメリカの作戦の範囲を明らかにしておくことが必要になる。

私はチームのメンバーに、アメリカ国連大使スーザン・ライスの提案どおりにことを進めたいと述べた。まずは、イギリスとフランスに、リビアに飛行禁止区域を設けるだけの提案を撤回させ、国連安保理に修正決議案を提示し、リビア国民を保護するためカダフィ政府軍の攻撃を阻止するのに必要な権限を求める。その一方で国防総省《ペンタゴン》では、同盟国間での役割分担を明確にした軍事作戦を策定する。作戦の第一段階では米軍が、ベンガジに向かって前進してくるカダフィ政府軍を食い止めながら、その防空システムを破壊する。これは、米軍の優れた戦闘能力を考えれば、アメリカにこのうえなく適した役割である。そして、その後の作戦の大半は、ヨーロッパ諸国や協力してくれるアラブ諸国に任せる。ヨーロッパ諸国の戦闘機は主に、一般市民に向かって前進してくるカダフィ政府軍を阻止するため、ターゲットを絞った空爆を実施し（つまり、飛行禁止区域と車両運転禁止区域を設ける）、アラブ諸国は主に、その後方支援を行う。また、北アフリカはアメリカよりヨーロッパとの関係が深いため、カダフィ政権崩壊後のリビアの再建や民主主義への移行に必要な財政支援については、その大半をヨーロッパ諸国に要請する。

私はこの計画について、ロバート・ゲイツ国防長官やマイケル（マイク）・マレン統合参謀本部議長に意見を求めた。2人は、米軍はほかに二つの戦争を抱えているため、実質的には人道的任務とはいえ、この内戦への介入にいまだ難色を示していたが、計画が実行可能であること、米軍のコストやリスクを抑えられること、数日中にはカダフィの勢いを止められるだろうことを認めた。

スーザンを中心とするチームは、サマンサ・パワー上級顧問と協力して徹夜で作業を行うと、翌日には国連安保理の理事国に修正決議案を配布した。決議案の採決を前にして一番気がかりだったのは、ロシアが拒否権を行使するかどうかという点にあった。そこでスーザンは、国連の議場でカウンターパートへの説得を試みた。過去2年にわたりロシア大統領ドミトリー・メドヴェージェフに対して重ねてきた努力がここで役に立つことを願い、ロシア側にこう訴えた。これには、大規模な残虐行為を防ぐという人道的要請を超える意味がある。リビアの内戦が長引けば、この国がテロの温床になりかねない。そうなる事態を避けることができれば、ロシアとアメリカ双方の利益になる、と。メドヴェージェフは当然、体制の変革を促すことになりそうな欧米主導の軍事作戦にかなりのためらいを感じてはいたものの、それに反対してまでカダフィを助けたいとも思わなかった。3月17日、国連安保理は結局、賛成10、反対0、棄権5（ロシアもここに含まれる）で、アメリカの決議案を採択した。この結果を受け、私がヨーロッパの中心的な指導者であるフランス大統領ニコラ・サルコジとイギリス首相デイヴィッド・キャメロンの2人に電話を入れると、彼らはともに、両国が危ない橋を渡らずにすんだことに対して、安堵の気持ちを隠そうともしなかった。それから数日もしないうちに、作戦の詳細が確定した。ヨーロッパ諸国は、各国軍がNATOの指揮に従うことに同意した。また、アラブ諸国からも、ヨルダン、カタール、アラブ首長国連邦の参加が決まり、リビアでの作戦行動もまた西欧列強による対イスラム戦争なのではないかとの非難を受ける恐れもなくなった。

国防総省が作戦の準備を終え、私の空爆開始命令を待っているあいだ、私は公の場でカダフィに最後のチャンスを与えようと、政府軍を撤退させ、平和的な抗議行動に参加するリビア国民の権利を尊重するよう要請した。全世界が反発すれば、さすがのカダフィも命惜しさに、自分に好意的な第三国へ安全に出国できるよう交渉を求めてくるのではないかと期待したのだ。第三国へ逃げれば、数十年にわたりスイスのさまざまな銀行口座に貯め込んできた数百万ドルものオイルマネーで余生を過ごせるだろう。ただしそのためには、これまでカダフィが現実世界に抱いてきた愛着を断ち切らざるをえない。

実のところ、私はその晩ブラジルに向けて出発することになっていた。ラテンアメリカにおけるアメリカのイメージ向上を目的に、四日間で三か国を訪問する予定が入っていたからだ（イラク戦争も、ジョージ・W・ブッシュ政権の薬物阻止運動もキューバ政策も、ラテンアメリカでは受けがよくなかった）。だが、この外遊には別の楽しみもあった。家族で旅行ができるようにと、マリアとサーシャの春休みに合わせて日程を調整してもらっていたのだ。

しかし、いつ起こるかわからない軍事紛争までは考慮できない。ブラジルの首都ブラジリアにエアフォースワンが到着すると、国家安全保障問題を担当するトーマス・ドニロン大統領補佐官から連絡があった。カダフィ政府軍が撤退する兆候はなく、むしろベンガジ周辺への攻撃を始めているという。

「今日中に命令を出すことになりそうです」

どんな状況であれ、外国訪問中に軍事行動を起こすことには問題がある。そのうえブラジルは、国際紛争で一方を支持することを避ける傾向があり、リビア内戦への介入に関する国連安保理の採決でも棄権しているだけに、問題が大きくなることはあっても小さくなることはない。しかもこれは、私が大統領になって初めての南米訪問であり、ブラジルの新たな大統領に就任したジルマ・ルセフと会談する初めての機会でもある。エコノミストとしてカリスマ的な人気を誇るルセフ大統領は、前大統領ルイス・イナシオ・ルラ・ダ・シルヴァの首席補佐官を務めていた人物であり、アメリカとの貿易関係の改善に多大な関心を抱いていた。私たちが大統領官邸に到着すると、閣僚とともにアメリカ代表団を温かく出迎えてくれた。鳥の翼のような控え壁やガラス張りの高い壁面が印象的な、広々としたモダニズム建築の官邸である。それからの数時間、私たちはエネルギーや貿易、気候変動の問題に関し両国間の協力関係を深めていく方法について話し合った。しかし、リビアへの攻撃がいつどのように始まるのかという憶測が世界中を飛び交っている状況にあって、その場に漂う緊迫感を無視することなどとうていできなかった。私はルセフ大統領に、このような状況がぎこちない雰囲気を生み出していることを謝罪した。大統領は肩をすくめ、動揺と懸念が入り混じった黒い瞳をこちらに向けつつ、ポルトガル語でこう述べた。

「こちらはなんとでもなりますから、どうか気になさらないでください」

ルセフ大統領との会談が終わると、トーマスとウィリアム・デイリー首席補佐官が私を急いで近くの控え室へ連れていき、状況を説明した。カダフィ政府軍はいまだに前進を続けており、今が命令を出す絶好の機会だという。正式に軍事作戦をスタートさせるには、私からマイケル・マレンに直接連絡する必要がある。ところが、私が地球上のどこにいても最高司令官としての職務を果たせるよう構築されているはずのシステムが機能しない。それは、盗聴される恐れのない最新のモバイル通信システムのはずだった。

「すみません、大統領……接続がうまくいかないようで」

通信担当の技術者たちが大急ぎでやって来て、コードの緩みやポータルの不備を確認しているあいだ、私は椅子に座り、サイドテーブルのボウルに入っていたアーモンドをつまんだ。いつも自分の周りには優秀なスタッフがいるので、大統領の職務遂行に関わる機器や設備については以前からなんの心配もしていなかった。それでも周囲を見ると、その部屋にいる誰もが額に玉のような汗を浮かべている。首席補佐官となって初めての外遊となるウィリアムは、多大なプレッシャーを感じているらしく、顔を真っ赤にして激昂《げきこう》していた。

「信じられない話だ！」という声が、次第に高くなっていく。

私は時計を見た。すでに10分が過ぎ、ブラジル市民との次の対面の時間が迫っている。ウィリアムとトーマスに目を移すと、2人とも誰かを絞め殺しかねない表情をしている。

私はウィリアムに声をかけた。「君の携帯電話を使わせてもらえないか？」

「え？」

「長い会話にはならないよ。使えない理由があるかどうか確認してくれ」

チームのメンバーはしばらく、私が盗聴の恐れのある回線を使っても問題ないかどうかを話し合っていたが、やがてウィリアムが自分の携帯電話に番号を入力し、それを差し出してきた。私は通話口に向けて言った。

「マイク？　聞こえるか？」

「聞こえます、大統領」
「承認する」
私はこうして、ピザの注文に使っていたかもしれない携帯機器を通じて、大統領として初めてとなる軍事介入の開始を告げた。

それからの二日間、アメリカやイギリスの戦艦がトマホーク・ミサイルによりリビアの防空システムの破壊を開始していたときでさえ、私の日程にほとんど変更はなかった。アメリカやブラジルのCEOの一団と会談し、両国の通商関係を拡大していく方法について話し合った。政府関係者とのカクテルレセプションに出席し、アメリカ大使館のスタッフやその家族といっしょに写真を撮った。リオデジャネイロでは、ブラジルの政界や財界、市民団体の著名指導者数千人を前に、南北アメリカ大陸の二大民主主義国として両国が共有する課題や可能性についてスピーチを行った。だがそのあいだも、リビアに関する情報を絶えずトーマスに確認し、8000キロメートル以上離れた場所で展開されている光景を想像した。無数のミサイルが空気を切り裂き、あちこちで爆発が起きて瓦礫《がれき》や煙が舞い上がり、カダフィ政府軍の兵士が空を見上げ、自分が生き残る可能性を考えているのだろうか？

私は気もそぞろだったが、自分がブラジルにいることの重要性も理解していた。全国民の半分余りを占めるアフリカ系ブラジル人にとっては、特に意味があった。彼らもアメリカの黒人たちと同じように、社会に深く根づいた（その事実が否定されることも多い）人種差別や貧困を経験していた。私はミシェルや娘たちとともに、リオデジャネイロの西端に広がる貧民街《ファヴェーラ》を訪れると、その青少年センターに立ち寄り、カポエイラの公演を鑑賞したり、地元の子どもたちとサッカーボールで遊んだりした。すると、私たちが立ち去ろうとするころには、センターの外を何百人もの人たちが埋め尽くしていた。そこでふと、近所を散歩してみようかと思ったが、シークレットサービスに止められたため、せめて門をくぐって人々に挨拶だけでもさせてほしいと訴え、それを認めてもらった。私は狭い道の真ん中に立ち、黒い顔、茶色の顔、赤銅色の顔に手を振った。やって来た住民は多くが子どもだったが、屋根の上や小さなバルコニーに群がり、警察が築いたバリケードに体を押しつけていた。この訪問に同行し、一部始終をずっと見ていた上級顧問のヴァレリー・ジャレットは、私が戻ってくるとほほえみながら言った。「あの子どもたちのなかに、こうして手を振られたことで人生が変わる子もいると思う」

そうであってほしいと思った。そもそも、私が政治家の道を歩きはじめるときに自分に言い聞かせたのも、大統領選に立候補したときに妻に訴えた理由の一つも、まさにそれだった。つまり、黒人の大統領が選挙に勝利し、指導者となれば、あらゆる国の子どもや若者の心のなかで、自分自身や世界に対する考え方が変わるのではないかと思ったのだ。だが、私のつかの間の訪問によりファヴェーラの子どもたちがどれだけ感銘を受け、その一部が決然と考え方を改め、大きな夢を抱くようになったとしても、それだけで、子どもたちが日常的に経験している過酷な貧困生活を埋め合わせることはできない。彼らが生きていくためには、ひどい学校環境、汚染された空気、汚れた水など、さまざまな険しい障害を乗り越えていかなければならない。思うに、私がこれまでに貧しい子どもやその家族の生活に与えてきた影響など、たかが知れている。我が国アメリカでもそうだ。たしかに私はずっと、故国であれ外国であれ、貧しい人々の環境がこれ以上悪化するのを食い止めることに専心してきた。世界的な不況により彼らの生活が劇的に悪化したり、ただでさえ不安定な仕事を奪われたりすることがないように努力してきた。あるいは、壊滅的な洪水や暴風を引き起こしかねない気候変動を防ごうと力を尽くしてきた。リビアの場合も、血迷った軍隊の男が街路で一般市民を射殺するのを阻止しようとした結果だった。もちろん、それが無駄だったとは思わない。しかし、それで十分だと思い込んで自分をごまかすようなまねはしたくない。

ホテルへ戻る際、私たちを乗せたマリーンワンは、海岸線に沿って連なる森林に覆われた壮麗な山並みをたどるように飛んでいった。するとやがて、リオデジャネイロを象徴する巨大なキリスト像が不意に姿を現した。〈コルコバード〉と呼ばれる円錐形の丘の頂に立つ、高さおよそ30メートルに及ぶ像である。私たち一家はその晩、この場所を訪れる予定になっていた。私はサーシャとマリアに体を寄せ、その建造物を指差した。長衣に身を包み、両手を広げたキリストが、青い空を背景に白く浮かび上がっている。

「ほら……あそこに今夜行くんだよ」

だが2人の娘はiPodを聴きながら、ミシェルが持ってきた雑誌をぱらぱらとめくり、私の知らない晴れやかな有名人の写真を目で追っているだけだ。2人の注意を引こうと手を振ると、2人はようやくイヤホンを外して、同じように窓のほうへ顔を向けた。しかし私の機嫌をとるかのように一瞬そこに目をとめ、黙ってうなずくと、また耳にイヤホンを詰め込んでしまった。ミシェルは、やはりiPodを聴きながらうたた寝しているらしく、何も言ってくれない。

その後、ホテルの屋外レストランで食事をしていると、コルコバードの丘は濃霧が立ち込めているため、キリスト像観光はキャンセルになるかもしれないとの連絡があった。だが、マリアとサーシャはさほどがっかりしているふうでもなく、ウェイターにデザートのメニューを尋ねたりしている。私は、2人のそれほど興味のなさそうなようすを見て、少々心を傷つけられた。この旅行中は、リビア情勢の監視に時間を奪われ、自宅にいるときほど家族に目を向ける余裕がなかった。そのためか、最近になってよく感じていた思いがいっそう強まった。その思いとは、娘2人が私の予想以上に早く成長しているということだ。マリアはもうすぐ13歳になろうとしていた。今では口に歯列矯正用ブリッジをつけ、髪はポニーテールにまとめて三つ編みにしている。どういうわけかあっという間に手足がすらりと長くなり、目に見えない台に乗っているのかと思うほど背も伸び、もはや母親とほとんど変わらない。9歳のサーシャも、にこやかな笑顔やえくぼのできる頬など、まだ子どもっぽく見えるところはあるものの、私に対する態度が変わってきた。最近では、私がくすぐろうとすると嫌がるようになった。人前で手をつなごうとすると、少々きまりが悪そうな困った顔をする。

私はこれまでも、娘たちの成長ぶりに驚きっぱなしだった。2人は、自分たちが育ってきた普通でないこの特別な環境にうまく適応し、教皇との謁見からショッピングモールでの買い物までなんでもこなしてきた。それでも、特別な待遇を受けたり、必要以上に注目されたりするのを嫌がり、学校にいるほかの子どもたちのようになりたいと思っていたに違いない（サーシャは4年生になった最初の日、自分の写真を撮ろうとしたクラスメイトからカメラをひったくり、そんなことは二度とするなと注意したという）。実際、2人とも友達の家に遊びに行くのが大好きだった。その理由のなかには、友人の家でなら、好きなだけお菓子を食べられ、好きなだけテレビを観られるということもあったかもしれないが、一番の理由は、たとえシークレットサービスが外で待機していたとしても、友達の家でなら形だけでも普通の生活ができたからなのだろう。それはそれでいい。だが、私といっしょにいる限り、とても普通の生活は望めない。となると、私としては、2人が巣立ってしまうまでのいっしょに過ごす貴重な時間がそれだけ失われてしまうのではないかと不安にならずにはいられない……。

そんなことを考えていると、やがて秘書官のマーヴィン・ニコルソンがテーブルに近づいてきて言った。「大丈夫そうです。霧が晴れました」

食事をすませると、家族4人は大統領専用車〈ビースト〉の後部座席に乗り込み、暗闇のなか、曲がりくねった山道を上っていった。やがて車は、スポットライトに照らされた広場の前で停まった。光を受けて輝く巨大な像が、薄霧を通して私たちを手招きしているようだ。首をそらし、像を仰ぎ見ながら階段を上っていくと、サーシャが私の手を握った。マリアも私の腰にそっと手を回してきた。

「お祈りとかしなくていいの？」とサーシャが尋ねる。

「しようか」。私がそう言うと、4人で身を寄せ合い、無言のまま頭《こうべ》を垂れた。私はそのとき、願いの少なくとも一つはかなえられたと思いながら、祈りを捧げた。


この短い巡礼のおかげで私のもう一つの願いもかなえられたのかどうか、確かなところはわからない。わかっているのは、リビアでの軍事作戦が、最初の数日間はこのうえなく順調に進んだということだけだ。カダフィ政府軍の防空システムは瞬く間に破壊された。ヨーロッパ諸国の戦闘機も予定どおり行動し（サルコジ大統領は、フランス軍の戦闘機が最初にリビアの空域に入ると約束していた）、ベンガジに向かう軍勢に空爆を行った。その結果、わずか数日でカダフィ政府軍は撤退し、リビア東部の大半の領域に飛行・車両運転禁止区域を設けることができた。

それでも私は、ラテンアメリカ諸国の外遊を続けているあいだずっと、不安で落ち着かなかった。毎朝、盗聴の恐れのないビデオ会議システムを通じて国家安全保障チームと協議し、この作戦の司令官であるカーター・ハム陸軍大将や国防総省の軍指導部から最新情報を入手しては、次のステップの詳細を検討していた。それは、アメリカの軍事目標がどの程度達成されているかをはっきりと理解しておきたかったからだけではない。同盟国が当事者としての責任を果たしているのかどうか、米軍の任務が事前に私が設定した範囲を逸脱していないかどうかを確認したかったからでもある。私は、この軍事行動についてアメリカ国民の支持がほとんど得られていないことを十分に承知していた。これはつまり、どんな失敗も壊滅的な結果を招く恐れがあるということだ。

ちょうどそのころ、大きな不安をかき立てる事件が一つあった。チリのサンティアゴでの最初の晩、私はミシェルとともに公式晩餐会に出席した。1年ほど前から大統領職にある中道右派の社交好きな大富豪、セバスティアン・ピニェラが主催する晩餐会である。主賓席に座り、チリ産ワインの中国での需要が急増しているというピニェラ大統領の話に耳を傾けていると、誰かが私の肩を叩いた。振り返ると、緊張感に満ちた表情のトーマス・ドニロンがそこにいた。

「どうした？」

トーマスは身を寄せ、私の耳にささやくように言った。「たった今、米軍の戦闘機がリビアに墜落したとの報告がありました」

「撃墜されたのか？」

「いえ、機器の故障のようです。搭乗員2名は墜落前に脱出し、操縦士のほうは救出しました。無事です……ただ、爆撃手の行方がいまだわかりません。墜落現場の近くに捜索救助チームを派遣しています。国防総省と直接連絡を取っていますので、新たな情報が入り次第お知らせします」

トーマスが立ち去ると、ピニェラ大統領がいぶかしげな目を向けてきた。

「大丈夫ですか？」と尋ねる。

「ええ、申し訳ありません」。私はそう答えながら、すぐにさまざまなシナリオを思い描いた。大半は悪いシナリオだった。

それから90分ほどのあいだ、私はピニェラ大統領やその妻セシリア・モレル・モンテスの話に笑顔で相槌《あいづち》を打っていた。2人の子どものこと、2人のなれそめ、パタゴニア地方を訪れるのに一番いい季節、といった話である。やがて、ロス・ハイバスというチリのフォークロック・バンドが登場し、ミュージカル『ヘアー』のスペイン語版のような曲を演奏しはじめた。それまでのあいだずっと私は、もう一度誰かが肩を叩くのを待っていた。私が戦地に送り込んだ若い兵士のことばかりが頭に浮かんだ。負傷しているのだろうか、拘束されているのだろうか、それとも、もっと悪い事態になっているのだろうか？　頭が破裂しそうだった。まもなく晩餐会が終わり、ミシェルとともにビーストに乗り込もうとしていたころになってようやく、トーマスがこちらにやって来るのが見えた。少し息切れしている。

「見つけました。味方のリビア人に救出されたようです。命に別状はありません」

私はその瞬間、トーマスにキスをしたかったのだが、代わりにミシェルにキスをした。

アメリカの大統領になるのはどんな気分かと聞かれると、私はよく、チリの公式晩餐会の場でどうすることもできずにただ座っていたあの時間のことを思い出す。成功と大惨事とは紙一重である。今回の場合でいえば、真夜中にはるか彼方の砂漠で、兵士のパラシュートがどこへ着地するかが生死を分ける。私が下す決断はいずれも、いちかばちかの賭けではすまない。ポーカーならプレーヤーは、最終的に勝つにしても、それまでに負ける可能性があることを覚悟しており、負けても大金を失うだけですむ。だが私が下す決断によっては、たった一つの不運により命が犠牲になりかねない。そんなことになれば、たとえもっと大きな目標を達成できたとしても、その犠牲がすべてを圧倒してしまう。それは、政治報道についても私の心境についてもあてはまる。

実際のところ、戦闘機墜落事故はたいした問題になることなく終わった。私がワシントンに戻るころには、圧倒的に優勢な多国籍空軍の攻勢によりカダフィ政府軍は隠れ家を奪われ、リビア軍から離反した高官多数を含む反政府軍が西部へと進軍を始めていた。作戦開始から12日目にはNATOが指揮を執り、ヨーロッパ諸国がカダフィ政府軍を撃退する役目を担った。3月28日に私が国民に向けて演説を行うころになると、もはや米軍の仕事は補助的な役割に移行しつつあった。後方支援や航空機の給油、目標の特定などである。

それまで共和党には軍事介入を熱心に主張する議員が大勢いたため、リビアでの迅速かつ緻密《ちみつ》な作戦を、共和党は渋々ながらも称賛せざるをえないのではないかと思っていた。ところが、私が外遊しているあいだにおかしなことが起きていた。これまでリビアへの軍事介入を主張していた共和党議員の一部が、それに反対するようになっていたのだ。彼らは、作戦の範囲が広すぎる、あるいは作戦の時期が遅すぎると批判した。また、作戦の直前に議会幹部と会談していたにもかかわらず、議会との協議が不十分だったと不満を訴えた。そして、戦争権限法に基づき議会の承認を求めるべきだったと主張し、私の判断の法的根拠に疑問を投げかけた。これは以前から指摘されていたように、大統領権限を行使するときには当然考慮すべき問題ではあった。しかし共和党政権時代に同党は、外交政策問題（特に戦争遂行）に関して繰り返し政権に白紙委任状を与えている。その一貫性のなさを当の共和党議員らはまるで気にしていないようなのだ。私はこれにより、戦争と平和、生と死の問題でさえ、執拗かつ情け容赦のない党派争いの種になることを思い知らされた。

戦争を駆け引きに利用したのは、彼らだけではない。ロシアの首相ウラジーミル・プーチンは、リビアで軍事活動を行う権限を与えた国連決議を公の場で批判していた。これは、暗にメドヴェージェフを批判していることにほかならない。だが、プーチンの承認もなくメドヴェージェフが、アメリカの決議案に対して拒否権の行使ではなく棄権という選択をしたとは思えない。また国連での採択当時、プーチンがこの決議案の内容を理解していなかったとも思えない。メドヴェージェフは、プーチンの批判に対してこう指摘した。多国籍軍の戦闘機がいまだカダフィ政府軍への爆撃を続けているのは、リビアの絶対的指導者が、政府軍に撤退を命じる兆候も、自身が雇った危険な傭兵の活動をやめさせる兆候も見せないからにすぎない、と。だが、問題はそこにはなかった。プーチンは公の場でメドヴェージェフを批判することで、自ら選んだ後継者の印象を意図的に悪くしようとしていた。私には、プーチンはロシアの政権を再び掌握するつもりでいるように見えた。

何はともあれ、リビアで米兵の犠牲者を1人も出すことなく3月は終わった。しかも、イラクやアフガニスタンでの軍事作戦で1日に費やされるのとさほど変わらない5億5000万ドルほどの費用で、ベンガジやその近隣都市、およびそこに暮らす数万人の命を救うという目標を達成できた。サマンサによれば、大量虐殺を阻止する目的で行われたものとしては、近代史における最も迅速な国際的軍事介入だったという。だが、リビア政府が今後どうなるかはまだわからなかった。カダフィはNATOの爆撃作戦に直面してもなお攻撃を命じており、反体制派も反政府市民軍の緩やかな連携を通じて活気を帯びている。私を含め国家安全保障チームは、この内戦が長期化するのではないかと懸念していた。リビアに誕生した国民評議会との連絡役としてヒラリー・クリントン国務長官がベンガジに派遣した米外交官の話によると、反体制派は、カダフィ失墜後のリビアのあり方について、自由で公正な選挙、人権、法の支配の重要性を訴えるなど、少なくともその主張はまともではあるらしい。だがリビアには、あてにできる民主主義の伝統も制度もなく、国民評議会は難しい課題を抱えることになる。実際、カダフィ政府の警官隊がいなくなった今、ベンガジなど反体制派が支配する地域の治安状況は、アメリカ開拓時代の西部を彷彿《ほうふつ》とさせる様相を呈している。

私は派遣された外交官の話を耳にすると、「ベンガジには誰を派遣したんだ?」と尋ねた。すると、国家安全保障担当副補佐官デニス・マクドノーが答えた。「クリス・スティーヴンズという、トリポリのアメリカ大使館で代理公使をしていた人物です。それまでも中東のさまざまなポストを歴任しています。どうやらギリシャの貨物船に乗って小チームとともにベンガジに潜り込んだようです。優秀だと聞いています」
「勇敢な男だな」と私は返した。

4月のある穏やかな日曜日、居住棟《レジデンス》にいるのは私ひとりだけだった。娘たちはいつもの仲間とどこかへ出かけてしまい、ミシェルも友人とランチを楽しんでいる。そこで私は、一階に下りて仕事をすることにした。気温が20度を下回るほど涼しい日だったが、雲のあいだから太陽が見え隠れしている。西の柱廊《ウエストコロネード》を歩いていくと、庭師がローズガーデンに植えた黄色や赤色やピンク色のチューリップが見事で、しばらく足を止めて眺めていた。週末は、大統領執務室の机《レゾリュートデスク》で仕事をすることはめったにない。週末にはいつも西棟《ウエストウイング》のツアー客が何組かやってくるが、私がいない場合に限り、赤いビロードのロープの向こう側から大統領執務室《オーバルオフィス》を覗き込むことができるからだ。そのため普段は、オーバルオフィスの隣にあるダイニングルームや書斎で仕事をする。数年前から収集しているアイテムが並んだ、居心地のいい私的な空間である。そこには、血の日曜日事件の写真が表紙を飾るライフ誌(事件で重傷を負ったジョン・ルイス下院議員のサインが記されている)、スプリングフィールドにあったエイブラハム・リンカーンの法律事務所に使われていた煉瓦《れんが》、モハメド・アリのボクシンググローブ、故エドワード(テッド)・ケネディ上院議員が描いたケープコッドの風景画などがある。その絵画は、テッドの執務室に飾られていた。この絵を褒めた私に、本人が後日プレゼントしてくれたものだ。その日は、雲の切れ間から日光がさんさんと降り注いでいるのが窓越しに見えたため、ダイニングルームのすぐ外にあるテラスに移動した。一方を生け垣と植栽、もう一方を小さな噴水に挟まれた、ひっそりとした愛らしい空間である。

だが、そこで読もうと書類をたくさん持ってきていたのに、どうも集中できなかった。私はつい先日、次期大統領選への再出馬を表明していた。再選への立候補は、ごく形式的な作業でしかなかった。書類を整理し、短い告知ビデオを撮影した程度だ。4年前のあのひどく寒い日、スプリングフィールドで数千人の群衆を前に立候補を表明し、希望と変革を届けると約束したあの興奮に満ちた瞬間とは大違いである。当時がもうはるか昔のような気がした。あのころは楽天的で、若々しい活力に満ちあふれ、どこまでも純真だった。再選をかけた選挙運動は、前回とはまったく違うものになるだろう。共和党は私の弱みにつけ込み、すでに私を追い落とすチャンスをうかがっている。私の選挙チームも、金に糸目をつけないなりふりかまわぬ戦いになると予想し、早くも資金調達イベントをいくつもスケジュールに詰め込んでいる。私は心のどこかで、こんなに早くから選挙の準備をすることに抵抗を感じていた。最初の選挙運動が遠い昔のことのように思える一方で、大統領としての実際の仕事はまだ始まったばかりだという気がしていたからだ。しかし中間選挙の結果を考えると、そんなことを議論している場合ではなかった。

皮肉なことに、過去2年にわたる私たちの取り組みは、今になってようやく実を結ぼうとしていた。外交政策問題に取り組んでいないときには全国を飛びまわり、シャッターを閉ざしていた自動車工場が操業を再開したこと、中小企業が救われたこと、風力発電所やエネルギー効率のいい自動車がクリーンエネルギーへの道を示していることを訴えた。実際、道路、コミュニティセンター、路面電車など、復興・再投資法により進められたインフラ事業はすでに完了していた。患者保護ならびに医療費負担適正化法（ＡＣＡ）の多くの規定もすでに施行されている。そのほか、さまざまな手段を通じて連邦政府の機能を向上させ、その効率や対応力を高めてきた。だがそのいずれもが、経済が回復して初めて、政治的に重要な意味をもつことになる。これまで私たちは、景気が二番底を打つことだけはなんとか回避してきた。これは主に、議会が機能不全に陥っているあいだにブッシュ減税を延長させるとともに、数十億ドル規模の景気刺激策を実施したからにほかならない。だが、これでもかろうじて景気を支えている程度だ。それなのに、新たに下院の多数党となった共和党は、経済を逆の方向にもっていこうとしているようにしか見えなかった。

共和党議員のジョン・ベイナーは1月に下院議長に選出されると、下院の共和党議員は「雇用を破壊する過去2年の浪費」を終わらせるという公約を是が非でも実現すると息巻いた。下院予算委員会の委員長に就任したポール・ライアンは、私が２０１１年度の一般教書演説を行ったあとのスピーチで、こんな無節操な支出を続ければ、連邦政府の借金が「数年以内に壊滅的なレベルにまで膨れ上がり、やがてアメリカ経済全体に悪影響を及ぼす」ことになるだろうと訴えた。新たに選出された共和党議員（ティーパーティー運動を基盤に立候補した者が多かった）は、すぐにも恒久的かつ大幅に連邦政府の規模を縮小するようベイナーに迫った。彼らは、そうすればいずれアメリカの憲法秩序が回復し、腐敗した政治・経済のエリートからこの国を奪い返すことができると信じていた。

だがホワイトハウスの面々はみな、純粋に経済学的な見地から、連邦政府の支出を大幅に削減するという下院共和党の公約を実行に移せば、目も当てられない状況になると考えていた。失業率はいまだ9パーセント近くから下がるようすはない。住宅市場も依然として回復していない。アメリカ国民は、過去10年間にクレジットカードやローンなどで蓄積してきた１兆１０００億ドルもの負債を、今も返済しつづけている。何百万もの市民が、自宅の価値より高い住宅ローンの支払いに苦しんでいる。企業や銀行も同様に、多額の負債に直面し、事業拡大への投資や新たな融資に二の足を踏んでいる。たしかに、私が大統領に就任して以来、連邦政府の赤字は急増した。だがこれは主に、世界金融危機後の税収の減少と社会事業への支出の増加が原因である。それに、ティモシー・ガイトナー財務長官が私の要請を受け、経済が完全に回復した段階で赤字を危機以前のレベルに戻す計画をすでに作成していた。また、ビル・クリントン政権で首席補佐官を務めたアースキン・ボウルズと元ワイオミング州選出上院議員のアラン・シンプソンを長とする委員会を設け、長期的な赤字・負債削減計画の策定を依頼してもいる。だが今のところ、赤字を減らすために私たちができる最善の策は、経済成長を促すことだ。総需要が伸び悩んでいる以上、連邦政府は支出を増やすべきであって、減らすべきではない。

しかし問題は、中間選挙で私が負けた点にある。少なくとも、投票所に足を運んだ人々のあいだではそうだ。その結果共和党は、有権者の意思に従い支出削減を求めているのだと主張することが可能になった。この選挙の影響はそれだけではない。ワシントンにいる誰もが財政赤字反対派になったかのような様相さえ呈するようになった。メディアは突然、収入以上の暮らしをするアメリカに警鐘を鳴らしはじめた。評論家も、赤字という負の遺産を将来世代に押しつけることになると批判した。直接的にせよ間接的にせよ、金融機関への救済措置により恩恵を受けた企業のCEOやウォール街の銀行家でさえ、財政赤字反対派の尻馬に乗った。メディケアやメディケイドなどの社会的セーフティネット事業や社会保障制度に対して誤解を与えかねない〝給付金〟という幅の広い言葉を用い、今こそワシントンの政治家は〝勇気〟をもって〝給付金支出〟を削減すべきだと主張したのだ（それでも、こうした仮想の危機に対処するため、自分たちに対する税制優遇措置を犠牲にしてもいいと主張する者はほとんどいなかった)。

2011会計年度の残りの期間の財源をめぐるベイナーとの最初の折衝では、こちらが380億ドルの支出削減を認めた。これは、ベイナーが仲間の党員に成果を誇示するには十分な額だが(共和党はもともと、そのおよそ倍の削減を求めていた)、3兆6000億ドルに及ぶ全体予算のなかでは、実質的な経済的損害を十分に回避できる程度の額である。というのは、この削減額のかなりの部分は経理操作によるものであり、重要なサービスや事業には影響がないからだ。しかしベイナーはすぐに、共和党は近いうちにさらなる削減を求めると通告し、今後の要求が満たされなければ、共和党議員は法定債務上限額の引き上げに必要となる投票を保留するとまで主張してきた。だが私たちは誰一人として、共和党が実際にそんな無責任な行動をとるとは思っていなかった。結局のところ、債務上限の引き上げは、両党が遵守すべき法的義務である。議会がすでに承認した支出を行うためには、そうしなければならない。さもなければ、アメリカは史上初めて債務不履行に陥ることになる。だが、ベイナーがこれほど過激な提案を持ち出してきたのも、それによりティーパーティー運動の支持者や保守系メディアがたちまち勢いを増したのも、その後の展開を暗示しているようだった。

私は物思いにふけりながら、こんなことを考えていた。私の大統領の任期はこんな仕事で終わってしまうのだろうか? アメリカ経済の発展を妨害し、私が成し遂げてきたことを元に戻そうとする共和党の行動を阻止する防御工作に費やされることになるのか? 私に反対することだけを行動原理とし、それを何よりも優先するようになった党と、共通の基盤を見つけることなどできるのだろうか? ベイナーは、あの予算折衝の結果を党員に受け入れさせる際に、その交渉のあいだいかに私が〝腹を立てて〟いたかを強調していたようだが、それには理由がある。私は折衝を軌道に乗せるため、相手にとって都合のいいそんなつくり話には反論しないようチームのメンバーに伝えていたが、ペイナー側の面々にとってはそこが最大のポイントだったに違いない。実際、共和党のサラ・ペイリンが参加したティーパーティー運動の全国大会で初めて感じられたあのムードは、同運動が拡大した夏のあいだを通じて広まり、共和党の非主流派から主流派へと発展していた。そのムードとは、政策やイデオロギーの違いとは関係なく、私が大統領であることに、ほとんど反射的ともいえる感情的な反応を示す態度である。私がホワイトハウスにいることに対して、自然な秩序が乱されたように思い、深い恐怖を感じているかのようだった。

不動産王のドナルド・トランプが、オバマはアメリカ生まれではなく大統領になる資格がないという主張を広めはじめたのも、まさにそう考えていたからだろう。トランプは、黒人がホワイトハウスにいる現実に動揺している数百万のアメリカ国民に、人種にまつわる不安を解消する妙薬を提供した。

私がアメリカ生まれではないという主張は以前からあった。イリノイ州の上院議員に立候補したときにも、こうした主張を振りかざす保守派の変わり者が、少なくとも1人はいた。最初の大統領選の選挙運動の際にも、私に不満を抱いていたヒラリーの支持者がこの主張を再び広めた。ヒラリーの選挙チームはその主張を強く否定したものの、保守系のブロガーやラジオパーソナリティがそれを拾い上げ、右派の活動家のあいだに興奮気味のメールが飛び交うことになった。ティーパーティー運動がそれに飛びついた大統領就任1年目のころになると、この主張は本格的な陰謀説に発展していた。その陰謀説によると、私はケニアで生まれただけでなく、社会主義のイスラム教徒ということになっていた。アメリカ政府の上層部に潜入するため、子どものころから訓練を受け、偽造文書を使ってアメリカに送り込まれたスパイなのだという。

それでも、エジプト大統領ホスニ・ムバラクが辞任する前日の2011年2月10日までは、このばかげた説が勢いを得ることはなかった。だがその日、ワシントンで開催された保守政治活動会議でのスピーチで、トランプは大統領選への立候補をほのめかしたうえでこう主張した。「現在の大統領は正体が知れない……あの男がいっしょに学校に行ったと言っている人に話を聞いても、あんな男は見たことがないという。誰なのか知らないとね。おかしいじゃないか」

私は当初、この言動になんの注意も払わなかった。私の経歴は徹底的に検証されている。私の出生証明書はハワイ州にあり、〝バーセリズム〟［バラク・オバマはアメリカ生まれではないためアメリカの大統領になる資格がないとする説］の第一波が訪れた2008年には、ウェブサイト上でそれを公開している。私の誕生を告知した1961年8月13日付ホノルル・アドバタイザー紙の切り抜きもある（祖父母が保管しておいてくれた）。それに、私は子どものころ、学校の行き帰りにはいつも、母が私を産んでくれた〈カピオラニ医療センター〉の前を通っていた。

トランプについては、一度も会ったことはなかったが、ここ数年のあいだになんとなく知るようにはなっていた。最初に知ったのは、目立ちたがり屋の不動産王としてだ。次いで、セントラルパーク・ジョガー事件［1989年4月19日、セントラルパークでジョギングをしていた白人女性が性的暴行を受けた事件］に首を突っ込んできた不気味な人物として、その名を目にした。トランプはその際、アメリカの主要四紙に全面広告を出し、ジョギングをしていた白人女性に性的暴行を加えたとして逮捕されていた（のちに無罪放免となった）黒人とヒスパニック系の若者5人に対し、死刑の復活を要求した。そして最近では、資本主義的な成功や派手な消費の頂点に立つ人物というふれこみで自分を売り込むテレビ司会者として、その姿をよく目にするようになっていた。

私が大統領になって最初の2年間は、トランプも私の仕事ぶりを褒めてくれていたらしく、ブルームバーグにも「全体的に見てなかなかいい仕事をしていると思う」と語っている。とはいえ私は、あまりテレビを観ないせいか、この人物のことをほとんど気にとめていなかった。私が知っているニューヨークの不動産業者や企業経営者はみな口をそろえて、トランプはペテン師だと言っていた。倒産処理申請や契約違反、従業員へのひどい待遇、怪しげな資金調達の噂が絶えず、現在は主に、自分が所有も管理もしていない不動産に自分の名前をライセンス供与するビジネスを手がけているという。ただ2010年の半ばに一度、トランプと間接的に関係したことはあった。メキシコ湾原油流出事故が発生した際、トランプが突然、上級顧問のデイヴィッド・アクセルロッド（アックス）に電話をかけてきて、自分を油井修復の責任者にするよう提案してきたのだ。油井はもうほぼ塞がれていると伝えると、トランプは話を変え、私たちがそのころ、南側の庭《サウスローン》に張った天幕の下で公式晩餐会を開いたことに触れ、自分ならホワイトハウスの敷地に〝華麗な大宴会場〟を建てられると主張した。だが、この申し出も丁重に辞退した。

私にとって意外だったのは、トランプが突然バーセリズムを受け入れる姿勢を見せると、メディアがそれに反応したことだ。そのころになると、ニュースと娯楽の境界がきわめて曖昧になっていたうえ、視聴率獲得競争が激化していたため、メディアは根拠のない主張にも放送の機会を与えようと躍起になっていた。それを推進したのがＦＯＸニュースである。ＦＯＸニュースは、人種にまつわる不安や怒りを煽ることで影響力を高め、利益を上げてきた。トランプが今になって利用しようとしていたのも、まさにそんな不安や怒りだった。同局の司会者は毎晩のように、人気番組にトランプを登場させた。『ザ・オライリー・ファクター』という番組に出演したトランプは、こう断言した。「アメリカの大統領になるには、アメリカで生まれた人間でなければならない。だが、あの男がアメリカで生まれたかどうかについては疑わしい点がある……出生証明書がないからね」。同局の朝の番組『フォックス&フレンズ』に出演した際には、私の出生証明書は偽物かもしれないと主張した。頻繁にFOXの番組に出演するので、やがてトランプは、もっと新鮮なネタを提示しないといけないような気になったようで、「成績がひどかった」のにハーバード大学に入れたのはどうもうさんくさいという話まで始めた。ローラ・イングラハムが司会を務める番組では、『*Dreams from My Father*』（邦題『マイ・ドリーム　バラク・オバマ自伝』ダイヤモンド社）を執筆したのは間違いなく、私のシカゴ時代の隣人で急進的な活動家でもあったビル・エアーズだと述べた。その理由は、私程度の知的レベルの人間が書いたにしては出来がよすぎるからだという。

だが、こうした動きを見せたのはFOXだけではなかった。リビアでの軍事作戦を始めた直後の3月23日には、ABCの番組『ザ・ヴュー』にトランプが登場し、こう主張した。「出生証明書を見せてもらいたいものだね。そこに都合の悪いことが書いてあるに違いない」。トランプが司会を務めるリアリティ番組『セレブリティ・アプレンティス』をゴールデンタイムに放送しているNBCも、人気司会者がさらに話題を集めるのはむしろありがたいと思ったのだろう。トランプは同局の番組『トゥデイ』にも出演し、出生証明書を確認するためハワイに調査員を送ったと述べた。「今調べさせているところだが、信じられないような事実を突き止めつつあるようだ」。さらに、CNNのアンダーソン・クーパーの番組でもこんな発言をしている。「ついさっき聞いた話だがね、アンダーソン、出生証明書が見つからないと言うんだ。どこにも存在しないんだそうだ」

しかし私が見る限り、FOX以外では、この奇妙な告発を信用している主要ジャーナリストは1人もいなかった。彼らはみな、努めて丁寧な態度で不信感を表明し、それではなぜジョージ・ブッシュやビル・クリントンは出生証明書を提示するよう求められなかったのかとトランプに尋ねたりした（そのような場合、トランプはたいてい「それは、彼らがこの国で生まれたのはわかりきっているからだ」といった答えを返していた）。だがそれでも、嘘をついていると単刀直入にトランプを非難することもなければ、トランプが広めている陰謀説は人種差別的だと明言することもなかった。宇宙人による誘拐事件や『The Protocols of the Elders of Zion（シオン賢者の議定書）』にまつわるユダヤ人陰謀説と同じように、この説についても、ばかばかしいと一蹴《いっしゅう》するようなことはなかった。こうしてメディアがバーセリズムに主張の機会を与えれば与えるほど、その報道価値は高まっていくようだった。

それでも私たちは、ホワイトハウスの公式見解を発表してこの説に箔をつけるようなまねはしなかった。そんなことをしてもトランプへの注目度をさらに高めるだけであり、もっとやりがいのある仕事はいくらでもあった。ウエストウイングではバーセリズムはひどいジョークとして扱われ、若いスタッフたちも、深夜番組でトランプが「例のドナルド」と批判されているのを見て溜飲を下げていた。しかし、やがて私はある事実に気づかざるをえなくなった。メディアは、トランプにインタビューの予約を入れているだけではなかった。記者会見を開いたり、党員集会を早期に開催するニューハンプシャー州に出向いたりするなど、大統領選に積極的に足を突っ込もうとするこの男を熱心に報道するようになっていたのだ。世論調査によれば、共和党支持者のおよそ40パーセントが、私はアメリカ生まれではないと確信していた。また、アックスが共和党の世論調査員に聞いた話では、いまやトランプは、立候補を表明していないにもかかわらず、共和党の大統領候補として有力視されているという。

私は、このたぐいのニュースをミシェルに伝えないことにした。ミシェルは、トランプやこの男と共生関係にあるメディアのことを考えるだけで激怒した。彼女にとってこれは、騒々しい道化芝居でしかなかった。選挙期間中になるとメディアは、国旗のラペルピンをつけていないだとか、拳を突き合わせるしぐさがどうとか、そんなことばかりを取り上げる。この一連の騒動も、そんなメディアの傾向を示している。政敵と報道記者が寄ってたかって、自分の夫が疑わしい人物であり、アメリカにとっては不埒《ふらち》な「他人」でしかないという主張を正当化しようとしている。そうミシェルは考えていた。だが、トランプが引き起こしたこのバーセリズム騒動について彼女が一番心配していたのは、私の政治家としての前途ではなく、私たち家族の安全だった。当時ミシェルはこう語っている。「あの人たちは単なるゲームだと思っている。世のなかには、言われたことをそのまま信じる人が何千人といるし、そのなかには銃を持っている人もいるけど、あの人たちはそんなことを気にしてもいない」

その点については私も同じ意見だった。トランプは、ほぼ間違いなく自分でも嘘だとわかっていながら、この陰謀説を広めた結果がどうなろうと気にしていない。それで目的を達成できればいいと考えている。政治議論の容認できる範囲を示す境界線がずいぶん前から消えてしまっていることにトランプは気づいていたのだ。そういう意味では、上院少数党院内総務を務めるミッチ・マコーネルもベイナーも、トランプと大差なかった。この2人も、自分が言ったことが事実かどうかは重要ではないことに気づいていた。私がアメリカを破産に追い込んでいるとか、オバマケアにより安楽死が増えると言いながら、実際にそうなるとは思っていないのかもしれない。トランプの政治手法とこの2人の政治手法とのあいだに違いがあるとすれば、トランプには自制が欠けているという点だけだ。実際トランプは、保守層がどんなことに一番食いつくかを本能的に理解しており、それをオブラートに包むことなく提示している。この男が事業を手放し、必要な審査に身をさらしてまで大統領に立候補するとは思えなかった。それでも、トランプがたきつけている感情や、広めることで正当化しようとしている敵意に満ちた考え方と、私が大統領職にあるあいだずっと戦っていかなければならないのかもしれないと思った。

　私が共和党のやり方について悩む機会はこれからもたくさんあるだろう。予算問題についても、選挙戦略についても、アメリカの民主主義に関わる問題についてもそうだ。だが、その日テラスで思案にふけったさまざまな懸案事項のなかには、それらをあとまわしにしてでも今後数週間のうちに対応しなければならない事項が一つあった。

　私は、パキスタンの奥地での作戦を承認するかどうかの決断を迫られていた。オサマ・ビン・ラディンと思われる人物の急襲作戦である。何が起こるにせよ、そこで失敗すれば、私は一期だけで大統領職を終える可能性もあった。

第27章

2001年12月以降、オサマ・ビン・ラディンの正確な居場所は謎に包まれていた。罪のない3000人近い市民を殺害した同時多発テロ事件から三か月後、アメリカ率いる多国籍軍は、パキスタンとの国境に近いアフガニスタンの山岳地帯トラボラにあるアルカイダの拠点を包囲したが、ビン・ラディンは辛くも逃げ延びた。それから数年にわたり、捜索が精力的に行われたが、私が大統領に就任するころになっても、ビン・ラディンの消息は杳《よう》として知れなかった。それでも、まだ生きていることに間違いはなかった。アルカイダがパキスタンの連邦直轄部族地域で徐々に態勢を立て直していたころ、その指導者であるビン・ラディンは定期的に音声や映像によるメッセージを公開し、西欧列強に対するジハードを呼びかけて支持者を集めていた。

私は、2002年に上院議員選に立候補した際、投票日の前日にシカゴのフェデラル・プラザで9・11に対するアメリカの対応について初めてのスピーチを行ったが、そのときもそれ以降もずっと、イラク戦争には反対の立場を表明し、ビン・ラディンには別の形で裁きを受けさせるべきだと主張してきた。大統領選の際にこのテーマを取り上げたときには、パキスタン政府がこの人物の抹殺に応じないようなら、パキスタン国内に潜入してでも追いつめてみせると約束した。しかし、当時大統領選に立候補していたジョー・バイデン、ヒラリー・クリントン、ジョン・マケインなど、ワシントンの面々はみな、外交政策に疎い若手上院議員が人気取りのため強がってみせたにすぎないとみなしていた。私が大統領に就任したあとでさえ、一部の人間は間違いなく、ほかの重要課題を優先してビン・ラディンの問題には手を出さないだろうと思い込んでいた。だが私は、２００９年５月、危機管理室《シチュエーションルーム》でのテロ関連会議を終えると、ラーム・エマニュエル、レオン・パネッタ、トーマス（トム）・ドニロンなど、顧問数名を大統領執務室《オーバルオフィス》に呼び、その扉を閉めてこう告げた。

「ビン・ラディン追跡を最優先課題にしたい。この男を見つけ出す正式な計画を作成し、30日ごとに進捗状況を報告してほしいんだ。トム、これは大統領指令ということにしよう。そうすれば全員が同じ認識をもてる」

私には、ビン・ラディン追跡を重視する明白な理由があった。この男が自由を満喫している限り、9・11で命を失った人々の家族の心痛は消えず、アメリカが侮辱されつづけることになるからだ。ビン・ラディンは、人目につかないところに潜伏していてもなお、アルカイダの広告塔として多くの人材を引き寄せ、不満を抱いている世界中の若者に過激な思想を植えつけている。ホワイトハウスのアナリストによれば、私が大統領に選出されたころには、アルカイダは数年前よりはるかに危険な存在になっていた。実際、パキスタンの連邦直轄部族地域で計画されつつあるテロ行為が、ブリーフィングで定期的に取り上げられるようになっていた。

私はまた、ビン・ラディンの抹殺は、アメリカの対テロ戦略の方針を転換するという私の目標に欠かせないものと考えていた。アメリカは、9・11を実際に計画・実行した少数のテロリストに焦点を絞るのではなく、対象範囲が広く曖昧な「テロとの戦い」を標榜《ひょうぼう》してしまったがために、戦略的な罠《わな》に陥った。アルカイダの評判を高め、イラク侵攻を正当化し、イスラム世界との関係を悪化させ、この10年間のアメリカの外交政策を歪めてしまった。だが私は、巨大なテロ組織に対する恐怖をかき立てたり、過激派に神聖な闘争に従事しているという幻想を与えたりするよりは、こうしたテロリストは妄想に支配された危険な殺人鬼でしかないということを世界に（そしてアメリカ国民に）知らしめたほうがいいのではないかと考えていた。彼らは、拘束、裁判、投獄、あるいは死刑に値する犯罪者だ。ビン・ラディンの抹殺ほど、それを知らしめるのにいい方法はない。

9・11の九回目の記念日の前日にあたる2010年9月10日、CIAの長官レオン・パネッタと副長官マイケル・モレルが私に面会を求めてきた。私は、この2人は実にいいコンビだと思っていた。72歳になるパネッタは、ビル・クリントン政権で大統領首席補佐官に抜擢されるまで長らく下院議員を務めていただけに、CIAの管理に手腕を発揮するだけでなく、公の舞台もそつなくこなし、議会やメディアと良好な関係を維持し、国の安全保障問題にも鋭敏な嗅覚を備えている。一方のモレルは、実に几帳面な分析官として局内で叩きあげてきた人物であり、まだ50代前半だったにもかかわらずCIAでのキャリアはすでに数十年に及んでいる。

「大統領、お知らせするにはまだ早い段階なのですが」とレオンは前置きをして話を続けた。「ビン・ラディンに関する手がかりらしきものが手に入ったようです。トラボラ以降では最も有力な手がかりです」

私は黙ったままその知らせに耳を傾けた。レオンとマイケルの説明を要約するとこういうことになる。無数の細かい情報の収集やパターン解析など、辛抱強い地道な作業が功を奏し、アナリストがアブ・アフメド・アルクウェイティという人物の所在を突き止めた。この人物はアルカイダの連絡役を務めているらしく、ビン・ラディンとつながりがあることが確認されていた。そこで、この人物の通話履歴や生活習慣を追跡してみると、連邦直轄部族地域のどこか辺鄙な場所ではなく、イスラマバードの56キロほど北に位置する、アボッターバードという都市のはずれにある裕福な地区の大きな屋敷にたどり着いた。マイケルの話では、その屋敷の大きさや構造から察するに、きわめて重要な人物がそこに住んでいるらしく、アルカイダの高官の可能性が高いという。レオンは最後に、CIAはすでにこの屋敷に監視チームを配置しており、その住人について何かわかったらすぐに知らせると告げた。

2人が去ったあと、私は期待しすぎないように努めた。その屋敷に誰かがいる可能性はあるが、たとえそれがアルカイダとつながりがある人物だったとしても、ビン・ラディン本人ではないだろう。この男がそれほど人口の多い都市部に潜伏しているとは考えにくい。ところが12月14日、またしてもレオンとマイケルが、今度はCIAの幹部局員と分析官を伴って現れた。分析官は、ベテランの議会職員のように洗練された、清潔感のある顔をした若い男性だった。幹部局員だという男は、体は引き締まっているがやや年かさで、濃いあごひげをたくわえた顔には多少しわもあり、どちらかというと教授のような風情である。CIAのテロ対策センターの責任者としてビン・ラディン追跡チームのリーダーを務めているという。私はふと、この人物がコンピュータと分厚い紙ファイルに囲まれた地下の穴蔵に身を潜め、浮き世のことなど忘れて山のようなデータを精査している姿を想像した。

2人は、アボッターバードの屋敷に関するあらゆる情報の説明を始めた。感嘆せずにはいられないほどの内容だった。アルクウェイティという連絡係はどうやら、偽名でその不動産を購入したようだった。屋敷そのものは異常なほど広いうえに、十分な安全対策が施されていた。近隣の住居の八倍もある敷地は、上に有刺鉄線を張った高さ3メートルから5・5メートルほどの壁に囲われ、その内側にはさらにもう一つ壁があった。分析官の話によると、そこに住んでいる人物たちについても、その身元を隠すありとあらゆる手段が講じられていた。そこには固定電話もインターネットもつながっていなかった。住人はほとんど屋敷を出ることがなく、ゴミも外に収集に出すのではなく、敷地内で燃やしていた。だが、屋敷の母屋に暮らす子どもたちの数や年齢は、ビン・ラディンの子どもの数や年齢と一致しているようだった。また、空中からの監視により、背の高い男の存在を確認していた。その男は、決して屋敷を離れることはなく、いつも決まったペースで敷地内の小さな庭をぐるぐると円を描くように散歩していた。

「我々はこの男を〝先導者《ペイサー》〟と呼んでいます。この男がビン・ラディンではないかと考えています」と幹部局員が言う。

私には山ほどの質問があったが、一番聞きたいのは、ペイサーの身元を確認するためにほかにできることはないのか、ということだった。だが、分析官たちができる限りの方法を模索してはいるが、これ以上の情報を入手できる見込みはないとのことだった。屋敷の構造や場所、住人の注意深さを考慮すると、その人物が間違いなくビン・ラディンだという確証をつかもうとなんらかの行動を起こせば、たちまち相手が疑念を抱くかもしれない。その結果、私たちが知らないうちに住人が跡形もなく消えてしまうことにもなりかねない。私は幹部局員に目を向けて尋ねた。

「君はどう思う?」

幹部局員は躊躇しているようだった。イラク戦争の準備をしていたころにはすでにＣＩＡに在籍していたのかもしれない。ＣＩＡは、イラク大統領サダム・フセインが大量破壊兵器を開発しているというジョージ・Ｗ・ブッシュ政権の主張を支持したとして評判を落としており、いまだその悪評を払拭しきれないでいる。それでもこの男の表情には、正解かどうかは証明できないにせよ、複雑な難問を解き明かしたような自信が垣間見えた。

「その人物が私たちの狙うターゲットである可能性は高いと思います。断言はできませんが」と幹部局員は言った。

私はこれらの情報から、屋敷を攻撃する選択肢を考慮するに足る情報が集まったと判断した。そこで、CIAのチームにペイサーを特定する作業を続けさせる一方で、トーマス・ドニロンと国土安全保障とテロ対策を担当するジョン・ブレナン大統領補佐官に攻撃方法の検討を要請した。その際には、秘密を保持することが不可欠となった。ビン・ラディンに関するこちらの情報がほんの少しでも漏れたら、このチャンスは失われてしまう。そのため、計画段階でこの作戦に参加していたのは、各政府機関のごくわずかな人間だけだった。さらに、もう一つ制約事項があった。どんな選択肢を採用するにしても、パキスタン人を関与させてはならないということだ。パキスタン政府は数多くの対テロ作戦でアメリカに協力し、アフガニスタンに駐留する米軍に欠かせない供給路を提供してくれているが、パキスタン軍（特に軍の諜報機関）の内部にタリバーンとつながっているグループがいることは公然の秘密となっていた。こうしたグループは、アルカイダとも手を組んでいる恐れがあった。アフガニスタン政府の力を弱め、同政府がパキスタン最大のライバルであるインドと手を組むのを阻止する戦略的手段として、アルカイダを利用しているかもしれない。アボッターバードの屋敷がパキスタンの陸軍士官学校からほんの数キロメートルのところにあることを考えれば、パキスタン側に伝えたことがターゲットに筒抜けになってしまう可能性は十分にある。アボッターバードでどんな行動をとるにせよ、戦争にまでは至らないとしても、私たちは同盟国とされる国の領土をかなり荒っぽい形で侵害することになる――すなわち作戦が複雑になるうえに外交リスクも高まるということだ。

リビアへの軍事介入やラテンアメリカへの外遊を控えていた3月半ば、アボッターバードの屋敷への攻撃に関する仮構想が提示された。大まかにいえば、選択肢は二つあった。第一の選択肢は、空爆により屋敷を破壊するというものだ。このアプローチの利点はいうまでもなく、パキスタン領内で命の危険にさらされるアメリカ人が1人もいないという点にある。それに、少なくとも公の場では、アメリカの関与を否認できる。パキスタン政府は当然、この攻撃を実行したのはアメリカだと気づくだろうが、アメリカではないと言い張ることも可能であり、それにより国民の怒りを鎮めることもできるかもしれない。

だが、ミサイル攻撃の詳細を検討すればするほど、不都合な点が明らかになってきた。屋敷を破壊したとしても、ビン・ラディンがそこにいたことをどう確認すればいいのか？　ビン・ラディンが殺害されたことをアルカイダが否定した場合、アメリカがパキスタン国内の一住居を破壊した理由をどう説明するのか？　それに、アボッターバードの屋敷には、大人の男性4人のほか、女性5人、子ども20人が暮らしていると推測されている。またこの攻撃案では、当の屋敷だけでなく、隣接する複数の住居も破壊されてしまうのはほぼ間違いない。説明が始まってしばらくすると、私はジェームズ・〝ホス〟・カートライト統合参謀本部副議長にこれ以上の説明は不要だと伝えた。その屋敷にビン・ラディンがいるかどうかも確認できないのに、30人以上の人間を殺害する計画など承認できない。空爆案を採用するのなら、もっと精密なプランを考える必要がある。

第二の選択肢は、特殊部隊による奇襲作戦だった。選抜チームがヘリコプターでひそかにパキスタン領内に潜入して屋敷を急襲し、パキスタンの警察や軍が行動を起こす前に脱出する。その場合、作戦の秘密を保持し、万が一失敗した場合にアメリカの関与を否認できるようにするためには、国防総省《ペンタゴン》ではなくＣＩＡの管轄下で作戦を実行せざるをえない。だが、これほどの規模とリスクを伴う作戦となると、どうしても一流の軍人の知識や経験が必要になる。そこで、同席していた統合特殊作戦コマンド（ＪＳＯＣ）司令官ウィリアム（ビル）・マクレイヴン海軍中将が、急襲に関する説明を担当した。

　私は大統領になってこれまでの2年間、米軍に所属する男女とともに仕事をし、その義務に対する意識やチームワークをじかに目撃するたびに、実に謙虚な気持ちにさせられた。そのような米軍の姿を体現する人物を1人選べと言われたら、私はこのウィリアム・マクレイヴンを挙げるだろう。親しみのこもった正直そうな顔、さりげないユーモア感覚、率直な語り口、意欲的な態度をあわせもつ50代半ばのこの男に、私は薄茶色の髪をしたトム・ハンクスという印象を受けた。トム・ハンクスが海軍特殊部隊《ネイビー・シールズ》のベテラン隊員だったらこんな感じになるに違いない。マクレイヴンには、自身がＪＳＯＣの副隊長を務めていた当時の司令官スタンリー・マクリスタル同様、特殊作戦に関する著書があった。18年前に書いた学位論文も、20世紀の特殊部隊による作戦をテーマにしていた。１９４３年にヒトラーが命じたグライダーによるムッソリーニ救出作戦や、１９７６年にイスラエル国防軍がウガンダのエンテベ空港で実施した人質救出作戦などの事例を取り上げ、高度な訓練を受け周到な準備をした少人数の兵士が隠密行動によって、装備の優れた大人数の軍隊より短期的に優位に立つための条件を検証している。

　マクレイヴンはこうした研究をもとに、世界各地でアメリカの軍事戦略を具体化する特殊作戦のモデルの開発に取り組んできた。また、このうえなく危険な状況のなかで１０００以上の特殊作戦を直接指揮・実行してきたという伝説的な経歴をもち、最近ではアフガニスタンの重要ターゲットの襲撃に成功していた。さらに、プレッシャーのかかる状況下でも冷静な判断ができる人物としても知られていた。海軍特殊部隊の隊長だった２００１年には、パラシュート降下時の事故により半ば失神状態で１０００メートル以上落下したのちに、パラシュートを見事展開してみせたこともある（この事故により背骨を骨折し、骨盤から下の腱や足筋を断裂した）。そこでレオンは、ＣＩＡでも独自の特殊作戦チームを組織してはいたものの、綿密なアボッターバード奇襲計画を立てる際に、賢明にもマクレイヴンに意見を求めた。そしてまもなく、マクレイヴン率いる海軍特殊部隊の技量や経験に太刀打ちできるCIA職員はいないとの結論に達し、この計画の採用が決まった場合には、私からレオンへ、レオンからマクレイヴンへという異例の指揮系統を採用すること、作戦の計画・実行の全権限をマクレイヴンに委ねることを提案していた。

空撮により収集されたデータをもとに、CIAはアボッターバードの屋敷の三次元レプリカを作成していたため、マクレイヴンはそれを使って屋敷奇襲計画の説明を始めた。まずは海軍特殊部隊の選抜チームが、一機もしくは複数機のヘリコプターを使い、夜陰に乗じてアフガニスタンのジャララバードからおよそ1時間半をかけてターゲットの敷地に向かう。そして屋敷の高い壁の内側に降下し、全周囲の出入り口、扉、窓の安全を確保したのち、三階建ての母屋に侵入し、敷地内を捜索し、抵抗があれば制圧する。最終的にビン・ラディンを拘束または殺害したら、空路で脱出し、パキスタン国内のどこかに立ち寄って燃料を補給したのちに、ジャララバードの基地に帰還する。

説明が終わると私は、成功させられると思うかとマクレイヴンに尋ねた。

するとマクレイヴンはこう答えた。「大統領、今は構想を大まかに説明しただけです。チームを編成してある程度のリハーサルをこなすまでは、私が今考えている内容が最善かどうか判断できません。それに、到着や脱出の方法についても、まだ確実なことは言えません。空輸の詳細な計画を作成する人間が必要です。現段階でいえるのは、そこに到着できれば、急襲は成功させられるということです。それでも準備が整うまでは、作戦そのものを推奨することはできません」

私はうなずいた。「それなら、準備を急いでもらおう」

それから2週間後の3月29日、シチュエーションルームにまた同じメンバーが集まった。その場でマクレイヴンは、かなりの自信をもって急襲を実行できると報告した。ただし、脱出についてはやや〝緊迫〟した状況になるかもしれないという。同様の奇襲をした経験やこれまでの予行演習から判断する限り、パキスタン当局が気づく前に作戦を完了させられるのはほぼ間違いない。だがそれでも、その前提が間違っていた場合のシナリオも検討しておかなければならない。現場に向かうヘリコプターや現場から離れるヘリコプターをパキスタンの戦闘機が妨害したらどうするのか？ ビン・ラディンが現場にいたとしても、隠し部屋に隠れていたりして捜索の時間が長引いた場合にはどうするのか？ 奇襲の最中にパキスタンの警察や軍隊に屋敷を取り囲まれた場合、チームはどう対応するのか？

マクレイヴンの計画は、パキスタン当局との銃撃戦はなるべく避けるという前提に基づいて作成されていた。そのため、現地で当局に追いつめられた場合には、部隊をその場に待機させ、外交官に安全な脱出方法を交渉してもらうつもりでいた。私は、こうした感覚を高く評価していた。軍の最高幹部と話をしていると、こうした慎重な態度に絶えず直面する。だが、現在アメリカとパキスタンの関係がきわめて不安定な状態にあることを考えると、ロバート・ゲイツ国防長官も私も、この戦略に多大な不安を感じずにはいられなかった。パキスタンの連邦直轄部族地域に潜むアルカイダの重要人物に対して米軍が行っていたドローン攻撃に対し、パキスタン国民の反発は日増しに高まっていた。1月下旬には、反米感情をさらに強める事件があった。人であふれかえったラホールの市街地で、CIAの仕事を請け負っていたレイモンド・アレン・デイヴィスという人物が、武器を持って自分の車に近づいてきた2人の男を殺害した。すると、パキスタン国内にCIAの人間がいることに激しい抗議の声があがり、デイヴィスが解放されるまでのおよそ二か月にわたり外交関係が緊迫したのである。そのような状況を考えると、海軍特殊部隊の隊員の運命をパキスタン政府の手に委ねるようなリスクを冒すことはとうていできない。そうなればパキスタン政府は、多大な国民の圧力に直面しながら、彼らを投獄するか解放するかの判断をせざるをえなくなる。ビン・ラディンがその屋敷にいなかったことがわかれば、問題はいっそう大きくなるに違いない。そのため私は、屋敷内にいる奇襲チームを支援するためヘリコプターをさらに二機追加するなど、たとえどんな事態になろうと奇襲チームが確実に脱出できるような計画を作成するようマクレイヴンに要請した。

散会前には〝ホス〟・カートライトも、さらに精密度を高めた新たな空爆案を提示した。ペイサーがいつもの散歩をしているときに、直接当人に向けて13ポンド［約5・9キログラム］の小型ミサイルをドローンから発射する作戦である。カートライトの話では、巻き添え被害はほとんどなく、米軍がこれまでほかのテロ工作員を相手に積み重ねてきた経験を考えれば、十分に目的を達成できるうえ、奇襲に伴うリスクを回避することもできるという。

もはや作戦計画は具体化の段階に入っていた。マクレイヴンは、ノースカロライナ州のフォートブラッグ基地にアボッターバードの屋敷の実物大模型をつくり、そこで海軍特殊部隊による最終的な予行演習を実施しようとしている。マクレイヴンの話によると、私が奇襲案を採用する場合、実施の最適なタイミングは5月の第一週の週末だという。月の出ない闇夜が2日続き、隠密行動に都合がいいからだ。誰も指摘する者はいなかったが、計画や準備のステップを進め、日を重ねるごとに、この極秘作戦に関わる人間の数が増えていくという懸念もある。私はマクレイヴンとカートライトに、まだどちらの選択肢を採用するのか判断できないが、計画の作成は「ゴーサインが出ているものと思って進めてくれ」と伝えた。

ホワイトハウスではこのあいだもずっと、通常どおりの仕事が続けられていた。リビアへの軍事介入、アフガニスタンでの戦争、またも再燃してアメリカ市場に影響を及ぼしはじめているギリシャ債務危機の状況の追跡などである。ある日シチュエーションルームから戻ってくる途中で、ロバート・ギブズの後任として大統領報道官に就任したジェイ・カーニーにばったり出くわした。かつてはジャーナリストとして、あらゆる歴史的瞬間を最前列で目撃してきた人物である。ソビエト連邦が崩壊したときにはタイム誌の特派員としてモスクワに駐在しており、同時多発テロ事件が起きた日の朝にはブッシュ大統領とともにエアフォースワンに搭乗していたらしい。その場でジェイから、毎日の定例記者会見の席で、私の出生証明書が妥当なものかどうかという質問が相次いだという話を聞かされた。

ドナルド・トランプが国内の政治対話に口出しするようになってから、すでに一か月以上が過ぎていた。顧問も私自身も以前は、この話題をとことん利用しているメディアもいずれは、私の出生にこだわるトランプにうんざりするのではないかと高をくくっていた。ところが、想像上の陰謀の物語は、淀んだ池に広がる藻のように、週を追うごとに増えていった。ケーブルテレビは、トランプやその主張を取り上げた長時間番組を放送した。政治記者たちは、バーセリズムの社会学的意義や、それが私の再選に向けた選挙運動にもたらす影響について新たな視点を提供し、報道ビジネスに関するバーセリズム支持者の見解を（やや皮肉混じりに）伝えた。この議論において最も問題視されていたのは、私が２００８年にインターネット上に公開したのは〝略式〟の出生証明書だったという点である。略式とはいえ、ハワイ州の保健局が発行した標準的な文書であり、パスポート、社会保障番号、運転免許証を取得する際にも利用できる。ところが、トランプらバーセリズム支持者は、略式の文書では何も証明されないと主張し、こう問いかけた。なぜオバマは、正式な出生証明書を提示しないのか？　正式な文書には、略式の文書からは意図的に除外された情報（私がイスラム教徒であるなんらかの手がかりなど）があるのではないか？　正式文書そのものも改竄《かいざん》されているのではないか？　オバマは何を隠しているのか？

私はそんな状況にうんざりしてしまい、この問題に決着をつけることにした。大統領法律顧問のロバート・バウアーを呼び出し、ハワイ州の人口動態記録事務所の奥深くに眠るファイルのなかから、正式な出生証明書を引っ張り出してくるよう依頼した。さらに、上級顧問のデイヴィッド・プラフとダニエル・ファイファーに、証明書を公開するだけでなく国民に向けてスピーチを行いたいと告げた。２人は、そんなことをしても敵にネタを提供するだけであり、こんなばかげた告発に応じるのは私にも大統領という地位にもふさわしくないと訴えて反対した。

だが私はこう答えるしかなかった。「私もそう思うんだがね」

４月27日、私はホワイトハウスの記者会見室《ブリーフィングルーム》に入って演壇の前に立ち、報道陣に挨拶した。そしてまずは、全国的なテレビ局がいずれもレギュラー番組の放送を中断し、この記者会見を生放送する判断を下したことについて感想を述べた。実際、こんなことはめったにないからだ。次いで、こんな話をした。２週間前には、下院の共和党議員と私がそれぞれ著しく対照的な予算案を提示した。これは、国民に深刻な影響を及ぼす重要な問題であるはずだ。それなのに、メディアは私の出生証明書の話題ばかりを取り上げていた。アメリカは大きな課題に直面し、重大な決断を迫られている。そんな場合には、ときには激しく対立しながらも、真剣な討論を行わなければならない。民主主義とはそういうものだ。私たちには、よりよい未来をいっしょに築いていく力がある。私はそう確信している。

そう述べると、続けてこう訴えた。「しかしそれは、ぼんやりしていては実現できない。ののしり合うことばかりしていたり、ありもしない話をでっちあげ、事実が事実でないふりをしていたりしても実現はできない。サーカスの呼び込みや余興に気をとられていては、この国の問題は解決できない」。私はそこで、集まった記者たちに目を向けた。「私たちがいくら努力しても、この問題を終わらせようとしない人々がいることは承知している。しかし、アメリカの大多数の国民とあなたがたメディアにぜひ考えてほしい。こんな茶番にかまけている暇はない。私たちにはほかにすべきことがある。私にしてもそうだ。解決すべき重要な問題はたくさんある。私たちにはそれを解決できる力がある。私たちが取り組まなければならないのは、そういう問題であって、この問題ではない」

一瞬、ブリーフィングルームが静まり返った。私は引き戸を開けて退出し、報道チームの事務室に戻った。そこには、テレビモニターで私のスピーチを見ていた報道担当の若手メンバーたちがいた。いずれも20代のようだ。選挙運動のころからいっしょに仕事をしている者もいれば、この国のために働きたいという熱意に駆られ、最近になってホワイトハウスに入った者もいる。私はそこで足を止め、一人一人と目を合わせて言った。

「私たちにはもっとやれることがある。それを忘れないでほしい」

その翌日、シチュエーションルームで、アボッターバード作戦をその週末に実施するかどうかについて最終的な検討が行われた。その週の初め、私はマクレイヴンに、海軍特殊部隊のメンバーから成るヘリコプター急襲部隊をアフガニスタンに派遣する許可を与えていた。チームは現在ジャラバードに待機し、さらなる命令を待っている。レオン・パネッタとマイケル・モレルはまた、ＣＩＡの調査が適切に検証されているかどうかを確認するため、国家テロ対策センターの分析官にも屋敷やその住人に関する情報を精査してもらっていた。こうして、同センターの結論がＣＩＡの結論と一致するかどうかを確認しようというのである。ところが、センター長のマイケル・ライターの報告によると、同センターが分析したところ、当の住人がビン・ラディンである確率は40パーセントから60パーセントだという。CIAの評価では、その確率は60パーセントから80パーセントだった。やがて、この差の原因をめぐって議論が始まったが、数分もしたところで私が口を挟んだ。

「さまざまな要素を数値化しようと精一杯努力していることはわかっている。だが結局のところは五分五分だ。話を先に進めよう」

マクレイヴンは、自分も選抜チームのメンバーも奇襲の準備はすべて整っていると述べていた。カートライトも同様に、ドローンによるミサイル攻撃の検証が終わり、いつでも実施可能だと報告している。二つの選択肢を前に、私はテーブルを囲む一人一人に意見を聞いてみた。レオン・パネッタ、ジョン・ブレナン、統合参謀本部議長のマイケル・マレンは奇襲案に賛成した。ヒラリー・クリントン国務長官は、奇襲のリスクを慎重に検討すれば、奇襲を認めるかどうかは判断が難しいところだと述べた。場合によっては、パキスタンとの関係が決裂したり、パキスタン軍と衝突したりする事態にもなりかねない。だがヒラリーは結局、この10年間ビン・ラディンに関するこれほど有力な手がかりはなかったことを考慮し、海軍特殊部隊の派遣に賛成票を投じた。

一方、ロバート・ゲイツ国防長官は奇襲に反対し、空爆案を歓迎した。その理由として、イランの大使館に拘束されたアメリカ人53名の救出に失敗した1980年4月のイーグルクロー作戦を例に挙げた。この作戦では、米軍のヘリコプターが砂漠で事故を起こし、8名の米兵が命を落とす大惨事となった。計画がいくら完璧であっても、このような作戦がひどい失敗に終わる可能性はある。そうなれば、奇襲チームの安全はおろか、アフガニスタン戦争にも悪影響を及ぼす恐れがある。そうロバートは主張した。私はその日すでに、ロバートが以前から予定していたとおり4年で国防長官を辞任すること、その後任にレオン・パネッタを指名するつもりでいることを告知していたが、ロバートのよく考え抜かれた慎重な意見を聞きながら、あらためてこの人物が私にとってかけがえのない存在だったことに気づかされた。

またジョー・バイデン副大統領も、奇襲反対に1票を投じ、失敗したときの影響の大きさを考えると、ビン・ラディンがその屋敷にいるという確証がもっと強まるまで判断を控えるべきだと主張した。私が大統領として行ってきた重要な決断すべてにいえることだが、ジョーはよく、支配的な雰囲気に反対して厳しい質問を投げかけ、慎重に検討する機会を私に与えてくれた。ジョーもゲイツ同様、イーグルクロー作戦の際にはすでに政界の中枢にいた。おそらくはジョーも、あのときのことをよく覚えているに違いない。家族は悲しみに暮れ、アメリカの威信は失墜し、非難の応酬があり、ジミー・カーター大統領は無謀かつ優柔不断だと揶揄《やゆ》された。この事件により、カーターの政治生命は絶たれてしまった。ジョーははっきりとは言わなかったが、私も同じ道をたどる恐れがあると言いたかったのかもしれない。

私はテーブルを囲む面々に、翌朝までに判断すると伝えた。奇襲案を採用するのなら、マクレイヴンが余裕をもって作戦開始のタイミングを決められるようにしてやらなければならない。オーバルオフィスに戻ると、いつものようにさまざまなバインダーやノートを脇に抱えてやって来たトーマス・ドニロンとともに、目前の週末に向けて検討すべき事項を洗い出したチェックリストを素早く確認していった。トーマスはブレナンとともに、あらゆる不測の事態への準備をしているらしく、その表情には重圧と緊張感が見て取れた。国家安全保障担当補佐官に就任して七か月になるこの男は、常々もっと運動してカフェインを控えるようにしたいと訴えていたが、どうも希望どおりにはできていないらしい。だが、その勤勉さには舌を巻かずにはいられない。トーマスはこれまでに、無数の情報を追跡し、膨大なメモや電信記録やデータに目を通し、数多《あまた》の混乱や組織間のいざこざを解決してきた。そのおかげで私は、自分の仕事をするために必要となる情報も精神的余裕も手に入れることができた。以前トーマスに、その活力や勤勉さはどこから来るのかと尋ねると、アイルランド系の労働者階級の家庭で生まれ育ったせいだと答えていた。ロースクールを卒業してさまざまな政治運動に参加し、やがて外交政策の優秀なエキスパートになったが、これだけ成功したにもかかわらず、いまだに失敗をひどく恐れ、自分の力を証明しなければならないと絶えず感じているという。

私はそれを聞いて、うまが合いそうだと言って笑った。

その日の夕食の席では、ミシェルと娘たちがめずらしく、私の〝流儀〟なるものを挙げて私をずいぶんとからかった。ナッツを食べるときには一度に数個つかみ、必ずそれを拳のなかで振ってから食べること、家のなかではいつも同じ使い古したみすぼらしいサンダルを履いていること、甘いものを好まないこと（「あなたたちのパパはおいしいものの価値を認めようとしない……あんなに幸せになれるのに」）などである。私はミシェルには、懸案中の問題があることを伝えていなかった。計画が確定するまでは妻に秘密を共有させたくなかったし、私が普段より緊張していても妻がそれに気づいているようには見えなかったからだ。私はその後、娘たちを寝室に送り出すと、トリーティールームに引きこもってテレビでバスケットボールの試合を観た。とはいえ、動きまわるボールを目で追いながらも、心のなかでは最後にもう一度さまざまなシナリオを検証していた。

実を言えば、少なくとも2週間前にはもう選択肢を絞っていた。それ以後の会議では、自分の直感が間違っていないことを確認していたにすぎない。ミサイル攻撃については、カートライトが考案した精密な攻撃であっても賛成できなかった。ビン・ラディンが死んだことを確認できないのであれば、賭けをする価値はないと思えたからだ。また、諜報機関にさらなる調査の時間を与えるという選択肢にも懐疑的だった。屋敷の監視を始めてからすでに数か月が経つが、新たな情報はほとんどない。それに、すでにいくつか計画が進められていることを考えると、あと一か月秘密を保持できるかどうかもわからなかった。

残った唯一の問題は、奇襲を命令するかどうかだった。それにまつわるリスクについてはよく理解していた。リスクを軽減することはできても、完全に排除することはできない。だが私は、ウィリアム・マクレイヴンとその海軍特殊部隊に全幅の信頼を置いていた。イーグルクロー作戦の失敗からはすでに数十年、ソマリアでのブラックホーク・ダウン事件［ソマリア内戦に介入した米軍とゲリラとの市街戦において、米軍のヘリコプター（ブラックホーク）二機が撃墜された事件］からも十数年が経っている。そのあいだにアメリカの特殊部隊の能力は向上している。イラク戦争やアフガニスタン戦争を悪化させてきたまずい戦略や杜撰《ずさん》な計画のために無数の作戦をこなすなかで、想像しうるあらゆる状況に対応する術を身につけてきた。その技能と専門的知識をもってすれば、たとえ事前の計算や想定が部分的に間違っていたとしても、アボッターバードから無事に脱出する方法を見つけてくれるに違いない。

コービー・ブライアントがフリースローラインから振り向きざまにジャンプシュートを決めた。プレーオフの第一ラウンドの決着をつけようと、ロサンゼルス・レイカーズがシャーロット・ホーネッツと対戦していた。トリーティールームの壁に設置されている大きな振り子時計が時を刻んでいる。私はそれまでの2年間、苦境に陥った銀行、クライスラー社、海賊、アフガニスタン、医療などについて、無数の決断を下してきた。そのおかげで、失敗に無頓着になったとはいわないまでも、失敗の可能性があることに慣れつつあった。何をするにしても、たいていは夜遅く、私が今座っているこの部屋で一人静かに、その可能性を算定するようになっていた。それはおそらく、失敗の可能性を評価するもっとよい方法を見つけることも、それを評価する技量に長《た》けた人材をうまく活用することもできなかったからなのだろう。だが私は、それまでに自分が犯してきた過ちや私たちが陥った苦境を通じて、さまざまな形でその瞬間に備える訓練を受けてきた。自分の判断の結果がどうなるかは保証できないが、判断を下すための覚悟も自信も十分に備わっていた。

翌4月29日金曜日は、視察や訪問が予定の大半を占めていた。まずはアラバマ州タスカルーサを訪問して猛烈な竜巻による壊滅的な被害状況を視察し、夕方にはマイアミの大学で卒業式のスピーチを行う。さらにそのあいだに、ミシェルと娘たちをケープカナベラルに連れていき、スペースシャトル〈エンデバー〉の引退前最後の打ち上げを見る予定になっていた。ホワイトハウスを出発する直前、私はディプロマティック・レセプションルームで、トーマス・ドニロン、デニス・マクドノー国家安全保障担当副補佐官、ウィリアム・デイリー首席補佐官、ジョン・ブレナンに話があるとのメールを送った。そして、彼らは、マリーンワンが待つ南側の庭《サウスローン》に家族といっしょにちょうど出てきた私を捕まえた。背後でヘリコプターの爆音が轟《とどろ》くなか（サーシャとマリアが何やら言い争う声も聞こえた）、私はアボッターバード奇襲作戦を正式に承認するとともに、マクレイヴンに作戦の全権を委ね、奇襲のタイミングの決定も当人に任せると伝えた。

これで作戦の大部分は私の手を離れた。私はその日1日だけでもワシントンを離れ、他人の仕事を見てまわり、それによって自分の心を満たせるのが嬉しかった。その週の初め、巨大積乱雲によるモンスター級の嵐がアメリカ南東部の諸州を襲い、300人以上の死者を出す大惨事となった。ハリケーン〈カトリーナ〉以来最悪の自然災害である。時速300キロメートル以上の強風を伴う幅2・5キロメートルもの巨大竜巻がアラバマ州を蹂躙《じゅうりん》し、何千もの家庭や企業に被害を及ぼしていた。

タスカルーサに到着すると、連邦緊急事態管理局の局長クレイグ・フューゲイトが出迎えてくれた。体格はいいが控えめな、フロリダ州出身の人物である。私たち2人は、州職員や現地職員とともに、まるでメガトン級の爆弾にでも破壊されたかのような地区を視察してまわると、避難センターを訪れ、財産をすべて失ってしまった家族に慰めの言葉をかけた。そんなひどい状況だったにもかかわらず、共和党の州知事から幼児をあやしている母親まで、話をしたほとんどの人が、連邦政府の対応を称賛していた。救助チームがすぐに現地にやってきて、地元の職員と緊密に連携し、どんなにささいな要求でも懇切丁寧に対応してくれたという。だが私は、それを聞いてもさほど驚かなかった。フューゲイトは、私が指名したなかでも最高の人材といえる人物だからだ。何十年も自然災害に対処してきた経歴をもつ、利他的でまじめな、責任感の強い公務員の鑑だった。それでも私は、フューゲイトの努力が認められているのを知って嬉しかった。結局のところ、政治において本当に重要なこととは、注目など求めることなく、ただ自分のなすべきことを理解し、誇りをもってそれを実践する人々の地道な日々の活動に行き着く場合が多い。ここでも私は、それを思い知らされた。

その後ケープカナベラルに行くと、残念なことに、補助動力装置に問題が発生したため、スペースシャトルの打ち上げを急遽《きゅうきょ》延期せざるをえなくなったことを知らされた。それでも妻や娘たちは、宇宙飛行士たちと話をすることができたうえ、打ち上げに立ち会うためフロリダに来ていたジャネット・カヴァンディといっしょに数時間を過ごす機会にも恵まれた。かつては宇宙飛行士として名を馳せ、現在はヒューストンのジョンソン宇宙センターで搭乗員の育成を指揮している人物である。私は子どものころ宇宙探検に夢中だったため、大統領になってからも、機会があれば科学や工学の価値を説くことを心がけてきた。毎年ホワイトハウスで、学生たちが誇らしげにロボットやロケット、ソーラーカーを紹介する科学博覧会を開催しているのも、その一環である。またＮＡＳＡに対しても、一般のベンチャー企業と協力して地球低軌道の活用を推進するなど、将来の火星探査ミッションへの準備を進めるよう奨励している。マリアとサーシャは、子どものころの私と同じように、目を丸くしてカヴァンディの話に聞き入っていた。カヴァンディは、たった一回の打ち上げにも大勢の人々による入念な作業が何時間も必要なこと、幼いころにミズーリ州の田舎にある実家の農場から見た夜空に魅了されて宇宙飛行士になり、三度もスペースシャトルに乗って宇宙を旅したことなどを語っていた。

その日の締めくくりは、マイアミ・デイド大学の学生の卒業式だった。八つのキャンパスに17万人以上の学生が在籍する国内最大級の大学である。学長のエドゥアルド・パドロンの話によると、彼自身も１９６０年代にこの大学に通っていた。キューバ移民だったため簡単な英語しか話せず、ほかに高等教育を受ける選択肢がなかったのだという。この大学で準学士号を、その後フロリダ大学で経済学の博士号を取得すると、民間企業からの高報酬の仕事の申し出を断り、マイアミ・デイド大学に戻った。そして、大学が自分に差し伸べてくれた救いの手をほかの人に差し伸べることを自分の使命として、これまで40年にわたり同大学に尽くしてきた。その学長はこの大学を、学生にとっての「夢の工場」だと表現していた。学生は、ヒスパニック系や黒人など、低所得の家庭や移民の家庭の出身者が多く、家族のなかで大学に進学したのは自分が初めてだというケースが大半を占める。「私たちはどんな学生も見捨てない。私たちが自分のなすべき仕事をしている限り、学生たちも自分を見限ることはない」。そう語る学長の高潔なビジョンに、私は胸を打たれた。

その日の夕方に開かれた卒業式で、私はアメリカ的な考え方についてスピーチした。卒業生たちが身をもって示した、生まれた環境を乗り越えようとする一人一人の意志と、個々の相違を克服し、協力して現代の課題に対処しようとする意志についてである。まずは、幼少期の思い出から話を始めた。ハワイ沖に有人宇宙船アポロが着水し、宇宙探査ミッションから生還した宇宙飛行士を出迎えるために集まった群衆のなかで、私は祖父の肩の上にのり、小さなアメリカの国旗を振っていた。それから40年経つ。私はつい先ほど、自分の娘たちが新世代の宇宙飛行士たちと話をしているのを目にした。それを見て、自分が子どものころから今までにアメリカはどれだけのことを成し遂げてきたのだろうと考えを巡らせた。このようにアメリカは、世代ごとに回帰しながら発展している。それは、卒業生一人一人が持つ卒業証書が証明しているように、あるいは私が大統領になった事実が証明しているように、アメリカ的な考え方が今も存続していることを証明している。

学生や両親たちは歓声をあげ、その多くがアメリカの国旗を振っていた。私は、たった今卒業生に述べたこの国について考えていた。希望と勇気と寛容さに満ちたアメリカ、誰にでも開かれたアメリカである。この卒業生たちと同じような年齢だったころ、私はそんな考えに飛びつき、必死にそれにしがみついた。だが、私のため以上に彼らのために、そんなアメリカを実現したいと強く思った。

金曜日の旅行は気楽で刺激的でもあったが、ワシントンに戻ってきた翌土曜日の夜はそれほど楽しく過ごせそうになかった。その日はミシェルとともに、ホワイトハウス記者晩餐会に出席することになっていた。ホワイトハウスの記者団が主催し、カルヴィン・クーリッジ大統領以降すべての大統領が少なくとも一度は出席している晩餐会である。これはもともと、記者とその報道対象になる政治家に一晩だけ、敵対的になりがちな関係を忘れ、楽しい時間をともに過ごす機会を提供するために開催されていた。だが時代が下るにつれ、ニュース産業や娯楽産業の手が加わるようになり、いまや年一回のこの晩餐会は、〈メットガラ〉［毎年5月の第一月曜日にメトロポリタン美術館で開催されるファッションの祭典］やアカデミー賞授賞式のワシントン版と化していた。2000人もの記者、政治家、大物実業家、政府高官に加え、ハリウッドのセレブまでもが、騒がしいホテルのダンスホールにすし詰めになり、おしゃべりをしたり、視線を交わしたり、コメディアンのパフォーマンスを楽しんだり（ケーブルテレビでも放送された）、大統領のスピーチに耳を傾けたりするのである。ただし、ここでの大統領のスピーチは、政敵をからかったり、最新の政治ニュースに関するジョークを飛ばしたりする、いわゆるスタンドアップコメディの独演会のようなものだった。

当時はまだ世界金融危機の影響が続いており、多くの国民がいまだに、職を見つけ、さまざまな支払いをすませ、家を失わないようにするにはどうすればいいのかと頭を悩ませていた。そんなときに、クラブ的な贅沢さやきらびやかさに満ちた、セミフォーマルウェアを必要とする催しに出席するというのは、政治的に不適切なのではないかという思いが以前からあった。だが私はこれまでの2年間、毎年この晩餐会に出席しており、今年だけ直前にキャンセルして余計な疑念を抱かせるようなまねはできなかった。マクレイヴンはまもなくジャララバードの海軍特殊部隊のチームと合流し、数時間もしないうちに作戦を開始するかもしれない。それを考えると、記者たちでいっぱいのこのダンスホールでは、できるだけ何ごともないかのように振る舞う必要がある。だが幸いなことに、その晩餐会には、国の話題を独占しているあの人物がワシントン・ポスト紙のテーブルに招かれていた。パキスタンでの作戦を知っている者はみな、ドナルド・トランプが会場に来れば、メディアはパキスタンのことなど考えもしなくなるだろうと思い、人知れず安堵した。

正式な出生証明書を公開し、ホワイトハウスのブリーフィングルームで報道陣を叱責した私の行動は、ある程度は望ましい効果をあげていた。トランプは渋々ながら、私がハワイ州で生まれたことを認めた（ただし、アメリカ国民に代わり自分がそれを証明させたのだと、すべてを自分の手柄にした）。それでも、バーセリズム運動そのものは国民の記憶に残っていた。その事実は、晩餐会が開かれる土曜日、ジョン・ファヴローをはじめとするスピーチライターのチームと会ったときにも明らかになった。ちなみに、このチームのメンバーは誰も、今にも作戦が行われようとしていることを知らなかった。彼らはその日の晩餐会のために、実に見事な原稿を仕上げていた。だが、それをチェックしてみると、大統領選への立候補を検討している共和党の元ミネソタ州知事ティム・ポーレンティーをだしにしてバーセリズム支持者をからかう一文があった。ポーレンティーは、そのフルネームが〝ティム・ビン・ラディン・ポーレンティー〟であることを隠しているというジョークである。私はこれが気になり、〝ビン・ラディン〟のところを〝ホスニ〟に変更するようファヴローに命じ、最近エジプトの元大統領ホスニ・ムバラクの命運が話題になっているため、時事ネタとしてそのほうがいいだろうと述べた。ファヴローは、これでジョークの質が向上したとは思っていないようだったが、特に反論もしなかった。

その日の午後遅く、私はマクレイヴンに最後の電話を入れた。マクレイヴンの話によると、パキスタンの現地周辺は霧が立ち込めているため、作戦開始は日曜日の夜まで待つつもりだが、何もかも準備はできているという。だが私は、この電話をかけたのはそんな確認のためではないと言い、こう伝えた。

「チームのみんなに、私が心から感謝していると伝えてくれ」

「わかりました」

「ビル、これは本心だ。きちんと伝えてくれよ」。私はそのときの気持ちを伝える言葉が見つからず、それだけ言った。

「伝えます、大統領」

その晩、私はミシェルと車で会場のホテル、〈ワシントン・ヒルトン〉に向かい、さまざまな有名人や重要人物と写真を撮り、数時間貴賓席に座り、世間話や雑談を交わした。メディア王のルパート・マードック、下院議長のジョン・ベイナー、俳優のショーン・ペンやスカーレット・ヨハンソンが、ワインを飲み、焼きすぎたステーキを食べながら歓談していた。私は人あたりのいい笑みを顔面に張りつけていたが、心のなかでは、数千キロメートル先で行われようとしている作戦を思い、綱渡りをしているような気分だった。やがて、自分の順番がまわってくると、立ち上がってスピーチを始めた。ふざけたスピーチが半ばを過ぎたころ、その矛先をトランプに向けた。

「彼は最近、激しい非難を浴びたようですが、この出生証明書の一件が終わったことに誰よりも喜び、誰よりも満足しているのは、ほかならぬあのドナルド氏ではないでしょうか。というのは、そのおかげで彼もようやく、ほかの重要な問題に取り組めるようになったからです。たとえば、月面着陸はやらせではないのか、とか、ロズウェルで実際に何があったのか［1947年7月にニューメキシコ州ロズウェルで、墜落したUFOが米軍に回収されたとする事件］、とか、ノトーリアス・B.I.G.や2パックはどこにいるのか［2人とも有名なラッパーで、正体不明の人物に射殺された］、とか」。聴衆が爆笑しているので、私はそんな調子でさらに続け、テレビ番組『セレブリティ・アプレンティス』のホストとしての〝資質や幅広い経験〟を話題に取り上げ、同番組での仕事ぶりを褒め称えた。「ステーキハウスの回では、男性の料理チームは、〈オマハ・ステークス〉［ネブラスカ州オマハを拠点とする老舗ステーキハウス］の審査員を満足させられませんでした。（中略）あのチームの責任者にクビを宣告した判断には、夜も眠れなくなるほど興奮しました。見事なさばきぶりですよ。本当に」

聴衆が大笑いするなか、トランプは黙ったままぎこちない笑みを浮かべていた。私が公の場でからかっていた数分間をどんな気持ちで過ごしていたのかはわからない。私にわかっていたのは、トランプ自身が一つのショーと化しており、2011年のアメリカでは、それが一種の力になっていたということだ。トランプの主張は、いかに浅薄なものであろうと、日を追うごとに支持を増やしているようだった。私のジョークに笑い転げていた記者は、これからもトランプに放送時間を提供しつづけることだろう。報道各社も、次は自分たちのテーブルに彼を招こうと競い合うに違いない。トランプは、陰謀説を広めたために追放されるどころか、かつてないほど大きな存在になろうとしていた。

翌朝は、ホワイトハウスのオペレーターからいつもかかってくるモーニングコールより早く起きた。その日は重要な会議が開かれると予想されていたため、西棟《ウエストウイング》の一般見学を中止にする異例の措置をとっていた。だが私は、何もないいつもの日曜日と同じように、秘書官のマーヴィン・ニコルソンとゴルフに出かけ、9ホールのショートコースを回ることにした。そうしたのは、まもなく何か普通でないことが起きるのを悟られないようにするためでもあり、パキスタンに夜が訪れるのをトリーティールームで今か今かと待っているより外にいたほうがいいと思ったからでもある。風はなく、涼しい日だった。林のなかでボールを三、四個見失いながらコースをぶらぶらと回り、しばらくしてホワイトハウスに戻った。トーマスに帰宅を告げると、スタッフはすでにシチュエーションルームに集まり、何が起きても対応できる準備を進めている。そんなところへ自分が行けば彼らの気が散るだろうと考え、特殊部隊のチームを乗せたヘリコプターが離陸したら教えてくれとだけ伝えておいた。しかし、オーバルオフィスの椅子に座って書類の確認をしようとしてもまるで集中できず、視線は何度も同じ行の上を行き来するばかりだ。そこで気を紛らわせようと、秘書《ボディーマン》のレジー・ラヴ、マーヴィン、上級顧問のピート・ラウズを呼び出し（そのころには3人とも、まもなく作戦が行われることを知らされていた）、4人でダイニングルームのテーブルを囲んでトランプのスペードをすることにした。

東部時間の午後2時、ステルス機に改造された〈ブラックホーク〉二機が、特殊部隊のメンバー23名のほか、CIAのパキスタン系アメリカ人通訳1名と「カイロ」という名の軍用犬を乗せ、ジャララバード飛行場から離陸した。〈ネプチューン・スピア〉作戦の開始である。奇襲チームは90分ほどでアボッターバードに到着する。私はダイニングルームを離れ、シチュエーションルームへ移動した。その部屋はいまや作戦司令室と化していた。レオンがいるCIA本部とはビデオ会議の回線でつながっている。ジャララバードにいるマクレイヴンが奇襲チームと絶えず交信を行い、レオンがマクレイヴンからの情報を中継することになっている。その場の雰囲気は、予想どおり緊迫していた。ジョー、ウィリアム・デイリーのほか、トーマス、ヒラリー、デニス、ゲイツ、マレン、トニー・ブリンケンなど、我が政権の国家安全保障チームのほとんどのメンバーが、すでに会議用テーブルに着席している。私が姿を現すと、作戦後にパキスタンや諸外国に告知する内容や、成功した場合および失敗した場合の外交戦略について、計画の最新情報の報告があった。ビン・ラディンを殺害した場合に備え、イスラム教の伝統に則った葬儀を海で行う準備も進められていた（イスラム聖戦士《ジハーディスト》の巡礼地をつくらないようにするためである）。だがしばらくすると、スタッフが私のために、すでにほかのメンバーにした説明をもう一度繰り返していることに気づき、彼らの仕事を邪魔しているのではないかと心配になったため、私はまた階上に戻った。まもなく3時30分になろうとするころ、ついにレオンから、ブラックホークが屋敷に近づいているとの報告があった。

スタッフはもともと、レオンを通じて、作戦を間接的に監視する計画を立てていた。私が直接マクレイヴンと連絡を取れば、私が作戦を細かく管理しているような印象を与えてしまう。そうなると、作戦が失敗したときに政治的な問題になりやすく、一般的にはあまりいい方法とはいえない。しかし私は、シチュエーションルームに戻ってくるときに、通路の反対側にある狭い会議室のビデオモニターに、上空から撮影した屋敷のライブ映像やマクレイヴンの声が送信されていることに気づいていた。ヘリコプターがターゲットに近づいてくると、シチュエーションルームにいた私はいても立ってもいられなくなって席を立ち、「これを見ないわけにはいかない」と言って、向かい側の会議室に駆け込んだ。そこには、青い制服を着た空軍准将ブラッド・ウェブが、小さなテーブルに置かれたコンピュータの前に座っていた。私の姿を見て席を譲ろうとしたので、私はその肩に手を置いて「そのままでいい」と伝え、そばにあった肘かけのない椅子に腰を下ろした。ウェブがマクレイヴンとレオンに、大統領がこちらに移動して配信映像を見ていることを知らせると、やがて国家安全保障チーム全員がその狭い部屋に集まった。

大統領として軍事作戦をリアルタイムで目撃したのは、これが最初で最後だった。幽霊のような映像が画面上を飛び交っていた。作戦の監視を始めて1分もしないころ、一方のブラックホークが下降途中に突然、少しだけ揺れた。何が起きたのかよく把握できないうちにマクレイヴンから連絡があり、ヘリコプターが一時的に揚力を失い、屋敷の一方の壁の側面に接触したのだという。私は一瞬、電撃のような恐怖を感じた。大惨事の映像が脳裏に浮かぶ。墜落するヘリコプター、爆発する前にあわてて逃げ出すチームのメンバー、何ごとが起きたのかと家から出てくる近隣の住民、現場に駆けつけるパキスタン軍……。そんな悪夢をマクレイヴンの声がさえぎった。

「大丈夫です」。マクレイヴンはまるで、車のバンパーがショッピングモールのカートにぶつかった話でもしているかのように言った。「最高のパイロットが操縦していますから、安全に着陸させてくれるでしょう」

マクレイヴンの言ったとおりだった。のちに聞いた話では、予想以上に高い気温により旋風が発生していたうえ、ローターが吹き下ろす空気が屋敷の高い壁に閉じ込められたため、ブラックホークがそうした空気の流れに巻き込まれ、パイロットも奇襲チームのメンバーも、その場の判断で着陸・脱出するほかなくなったらしい（パイロットはヘリコプターの尾部をわざと壁に当て、危険な結果になりかねない墜落を回避した）。だが私がそのとき目にしていたのは、地上にいる人間のぼやけた姿だけだった。彼らはすぐに所定の位置に着くと、母屋に入っていった。それからの息苦しくなるような20分間は、マクレイヴンでさえ状況を限定的にしか確認できないようだった。あるいは、奇襲チームが部屋から部屋へと捜索を行っているあいだ、マクレイヴンはその詳細をあえて伝えないようにしていたのかもしれない。やがて不意に、マクレイヴンとレオンの声がほぼ同時に届いた。私たちが待ち望んでいた言葉を伝える声である。情報収集に費やした数年、計画に費やした数か月の努力が実を結んだ瞬間だった。

「〈ジェロニモ〉特定……ジェロニモＥＫＩＡ」

ＥＫＩＡは〈Enemy killed in action（敵を交戦中に殺害）〉を意味する。

この作戦で「ジェロニモ」というコードネームで呼ばれていた男こそ、オサマ・ビン・ラディンだった。アメリカ史上最悪のテロ攻撃を首謀した男、数千人の市民の殺害を指揮し、世界に激動の時代をもたらした男が、アメリカの海軍特殊部隊により裁きを受けたのだ。会議室内に、息を飲むいくつもの音が聞こえた。私はビデオ映像を凝視しながら、ささやくように言った。

「ついにあの男を捕らえた」

それからの20分間、誰もが席に座ったまま身動きしなかった。そのあいだに奇襲チームは作業を終えた。ビン・ラディンの遺体を袋に詰め、現場にいた3人の女性と9人の子どもを拘束して屋敷の一画で尋問し、コンピュータやファイルなど、情報価値のありそうな資料を押収し、破損したブラックホークに爆発物をセットした。まもなく爆破されるそのヘリコプターに代わり、すぐ近くでホバリングしていた救援用のヘリコプター〈チヌーク〉がやってきた。ヘリコプター二機が離陸すると、ジョーは私の肩に手を置き、そこに力を込めて言った。

「おめでとう、ボス」

私は立ち上がってうなずいた。デニスも拳を打ち合わせてきた。国家安全保障チームのそのほかのメンバーとは握手を交わした。だが、ヘリコプターはいまだパキスタンの領空を飛行中のため、部屋は依然として静まり返っている。午後6時、ヘリコプターがジャララバードに無事到着し、私はようやく緊張の糸を少し緩めることができた。しばらくすると、ビデオ会議の回線を通じてマクレイヴンから連絡があった。たった今死体を検分しているところだが、自分が見る限り間違いなくビン・ラディンだという。まもなく、CIAの顔認証ソフトウェアでも同じ結果が出た。マクレイヴンはさらなる確証を得ようと、チームのなかにいた身長188センチメートルのメンバーを遺体の隣に寝かせ、193センチメートルとされるビン・ラディンの身長と比較した。

それを見て、私はからかうように言った。「冗談みたいだな。あれだけの準備をしておきながらメジャーを忘れるとはね」

その日、こんな屈託のない言葉を口にしたのはそれが初めてだった。だが、笑い声はそれほど長くは続かなかった。やがてビン・ラディンの遺体の写真が回覧された。その写真を見ると、すぐにビン・ラディンだとわかった。だが、これだけの証拠があるにもかかわらず、レオンとマクレイヴンは、DNA鑑定の結果が出るまでは確定できないとの意見だった。結果が出るまでには1日か2

日かかる。私たちは、公式発表をそこまで遅らせることができるかどうか検討したが、アボッターバードでのヘリコプター爆破の記事がすでにインターネット上にぽつぽつ上がっていた。また、マイケル・マレンがパキスタンの陸軍参謀長アシュファク・パルヴェス・キヤニ将軍に電話を入れた際に、丁重な言葉ではあったが、パキスタン国民の反発に対処できるよう、できる限り速やかに奇襲の事実やそのターゲットについて公表してほしいとの要請を受けていた。そのため、これから24時間以上も発表を遅らせることはできないと考え、私はすぐに、国家安全保障担当副補佐官のベン・ローズとともに階上へ上がり、その日の夜遅くに国民に伝える内容について自分が考えていることを書きとらせた。

それからの数時間、ウエストウイングは大わらわだった。外交官が諸外国の政府に連絡を取り、報道チームが記者会見の準備をしているあいだに、私はジョージ・W・ブッシュとビル・クリントンに電話を入れ、２人の元大統領にこのニュースを伝えた。ブッシュとは、彼の任期中に始まった長く辛いプロセスがようやく大団円を迎えたことを互いに認め合った。また、大西洋の向こうはもう真夜中だったが、イギリスのデイヴィッド・キャメロン首相にも連絡を取り、アフガニスタン戦争の開始以来惜しみない支援を提供してくれた最大の同盟国に謝意を表した。それに対し、最も電話しにくかったのが、いずれ窮地に立たされるパキスタンの大統領アーシフ・アリ・ザルダリだった。アメリカがパキスタンの主権を侵害した以上、ザルダリは国民の反発に直面するに違いない。だが私が電話すると、意外にもザルダリは祝意と支援を表明し、こう言ってくれた。「どんな副次的影響があるにせよ、とてもいいニュースだ」。ザルダリの妻ベナジル・ブットは、アルカイダとつながりがあるとされる過激派に殺されていた。それを思い出して、本心を吐露してくれたのだろう。

私はその日、ミシェルに一度も会っていなかった。彼女には、まもなく行われる作戦について直前に知らせてあった。そのためミシェルは、ホワイトハウスで気を揉みながら知らせを待つよりは外出していたほうがいいと考え、マリアとサーシャの世話を祖母に任せ、友人と食事に出かけていた。私がひげを剃り、スーツを着てネクタイを締めたところで、ミシェルが部屋に入ってきて尋ねた。

「どう？」

私が親指を立てて見せると、ミシェルはほほえみ、私を引き寄せてハグした。「すごいじゃない。よかった。どんな気持ち？」

「今は、ほっとしてるとしか言えないかな。何時間かしたら、また聞いて」

ウエストウイングに戻ると、ベンとともにスピーチ原稿の最後の仕上げに取りかかった。私は事前に大まかなテーマをいくつか伝えていた。このスピーチで、国民全員で分かち合った9・11の苦悩や、その直後の数日間に誰もが感じた一体感を呼び戻したかった。また、この作戦に関わった人たちだけでなく、私たちの安全を守るために今も多大な犠牲を払っている軍機関や諜報機関の職員すべてに敬意を表したかった。さらには、私たちの敵はアルカイダであってイスラムではないことを訴えたかった。そして最後に、アメリカは行うと決めたことは必ず行うこと、アメリカは今でも大きな目標を達成する力があることを、世界にもアメリカ国民にも知らせたかった。

ベンはいつものように、2時間もしないうちに私のとりとめのない思いをまとめ、すばらしい原稿を作成してくれていた。彼にとっては、ほかのどんな仕事よりもこのスピーチには重要な意味があったに違いない。ワールドトレードセンターのツインタワーが崩壊するのを見てそれまでの人生を見つめ直し、世界を変えたいという燃えるような意欲に導かれて政界に入っていたからだ。私も、その日のことを思い出していた。ちょうどマリアが幼稚園に通いはじめた最初の日であり、ミシェルがマリアを幼稚園に連れていったときに、あの事件が起きたのだ。私は、シカゴ中心部にあるイリノイ州センターの外で呆然と立ちすくみ、ミシェルから電話で自分も娘たちも無事だと告げられたあとも、不安に押し潰されそうだった。その夜遅く、眠っている生後三か月のサーシャを抱えながら、暗闇のなかでニュース報道を見つめ、ニューヨークに住む友人に連絡を取ろうとした。ベンに劣らず、私自身の人生もまた、あの日を境にすっかり変わった。その当時は自覚していなかったかもしれないが、あの事件が、今この瞬間に至る一連の出来事の引き金になったのだ。

最後にもう一度スピーチ原稿に目を通すと、私は立ち上がってベンの背中を叩き、「いい仕事ぶりだ」と言った。ベンはうなずき、さまざまな感情の入り混じった表情を浮かべると、最終稿をテレプロンプターに入力するため急いで部屋を出ていった。もう午後11時30分になろうとしていた。主要ネットワークはすでにビン・ラディン死亡のニュースを伝え、私の会見を生放送しようと待ちかまえている。それを知って喜び祝う群衆がホワイトハウスの門の外に集まり、何千もの人々が通りを埋め尽くしている。私は涼しい夜気を浴びながら、スピーチを行うイーストルームへと西の柱廊《ウエストコロネード》を歩いていった。すると、ペンシルベニア大通りのほうから「ＵＳＡ！　ＵＳＡ！　ＵＳＡ！」とリズミカルに唱和する群衆の叫び声が聞こえてきた。はるか遠くにまで響きわたるその声は、夜更けまで続いていた。

アボッターバード奇襲作戦直後の数日間は、祝賀ムードが落ち着いたあとでさえ、国の雰囲気が目に見えて変わったような気がした。私の大統領時代に、政府の業績をあえて売り込む必要がなかったのは、あとにも先にもこのときだけである。共和党の攻撃を回避する必要もなければ、基本理念を曲げたと批判する主要支持層に弁解する必要もなかった。作戦実行が争点になることも、予期せぬ結果が生じることもなかった。ただし、ビン・ラディンの遺体の写真を公開するかどうかなど、判断を下さなければならない問題はまだあった（この問題に関しては、私の意見は「ノー」だった。おぞましいトロフィーを掲げるようなまねをあえてする必要はなかった。それに、頭部を撃たれたビン・ラディンの映像が広まれば、それが過激派を集結させる契機になる恐れもあった）。また、パキスタンとの関係も修復しなければならない。それでも、屋敷から押収した資料やパソコンのデータには、貴重な情報が無数にあった。ビン・ラディンがこれまでずっとアメリカに対する攻撃計画において中心的な役割を担っていたこと、アメリカはアルカイダの指導者をターゲットにすることでこの組織にかなりのプレッシャーを与えていたことが、これらの情報により確認できた。結局のところ、これでアルカイダの脅威がなくなったとは誰も思っていなかったが、この組織が決定的な打撃を受け、戦略的敗北に一歩近づいたことに異論の余地はなかった。いつも手厳しい批判をする者たちでさえ、この作戦が疑いようのない成功であると認めざるをえなかった。

アボッターバード奇襲作戦は、アメリカ国民にも一種のカタルシスをもたらした。アフガニスタンやイラクでは、米軍が10年近く戦争を続けているにもかかわらず、曖昧な成果しか上げていない。もはや、当地では暴力的な過激主義がさまざまな形で浸透してしまっており、決定的な打撃を与えることも、正式に降伏させることもできないのだと思い込んでいた。そのため直感的に、ビン・ラディンの死をこのうえなく勝利に近いものととらえたようだ。しかも、経済的苦境と党派争いにあえいでいたなかでの勝利であり、国民は多少なりとも胸の晴れる思いをしたに違いない。

一方、9・11で愛する人を失った何千もの遺族は、もっと私的な立場でこの成果を受け止めた。作戦の翌日、私のもとに毎日届けられてくる有権者からの一〇通の手紙のなかに、ペイトン・ウォールという少女からのEメールがあった。彼女は、9・11のときには4歳であり、現在は14歳になっていた。そのメールによると、少女の父親は事件当時ツインタワーのなかにおり、倒壊する前に電話で話をした。それ以来彼女は、その父親の声と、電話口でむせび泣く母親の姿にとりつかれ、悩まされるようになったという。何があろうと、父親がもういないという事実に変わりはない。だが、アメリカは父親のことを忘れてはいなかった。自分や家族にとってその事実がもつ意味は、計り知れないほど大きい。それを、この作戦に関係した大統領ほかすべての人々に知ってほしい。メールはそう結ばれていた。

トリーティールームにひとりで座り、このメールを繰り返し読んでいると、こみ上げてくる感情に目の前がにじんできた。私は自分の娘たちのことを考えた。２人は、母親や父親がいなくなったらどれほど深く傷つくことだろう？　また、９・11以後、軍隊に志願した若者たちのことを考えた。彼らは、いかなる犠牲を払ってでも国のために尽くそうとしていた。さらに、イラクやアフガニスタンで負傷したり死亡したりした兵士たちの親のことを考えた。ミシェルや私が慰問した母親たち、死んだ息子の写真を見せてくれた父親たちである。そんなことに思いを巡らせていると、今回の作戦に参加した人々がこのうえなく誇らしく思えた。海軍特殊部隊のメンバーをはじめ、さまざまな情報をつなぎ合わせてアボッターバードまでたどり着いたCIAの分析官や、副次的影響に対処する準備をしてきた外交官、襲撃時に野次馬を追い払おうと屋敷の外に立っていたパキスタン系アメリカ人の通訳など、あらゆる関係者が、信念や専門分野や政治的傾向の違いにかかわらず、私心をなくして緊密に連携し、共通の目標を達成したのだ。

その一方で、こんな考えも浮かんだ。国民全体が同じ目的意識を共有することによるこうした一体感は、テロリストを殺害するという目標がなければ生まれないのだろうか？　この疑問はしつこく私にまとわりついた。アボッターバードでの作戦の成功には、誇らしく思うと同時に満足感も覚えた。だが実を言えば、医療関連の法案を通過させた夜には、そのような高揚感は感じられなかった。私はふと、ビン・ラディンを追跡していたときと同じレベルの専門技能を駆使し、同じ程度の決意を抱いて、子どもの教育や路上生活者への住居提供に取り組めたら、アメリカはどう変わるだろうかと想像してみた。それと同じレベルの資源を投じ、同じ程度の粘り強さを発揮して、貧困の撲滅や温室効果ガスの削減に取り組み、あらゆる家族が適切な託児所を利用できるよう努力することができたら、アメリカはどう変わるだろう？　私のスタッフでさえ、そんな考えは現実的ではないというに違いない。たしかにそうだろう。テロリストの攻撃を阻止して外敵に打ち勝つといった目標以外に、国民を一体化させられる目標など、実際には想像もできない。しかし、それはつまり、私の大統領としての仕事が、いまだ理想にはほど遠い状況にあるということだ。私には、まだやるべきことがたくさんある。

とは考えつつも、その週の残りの数日間は、そんな反省を保留にして、私はこの瞬間を満喫することにした。ロバート・ゲイツは最後の閣議に出席し、熱狂的な喝采を受けて心から感動しているようだった。なんらかの形で15年近くビン・ラディン追跡に携わってきたジョン・ブレナンとは、昔話に花を咲かせた。ウィリアム・マクレイヴンがオーバルオフィスに立ち寄ったときには、並外れた指揮ぶりに心からの感謝を示すとともに、自分が持っていたメジャーを額に飾ってプレゼントした。作戦からわずか4日後の2011年5月5日にはニューヨーク市に飛び、第五四消防車隊、第四はしご車隊、第九消防士隊の消防士らと昼食をともにした。その消防隊は、同時多発テロ事件を受けて出動したが、その日当番だった消防士15人全員が死亡した。また私は、現地のグラウンドゼロで献花式に参加した。燃えさかるタワーに真っ先に駆けつけた救助隊員数名が、儀仗兵の役を務めていた。その場で、9・11の遺族と面会する機会にも恵まれた。そのなかには、あのペイトン・ウォールもいた。私からの力強いハグを受けた彼女はすぐさま、ジャスティン・ビーバーに会わせてもらえないかとお願いしてきた（私はきっと会わせてあげると約束した）。

翌日はジョーとともにケンタッキー州のフォートキャンベル基地に行き、アボッターバード奇襲作戦に参加した海軍特殊部隊の隊員やパイロットをマクレイヴンに紹介してもらった。部屋の正面にはあの屋敷の縮尺模型が設置されており、部隊長がそれを使い、作戦の推移を事細かに説明してくれた。自分の前に並ぶ折り畳み椅子に座っている30名あまりのエリート軍人を見ると、一部の者はいかにもそれらしい風貌をしていた。筋肉の盛り上がりが制服越しにでもわかるような、がっしりした体格の若者たちだ。ところが驚いたことに、なかには会計士や高校の校長にしか見えない者もけっこういた。控えめな雰囲気を漂わせた、白髪交じりの40代前半の男たちである。彼らを見ていると、きわめて危険なミッションを成功させるには、経験がもたらす技能や判断力も重要なのだということがわかる。それは、部隊長の言葉を借りれば、大勢の同僚の命を犠牲にして手に入れた経験でもある。説明が終わると、私はその部屋にいた全員と握手を交わし、軍の部隊にとって最高の勲章とされる〈殊勲部隊章〉を授与した。するとそのお返しに、隊員たちは私に意外なプレゼントをくれた。彼らがアボッターバードに持っていったアメリカの国旗である。この国旗は今、裏に彼らのサインを入れた額に飾られている。私がフォートキャンベルにいるあいだ、ビン・ラディンを殺害する弾丸を放った人物については誰も触れなかった。私もあえて尋ねはしなかった。

飛行機での帰路、トーマスからリビア情勢の最新情報を聞き、ウィリアム・デイリーと今後一か月間のスケジュールを確認し、書類を数枚仕上げた。午後6時30分ごろにアンドルーズ空軍基地に到着すると、マリーンワンに乗り換え、そこからほど近いホワイトハウスに向かった。私は落ち着いた気分で、起伏のなだらかなメリーランド州の風景や、眼下の整然とした街並み、沈みゆく太陽の下で輝くポトマック川を見つめていた。やがてヘリコプターは滑らかに北へと向きを変え、ナショナルモールを越えていった。すると突然、触れられそうなほど近くにワシントン記念塔が現れた。その反対側では、リンカーンの巨大な座像が、リンカーン記念堂の大理石の柱のやや湾曲した影をまとっている。まもなく、マリーンワンが軽い振動を始めた。サウスローンへと降下していることを示す、もはやなじみとなった振動である。眼下の道路を見下ろすと、この街の通勤者たちが帰宅を急いでいるらしく、ラッシュアワーの混雑がいまだに続いていた。

謝辞

本書を上梓できたのは、さまざまな人が舞台裏で丹念な仕事をしてくれたおかげである。彼らには、言葉では言い尽くせないほど感謝している。

クラウン社で長年、私を担当している編集者のレイチェル・クレイマンは、16年にわたり、私が書いたものの各行に目を光らせ、鋭敏な知性と健全な判断力を発揮してくれている。その寛大さ、忍耐強さ、献身ぶりのおかげで、本書は見違えるほどよくなった。彼女に編集を担当してもらえる著者は本当に幸運だと思う。

サラ・コーベットは、本書の出版プロジェクトに編集上の助言や独創的なビジョンを提供するとともに、スタッフをまとめ、いくつもの草稿に手を入れ、全編にわたってきわめて有益な提案をしてくれた。分別がありエネルギッシュな彼女が激励してくれたおかげで、本書の内容はとても優れたものになった。

大統領時代に行った主要なスピーチの原稿作成を担当していたコーディー・キーナンは、有能な共同作業者として3年間、下準備のためのインタビューや、本書の構成に関する私の考えをまとめる作業を手伝ってくれるなど、さまざまな形で配慮の行き届いたサポートをしてくれた。

ベン・ローズは、本書に記されたさまざまな瞬間に立ち会っただけでなく、草稿を作成するごとに編集や調査を支えてくれた。それ以上に、ベンと交わした無数の会話、数年にわたる友情は、私が本書で触れたさまざまなことに影響を及ぼしている。

サマンサ・パワーは全編にわたって、信じられないほど価値のある、正確かつ知的なフィードバックを提供してくれた。その誠実さや熱心さのおかげで、私は人間として成長することもできたし、本書の質を向上させることもできた。

メレディス・ボーエンにも特別な感謝の気持ちを伝えたい。彼女は並外れた責任感と厳密さをもって本書に取り組み、内容についての徹底的な調査と事実確認作業を担当してくれた。彼女を支えたきわめて優秀な2人、ジュリー・テイトとジリアン・ブラッシルにも謝意を述べたい。

私の仕事はすべて、私の個人的なスタッフとして熱心に働く有能な人たちのスキルや勤勉さや快活さに支えられている。そのなかの多くの人が、数年にわたって私をサポートしてくれた。アニタ・デッカー・ブレッケンリッジは、私の神聖なる執筆時間を守ろうと尽力し、出版プロセス全体の舵取りを見事にこなしてくれた。ヘノック・ドーリーは、妥協のないプロ意識でささいな点にまで注意を払い、本書のプロジェクトの進捗を支えるなど、さまざまな形で本書に貢献してくれた。エミリー・ブラックモア、グラム・ギブソン、エリック・シュルツ、ケイティ・ヒル、アッダー・リーヴァイ、ダナ・リーマス、キャロライン・アドラー・モラレスも、出版に至るプロセスを支えてくれた。ジョー・ポールセン、ジョエル・アッペンロット、ケヴィン・ルイス、デジリー・バーンズ、グレゴリー・ロリュスト、マイケル・ブラッシュ、カティリン・ゴーランにも感謝している。

私の政権の閣僚やスタッフを務めた人たちへの感謝の念は、生涯消えないだろう。政府の課題を推進していくことができたのは、彼らの傑出した仕事ぶりや、希望を抱きつづける揺るぎない信念のおかげである。なかには、ホワイトハウスに勤めていた時代に自分が取り組んだ諸問題について、自ら文章を書き、著書として世に送り出している人も多くいる。その記述はこのうえなく優れた情報源となった（読み物としても魅力に富んでいる）。

私が選挙運動中や大統領在任中の出来事を取捨選択している際に、わざわざ時間を割いて独自の見解や個人的な思い出を披露してくれた、以下の元スタッフおよび元同僚たちに謝意を表したい。タッド・アレン大将、デイヴィッド・アクセルロッド、メロディ・バーンズ、ジャレド・バーンスタイン、ブライアン・ディーズ、アーン・ダンカン、ラーム・エマニュエル、マット・フレイヴィン、フェリアル・ゴヴァシリ、ダニエル・グレイ、ヴァレリー・ジャレット、ケイティ・ジョンソン、ジャック・ルー、レジー・ラヴ、クリス・ルー、アリッサ・マストロモナコ、マーヴィン・ニコルソン、ナンシー・ペロシ、カル・ペン、ダニエル・ファイファー、デイヴィッド・プラフ、フィオナ・リーヴス、ハリー・リード、クリスティーナ・ローマー、ピート・ラウズ、キャシー・ルムラー、ケン・サラザール、フィル・シリロ、キャスリーン・セベリウス、ピート・ソウザ、トッド・スターン、トミー・ヴィーター。草稿を読むことを気前よく引き受け、専門的なフィードバックを提供してくれた以下の元同僚にも感謝の言葉を捧げたい。ジョン・ブレナン、キャロル・ブラウナー、リサ・モナコ、セシリア・ムニョス、スティーヴン・チュー、トーマス・ドニロン、ナンシーアン・デパール、ジョン・ファヴロー、ティモシー・ガイトナー、エリック・ホルダー、ジーン・ランブリュー、デニス・マクドノー、スーザン・ライス、ジーン・スパーリング。

また、草稿を確認してくれた国家安全保障会議（NSC）のアン・ウィザーズとマイク・スミス、法律面で貴重なアドバイスを提供してくれたウィリアムズ&コノリー社のボブ・バーネットとデニーン・ハウエルにもお礼を述べたい。

このような書籍を世に出すため、クラウン社やペンギン・ランダム・ハウス社のスタッフは激務を強いられたことと思う。それを考えると頭が下がる思いである。パンデミックの混乱のなかでは、なおさら大変だったに違いない。

そんなスタッフのなかでまず感謝しなければならないのは、マーカス・ドールだろう。最初にこのプロジェクトを提案したのは彼であり、その後も刊行に向けて各国のペンギン・ランダム・ハウス社との連携に奔走してくれた。また、ジーナ・セントレロは、有能かつ忠実なパートナーとして、アメリカのペンギン・ランダム・ハウス本社内のあらゆる部署をまとめ、本書がつつがなく出版できるよう取り計らってくれた。このプロジェクトに尽力し、その期間が予想以上に長くなっても見事な忍耐力を発揮してくれたマデリーン・マッキントッシュとニハール・マラヴィヤにも心から感謝したい。

クラウン社のデイヴィッド・ドレイクとティナ・コンスタブルの専門知識や戦略的な企画力は、出版のあらゆる段階に欠かせないものだった。2人は、広告やマーケティングに関して独創的なアイデアを提供すると同時に、同社の同僚や私のスタッフ、本書を刊行予定の海外出版社と緊密に連携し、ときにめまいがするほど複雑な出版プロセスをうまく調整してくれた。また、本来は一冊の本として刊行される予定だった本書を二巻本にするといった、著者の意外な要望も快く尊重してくれた〔著者は本書を回顧録の一巻目と考えていて、二巻目はいずれ刊行される予定〕。本書を有能な2人の手に委ねることができたのは幸運だったと思う。

さらに、ジリアン・ブレイクは原稿を精読し、その構成や内容について洞察力あふれる意見を提供してくれた。クリス・ブランドは、インスピレーションに富んだ構想をもとに、本書の装丁や挿入写真、ウェブサイトなどをデザインしてくれた。ランス・フィッツジェラルドは二四の言語で刊行されるべく本書の権利を売り込み（その数はさらに増えている）、イギリスをはじめとする各国のパートナーとの連絡役として辣腕を振るってくれた。リサ・フューアーとリネア・ノールミューラーは、印刷業者や供給業者と奇跡のような連携をとり、本書が予定どおり、丁寧かつ正確に製本されるよう努力してくれた。サリー・フランクリンは、無数のスケジュールを何度も組み直し、とても無理だと思えるようなときでさえ、あらゆるプロセスを軌道に乗せてくれた。クリスティン・タニガワは、睡眠時間を惜しんで、あらゆる単語やセミコロンを確認してミスを一掃し、私が言わんとしていることが伝わるよう手を入れてくれた。エリザベス・レンドフレイシュは、本書本体のデザインを装丁に劣らず立派なものにしてくれた。

そのほか、本書の出版に協力し、最善を尽くしてくれたクラウン社やペンギン・ランダム・ハウス社の以下の方々に感謝したい。トッド・バーマン、マーク・バーキー、タミー・ブレイク、ジュリー・セプラー、デニース・クローニン、ケリーアン・クローニン、アマンダ・ダシエルノ、スー・ダルトン、ベンジャミン・ドレイヤー、スキップ・ダイ、カリサ・ヘイズ、マディソン・ジェイコブス、シンシア・ラスキー、スー・マローン＝バーバー、マシュー・マーティン、マレン・マキャムリー、ダイアナ・メッシーナ、リディア・モーガン、タイ・ノウィッキー、ドナ・パサナンテ、ジェニファー・レイエス、マシュー・シュウォーツ、ホリー・スミス、ステイシー・スティンアンケ・シュタイネッケ、ジェイシー・アップダイク、クレア・フォン・シリング、ステイシー・ウィットクラフト、ダン・ジット。また、原稿整理や校正、索引付けに優れた手腕を発揮してくれたモーリーン・クラーク、ジェーン・ハーディック、ジャネット・レナード、ドゥー・ミー・ストーバー、ボニー・トンプソン、オーディオブックの制作を担当したスコット・クレスウェル、すばらしい写真を探してきてくれたキャロル・ポティクニー、夜も休まず写真を各ページに割りつけてくれたノース・マーケット・ストリート・グラフィックス社にもお世話になった。

そして最後に、エリザベス・アレクサンダーとミシェル・ノリス＝ジョンソンに感謝の言葉を捧げたい。一流のライターであり、家族ぐるみの友人でもあるこの2人は、編集に関して貴重なアドバイスをしてくれたばかりか、私が執筆や編集に忙殺されていた最後の数か月間、あれこれ我慢を強いられたミシェルを励ましてくれた。

口絵写真クレジット

1～2ページ：
Pete Souza/The White House

3ページ：
（上）Pete Souza/The White House
（中）Ibraheem Abu Mustafa/Reuters
（下）Pete Souza/The White House

4～9ページ：
Pete Souza/The White House

10ページ：
（上）Pete Souza/The White House
（下）Feng Li/Getty Images

11～12ページ：
Pete Souza/The White House

13ページ：
（上）John McConnico/AFP via Getty Images
（下）Pete Souza/The White House

14～16ページ：
Pete Souza/The White House

バラク・オバマ BARACK OBAMA

第44代アメリカ合衆国大統領。2008年11月に選出され、2期にわたり大統領を務めた。これまでに執筆した『マイ・ドリーム バラク・オバマ自伝』(ダイヤモンド社)、『合衆国再生 大いなる希望を抱いて』(ダイヤモンド社)という2冊の著書は、いずれもニューヨーク・タイムズ紙のベストセラーリストにランクイン。2009年にはノーベル平和賞を受賞した。現在は妻ミシェルとワシントンDCに在住。マリアとサーシャという2人の娘がいる。

監訳／前嶋和弘（上智大学教授）

翻訳協力／
株式会社 リベル
黒河杏奈
長谷川壽一
中村有以
岩田麻里亜

装丁／篠田直樹（bright light）

訳者紹介

山田文　Fumi Yamada
イギリスの大学・大学院卒（西洋社会政治思想を専攻）。訳書に『ポバティー・サファリ』（集英社）、『ファンタジーランド』（共訳、東洋経済新報社）、『ヒルビリー・エレジー』（共訳、光文社）など。

三宅康雄　Yasuo Miyake
早稲田大学商学部卒。訳書に『ジョン・ボルトン回顧録』（共訳、朝日新聞出版）、『アメリカが見た山本五十六』（共訳、原書房）など。

長尾莉紗　Risa Nagao
早稲田大学政治経済学部卒。訳書に『マイ・ストーリー』（共訳、集英社）、『確率思考 不確かな未来から利益を生みだす』（日経BP）など。

高取芳彦　Yoshihiko Takatori
ニュース・書籍翻訳者。訳書に『世界の覇権が一気に変わる サイバー完全兵器』（朝日新聞出版）、『共謀 トランプとロシアをつなぐ黒い人脈とカネ』（共訳、集英社）など。

藤田美菜子　Minako Fujita
早稲田大学第一文学部卒。訳書に『悪党・ヤクザ・ナショナリスト』（朝日新聞出版）、『より高き忠誠』（共訳、光文社）など。

柴田さとみ　Satomi Shibata
東京外国語大学欧米第一課程卒。訳書に『マイ・ストーリー』（共訳、集英社）、『母さんもう一度会えるまで あるドイツ少年兵の記録』（毎日新聞社）など。

山田美明　Yoshiaki Yamada
東京外国語大学英米語学科中退。訳書に『24歳の僕が、オバマ大統領のスピーチライターに?!』（光文社）、『スティグリッツ PROGRESSIVE CAPITALISM』（東洋経済新報社）など。

関根光宏　Mitsuhiro Sekine
慶應義塾大学法学部卒。訳書に『ジョン・ボルトン回顧録』（共訳、朝日新聞出版）、『炎と怒り』（共訳、早川書房）、『ヒルビリー・エレジー』（共訳、光文社）など。

芝瑞紀　Mizuki Shiba
青山学院大学総合文化政策学部卒。訳書に『世界で最も危険な男』（共訳、小学館）、『シャンパンの歴史』（原書房）、『アメリカが見た山本五十六』（共訳、原書房）など。

島崎由里子　Yuriko Shimazaki
早稲田大学商学部、東京外国語大学欧米第一課程卒。訳書に『ジョン・ボルトン回顧録』（共訳、朝日新聞出版）、『365日毎日アナと雪の女王』（共訳、学研プラス）がある。

A PROMISED LAND
BY
BARACK OBAMA

約束《やくそく》の地《ち》　大統領《だいとうりよう》回顧録《かいころく》Ⅰ　下

2021年2月21日　第1刷発行

著　者　バラク・オバマ

訳　者　山田文《やまだふみ》　三宅康雄《みやけやすお》・他

発行者　樋口尚也
発行所　株式会社　集英社
〒101-8050 東京都千代田区一ツ橋 2-5-10
電話　編集部　03-3230-6137
読者係　03-3230-6080
販売部　03-3230-6393（書店専用）
印刷所　大日本印刷株式会社
製本所　加藤製本株式会社

Printed in Japan　ISBN978-4-08-786134-1　C0098